올클리어 I

ALL CLEAR

코니 윌리스 장편소설

올클리어

All Clear

I

코니 윌리스 지음 최용준 옮김

아작

일러두기

1. 이 책은《All Clear》를 두 권으로 나누어 옮긴 것입니다.
2. 모든 주석은 옮긴이의 것입니다.

모든

구급차 운전사들
화재 감시원들
공습 감시원들
간호사들
구내식당 직원들
비행기 식별가들
구조대원들
수학자들
주임 사제들
성당지기들
여점원들
합창단 소녀들
사서들
상류 사회 아가씨들
노처녀들
어부들
은퇴한 선원들
하인들
피난민들
셰익스피어 전문 배우들
추리 소설 작가들

제2차 세계대전에서 승리한 그분들에게

여러분은 온갖 실수를 저지를 겁니다.
하지만 여러분이 너그럽고 진실하다면, 그리고 열성적이라면,
여러분은 세상에 해를 입힐 수가,
아니 심지어 심각한 고민거리를 안길 수조차 없습니다.

— *윈스턴 처칠*

1

음, 놈이 아직도 안 오네요. 오늘 밤은 좀 많이 늦는군요.

— 런던의 짐꾼이 미국의 종군 기자 어니 파일에게
독일 폭격기를 언급하며

런던, 1940년 10월 26일

정오가 되어도 마이클과 메로피는 여전히 스테프니에서 돌아오지 않았고, 폴리는 크게 걱정되기 시작했다. 스테프니는 지하철로 1시간이 안 되는 거리였다. 메로피와 마이클, 아니 '에일린'과 '마이크'(폴리는 그 둘을 가명으로 불러야 한다는 사실을 명심해야 했다)가 윌렛 부인의 집에서 에일린의 소지품을 챙겨 옥스퍼드 스트리트로 돌아오는 데 6시간이나 걸릴 리가 없었다. 만약 도중에 공습을 만나 무슨 일이 생긴 거면 어쩌지? 이스트 엔드는 런던에서 가장 위험한 지역이었다.

'26일에는 낮에 공습이 없었어.' 폴리가 생각했다. 하지만 그렇게 따지자면 파젯스 백화점에도 사망자가 다섯 명이 아니어야 했다. 만약 마이크 생각이 맞는다면, 즉 됭케르크에서 하디 일병을 구했기 때문에 사건들의 진행 방향을 바꾸었다면, 무슨 일이든 일어날 수 있었다. 시공간 연속체는 혼돈계이고, 따라서 그 안에서는 사소한 행동 하나만으로도 거대한 효과가 발생할 수 있었다.

하지만 추가 사망자 두 명으로, 더군다나 민간인 사망자 두 명 정도로 전쟁의 진행 방향이 바뀔 가능성은 희박했다. 제아무리 혼돈계라 할지라도 말이다. 런던 대공습에서 사망한 민간인 수는 3만 명, V-1과 V-2 공격에서는 9천 명, 그리고 제2차 세계대전 전체로는 5천만 명이었다.

'마이크가 전쟁에서 지게 하지 않았다는 건 내가 잘 알아.' 폴리가 생각했다. '그리고 역사학자는 40년 넘게 과거로 시간 여행을 해왔어. 만약 역사학자들이 사건들의 진행 방향을 바꿀 수 있었다면 훨씬 전에 그렇게 했을 거야.' 던워디 교수는 런던 대공습과 프랑스 혁명, 그리고 심지어 흑사병 시대에 다녀왔고, 그의 역사학자들은 온갖 시대에서 전쟁, 대관식, 쿠데타를 관찰해왔지만, 그 누구도 역사의 진행 경로를 바꾸는 건 고사하고 불일치 하나 일으켰다는 기록이 없었다.

그건 겉보기와 달리 파젯스 백화점의 사망자 다섯 명은 불일치가 아니라는 뜻이었다. 마저리는 간호사의 말을 오해한 것이 분명했다. 마저리는 자신이 다른 사람의 대화를 일부만 우연히 들었다고 시인했다. 아마도 간호사들은 다른 사고의 희생자들에 대해 말했을 것이다. 메릴번도 어젯밤에 폭격을 당했으며, 위그모어 스트리트도 그랬다. 경험을 통해, 폴리는 구급차들이 한 곳 이상의 사고 지역을 돌며 사망자들을 모아 병원으로 실어 나르기도 한다는 것을 알았다. 그리고 사망했다고 여겨졌던 사람들이 가끔은 살아있는 것으로 밝혀지기도 했다.

하지만 만약 폴리가 마이크에게, 자신은 전에 연극단원들이 죽었다고 생각했었다는 사실을 말하면, 그는 왜 세인트조지 교회가 파괴될 것이라는 사실을 몰랐는지 폴리에게 캐물을 것이고, 그것 역시 불일치라고 결론 내릴 것이다. 그러니 파젯스 백화점에서 정말로 사망자가 다섯 명이 나온 게 확실해질 때까지 폴리는 그 사실을 마이크에게 숨겨야 했다.

'마저리가 왔을 때 마이크가 여기 없어서 다행이야.' 폴리가 생각했다. '둘이 늦게 돌아오는 게 차라리 잘된 거야.'

그리고 다행히도 폴리의 상사는 마저리를 병원으로 다시 데려갔다. 하지만 그건 폴리가 마저리에게 어떤 간호사가 그 말을 했는지 물을 기회를 놓쳤다는 뜻이기도 했다. 폴리는 그 간호사를 찾아 사망자들에 관해 물어볼 요량으로 자신이 마저리를 병원에 데려다주겠다고 했지만, 스넬그로브 양은 자기가 가겠노라고 고집했다. "그 병원 간호사들에게 한마디 해줘야겠어요. 그 사람들은 대체 무슨 생각인 거랍니까? 그리고 당신도 도대체 무슨 생각이었던 거죠?" 스넬그로브 양이 마저리를 나무랐다. "병원에 누워 있어야 하는 사람이 여기를 와요?"

"죄송해요." 마저리가 뉘우치는 목소리로 말했다. "파젯스 백화점이 폭격당했다는 말을 듣고는 너무 놀라고 걱정되어서 성급한 결론을 내리고 말았어요."

'파젯스 백화점 앞의 마네킹들을 보고 마이크가 그랬던 것처럼.' 폴리가 생각했다. '백베리에 있는 에일린의 강하가 열리지 않는다는 걸 알게 되자 내가 그랬던 것처럼. 그리고 내가 지금 하는 행동도 딱 그래. 마저리가 엿들은 간호사들 얘기에서 사망자가 셋이 아니라 다섯이던 부분은 논리적으로 설명할 수 있어. 그리고 우리를 구하러 아무도 오지 않는 상황도. 구조팀이 오지 않는다는 것이 꼭 옥스퍼드가 파괴되었다는 뜻일 필요는 없어. 조사실에서 격리가 끝난 날짜를 잘못 알았고, 그래서 에일린이 나를 찾아 런던으로 떠난 뒤에 구조팀이 도착했을 수도 있어. 그리고 마이크와 에일린이 아직 돌아오지 않는다는 사실이 꼭 그 둘에게 무슨 일이 일어났다는 뜻일 필요는 없어.' 그냥 둘은 시어도어의 어머니가 비행기 공장에서 근무를 끝내고 돌아오기를 기다려야 하는 상황일 수도 있었다. 아니면 마이크의 물건들을 가지러 오는 길에 플리트 스트리트에 들르기로 했을 수도 있었다.

'둘은 곧 돌아올 거야.' 폴리가 생각했다. '내가 어찌할 수 없는 일에 안달복달하지 말고 뭔가 쓸모 있는 일을 해야 해.'

폴리는 마이크와 메로피, 아니 에일린을 위해 다음 주 폭격 시간과 장소 목록을 작성했고, 제럴드 핍스 말고 이곳에 있을 만한 다른 역사학자들이 누구일지 생각해보았다. 마이크는 역사학자 한 명이 10월 무렵부터 12월 18일까지 이곳에 있을 거라고 말했다. 그 기간에 역사학자가 와서 관측할 만한 일이 뭐가 있을까? 거의 모든 전투는 유럽에서 일어났다. 이탈리아가 그리스를 침공했고, 영국 공군은 이탈리아 함대를 폭격했다. 여기에서는 무슨 일이 일어났지?

코번트리. 하지만 그곳일 리 없었다. 코번트리 성당은 11월 14일에야 폭격을 당했고, 그곳에 가려고 2주나 먼저 올 리는 없었다.

북대서양에 전투가 있었나? 그 시기 동안 중요한 호송선들이 몇 척 침몰당했지만, 구축함에 타는 건 위험등급 10이 분명했다. 그리고 만약 던워디 교수가 너무 위험한 임무들을 취소했다면….

하지만 1940년 가을은 어디나 위험했다. 그리고 던워디 교수는 분명 뭔가를 허가했다. 첩보전? 아니, 그건 전쟁 후반기가 되어 포티튜드 작전과 V-1, V-2 로켓 허위 정보 작전이 펼쳐지고서야 본격적으로 진행되었다. 울트라 작전은 그 이전에 시작됐지만, 그건 위험등급 10일 뿐 아니라 분기점일 수밖에 없었다. 만약 독일군이 자신들의 에니그마 암호가 깨진 것을 알았다면, 제2차 세계대전의 결과에 분명히 영향을 끼쳤을 것이기 때문이다.

폴리는 승강기를 바라보았다. 가운데 것이 4층에서 멈추고 있었다. '왔네. 마침내.' 폴리가 생각했지만, 내린 사람은 스넬그로브 양이었다. 그녀는 마저리 담당 간호사들의 부주의함에 고개를 설레설레 젓고 있었다. "말이 안 되잖아! 그렇게 여기저기를 돌아다니게 놔두는데 어떻게 환자의 건강이 다시 나빠지지 않을 수가 있겠어." 스넬그로브 양은 혼자 분개하고 있었다. "여기서 뭐 하는 건가요, 세바스찬 양? 왜 점심을 먹으러 가지 않은 거죠?"

'제가 백베리에 갔을 때 에일린을 놓쳤던 것처럼 마이크와 에일린을 놓치고 싶지 않으니까요.' 하지만 그렇게 말할 수는 없었다. "매니저님이 오실 때까지 기다리고 있었어요. 갑자기 손님들이 들이닥칠 경우를 대비해서요."

"그럼, 지금 다녀와요." 스넬그로브 양이 말했다.

폴리는 고개를 끄덕였고, 스넬그로브 양이 코트와 모자를 벗어두기 위해 창고로 들어가자 도린에게 만약 누구든 자기를 찾는 사람이 오면 즉시 알려달라고 말했다.

"어젯밤에 만난 그 공군 조종사?"

'누구?' 폴리는 생각했지만, 곧 군 비행장 이름을 알아내기 위해 도린에게 자신이 댔던 핑계가 떠올랐다. "응." 폴리가 말했다. "아니면 런던으로 오고 있는 내 사촌. 아니면 누구든 간에."

“누가 널 찾으면, 승강기를 운전하는 아이를 바로 네게 보낼게. 약속해. 자, 이제 가.”

폴리는 우선 계단을 뛰어 내려가 밖으로 나가서 혹시 마이크와 에일린이 오고 있지 않은지 옥스퍼드 스트리트를 살폈고, 다음으로는 다시 계단을 올라가 구내식당의 판매 보조원들에게 군 비행장에 관해 질문했다. 점심시간이 끝날 무렵, 폴리는 원하는 철자로 시작하면서 두 개의 단어로 된, 또는 첫 글자는 달라도 어쨌거나 두 단어로 된 비행장 이름을 대여섯 개쯤 알아냈다.

폴리는 재빨리 4층으로 올라갔다. “나 찾아온 사람 있었어?” 비록 아무도 오지 않은 게 확실했지만, 그래도 폴리는 도린에게 물었다.

“응.” 도린이 말했다. “네가 나가고 5분도 안 되었을 때였어.”

“그러면 바로 알려달라고 했잖아!”

“그럴 수가 없었어. 스넬그로브 양이 내내 나를 지켜보고 있었단 말이야.”

‘자리를 비우면 안 된다는 걸 알았는데.’ 폴리가 생각했다. ‘딱 백베리 꼴이네.’

“걱정하지 마. 그 사람은 안 갔어.” 도린이 말했다. “네가 점심 중이라고 말했더니 그 여자는 다른 물건들 살 게 있다며….”

“그 여자? 한 명이었어? 젊은 남녀 한 쌍이 아니고?”

“한 명이었어. 그리고 절대 젊지 않았어. 잘 봐줘야 마흔 살일걸. 동그랗게 틀어 올린 머리는 하얗게 세었고, 좀 부스스한 외모에….”

라버님 양이었다. “뭘 산다고 했는지 말했어?” 폴리가 물었다.

“응.” 도린이 말했다. “비치 샌들이랬어.”

'그렇겠지.'

"그래서 신발 판매장으로 보냈어. 계절이 지나서 없을 거 같다고 내가 말했지만, 그래도 꼭 확인해보고 싶다고 하더라. 다녀오고 싶으면 내가 네 판매대를 봐줄게. 아, 저기 오네." 승강기가 열릴 때 도린이 말했다.

라버넘 양이 아주 큰 구식 여행 가방을 들고 승강기에서 내렸다. "위번 부인을 만나서 코트를 받았어요." 라버넘 양은 폴리의 판매대 위에 여행 가방을 올려놓으며 말했다. "그리고 받은 김에 아예 당신에게 가져다주면 좋을 거라고 생각했죠."

"오, 그러실 필요…."

"괜찮아요. 리케트 부인에게 물어봤는데, 당신 방을 사촌과 같이 써도 된다고 하더군요. 그리고 하딩 양을 만나 당신의 됭케르크 친구가 쓸 방에 관해 물어봤어요. 안타깝지만, 이미 어떤 나이 든 신사에게 방을 세놨대요. 첼시에 살다가 집이 폭격당한 사람이라네요. 끔찍한 일이지요. 그 신사의 아내와 딸은 폭격에 죽었대요." 라버넘 양이 동정하며 혀를 찼다. "하지만 리어리 부인네에 세놓을 방이 있어요. 3층 뒷방이에요. 식사 포함해서 일주일에 10실링이에요."

"그분도 박스 레인에 사시나요?" 폴리는 만약 그곳이 던워디 교수의 금지 목록에 들어있으면, 이 모든 수고를 한 라버넘 양에게 무슨 핑계를 대야 할지 걱정이 됐다.

"아니요. 모퉁이만 돌면 되는 곳이에요. 베레스포드 코트요."

다행이었다. 베레스포드 코트 역시 금지 목록에 들어있지 않았다.

"9번지요." 라버넘 양이 말했다. "리어리 부인은 당신 친구가 방을 볼 때까지 아무에게도 그 방을 세놓지 않겠노라고 내게 약속했어요. 아주 살기 좋을 거예요. 리어리 부인은 요리를 정말 잘하거든요." 라버님 양은 한숨과 함께 덧붙여 말하더니 여행 가방을 열었다.

가방 안에 밝은 녹색이 힐끗 보였다. '아, 이런.' 폴리가 생각했다. 라버님 양에게 코트에 관해 부탁할 때만 해도 그 생각은 미처 하지 못했다.

"나는 당신의 신사 친구가 입을 모직 오버코트를 구할 수 있기를 바랐어요." 황갈색 레인코트를 꺼내며 라버님 양이 말했다. "하지만 거기에는 이 버버리밖에 없었어요. 그리고 여자용 코트도 거의 없었죠. 위번 부인의 말에 따르면, 점점 더 많은 사람이 작년 코트로 올겨울을 난다네요. 그리고 안타깝게도, 상황은 더 나빠질 거 같아요. 정부는 내년에는 의복도 배급을…." 라버님 양은 폴리의 표정을 보고 말을 멈췄다. "이게 아주 따뜻하지 않으리라는 건 나도 알아요…."

"아니요. 제 친구에게 딱 필요한 거예요. 올가을에는 비가 아주 많이 오잖아요." 폴리가 말했지만, 시선은 여행 가방을 향해 있었다. 라버님 양이 여행 가방에 다시 손을 뻗었고, 폴리는 마음을 다잡았다.

"그래서 당신 사촌을 위해 이걸 구해왔어요." 라버님 양은 밝은 녹색 우산을 꺼내며 말했다. "끔찍한 색이라는 건 나도 알아요. 그리고 당신 사촌을 위해 내가 구해온 검은 코트와 색이 맞지 않는다는 것도요. 하지만 우산살이 멀쩡한 건 이것뿐이었어요. 그리고 만약 이게 사촌에게 너무 화려한 경우에는《훌륭한 크라이턴》의 소품으로 써도 될 거라 생각했어요. 녹색은 무대에서 잘 보이니까요."

'사람들 속에서도 그렇죠.' 폴리가 생각했다.

"예뻐요. 제 말은, 제 사촌이 이게 너무 밝은 색이라고 생각하지 않을 거라는 거예요. 그리고 연극에 쓰라고 빌려줄 게 분명해요." 폴리는 안도감에 좀 수다스러워졌다.

라버넘 양은 판매대에 우산을 올려놓고 여행 가방에서 검은 코트와 검은 펠트 모자를 꺼냈다. "거기에 검은 장갑은 없더라고요. 그래서 내가 끼던 걸 가져왔어요. 손가락 두 개는 수선을 했지만, 아직 쓸 만해요." 그녀는 장갑을 폴리에게 건넸다. "그리고 위번 부인이 전해달래요. 파젯스 백화점 직원 가운데 비슷한 상황에 처한 사람이 있으면 자신에게 보내랬어요. 그러면 그 사람들 코트도 구할 수 있는지 알아보겠대요." 라버넘 양은 깔끔한 동작으로 가방을 닫았다. "그런데 여기 타운젠드 브라더스 백화점에서 프림솔을 파나요? 팔면 어디로 가야 살 수 있는지 알려주겠어요?"

"프림솔요?" 폴리가 말했다. "캔버스 천으로 된 테니스화요?"

"네. 비치 샌들 대신 그것도 괜찮을 거 같아서요. 배의 선원들은 배가 가라앉았을 때 아마 그걸 신고 있었을 거예요. 여기 신발 매장에 물어보았지만 없다고 하더라고요. 고드프리 경은 지하철역 바닥이 얼마나 더러운지 아직 깨닫지 못하는 것뿐이에요. 씹던 껌이랑 담배꽁초랑 그밖에 뭐가 있을지 알게 뭐예요. 이틀 전에는 어떤 남자를 보았는데…." 라버넘 양은 판매대 너머로 몸을 숙이고 속삭였다. "침을 뱉더라고요. 고드프리 경에게는 더 중요한 일들이 많이 있을 거라는 걸 나도 충분히 이해하지만…."

"운동용품 매장에 있을 거예요." 폴리가 말을 자르며 말했다. "6층이에요. 그리고 만약 프림솔이 없으면…." 폴리는 전시 고무 수집 운동이 한창인 지금, 그럴 게 거의 분명하다고 생각했다. “그래도 걱정하지 마세요. 반드시 다른 방법을 생각해낼 수 있을 거예요.”

“아무렴요, 세바스찬 양이 누군데 당연히 생각해내겠죠.” 라버님 양이 폴리의 어깨를 가볍게 쳤다. “당신은 아주 똑똑하잖아요.”

폴리는 라버님 양을 승강기까지 데려다주고, 승강기에 타는 것을 도왔다. “6층요.” 폴리가 승강기를 운전하는 소년에게 말했고, 이어서 라버님 양에게 말했다. “정말 감사드려요. 저희를 이렇게 챙겨주시고, 정말 친절하세요.”

“그런 소리 하지 말아요.” 라버님 양이 명랑하게 말했다. “이렇게 어려운 때에는 모두가 최대한 서로를 도와야 해요. 오늘 밤 연습에 올 건가요?” 승강기 소년이 문을 당겨 닫을 때 라버님 양이 물었다.

“네.” 폴리가 말했다. “제 사촌이 짐을 푸는 대로 곧바로 갈게요.”

‘만약 에일린과 마이크가 그때까지 돌아오면요.’ 폴리는 자기 판매대로 돌아가며 마음속으로 덧붙였다. 하지만 이제 그녀는 둘이 제때 돌아올 거란 확신이 들었다.

‘난 괜히 걱정하는 거야.’ 폴리가 우산을 집어 들어 침울한 눈으로 바라보며 생각했다. ‘그리고 마이크와 에일린에 관해서도 마찬가지일 거야. 둘에게는 아무 일도 일어나지 않았어. 오늘 낮에는 어디에도 공습이 없어. 지하철은 지연된 것뿐이야. 오늘 아침 내가 탄 지하철도 그랬잖아. 그리고 둘이 이곳에 돌아오면 나는 에일린에게 내가 알아낸 비행장들 이름을 알려줄 거고, 그러면 에일린은 “바로 거기야.”라고 말할 거고, 우리는 제럴드에게서 강하지점을 알아내 거길 통해 집으로 돌아갈 거고, 마이크는 진주만으로 출발할 거고, 에일린은 전승 기념일로 갈 거고, 나는 '런던 대공습 시기의 삶'을 관찰한 내용을 바탕으로 보고서를 쓰고 열일곱 살 소년의 구애를 물리치는 삶으로 돌아갈 거야.'

그리고 그사이, 폴리는 오늘 저녁 늦게까지 남지 않아도 되도록 미리 판매대를 정돈해두는 게 나았다. 그녀는 우산과 마이크의 레인코트, 에일린의 코트를 챙겨 창고에 갖다두었고, 마지막 손님이 살펴보던 스타킹을 상자에 다시 넣었다. 그리고 그 상자를 선반에 두기 위해 몸을 돌렸다.

그리고 그때 높아졌다가 낮아졌다 하는, 잘못 알아들으려야 잘못 알아들을 수 없는 공습경보 사이렌이 울리기 시작했다.

2

우리의 오랜 역사 속에서,
우리는 오늘보다 위대한 날을 본 적이 없습니다.
모두가, 남녀 모두가 최선을 다했습니다.

— 윈스턴 처칠, 1945년 5월 8일, 전승 기념일

런던, 1945년 5월 7일

"더글라스, 문이 닫히고 있어!" 페이지가 플랫폼에서 외쳤다.

"서둘러!" 리어던이 재촉했다. "곧 열차가 출발…."

"알아." 더글라스가 말하며 여전히 '티퍼레리로 가는 길은 멀다네'를 부르고 있는 향토방위군 두 명 사이를 비집고 나가려 애썼다. 하지만 그 둘은 단단한 벽을 이루고 있었다. 더글라스는 둘을 에둘러 가려 해보았지만, 열 명이 넘는 사람들이 객차를 타려고 하면서 그녀를 문에서 객차 안으로 밀고 있었다. 더글라스는 다시 사람들을 밀며 문으로 갔다.

문이 닫히고 있었다. 만약 지금 내리지 못하면, 더글라스는 흥에 겨워 야단법석을 떠는 이 인파 속에서 동료들을 다시는 찾을 수 없을 것이다. "제발 좀 비켜주세요. 여기서 내려야 해요!" 더글라스는 문으로 가기 위해 술에 거나하게 취한 수병 두 명 사이로 몸을 비집으며 말했다. 하지만 둘 사이에는 빠져나갈 공간이 거의 없었다. 그녀는 문이 닫히지 않도록 양 팔꿈치로 문을 버텼다.

"승강장 틈을 조심해, 더글라스!" 페이지가 외치며 손을 내밀었다.

더글라스는 그 손을 잡았고, 발을 내디디며 기차에서 펄쩍 뛰어내렸다. 그리고 발이 플랫폼에 닿기도 전에 기차는 출발해 터널 속으로 사라졌다.

"다행이다!" 페이지가 말했다. "다시는 널 못 볼까 봐 걱정했어."

'못 볼 거야.' 더글라스가 생각했다.

"이쪽이야!" 리어던이 유쾌하게 외치며 플랫폼을 따라 출구로 향하기 시작했다. 하지만 플랫폼은 열차와 마찬가지로 사람들로 꽉 차 있었다. 플랫폼을 빠져나와 터널을 통과해 에스컬레이터까지 가는 데 15분이 걸렸으며, 에스컬레이터에서도 상황은 나아지지 않았다. 사람들은 양철 피리를 불고, 환호성을 지르고, 에스컬레이터를 타고 올라가며 몸을 난간 너머로 내밀고 색종이 조각을 뿌렸고, 어디선가는 베이스 드럼을 치는 소리도 들렸다.

더글라스보다 다섯 계단 위에 있던 리어던이 난간을 잡고 뒤돌아보며 외쳤다. "밖으로 나가기 전에 만날 장소를 정하자! 헤어질 경우에 대비해서!"

"트래펄가 광장에서 보기로 한 거 아니었어?" 페이지가 외쳤다.

"그랬지." 리어던이 외쳤다. "하지만 트래펄가 광장 어디?"

"사자 동상들이 있는 곳?" 페이지가 제안했다. "네 생각은 어때, 더글라스?"

'거긴 안 될 거야.' 더글라스가 생각했다. '사자 동상은 네 개가 있고, 또한 수천 명이 들어찬 광장 한가운데에 있으니까. 맞는 동상을 찾을 수 없는 건 물론이고 설사 찾아간다 할지라도 거기서는 아무것도 볼 수 없을 거야.'

만날 장소는 서로를 볼 수 있는 높은 곳으로 정해야 했다. "국립 미술관 계단!" 더글라스가 다른 둘에게 외쳤다.

리어던이 고개를 끄덕였다. "국립 미술관 계단."

"언제?" 페이지가 물었다.

"자정." 리어던이 말했다.

'안 돼.' 더글라스가 생각했다. '만약 내가 오늘 떠나기로 하면 그곳에 자정까지는 가 있어야 하고, 거기에 가는 데 거의 1시간이 걸릴 거야.' "자정은 안 돼!" 더글라스가 외쳤지만, 그 목소리는 그녀 위쪽 계단에 선 초등학교 남학생이 열심히 불어대는 장난감 호른 소리에 묻혀버렸다.

"자정에 국립 미술관 계단." 페이지가 따라 말했다. "아니면 우리는 다시 호박이 되는 거야."

"안 돼, 페이지!" 더글라스가 외쳤다. "우리는 더 일찍 만나야…."

하지만, 다행히도 리어던이 이미 말하고 있었다. "그때는 안 되겠어. 오늘 밤 지하철은 11시 30분까지만 운행하고, 우리가 돌아가지 않으면 소령님은 우리 목을 칠 거야."

11시 30분. 그건 더글라스가 강하 지점으로 더 일찍 출발해야 한다는 뜻이었다.

"하지만 우리는 여기에 방금 도착했잖아." 페이지가 말했다. "그리고 전쟁은 끝났…."

"우리는 아직 동원 해제가 되지 않았어." 리어던이 말했다. "그

때까지 우리는 여전히….”

“네 말이 맞네.” 페이지가 동의했다.

“그러면 11시 15분에 국립 미술관 계단에서 만나자. 알겠지? 더글라스?”

‘안 돼.’ 더글라스가 생각했다. ‘나는 아마도 그 전에 가야 할 거야. 그리고 너희들이 나를 기다리다가 결국 늦게 돌아가게 되는 건 원치 않아.’

더글라스는 만약 자기가 오지 않으면 먼저 돌아가라고 동료들에게 말해야 했다. “아니, 기다려!” 하지만 리어던은 이미 에스컬레이터 꼭대기에 도착해 좀 전보다 더 많은 인파 속으로 들어가고 있었다. 리어던이 잠시 돌아보며 말했다. “날 따라와, 얘들아.” 그러고는 아수라장 속으로 사라졌다.

“기다려! 리어던! 페이지!” 더글라스가 외쳤고, 페이지를 따라잡기 위해 움직이는 계단을 올라가려 했지만, 호른을 부는 소년이 길을 막고 있었다. 더글라스가 에스컬레이터 꼭대기에 도착했을 때 리어던은 보이지 않았고, 페이지는 이미 회전 개찰구에 거의 다 도착해 있었다. “페이지!” 더글라스가 다시 외치고 페이지 뒤를 쫓아가기 시작했다.

페이지가 뒤로 돌았다.

“기다려줘!” 더글라스가 외쳤고, 페이지가 고개를 끄덕이며 옆으로 비키려 했지만, 사람들에 밀려 개찰구를 통과하고 말았다.

“더글라스!” 페이지가 외치며 거리로 나가는 계단을 가리켰다.

더글라스는 고개를 끄덕이고 그쪽으로 향했지만, 그녀가 페이지가 있던 곳에 도착했을 때, 페이지는 계단을 반쯤 올라간 상태에서 금속 난간에 필사적으로 달라붙어 있었다. “더글라스, 리어던 보여?" 페이지가 아래에 있는 더글라스에게 외쳤다.

"아니!" 더글라스가 외쳤고, 왁자지껄 떠들고 요란스레 웃어대는 인파에 휩쓸려 가지 않으려 몸을 버텼다. 사람들은 계속해서 계단을 올라가 거리로 향하고 있었다. "잘 들어. 떠날 시간까지 모두 그 계단에 모이지 못해도 시간이 되면 기다리지 말고 그냥 가는 거로 하자!"

"뭐라고?" 페이지가 점점 더 요란해지는 소음 너머로 외쳤다. 그들 바로 위에서 중산모를 쓴 남자가 외쳤다. "처칠을 위해 만세 삼창!" 그리고 군중은 그 말에 따라 외쳤다. "만세! 만세! 만세!"

"날 기다리지 말라고 했어!"

"안 들려!"

"몽고메리를 위해 만세 삼창!" 그 남자가 외쳤다. "만세!…."

환호하는 군중들은 서로 밀고 밀리며 마치 병에서 코르크 마개가 빠지듯 계단을 올라갔다. 그리고 거리에 빽빽이 들어찬 인파에 합류했다. 그리고 더욱더 큰 소음 속으로 들어갔다. 사방에서 자동차 경적들과 종들이 울려댔다. 콩가 춤을 추는 줄이 구불구불 지나가며 노래했다. "덩 더더더 덩, 우후!"

더글라스는 페이지가 있는 곳으로 가 그녀의 팔을 잡았다. "기다…."

"네가 하는 말 하나도 안 들려, 더글…." 페이지가 말을 하다가 멈췄다. "오, 세상에!"

군중이 둘에게 부딪히고, 에워싸고, 지나가며 일종의 소용돌이를 이루었지만, 페이지는 전혀 신경 쓰지 않았다. 그녀는 경외감에 빠진 표정으로 두 손을 가슴에 모으고 서 있었다. "오, 저기, 저 빛을 봐!"

상점들과 극장 입구 위의 대형간판과 세인트마틴 인 더 필즈 교회의 스테인드글라스 창들에 전깃불이 켜져 있었다. 그 불빛들은 넬슨 기념비의 받침대를 밝히고, 사자 동상들과 분수 역시 밝혔다. "이렇게 아름다운 광경은 처음이지 않니?" 페이지가 감탄했다.

비록 5년 동안 등화관제 속에서 살아온 이 시대 사람들이 느끼는 것만큼 아름답게 느낄 수는 없겠지만, 그래도 그 빛은 더글라스의 눈에도 아름다웠다. "응." 트래펄가 광장을 바라보며 더글라스가 말했다.

세인트마틴의 기둥들에는 깃발이 드리워졌으며, 그곳 포치에는 어린 여자아이가 화려하게 불꽃을 튀겨대는 막대 폭죽을 흔들며 서 있었다. 탐조등들이 하늘을 가로질렀고, 광장 저쪽에서는 거대한 모닥불이 타고 있었다. 두 달 전, 아니 2주 전만 해도 저 모닥불은 바로 지금 이 런던 시민들에게 공포와 죽음과 파괴를 뜻했을 것이다. 하지만 이제 런던 시민들은 불길을 보아도 더 이상 어떤 공포도 느끼지 않았다. 그들은 모닥불 주위에서 춤을 추었고, 머리 위로 갑자기 비행기의 엔진음이 들리면 환호성을 지르고 손을 들어 승리를 뜻하는 V를 표시했다.

"아름답지 않니?" 페이지가 물었다.

"응!" 더글라스가 페이지의 귀에 대고 외쳤다. "그리고 있잖아, 만약 내가 11시 15분까지 계단에 나타나지 않으면 나를 기다리지 마."

하지만 페이지는 그 말에 전혀 주의를 기울이지 않고 있었다. "노래 가사랑 똑같아." 페이지는 그 자리에서 꼼짝도 하지 않으며 노래를 부르기 시작했다. "온 세상에 빛이 다시 발할 때…."

근처에 있는 사람들이 페이지를 따라 함께 노래하기 시작했지만, 이윽고 중산모 쓴 사람이 "영국 공군에게 만세 삼창!"이라고 외치자 노래는 만세 삼창으로 변했고, 이어서 취주 악대의 '지배하라 브리타니아여' 연주가 들려오자 다시 그 노래를 합창하기 시작했다.

흥에 겨운 군중은 더글라스와 페이지를 밀며 떼어놓았다. "페이지, 기다려!" 더글라스가 외치며 페이지의 소매를 잡으려 했지만, 미처 그러기 전에 어떤 영국 육군 일병이 더글라스를 붙잡아 자기 쪽으로 돌려 몸을 기울이고 입술에 진한 키스를 하더니 다시 일으켜 세워 원래대로 몸을 돌린 뒤, 다른 여자를 붙잡았다.

그 모든 과정은 1분도 걸리지 않았지만, 충분히 긴 시간이었다. 페이지는 사라지고 보이지 않았다. 더글라스는 마지막으로 봤을 때 페이지가 가던 방향으로 향하며 그녀를 찾아보다가 마침내 포기했고, 광장을 가로질러 국립 미술관으로 향했다.

더글라스는 역과 거리에서 이미 이보다 더 붐빌 순 없을 거라 생각했지만, 나와보니 트래펄가 광장은 그보다도 더 붐볐다. 엄청난 수의 사람들이 넬슨 기념비의 받침대에 앉고, 사자 동상들 위에 올라타 앉고, 분수 옆에 앉고, 미국 수병들이 가득한 지프 위에도 앉아 있었다. 그 지프는 계속 경적을 울리며 광장 중앙을 통과해 가려는 불가능한 시도를 하고 있었다.

더글라스가 그 지프를 지날 때, 수병 한 명이 차 문밖으로 몸을 내밀어 그녀의 팔을 잡았다. "태워줄까요, 예쁜 아가씨?" 그가 묻더니 더글라스를 번쩍 들어 지프에 태웠다. 그 수병은 운전사에게 과장된 영국식 악센트로 말했다. "버킹엄 궁전으로 가게, 서두르도록! 그러면 되겠습니까, 아가씨?"

"아니요." 더글라스가 말했다. "저는 국립 미술관에 가야 해요."

"국립 미술관으로 가자, 지브스!" 수병이 명령했다. 하지만 지프는 꼼짝도 하지 못했다. 지프는 사람들에게 완벽히 에워싸여 있었다. 더글라스는 페이지를 찾기 위해 엔진 덮개 위로 기어 올라갔다. "헤이, 예쁜 아가씨, 어디에 가는 거예요?" 더글라스가 일어나자 수병이 말하며 그녀의 다리를 잡았다.

더글라스는 그의 손을 뿌리치고 채링크로스를 돌아보았지만, 페이지나 리어던은 보이지 않았다. 지프가 슬금슬금 앞으로 나아갔고, 그녀는 지프 방풍창을 잡고 몸을 돌려 국립 미술관 계단을 바라보았다.

"비켜요, 아가씨!" 운전하던 수병이 더글라스를 향해 외쳤다. "길이 안 보이잖아요."

지프는 몇 바퀴 구르더니 다시 멈췄고, 더 많은 사람이 엔진 덮개 앞으로 몰려들었다. 수병이 경적을 울리자 사람들은 지프가 지날 수 있을 정도로 양옆으로 길을 비켰고, 지프는 슬금슬금 몇 미터 정도 더 나아갔다.

하지만 국립 미술관 반대 방향이었다. 그녀는 지프에서 내려야 했다. 꿈틀거리며 지나는 콩가 춤 줄에 막혀 지프가 다시 멈췄을 때 더글라스는 그 기회를 놓치지 않고 엔진 덮개에서 내려왔다. 더글라스는 군중을 뚫고 국립 미술관으로 걸으며, 페이지나 리어던이 없는지 계단을 살폈다. 시계가 종을 쳤고, 그녀는 세인트마틴 인 더 필즈 교회를 힐끗 바라보았다. 10시 15분이었다. 벌써?

만약 오늘 밤 돌아갈 생각이라면 11시까지는 지하철역에 가 있어야 했다. 그렇지 않으면 강하 지점까지 갈 수 없을 것이다. 그리고 그곳까지는 국립 미술관 계단까지 가는 것보다도 시간이 더 걸릴 것이다. 그러니 지금 돌아서야 했다.

하지만 더글라스는 페이지에게 작별 인사도 없이 떠나기는 싫었다. 사실 진짜로 작별 인사를 할 수는 없었다. 더글라스는 고향에 있는 어머니가 아프다는 핑계를 대야 했다. 엄밀하게 말하자면 무단이탈이 되겠지만, 전쟁이 끝났으니 어쨌든 며칠 안쪽으로 동원 해제가 되겠지.

더글라스는 원래 오늘 밤에 돌아갈 생각이었다. 지부에 있는 모두가 런던에 있기에 작별 인사 없이 슬그머니 떠나기 쉬워서였다. 하지만 만약 내일 떠난다면, 비록 몰래 빠져나가기는 더 어렵겠지만 마지막으로 한 번 더 모두를 볼 수 있다. 그리고 페이지가 자신을 기다리다가 막차를 놓쳐 곤란한 상황에 빠지는 것도 원치 않았다.

하지만 페이지는 더글라스가 나타나지 않으면 사람들이 너무 붐벼 못 오나 보다 생각하며 기다리지 않고 갈 것이다. 이제 전쟁이 끝났으니, 더글라스가 나타나지 않는다고 해서 V-2 폭격으로 죽었을까 봐 걱정할 리 없었다. 그리고 설사 더글라스가 여기에 더 있다 하더라도, 이런 혼란통에 페이지를 찾는다는 보장도 없었다. 국립 미술관 계단은 사람들로 가득했다. 더글라스는 절대로… 아니, 저기 페이지가 돌난간에 몸을 기대고 초조한 눈으로 인파를 살피고 있었다.

더글라스는 페이지에게 손을 흔들었다. 하지만 수백, 수천의 사람들이 유니언잭을 흔드는 상황에서는 전혀 소용없는 행동이었다. 그래서 더글라스는 사람들을 밀며 단호히 계단으로 향했고, 오른쪽에서 콩가 춤 소리가 '덩덩덩'하고 들리자 왼쪽으로 방향을 틀었다.

계단은 사람들로 꽉 차 있었다. 더글라스는 좀 덜 붐비리라는 기대를 품고 사람들을 밀며 계단 가장자리로 갔다.

덜 붐비기는 했지만, 약간뿐이었다. 더글라스는 사람들 사이 계단 또는 발을 밟으며 위로 올라가기 시작했다. "죄송합니다… 미안합니다… 죄송합니다."

돌연 심장이 멈출 듯한 날카로운 사이렌 소리가 들렸고, 광장 전체가 조용해지며 그 소리에 귀를 기울였다. 이윽고 그게 공습경보 해제 사이렌이라는 것을 깨달은 사람들은 환호성을 질렀다.

더글라스 바로 정면 계단에 우람한 인부가 앉아 있었는데, 그 남자는 두 손으로 머리를 감싼 채 마치 무척이나 슬픈 듯이 흐느꼈다. "괜찮으세요?" 더글라스가 걱정되어 그 남자의 어깨에 손을 올리며 물었다.

그 남자가 고개를 들었고, 혈색 좋은 얼굴에서는 눈물이 흘러내렸다. "괜찮고 말고요." 그 남자가 말했다. "공습경보 해제 사이렌 때문에요." 그 남자는 뺨을 닦으며 더글라스가 지나갈 수 있도록 일어섰다. "내 평생 이렇게 아름다운 소리는 처음이거든요."

그 남자는 더글라스의 팔을 잡아주며 다음 계단으로 오르는 걸 도왔다. "자, 가세요, 아가씨. 어이, 이 아가씨가 지나가게 좀 비켜요." 남자가 그 위의 사람들에게 외쳤다.

"고맙습니다." 더글라스가 감사를 표했다.

"더글라스!" 페이지가 위에서 외쳤고, 더글라스가 고개를 들어보니 페이지가 마구 손을 흔드는 게 보였다. 그들은 서로에게 다가갔다. "어디 갔었어?" 페이지가 다그치듯 물었다. "돌아보니까 네가 없는 거야! 리어던 봤어?"

"아니."

"나는 여기에 오면 개나 다른 애들을 볼 수 있을 줄 알았어." 페이지가 말했다. "하지만 아직 아무도 못 찾았어."

더글라스는 군중을 보며 그 이유를 알 수 있었다. 자료에 따르면 전승 기념일에 트래펄가 광장에는 1만 명이 운집했지만, 오늘 밤 벌써 이곳에는 그 정도로 많은 사람이 와서 웃고 환호하고 모자를 공중에 던져댔다. 저쪽 모퉁이에서는 콩가 춤 줄이 국립 초상화 미술관을 향해 구불거리며 나아갔고, 어느새 아일랜드 지그를 추는 중년 여인들의 줄로 바뀌어있었다.

더글라스는 이 장면을 모두 머릿속에 담아두려, 자신이 목격하는 이 놀라운 역사적 사건의 세세한 부분까지 전부 기억해두려 애썼다. 노퍽 연대 장교 세 명과 함께 분수에서 첨벙거리는 젊은 여자. 양귀비꽃을 나눠주는 통통한 여자, 그리고 그 여자가 꽃을 내밀자 그녀의 뺨에 키스하는 우락부락해 보이는 군인 둘. 넬슨 기념비에서 여자아이 한 명을 끌어내리려 애쓰는 경찰, 그리고 그런 경찰을 피해 몸을 구부리고 그 경찰의 얼굴에 코끼리 나팔을 부는 여자아이. 그리고 그 행동에 껄껄대는 경찰. 그 사람들은 마치 전쟁에서 이긴 게 아니라 감옥에서 풀려나온 사람들처럼 보였다.

그리고 사실 그랬다.

"봐!" 페이지가 외쳤다. "저기 리어던이 보여."

"어디?"

"사자상 옆에."

"어느 사자?"

"저 사자." 페이지가 가리켰다. "코 일부가 없는 사자."

그 사자 주위에는 수십 명이 둘러서 있었고, 경사진 등과 머리와 (런던 대공습 때 하나가 부서진) 발에 올라간 사람들도 잔뜩 있었다. 수병 한 명은 사자 머리에 자기 모자를 씌운 채 사자의 등에 걸터앉아 있었다.

"사자 정면에서 왼쪽으로 서 있어." 페이지가 방향을 알려줬다. "보여?"

"아니."

"가로등 옆에."

"소년이 무릎으로 타고 올라가고 있는 거?"

"응. 이제 그 왼쪽을 봐."

더글라스는 페이지가 말한 곳에 서 있는 사람들을 훑어보았다. 모자를 흔들어대는 수병 한 명, 검은색 코트 깃에 적, 백, 청색 장미 매듭 장식을 한 나이 지긋한 여자 둘, 하얀 원피스를 입은 금발 십대 소녀 한 명, 녹색 코트를 입은 빨간 머리의 예쁜….

'세상에나, 저 여자는 메로피 워드랑 똑 닮았네.' 더글라스가 생각했다. 그리고 저 믿을 수 없을 정도로 밝은 녹색의 코트는 의상실의 멍청한 기술자들이 이 시대 사람들이 전승 기념일을 축하할 때 입은 거라고 메로피에게 말할 만한 딱 그런 의상이었다.

그리고 그 젊은 여자는 환호성을 지르거나 소리 내 웃고 있지 않았다. 그 여자는 진지한 표정으로 마치 세세한 모습까지 모두 기억하려는 듯이 국립 미술관 계단을 보고 있었다. 그 여자는 분명히 메로피였다.

더글라스는 팔을 들어 그 여자에게 손을 흔들어 보였다.

3

이 전쟁에서 지면 다음이란 없다.

— 에드워드 R. 머로우, 1940년 6월 17일

런던, 1940년 10월 26일

사이렌이 소리를 높였다 낮췄다 하며 울려댄 뒤 잠깐 동안, 폴리는 스타킹 상자를 들고 그대로 서 있었다. 심장이 쿵쾅거렸다. 이윽고 도린이 말했다. "아, 안 돼, 공습이면 안 돼! 오늘은 공습 없이 지나갈 거라고 확신했는데."

'공습 없이 지나가는 게 맞아.' 폴리가 생각했다. '뭔가 착오가 분명해.'

"그리고 마침내 막 손님이 왔는데." 도린이 짜증을 내며 덧붙였다. 그녀는 열리고 있는 승강기를 가리켰다.

'아, 안 돼, 하필 이런 때 마이크와 에일린이 돌아오다니.' 폴리는 서둘러 승강기로 갔지만, 그 안의 사람들은 그 둘이 아니었다. 멋지게 차려입은 젊은 여자 둘이 승강기에서 내렸다. "죄송하지만 공습 중입니다." 스넬그로브 양 역시 다가오며 말했다. "하지만 저희에게 아주 편안하고 특별히 튼튼하게 지은 방공호가 마련되어 있습니다. 세바스찬 양이 두 분을 거기까지 모셔다드릴 겁니다."

"이쪽으로 가시죠." 폴리가 말하고 둘을 데리고 문을 통과해 계단을 내려갔다.

"어휴, 어째." 젊은 여자 가운데 한 명이 말했다. "어젯밤에 파젯스 백화점이 그렇게 됐는데 또…."

"그러게." 다른 여자가 대답했다. "들었어? 다섯 명이 죽었대."

'마이크와 에일린이 여기 없어서 정말 다행이야.' 폴리가 생각했다. 자칫하면 둘이 승강기로 올라오고 있을 때 사이렌이 울려 이곳 방공호로 안내될 수도 있었고, 그랬다면 사망자에 대해 듣지 않을 수가 없었다. 그리고 마이크에게 그게 불일치가 아니라고 설득할 방법이 없었다.

"그 사람들이 파젯스 백화점의 방공호에서 죽었어?" 첫 번째 여자가 걱정스러운 듯이 물었다. 사이렌 때문에 그 여자는 소리를 질러야 했다. 사이렌 소리가 뭉개져 들리던 파젯스 백화점의 계단과 달리, 벽으로 에워싸인 이곳 공간은 매장에 있을 때보다 사이렌 소리를 더욱 크게 증폭시켰다.

"모르겠어." 다른 여자가 소리쳐 대답했다. "요즘은 어디도 안전하지 않아." 그녀는 전날 폭탄을 맞은 택시 이야기를 하기 시작했다.

그들은 거의 지하실에 도착했다. '제발 방공호에 마이크와 에일린이 없어야 할 텐데.' 폴리는 젊은 여자들의 대화를 듣는 둥 마는 둥 하며 생각했다. '제발….'

"만약 내가 내 꾸러미를 그 여자 것과 헛갈리지 않았다면…." 젊은 여자가 말하고 있었다. "우리 둘 다 죽었을 거야…."

사이렌 소리가 그쳤다. 잠시 정적이 뒤따랐고, 이어서 공습경보 해제 사이렌이 울렸다.

"가짜 경보네." 다른 젊은 여자가 밝게 말했다. 그들은 계단을 올라가기 시작했다. "우리 편 비행기를 독일 폭격기로 오해한 게 분명해." 그럴듯했다. 하지만 마이크를 설득하기에는 부족했다. 폴리는 마이크와 에일린이 사이렌 소리가 안 들리는 곳에 있었기를 바랐다.

하지만 사망자가 다섯 명이라는 걸 이 여자들이 안다는 사실은 그게 신문에 났다는 걸 뜻했다. 만약 그렇다면 신문 판매대 옆 뉴스판에 그 내용이 분필로 적혀 있고, 신문 파는 소년들은 그 내용을 외치고 다닐 것이다. 마이크가 그 사실을 모를 수가 없었다. 그렇다고 백화점 점원이 손님에게 "사망자 소식은 어떻게 아셨어요?"라고 물을 수도 없었다.

폴리는 자기와 함께 있는 이 젊은 여자들이 그 주제를 다시 꺼내길 바랐지만, 이제 그 둘은 팔꿈치까지 올라오는 장갑 구매에만 오롯이 집중했다. 둘이 어떤 장갑을 살지 결정하는 데는 거의 1시간이 걸렸고, 그 둘이 떠났을 때까지도 마이크와 에일린은 여전히 돌아오지 않았다. '잘됐어.' 폴리가 생각했다. '둘이 사이렌 소리를 듣지 못했을 가능성이 아주 크다는 뜻이니까.' 하지만 이미 2시가 넘었다. 둘은 어디에 있는 걸까?

'신문 판매 소년이 파젯스 백화점에서 사망자가 다섯 명이 나왔다는 헤드라인을 외치고 다니는 걸 마이크가 들은 거야. 그래서 시체들을 보러 시체 보관소에 간 거야.' 폴리가 걱정했지만,

30분 뒤 돌아온 마이크와 에일린은 사망자나 파젯스 백화점에 관해 아무 말도 하지 않았다. 둘은 시어도어네 집에서 지연된 것이었다.

"시어도어가 날 보내지 않으려 했어." 에일린이 설명했다. "걔가 어찌나 떼를 쓰는지 하는 수 없이 동화책 읽어주고 간다고 약속을 해야 했거든."

"그리고 돌아오는 길에 에일린이 보았던 여행용품점에 들렀어. 지도가 있는지 보려고." 마이크가 말했다. "하지만 그곳은 어젯밤에 폭격을 당했더라."

"그래도 가게 주인이 거기 있었어." 에일린이 말했다. "그리고 채링크로스 로드에 다른 가게가 있다고 알려줬어. 하지만…."

스넬그로브 양이 도린의 판매대에서 못마땅하다는 눈으로 그들을 노려보고 있었다. "그건 나중에 집에 가면 이야기해줘." 폴리가 말했다. 폴리는 둘에게 코트, 리케트 부인 집의 현관 열쇠, 리어리 부인 집의 주소를 건넸다. "나는 아마 늦을 거야." 폴리가 덧붙였다.

"네가 집으로 오기 전에 공습이 있으면 우리 먼저 지하철역으로 가야 해?" 에일린이 긴장하며 물었다.

"아니. 리케트 부인 집은 안전해." 폴리가 속삭였다. "이제 가. 난 직장을 잃기 싫어. 우리 셋의 유일한 직장이잖아."

폴리는 둘이 떠나는 모습을 지켜보며 그들이 새로운 숙소에 적응하느라 너무 바빠서 파젯스 백화점이나 낮의 공습에 관해 다른 누구와 이야기할 짬이 없기를 바랐다. 폴리는 내일 병원에 가서 사망자가 정말로 다섯 명인지 확인할 계획이었지만, 만약 사망자 이름들이 신문에 실렸다면 내일까지 기다릴 수가 없었다. 폴리는 오늘 밤에 병원에 가야 했고, 가엾은 에일린은 리케트 부인 집의 첫 번째 저녁 식사를 혼자서 감당해야 했다.

하지만 곧장 집으로 가는 게 나을 뻔했다. 마저리는 여전히 면회가 불가능했고, 환자의 입원과 퇴원을 관리하는 엄격한 간호사는 사망자에 대해 아무 정보도 주려 하지 않았다. 폴리는 집으로 돌아왔고, 식사실에서 다들 먹는 소리가 들렸다. 하지만 에일린은 가방을 가지고 응접실에 앉아 있었다. "넌 왜 저녁 안 먹어?" 폴리가 물었다.

"리케트 부인이 내 배급 수첩을 달라고 했고, 파젯스 백화점에 관해 말했더니 새 배급 수첩을 받기 전에는 자기 집에서 식사할 수 없다는 거야. 마이크는 여기에 없었고…."

"마이크는 어디에 있어? 리어리 부인 집?"

"아니. 마이크는 리어리 부인에게 방을 빌리고 리젠트 스트리트에 있는 여행용품점에 갔다가 예전 집에 들러 옷들을 가지고 온다고 했어. 하지만 늦을 거라면서 기다리지 말고 노팅힐게이트 역으로 곧장 가라고, 거기서 만나자고 했어. 오늘 밤에는 공습이 언제 시작해?" 에일린이 초조한 목소리로 물었다.

"쉿." 폴리가 속삭였다. "그런 얘기는 여기서 하면 안 돼. 방으로 올라가자."

"안 돼. 리케트 부인이 말하길, 돈을 내기 전에는 이곳에 있을 수 없다고 했어."

"돈을 내? 나랑 같은 방에 산다고 말 안 했어?"

"했어." 에일린이 말했다. "하지만 10실링 6펜스를 내기 전에는 안 된대."

"그 여자랑 이야기를 해야겠네." 폴리가 단호히 말하며 에일린의 가방을 집어 들었다. 그녀는 에일린을 방으로 데려가 그곳에 두고 부엌으로 내려와 리케트 부인에게 따졌다.

"제가 이사 들어올 때 그 방이 2인실이라며 이미 두 명분 돈을 다 받으셨잖아요." 폴리가 항의했다. "그러니 돈을 더 받을…."

"당신 아니라도 방을 원하는 사람들은 많아요." 리케트 부인이 말했다. "오늘도 군 간호사 세 명이 방이 있는지 보러 왔어요."

'그리고 당신은 2인실에 돈을 세 배는 물릴 계획이겠지.' 하마터면 폴리는 그렇게 따질 뻔했지만, 쫓겨날 위험을 감수할 수는 없었다. 에일린은 이미 시어도어의 어머니에게 이 집 주소를 주었을 것이고, 리케트 부인은 구조팀이 나타났을 때 그들이 어디로 갔는지 알려줄 인물이 아니었다. 폴리는 추가로 10실링 6펜스를 내고 위층으로 돌아왔다.

그때 라버넘 양이 빈 유리병 하나와 코코넛 껍질이 가득 담긴 가방을 들고 막 방에서 나왔다. "병에 담긴 어니스트의 메시지에 쓰려고요." 그녀가 설명했다. "고드프리 경은 위스키병을 구해달라고 했지만, 그곳엔 브라이트포드 부인의 어린아이들도 있잖아요. 오렌지 주스 병이 더 맞을 거라 생각해서…."

폴리가 말을 잘랐다. "고드프리 경에게 오늘 밤 연습에 제가 갈 수 없을 거라고 전해주시겠어요? 사촌이 이사 들어와서 정리하는 걸 도와야 하거든요."

"오, 그럼요. 사촌이 참 안됐어요." 라버넘 양이 말했다. "죽은 다섯 명 가운데 당신 사촌이 아는 사람이 있나요?"

아, 이런. 라버넘 양도 사망자들에 관해 알았다. 이제 폴리는 마이크와 에일린이 극단원들과도 만나지 못하게 해야 했다.

"그 사람들이 판매 보조원들이었나요?" 라버넘 양이 물었다.

"아니요." 폴리가 말했다. "하지만 그 사고 때문에 굉장히 큰 충격을 받았어요. 그러니 사고에 관해서는 제 사촌에게 아무 말씀도 하지 않으셨으면 해요."

"오, 그래요. 당연하죠." 라버넘 양이 폴리에게 장담했다. "당신 사촌을 더 힘들게 하고 싶지는 않아요." 라버넘 양의 대답이 진심인 건 확실했지만, 라버넘 양 또는 하숙집의 다른 사람들이 실수할 수 있었다. 폴리는 어떻게든 방법을 찾아 내일 마저리를 만나야 했다.

"끔찍한 일이에요." 라버넘 양이 말하고 있었다. "너무나 많은 사람이 죽었어요. 이 전쟁이 어떤 식으로 끝날지 누가 알겠어요?"

"그렇죠." 폴리가 말했고, 다행히 그때 사이렌이 울렸다. "고드프리 경에게 제가 못 가는 이유를 꼭 말해주세요. 미리 감사드려요."

"오, 하지만 공습 중에 이곳에 그냥 있을 생각은 아니겠죠? 그럼 안 되죠, 히바드 양?" 라버넘 양은 검은 우산과 뜨개질감을 들고 자기 방에서 서둘러 나오는 히바드 양에게 물었다.

"오, 안 되죠." 히바드 양이 말했다. "그건 너무 위험해요. 도밍 씨, 세바스찬 양에게 말 좀 해주세요. 사촌이랑 함께 우리와 같이 가야 한다고요."

이러다 지금 당장에라도 밖이 왜 이리 소란스러운가 보기 위해 에일린이 문을 열 수도 있었다. "사촌에게 기본적인 것들을 가르쳐주고 곧바로 방공호로 갈게요." 사람들을 내보내기 위해 폴리가 약속했다. 그녀는 사람들을 계단 아래까지 배웅했다.

"너무 늦지 말아요." 문에서 라버넘 양이 말했다. "고드프리 경은 크라이턴과 메리 아가씨가 나오는 장을 연습하고 싶다고 하셨어요."

"사촌이 있어서 연습에 참여할 수 없을…."

"사촌을 데리고 오면 되지요." 라버넘 양이 말했다.

폴리는 고개를 저었다. "제 사촌은 조용한 곳에서 쉬어야 해요." '그리고 사망자가 다섯 명이라는 걸 아는 사람들에게서 떼어놔야 하고요.' "고드프리 경에게 내일 저녁에는 참여하겠노라고 말해주세요. 약속할게요." 폴리가 말하고 계단을 뛰어 올라갔다.

폴리는 리케트 부인도 사람들과 함께 나간 게 확실해질 때까지 기다렸다가 다시 계단을 뛰어 내려와 부엌으로 갔다. 그녀는 불 위에 주전자를 올려 물을 끓이고, 쟁반에 빵, 마가린, 치즈, 나이프, 포크를 담고, 차를 우려 그것들을 에일린에게 가져갔다.

"리케트 부인이 방에서 음식을 먹으면 안 된다고 했어." 에일린이 말했다.

"그러면 즉시 식사 제공을 했어야지." 폴리가 침대 위에 쟁반을 놓았다. "하지만, 사실 그렇게 안 해서 다행이야. 이게 저녁 식사 음식보다 훨씬 더 나아."

"하지만 사이렌은?" 에일린이 걱정된 목소리로 말했다. "우리 여기서…."

"공습은 8시 46분에 시작돼." 폴리가 빵에 마가린을 발라 에일린에게 건넸다. "그리고, 말했잖아. 여기는 안전해. 이 주소는 던워디 교수님이 안전하다고 허가해주신 목록의 장소야."

폴리는 에일린에게 차를 따라줬다. "오늘 군 비행장 이름을 몇 개 더 알아냈어." 폴리는 말하고 그 이름들을 읽어줬지만, 에일린은 이름마다 고개를 저었다.

"거기가 헨던이 아닐까?" 폴리가 물었다.

"아니야. 미안해. 듣거나 보면 바로 알 수 있어. 지도가 있으면 좋았을 텐데."

"채링크로스 로드의 가게에 들러봤어?"

"응. 하지만 가게 주인은 지도로 뭘 하려고 그러냐고 캐물었고, 온갖 질문을 해댔어. 심지어 마이크에게는 무슨 사고로 다리를 다쳤는지도 물었어. 꼭 우릴 체포당하게 하려고 그러는 거 같았어. 마이크는 그 가게 주인이 우리를 독일 간첩이라고 생각한댔어."

"그랬을 거야." 폴리가 말했다. "나라도 그렇게 생각했을걸. 공장들 사진을 찍는다거나, 방위 체계에 대해 질문을 한다거나 하는 따위 수상한 행동을 하는 사람들을 조심해야 한다고 경고하는 온갖 포스터들이 여기저기 붙어 있잖아. 그리고 지도를 사려는 것도 분명히 그 범주에 들어갈 거야."

"하지만 그러면 지도를 어떻게 구해?"

"모르겠어. 타운젠드 브라더스 백화점의 서적 매장에 가서 지도책 같은 게 있는지 확인해볼게."

"거기에 《ABC 철도 가이드》도 있을까?" 에일린이 물었다.

"응. 그걸로 백베리에 가는 기차 시간표를 확인했어." 폴리가 말했고, 왜 철도 가이드를 쓸 생각을 미처 못했을까 생각했다. 철도 가이드에는 역들이 알파벳 순으로 나와 있었다. 그러니 'ㄷ'이나 'ㅌ', 'ㅍ'로 시작하는 이름의 제럴드의 군 비행장을 찾을 수 있을 것이다. "아이들을 런던으로 데려올 때 《ABC 철도 가이드》를 썼어?"

"아니. 애거서 크리스티의 소설 가운데 ABC를 써서 미스터리를 푸는 게 있어." 에일린이 말했다. "우리도 그걸 써서 우리 미스터리를 풀 수 있을 거야."

'우리 미스터리가 그렇게 간단하다면 그렇겠지.' 폴리가 생각했다.

에일린이 천장을 쳐다보았다. "저거 폭격기 소리야?"

"아니. 빗소리야. 하지만 다행히도…." 폴리가 부드러운 목소리로 말했다. "우리에게는 우산이 있어."

폴리는 쟁반을 가지고 아래층으로 내려갔고, 마이크에게 줄 샌드위치를 만들어 에일린과 함께 노팅힐게이트 역으로 갔다. 비는 거세게 내렸고 얼음처럼 차가웠다. 라버넘 양이 에일린에게 코트를 가져다주어 다행이었다. 동시에, 우산도 하나 더 가져다주었으면 좋았을 거라고 아쉬운 마음이 들었다. 에일린의 우산 아래로 몸을 구부린 채 길 모르는 에일린을 끌고 비에 젖고 어두운 거리를 제대로 가는 건 불가능했다. 폴리는 발목까지 차오르는 웅덩이에 두 번이나 빠졌다.

"난 여기가 싫어." 에일린이 말했다. "내가 시어도어처럼 말한다 해도 상관없어. 난 집에 가고 싶어."

"구조팀이 널 찾을 수 있도록 시어도어의 어머니에게 새 주소를 알려줬어?"

"응. 그리고 이웃인 오웬스 부인에게도. 그리고 스테프니에서 지하철을 타고 오면서 신부님에게 편지를 썼어. 그런데 알프와 비니에게도 내 새 주소를 알려줘야 할까?"

"전에 말했던 그 아이들이야? 건초 더미에 불을 지른 아이들?"

"응." 에일린이 말했다. "그리고 만약 내가 사는 곳을 말해주면, 그 아이들은 그걸 초대로 받아들일 가능성이 커. 그리고 걔네는…."

"끔찍해." 폴리가 말을 대신 마쳤다.

"응. 그리고 구조팀이 그 아이들이 사는 곳을 알려면 구드 신부님에게 듣는 수밖에 없는데, 내가 이미 신부님에게 내가 사는 곳을 알려드렸기 때문에 구조팀은 그 아이들 주소를 알 필요가…."

"그러면 그 아이들에게 네 주소를 알릴 이유가 없네." 폴리는 말했고, 에일린을 데리고 지하철역 계단을 내려가기 시작하며 극단의 누구와도 마주치지 않기를 바랐다. "마이크가 우리를 만나겠다고 한 곳이 어디야? 에스컬레이터 제일 아래?"

"아니. 비상계단. 옥스퍼드 서커스 역에 있는 것 같은 게 여기도 있어."

'좋아.' 폴리가 에일린을 따라 터널을 통과하며 생각했다. '그곳이라면 극단 사람들에게서 안전할 거야. 그리고 만약 마이크가 그 안에서 기다리고 있다면 사람들이 파젯스 백화점에 관해 이야기하는 걸 우연히 들었을 일도 없고.'

하지만 마이크는 그곳에 없었다. 에일린과 폴리는 계단 세 줄을 올라가면서, 그리고 그만큼 다시 내려가며 마이크를 불러보았지만, 대답이 없었다. "옥스퍼드 서커스 역으로 가야 하는 걸까?" 에일린이 물었다. "우리가 헤어지게 되면 그렇게 하자고 마이크가 말했잖아."

"아니. 마이크는 곧 돌아올 거야." 폴리가 계단에 앉았다.

"오늘 밤에 리젠트 스트리트에는 공습이 없어, 그렇지?" 에일린이 걱정하는 목소리로 물었다.

"응. 오늘은 시티랑…."

"시티?" 에일린이 천장을 초조하게 바라보며 말했다. "어느 부분?"

"런던을 말하는 게 아니고. 시티. 런던에서 세인트폴 대성당 근처를 뜻해." '그리고 플리트 스트리트랑.' 폴리가 속으로 덧붙였다. "거기는 여기에서 멀어. 그리고 공습 후반부는 화이트채플이고."

"화이트채플?"

"응. 왜? 마이크가 거기에 간 건 아니지?"

"응. 하지만 알프와 비니 호드빈이 그곳에 살아."

'맙소사.' 화이트채플은 스테프니보다 더했다. 그곳은 거의 완전히 파괴되었다.

"거기가 심하게 폭격을 당했어?" 에일린이 걱정하며 말했다. "아, 어째. 아무래도 그 편지를 찢으면 안 되는 거였나봐."

"무슨 편지?"

"신부님에게 받은 거. 알프와 비니를 캐나다로 보낼 수 있도록 주선한 편지야. 나는 걔네가 '시티 오브 베나레스호'를 탈까 봐 걱정되어서 그걸 호드빈 부인에게 주지 않았어."

'마이크가 늦어서 지금 이 말을 듣지 않아 다행이야.' 폴리가 생각했다. 폴리는 파젯스 백화점에서 사망자 다섯 명이 나온 게 불일치가 아니라고 마이크를 설득하는 것만으로도 버거울 것이다. 그런데 거기에 더해 에일린이 편지를 전하지 않아서 호드빈 남매가 목숨을 구한 게 아니라고까지 마이크를 설득할 자신이 없었다.

호드빈 남매가 타고 캐나다에 갔을 배는 많았다. 또는 피난민 위원회가 캐나다 대신 호주나 스코틀랜드로 둘을 보냈을 수도 있었다. 그리고 설사 그 아이들이 '시티 오브 베나레스호'에 배정이 되었다 할지라도, 그 배에 타지 않았을 수도 있었다. 기차가 연착될 수도 있었고, 또는 에일린이 말했던 대로 그렇게 못된 아이들이라면 갑판 의자에 등화관제용 줄무늬를 그려넣거나 불을 지른 죄로 배에서 쫓겨났을 수도 있었다.

하지만 폴리는 마이크가 자기 말을 믿을지 의심이 들었다. 마이크가 파젯스 백화점에 관해 알게 되면 특히 그랬다. 그렇게 되면 마이크는 걷잡을 수 없는 의심에 빠져들 것이고, 자기 때문에 전쟁에 진다고 확신할 테니, 전승 기념일에 관해 말하는 것 말고는 그를 설득할 다른 방법이 없을 것이다. 하지만 전승 기념일에 관해 말을 한다는 것은 그들이 폴리의 데드라인 그리고 그 결과에 관해 알게 된다는 뜻이었다. 그러면 둘은 더욱더 걱정하게 될 것이고, 지금 이런 불일치가 일어난 상황에서….

'마이크보다 먼저 내가 그 사망자들에 관해 알아내야 해.' 폴리가 생각했다. "마이크에게 알프와 비니에 관해서는 말하지 마." 폴리가 에일린에게 말했다. "마이크는 그 편지에 관해 알 필요 없어. 그리고 네가 그 아이들에게 편지를 써서 네 주소를 알려주지 않았다고 말할 필요도 없어."

"하지만 아마도 걔네한테 편지를 써야 할 거 같아. 화이트채플이 위험하다고 알려야지."

'그 아이들은 이미 그 사실을 알걸.' "그 아이들에게 네가 사는 곳을 알리고 싶지 않은 줄 알았는데."

"하지만 그 아이들이 캐나다가 아니라 그곳에 있는 건 나 때문이니까 난 그 책임을 져야 해. 그리고 비니는 홍역을 앓은 뒤에 건강이 완전히 회복되지 않았어. 걔는 거의 죽다 살아났고…."

"전엔 내게 그런 말 안 했잖아." 폴리가 말했다.

"했어. 그 애는 엄청난 고열에 시달렸고, 나는 뭘 해야 할지 몰랐어. 그래서 그 아이에게 아스피린을 줬고…."

그리고 마이크가 그 말 역시 듣지 않아 다행이었다.

"만약 알프와 비니가 위험에 빠진다면…." 에일린이 말했다. "그건 내 잘못이야. 내…."

"쉿." 폴리가 말했다. "누가 오고 있어."

둘은 귀를 기울였다. 저 아래에서 문이 닫히는 소리가 들리더니, 철계단을 올라오는 걸음 소리가 들리기 시작했다.

"에일린? 폴리? 거기 있어?"

"마이크야." 에일린이 말하고 그를 만나러 계단을 뛰어 내려갔다. "어디 갔었어?"

"보관소에 다녀왔어." 마이크가 말했다.

'아, 이런. 다 끝났어.' 폴리가 생각했다. '마이크는 이미 사망자가 다섯 명인 걸 알아.'

하지만 계단을 올라온 마이크는 기분 좋게 말했다. "군 비행장 이름을 잔뜩 알아냈고, 직장을 구했어. 그러니 폴리의 급료에만 기대어 살지 않아도 돼."

"직장?" 에일린이 말했다. "하지만 일을 하면 제럴드는 어떻게 찾아다니고?"

"〈데일리 익스프레스〉의 통신원으로 고용됐어. 그건 내가 기삿거리를 찾아 밖으로 돌아다닌다는 거지. 군 비행장을 포함해서. 그리고 기사를 쓰면 돈을 받아. 지도를 구할 수가 없어서 〈익스프레스〉 보관소로 갔어. 지난 기사들에 군 비행장들을 언급했는지 살펴보러…."

'신문 보관소를 뜻한 거였구나.' 폴리가 생각했다. '시체 보관소가 아니라.'

"내가 됭케르크에 다녀온 기자였다고 말하니까, 그 자리에서 날 고용했어. 그리고 가장 좋은 건, 나에게 기자 출입증을 줬다는 거야. 그걸 보여주면 군 비행장에 접근할 수 있어. 그러니 이제 우리는 그 비행장이 어디인지만 알아내면 돼." 마이크는 주머니에서 비행장 목록을 꺼냈다. "딕비는 어때? 아니면 던크스웰은?"

"아니. 그건 두 단어였어…. 내 생각에는." 에일린이 말했다.

"그레이트 던모우?"

"아니. 생각해봤는데, 'ㄷ'이 아니라 'ㅂ'으로 시작했던 것 같아."

'즉, 에일린은 그곳이 무슨 글자로 시작하는지 모른다는 뜻이군.' 폴리가 생각했다. "박스티드." 폴리가 말했다.

"아니야." 에일린이 말했다.

"'ㅂ'이라." 마이크가 중얼거리며 목록을 훑어 내려갔다. "벤틀리 프라이어리?"

에일린이 얼굴을 찡그렸다. "좀 비슷한 거 같기는 하지만…."

"베리 세인트에드먼즈?"

"아니. 비슷하게 들리기는…. 아, 모르겠어!" 에일린이 좌절하며 두 손을 들어 보였다. "미안해."

"걱정하지 마, 우린 알아낼 수 있어." 마이크가 목록을 구겨버리며 말했다. "군 비행장은 아주 많아."

"제럴드가 간다고 한 곳에 관해 더 기억나는 건 없어?" 폴리가 물었다.

"없어." 에일린이 얼굴을 찡그리며 집중했다. "나보고 백베리에 얼마나 있을 건지 물었고, 내가 5월 초라고 대답하니까, 내가 더 오래 머물렀으면 자기가 주말에 나를 만나러 와서 날 즐겁게 해줄 수 있었을 텐데 너무 아쉽다고 했어."

"어떻게 그럴 건지는 말 안 했어?"

"어떻게? 자동차를 타고 올 건지 기차를 타고 올 건지를 묻는 거야?" 에일린이 물었다. "아니. 하지만 '그 깡시골 백베리에도 기차가 가기는 해?'라고 말했어."

"그리고 내가 봤던 날에는…." 마이크가 끼어들었다. "기차 시간표를 확인해야 한다고 말했어."

"좋아." 폴리가 말했다. "그건 군 비행장이 기차역 근처에 있다는 뜻이지. 마이크, 넌 제럴드가 옥스퍼드로 다녀왔다고 했지?"

"응. 하지만 그건 그냥 준비 작업이었어. 임무를 하러 간 게 아니라. 제럴드는 다른 곳으로 가는 기차 시간을 확인하고 있던 걸지도 몰라…."

폴리는 고개를 저었다. "전시 여행은 너무 변수가 많아. 던워디 교수님은 제럴드에게 임무 목적지 근처로 가야 한다고 고집하셨을 거야. 병영 열차 때문에 온갖 지연이 생기니까."

"폴리 말이 맞아." 에일린이 말했다. "어떤 날은 백베리에 아예 기차가 안 오기도 했어."

"그러면 옥스퍼드 근처의 군 비행장을 찾아봐야겠네." 마이크가 말했다.

"또는 백베리나." 폴리가 말했다.

"또는 백베리나. 그리고 기차역 근처, 그리고 이름이 두 단어인 곳, 그리고 ㄷ, ㅍ, ㅌ, ㅂ으로 시작하는 곳. 그러면 굉장히 대상을 좁힐 수 있어. 이제 지도만 찾으면…."

"어떻게 지도를 구할 수 있을지 생각 중이야." 폴리가 말했다. "그리고 공습에 관해 아는 걸 다 적어놨어." 폴리는 다음 주에 있을 공습 목록을 둘에게 건넸다.

"다음 주에는 밤마다 공습이 있는 거야?" 에일린이 말했다.

"응. 독일 공군이 다른 도시들을 공습하는 11월, 그리고 겨울이 시작된 후에는 좀 줄어들지만."

"그 이후?" 에일린이 깜짝 놀라 물었다. "런던 대공습이 언제까지 계속되는데?"

"내년 5월까지."

"5월? 하지만 공습이 줄어들기는 하는 거지?"

"안타깝지만, 아니. 런던 대공습이 가장 심한 건 5월 9일과 10일이었어."

"가장 심한 공습이 그때라고?" 마이크가 물었다. "5월 중순?"

"응. 왜?"

"아무것도 아니야. 상관없어. 그 훨씬 전에 우리는 이곳을 떠날 테니까." 마이크가 기운을 북돋워주려는 듯이 에일린에게 웃어 보였다. "우리는 제럴드가 어디에 있는지만 알아내면 돼. 제럴드가 한 말 가운데 뭔가 힌트가 될 만한 다른 건 기억나는 거 없어? 제럴드와 대화하던 곳이 어디야?"

"두 곳이야. 실험실이랑 운전 허가를 받으러 오리얼 칼리지에 갔을 때. 아, 제럴드가 그것에 관해 한 말이 있어. 제럴드가 자기 임무가 얼마나 중요하고 위험한지 말하고 있을 때 비가 내리기 시작했어. 제럴드는 하늘을 쳐다보더니 진짜 비가 오는지 확인하려는 듯이 손을 내밀었고, 그러더니 내 운전 허가장을 가리켰어. 알잖아, 운전 교습을 받으려면 작성해야 하는 양식. 너도 하나 가지고 있었잖아, 폴리."

폴리가 고개를 끄덕였다. "빨간색과 파란색으로 인쇄된 양식?"

"응. 그거. 제럴드가 그걸 가리키며 말했어. '그건 치우는 게 좋을걸. 아니면 절대 운전을 배우지 못해. 어쨌든 내가 가는 곳에서는 그래.' 그러더니 마치 뭔가 엄청나게 똑똑한 말을 했다는 듯이 소리 내 웃어댔어. 제럴드는 늘 그런 식이야. 자기가 코미디언이라고 착각하지만 걔가 하는 농담은 전혀 안 웃기고, 나는 애초에 그게 무슨 말인지조차 못 알아들었어. 그 농담이 무슨 뜻인지 알겠어?"

"아니." 폴리가 말했고, 서류 양식이 군 비행장과 무슨 관계가 있는지 도무지 연관 관계를 떠올릴 수 없었다. "제럴드가 다른 말한 건 기억 안 나?"

"또는 네가 제럴드랑 이야기할 당시에 관한 뭐든지." 마이크가 말했다. "그때 무슨 일이 있었어?"

"리나는 누군가와 통화 중이었지만, 그건 제럴드의 임무와는 아무 관계가 없었어."

"하지만 그게 군 비행장 이름을 떠올리게 해줄 수도 있어. 관계가 있든 없든 당시 상황을 최대한 자세하게 떠올려봐."

"개 장난감 공처럼." 에일린이 열렬한 태도로 말했다.

"제럴드가 개 장난감 공을 가지고 있었어?" 마이크가 물었다.

"아니. 애거서 크리스티 소설 가운데 개 장난감 공이 나오는 게 있어."

'에, 그건 확실히 관계가 없는 말이네.' 폴리가 생각했다.

"《벙어리 목격자》에." 에일린이 말했다. "처음에는 그게 살인과 아무 상관이 없어 보였는데, 결국 알고 보니 전체 미스터리의 주요 열쇠였지."

"바로 그런 거야." 마이크가 말했다. "모두 다 적어. 그리고 그 덕에 뭔가 떠오르는 게 있는지 보자. 그리고 난 네가 월요일에 백화점들을 들러서 지원서를 썼으면 해."

"타운젠드 브라더스 백화점에 사람이 필요하지 않은지 스넬그로브 양에게 물어볼 수 있어.” 폴리가 말했다.

“직장 때문이 아니야.” 마이크가 말했다. “구조팀이 우리를 찾으러 왔을 때 파일에 에일린의 이름과 주소가 들어있게 하려는 거지.”

‘오늘 아침 파젯스 백화점에서 했던 이야기 덕분에 자기가 역사를 바꾼 게 아니라고 마이크가 생각하게 됐다는 뜻이네.’ 폴리가 생각했다. 하지만 그들이 잠을 자기 위해 계단참에서 각자의 코트를 덮고 웅크렸을 때, 마이크는 폴리를 흔들어 깨우더니 자기를 따라오라는 손짓을 한 다음, 잠든 에일린을 살금살금 지나 아래 계단참을 향해 계단을 내려갔다.

“파젯스 백화점에 관해 뭔가 더 알아냈어?” 마이크가 속삭였다.

“아니.” 폴리가 거짓말을 했다. “너는?”

마이크가 고개를 저었다.

‘다행이야.’ 폴리가 생각했다. ‘공습경보가 해제되면 마이크를 데리고 곧장 강하 지점으로 가야겠어. 그곳에 있으면 마이크는 누구와도 말할 수가 없으니까. 내가 병원에서 돌아올 때까지 마이크더러 그곳에 앉아 있으라고 해야지. 여기서 라버넘 양에게 잡혀 어젯밤 폭격으로 사망자가 다섯이 나오는 끔찍한 일이 벌어졌네 어쩌네 하는 소리를 듣지 않고 이곳에서 마이크를 데리고 빠져나갈 수만 있다면 말이야.’

“사망자가 세 명이라고 했지, 맞지?” 마이크가 물었다.

“응. 하지만 내 임플란트에 담긴 정보가 틀렸을 수도 있어. 그….”

“그리고 그 상사, 그 사람 이름이 뭐였지? 페더스?”

“페터스.”

“그 사람이 파젯스 백화점에서 일하는 사람들은 모두 무사하다고 말했고.”

“응, 하지만….”

“생각을 좀 해봤어. 만약 그 죽은 사람들이 우리 구조팀이라면?”

4

금속으로는 총을 만듭니다!
립스틱 용기를 간직하십시오.
리필을 사십시오.

— 잡지 광고, 1944년

베스날 그린, 1944년 6월

메리는 배수구로 몸을 던져 탤봇과 거의 몸을 겹치듯이 엎드렸고, '풋풋'거리던 엔진 소리가 갑자기 사라진 정적에 귀를 기울였다.

"도대체 뭐하는 거야, 켄트?" 아래 깔린 탤봇이 빠져나오려 꿈틀거리며 말했다.

메리는 탤봇을 다시 배수구 속으로 눌렀다. "머리 숙이고 있어!" V-1이 폭발하기까지는 12초의 시간이 있었다. 11…, 10…, 9…. '제발, 제발, 제발, 충분히 거리가 떨어져 있기를.' 메리가 기도했다. 7…, 6….

"머리를 숙이고 있으라고?" 탤봇이 꿈틀거리며 말했다. "미친 거야?"

메리는 탤봇을 계속 눌렀다. "눈을 가려!" 메리가 명령했고, 폭발과 함께 나올 눈부신 섬광을 대비해 눈을 질끈 감았다.

'손으로 귀를 막아야 해.' 메리가 생각했지만, 두 손으로는 탤봇을 누르고 있어야 했다. 믿기 어렵게도, 탤봇은 여전히 일어나려 애썼기 때문이다. "엎드려 있어! 비행 폭탄이야!" 메리는 탤봇의 뒤통수에 손을 대고 힘껏 배수구 바닥에 눌렀다. 2…, 1…, 0….

아드레날린이 솟구친 탓에 숫자를 너무 빨리 센 게 분명했다. 메리는 두 팔로 탤봇을 단단히 껴안고 섬광과 귀가 먹을 듯한 충격이 오길 기다렸다.

탤봇은 더욱더 심하게 꿈틀거렸다. "비행 폭탄?" 탤봇이 몸을 비틀어 빠져나오더니 두 손과 팔꿈치를 대고 일어나며 말했다. "무슨 비행 폭탄?"

"내가 들은 거. 일어나지…." 메리가 말하며 탤봇을 다시 엎드리게 하려 했지만 헛수고였다. "당장에라도 터질 거야. 그건…."

틱틱거리는 소리가 났고, 다시 '푹푹'하는 소리가 이어졌다. '하지만 이럴 수는 없어.' 메리가 어리둥절해하며 생각했다. 'V-1은 엔진이 멈췄다가 다시 작동하지 않는데….'

"저 소리를 들은 거야?" 탤봇이 물었다. "저건 비행 폭탄이 아니야, 바보야. 오토바이잖아." 그리고 탤봇이 말을 하는 동안, 미군 병사가 몹시 낡아 보이는 드 하빌랜드 오토바이를 타고 모퉁이를 돌아 둘을 향해 속력을 높여 다가오더니 오토바이를 기울이며 멈췄다.

"무슨 일입니까?" 미군 병사가 오토바이에서 재빨리 내리며 말했다. "두 분, 괜찮으십니까?"

"아니요." 탤봇이 진저리치며 말했다. 탤봇은 일어나 앉아 군복

앞면의 흙을 털어내기 시작했다.

"피가 나시네요." 미군 병사가 말했다.

메리는 두려움에 질려 탤봇을 바라보았다. 탤봇의 블라우스에 피가 묻어 있었고, 입과 뺨에도 피가 흘러내렸다. "오, 세상에, 탤봇!" 메리가 외쳤고, 메리와 미군 병사는 손수건을 찾아 주머니를 뒤지기 시작했다.

"무슨 말을 하는 거예요?" 탤봇이 말했다. "어디 피가 난다고 그래요?"

"당신 입에서요." 미군 병사가 말했고, 탤봇은 조심스레 입을 만진 뒤 손가락을 보았다.

"피가 아니에요." 탤봇이 말했다. "이건 립스틱이에요. 아, 이런, 내 립스틱!" 탤봇은 립스틱을 찾아 미친 듯이 주위를 둘러보았다. "구한 지 얼마 되지도 않은 건데. 그건 '진홍빛 애무'란 말이야." 탤봇이 일어나기 시작했다. "켄트가 비행 폭탄 소리를 들었다며 내 손을 쳤을 때 떨어졌는데…, 윽! 아야!" 탤봇은 연석에 다시 주저앉았다.

"다치셨습니다!" 미군 병사가 급히 다가가며 말했다.

"오, 탤봇, 정말 미안해." 메리가 말했다. "난 그 소리가 V-1인 줄 알았어. 신문에서 V-1은 오토바이 소리가 난다고 했거든. 무릎을 다친 거야?"

"응. 하지만 별거 아냐." 탤봇이 말하며 미군 병사의 목에 팔을 둘렀다. "쓰러지며 비틀렸나봐. 곧 괜찮아질 거…, 윽! 윽! 윽!"

"괜찮지 않습니다." 미군 병사가 말했다. 그는 메리를 돌아보았다. "이분은 걸을 수 없을 거 같습니다. 오토바이를 탈 수도 없을 거 같고요. 차가 있으신가요?"

"아니요. 우리는 덜위치에서 버스를 타고 여기에 왔어요."

"전 괜찮아요." 탤봇이 말했다. "켄트가 부축해주면 돼요."

하지만 두 사람의 부축을 받고도 탤봇은 무릎에 전혀 무게를 싣지 못했다. "인대가 끊어졌습니다." 미군 병사가 탤봇을 다시 연석에 앉히며 말했다. "구급차를 불러야 합니다."

"그건 말도 안 돼요!" 탤봇이 항의했다. "우리가 구급차 대원이라고요!"

하지만 미군 병사는 이미 전화부스를 찾기 위해 오토바이에 타고 있었다. 메리는 그에게 베스날 그린의 교환국으로 전화를 연결해 몇 번으로 통화하면 된다고 알려주었다. "아니, 베스날 그린 말고." 탤봇이 항의했다. "만약 다른 지부가 알게 되면 우리는 웃음거리가 될 거야. 덜위치에 전화하라고 말해줘, 켄트."

메리는 그렇게 했지만, 몇 분 뒤 도착한 구급차는 브릭스턴에서 온 것이었다. "당신네 지부 구급차 두 대는 모두 사고 현장들로 출동을 나가서 저희 쪽에서 왔습니다." 운전사가 말했다. "오늘 독일군이 비행 폭탄들을 미친 듯이 쏴 보냈거든요."

'우리 둘 쪽은 비행 폭탄이 아니었더라고요.' 메리가 침울하게 생각했다.

브릭스턴에서 온 대원은 오토바이 소리를 V-1 소리로 잘못 알아들었다는 말을 담담히 받아들였지만, 메리와 탤봇이 덜위치로 돌아와 같은 말을 하자 모두 깔깔거리며 웃어댔다. "신문에서는 그게 오토바이 소리를 낸다고 했단 말이야." 메리가 변명하듯 말했다.

"맞아. 뭐, 신문에 따르면 세탁기 소리랑도 같을걸." 메이틀랜드가 말했다. "이제는 빨래할 때도 조심해야 할 거 같아, 애들아."

패리시가 고개를 끄덕였다. "난 속옷을 널다가 내팽개쳐질 위험에 처하고 싶지 않아."

"아주 낡은 드 하빌랜드였어." 탤봇이 메리를 옹호해 말했다. "픗픗거리는 소리가 났고, 비행 폭탄처럼 소리가 멈췄어." 하지만 그 말은 상황을 더 악화시킬 뿐이었다. 동료들은 메리를 '드 하빌랜드', '트라이엄프' 등 그때그때 떠오르는 오토바이 이름으로 불러대며 놀렸고, 문이 세게 닫히거나 찻주전자 물이 끓으며 소리가 나면 누군가가 외치곤 했다. "오, 안 돼, 비행 폭탄이야!" 그리고 뒤에서 메리에게 달려들었다.

이런 장난들에 악의는 전혀 없었으며, 탤봇은 활동적인 임무에서 배제되고 탁상 업무로 돌려져 목발을 짚고 다녀야 했지만, 메리에게 원한이 있는 것 같진 않았다. 오히려 탤봇은 잃어버린 립스틱과 무릎 때문에 무도회에 가지 못한 걸 더 아쉬워했다.

이튿날 아침에 다른 사고 현장에서 지부로 돌아올 때, 메리와 페어차일드는 혹시 립스틱을 찾을 수 있을까 하고 그곳에 가보았지만, 배수관으로 굴러떨어졌든가 아니면 길에 떨어진 걸 본 누군가가 집어간 모양이었다. 탤봇의 모자는 찾았다. 하지만 차들이 밟고 지나갔기에 수선은 도저히 불가능했다. 그리고 지부로 돌아오는 길에, 둘은 메리가 무도회를 핑계로 보려 했던 철교를 지났다. 철교가 아니라 잔해라는 말이 더 옳았다. "최초로 공격한 비행 폭탄 중 하나에 폭격당했어." 페어차일드가 아무렇지 않게 말했다.

'그 얘기를 조금만 더 일찍 해주지 그랬니.' 메리는 생각했다. '그럼 나는 내 임플란트 데이터가 정확하다는 것을 알았을 거고, 탤봇이 다칠 일도 없었을 텐데.'

메리는 자기 때문에 립스틱을 잃어버렸다며 탤봇에게 자기 립스틱을 주려 했지만, 탤봇은 "아니, 그건 너무 분홍색이야."라고 말하고는 구급상자에 있던 파라핀을 녹인 뒤 살균 소독제와 섞어 대체품을 만들었다. 하지만 그 결과물은 지나치게 주황색이었고, 이후 며칠 동안 지부 전체는 사고 현장(어떤 것들은 끔찍했다)에 출동하는 틈틈이 '진홍빛 애무'를 재연할 만한 재료를 찾는 일에 푹 빠졌다.

건포도는 너무 어두웠고, 비트 주스는 너무 보라색이었으며, 딸기는 구할 곳이 없었다. 부러진 계단 기둥에 가슴을 관통당해 죽은 여자의 시체를 옮기던 메리는 그 여자의 피가 자신들이 원하던 그 색감이라는 사실을 깨달았고, 곧이어 그런 생각에 큰 충격을 받으며 자기 자신이 부끄러워졌으며, 남은 시간 동안 다른 동료 대원 누군가도 그 색깔을 알아차릴까 봐 내내 가슴 졸이며 사고 현장을 수습해야 했다. 그래서 지부로 돌아오는 길에 대원들이 누가 옐로우 페릴을 입어야 할 차례인지에 열을 올리자, 메리는 그제야 안도의 숨을 내쉬었다.

하지만 누가 그걸 입을지도 이들이 다시 외출할 수 있어야 가능한 이야기였다. 탤봇의 부상으로 지부에는 일손이 부족했고, 이들은 그전부터 이미 2교대로 일하고 있었다. 그리고 히틀러는 날마다 더 많은 V-1을 보냈다. 신문들은 도버 해변을 따라 방공포들이 배치되었으며 방공 기구들이 런던에서 해변으로 이동되었다고 보도했지만, 그 두 방법 모두 V-1을 제대로 막아내지 못하는 게 분명했다. "정말 궁금한 건…." 지난 24시간 동안 네 번째 사고 현장에 다녀온 캠벌리가 분통을 터뜨리며 말했다. "우리 군인들은 어디에 있느냐 이거야."

'나는 적어도 V-1은 어디에 있는지 알아.' 메리가 생각했다. V-1 로켓들은 원래 떨어져야 할 시간과 장소에 정확히 떨어졌다. 가즈 채플은 6월 18일에 폭격을 당했고, 20일에는 버킹엄 궁전이 아슬아슬하게 폭격을 피했으며, 플리트 스트리트와 앨드위치 극장과 슬로안 코트 모두 예정대로 폭격을 당했다. 그리고 담당 구역의 사고들만도 감당할 수 있는 수준을 넘어섰기 때문에, 더는 폭탄 골목을 통해 환자 수송을 하지 않았다. 그래서 메리는 여유를 가지고 동료 FANY를 관찰하는 데 집중했고, 또한 자기 별명에 익숙해지려 애썼다.

일주일 뒤, 메리가 출동실에서 전화기를 담당하고 있을 때 데네웰 소령이 들어왔다. "메이틀랜드는 어디 있지?"

"출동 나갔습니다, 소령님. 버비지 로드. V-1입니다."

소령은 짜증이 난 듯했다. "페어차일드는?"

"비번입니다. 리드와 함께 런던에 갔습니다."

"둘이 나간 지 얼마나 됐지?"

"1시간이 넘었습니다."

소령은 더욱 짜증이 난 듯해 보였다. "그러면 자네가 해야겠군." 소령이 말했다. "영국 공군에서 장교 한 명을 태워다달라고 전화가 왔는데, 탤봇은 삔 무릎 때문에 운전할 수 없어. 자네가 대신해야겠어." 소령은 메리에게 접은 종이쪽지를 건넸다. "이게 그 장교 이름이고, 만날 장소, 그리고 자네가 운전해 갈 경로야."

"네, 소령님." 메리가 말했다. '그 장교를 태워야 할 군 비행장이 비긴힐이나 폭탄 골목에 위치한 곳들 가운데 하나가 아니어야 할 텐데.' 쪽지를 펼치며 메리가 생각했다.

다행히도 헨던이었다. 하지만 목적지는 적혀 있지 않았다. "랭 대위를 어디로 모시고 가야 합니까, 소령님?"

"그건 랭 대위가 직접 말해줄 거야." 소령이 말했다. 탤봇에게 맡길 수 없는 이 상황이 심히 아쉬운 눈치였다. "자네는 랭 대위가 가자는 곳으로 데려다주고, 따로 지시가 없는 한 그곳에서 기다렸다가 대위를 다시 태우고 원래 만났던 곳으로 데려다줘. 자네는 11시 30분까지 거기에 가 있어야 해." 그건 메리가 지금 당장 떠나야 한다는 뜻이었다. "다임러를 가져가." 소령이 말했다. "그리고 제대로 군복을 다 갖춰 입고."

"네, 소령님."

"그리고 마침 자네가 가는 곳 근처니까, 에지웨어에 들러서 보급 장교에게 남는 들것이 있는지 물어봐."

"네, 소령님." 메리가 말하고 방을 나가 옷을 갈아입었다. 그리고 지도를 보았다. 헨던은 런던 북서쪽으로 충분히 멀었기에 로켓 공격 범위에서 완전히 벗어나 있었고, 오늘 아침 이곳에서 헨던 사이에는 로켓이 대여섯 개 정도밖에 떨어지지 않았다. 독일군 로켓의 사정거리를 줄이려는 영국 정보부의 계획이 제대로 먹혀들어가는 게 분명했다.

메리는 소령이 지도에 표시해준 경로를 살펴보았다. 여섯 대의 V-1 가운데 두 대가 그 경로에 떨어졌다. 메리는 소령이 표시한 경로 대신 서쪽으로 윈즈워스까지 가서 다시 북쪽을 향해야 했다. 휘발유가 더 들겠지만, 소령이 제안한 경로는 수송 차량대 따위 때문에 막혔다고 핑계를 댈 수 있었다.

메리는 경로를 따라 헨던으로 출발했고, 에지웨어에 먼저 들러 들것들부터 싣고 싶었지만, 온갖 군용 차량들 때문에 길이 막혔다. 그리고 군 비행장에 도착했을 때는 12시가 넘은 뒤였고, 태워야 할 장교는 이미 문가에 나와 초조한 눈으로 손목시계를 보며 기다리고 있었다.

'화를 내지 않았으면 좋겠는데.' 메리가 생각했지만, 차를 세우자 그는 이를 드러내고 웃으며 구급차 쪽으로 껑충껑충 뛰어왔다. 그는 기껏해야 메리 정도 나이였고, 갈색 머리였으며, 소년 같은 매력을 풍기는 잘생긴 얼굴에는 한쪽 입꼬리가 올라간 웃음을 머금고 있었다.

그는 문을 열고 안으로 몸을 숙였다. "어디 있었던 거야, 우리 아름…?" 그 남자는 말을 하다가 멈췄다. "미안합니다. 제가 아는 사람인 줄 알았습니다."

"그랬던 거 같네요." 메리가 말했다.

"아니, 당신이 아름답지 않다는 뜻이 아니고요. 당신은 아름다워요." 남자가 한쪽 입꼬리가 올라간 웃음을 지어 보이며 말했다. "사실, 엄청나게 아름답지요."

"저는 랭 대위님을 태우고 가기 위해 제47구급 지부에서 나왔습니다." 메리가 간결하게 말했다.

"내가 랭 대위야." 그 남자가 앞 좌석에 타며 말했다. "탤봇 중위는 어디에 있지?"

"병가 중입니다."

"병가? 그 못된 로켓 폭탄에 맞거나 한 건 아니지?"

"아닙니다." '역사학자에게 맞았죠.' "엄밀하게 말해서는요."

"엄밀하게 말하면 아니라고? 무슨 일이 있던 거야? 심하게 다친 건 아니지?"

"아닙니다. 무릎을 삔 것뿐입니다. 제가 탤봇을 배수구로 밀었습니다."

"탤봇 중위 대신 당신이 나를 태워다주고 싶어서?" 그가 말했다. "기분 좋은걸."

"아니요. V-1 소리를 들었다고 생각했기 때문입니다. 하지만 알고 보니 오토바이 소리였습니다."

"그래서 탤봇 중위는 운전할 수 없고, 그래서 당신이 대신 온 거로군." 랭 대위가 싱긋 웃으며 말했다. "당신이 대신 온 건 우연이 아니군. 이건 운명이야."

'그럴 리가.' 메리가 생각했다. '그리고 당신은 차를 태워주려고 오는 모든 FANY에게 똑같은 말을 했을 거라는 느낌이 드는 건 왜일까?' "어디로 모셔다드릴까요?"

"런던. 화이트홀."

그곳은 폭탄 골목보다는 나았지만 아주 안전하지는 않았다. 일단 그곳에 도착하면 안전할 것이다. 오늘 화이트홀에는 V-1이 떨어지지 않았다. 하지만 헨던과 런던 사이에는 열 대 이상이 떨어졌다.

"화이트홀. 알겠습니다." 메리가 말하고 가장 안전한 경로를 찾기 위해 지도를 펼쳤다.

"지도는 필요 없어." 그가 말하며 메리의 손에서 지도를 빼앗아 접었다. "내가 가는 길을 알려주지." 메리는 엔진 시동을 거는 수밖에 없었다. "그레이트노스 로드를 따라가는 게 가장 빨라. 그 길을 따라 쭉 가다가 첫 번째 우회전 길이 나오면 거기로 들어가면 돼."

"알겠습니다, 대위님." 메리가 말하고 랭 대위가 말한 방향으로 향했고, 무슨 핑계를 대면 그에게서 지도를 다시 받아 그레이트노스 로드를 따라 있는 마을들을 볼 수 있을까 궁리했다.

"분명히 운명이야." 랭 대위가 말하고 있었다. "우리는 만날 운명이었던 게 분명해, 에… 중위, 자네 이름이 어떻게 되지?"

"켄트입니다, 대위님." 메리가 머릿속으로는 딴생각을 하며 말했다. 메리는 랭 대위에게, 꼭 에지웨어 로드를 따라 런던으로 가라고 자기 지부 소령이 명령했다고 말을 해야 했다. 그 길이라면 거의 전 경로 동안 V-1 범위 밖에 있을 것이다.

"켄트 중위." 랭 대위가 엄숙하게 말했다. "운명에 의해 함께하게 된 연인들은 서로를 성이 아닌 이름으로 상대를 불러. 안토니우스와 클레오파트라, 트리스탄과 이졸데, 로미오와 줄리엣. 나는 스티븐." 랭 대위가 자기를 가리키며 말했다. "자네는?"

"메리입니다, 대위님."

"대위님?" 그는 짐짓 성난 척하며 말했다. "줄리엣이 로미오를 부를 때 나리라고 불렀을까? 귀네비어가 랜슬롯을 부를 때 기사님이라고 했을까? 뭐, 사실 귀네비어는 그렇게 불렀을 거 같긴 하네. 어쨌든 랜슬롯은 기사였고, 당시에 기사는 기사라고 불러주는 게 관례였으니까. 하지만 난 귀관이 나를 계급으로 부르는 것을 원하지 않아. 그렇게 불리면 내가 꼭 백 살은 된 것 같은 느낌이 든단 말이야."

'사실, 1백하고 서른 몇 살 정도죠.' 메리가 생각했다.

"당신의 상관으로서, 나를 스티븐이라고 부를 것을 명령하겠어. 그리고 나는 귀관을 메리라고 부르겠어. 메리…." 랭 대위는 메리를 바라보다가 헛갈린다는 듯이 얼굴을 찡그렸다. "우리가 전에 어디선가 만났던가?"

"아니요." 메리가 말했다. "이 길로 가면 에지웨어를 통과하나요?"

"에지웨어?" 랭 대위가 말했다. "아니. 그건 반대 방향이야. 이 길은 골더스 그린을 통과해서 가. 그리고 그레이트노스 로드를 남쪽으로 따라가서 핀칠리를 통과하지."

아, 이런. 오늘 오후에 V-1 한 대가 이스트 핀칠리에 떨어졌고, 골더스 그린에는 두 대가 떨어졌다. "아, 이런, 저는 이쪽이 에지웨어를 통과하는 줄 알았습니다." 메리가 말했고, 굳이 그런 척하지 않아도 진심으로 당황한 목소리가 나오니 그거 하나는 편했다. "소령님 명령으로 에지웨어의 응급 지부에서 들것들을 실어와야 합니다." 메리는 차 속력을 늦추기 시작했고, 잠시 차를 멈춰 방향을 돌릴 만한 장소를 찾았다. "우리는 돌아가야 합니다."

"안타깝지만, 그건 목적지까지 갔다가 돌아오는 길에 해. 나는 2시에 회의가 있고, 제시간에 도착하지 못하면 나는 목이 날아가 체셔 고양이 신세가 될 거야. 그리고 이미 우리는 늦었어. 벌써 12시 30분이야."

골더스 그린에 V-1이 떨어진 시각은 12시 56분과 1시 08분이었다. '랭 대위가 우리 만남이 운명이라고 한 말이 맞지 않기를. 그리고 그 운명이 우리가 V-1에 의해 산산조각이 날 것이라는 내용이 아니기를. 각 V-1 공격으로 난 사망자 숫자를 암기했어야 하는데.' 메리가 생각했다. '그랬다면 오늘 오후에 사망한 영국 공군 대위와 운전사가 있는지 없는지를 알았을 텐데.'

하지만 메리의 임플란트에는 그녀가 가장 있을 만한 곳에 떨어진 모든 로켓에 대한 자료를 넣을 공간이 없었다. 메리가 아는 건 12시 56분에 퀸즈 로드에 하나가 떨어지고 1시 08분에 골더스 그린 밖 어딘가에 떨어진다는 게 전부였다. 그리고 그들은 지금 곧장 그 두 곳을 향해 가고 있었다.

메리의 존재가 사건들에 영향을 미칠 거였다면, 네트는 그녀를 통과시키지 않았을 것이다. 하지만 그렇다고 해서 그게 아무 일도 일어나지 않으리라 철석같이 믿으며 V-1이 떨어질 곳으로 즐겁게 운전해 갈 수 있다는 뜻은 아니었다.

첫째 이유로, 비록 랭 대위는 죽지 않아도 메리 자신은 죽을 수 있었다. 그리고 또 다른 이유로, 랭 대위는 끊임없이 위험과 맞닥뜨리는 직업을 가지고 있었다. 랭 대위가 오늘 오후 죽든 아니면 내일 임무 수행 도중에 죽든 역사의 진행 경로가 바뀌지는 않을 것이다.

하지만 메리에게는 큰 차이가 있었다. 그렇기에 메리는 지금 이 길에서 벗어나야 했다. "내 회의가 끝난 뒤에 곧장 에지웨어로 간다고 약속하지." 랭이 말하고 있었다. "그리고 그 보상으로, 당신과 저녁 식사를 하고 춤을 추겠어. 당신 의견은 어때?"

'그걸로는 내가 죽는 것에 대한 보상이 안 될 거라는 게, 내 의견이지.' 메리가 생각했다.

저 앞에 교차로가 보였다. 기회였다. 메리는 어느 쪽으로 방향을 바꿔야 하는지 다시 묻고, 방향 지시를 잘못 알아들은 척하며 왼쪽이 아닌 오른쪽으로 돌아서 V-1이 떨어지는 영역에서 벗어날 수 있는 길로 들어설 계획을 짰다.

메리는 교차로가 가까워질 때까지 기다렸다가 물었다. "어느 길로 가야 한다고 하셨죠?"

"그냥 이 길로 쭉 가면 돼. 1.5킬로미터만 더 가면 퀸즈 로드가 될 거야. 우리가 전에 어디선가 만난 적 없는 게 확실해?"

"네." 메리가 듣는 둥 마는 둥 하며 대답했다. 메리는 또 다른 교차로들을 찾으며 앞을 주시했다. 그리고 이번에는 묻지 않고 그냥 방향을 바꿔야겠다고 생각했다.

"전에 어디선가 나를 태운 적이 없는 거 확실해?" 랭이 끈질기게 물었다. "지난봄에?"

'확실하고말고.' 메리는 밖의 소리를 들을 수 있도록 랭 대위가 그만 좀 떠들었으면 좋겠다고 생각했다. 만약 V-1 소리를 충분히 일찍 들을 수 있다면 차를 돌리거나 아니면 멈출 수 있었다. 하지만 자동차 엔진 소리 때문에 V-1 소리가 안 들리는 경우도 있었고, 더구나 랭 대위가 옆에서 계속 이렇게 지껄여대면….

"아니면 지난겨울이나?"

"아니요. 저는 덜위치에 온 지 6주밖에 되지 않았습니다." 메리가 말하며 손목시계를 힐끗 보았다. 12시 53분. 그녀는 창문을 내렸다. 아직 아무 소리도 들리지 않았다. 그리고 퀸즈 로드 어디에 V-1이 떨어지는지 정확한 장소를 알지 못….

"정지." 랭이 명령했다. "앞에 화물차가 있어!" 그랬다. 미 육군 수송차가 정지해 있었다. 메리는 하마터면 그 화물차 꽁무니를 들이받을 뻔했다. 메리는 브레이크를 밟았다. 앞의 화물차는 군수품처럼 보이는 화물을 가득 실은 화물차 행렬의 맨 뒤차였다.

'이런, 안 돼.' 메리가 생각했다. 하지만 곧 이 화물차 행렬이 자신의 구원자라는 사실을 깨달았다. "군 수송대입니다." 다임러를 후진하며 메리가 말했다. "추월할 수 없을 겁니다." 메리는 길이 너무 좁지 않기를 바라며 차를 돌리기 시작했다.

"방향을 돌릴 필요 없어." 랭이 창밖으로 몸을 내밀고 앞을 보며 말했다. "앞차가 움직이기 시작했어."

"늦었다고 하셨습니다." 메리가 간결하게 말하고 운전대를 돌려 차를 완전히 회전시켰고, 왔던 길로 재빨리 돌아가기 시작했다.

"그 정도로 늦은 건 아니야." 랭이 말했다. "그리고 회의를 전부 빠지면 그건 오히려 축복이지. 로켓 공격을 막으려면 뭘 해야 하는지를 논의하는 완전히 쓸데없는 회의 중 하나거든." 랭이 지도를 꺼내 경로를 진지하게 살폈다. "만약 다음번에 우회전하면 우리는…."

'다시금 V-1을 향해 곧장 가게 되지.' 메리가 생각했다. "지름길을 압니다." 메리가 말하고 우회전이 아닌 좌회전을 하더니 이윽고 다시 좌회전했다.

"이 길은 잘 모르겠는…." 랭이 확신이 들지 않는다는 듯이 말하고는 지도를 힐끗 보았다.

"전에 와봤습니다." 메리가 거짓말을 했다. "왜 쓸데없는 겁니까?" 랭이 더는 지도를 보지 못하게 막기 위해 메리가 물었다. "그 회의 말입니다. 아니면 그 회의에 관해 말하는 게 금지되어 있습니까? 군사 기밀이라든가 그런 겁니까?"

"우리가 비행 폭탄을 막기 위해 뭔가 더 할 수 있는 게 있다면 회의는 군사 기밀이었겠지. 하지만 방공포, 감지 장치, 방공 기구 등 이미 할 수 있는 모든 조치를 다 취했고, 그 어떤 것도 효과가 없었어. 이미 당신과 당신 구급차 지부도 분명 알고 있겠지만."

'그리고 그것들은 곧 여기에 떨어질 V-1들을 막지 못했지.' 메리는 생각하며 위험 지역을 빠져나가기 위해 무시무시한 속력으로 차를 몰았다. 길은 좁고 바퀴 자국들이 나 있었고, 방향을 바꿀 공간이 없었다. 만약 반대편에서 오는 차가 있다면….

뒤에서 나직한 폭발 소리가 들렸다. 12시 56분 V-1이었다. 메리는 두 번째 소리가 들리길 기다렸다. 들린다면, 수송대에 떨어졌다는 뜻이었다. 하지만 그 소리는 들리지 않았다.

"말했다시피, 우리 방어 기술 그 어떤 것도 전혀 효과가 없어." 랭이 차분히 말했다. "비행 폭탄을 막을 수 있는 유일한 방법은 아예 발사를 못 하게 하는 것밖에 없어."

길이 좁아지고 있었다. 메리는 다른 길로 방향을 바꿨지만, 그 길 역시 좁았고, 심지어 바퀴 자국은 더 많았다. 메리는 자기 손목시계를 힐끗 보았다. 1시였다.

메리는 두 번째 V-1이 다리에 떨어지는 1시 08분 이전에 위험 지역을 빠져나가야만 했다. 그녀는 더 빠르게 차를 몰며 방향을 바꿀 만큼 넓은 길이 나오길 기도했다. 차는 보리밭을 지났고, 아까 본 수송대가 출발했을 듯한 군수물 집적소를 지났고, 다시 밭을 지나고, 또 지나고 이윽고 작은 숲을 지났다. 그리고 그 너머로 다리가 보였다.

'왜 아니겠어.' 메리가 생각하며 다시 손목시계를 힐끗 보았다. 1시 06분이었다.

5

우리 모두 호루라기를 갖게 될 것이다.
호루라기가 있으면 우리가 잔해에 묻히더라도
구출에 도움이 되리라고 벤달 씨는 생각하기 때문이다.
나는 그게 꽤 유용하다고 생각한다.
그리고 나는 만약 묻히게 되면
온 힘을 다해 호루라기를 불 것이다.

— *베레 호지슨의 일기, 1944년 2월 28일*

런던, 1940년 10월 26일

비상계단의 계단참에 도착하자마자 마이크는 폴리에게 물었다. "만약 구조팀이 우리처럼 파젯스 백화점에서 에일린을 찾고 있었다면?"

"하지만…, 그럴 리 없어." 폴리가 말을 더듬었다. 사망자들 가운데 일부가 구조팀일 거라는 생각은 한 번도 해본 적이 없었다. 폴리는 그럴 가능성이 있다는 사실에 너무 놀란 나머지, 한순간 그 주장이 너무나도 그럴듯하게 들렸다. 그 주장에 따르면 사망자가 다섯 명인 이유도 설명되었다. 세 명은 원래 죽기로 되어 있던 사람들, 그리고 다른 두 명은 구조팀원.

"왜 그럴 리 없는데?" 마이크가 질문으로 압박했다. "아니면 누군데? 에일린의 상사가 하는 말을 너도 들었잖아. 그곳에서 일하던 사람들 소재는 다 파악됐어. 그리고 왜 아직 사망자들 신원 파악을 할 수 없는지도 설명이 돼. 왜냐하면 더는 신원을 파악해야 할 사람이 없으니까."

"하지만 구조팀은 파젯스 백화점이 폭격당할 걸 알았어. 그러니 그곳에 가지 않았을…."

"우리도 그곳이 폭격당할 걸 알았지만, 갔지. 만약 구조팀이 우리를 봤고, 그래서 우리를 따라온 거였다면? 만약 우리가 승강기를 타고 내려왔다는 걸 구조팀이 몰랐다면 구조팀은 고성능 폭탄이 떨어졌을 때까지도 우리를 찾아 그곳에 있었을 거야."

역사학자와 마찬가지로, 구조팀 역시 임무 수행 중에 죽지 말란 법이 없었다. 그리고 만약 구조팀이 죽은 거라면, 옥스퍼드는 파괴되지 않았고, 콜린 역시 죽은 게 아니었다. 그리고 마이크가 전쟁에서 지게 만든 것도 아니었고.

폴리는 혹시 구조팀이 죽었다고 마이크가 그토록 확신하는 이유가 그 때문이 아닐까 생각했다. 왜냐하면 구조팀이 죽은 것 역시 나쁜 일이기는 하지만, 역사가 바뀌는 것보다는 나았으니까. 또한 마이크의 주장이 맞다면 왜 아직 구조팀이 나타나지 않았으며, 왜 사망자가 다섯 명인지도 설명되었다.

'사망자가 다섯 명인지는 아직 잘 몰라.' 폴리가 생각했다. '확인해봐야 해.' 사망자가 다섯 명이라는 소식을 마이크가 듣기 전에 먼저 가서 확인해야 했다.

'내일 병원에 가야 해. 그리고 그때까지 마이크를 라버넘 양과 신문에서 떨어뜨려놓아야 해.' 마이크는 폴리의 강하가 열리는지 확인해야 한다고 말했었다. 만약 이곳을 나가자마자 마이크를 데리고 강하 지점에 간다면….

"공습경보가 해제되면 곧바로 나는 파젯스 백화점으로 돌아갈 거야." 마이크가 말했다. "잔해 속에 아직도 죽은 사람이 묻혀 있을지도 모른다고 말할 거야. 만약 묻힌 게 구조팀이라면, 사람들이 구조팀이 거기 있는 줄 몰라서 찾아보지도 않을 테니까."

"하지만 구조팀이 묻혔다는 말을…."

"구조팀이라는 말을 하지는 않을 거야. 내가 에일린을 기다리는 동안 누군가가 안으로 들어가는 걸 보았노라고 말할 거야. 구조팀을 그냥 거기에 둘 수는 없어. 아마도 아직 살아있을 거라고."

'아니, 그렇지 않아.' 폴리가 생각했다. '그게 누구든 그 사람들은 이미 죽은 채로 잔해에서 나왔어.' 하지만 폴리는 그 말을 하지 않았다.

"우리는 구조팀을 도와야만 해." 마이크가 말했다.

"우리는 그럴 수…."

"마이크?" 위에서 에일린이 외쳤다. "폴리? 어디 있어?"

"여기 아래!" 마이크가 외쳤고, 에일린이 계단을 철컹철컹 내려오는 소리가 들렸다.

"우리가 확실히 알게 되기 전에는 이 이야기를 에일린에게 하지 마." 폴리가 마이크에게 속삭였다. "에일린은…."

"알아." 마이크도 속삭였다. "말 안 할 거야."

둘이 서 있는 곳으로 에일린이 내려왔다. "날 두고 강하 지점에 가려는 건 아니지?"

"절대 아니야." 마이크가 말했다. "우리는 제럴드 핍스 말고 다른 역사학자 누가 이곳에 와 있을지 생각해보던 중이었어."

"왜 그걸 여기까지 와서 생각해?"

"널 방해하고 싶지 않았거든." 폴리가 말했다.

마이크가 고개를 끄덕였다. "우리는 잠을 잘 수 없었고, 그래서 차라리 그 시간을 유용하게 쓰는 게 낫겠다고 생각했어. 걱정하지 마. 우리는 널 두고 떠나지 않아."

"안 그럴 거라는 거 알아." 에일린이 부끄러워하며 말했다. "미안. 다시 이곳에 혼자 남는다는 생각을 도저히 견딜 수가 없었던 것뿐이야." 에일린은 계단에 앉았다. "그래서 누구 떠오른 사람이 있어?"

'누구든 재빨리 떠올리는 게 좋을 거야, 마이크.' 폴리가 생각했다. '안 그러면 에일린은 우리가 거짓말하는 걸 눈치챌 거야.'

"응." 마이크가 말했다. "잭 소르킨. 하지만 안타깝게도 잭은 미군함 '엔터프라이즈호'를 타고 태평양에 있어."

"네 룸메이트 찰스는?" 에일린이 물었다. "찰스도 제2차 세계대전에 있지 않아?"

"응. 하지만 찰스 역시 도움이 안 돼. 찰스는 싱가포르에서 임무 수행 중이야."

'오, 이런, 싱가포르라니!' 폴리가 생각했다. '만약 찰스의 강하 역시 열리지 않는다면, 일본군이 도착할 때까지도 계속 그곳에 있게 돼. 아마 잡혀서 전쟁 포로수용소에 갇힐 거야.' 폴리는 마이크가 그걸 깨달았는지 궁금했다. 아니길 바랐다. "또 누가 있어?" 화제를 돌리기 위해 폴리가 물었다. "에일린, 너랑 같은 학년에서는? 제2차 세계대전 임무를 하는 사람 없었어?"

"없을 거야. 다마리스 클라인이 어쩌면…, 아니 그 애는 나폴레옹 전투 임무를 맡고 있었어. 로켓 공격 당시의 임무를 맡았던 그 역사학자는?" 에일린이 폴리에게 고개를 돌렸다. "로켓 공격이 언제 시작됐어, 폴리?"

"1944년 6월 13일." 폴리가 말했다. "그건 너무 늦어서 소용없어. 우리는 지금 이곳에 있는 사람이 필요해."

"그리고 우리는 누가 V-1 공격 당시 임무를 맡았는지 몰라." 마이크가 말했다.

"하지만 만약 다른 누군가를 찾지 못한다면…." 에일린이 말했다. "마이크, 정말로 실험실 사람들이 누구라고 말 안 했어?"

"말을 했을 수도 있지만…." 마이크는 기억을 떠올리려 애쓰며 인상을 찡그렸다.

"사지 르웰린 아닐까?" 폴리가 물었다.

"아니야. 사지는 베아트릭스 여왕 대관식을 관찰하고 있었어. 너도 알잖아, 폴리." 마이크가 말했다. "너희 가운데 데니스 애서튼 아는 사람 있어?"

"수업 시간에 몇 번 본 적 있어." 에일린이 말했다. "하지만 걔랑 얘기해본 적은 없어. 걔는 뭘 하는데?"

"몰라." 마이크가 말했다. "하지만 1944년 3월 1일부터 6월 5일까지야. 우리에게 도움이 되기에는 역시 너무 늦지. 걔가 뭘 관찰하고 있을 거 같아, 폴리? 이탈리아 전투?"

"아니, 그러려면 더 일찍 왔어야 했을 거야. 그보다는 노르망디 상륙작전의 준비과정을 관찰했을 가능성이 커. 돌아가는 날이 D-데이 하루 전이니 특히 더."

"그건 애서튼이 여기 잉글랜드에 있을 거라는 뜻이네." 마이크가 말했다. "어디? 포츠머스? 사우샘프턴?"

"응. 또는 플리머스나 윈체스터나 솔즈베리." 폴리가 말했다. "사전 준비 병력은 잉글랜드의 남서부 절반 전체에 걸쳐 퍼져 있었어. 또는 포티튜드를 관찰할 수도 있어. 그 경우에는 켄트에 있을 거야. 아니면 스코틀랜드나."

"포티튜드?" 에일린이 말했다. "그게 뭔데?"

"히틀러와 독일 사령부를 속이기 위한 첩보 작전이야. 연합군이 노르망디가 아닌 다른 곳을 공격할 것처럼 보이게 하려는 작전이었지. 그래서 가짜 군대를 배치하고, 지역 신문들에 거짓 기사를 싣고, 가짜 무선 메시지를 보냈어. '북 포티튜드'는 스코틀랜드에 있었어. 상륙작전이 노르웨이에서 일어나리라고 독일군을 속이는 게 임무였어. '남 포티튜드'는 잉글랜드 남동쪽에 위치했고, 상륙작전이 프랑스의 파드칼레에서 있으리라고 속이는 임무였고."

"즉 데니스 애서튼은 어디에라도 있을 수 있다는 거네." 마이크가 말했다.

"그리고 만약 정보부에서 일한다면 실명을 쓰지 않을 거야." 폴리가 말했다.

"하지만 난 걔가 어떻게 생겼는지 알아." 에일린이 말했다. "키가 크고 머리는 갈색에 곱슬곱슬하고…."

"맙소사." 마이크가 말했다. "나는 이름에 대해서는 생각조차 못 했어. 네 말은, 제럴드 역시 여기서 가명을 쓸 수도 있다는 거잖아. 에일린, 제럴드가 자기 본명을 쓸 건지 아닌지에 관해 뭔가 말한 거 있어?"

"아니."

폴리가 마이크에게 물었다. "걔가 가지고 다니는 편지들에서 걔 이름을 보지 못했어?"

"응." 마이크가 넌더리를 치며 말했다.

"하지만 너와 에일린은 걔가 어떻게 생겼는지는 아는 거지."

"걔가 간다고 한 군 비행장 이름만 떠올리면 되는 건데." 에일린이 안타깝다는 듯이 말했다. "하지만 들으면 분명히 알 수 있어."

"철도 가이드에 있을 거야. 리케트 부인에게 그 책이 있는지 아침에 확인해볼게. 리케트 부인에게 없더라도 타운젠드 브라더스 백화점의 서점에 있으니까 괜찮아. 전에 백베리에 갈 때도 그곳에 있는 걸 썼어. 월요일 아침에 한 권 살게. 그리고 그사이, 우리는 좀 자두는 게 최선이야. 좀 쉬고 나면 더 맑은 정신으로 생각할 수 있을 거야." '그리고 나는 마이크가 내일 아침에 파젯스 백화점에 가지 못하게 할 방법을 궁리해낼 수 있고.' 폴리가 생각했다.

하지만 어떻게? 마이크에게 구조팀을 도울 수 없다고, 역사학자는 사건에 영향을 끼칠 수 없다고 말하면 다시 하디 이야기로 주제가 옮아갈 것이다. 그리고 사망자가 발생한 건 기정사실이고 따라서 노력해봤자 소용없다고 말을 한다면, 아주 냉혹하게 들릴 뿐 아니라 자신들이 처한 상황과 너무나도 비슷했다. 그리고 바라건대, 지금 이 순간에 던워디 교수가 콜린에게 같은 말을 하고 있지 않았으면 했다.

폴리는 자신이 파젯스 백화점에 가야 한다고 마이크를 설득해야만 했다. "페터스 씨는 에일린이나 너보다 나를 못 알아볼 가능성이 더 커." 이렇게 주장하면 되겠지. "내가 옷을 갈아입고 머리를 올리면 특히나 더. 내가 백화점 밖에서 에일린을 기다리고 있는데, 백화점 문이 닫힐 때 사람들 몇이 안으로 들어가는 걸 봤다고 말하면 돼."

마음을 굳힌 폴리는 에일린이 공습경보 해제 사이렌을 듣고 깨기 전에 이야기를 마무리하려고 미리 마이크를 깨워 설득해보았지만, 그는 자신이 가야 한다고 고집을 부렸다.

"하지만 너에게 내 강하 지점을 먼저 보여줘야 하지 않을까?" 폴리가 물었다. "만약 내 것이 작동하면 넌 강하를 해서 옥스퍼드로 가서 구조대로 변장한 팀을 보내라고 말할 수 있잖아."

마이크는 고개를 저었다. "우리는 우선 파젯스 백화점부터 갔다가 네 강하 지점으로 갈 거야."

"하지만 에일린에게는 뭐라고 말하고?"

결국 마이크는 에일린을 리케트 부인 집까지 데려다주고, 또한 에일린에게 자신들은 강하 지점에 다녀오겠노라고 말한 다음에 파젯스 백화점에 가기로 동의했다.

그건 완전히 새로운 문제를 낳았다. 만약 그들이 지금 떠나면, 극단과 곧장 만나게 되고, 라버넘 양은 다섯 명의 사망자에 대해 뭔가를 말할 게 거의 확실했다.

"우리가 비상계단에 있다가 나오는 걸 들키지 않도록, 다른 사람들이 다 떠날 때까지 여기서 기다려야 해." 폴리가 말했다. "이곳이 잠기지 않은 걸 사람들이 알게 되면, 모든 사람이 이곳을 쓰려고 들 거야. 그리고 에일린은 더 자게 해야 하고. 런던에 온 뒤로 하루도 제대로 잔 적이 없을 거야."

"좋아." 마이크가 말했고, 에일린을 30분 더 재우는 데 동의했다. 그사이 폴리는 자신이 혼자 밖에 나가 알아볼 수 있도록 마이크가 다시 자길 바랐다. 하지만 마이크는 잠을 자지 않았다. 둘은 에일린을 집까지 데려갔고, 폴리는 누구와도 마주치지 않고 무사히 에일린을 위층 방까지 데려다주었다. 하지만 다시 비가 내리기 시작했음에도 마이크는 곧장 파젯스 백화점으로 가야 한다고 주장했다. 이젠 마이크와 함께 가는 수밖에 다른 도리가 없었다.

폴리는 구조대가 발굴 작업을 하고 있기를 바랐다. 그렇지 않으면 마이크가 직접 구덩이 안으로 내려가 보겠노라고 고집을 부릴 것이다.

하지만 그곳에는 구조대가 있었다. 비가 내리는 속에서도 적어도 여섯 명은 되는 사람들이 곡괭이와 삽을 들고 열심히 일했으며, 막 출근한 사고 현장 담당자는 이제까지 저 안에서 한 명이라도 희생자를 꺼냈는지 어떤지를 알지 못했다. "하지만 구조대원들은 저 아래 누군가가 있을 거라 생각하는 게 분명합니다." 세 명이 들어가는 걸 봤다고 마이크가 말하자 담당자가 말했다. "아니면 저렇게 열심히 할 리가 없지요."

마이크는 그 말에 적어도 그 순간만은 만족한 듯 보였다. 그리고 폴리가 지금 가지 않으면 교회에 가는 사람들과 마주친다고 말하자(그 말은 사실이었다. 세인트조지 교회는 없어졌지만, 주임 사제는 세인트비덜퍼스 교회에서 예배를 주관했다), 마이크는 발굴 현장을 떠나 강하 지점으로 가는 데 동의했다.

폴리는 죄책감이 들었다. 비는 점점 거세졌고, 아무리 마이크가 라버넘 양에게 받은 버버리를 입고 있다 해도 차가운 계단에 앉아 있으면 몸이 꽁꽁 얼 것이다. 하지만 폴리는 사망자들에 관한 진실을 밝혀낼 시간을 벌어야 했다.

그리고 마이크는 비가 내려도 아랑곳하지 않는 듯했다. "이런 날씨면 사람들이 많이 나다니지는 않겠지." 마이크가 말했다. "그러니 빛무리를 들킬 가능성도 더 적을 거야."

비 때문에 사람들이 없을 거라는 마이크의 생각은 옳았다. 거리에는 아무도 없었다. 폴리는 마이크를 데리고 갓 치우기 시작한 잡석 더미를 통과해 뒷골목을 지나 강하 지점이 있는 좁은 통로로 갔다. 폴리가 분필로 벽과 통들에 적어둔 메시지들은 비에 씻겨 나갔지만, 문에 적어둔 것은 아직 남아있었다. 폴리는 건물 돌출부가 계단과 그 아래 공간 대부분에 비를 막아주어 다행이라고 생각했다.

"여기는 꽤 말라 있는 듯하네." 폴리가 말했다. 하지만 또한 뭔가 건드렸던 흔적 역시 없었다. 먼지, 나뭇잎, 거미줄들 모두 그대로 있었다.

"여기에 '즐거운 시간을 원하면, 폴리에게 전화 주세요'라고 쓴 거, 너야?" 마이크가 문을 가리키며 물었다.

"응. 그리고 저 통에 화살표를 그렸어." 폴리가 가리키며 말했다. "그리고 뒷면에는 리케트 부인의 주소와 '타운젠드 브라더스 백화점'이라고 적어뒀어. 하지만 비 때문에 다 씻겼을 거야. 이렇게 적어두면 구조팀이 왔을 때 나를 찾기 쉬울 거라 생각했어."

"좋은 생각이야." 마이크가 말했다. "병원에 입원했을 때 나도 이렇게 해볼까 생각했어."

"네 강하 장소 위 대포 포좌에 메시지를 남기려 한 거야?"

"아니, 신문에. 우리는 연락란에 메시지를 실을 수 있어."

"메시지를? 어떤 내용으로? '좌초한 여행자들은 구조팀이 와서 구해주길 기다리고 있습니다', 이렇게?"

"바로 맞았어. 단지 표현만 좀 바꿔서. 다른 사람들이 싣는 것들과 비슷해 보이면서도 옥스퍼드에서 온 사람은 그게 우리가 보냈으며 무슨 뜻인지를 알 수 있게 만들어야 해."

"'변함없는 무기력으로 내 마음에 상처를 입히네.'" 폴리가 중얼거렸다.

"응?"

"D-데이 전날 BBC를 통해 프랑스 레지스탕스에게 보낸 암호 메시지야. 베를렌의 시에서 나온 거야. '작전 임박'이라는 뜻이지."

"바로 그거야." 마이크가 말했다. "암호 메시지."

"하지만 그건 위험할 수도 있어. 만약 우리를 독일 간첩으로 오해라도 한다면…."

"'한밤중에 개가 짖었다'라든가 네가 말한 '변함없는 무기력으로….' 어쩌고 하는 식을 말하는 게 아니야. 나는 'R. T.[1] 금요일 정오에 트래펄가 광장에서 만납시다. M. D.[2]로부터.' 이런 걸 말하는 거지."

폴리는 고개를 저었다. "공공장소에서 만나자는 건 '한밤중에 개가 짖는다'만큼이나 의심을 받기 쉬워."

"좋아, 그럼 이렇게 하지. 'R. T. 어서 당신을 보고 싶어요. 금요일 정오에 트래펄가 광장에서 만나요. 사랑해요, 폴리킨.'"

"그건 될 거 같아." 폴리가 생각에 잠겨 말했다. 신문의 연락란은 연인들이 주고받는 메시지, 그리고 시골로 피신했거나 폭격으로 거주지가 파괴되어 새로운 주소를 친구나 친지들에게 알리는 메시지들로 가득했다. "하지만 런던에는 신문이 수십 개도 넘어. 어느 신문에 메시지를 실어야 하는데?"

"그건 차차 결정하면 돼." 마이크가 말했다. "그동안은, 씻겨 나간 여기 메시지들을 다시 써야지."

"다시 씻겨나갈 거야."

"그러면 페인트를 사야지."

"그리고 이 비가 그치길 바라야겠지." 폴리가 돌출부에서 떨어

1 Retrieval Team(구조팀)의 약자
2 Michael Davis(마이클 데이비스)의 약자

지는 빗방울을 보며 말했다. "우산을 하나 가져다줄까?"

"에일린의 그 밝은 녹색 우산이라면 사양하겠어. 그건 몇 킬로미터 밖에서도 보일걸. 나는 눈에 띄지 않으려 애쓴다는 거 잊었어?"

"내 건 검은색이야. 그걸 가져올게." 폴리가 약속했다. "그리고 먹을 것도." '그리고 뜨거운 차를 담은 보온병도.' 폴리가 생각했다.

'하지만 마저리부터 만나야 해.'

면회 시간은 10시부터였고, 마이크와 함께 오늘 아침에 하려고 계획한 모든 일을 다했지만 여전히 8시 30분밖에 되지 않았다. 하지만 폴리가 리케트 부인 집으로 돌아가면, 에일린은 잠에서 깨어 함께 가자고 할 것이다. 그리고 아마도 지금처럼 이른 시간에는 어떤 대답도 안 해주려 하던 지난번의 엄격한 입퇴원 관리 간호사가 아직 출근하지 않았을 것이다.

그 간호사는 정말로 아직 출근하지 않았다. 아주 젊은 간호사만이 거기 있었다. 다행이었다. "제임스 던워디라는 환자가 여기에 있나요?" 폴리가 간호사에게 물었다. "그분이 그제 밤에 이곳에 실려 왔다는 말을 들었어요. 파젯스 백화점에서요."

간호사는 기록을 확인했다. "아니요. 그런 이름의 환자는 없어요."

"아, 이를 어째." 폴리는 고드프리 경이 가르쳐준 연기 기술을 이용해 걱정스레 말했다. "제 친구는 던워디 씨가 분명 여기 있을 거라 생각하고 있었거든요. 제 친구는 던워디 씨랑 파젯스 백화점에서 같이 일하는데, 자기 대신 던워디 씨에 대해 알아봐달라고 했어요. 걔도 폭격으로 좀 다쳐서 직접 올 수가 없어서요. 걔가 던워디 씨 때문에 얼마나 걱정하고 있는지 몰라요. 던워디 씨는 그날 저녁 일찍 실려 왔을 거예요."

"그날 저녁 저는 비번이었어요. 제가 한번 알아볼게요." 간호사는 말하더니 어디엔가 갔다가 돌아와 말했다. "그 사고를 담당한 구급차 대원과 통화를 했는데 병원으로 옮긴…." 간호사는 잠깐 머뭇거렸다. "부상당한 희생자는 한 명뿐이래요. 그리고 여자였고요." 간호사가 잠깐 머뭇거린 건 '부상당한 희생자'가 마저리가 말했듯이 병원에 오는 도중 죽었다는 걸 뜻했다.

"하지만 던워디 씨가 여기에 없다면, 그건…." 폴리가 말했고, 손으로 입을 가렸다. "오, 어쩌면 좋아."

"걱정하지 마세요." 간호사가 동정하며 말했고, 누가 듣는 이가 없는지 주위를 재빨리 살폈다. "사망자에 관해 구급차 대원에게 물었는데, 다른 둘 역시 여자였다고 했어요."

'사망자가 다섯이 아니라 셋이야.' "전부 다 파젯스 백화점에서 일하는 사람들인가요?" 폴리가 물었다.

"아니요. 아직 신원 파악을 하지 못했어요."

그러니 사망자가 구조팀일 가능성은 아직도 있었다. 만약 폴리나 에일린을 구하려는 팀이라면 백화점에서 눈에 띄지 않도록 여자를 보냈을 가능성이 아주 컸다. 하지만 구조팀은 보통 두 명이었다. 그러나 만약 죽은 이들이 폴리를 구하러 온 팀과 에일린을 구하러 온 팀 둘 다였다면?

적어도 그건 불일치가 아니었다. "오, 제 친구가 무척 마음을 놓을 거예요!" 폴리가 진심을 담아 말했다. "뭔가 착오가 있었나 봐요."

폴리는 간호사에게 고맙다고 말한 뒤 서둘러 병원을 나와 계단을 내려갔다. 그리고 하마터면 남색 망토를 두르고 출근하는 젊은 간호사 한 쌍과 부딪힐 뻔했다. "어젯밤 영국 공군 무도회에 갔다가 멋진 중위를 만났어." 그 가운데 한 명이 이야기하고 있었다. "조종사야. 보스컴 다운 비행장에 있대. 다음 휴가 때 날 만나러 오겠다더라."

보스컴 다운. 그게 제럴드가 있는 비행장은 아닐까? 두 단어였고, 하나는 'ㅂ', 다른 한 단어는 'ㄷ'으로 시작했다. 그곳이 맞을 거 같았다.

폴리는 사망자에 관한 정보를 얻기 위해 하루를 꼬박 써야 할 거라고 예상했었지만, 이제 문제 두 개를 풀었으니 에일린에게 말했던 일을 하고 마저리를 면회하러 갈 수 있었다. 그건 들킬 수도 있는 거짓말을 하나 덜 해도 된다는 뜻이었다.

하지만 아직 10시가 안 된 데다가, 어쨌든 파젯스 백화점의 친구에게 얼른 가서 제임스 던워디가 무사하다는 소식을 전하기로 되어 있는 상황에서 다시 병원 정문으로 들어갈 수는 없는 노릇이었다.

폴리는 지난번에 마저리를 면회하려고 왔을 때 그녀가 어느 병실에 있는지 이미 알아두었고, 그래서 병실을 물어볼 필요는 없었지만, 만약 입퇴원 관리 간호사가 폴리가 다시 온 걸 보면….

폴리는 응급실 출입문을 찾아냈고, 눈에 안 띄는 곳에 숨어 있다가 구급차가 도착하고 벨이 울리고 환자들을 구급차에서 내리는 틈을 타서, 시치미를 뚝 떼고 구급차 대원들과 환자들을 지나쳐 병원으로 들어갔다.

안으로 들어간 폴리는 가장 먼저 보이는 계단을 쏜살같이 올라가 5층에 있는 마저리의 병실로 들어갔다. 그리고 자신이 원하던 정보를 얻기 위해 가상의 환자를 꾸며대며 물어보는 수고를 할 필요가 전혀 없었다는 것을 깨달았다. 그냥 마저리에게 물어보면 알 수 있었다.

"내가 잘못 알았어. 사망자는 다섯 명이 아니라 세 명이래." 일어나 베개에 몸을 기대며 마저리가 말했다. 팔은 삼각 붕대에 매달려 있었다. "그리고 셋 다 파젯스 백화점 직원이 아니었대. 그 사람들이 누구인지, 그곳에서 뭘 하던 건지 모른대. 나처럼 말이야. 만약 내가 죽었으면 내가 저민 스트리트에서 뭘 하고 있던 건지 아무도 몰랐을 거야."

"너는 거기에 왜 간 거였는데?"

"톰을 만나러 간 거였어." 마저리가 말했고, 폴리가 멍한 표정을 짓자 설명했다. "내가 말했던 조종사. 자기랑 도망치자고 졸라댔지만, 나는 거절을 했었지. 하지만 네가 세인트존스 교회에서 거의 죽을 뻔했을 때, '그렇게 못 할 건 또 뭐야? 내일 죽을지도 모르는데. 즐길 수 있을 때 즐겨야지.' 하는 생각이 들었어."

폴리의 심장이 두근거리기 시작했다. "나 때문에 생각을 바꿨던 거야?"

"응. 그날 아침에 너를 보았을 때, 네 치마는 찢어지고 얼굴은 온통 횟가루투성이였잖아. 그런 널 보니 네가 하마터면 죽었을 수도 있었겠다는 생각이 들었어. 그리고 나도 언제든 죽을 수 있고. 그리고 그때까지 나는 타운센드 브라더스 백화점에서 일하는 것 말고 달리 해본 게 없더라고. 그래서 나는 이렇게 아무것도 해보지 않고 죽지는 않겠노라고 결심했고, 다음번에 톰이 나왔을 때, 그러니까 네가 어머니를 만나러 간 금요일이었는데, 나는 톰에게 같이 도망치겠다고 말했어."

그리고 마저리는 톰을 만나러 갔다가 폭격 때문에 잔해에 묻혔고 하마터면 죽을 뻔했다. '그리고 나 때문에 그렇게 된 거야.' 폴리가 생각했다. '마저리를 그곳으로 보낸 건 나야.'

그동안 폴리는 마이크가 하디를 구한 게 아니라고, 하디는 마이크의 회중전등이 없었어도 다른 보트를 보았을 거라고, 또는 다른 보트에 의해 구조되었을 거라고 말하며 마이크를 안심시켜왔다. 하지만 지난 금요일에 마저리가 저민 스트리트에 간 데는 다른 이유가 없었다. 부러진 팔과 금이 간 갈비뼈, 잔해 더미에 며칠 동안이나 깔렸던 일, 하마터면 죽을 뻔한 일이 모두 폴리 때문이었으며 다른 이유는 없었다.

'하지만 그건 불가능해.' 폴리는 생각했다. '역사학자는 사건들을 변경할 수 없어. 네트가 그걸 허용하지 않아.'

'마이크 말이 맞는 게 아니라면.' 폴리는 세인트폴 대성당에서 본 불발탄이 갑자기 떠올랐다. 그 폭탄이 일요일이 아닌 토요일에 제거되었다는 역사 기록이 오류가 아니라면? 만약 그 시간 차이가 불일치라면?

6

기만은 단순히 남을 속이는 것이 다가 아니다.
기만은 게임이며, 어쩔 수 없는 이유들로 인해
극도로 진지하게 이뤄지며 또한 위험한 결과를 낳는 게임이다.

— 제2차 세계대전 영국 첩보부 매뉴얼

켄트, 1944년 4월

"왕비님을?" 어니스트가 말했다. "나는 왕비님을 만나러 갈 수 없어. 세스와 함께 탱크에 바람을 넣느라고 밤을 꼬박 새웠어. 나는 크로이던에 가서 〈클라리온 콜〉에 이번 주 신문 기사들과 편지들을 전해줘야 해. 이미 〈서드베리 주간 쇼핑객〉 마감을 놓쳤다고. 다른 곳도 그럴 수는 없어."

"그것보다는 왕비님이 더 중요하잖아. 어제 쓰던 게 뭐였지? 가든파티?" 프리즘이 말했다.

"티파티. 브래들리 필드에서 막 도착한 제21공수부대 장교들을 위한 거야. 그게 중요한 게 아니야. 중요한 건 이 기사들이 일정대로 실려야지, 안 그러면 군대 움직임들을 완전히 다시 잡아야 한단 말이야."

"프리즘이 도와줄 거야." 몽크리프가 말했다. "그리고 어쨌든, 이건 2시간 정도밖에 안 걸려. 돌아온 뒤에도 기사를 보낼 시간은 충분해."

"어젯밤 세스가 탱크에 바람을 넣자고 할 때도 그런 식으로 말했지."

"알았어. 하지만 이건 아주 가까운 곳이야. 모포드 하우스야. 림브리지에서 몇 킬로미터만 더 가면 돼."

"채서블이 대신 가면 안 돼? 아니면 그웬돌린이나?"

"그웬돌린은 이미 그곳에 가서 준비 중이야. 그리고 채서블은 오마하 캠프에 가서 병영식당 텐트에 굴뚝을 달고 있어."

"병영식당 텐트에 굴뚝이 왜 필요한데? 거기엔 실제로 밥 먹을 사람도 없잖아."

"하지만 밥 먹을 사람들이 '있는 것처럼' 보여야 하니까." 프리즘이 말했다. "그리고 넌 꼭 가야만 해. 네가 가야 거기서 일어나는 일들에 관해 써서 런던의 신문사들에 보내지."

런던의 신문사들이라면 기사가 〈클라리온 콜〉에 실릴 때보다 훨씬 더 큰 관심을 받는다는 걸 뜻했다. 사진과 함께라면 특히 더 그랬다. 또한 엘리자베스 왕비를 만날 기회였으며, 남 포티튜드의 직원이라면(그리고 역사학자라면) 누구든 그 기회를 잡기 위해 어떤 대가도 마다치 않을 것이다. 게다가, 상황을 보아하니 어니스트가 원하든 원하지 않든 어차피 그곳에 가야만 하는 듯했다.
"내 카메라를 가져가야 해?" 어니스트가 물었다.

"아니. 런던 신문사들이 자기네 사진 기자들을 데려올 거야. 너는 잠옷만 챙겨가면 돼." 프리즘이 말했다. "이제 가자. 늦었어."

"대답하기 곤란한 게 아니라면…." 모두 직원용 차량에 타고,

몽크리프가 운전할 때 어니스트가 말했다. "왜 내가 잠옷을 입고 왕비님을 만나야 하는데?"

"왜냐하면, 너는 부상을 당했으니까." 몽크리프가 말했다. "발이 부러진 것 정도면 될 거야." 그는 뒷좌석의 어니스트를 돌아보았다. "네 발에 깁스하고 목발을 줄 거야. 네가 목이 부러진 쪽을 더 좋아하는 게 아니라면 말이야."

"지금 이 친구가 무슨 소리를 하는 건지 알아듣겠어?" 어니스트가 몸을 앞으로 숙이고 프리즘에게 물었다.

"우리는 병원 개원식에 참석하는 거야." 프리즘이 설명했다. "모포드 하우스를 군 병원으로 개조했어. 상륙작전에서 부상당해 이송된 군인들을 치료할 거야."

"상륙작전은 아직 일어나지 않았잖아. 그런데 어떻게 부상자가 있다는 거야?"

"없지. 우리는 트리폴리에서 부상당했어. 또는 몬테 카시노나. 네가 좋아하는 곳으로 골라."

"하지만…."

"우리는 그냥 그런 척하는 것뿐이야." 프리즘이 성마르게 말했다. "네가 쓸 기사에는 그 병원이 현재는 환자가 몇 명뿐이지만 수용 인원은 6백 명이고, 앞으로 그 지역에서 넉 달에 걸쳐 열게 될 다섯 개의 새 병원 가운데 하나라고 하면 돼."

"그러면 상륙작전이 7월 중순 예정이라는 것을 아주 자연스럽게 누설하는 결과를 낳겠지." 어니스트가 말했다. "그래서, 왕비님이 병실들을 방문하는 모습을 보이는 거야?"

"병실 하나만." 프리즘이 말했다. "리본 커팅용으로 하나만 꾸밀 수 있었어. 도버의 병원에 남는 침대가 더는 없었고, 모포드 여사는 오후에 사진 몇 장 찍자고 자기 집 전체를 병원으로 바꾸는 걸 반기지 않았어."

"오후?" 어니스트가 말했다. "아까는 2시간이면 된다고 했잖아."

"그럴 거야. 왕비님을 환영하는 연설이 있을 거고, 병실 방문이 있고, 차를 마실 거야. 왕비님은 1시에 도착하셔."

"오늘 오후 1시?" 세스가 외쳤다. "그건 몇 시간이나 뒤잖아. 그리고 어니스트와 나는 아직 아침도 못 먹었어. 왜 꼭 지금 떠났어야 하는 건데?"

"말했잖아." 프리즘이 차분하게 말했다. "왕비님이 오신다고. 왕족을 기다리게 할 수는 없어. 그리고 준비하는 것도 도와야 하고."

"하지만 나는 몹시 배가 고프다고!" 세스가 말했다.

"그리고 나는 오후 4시까지 크로이던에 가 있어야 해. 안 그러면 이번 주 신문에 내 기사를 실을 수 없어."

"그러면 다음 주에 실어야지."

"지난주에도 넌 그렇게 말했잖아." 어니스트가 말했다. "이런 식이면 상륙을 한 다음에도 기사를 싣지 못할 거야. 상륙작전용 기사를 상륙한 뒤에 실어서 뭐에 쓸 건데?"

"좋아." 프리즘이 말했다. "그곳에 도착하면 브랙넬 여사에게 전화해서 너 대신 알제논이 기사를 크로이던에 가져다주게 할게."

전혀 쓸모 없는 제안이었다. "아직 기사를 다 쓰지 못했어." 어니스트가 말했다. "어젯밤에 다 쓸 계획이었지만 대신 투우사 역을 했단 말이야."

"망토 대신 탱크를 썼지." 세스가 탱크에 달려든 황소와 얽힌 어제의 모험담을 늘어놓기 시작했고, 프리즘과 몽크리프 둘 다 그 이야기를 아주 재밌어했다.

“오늘은 그런 위험한 일이 없을 거야.” 몽크리프가 말했다. “그리고 걱정하지 마. 기사 쓸 시간이 충분하도록, 늦지 않게 돌아갈 테니까.”

‘그리고 돌아가면 분명 또 탱크에 바람을 넣으러 가야 하겠지.’

“위험하다는 말이 나와서 말인데….” 프리즘이 말했다. “너, 이거 읽어봐야 해.” 프리즘은 뒷좌석의 어니스트에게 종이 한 장을 건넸다. “브랙넬 여사가 준 메모야.”

“우리에게 주의하라고 보낸 거야.” 세스가 말하더니 목소리를 낮추어 불길하게 속삭였다. “우리 중에 간첩이 있대.”

어니스트는 프리즘에게서 종이를 낚아챘다. “간첩?”

“응.” 세스가 말했다. “의심스러운 행동을 하는 자, 특히 지역 관습을 잘 모르는 사람들을 주의해서 살피래. 그리고 우리 임무에 관해 그 누구와도 이야기하지 말라고 하고. 그 상대가 아무리 해가 없고 믿음이 간다 할지라도 말이야. 독일 간첩일 수 있으니까. 예를 들어, 오늘 아침의 그 황소.”

“농담거리가 아니야.” 프리즘이 말했다. “정보가 샐 경우, 상륙작전 전체가 위험에 빠질 수 있어.”

“알아.” 세스가 말했다. “하지만 브랙넬은 대체 우리가 누구에게 말을 할 거라 생각하는 거지? 우리가 보는 사람들이라고 해봤자 여기 있는 어니스트를 빼면 짜증을 내는 농부들뿐이잖아.”

“그리고 내가 이야기를 하는 사람들이라고는 왜 내 기사가 늘 늦는지를 알고 싶어 하며 짜증을 내는 편집자들뿐이고.” 어니스트가 말했다. 그는 대화 주제를 간첩에서 다른 것으로 돌려야만 했다. “그리고 내가 왕비님과 차 마시느라 마감 시간을 지키지 못했다는 말을 하면 편집자들은 안 믿을 거야. 그런데 왕비님을 뭐라고 불러야 해? 폐하? 비전하?"

"이것 봐! 들었지?" 세스는 어니스트를 가리키며 책망하듯 말했다. "그 지역 문화를 잘 알지 못함. 분명히 의심스러운 행동이지. 그리고 황소 주변에서 아주 이상하게 행동했어. 너 간첩이야, 어니스트?" 세스가 말했고, 어니스트가 대답하지 않자 다시 말했다. "대답해봐, 너 간첩이야?"

7

우리는 사무실에서 싸울 겁니다….
그리고 병원에서도 싸울 겁니다.

— *윈스턴 처칠, 1940년*

런던, 1940년 10월 27일

폴리가 마저리를 만나고 돌아오자마자 에일린이 말했다. "네가 나간 사이에 페터스 씨가 전화했어. 파젯스 백화점에서 시체 세 구를 발견했대." 그건 폴리가 병원에 갈 필요가 없었다는 뜻이었다.

폴리는 병원에 간 걸 후회했다. 병원에 간 건 시체 숫자를 확인하고 불일치가 없다는 사실을 증명해 마이크가 더는 사건들을 바꾸었다는 걱정을 하지 않도록 하기 위함이었지만, 결국엔 자신이 사건들을 바꾸었다는 사실을 알게 됐을 뿐이었다.

'바보 같은 생각 하지 마.' 폴리가 생각했다. '역사학자는 그럴 수가 없어.' 그리고 던워디 교수가 세인트폴 대성당의 불발탄 제거 날짜를 잘못 기억할 이유는 얼마든지 있었다. 신문이 독일군에게 가짜 정보를 주기 위해 시간을 옮겼을 수도 있었다. V-1과 V-2 공격 시, 신문들은 로켓들이 떨어진 곳을 가짜로 발표했다. 독일군을 속여 목표 거리를 더 짧게 조정하게 하기 위해서였다. 불발탄에 대해서도 비슷한 일을 할 수 있었다. 폭탄을 쉽게 해체할 수 있다고 나치를 속이는 것이다. 아니면 그냥 시간을 잘못 알았을 수도 있었다. 파젯스 백화점에서 간호사들이 시체 숫자를 잘못 알았듯이 말이다.

'난 사망자 숫자가 불일치라고 생각했어.' 폴리는 자신을 다독였다. '그리고 그렇지 않다는 것이 밝혀졌어. 그리고 내가 마지막에 했던 임무를 떠올려봐. 그곳에 있던 몇 주 동안 나는 사건들을 바꾸었다고 확신했지만, 사실은 그렇지 않았어. 모든 일이 내가 그곳에 없었을 경우 벌어진 것과 똑같은 방식으로 일어났어.

그리고 이번 경우도 그럴 거야. 의사들은 마저리가 완쾌될 거라고 말하고 있으니, 마저리가 그 공군 조종사랑 결혼하거나 임신을 하는 것과는 경우가 달라. 며칠 뒤면 마저리는 마치 아무 일도 없었던 것처럼 퇴원해 타운젠드 브라더스 백화점에 돌아올 거야. 그리고 나는, 마저리가 한 말을 마이크가 알지 못하게만 하면 돼. 그리고 에일린이 호드빈 남매를 '시티 오브 베나레스호'에 태우지 않았다는 말도 하지 못하게 하고.'

폴리는 에일린에게 그 일에 관해 다시는 이야기하지 말라고 주의를 줄까 생각해보았지만, 에일린이 그 이유를 꼬치꼬치 캐묻는 건 원하지 않았다. 그리고 에일린이 먼저 마이크에게 호드빈 남매 이야기를 꺼낼 가능성도 없어 보였다. 그랬다간 마이크가 에일린더러 호드빈 남매에게 편지를 써서 그녀의 주소를 알려주라고 시킬 수도 있었기 때문이다. 어쨌든, 지금 에일린의 머릿속엔 파젯스 백화점에서 일어난 일 생각뿐이었다.

"페터스 씨가 그러는데, 사망자 셋은 청소부였대." 에일린이 말했다. "파젯스 백화점 직원이 아니라 셀프리지스 백화점 직원이었고. 아마도 출근하다가 공습을 만났고, 그래서 파젯스 백화점 지하의 방공호로 갔을 거라더라."

그건 마이크와 폴리는 사망자들이 구조팀이었을 거라는 걱정을 더는 하지 않아도 된다는 뜻이었다. '이제 내가 걱정할 건 구조팀의 행방이로군. 그리고 과연 구조팀이 내 데드라인 전에 나타날까 하는 거랑. 그리고 옥스퍼드가 파괴되었을 가능성이랑.'

그리고 '우리도 지하 방공호에 있었을 수 있었어.'라며 그 가능성에 무척이나 놀란 에일린에 대한 걱정이 남아있었다.

"아니, 우리는 그럴 수 없었어." 폴리가 딱 잘라 말했다. "왜냐하면 나는 공습을 당하는 시간과 장소를 아니까. 기억해?" '어쨌든 12월까지는.'

"네 말이 맞아." 에일린은 안심한 듯 보였다. "어제 스테프니에 갔을 때도 사이렌이 울리지 않을 거라는 걸 아니까 무척이나 안심되었어."

타운젠드 브라더스 백화점에서 울린 걸 빼고. 그것 역시 불일치였을까?

"아, 그리고 너에게 묻고 싶은 게 있었어." 에일린이 말했다. "페터스 씨가 그러는데, 파젯스 백화점은 다음 달에 일부 재개장을 할 건데, 내가 다시 일하고 싶은지 알고 싶대. 그리고 나는 뭐라고 대답해야 할지 모르겠어. 내 말은, 그때쯤이면 우리가 여기에 안 있을 수도 있고…."

'있을 수도 있어.'

"마이크에게 물어볼게." 폴리가 말했다. "마이크가 어떤지 확인하고 담요도 갖다주러 지금 가볼 거거든."

"나도 같이 가도 돼?"

"아니. 거기에는 사람들이 너무 많아. 너한텐 오늘 밤에 강하 지점을 알려줄게. 아, 하마터면 잊을 뻔했네. 제럴드가 있는 군 비행장이 어딘지 알아낸 거 같아. 그게 보스컴 다운이었어?"

"아니." 에일린이 말했다. 그녀는 생각에 잠긴 듯했다. "'ㅂ'은 맞는 것처럼 들리지만. 미안해…."

"괜찮아." 폴리는 실망을 감추려 애쓰며 말했다. 이번은 분명히 맞을 거라 자신했었다. "리케트 부인에게 《ABC 철도 가이드》가 있는지 물어보고 올게. 만약 있다면 내가 없는 사이 네가 이름들을 찾아보고 있어줘."

리케트 부인은 철도 가이드를 가지고 있지 않았다. 라버넘 양은 분명 어딘가에 있을 거라며 모든 서랍과 찬장을 뒤져본 뒤에야 말했다. "아, 그러네. 내 조카가 체셔에서 놀러 왔을 때 걔한테 빌려줬어요." 그런 다음 라버넘 양은 연극에 쓰기 위해 어찌어찌 구해온 코코넛 두 개를 꼭 보고 가라고 고집을 부렸고, 또한 자신이 어렸을 때 고드프리 경의 공연을 본 일을 자세히 늘어놓았다. 폴리는 2시가 되어서야 라버넘 양에게서 빠져나올 수 있었고, 마이크가 이미 저체온증으로 죽은 건 아닐까 걱정이 되었다.

마이크는 살아있었다. 그리고 추위로 이를 덜덜 떨면서도 강하 지점을 떠나길 거부했다. "온종일 근처에 사람들이 있었어. 오늘 밤 공습이 시작되고 나면 강하가 열릴 가능성이 훨씬 더 커질 거야."

"하지만 여기 있다가 얼어 죽으면 아무 소용없어." 폴리가 말했고, 자신이 대신 지키고 있을 테니 그동안 리어리 부인 집에 가서 저녁을 먹으라고 오랫동안 설득했지만 소용없었다.

"여기 왕래가 잦을수록 다른 사람들이 우리를 볼 가능성이 커져." 마이크가 말했다.

"적어도 담요나 뭔가 먹을 게 필요하지 않겠어?"

"아니, 나는 괜찮아. 오늘 밤 공습은 어디야?"

"이스트 엔드, 시티, 이슬링턴."

"다행이네. 그러면 소방대원이나 구조대가 이 근처에 있으면서 빛무리를 보진 않을 거 아냐. 파젯스 백화점 사망자에 관해 뭔가 알아낸 게 있어?"

"응." 폴리는 마이크에게 죽은 청소부 세 명에 관해 말했다.

"그러면 구조팀이 아니었구나. 불일치도 없고. 잘됐네." 마이크는 안심한 듯한 목소리로 말했다. "제럴드의 행방은? 철도 가이드는 구했어?"

"아니, 아직. 하지만 내일 타운젠드 브라더스 백화점에서 철도 가이드를 구할 수 있을 거고, 오늘 밤 노팅힐게이트 역에 가면 군 비행장들에 대해 더 정보를 얻을 수 있을 거야." 폴리는 극단 동료인 라일라와 비브를 떠올리며 말했다. "더 원하는 거 있어?"

"응, 개인 광고를 실을 신문들을 좀 사다줘. 그리고 에일린에게 제럴드가 또 무슨 말을 했는지 계속 알아봐주고. 에일린의 운전 허가서에 관해 제럴드가 한 농담이 무슨 뜻인지는 알아내지 못한 거지?"

"응. 내가 생각해낸 유일한 건, 영국 공군 조종사들은 해협에 빠질 경우를 대비해서 자기 신분 서류를 방수 지갑에 넣어 다녔다는 것 정도야. 하지만 그 지갑은 빨갛지 않아. 그래서 나는 제럴드가 무슨 의미로….”

“하지만 적어도 그건 제럴드가 군 비행장에 있으리라는 우리의 추측이 옳다는 걸 뜻하지.” 마이크가 말했다. “넌 가는 게 좋겠다. 오늘 밤에는 사이렌이 언제 울려?”

“모르겠어.” 폴리는 콜린에게서 사이렌 자료를 받기 전에 떠날 수밖에 없었던 상황을 설명했다. “공습은 7시 50분에 시작해. 자, 내 코트 받아. 난 오늘 밤에 하나 빌릴 수 있어.” 폴리가 말하며 코트로 마이크의 무릎을 덮어줬다. “그리고 만약 다시 비가 내리기 시작하면 집에 가. 괜히 만용 부리지 말고.”

“알았어.” 마이크가 약속했고, 폴리는 서둘러 하숙집으로 돌아와 에일린을 데리고 노팅힐게이트 역으로 갔다. 그다음에는 에일린에게 홀본 역의 도서 대여실에 가서 《ABC 철도 가이드》가 있는지 알아보라고 했다.

“만약 철도 가이드가 없으면….” 폴리가 말했다. “신문들을 빌려 와.” 폴리는 에일린에게 신문 개인 광고란에 광고를 실어 자신들이 어디에 있는지 구조팀에게 알려주자는 마이크의 아이디어를 말해주었다.

“적당한 광고 예를 어디서 찾을 수 있는지 알아.” 에일린이 눈을 반짝이며 말했다. “《살인을 예고합니다》.”

“응?” 폴리가 말했다.

“추리 소설이야. 애거서 크리스티가 쓴. 그 책에는 개인 광고가 잔뜩 나와…. 아니, 그건 안 되겠다.” 에일린이 침울하게 말했다.

“왜 안 되는데? 홀본 역의 도서 대여실에는 애거서 크리스티 소설이 몇 권 있어. 그리고 만약 그 책이 거기 없으면 채링크로스 로드의 서점들 가운데 한 곳에는 분명히….”

"아니. 그렇지 않을 거야. 그 책은 전쟁이 끝난 뒤에 출간되었어." 그런 뒤 에일린은 다시 힘을 내며 말했다. "하지만 《부자연스러운 죽음》은 출간되었으니 그걸 쓸 수 있어." 에일린은 센트럴 선으로 가기 시작했다.

"기다려." 폴리가 말했다. "10시 30분 전에는 돌아와야 해. 그 뒤로는 지하철이 끊겨."

"네, 요정 대모님." 에일린이 말했다. "다른 지시 사항은?"

"응. 네 소지품을 주의해. 홀본 역에는 소매치기를 하는 말썽꾸러기 무리가 있어."

"당연히 그렇겠지. 나는 어딜 가든지 끔찍한 아이들에 에워싸일 운명이니까. 하지만 적어도 호드빈 남매는 아니니 괜찮아." 에일린이 말하고 지하철을 타러 갔다. 폴리는 라일라와 비브와 이야기하기 위해 극단이 연극 연습을 하는 디스트릭트 선 플랫폼으로 갔다.

그들은 그곳에 없었다. "무도회에 갔어요." 라버넘 양이 알려줬다.

"일요일 밤인데요?" 주임 사제가 놀라 말했다.

"미군 위문 협회에서 주관하는 무도회예요." 라버넘 양이 설명했다. "고드프리 경이 도착하면 뭐라고 할지 모르겠네요. 경은 난파 장면 연습을 무척이나 하고 싶어 했거든요."

잠시 뒤 도착한 고드프리 경은 이렇게 말했다. "'불충한 종복들! 어쩜 이렇게 뭐 하나 되는 일이 없을까! 그자들의 비열함이 끝을 모르는구나!'[3] 그 둘의 배신행위로 인해 우리는 구조 장면을 연습하는 수밖에 없군요. 우리는 조난자들이 배의 대포 소리를 듣고 해안으로 달려가는 장면에서 시작할 겁니다."

그 장면에는 폴리와 고드프리 경만 나왔고, 그 때문에 폴리는

3 셰익스피어의 《햄릿》과 《끝이 좋으면 다 좋아》

고드프리 경의 〈타임스〉에서 군 비행장들을 찾아볼 시간이 없었다. 이윽고 연습이 끝나고, 폴리는 브라이트포드 부인에게 혹시 아는 군 비행장이 있는지 물었다. 이를 들은 고드프리 경이 비꼬며 말했다. "이제 당신 역시 '여기저기에서 솜씨 좋게 춤추며'[4] 우리를 버리고 떠나겠다는 뜻입니까, 메리 아가씨?"

"아니에요." 폴리는 대답하며 제발 홀본 역에 《ABC 철도 가이드》가 있기를 바랐다.

"없더라." 에일린이 돌아와 말했다. "그리고 신문은 두 개뿐이었어. 사서가 그러는데, 아이들이 폐지 수집 운동 때문에 계속 가져간대. 하지만 애거서 크리스티 작품이 잔뜩 있었어!"

"봐." 비상계단에 도착하자 에일린은 들뜬 목소리로 말하며 폴리에게 페이퍼백 한 권을 보여주었다. "《칼레 기차 살인 사건》[5]이야!"

"이게 개인 광고가 있다고 말한 그 책이야?"

"아니, 그건 애거서 크리스티가 아니라 도로시 세이어스 작품이야. 적어도 내 생각에 광고가 있던 책은 그거야. 어쩌면 《살인은 광고된다》일 수도 있지만, 여하튼 도서 대여실에는 둘 다 없었어. 하지만…." 에일린은 다른 페이퍼백을 꺼냈다. "《ABC 살인 사건》은 있었어."

그 책은 《ABC 철도 가이드》와는 상당히 거리가 있었지만, 에일린이 말했던 대로 지명이 잔뜩 나왔고, 어쩌면 에일린의 기억에 도움이 될 수도 있었다. 에일린은 또한 쓰레기통에서 구겨진 〈데일리 미러〉를 주워 왔다.

4 셰익스피어, 《폭풍우》
5 《오리엔트 특급 살인》의 영국판 제목이다.

에일린은 그걸 폴리에게 주었고, 폴리는 군 비행장 이름과 그 날 오후에 왜 공습경보가 울렸는지에 관한 정보가 있는지 찾아보기 시작했다. 폭격에 관한 내용은 아무것도 없었다(안심이 되었다). 하지만 가짜 경보나 비행기 추락에 관한 기사 역시 없었다.

영국 본토 항공전에 관한 기사가 하나 있었다. 영국 공군의 노력이 '전쟁의 진행 방향'을 바꾸었다는 내용이었으며, 군 비행장 이름 몇 개가 들어 있었다.

"비스터?" 폴리가 물었다.

"아니."

"브로드웰?"

"아니."

그린햄 커먼이나 그로브, 빅마시도 아니었다. "혹시 제럴드가 뭔가 다른 말을 한 건 기억 안 나?" 폴리가 에일린에게 물었다.

"유용한 건 없어. 실험실에서 리나가 누구랑 통화하고 있었는데, 프랑스 혁명 임무들의 순서를 바꿨다고 그 상대방이 엄청 화를 내던 건 기억 나."

'그 사람들은 우리처럼 갇히지 않았기를.' 폴리가 생각했다. '그랬다면 그 사람들은 결국 기요틴형을 당할 수도 있으니까.'

"기억을 못 하다니, 내가 너무 바보 같아." 에일린이 말했다.

"그게 중요하게 될 줄 전혀 몰랐으니까." 폴리가 에일린을 위로했다. "내일 내가 《ABC 철도 가이드》를 사면 그 군 비행장 이름을 알아낼 수 있을 거야."

"또는 네 강하가 열렸을 수도 있지." 에일린이 기운을 내며 말했다. "그럼 마이크가 지하철역 밖에서 우리를 기다리고 있을 거고, 우리 모두 함께 강하해 갈 수 있을 거야." 하지만 5시가 되어

공습경보 해제가 되었을 때, 마이크는 그곳에 없었고 리케트 부인의 집에도 없었다.

"공습이 끝났을 때 잠을 자기 위해 리어리 부인의 집으로 돌아갔을 가능성이 커." 폴리가 말했다.

"강하 지점에 가서 확인해봐야 할까?" 에일린이 물었다.

"아니. 그곳은 아침에 사람들이 너무 많아. 그리고 내가 출근하기 전에 우리는 네 배급 수첩을 받으러 가야 해. 그래야 리케트 부인 집에서 식사할 수 있지."

하지만 새 배급 수첩을 신청하려면 신분 카드가 있어야 하고, 그것 역시 에일린의 핸드백에 있었으며, 에일린은 스테프니에 살았었기 때문에 이곳 사무실에서 새 신분 카드를 신청할 수 없었다. 에일린은 자신이 살던 곳에서 가장 가까운 사무실로 가야만 했다.

"거기가 어디에 있나요?" 폴리가 켄싱턴 사무실의 서기에게 물었다.

"베스날 그린에 있습니다."

"베스날 그린요?"

"네." 서기가 말하고 그들에게 주소를 알려주었다.

"베스날 그린에 오늘 폭격이 있어?" 그곳을 떠나며 에일린이 속삭였다.

"아니." 폴리가 말했다.

"하지만 네 표정이 너무나도…."

"혹시 제럴드가 가겠노라고 한 곳이 아닐까 생각했어. 베스날 그린은 'ㅂ'으로 시작하고 두 단어니까."

"아니. 나는 두 번째 단어는 'ㅍ'으로 시작한다고 거의 확신해."

폴리는 에일린을 보내고 서둘러 출근해 서적 매장으로 갔지만, 철도 가이드는 더 이상 보이지 않았다. "국방성에서 온 남자가 지난주에 가져갔어요." 에셀이 말했다.

'어쩜 이렇게 뭐 하나 되는 일이 없을까?' 폴리가 생각했다. "그럼 철도 지도는 있나요?"

"아니요. 그것도 압수해 갔어요. 독일놈들 손에 들어가지 못하게요. 침공이 있을 경우에 대비해서요. 놈들이 옥스퍼드 스트리트까지 온다면 지도는 필요 없을 테지만요. 안 그래요?"

"맞아요." 폴리가 말했지만, 폴리가 걱정하는 건 그게 아니었다. 폴리가 걱정하는 건, 국방성에서 '지난주'에 왔다는 점이었다. 왜 지금 침공이 있을 거라 생각하게 된 걸까? 히틀러는 바다사자 작전을 9월 말에 취소했고, 침공을 봄으로 미뤘다.

'만약 그러지 않았다면?' 폴리는 생각했다. '만약 이게 불일치라면?'

그렇다면 그건 엄청난 결과를 몰고 올 수 있었다. 봄이 되었을 때, 히틀러는 러시아 공격에 온 힘을 집중하기 위해 침공을 포기하기로 결정한다. 하지만 만약 히틀러가 지금 침공을 한다면….

"괜찮아요?" 에셀이 물었다.

"네. 만약 철도 지도가 없다면 잉글랜드의 일반 지도는요?" 폴리가 물었다.

"없어요. 그것도 압수해갔어요. 가족 누군가가 비행기 식별가인 모양이죠?"

"네." 폴리가 에셀의 착각을 이용해 설명했다. "열두 살이에요."

"제 동생 녀석도 시간만 나면 하늘을 보며 하인켈이랑 스투카를 찾아요."

"제 조카도요." 폴리가 말하며 화제를 군 비행장 쪽으로 돌렸다. 폴리는 에셀에게서 이름 몇 개를 알아냈고, 점심시간에 하나 더 알아냈지만, 두 번째 단어가 'ㅍ'으로 시작하는 건 하나도 없었다.

하지만 폴리가 자기 판매대로 돌아왔을 때 좋은 소식이 기다리고 있었다. 스넬그로브 양은 도린에게, 마저리가 퇴원했으며 곧 타운젠드 브라더스 백화점으로 돌아온다고 말한 것이다. 그건 지금 이것이 폴리가 한 다른 임무들과 다를 바 없다는 뜻이었다. 즉 폴리가 사건들을 변경한 것처럼 보였지만, 결국은 모든 게 제대로 풀렸다. 폴리는 시간 여행 이론 그리고 혼돈계의 복잡성을 더 신뢰했어야만 했다.

그리고 역사 수업도 기억했어야만 했다. 나치는 D-데이 작전의 암호를 해독했고, 그로 인해 연합군은 파국을 맞을 수도 있었지만, 무선병이 게르트 폰 룬트슈테트 육군 원수에게 베를렌의 시를 보여주자 그는 그걸 무시했다. 그는 '연합군이 무선으로 공격을 선언할 거라고는 도저히 생각할 수가 없어.'라고 말했다.

그리고 역사 전체에 걸쳐 그런 예들 수백 개가 있었다. '끝이 좋으면 다 좋아.' 폴리는 셰익스피어와 고드프리 경을 인용해 생각했고, 오빠가 영국 공군에 있는 세라 스타인버그에게 군 비행장에 관해 질문하는 데 집중했다.

퇴근 무렵, 폴리는 열 개가 넘는 군 비행장 이름을 알아냈다. 폴리는 에일린이 베스날 그린에서 돌아왔을 때 그 이름들을 들려주어 보았지만, 다 아니었다. 에일린도 신분 카드를 받을 수 없었다. "베스날 그린의 서기는 내가 국민 등록소에 가야 한다고 말했어. 하지만 거기는 월요일에 열지 않아."

"오히려 다행일지도 몰라." 폴리가 말했다. "리케트 부인은 월요일 저녁으로 트렌치 파이를 내놓거든."

"그게 뭔데?"

"아무도 몰라. 도밍 씨는 쥐가 재료일 거라고 확신하더라."

"에이, 설마." 에일린이 말했다. "어쨌든, 난 상관없어. 너랑 마이크를 찾았으니 이제 뭐든 견딜 수 있어. 난 톱밥이라도 기꺼이 먹을 거야."

"우리가 목요일에 먹는 리케트 부인의 승리 빵이 그 맛이야." 폴리가 말했다. 폴리는 에일린에게 점심을 사 먹을 돈을 주었지만, 에일린은 받기를 거부했다.

"군 비행장까지 타고 갈 기찻삯을 모아야 하잖아." 에일린이 말했고, 셀프리지스 백화점에 《ABC 철도 가이드》가 있는지 보러 갔다.

없었다. 그리고 〈데일리 헤럴드〉 사무실도 마찬가지였다. 폴리가 퇴근했을 때, 에일린과 마이크는 직원 출입구 밖에서 그녀를 기다리고 있었고, 철도 가이드를 구할 수 없었다고 폴리에게 말했다.

그리고 강하 역시 열리지 않았다. "나는 거기에 2시까지 있었어." 마이크가 말했다. "하지만 빛무리는 전혀 보이지 않았어."

마이크는 2시부터는 쭉 〈헤럴드〉에 붙박여 7월부터 8월까지의 신문을 훑으며 군 비행장 이름을 찾아보았다고 했다. 그리고 다 함께 노팅힐게이트 역의 비상계단에 도착하자마자(그곳은 지금껏 겪은 중에 최고로 추웠다), 마이크는 그 비행장 이름들을 에일린에게 말해보았다. "베드포드?"

"아니야." 에일린이 말했다. "두 단어가 확실해."

"비치 헤드?"

"그건 좀 비슷한데…, 아니야."

"에일린은 두 번째 단어가 'ㅍ'으로 시작한다고 생각해." 폴리가 말했다.

마이크가 자기 목록을 확인했다. "벤틀리 프라이어리?"

에일린이 얼굴을 찡그렸다. "아니. 프라이어리가 아니었어. 패독이나 플레이스나…." 에일린은 얼굴을 찡그리고 기억을 떠올리려 애썼다.

마이크가 목록을 다시 확인했다. "'ㅍ'은 없어." 마이크가 말했다. "비긴힐은?"

에일린이 머뭇거렸다. "어쩌면…, 잘 모르겠어…. 미안해. 들으면 알 거라 생각했지만, 이제 이렇게 많이 들었는데도, 확신이 안 가…."

"제럴드는 논리적인 선택을 했을 거야." 마이크가 말했다. "영국 본토 항공전이 한창일 때였으니까."

"비치 헤드도 논리적인 선택에 들어가." 폴리가 말했다. "그리고 벤틀리 프라이어리도. 그리고 거기가 옥스퍼드에서 가장 가까워. 어쩌면 거길 제일 먼저 가봐야 할 거야."

"하지만 거기는 그냥 군 비행장이 아니야. 영국 공군 지휘 센터지." 마이크가 말했다. "그건 보안이 더 철저하다는 뜻이고. 비긴힐이 가장 가까워. 거기부터 먼저 가보고 난 뒤에 다른 두 곳에 가보는 게 나을 거 같아. 자, 이제 광고는? 에일린에게 내 생각을 알려줬어, 폴리?"

"응." 폴리가 말했고, 에일린이 아직 출간되지 않은 추리 소설들의 이야기를 늘어놓기 전에 계속해 말했다. "이건 어떨까? '역사학자가 여행과 관련된 일자리를 구합니다. 즉시 시작 가능'?"

"좋은걸." 마이크가 받아 적으며 말했다. "그리고 네가 적었던 걸 변용해서 '광장이나 켄싱턴 가든스나 대영 박물관에서 만나요.' 라고 할 수 있어."

"됭케르크에 있던 군인들을 찾는 광고들이 많아." 에일린이 생각에 잠겨 말했다. "이건 어때? '됭케르크에서 마지막으로 목격된 마이클 데이비스의 소재에 대한 정보가 있는 분은 E. 오릴리에게 연락 주십시오.' 그리고 리케트 부인 주소를 넣고."

마이크는 그들이 제안한 것들을 적어 내려갔다. "십자말풀이는?" 마이크가 〈헤럴드〉의 십자말풀이를 가리켰다. "난 우리 이름이 힌트인 걸 하나 만들 수 있어. '이 새는 크래커를 원한다' 또는 '만약 이탈리아의 탑에게 이름이 뭐냐는 질문을 받으면 그 탑은 뭐라고 말할까?' 같은 거."

"절대 안 돼." 폴리가 말했다.

"동음이의어가 잘 안 통해서?"

"아니, 십자말풀이 때문에 하마터면 D-데이가 망쳐질 뻔했기 때문이야."

"어떻게?"

"작전 2주 전에, 최상급 기밀 암호 단어 다섯 개가 〈데일리 헤럴드〉의 십자말풀이에 나와. '오버로드', '멀베리', '유타', '소드'[6], 그리고 기억은 안 나지만 하나 더. 연합군은 독일군이 작전을 눈치챘다고 확신했고, 그래서 작전 전체를 취소하려 했어."

"그랬어?" 에일린이 물었다. "눈치챘어?"

6 오버로드는 노르망디 상륙작전의 암호명, 멀베리는 노르망디에 세운 이동식 인공항, 유타와 소드는 연합군이 노르망디에 상륙할 지점 5곳 가운데 두 곳의 암호명이다.

"아니. 그 십자말풀이를 만든 사람은 선생님이었고, 오랫동안 십자말풀이 출제를 해왔어. 그 사람은 군 당국에 말하길, 자기 학생들 그리고 다른 사람들 수십 명이 힌트를 만들었고, 각 힌트가 어느 십자말풀이에 들어갈지는 누구도 전혀 몰랐을 거라고 했어. 그래서 결국 군에선 그게 기묘한 우연이라는 결론을 내렸어."

"진짜로 우연이었어?" 마이크가 물었다.

"아니. 40년 뒤 〈헤럴드〉는 그에 관한 기사를 실었어. 그 선생님의 학생이었던 사람 한 명이 자기는 육군 장교 둘이 말하는 걸 우연히 듣게 되어 그 단어들이 무슨 뜻인지도 모르고 썼다고 했어."

"하지만 그 십자말 사고는 1944년에 일어나잖아." 마이크가 말했다. "영국 정보부가 지금 십자말풀이를 읽고 있을 것 같지는 않으니까…."

"그렇다면 구조팀 역시 마찬가지일 거야. 개인 광고란을 읽을 가능성이 훨씬 커. '분실물'들이 많이 실리니까. 어쩌면 우리도 그런 광고를 실어야 할지 몰라."

"가령 '분실: 역사학자, 안전한 귀환 시 보상함' 같은 식으로?"

"아니." 폴리가 말했다. "하지만 뭔가 잃어버렸다고 하며 우리 이름과 주소를 실을 수 있어. 이런 식으로. '분실함: 뱅크 역의 노던 선 플랫폼에서 갈색 모직 슬리퍼 한 쌍을 잃어버림. 찾아주…."

"아." 에일린이 말했다. 마이크와 폴리는 궁금한 표정으로 에일린을 바라보았다. "제럴드와 대화한 내용 중에 뭐든 기억나는 게 있으면 아무리 사소한 거라도 말하라고 했잖…."

"제럴드의 군 비행장에 '뱅크'라는 단어가 들어가?" 마이크가 기대감에 차 물으며 자기 목록을 집었다. "글래스톤 뱅크?"

"아니, 그 부분 말고. 슬리퍼 부분."

둘은 멍한 표정으로 에일린을 바라보았다.

"'슬리퍼(slipper)'가 '편차(slippage)'와 발음이 비슷하잖아."

"편차?"

"응. 내가 제럴드와 이야기를 할 때 리나는 통화 중이었고, 누군진 몰라도 그 통화 상대는 다른 누군가의 강하에서 편차가 얼마였는지를 알고 싶어 했어. 그리고 내가 백베리로 돌아갈 때 바드리는 편차의 증가에 관해 누군가와 통화 중이었고, 리나는 지난번에 내가 강하할 때의 편차가 평소보다 크지 않았는지를 물었어."

"평소보다 컸어?" 마이크가 물었다.

"아니. 그리고 내가 리나에게 그렇게 말했더니 '잘됐네요.'라고 하고는 바드리를 바라보았어."

"리나가 누구와 통화하던 중인지 혹시 알아?"

"아니. 나는 던워디 교수님일 거라 생각했어. 리나가 존댓말을 쓰며 공손하게 말했거든."

"그리고 증가라고 했어?" 마이크가 열심히 물었다. "감소가 아니라? 확실해?"

"응. 왜?"

'왜냐하면 너무 작은 편차라는 건 없으니까.' 폴리가 생각했다. '그리고 편차가 작았더라면 우리가 사건을 변경할 수 있는 곳으로 마이크나 나를 보내지 않았을 테니까.'

"실험실에서는 제럴드 핍스에게도 편차에 관해 물었어." 마이크가 말했다. "네가 갔을 때도 편차에 대해 무슨 말이 없었어, 폴리?"

"편차가 얼마인지 기록했다가 정착 확인 보고 때 알려달라고 했어."

"얼마나 됐는데?"

"나흘 반. 원래는 한두 시간이어야 했어. 나는 분기점이 있어서 그렇다고 생각했…."

"내 생각은 달라." 마이크가 흥분해 말했다. "내 생각에 많은 강하에서 편차 증가가 일어났고, 그 증가량이 실험실에서 걱정할 정도로 컸던 거야. 그건 며칠 정도가 아니라는 거지. 몇 주 단위일 거야. 또는 몇 달이었거나."

"그래서 우리 구조팀이 여기 없는 거고?" 폴리가 말했다. "편차 때문에 구조팀이 11월이나 12월에 가 있다는 거야?"

마이크는 고개를 끄덕였다.

"그러면 우리는 구조팀이 구하러 오길 기다리기만 하면 되는 거네?" 에일린이 좋아하며 말했다.

"아니. 구조팀이 올 때까지 시간이 걸릴 수도 있고, 또한 네가 아직 모를 수도 있지만, 여기는 위험한 곳이야. 하루바삐 작동하는 강하 지점을 찾아 이곳을 최대한 빨리 떠나야 해."

"하지만 만약 편차가 있다면 제럴드의 강하 역시 안 열리지 않았을까?" 폴리가 물었다.

"설사 작동하지 않았더라도, 제럴드는 편차 문제가 뭔지 우리보다 더 잘 알 수도 있고, 우리가 얼마나 이곳에 있어야 하는지 알 수도 있어. 그건, 제럴드를 찾는 게 여전히 우리에게 가장 중요한 일이라는 거지. 그리고 두 번째로 중요한 건 구조팀이 여기에 도착했을 때 우리를 찾을 수 있게 하는 거고. 에일린, 캐롤라인 여사에게서 편지가 왔어?"

"아니, 아직." 에일린은 말하며 폴리를 바라보았다. 호드빈 남매에게 편지를 썼는지 마이크가 물어볼까 봐 두려운 게 분명했다.

"너는, 마이크?" 폴리가 서둘러 물었다. "네 팀이 따라올 수 있도록 빵조각으로 흔적을 남겨두었어?"

"응. 도버의 병원 그리고 오핑턴 병원의 카모디 간호사에게 편지를 썼고, '왕관과 닻'의 다프네에게도 내 주소를 보냈어."

"다프네가 누구야?" 에일린이 말했다.

마이크는 다프네가 병원으로 면회 왔던 이야기를 해주었다. "다프네는 살트램-온-시의 모두에게 말을 할 거야. 나는 내일 아침 〈익스프레스〉로 가서 '빅토리아 역에서 만나요'라는 메시지를 내일 자 신문에 실을 거야. 그리고 '우리의 비긴힐 영웅들'이라는 제목으로 내가 그 신문에 기사를 쓸 수 있는지 알아볼게. 그럴 수 있으면 그 비행장에 접근하기 쉬워지고, 그 일로 돈도 벌 수 있어. 어쩌면 신문사에서 내가 그곳에 가는 차비까지 대줄지도 몰라."

"하지만 우리 모두 가는 거 아니야?" 에일린이 물었다.

"아니. 혼자 가는 편이 더 빨리 갈 수 있고, 더 짧은 시간에 더 많은 걸 알아낼 수 있어."

"그리고 난 일하는 곳을 떠날 수 없어." 폴리가 말했다.

"나도 알아." 에일린이 마지못해 말했다. "다만…, 서로를 찾는 데 이토록 오래 걸렸기 때문에 다시 헤어지는 게 바람직하지 않다는 생각이 들어서."

"우리는 헤어지는 게 아니야." 마이크가 말했다. "우리는 새클턴이 했던 걸 하는 거야."

"새클턴? 그 사람도 역사학자야?" 에일린이 말했다.

"아니. 어니스트 새클턴. 남극 탐험가. 얼음에 갇혔고, 그래서 새클턴은 동료들을 남겨두고 도움을 청하러 떠났어. 만약 새클턴이 그러지 않았다면 아무도 그곳에서 빠져나오지 못했을 거야. 내가 하는 게 바로 그거야. 도움을 청하러 떠나는 거. 만약 제럴드가 비긴힐에 있다면, 내가 너희에게 전화해서 오라고 할게."
"우리 없이 떠나지 않을 거야?"
"당연하지. 너희 둘 다 이곳에서 빼낼 거야. 약속해. 에일린, 그동안 난 네가 백화점들에 네 이름을 올려두면 좋겠어. 그리고 폴리, 계속 철도 가이드를 구해봐."
"그럴게." 폴리가 말했다.
폴리는 《ABC 철도 가이드》를 구하려 애써보았지만, 소용없었다. 폴리는 또한 마이크와 에일린이 암기할 다음 주 공습 목록을 만들었고, 저녁에는 빅토리아 역 시계 옆에서 구조팀이 오지 않을까 헛되이 기다렸다(군인들이 다가와 말을 걸었다). 그다음에는 라일라와 비브가 있지 않을까 하는 기대를 품고 연극 연습을 하러 갔다. 둘은 있었지만, 극단은 모두가 출연하는 2막을 연습 중이었고, 그래서 둘에게 질문할 기회가 없었다.
마이크는 금요일에 비긴힐에서 돌아왔다. "아니야." 마이크는 타운젠드 브라더스 백화점 폴리의 판매대에 몸을 기대고 말했다. "제럴드 핍스는 비긴힐에 없어. 지상 요원과 조종사들을 한 명도 빠뜨리지 않고 모두 살폈어. 내가 없는 사이 에일린이 군 비행장 이름을 기억해내거나 하지는 못했겠지?"
폴리가 고개를 끄덕였다.
"그럴 거 같았어. 에일린이 살펴볼 새 목록을 가져왔어. 에일린은 리케트 부인 집에 있어?"
"아니." 폴리는 스넬그로브 양이 지켜보고 있지는 않은지 재빨리 주위를 살핀 뒤 말했다. "에일린은 여전히 백화점들에 원서를 내고 있어. 곧 돌아올 거야. 점심시간에 들른다고 했어."
"네 점심시간은 언제야?"

"12시 30분. 어서 오세요, 뭘 찾으세요?"

"어서…? 아, 그래요." 마이크는 다행히도 갑자기 나타난 스넬그로브 양을 돌아보지 않고 말했다. "스타킹을 좀 보여줘요."

"네, 알겠습니다." 폴리가 말하고는 상자를 꺼내 열었다. "이건 아주 좋은 물건이랍니다."

마이크는 몸을 숙이고 스타킹을 만져보았다. "다른 색깔은 없나요?" 마이크가 물었고, 나직하게 말했다. "12시 30분에 라이언스 코너 하우스에 있을 테니, 에일린과 함께 와."

"네. 파우더 핑크색과 옅은 베이지색이 있어요." 그리고 폴리는 마이크에게 매장을 떠날 기회를 주기 위해 덧붙여 말했다. "하지만 아이보리색은 지금 없어요."

"아, 이런. 제 여자 친구는 아이보리색을 원했는데." 마이크가 말했고, 입 모양으로 '12시 30분'이라고 말하며 떠났다.

12시 30분이 되어도 에일린은 여전히 돌아오지 않았다. 폴리는 에일린에게 메모를 남기고 마이크를 만나러 라이언스 코너 하우스에 갔다. 마이크는 외딴 구석 테이블 앞에 앉아 있었다.

"여기서 만나자고 메모 남기고 왔어." 코트를 벗으며 폴리가 말했다.

마이크가 메뉴판을 건넸다. "으깬 생선살 샌드위치 말고 다른 건 다 동났어."

"그래도 리케트 부인의 음식보다는 나아." 폴리가 말했다. 그녀는 마이크에게 종이 한 장을 건넸다.

"군 비행장 이름들이야?"

"아니. 다가올 공습. 가장 심한 건 12일이야. 슬로안 광장 지하철역. 79명이 죽었어."

"그리고 하루도 빠짐없이 야간 공습이 있네." 목록을 보며 마이크가 말했다.

"다음 주까지는. 그런 다음에는 공업 도시들로 옮아가. 코번트리, 버밍엄, 울버햄튼…."

"코번트리?"

"응. 그곳은 14일에 폭격당해. 왜 그러는데?"

"내가 왜 이제까지 그 생각을 못 했지?" 마이크가 흥분해 말했다. "우리는 지금 이곳에 있는 역사학자들만 생각했잖아. 이전에 이곳에 있던 역사학자들 말고."

"네 말은 1940년 전에?"

"아니, '지금'의 이전 말고." 마이크가 말했다. "옥스퍼드 시간으로 이전. 작년에 제2차 세계대전 임무를 맡은 역사학자들. 아니면 10년 전에나. 네드 헨리나 베리티 킨들처럼. 코번트리가 폭격을 당하던 날 밤에 둘이 그곳에 있지 않았어?"

"응. 하지만 그건 2년 전…, 아!" 폴리는 마이크가 무슨 말을 하는지 깨달았다. 역사학자들이 '언제'에서 과거로 갔는지는 중요하지 않았다. 이건 시간 여행이었다. 1940년 여기에서 네드와 베리티는 지금으로부터 2주 뒤에 코번트리에 올 것이다.

"하지만 네드와 베리티에게 갈 방법이 없어. 우리는 둘이 코번트리 한가운데에, 불길의 중심에 있었다는 것 말고는 정확한 위치를 몰라. 그리고 그곳 역시 아주 위험한…."

"됭케르크보다 더 위험하지는 않아." 마이크가 말했다. "그리고 두 사람이 있던 장소 하나를 알아. 둘은 대성당에 있었어."

"불에 타서 무너지고 있을 때였지." 폴리가 말했다. "거기로 들어가는 건 말도 안 돼. 대성당 주위는 거의 불지옥이었어."

"하지만 우리가 돌아갈 가장 빠른 길이기도 할 거야. 우리는 네드와 베리티를 찾을 필요가 없어. 강하 지점은 대성당 안에 있었어. 맞지? 우리는 그걸 찾기만 하면 돼."

"마이크, 우리는 그 사람들의 강하 지점을 쓸 수 없어."

"왜 안 되는데? 그게 작동한 걸 우리는 알잖아."

"하지만 그걸 쓸 수는 없어. 왜냐하면 그건 2년 전이잖아. 우리는 우리가 이미 있던 시간으로 갈 수 없어. 그 강하 지점은 옥스퍼드에서 2년 전에 열렸고, 2년 전 우리는…."

"모두 옥스퍼드에 있었지." 마이크가 말했다. "미안. 내가 무슨 생각을 한 건지 모르겠네. 하지만 메시지를 보낼 수는 있어."

"메시지?"

"응. 베리티와 네드가 돌아가기 전에 그 둘을 찾아서 실험실에 우리가 있는 장소랑 우리 강하가 열리지 않는다는 사실을 알려주고, 강하를 리셋해 우리 시간에 맞춰 열게 하는 거야. 우리가 그렇게 하지 못할 이유가 없잖아, 안 그래?"

"아니, 있어. 왜냐하면 우리는 그러지 않았으니까."

"네가 그걸 어떻게 알아?"

"아니, 난 알아. 만약 우리가 그 둘을 찾아 무슨 일이 일어났는지 말했다면, 옥스퍼드는 우리를 이곳에 보낼 때 무슨 일이 일어날지 알았을 거야. 즉, '우리'는 여기 오기 전에 이미 무슨 일이 일어날지 알았을 거라는 거지."

마이크는 그에 대해 잠시 생각했다. "어쩌면 말을 해주면 인과 모순이 생기기 때문에 말을 안 해준 것일지도 몰라. 만약 우리가 이곳에 갇힐 걸 알았다면 우리는 오지 않았을 거야. 하지만 우리는 와야만 했어. 왜냐면 우리는 '왔었으니까.'"

"하지만 던워디 교수님은 우리를 보내지 않으셨을 거야. 그분이 얼마나 과보호하는지 너도 알잖아. 네가 부상당했는데 구해낼 수 없다는 걸 아셨으면 던워디 교수님은 절대로 너를 보내지 않으셨을 거야." '그리고 내게 데드라인이 있는 걸 아셨으면 나 역시 절대로 보내지 않으셨을 테고.'

하지만 그런 말을 마이크에게 할 수는 없었다. 그래서 이렇게 말했다. "내 발이 방공 기구 밧줄에 걸릴까 봐 걱정을 하셨던 분이라고. 우리를 런던 대공습에 갇히게 할 분이 절대로 아니야. 우리가 이곳을 빠져나가게 하려고 네가 코번트리로 가게 할 분도 아니고. 그곳은 도시 전체가 불에 탔어. 그곳에 가는 건 자살 행위야. 너는 여기에 영웅을 관찰하러 온 거지 영웅이 되려고 온 게 아니야."

"그러면 네드와 베리티 말고 다른 사람을 생각해내야 해. 여기에 누가 또 있었지? 던워디 교수님이 언젠가 런던 대공습에 가지 않았어?"

"몇 번. 하지만…."

"언제야?"

"몰라. 5월 10일과 11일에 있던 심한 폭격을 관찰하신 건 알아. 하원 건물에 있던 화재를 관찰한 이야기를 하신 적이 있거든. 그리고 그건 10일에 있었어."

"그리고 넌 9일과 10일이 대공습에서 가장 심한 폭격이 있던 날이라고 했지?"

"응. 왜?"

"아무것도 아니야. 그보다는 더 빨라야 해. 또 언제 여기 계셨어?"

"몰라. 자기 강하 지점에 가려고 하던 이야기를 하셨던 게 기억나. 그리고 채링크로스 기차역 게이트가 닫혀서 들어갈 수 없었다고 하셨어."

"하지만 날짜는 모르고?"

"응."

"하지만 만약 자기 강하 지점에 가려고 했다는 건 채링크로스 역 어딘가에 강하 지점이 있다는 거잖아."

"아니, 그렇지 않아. 강하 지점으로 가려고 기차를 타려던 거였을 수도 있어. 강하 지점은 어디라도 될 수 있어."

"하지만 거길 시작점으로 삼아 알아볼 수는 있지. 그리고 우리 상황에선 사소한 가능성도 놓칠 수 없으니까. 내가 비치 헤드에 있는 동안 네가 그걸 확인해줬으면 해. 내가 비긴힐에서 알아온 이름들 가운데 하나가 제럴드 핍스의 군 비행장이지 않는 한 말이야. 말이 나와서 말인데, 에일린은 왜 이리 안 오는 거야?" 마이크가 손목시계를 힐끗 보며 말했다. "목록을 읽어줘야 하는데. 비치 헤드로 가는 차편을 어찌어찌 구했는데, 그 친구는 2시에 떠나. 하지만 만약 내 목록에 제럴드의 군 비행장이 있다면 괜히 그곳으로 가서 시간 낭비를 하고 싶지 않아."

마이크가 계산을 치를 때 에일린이 서둘러 들어오며 말했다. "미안. 메리 마시 백화점에 지원을 하는데, 계속 기다리게 하더라고."

마이크는 에일린에게 목록을 읽어줬다. 에일린은 이름마다 단호하게 고개를 저었다.

"좋아, 그럼. 비치 헤드네." 마이크가 말했다. 그는 제시간에 차를 타기 위해 서둘러 떠났다. "14일 전에는 돌아올게."

'코번트리에 갈 수 있게 말이지.' 폴리가 생각했다.

폴리는 마이크가 그러지 못하게 막아야 했다. 그건 제럴드의 군 비행장을 찾아야 한다는 뜻이었다.

다음 며칠 동안, 폴리는 점심시간마다 빅토리아 역과 세인트팽크러스 역에 가 출발 시각 표시판에서 'ㅂ'와 'ㅍ'으로 시작하는 두 단어짜리 지명들을 적느라 시간을 보냈고, 저녁이 되면 고드프리 경의 분노를 사면서 라일라와 비브에게서 군 비행장 이름을 더 알아내려 애를 썼지만, 둘은 거의 도움이 되지 않았다.

"우리는 거의 언제나 헨던의 무도회에 가." 라일라가 말했다.

"토요일에 있어." 비브가 폴리에게 말했다. "너랑 네 사촌도 우리랑 같이 가자."

폴리는 거의 그 제안을 받아들일 뻔했다. 그곳에 가서 조종사들과 춤을 추면서 비행장이 또 어디에 있는지 물어볼 수 있을 테니까. 하지만 폴리는 마이크가 돌아왔을 때 이곳에 없을 게 걱정되었다. 마이크는 코번트리에 가기로 결심할 수도 있었고, 그건 위험할 뿐 아니라 소용없는 짓이기도 했다.

왜냐하면, 설사 마이크가 네드와 베리티를 찾아 그 둘에게 메시지를 전달한다 할지라도, 그건 이런 일이 일어나리라는 사실을 던워디 교수가 '오랫동안' 알고 있으면서도 그런 일이 일어나게 방치했을 뿐 아니라 임무 일정을 짰다는 뜻이 되기 때문이다. 마이크를 됭케르크로 보내고, 에일린을 피난 온 아이들이 홍역에 걸리는 장원으로 보내고, 그들이 옥스퍼드에 들어오는 순간부터 그들을 조종하고 그들에게 거짓말을 했다는 뜻이 되기 때문이다.

'그건 불가능해.' 폴리가 생각했다.

하지만 그렇게 생각하면서도 기억나는 게 있었다. '던워디 교수님은 내게 여분의 돈을 가져가게 했어. 12월 31일까지의 공습을 기억하게 했어. 런던 대공습 전체 기간 동안 폭격을 당하지 않은 백화점에서 일해야 한다고 고집했어.' 그리고 만약 그들이 메시지를 보냈다면, 던워디 교수는 그들이 제때에 구조되었으며 어떤 위험에도 처하지 않았다는 사실을 알았을 것이다.

하지만 만약 던워디 교수가 거짓말을 했다면, 왜 마이크를 곧바로 됭케르크로 보내지 않고 굳이 진주만으로 보내는 일정을 잡게 하고 어휘-억양 임플란트를 하게 했던 걸까? 그리고 리나와 바드리가 그 사실에 대해 알았다면 왜 모두에게 편차 증가에 관해 물어본 걸까?

마이크는 12일이 되어도 돌아오지 않았고, 아무런 연락도 없었다. 비긴힐에 갔을 때는 이렇게 오래 걸리지 않았었다.

'우리에게 말도 없이 코번트리에 간 거면 어쩌지?' 폴리가 생각하며 스타킹 판매대에서 승강기들을 바라보았고, 그중 하나에서 마이크가 나타나기만 바랐다.

마침내 승강기 하나가 열렸지만, 나온 이는 마이크가 아니라 에일린이었다. "두 가지 이유가 있어서 왔어." 에일린이 말했다. "마이크가 비치 헤드에서 돌아올 때까지 제럴드가 있는 군 비행장 이름을 알아내기로 결심했어. 그래서 중고《ABC 철도 가이드》나 영국 공군에 관한 책 또는 뭐가 되었든 간에 군 비행장 이름이 있는 자료를 구하러 중고 서점들을 뒤지고 다닐 거라고 말해주려고 온 거야. 그리고 오늘 채링크로스에 폭격이 없는 걸 확인하고 싶었어."

"오늘 런던에는 낮에 폭격을 당하는 곳이 없어." 폴리가 에일린을 안심시켰다.

"아, 다행이야. 폭격에 관해 너무 예민하게 굴어 미안해…."

"누군가가 너를 죽이려고 하는데 두려워 예민해지는 건 당연하지." 폴리가 말했다. "여기 온 이유가 두 가지라고 했지?"

"응. 캐롤라인 여사가 왜 답장을 안 하는지 그 이유를 알았거든. 너한테 말해주고 싶었어. 배스컴 부인에게서 편지를 받았는데, 캐롤라인 여사의 남편이 죽었대."

"오, 이런. 그분을 만난 적이 있어?"

"아니. 데네웰 경은 런던 국방성에서 일했어. 그리고 그분이 머물던 집이 폭격을…."

"데네웰 경? 너 데네웰 여사 밑에서 일했어?"

"응. 데네웰 장원에서. 왜? 뭔가 잘못된 거야? 데네웰 경을 만났어?"

"아니. 미안, 스넬그로브 양이 이쪽을 보고 있어. 아무래도 가는 게 좋겠어…."

"그럴 거야. 캐롤라인 여사에게 위로 편지를 보내도 괜찮을지 네게 물어보고 싶었던 것뿐이야. 내 말은, 내가 하녀로 있었잖아. 캐롤라인 여사는 내가 주제넘은 행동을 한다고 생각할 수도 있겠지만…."

폴리가 말을 끊었다. "스넬그로브 양이 오고 있어. 그건 이따가 밤에 이야기하자. 가서 《ABC 철도 가이드》를 찾아봐."

에일린이 고개를 끄덕였다. "군 비행장 목록이나 지도를 손에 넣기 전엔 돌아오지 않을 거야."

에일린은 승강기를 향해 가기 시작했다. "잠깐." 폴리가 뒤를 쫓아 달려가며 말했다. "만약 지도가 있는지 물어볼 거면 조카가 비행기 식별에 관심이 있다고 말해. 그러면 의심을 받지 않을 거야."

“비행기 식별…, 그건 생각도 못 했네.” 에일린이 말했다. “폴리, 있잖아, 방금 좋은 수가 생각났어. 아, 이런 11시 방향에 스넬그로브 양이 온다.” 에일린이 속삭였다. “저녁에 보자.” 그리고 에일린은 서둘러 떠났다.

“세바스찬 양.” 스넬그로브 양이 말했다.

“네, 지배인님, 저는 다만….”

“마저리 양이 오늘 돌아올 거예요. 그래서 나는 당신이 마저리 양을 도와줬으면 해요. 그래서 만약 괜찮으면 점심시간을 2시로 했으면….”

“기꺼이 그러겠습니다.” 폴리가 말했고, 그건 진심이었다. 마저리가 직장으로 돌아오고 있었다. 폴리는 마저리가 폭격의 경험으로 너무나 큰 정신적 충격을 받아 더는 런던에 머물지 않으려 할까 봐 걱정이 되었지만, 마저리는 돌아오고 있었다.

그리고 돌아온 마저리는 거의 예전처럼 혈색이 좋았다. ‘내가 옳았어.’ 폴리가 생각했다. ‘나는 결과를 바꾸지 않은 거야. 모든 게 마저리가 부상당하지 않았을 경우와 똑같이 진행되었어.’

“네 팔이 나을 때까지 내가 포장을 해줄게.” 폴리가 마저리에게 말했다. “내가 두 손으로 하는 것보다 네가 한 손으로 하는 게 훨씬 더 예쁠 게 분명하지만 말이야. 난 도무지 제대로 하지를 못하겠어. 그리고 이제 종이랑 끈은 배급을….”

하지만 마저리는 고개를 저었다. “난 여기 있지 않을 거야. 그냥 모두에게 작별 인사를 하러 온 거야.”

“작별 인사?”

“응. 사직서를 냈어.”

“하지만….”

"난…, 병원의 간호사들은 내게 무척이나 친절했어. 만약 간호사들이 없었더라면 난 결코 살아남지 못했을 거야. 그리고 그 덕분에 나는 내가 이 전쟁에서 과연 얼마나 내 몫을 해왔는지에 대해 생각해보게 됐어. 나는 내가 최선을 다하지 않았기 때문에 히틀러가 옥스퍼드 스트리트를 행군해 오는 꼴은 정말 참고 볼 수가 없어." 마저리는 깊이 숨을 들이마셨다. "나는 육군 간호 부대에 입대했어."

8

우리 집에는 피난 아동 6명이 있어.
아내와 나는 그 아이들이 너무나 싫어서
크리스마스를 위한 무엇인가를 '없애기로' 했지.

— *편지, 1940년*

런던, 1940년 11월

'어디 가면 지도를 구할 수 있는지 알아.' 에일린은 생각하며 타운젠드 브라더스 백화점을 서둘러 빠져나와 옥스퍼드 스트리트를 걸었고, 화이트채플에 가는 지하철을 타러 지하철역으로 갔다. '알프 호드빈이 지도를 가지고 있어. 비행기 식별용 지도. 왜 이제까지 그 생각을 못 했지?'

알프에게 지도를 얻어 제럴드의 군 비행장 위치를 알 수 있다. 에일린은 그곳 이름을 보면 알 수 있다고 거의 확신했다. 이제 폴리와 마이크는 더 이상 에일린을 아무것도 기억 못 하는 얼간이라 여기지 않을 것이다. 그리고 군 비행장으로 가서 제럴드를 찾아 집으로 돌아갈 수 있으리라.

'만약 알프가 아직 그 지도를 가지고 있다면 말이지만.' 에일린은 생각했다. 그리고 만약 알프가 그 지도를 에일린에게 준다면 말이다. 알프는 거절할 수도 있었다. 에일린이 얼마나 그 지도를 간절히 필요로 하는지 눈치채면 특히나 그럴 것이다. 알프가 거절한다거나 아이들이 에일린 사는 곳을 알아내려고 미행하지 않도록, 알프와 비니가 아직 학교에 있고, 아이들 어머니가 그 지도를 찾아 건네주면 좋겠다고 에일린은 생각했다. 하지만 그건 상관없었다. 에일린은 이제 이곳에 얼마 안 있을 테니까.

에일린은 손목시계를 보았다. 이제 1시였다. 학교가 파하기 훨씬 전에 화이트채플에 도착할 수 있을 것이다. 하지만 알프와 비니는 백베리에 있을 때 걸핏하면 학교를 빼먹었고, 호드빈 부인은 아이들이 학교에 갔는지 아닌지 꼼꼼하게 챙기는 인물이 아닌 듯했다. 그리고 만약 아이들이 집에 있으면….

'아이들에게 뇌물을 줘야 해.' 에일린이 결심했다. '하지만 뭘 준담?'

'뭔지 알겠어.' 에일린이 생각하고 런던탑으로 가는 지하철을 탔다. 런던탑에서 에일린은 제일 먼저 눈에 띄는 기념품 가게에서 참수형을 당한 인물들에 관한 책과 비니가 볼 영화배우 잡지를 산 뒤 화이프채플로 출발했다.

화이프채플로 가는 건 고난의 연속이었다. 디스트릭트 선은 운행하지 않았다. '폴리가 오늘 낮에는 공습이 없다고 했는데.' 에일린이 초조해하며 생각했고, 버스를 타기 위해 계단을 올라갔다. 하지만 피해는 전날 밤의 폭격에 의한 것이었다. 화이트채플에 가까워질수록, 피해 상황은 점점 심해졌다. 필드게이트 스트리트의 중앙에는 거대한 구멍이 파여 있었고, 조금 더 가자 창고의 잔해가 길을 가로질러 널려 있었다.

폴리에게 이스트 엔드가 심하게 폭격당했다는 말을 듣긴 했지만, 에일린은 이 정도로 심할 거라고는 상상도 하지 못했다. 거리마다 집이 적어도 한 채씩은 안으로 무너져 나무와 회벽 더미로 바뀌어 있었다. 다른 집들은 옆집으로 쓰러졌고, 그 집은 다시 그 옆집으로 쓰러지고 그 집은 다시 옆집으로 쓰러지기를 반복하는 것이, 마치 연속해 쓰러진 도미노 같았다.

에일린은 오늘 폭격이 없다는 사실이 고마웠다. 에일린은 폴리와 마이크가 어떻게 폭격을 버텨내는지 의아했다. "익숙해질 거야." 폴리는 말했었다. "몇 주 더 지나면 소리조차 듣지 못할걸." 하지만 그건 진실이 아니었다. 에일린은 여전히 고성능 폭탄의 '쿵' 하는 폭발 소리를 들을 때마다 깜짝 놀랐고, 방공포의 '쿵-쿵-쿵' 소리에 움찔했다. 심지어 사이렌 소리마저 에일린을 공황에 빠져들게 했다. 만약 오늘 이스트 엔드에 공습이 있었다면, 지도든 뭐든 간에 자신이 이곳에 올 용기를 낼 수 있었을지 에일린은 확신이 안 들었다.

커머셜 스트리트에서 버스를 타야 했지만, 거리마다 바리케이드가 쳐졌고, 그래서 에일린은 가저리 레인까지 1킬로미터를 걸어가는 게 더 빠르겠다고 판단했다. 시각은 이미 3시였다. 하지만 걷는 것마저 어려웠다. 거리는 모두 파편들로 바뀌었고, 쓰러지지 않고 여전히 서 있는 집들은 옆면이 무너져 들어갔거나 정면이 찢겨 나갔다. 가구들은 거리로 노출되어 있었다. 아침 식사 준비를 하다 만 식탁이 이제는 기울어져버린 부엌 바닥에 서 있었는데, 접시에는 여전히 음식이 담겼다. 또 다른 집은 텅 빈 공간을 향해 계단이 놓여 있었다. 그리고 그 사이에는 모든 것이 납작하게 뭉개졌으며, 그중에는 에일린이 시어도어와 함께 많은 밤을 지냈던 것과 똑같이 생긴 앤더슨 방공호의 주름진 철제 지붕도 있었다.

거리 전체가 파편들로 뒤덮인 곳도 한두 곳이 아니었으며, 에일린은 길을 가던 중에 완전히 길을 잃고 왔던 길로 돌아가 에둘러 가야 했다. 그리고 길을 묻고 또 물어야 했다. 처음에는 가재도구를 가득 실은 손수레를 밀고 가는 나이 지긋한 남자에게, 다음으로는 연석에 앉아 두 손으로 머리를 감싸고 있는 중년 여자에게였다. "가저리 레인요? 저쪽으로 가면 돼요." 그 여자는 내부가 드러난 건물들이 줄지어 선 쪽을 가리키며 말했다. "아직 그곳에 있다면요. 어젯밤에 심하게 폭격을 당했어요."

'호드빈 부인에게 그 편지를 전했어야 했는데.' 에일린이 죄책감에 사로잡혀 생각했다. 이렇게 끔찍한 곳에 있느니 차라리 어뢰에 격침된 '시티 오브 베나레스호'에 있는 쪽이 알프와 비니에겐 더 안전했을 듯했다. 에일린은 시커멓게 그을리고 껍데기만 남은 집 한 채를 서둘러 지났다. 만약 가저리 레인이 불에 타 잔해가 되었거나 벽돌과 회벽 더미로 바뀌었다면? 만약 알프와 비니가 죽었다면, 그건 에일린의 잘못일까?

하지만 기적적으로, 그곳은 거의 멀쩡한 채로 있었다. 창문에는 압정으로 고정한 두꺼운 판지가 덮였지만, 집들은 여전히 서 있었고, 자랑스레 유니언 잭을 휘날리고 있었다. 호드빈 가족이 사는 갈색 목조건물의 앞면에는 빨간 페인트로 '이 워난은 꼭 가파주마, 아돌푸!'라고 적혀 있었다. 알프가 쓴 게 분명했다. 맞춤법이 대부분 다 틀렸기 때문이다. 그 집 창문들 역시 하나만 빼고는 모두 판지로 덮여 있었다. 판지가 없는 그 창문 앞 인도에는 유리 조각들이 널려 있는 거로 보아 이번 폭격에 깨진 게 분명했다.

문은 살짝 열려 있었다. '좋았어.' 에일린이 생각했다. 이번에는 손이 빨갛고 무시무시한 그 여자를 피할 수 있기를 바랐다. 에일린은 깨진 유리 위를 걸어 자전거 하나, 소화용 소형 손 펌프 하나, 공습 대비대라고 인쇄된 양동이 두 개(하나는 물에 흠뻑 젖은 걸레들이, 다른 하나는 감자 껍질이 가득 들어 있었다)를 지나 작은 현관으로 올라섰다.

에일린의 오른쪽에서 문이 벌컥 열리더니, 손이 빨간 여자가 대걸레를 휘두르며 달려들었다. "나 몰래 지나갈 수 있을 줄 알았어?" 여자는 머리 위로 대걸레를 마치 도끼처럼 들어 올리며 말했다. "이번에는 안 돼, 이 못된 새끼야!"

에일린은 대걸레를 막기 위해 두 손을 들어 올리며 벽으로 바짝 물러섰다. "저는 에일린 오릴리라고 합니다. 전에 여기 왔었어요." 에일린이 말했고, 여자는 대걸레를 내리더니 총검처럼 앞으로 들었다. "호드빈 부인을 찾아왔어요."

"당신도 찾아오고, 청과물상도 찾아오고, 술집 주인도 찾아오죠." 여자가 비웃으며 말했다. "그 여자는 내게 집세를 4주치나 밀렸어요. 그리고 내 응접실 창문값으로 10실링도 내야 하죠. 히틀러가 잉글랜드 유리창을 거의 다 깼는데, 몇 개 안 남은 것마저 알프 그놈이 깨버렸어요. 돌을 던져대더라고요. 그래서 내가 놈을 잡았더니 누나라는 년이 글쎄…."

'꼭 백베리로 돌아온 느낌이네.' 에일린이 생각했다. 백베리에서 에일린은 성난 농부들과 이런 대화를 적어도 열두 번은 했었다. 하지만 적어도 알프와 비니는 살아있었고, 대공습에 주눅 들지 않은 듯했다.

“그 둘은 교수형을 당할 거예요. 두고 봐요.” 여자가 말했다. “딱 크리펜[7]처럼, 그리고….”

“엄마!” 아파트 안에서 아이의 외침이 들렸다.

“닥쳐!” 여자가 어깨너머로 외쳤다. “만약 그 둘을 찾으면….” 여자가 에일린에게 말했다. “제 엄마에게 말하라고 전해요. 빚진 걸 갚지 않으면 셋 모두 길거리에 나앉게 될 거라….”

“엄마!” 아이가 이번에는 더 날카로운 목소리로 외쳤다.

“닥치라고 했잖아!” 여자가 쿵쿵거리며 집으로 들어갔고, 에일린을 두고 문을 거세게 닫았다. 철썩하고 때리는 소리가 들리고 울부짖음이 이어졌다.

에일린은 망설였다. 호드빈 부인이 집에 없는 건 분명했고, 안으로 들어가보았자 소용없었다. 하지만 여기까지 다시 올 생각을 하니 노크라도 해보고 가는 게 낫겠다 싶어졌다. 그리고 할 거면, 좀 전의 그 여자가 대걸레를 들고 다시 나타나기 전에 얼른 해치워야 했다.

에일린은 계단을 올라가 호드빈 가족이 사는 집 문을 두드렸지만 아무 반응도 없었다. “호드빈 부인?” 에일린이 외치며 다시 노크했다.

침묵. “호드빈 부인, 저 오릴리예요. 워릭셔에서 알프와 비니를 집으로 데려온 사람요.” 에일린은 안에서 무슨 소리를 들은 거 같았다. “귀찮게 해서 죄송하지만, 부인과 이야기를 좀 해야 해서요.”

숨죽인 소리가 더 들렸고, 이어서 ‘쉿!’ 하는 소리가 들렸다. 왠지 비니 소리 같았다.

7 아내를 독살한 죄로 처형된, 영국에 거주한 미국인 의사

"비니? 안에 있니?"

침묵. "나 에일린이야. 들여보내줘."

"에일린? 그 누나가 여기에는 왜?" 알프가 속삭이는 소리가 들렸고, 좀 더 격렬하게 '쉿!' 하는 소리가 뒤따랐다.

"알프, 비니, 안에 있는 거 알아." 에일린은 문 손잡이를 잡고 흔들었다. "지금 당장 이 문 열어."

마치 논쟁을 하듯 좀 더 숨죽인 목소리들이 들리더니 긁히는 소리가 났고, 잠시 뒤 문이 한 뼘 정도 열리며 비니가 고개를 내밀었다. "안녕하세요, 에일린 언니." 비니가 시치미를 뚝 떼고 말했다. "어쩐 일이에요?"

비니는 기차에서 입었던 여름 원피스 위에 구멍이 뚫린 카디건을 입었으며, 이제는 흙투성이가 된 그 당시의 머리 리본을 했고, 역시 그 당시에 신었던, 흘러내리는 스타킹을 신고 있었다. 머리는 오랫동안 빗지 않은 듯이 보였고, 에일린은 그런 비니의 모습에 가슴이 아팠다.

에일린은 그런 감정을 억눌렀다. "난 알프…."

"우리를 다시 피난시키러 온 건 아니죠?" 비니가 의심이 담긴 목소리로 물었다.

"아니야." 에일린이 말했다. "난 알프와 이야기를 해야 해."

"알프는 여기 없어요." 비니가 말했다. "알프는 학교에 있어요."

"여기 있는 거 알아, 비니…."

"비니가 아니에요. 돌로레스예요. 돌로레스 델 리오처럼요. 영화배우요." 비니가 쓸데없이 덧붙였다.

"돌로레스." 에일린이 이를 갈며 말했다. "알프가 여기 있는 거 알아. 방금 알프 목소리를 들었어." 에일린은 비니 너머로 방 안을 들여다보려 했지만, 보이는 건 그리 깨끗해 보이지 않는 빨래가 널린 빨랫줄뿐이었다.

"아니요, 여기 없어요. 여기에는 엄마랑 나뿐이에요. 그리고 엄마는 자요." 비니가 눈을 가늘게 떴다. "왜 알프를 찾아요? 무슨 문제를 일으킨 건 아니죠?"

'그랬을 가능성이 아주 크지.' 에일린이 생각했다. "아니." 그녀가 말했다. "알프가 비행기 식별용으로 쓰던 지도 기억해?" 에일린은 알프가 안에서 들을 수 있도록 일부러 크게 말했고, 또한 어머니가 깨니 조용히 하라는 말을 비니가 하지 않는 걸 깨달았다.

"알프는 그거 훔치지 않았어요." 비니가 곧장 알프를 옹호하며 말했다. "언니가 줬잖아요."

"알아." 에일린이 말했다. "나는…."

"그건 알프 거예요." 비니가 말했다. 그리고 에일린은 알프가 툭 튀어나와 자기방어를 하지 않는다는 점에 놀랐다. 숨어있는 건가? 아니면 창문으로 빠져나갔나? 어느 쪽인지 알 수 없었다.

"비니, 아니 돌로레스. 알프가 그걸 훔쳐갔다고 하는 게 아니야."

"그러면 왜 돌려달라는 거예요?"

"돌려달라는 것도 아니고. 잠시 빌리고 싶은 거야. 찾아볼 게 있거든."

"뭘요?" 비니가 의심이 담긴 목소리로 물었다. "언니가 나치 간첩인 건 아니죠?"

"아니야. 내 친구가 사는 마을을 찾아봐야 해. 마을 이름을 잊어버렸어."

"이름을 모르는데 어떻게 찾아봐요?"

에일린은 이런 식의 문답이 온종일 갈 수 있다는 사실을 경험을 통해 알았다. "내게 지도를 빌려주면 이걸 줄게." 에일린이 말하며 영화배우 잡지를 보여줬다.

비니는 흥미가 있는 듯했다. "그 안에 돌로레스 델 리오도 있어요?"

에일린이 알 리 없는 부분이었다. "응." 그녀는 거짓말을 했다. "그리고 다른 좋은 이름들도 잔뜩 있어. 바바라, 클로뎃…."

"모르겠어요." 비니가 망설이며 말했다. "알프가 알면 엄청 화를 낼 거예요. 비행기 식별을 해야 하면 어떻게 해요?"

"날 안으로 들여보내주면 여기에서 지도를 보고 갈게." 에일린이 말했지만, 그러자 기대와는 정반대의 효과가 났다.

"난 지도가 어디에 있는지 몰라요. 엄마가 버렸을 거예요." 비니가 말하며 문을 닫으려 했다.

에일린은 비니를 막기 위해 문을 잡았다. "아니면 어머니를 깨워서 내가 왔다고 말씀드려." 에일린이 말했다. "그러면 내가 어머니에게 여쭤볼게." 그러자 놀랍게도, 비니는 겁을 먹은 듯했다.

"이제 가야 해요." 비니가 뒤를 힐끗거리더니 문을 닫으려 했다.

"안 돼, 기다려!" 에일린이 말했다. "비니, 뭔가 문제가 있는 거야?"

"아니요. 난 가야 해요."

"잠깐, 영화 잡지를 갖고 싶지 않아?" 에일린이 물었고, 공습경보 사이렌이 갑자기 울리며 복도를 메웠다. "어라, 이게…?" 에일린은 두려운 눈으로 천장을 바라보았다. 폴리는 이스트 엔드에 오늘 공습이 전혀 없을 거라고 했다. 오늘 낮에는 런던 전체에 공습이 없을 거라고 했다. 그리고 이제 겨우 3시 30분일 뿐이었다.

"비니! 가장 가까운 방공호가 어디야?" 에일린이 외쳤지만 비니는 이미 고개를 빼고 문을 닫은 뒤였다.

9

당신은 늘 어니스트라고 말했어.
나는 모두에게 당신을 어니스트라고 소개했지….
당신은 내가 살아오면서 본 가운데 가장 진지해 보이는 인물이야.
그런데 당신 입으로 자기 이름이 어니스트가 아니라고 말하다니,
정말 불합리해.

— *오스카 와일드,《진지함의 중요성》*

켄트, 1944년 4월

세스의 질문에 몽크리프는 차 속력을 늦췄고, 프리즘은 몸을 비틀어 그들을 돌아보았다. "대답해봐, 너 간첩이야?" 세스가 어니스트에게 물었다.

"그래, 어니스트." 프리즘이 앞 좌석에서 뒤를 돌아보며 말했다. "너 독일 간첩이야?"

"만약 내가 간첩이면…." 어니스트가 명랑하게 말했다. "다른 독일 간첩들처럼, 나는 우리 편을 위해 일할걸."

"우리가 잡은 간첩들은 다 그랬지." 몽크리프가 길에서 눈을 떼지 않고 말했다. "그 메모를 쓴 걸 보면 브래넬 여사는 우리가 잡지 못한 간첩들이 있다고 확신하는 거야."

"그래서 브랙넬은 우리 가운데 간첩이 있다고 생각하는 거야?" 세스가 물었다.

"아니, 당연히 아니지." 프리즘이 말했다. "하지만 지금은 위험한 시기잖아. 만약 독일군에서 제1군이 거짓인 걸 알아차린다면, 그리고 우리가 칼레가 아닌 노르망디…."

"쉿." 세스가 자기 입술에 손가락을 대며 말했다. "우리가 아는 한, 여기 몽크리프는 적에게 비밀 메시지를 보내고 있어. 아니면 어니스트 네가 그러고 있든가. 넌 언제나 편집자에게 보내는 편지들을 타자하고 있잖아. 그 가운데 어떤 것에는 비밀 암호가 담겨 있을 수도 있잖겠어?"

'이 주제에서 벗어나야 해.' 어니스트가 생각했다. "내 생각에는 황소가 간첩 같은데." 어니스트가 말했다. "하인리히 힘러랑 똑 닮았더라. 저거 모포드 하우스 아냐?"

"어디?" 세스가 말했다. "아무것도 안 보여."

"저기, 나무들 뒤에." 어니스트가 아무것도 없는 곳을 가리키며 말했고, 그들 셋은 다음 15분 동안 모포드 하우스를 찾으려 애쓰며 시간을 보냈다. 그다음에는 세스가 작은 탑을 발견했고, 그다음에는 게이트들을 발견했다.

"그런데 있잖아…." 게이트들을 지날 때 세스가 말했다. "병원에 간호사가 없으면 안 되잖아. 간호사도 준비됐어?"

"응." 몽크리프가 말했다. "그웬돌린이 준비했어."

"석유 정제소 개장식을 했을 때 도와줬던 그 여자들이야?" 세스가 물었다. "ENSA[8]에서 나온?"

"아니." 몽크리프가 말했다. "이번에는 진짜 간호사들이야. 그

8 위문공연 국민동원협회(Entertainments National Service Association)

웬돌린이 침대를 빌린 병원에서 간호사들도 빌려왔어."

어니스트가 번쩍 고개를 들며 물었다. "도버에 있는 병원?"

"응. 괜히 추근거릴 생각은 접어. 개원식에는 온갖 고위층 사람들과 특수 대응 부대원들이 오니까. 괜한 문제 일으키고 싶지 않아."

'나 역시 그래.' 어니스트가 생각했고, 장원 앞에 차가 서는 순간, 그는 잠옷과 붕대 상자들을 낚아채 차에서 내렸다.

모포드 하우스를 택한 이유는 분명했다. 그곳에는 해자와 독특한 탑이 있어서 어니스트가 기사에 '보안상의 이유로 그 이름을 밝힐 수는 없으나 잉글랜드의 웅장한 저택 가운데 한 채를 군 병원으로 바꾸었다.'라고만 써도 독일군이 어딘지 쉽게 알아볼 것이다.

그는 절룩이며 도개교를 재빨리 건넜고, 오늘부터 이곳은 병원이 되었으니 문에서 자신을 막아서며 어디에 가려는 건지 캐묻는 집사와 마주치지 않기를 바랐다.

집사는 없었다. 병원 침대를 들고 문을 통과하려 애쓰는 군인 둘이 있을 뿐이었다. 그들 뒤로 복도가 있고, 옆쪽으로는 오늘 병실로 쓰일 방이 보였다. 방 안에는 장교복을 입은 나이 든 남자들과 하얀 복장의 간호사들이 모여 서 있었다.

어니스트는 침대와 문 사이의 좁은 틈을 비집고 안으로 들어갔고, 사람들 눈을 피해 복도를 지나 가장 가까운 빈방으로 갔다. 들어가보니 식당이었다. 그는 문을 닫고 의자들로 문을 막은 다음 식기대 위의 거울을 보며 머리에 붕대를 감았다.

10분 뒤, 어니스트는 머리와 두 손에는 붕대를 감고 잠옷과 가운, 슬리퍼 차림으로 나왔다. "어디 있었어?" 프리즘이 물었다.

"그리고 그 차림은 뭐야? 이집트 무덤에서 탈출한 거 같잖아."

어니스트는 프리즘을 옆으로 끌어당겼다. "사진을 찍을 거라며? 그리고 내 사진은 이미 오마하 캠프 개장식 때 신문에 실렸어. 만약 독일군이 내 사진을 또 본다면 이게 거짓인 줄 알 거야."

"네 말이 맞네. 잘했어. 세스도 그 사진에 있었어?"

"아니. 상륙용 선박 일을 하느라 없었어."

"좋아, 그러면 세스가 발이 부러진 역을 하면 되겠네. 가서 휠체어들을 들이는 걸 도와줘."

어니스트는 가서 휠체어를 가져왔고, 다음에는 모포드 여사를 위해 유화 두 점, 수채화 석 점, 그리고 골동품 책상을 옮겼다. 그런 다음 병원 침대들을 정돈하고, 다른 '환자들' 몇 명에게 붕대를 감아주고, 서재에 찻상 차리는 것까지 도왔다.

차에는 샌드위치가 포함되어 있었고, 어니스트는 두 개를 먹은 다음 양손의 붕대 안에 세스 것으로 네 개를 더 숨겼다. 그런 뒤 세스를 찾아가자, 세스가 말했다. "너 영화 〈미이라〉에 나오는 보리스 칼로프 같아 보여. 그리고 사진에서 남들이 널 알아보지 못하게 하려고 그랬다는 말은 하지 마. 난 진짜 이유를 알아."

"그래?" 어니스트가 조심스레 물었다.

"응. 너는 가려운 깁스를 오후 내내 하고 싶지 않은 거잖아."

"맞아. 넌 내 휠체어를 타. 나는 목발을 짚으면 돼." 어니스트가 제안했고, 곧 후회했다. 목발은 겨드랑이를 파고들었고, 그날 오후는 지독히 더웠으며, 어니스트는 붕대 속에서 땀을 흘리기 시작했다.

그리고 왕비는 45분이나 늦었다. 어니스트가 불평하자 몽크리프가 말했다. "왕족이잖아. 왕비님은 계속 우리를 기다리게 할 수 있어. 그 반대가 안 될 뿐이지. 마감이라고 하던 그 원고를 쓰면 되잖아."

"그럴 수 없어." 어니스트는 붕대 감은 두 손을 들어 보이며 말했다.

"그건 내 잘못이 아니야. 투트 왕의 유령이 되기로 결정한 건 너니까. 뭐하러 그렇게까지 붕대를 칭칭 감았는지 이해가 안 되네."

'나도 그래.' 어니스트가 생각했다. 괜한 걱정이었음이 밝혀진 뒤에는 특히 그랬다. 도버의 병원에서는 이곳에 보낼 수 있는 여분의 간호사가 없었다. 그래서 램스게이트의 간호사들이 왔다. 어니스트는 얼굴의 붕대를 풀까 생각했지만, 바로 그때 왕비(통통하고 인상이 좋았으며, 연한 파란색 옷을 입었다)가 런던의 신문사들에서 온 대여섯 명의 사진사들과 함께 도착했고, 식이 시작되었다.

"왕비님을 어떻게 불러야 하는지 말 안 해줬어." 왕비 일행이 다가올 때, 어니스트는 옆 침대에 있는 프리즘에게 속삭였다.

"왕비님이 네게 직접 질문을 하기 전에는 너는 아무 말도 안 하는 거야." 프리즘이 속삭였다. "그리고 그냥 '왕비님'이라고 하면 돼. 쉿, 저기 오신다."

이게 진짜가 아닌 연극이라는 걸 왕비가 아는지도 프리즘에게 물어봤어야만 했다. 아는지 모르는지를 구별하는 건 불가능했다. 왕비는 '환자들'이 전투에서 진짜로 부상을 당했다는 듯 환자들과 이야기하고 어느 부대에 있었는지, 그리고 어디 출신인지를 물었다. 만약 왕비가 '진실'을 아는 거라면 연기를 엄청나게 잘하고 있는 것이었다. '왕비를 특수 대응 부대에 고용해야 해.' 어니스트는 생각했다.

모든 과정은 2시 30분이 넘어서 끝났다. 왕비는 차를 마시지 않겠노라고 하며 15분 뒤에 떠났고, 사진사들은 사진을 몇 장 더 찍고 떠났다. 만약 지금 떠난다면 어니스트는 크로이던에 제때 기사를 써 보낼 수 있다.

어니스트는 몽크리프에게 사정을 설명했다. "좋아." 몽크리프가 말했다. "병원 침대들을 화물차에 싣는 대로 곧바로 떠나자."

"그리고 이 깁스를 떼주고." 세스가 말했다.

처음 것은 문제없었다. 그들은 화물차에 짐을 실었고, 화물차는 3시에 떠났다. 하지만 세스의 깁스는 문제가 달랐다. 주석 가위와 쇠톱으로도 깁스를 잘라낼 수 없었다.

"지부에 돌아가서 하면 안 돼?" 어니스트가 물었지만, 깁스한 상태에서 세스는 차 문 안으로 들어갈 수가 없었다. 결국 하인 한 명이 해머와 정을 가져와야만 했다.

그들이 지부에 돌아왔을 때는 거의 7시였다. "오늘 밤에는 탱크에 바람을 넣지 않아도 되면 좋겠네." 세스가 절룩거리면서 안으로 들어가며 말했다.

탱크에 바람을 넣을 필요는 없었지만, 어니스트는 런던 신문사들에 실을 병원 기사를 작성해야 했고, 그다음에는 신문사들에 전화로 그 내용을 불러줘야 했으며, 10시가 되어서야 원래 써야 했던 기사들을 쓸 시간이 났다. 기사를 가지고 크로이던에 가기에는 너무나도 늦은 뒤였다. 하지만 어니스트는 지부로 돌아올 때 몽크리프에게 불평을 늘어놓았었고, 그 때문에 죄책감이 든 몽크리프는 어니스트가 〈빌리지 가젯스〉의 마감에 맞출 수 있도록 그를 벡스힐까지 태워다주겠노라고 약속했었다. 그 뜻은, 어니스트는 이제 남의 눈에 띄지 않고 해야 하는 일을 오후 내내 할 수 있게 되었다는 뜻이었다.

어니스트는 타자기에 새 종이를 끼워 넣고 황소에 대해 생각해두었던 내용을 타자한 다음 호크허스트의 치과의 광고를 타자했다. "신규 환자 환영. 미국 치과 기술 전공."

세스가 문 안으로 몸을 기울였다. "아직도 하는 중이야?"

"응. 그리고 만약 항공모함에 바람을 넣으러 가자고 온 거라면, 대답은 '싫어'야." 어니스트가 말하며 세스가 자기 뜻을 눈치채고 그만 갔으면 하는 희망을 품고 계속해 타자했지만, 세스는 가지 않았다.

"내 생각에 나는 평생 불구가 된 거 같아." 세스가 말하더니 안으로 들어와 책상 위에 앉았다. "하지만 그럴 가치가 있었어. 왕비님을 만났잖아. 왕비님이 내게 뭐라고 하신 줄 알아? 전투지에서 용감히 싸워줘서 고맙다고 하시더라. 멋지지 않냐?"

"네가 정말로 전투지에서 싸웠다면 그랬겠지." 어니스트가 계속 타자를 하며 말했다.

"난 전투지에 있었어. 너희들이 내 발에서 석고를 떼어내려 했을 때. 그리고 지난밤 황소와 그 목초지에 있었을 때도. 왕비님이 네게는 뭐라고 하셨어?"

"자신과 함께 사랑의 도피를 하지 않겠냐고 물으시더라. 가장 좋아하는 영화가 〈미이라〉라고 하면서 그레트나 그린으로 함께 도망치지 않겠느냐고."

"알았어. 말하기 싫으면 하지 마." 세스가 말했다. "나는 자러 간다." 세스가 방을 나갔고, 이윽고 다시 문 안으로 몸을 기울이며 말했다. "하지만 왕비님이 네게 무슨 말을 했는지 난 꼭 알아내고 말 거야."

'아니, 넌 그러지 못해.' 어니스트가 생각했다. 하지만 설사 어니스트가 세스에게 말을 해줘도 세스는 그 뜻을 진정으로 이해하지 못할 것이다. 그리고 아마도 왕비는 수백 명의 병사에게 같은 말을 했을 것이다. 그러나 그럼에도 왕비가 한 말은 너무나도 아픈 진실이었다.

어니스트는 5분을 기다렸다가 브릭스턴의 아그네스 브라운과 캔자스주 토페카 출신으로 '현재 제29기갑사단에서 복무하는' 윌리엄 스토코브스키 하사의 가상 결혼에 대해 타자했다. 어니스트는 세스가 진짜로 자러 갔다는 확신이 들 때까지 그 기사를 썼다. 이윽고 그는 책상 맨 아래 서랍에서 마닐라 봉투를 꺼내 어제 쓰던 기사를 다시 타자기에 끼웠다. 하지만 그는 타자를 시작하지 않았다. 대신, 그는 자판을 응시하며 왕비 그리고 왕비가 자신에게 한 말을 곰곰이 생각했다.

"폐하께서는 당신의 희생과 헌신에 감사하고 계십니다." 왕비는 말했었다. "폐하와 나는 당신이 하는 중요한 일에 고마워하고 있어요."

10

미래는 어찌 될까? 로켓 폭탄이 올 것인가?
파괴적인 폭발이 더 일어날 것인가?

— 윈스턴 처칠, 1944년 7월 6일

골더스 그린, 1944년 7월

다리는 바로 앞에 있었고, 옆으로 빠질 수 있는 길은 하나도 보이지 않았다. '갈수록 태산이네.' 메리가 생각했다. 다리는 군수 물자 집적소에서 백 미터도 떨어져 있지 않았다. 만약 저 다리가 V-1이 폭격한 그 다리라면, 그들은 산산조각이 날 것이다. 메리는 손목시계를 힐끗 보았다. 1시 7분이었다.

메리 옆에서는 스티븐 랭 대위가 여전히 잉글랜드의 효과 없는 로켓 방어 대책에 대해 말하고 있었다. "로켓을 막는 유일한 방법은 아예 발사를 못 하게 하는 거야. 어…, 속력을 줄여. 이러다가 우리 둘 다 죽겠어."

'내가 저 다리를 1시 08분 이전에 건너면 그런 일 없어.' 메리가 생각하며 가속 페달을 밟았다. 메리는 다리를 향해 돌진하면서 충격파가 올 것을 대비했고, V-1에 산산조각이 나지 않으려면 얼마나 멀리 떨어져야 할지 가늠하려 애썼다.

"내가 참석할 회의는 그리 중요하지 않아." 랭 대위가 항의했다.

"저는 대위님을 제시간에 모셔다드리라는 명령을 받았습니다." 메리가 말하며 길을 돌진했다.

그리고 메리가 헨던으로 갈 때 탔던 길이 보였다. '하느님 감사합니다.' 메리는 길을 따라 남쪽으로 향했고, 이제 폭탄의 충격 범위 밖으로 벗어났기에 속력을 늦췄다. "로켓 공격을 막는 유일한 방법은 발사를 못 하게 하는 거라고 하셨나요?" 메리가 물었다.

"맞아. 그게 바로 내가 여기 처박혀 있는 대신 폭격기를 몰고 프랑스로 가야만 하는 이유지. 불평하는 건 아니야. 어쨌든, 덕분에 당신을 다시 만날 수 있었으니까." 랭 대위가 말하고는 심장이 멎을 듯한, 한쪽 입꼬리가 올라간 웃음을 지어 보였다. "전에 어디에 있었지?"

메리는 깜짝 놀라 랭 대위를 바라보았다. "전이라니요?"

"덜위치 이전. 우리가 처음 만난 곳이 어디인지 기억해내려는 거야."

"아, 옥스퍼드였습니다."

"옥스퍼드." 그가 말했고, 진짜로 기억을 떠올리려는 듯이 얼굴을 찡그렸다.

'아, 안 돼.' 이제까지 메리는 랭 대위가 그저 치근대는 거라고만 생각했었다. "전에 우리 만난 적 없어?"라는 말은 "나는 내일 출격해."라는 말만큼이나 전쟁 동안 아주 고전적인 작업 멘트였다. 하지만 메리가 '정말로' 랭 대위를 만난 적이 있을 가능성도 있었다. 결국 이건 시간 여행이었다. 메리는 다음에 나갈 시간 여행 임무에서 그를 알았을지도 모른다. 그리고 만약 일이 그러하다면, 이건 큰 문제가 될 수 있었다. 메리가 그때는 다른 이름을 쓰게 된다면 특히나 그랬다. 그리고 만약 랭 대위가 메리를 본 곳이, 이제까지 메리가 FANY들이나 소령에게 얘기해온 이야기와 어긋난다면, 그리고 랭 대위가 텔봇에게 그 말을 한다면…. '저 사람이 날 어디서 봤는지 기억해내기 전에 이야기를 딴 데로 돌려야 해.' 메리는 생각했다. "어떤 폭격기를 모시나요?" 메리가 물었다. "허리케인?"

"스핏파이어." 랭 대위가 말했고, 런던으로 가는 동안 자신의 공중전 업적을 메리에게 열심히 고해바쳤다. 하지만 런던으로 진입할 무렵 그가 물었다. "옥스퍼드 이전에는 어디에 있었어?"

"훈련 중이었습니다. 대위님은 본토 항공전을 하셨나요?"

"응. 격추되기 전까진. 비긴힐에서 근무한 적은 없지?"

"네." 메리가 단호히 말했다. "우리가 결코 만난 적이 없다고 저는 확신합니다. 대위님처럼 뻰뻰한 사람을 만났다면 분명 기억했을 겁니다."

"맞는 말이지." 랭 대위가 말했다. "그리고 당신처럼 아름다운 사람을 만났다면 나 역시 절대로 잊지 않았을 거야." 그는 의자 뒤로 팔을 뻗더니 메리를 마주 볼 수 있도록 몸을 돌리며 좀 더 가까이 다가앉았다. "아마도 기시감이겠지."

"또는 대위님이 워낙 많은 여자에게 추근대서 헛갈리는 것일 수도 있지요. 항구마다 여자가 있으면 그렇게 되지요."

"항구?" 랭 대위가 말했다. "나는 공군이야. 해군이 아니라고."

"그러면 격납고마다 있겠죠. 말해보세요. '영원히 함께할 운명'이라는 표현이 다른 여자들에게는 먹히던가요?"

랭 대위가 이를 드러내며 씩 웃었다. "사실, 먹혀." 이윽고 그는 어리둥절한 표정을 지었다. "왜 당신에게는 안 먹히는 거지?"

'왜냐하면, 난 백 년 후를 살아봤거든….' 메리가 생각했다. '당신은 내가 태어나기도 전에 죽었고.' 그리고 그런 생각을 후회했다. 그는 전투기 조종사였다. 아마 전쟁이 끝나기 전에 죽었기 십상이었다.

또는 그들이 화이트홀에 도착하기 전에. 런던에는 2시와 6시 사이에 V-1 열한 대가 떨어졌다. "화이트홀 어디에서 회의가 있나요?" 메리가 물었다.

"보건성." 그가 빈정대듯 말했다. "세인트찰스 스트리트에 있어. 토트넘 코드 로드를 타. 그게 가장 빨라."

그리고 그곳은 1시 52분에 V-1이 떨어졌다. "여기서 좌회전." 그가 명령했고, 메리가 우회전하자 소리쳤다. "아니, 좌회전이라고!"

"죄송합니다." 메리가 말하며 계속해서 토트넘 코트 로드에서 멀어졌다. "운명이었습니다."

"그건 무정한데." 랭 대위가 말했다. "이졸데는 트리스탄에게 절대 그런 말을 하지 않았을 거야."

"죄송합니다." 메리가 채링크로스 로드로 접어들며 말했다.

"왜 당신은 나의 매력에 전혀 넘어오지 않는 거지?" 랭 대위가 물었다. "아, 이런, 약혼한 건 아니지?"

메리는 그랬으면 좋겠다고 생각했다. 랭 대위의 추근거림을 멈출 수 있는 가장 간단한 방법이었다. 하지만 그렇게 말했다가 만약 탤봇이 이 사람을 다시 태울 경우 일이 복잡해질 수도 있었다. 메리는 고개를 저었다.

"그럼 결혼 약속이라도 되어 있는 거야?" 그가 계속 캐물었다. "태어날 때 약속이 되어 있는 거야?"

"아니요." 메리가 소리 내 웃으며 말했다. 그건 아마도 최악일 것이다. 이제 랭 대위는 메리의 거절을 진지하게 받아들이지 않고 있었다. 하지만 그의 결심과 불굴의 의지는 사람 마음을 무장해제시키는 능력이 있었다. 목적지에 도착해서 다행이었다. "다 왔습니다." 메리가 말하며 보건성 앞에 차를 댔다.

"딱 맞춰 왔군." 랭 대위가 손목시계를 보며 말했다. "멋져, 이 졸데." 그는 다임러에서 내리더니 다시 안으로 몸을 숙였다. "얼마나 오래 걸릴지 모르겠어. 1시간, 어쩌면 2시간 정도 걸릴 거야. 하지만 회의가 끝나자마자 당신과 차를 마시러 가겠어. 그리고 가장 가까운 교회에 가서 결혼 예고를 하는 거야."

"저는 그럴 수 없습니다." 메리가 말했다. "들것들, 기억하시죠?"

"들것 따위는 엿이나 먹으라지. 이건 운명이야." 랭 대위는 한쪽 입꼬리가 올라간 웃음을 지어 보이고는 건물 안으로 성큼성큼 걸어갔고, 대위가 사라지자 메리 역시 갑자기 자신도 저 남자를 전에 본 것 같다는 기시감이 들었다.

이로써 저 남자를 미래에서 봤을 거란 가능성이 사라졌다. 아직 일어나지 않은 일을 기억할 수는 없으니까. 그렇다면 그건 여기, 이번 임무에서였을 게 분명했다. 덜위치로 가는 길에, 기차역에서 표를 사려고 했을 때 만났을까? 아니면 포츠머스에서? 아니, 저렇게 잘생긴 얼굴이나 입꼬리가 올라간 웃음을 잊었을 리 없지. 그리고 저 남자는 그냥 낯익어 보이는 게 아니라 누군가를 떠올리게 할 정도였다.

누구지? 옥스퍼드에 있는 사람? 아니면 이전 임무에서 만난 사람? 메리는 눈을 가늘게 뜨고 기억해내려 애썼지만, 딱 집어낼 수가 없었다. 어쩌면 단지 랭 대위가 전에 만난 적이 있다고 말했기 때문에 기시감이 든 것뿐일 수도 있었다.

메리는 기억해내길 포기하고, 지도를 들고 2시와 5시 사이에 V-1이 떨어진 좌표들을 찍기 시작했다. 헨던으로 돌아가는 길에 그곳들을 피하기 위해서였다. 그리고 그 일을 마치자마자, 헨던에서 덜위치로 안전하게 돌아갈 경로를 표시했다. 만약 스티븐 랭 대위가 4시 전에 회의를 마치고 돌아오면, 그리고 에지웨어에서 들것들을 받는 데 시간이 너무 오래 걸리지 않으면, 비록 마이다 베일을 돌아서 간 뒤 킬번을 관통해야 하긴 해도 그 외엔 왔던 길로 돌아갈 수 있었다.

랭 대위는 4시까지 돌아오지 않았다. 4시 30분까지도. 5시까지도. 회의가 얼마나 걸릴지 과소평가한 게 분명했다. 메리는 5시에서 6시 사이, 아니 만약을 위해 5시에서 7시 사이에 떨어진 V-1의 목록을 머릿속으로 떠올린 뒤, 헨던까지 가는 경로 그리고 헨던에서 지부로 돌아가는 경로를 다시 잡았다. 먼저 잡았던 경로보다 훨씬 더 길고 더 복잡했다. 메리는 그 경로대로 갈 수 있기를 바랐다. 만약 랭 대위가 곧 나오지 않으면 메리는 어두운 길을 운전해야 했다. 그것도 등화관제 속에서.

랭 대위는 6시 15분이 되어서야 마침내 격노한 표정으로 화이트홀에서 나왔다. "그 멍청이들이 뭐라고 했는지 알아? '당신들 공군이 로켓 폭탄을 막을 더 효과적인 작전을 만들어내야 합니다.'라고 하더군." 그는 씩씩거리며 차에 타더니 거칠게 문을 닫았다. 메리는 차 시동을 걸고 차량 흐름에 합류했다. "대체 우리

보고 뭘 어쩌라는 거야?" 그는 화를 내며 말했다. "로켓 폭탄에는 우리가 쏠 수 있는 조종사가 있는 것도 아니고 날아오는 동안 신관을 제거할 방법도 없어. 그건 발사될 때 이미 기폭 장치가 켜진 상태라고."

메리는 듣는 둥 마는 둥 가끔 고개를 끄덕여주며, 런던을 빠져나가 헨던으로 가는 길로 들어서기 위해 정신을 집중했다. 적어도 랭 대위는 '우리가 어디선가 만나지 않았어?'라는 주제는 포기한 듯했다.

"설사 우리가 비행 폭탄을 격추한다 해도…." 랭 대위가 계속 떠들어댔다. "우리는 그 폭탄을 원하는 곳으로 떨어지게 만들 수가 없고, 결국 그냥 목적지에 떨어지게 할 때보다 더 많은 사람이 죽게 될 수도 있어. 하지만 그자들이 이런 내 말을 이해했을까? 천만에."

메리는 아직 주요 지형지물들을 알아볼 수 있을 때 에지웨어 로드에 도달할 생각으로 저녁 내내 가속 페달을 밟았고, 그동안 랭 대위는 장군들이 로켓이나 비행기에 대해 어쩌면 그리 무지할 수 있는가에 대해 분통을 터뜨렸다.

"그자들은 왜 로켓들이 인구 밀집 지역 대신 숲이나 초원에 떨어지게 할 방법을 공군이 찾아내지 못하느냐고 따지더군." 랭 대위가 분노한 목소리로 말했다. "하지만 또 목초지로 떨어지면 안 된다나? 폭탄이 터지면 소들이 놀라서 안 된대!"

그들이 7시 30분이 되어서야 마침내 헨던에 들어섰다. 메리가 랭 대위를 내려주고, 에지웨어에 가서 구급차 지부에서 들것을 받아오면 날이 깜깜해질 게 거의 확실했다.

"그리고 그자들이 어떤 끝내주는 제안들을 했는지 한번 맞혀

보겠어?" 랭 대위가 말했다. "장군 한 명은 그물을 쓰라고 했고, 다른 장군은, 어, 아무리 젊게 봐줘도 백 살은 됐을 법해 보이는데, 영국 경기병대의 돌격[9]을 지휘했다 해도 하나도 놀랍지 않을 거 같은 사람이야. 여하튼 그 장군은 마치 암말을 잡을 때처럼 로켓 앞부리에 올가미 밧줄을 던져 잡아 프랑스로 다시 방향을 바꾸면 될 텐데 왜 그렇게 하지 않느냐고 하더군. 정말 멋진 생각이지. 난 왜 그 생각을 미처 하지 못했을까?"

"미안." 랭 대위가 사과했다. "당신에게 화를 풀 의도는 아니었어. 아무리 우리가 평생을 함께할 운명이라지만 말이야. 내가 바보 무리와 함께 있는 동안 혹시 우리가 어디에서 결혼하면 좋을지 생각해봤어?"

"아니요." 메리가 말했다. "하지만 우리는 결혼하면 안 된다는 결론을 내렸습니다. 전시 연애는 좋은 생각이 아닙니다. 올가미 밧줄로 비행 폭탄을 잡으러 가야 하는 경우에는 특히나 더요."

"음, 그러면 뭔가 더 나은 방법을 생각해내야겠군. 그러는 동안, 당신과 차를 마시며…." 그는 갑자기 주위가 어디인지를 깨달은 듯했다. "우리가 벌써 런던을 벗어난 건 아니겠지? 나를 기다려준 데 대한 보답으로 사보이 호텔에 가서 차를 대접하고 싶었는데. 여기가 대체 어디지?"

"집입니다." 메리가 군 비행장 게이트 쪽으로 차를 몰며 말했다.

"잠깐." 메리가 다임러를 멈추고 있는데 그가 말했다. "당신은 아직 가면 안 돼." 랭 대위는 손을 뻗어 메리의 손을 잡으려 했다.

메리는 동시에 수송 서류로 손을 뻗어 그의 손을 피했다. "펜

9 1854년 크림전쟁의 발라클라바 전투에서 지휘관의 잘못된 돌격 지시로 경기병 대부분이 죽거나 중상을 입은 사건이다.

있으십니까?" 메리는 시치미를 떼고 물었다. "아, 괜찮습니다. 제게 있네요."

그는 다시 말했다. "당신은 아직 가면 안 돼. 우리는 방금 만났잖아."

"잊으셨나봅니다. 우리는 전에도 만났습니다." 메리가 수송 서류를 작성하며 말했다. "작업 멘트가 그렇게 오락가락하면 안 되지요, 랭 대위님."

"그 말이 맞아." 랭 대위가 침울하게 말했다. "하지만 내가 이 로맨스에 실패했다고 해서 당신이 굶주려야 한다는 뜻은 아니야. 당신은 나 때문에 온종일 굶었잖아. 봐, 여기서 몇 킬로미터만 가면 아담하고 멋진 술집이 있어."

메리는 고개를 저었다. "저는 들것을 가지러 에지웨어에 가야 한다는 거, 기억하시죠?"

"당신과 함께 가겠어. 들것 싣는 걸 도울게. 그리고 저녁 식사를 함께하며 우리가 어디서 만났는지 기억을 떠올려보자고."

메리는 절대로 그렇게 하고 싶지 않았다. "아니요. 저는 돌아가야만 합니다. 제 상관은 아주 엄격합니다." 메리는 서명을 받기 위해 랭 대위에게 서류를 내밀었다. "죄송합니다." 메리가 말하고 웃어 보였다. "이게 운명입니다."

"좋아, 당신이 이겼어, 이졸데." 그는 서류에 서명하고 다임러에서 내리더니 다시 차 안으로 몸을 숙였다. "하지만 이건 1라운드일 뿐이라는 걸 잊지 말라고. 나는 아직 써먹지 않은 온갖 테크닉들이 있고, 맹세컨대, 당신은 버티지 못할 거야. 아, 물론 당신이 내가 만났던 그 어떤 여자들보다 훨씬 더 꼬시기 어렵다는 건 인정해. 어쩌면 V-1을 막기 위해 당신을 써먹어야 할지도 모르겠네. 당신이 손만 한 번 흔들거나 아니면 시기적절한 때에 한마디 만 해줘도 V-1들이 방향을 바꿀….”

랭 대위는 마치 갑자기 뭔가가 기억났다는 듯이 말을 멈추고 멍하니 메리를 바라보았다.

‘우리가 어디서 만났는지 기억난 게 아니면 좋겠는데.’ 메리가 생각했다. “이제 저는 정말로 가야겠습니다.” 메리가 빠르게 말했다.

“뭐라고?”

“들것요.”

“아, 그렇지.” 랭 대위가 다시 정신을 차리며 말했다. “아듀, 이졸데. 하지만 우리 만남이 이번으로 마지막이라고는 생각하지 말아주길. 우리는 곧 다시 만날 운명이니까. 아주 곧. 내일 다시 내가 차가 필요해진대도 난 전혀 놀라지 않을 거야.”

“저는 내일 근무를 하고, 대위님은 V-1을 올가미로 잡아야 하는 거, 기억하십니까?”

“그렇지.” 랭 대위가 말하더니 다시금 아까처럼 묘하게 사람을 꿰뚫어 보는 듯한 시선으로 메리를 바라보았다. 메리는 간신히 작별 인사를 하고 문을 닫고 재빨리 차를 몰고 떠났다.

“차를 몰고 간다고 해서 운명에서 벗어날 수는 없는 법이야!” 랭 대위가 뒤에서 외쳤다. “우리는 함께할 수밖에 없어, 이졸데. 그건 운명이야!”

‘앞으로 며칠 동안 꼭 당번 근무를 하거나 지부에 없어야겠어.’ 메리가 에지웨어로 접어들며 생각했다. ‘그 정도 시간이 지나면 랭 대위도 우리가 어디서 만났는지 떠올리는 걸 관두고 다른 여자를 이졸데라고 부르기 시작하겠지.’

메리는 좀 더 빨리 방법을 찾아내 랭 대위에게서 빠져나왔어야 했다. 메리가 에지웨어 구급 지부를 찾아내 들것 하나를 간신히 얻어냈을 때는 이미 어두워졌을 뿐 아니라 8시를 지난 시각이었다. 그녀는 낯선 지역에 와 있었고, 가림막을 한 전조등은 거의 길을 밝히지 못했으며, 만약 방향을 잃고 엉뚱한 길로 들어선다면 폭탄에 산산조각이 날 것이다.

하지만 그렇다고 천천히 차를 몰 수도 없었다. 오늘 밤 덜위치에는 V-1 세 대가 떨어졌다. 그래서 모든 구급차가 출동해야 했고, 메리가 지도에 표시한 경로는 자정까지만 유효했으며, 등화관제 때문에 지도를 볼 방법도 없었다. '자정까지는 지부로 돌아가야 해.' 메리는 생각하며 두 손으로 운전대를 꽉 잡고 앞으로 몸을 숙이고 길에서 전조등이 비추는 조그만 부분을 응시했다. '꼭 신데렐라 같네.'

이정표도 없었지만, 설사 있다 할지라도 그걸 볼 만한 빛이 없었다. '침공의 위협은 오래전에 끝났어.' 메리는 짜증을 내며 생각했다. '이정표들을 다시 설치하지 말아야 할 이유가 없잖아.'

하지만 이정표는 없었고, 그 결과 메리는 방향을 바꿀 때 두 번이나 길을 잘못 들었고, 몇 분 동안 바짝 긴장하며 길을 돌아와야 했으며, 12시 30분이 되어서야 덜위치에 도착할 수 있었다.

차고는 비어 있었다. '12시 20분에 떨어진 V-1 때문에 이미 출동을 했구나. 다행이야. 다음 V-1이 떨어지기 전에 요기를 할 수 있겠어.' 하지만 메리가 차에서 내리기도 전에 페어차일드와 베이틀랜드가 그녀 옆에 앉았다. "헤르네 힐에 V-1이 떨어졌어, 드 하빌랜드." 페어차일드가 말했다. "가자."

"지난 2시간 동안 세 대가 떨어졌어." 메이틀랜드가 말했다. "그리고 그쪽에서는 지금 일손이 부족해."

그리고 밤새 메리는 잔해를 오르고, 부상자들에게 붕대를 감아주고, 들것들을 싣고 내렸다.

그들이 지부로 돌아온 건 아침 8시가 되어서였다. "내 일을 대신해줬다고 들었어, 트라이엄프." 메리가 출동실에 들어섰을 때 탤봇이 말했다. "누구였어? 문어손은 아니었으면 좋겠는데."

"문어손?"

"오스왈드 장군. 손이 여덟 개인데, 그 손을 잠시도 가만히 두지 못하거든." 탤봇이 몸서리를 쳤다. "그리고 아주 빨라. 아주 늙다리인 데다가 커다란 두꺼비처럼 생겼는데도 말이야."

"아니었어." 메리가 소리 내 웃으며 말했다. "젊고 아주 잘생긴 사람이었어. 이름이 랭이라더라. 공군 조종사 랭 대위."

"아, 스티븐이었구나." 탤봇이 알겠다고 고개를 끄덕였다. "그 사람, 전에 어딘가에서 널 만난 적이 있다고 하지 않아?"

"계속 그렇게 말하더라."

"그 사람은 자기를 태워주는 모든 FANY에게 그 말을 해." 탤봇이 말했고, 메리는 그 말에 안심되어야 마땅했지만, 마음 한편에서는 아직도 다음 강하 임무에서 랭 대위를 만나게 되길 은근히 기대했다.

"나라면 그 남자랑 결혼하려 애쓰지 않을 거야." 탤봇이 말하고 있었다. "그 사람은 진지한 연애에는 확실히 관심이 없어."

"잘됐네." 메리가 말했다. "나도 관심 없거든. 만약 그 사람이 전화해서 운전사가 필요하다고 말하면 네가…."

"소령님에게 패리시를 보내라고 할게."

"고마워. 탤봇, 널 배수구에 민 거 다시 한 번 더 사과할게. 미안해."

"괜찮아, 트라이엄프." 탤봇이 말했고, 이튿날 탤봇은 목발을 짚고 절룩이며 휴게실로 오더니 메리의 뺨에 키스했다.

"왜 갑자기 키스를?" 메리가 물었다.

"이거." 탤봇이 편지를 흔들어 보이며 말했다. "오늘 아침에 배달됐어. 들어봐. '당신의 사고에 대해 들었습니다. 어서 완쾌되어 함께 무도회에 갈 수 있으면 합니다. 서명, 월리 와코브스키 상사.'" 탤봇이 편지를 읽었다. "그리고 소포에 나일론 스타킹 두 벌이 들어 있었어! 네가 날 민 건 내게 정말 행운이었어, 드 하빌랜드! 내 무릎이 낫는 대로 네 근무 하나, 아니 두 개를 대신 해줄게."

하지만 다음 주 동안 독일군은 V-1 발사 수를 늘려, 날마다 24시간 동안 거의 250대의 V-1이 떨어졌고, 탤봇을 포함한 모두는 2교대 근무를 해야 했다. 만약 랭 대위가 전화해서 운전사가 필요한 척했더라도 보낼 운전사도 차도 없었을 것이다. 메리와 페어차일드는 롤스로이스를 몰고 사고 현장 세 곳을 갔으며, 소령은 대부분의 시간 동안 운전사와 구급차를 더 얻어내기 위해 전화로 본부와 입씨름을 했다.

하지만 그다음 주, V-1의 숫자가 갑자기 감소했다. 메리는 그게 정보부가 흘린 가짜 정보가 마침내 효과를 발휘해 독일군이 발사 거리를 조절해 V-1이 켄트의 목초지에 떨어진 건 아닐까 생각했다. 또는 어쩌면 랭 대위가 V-1을 격추할 방법을 떠올렸을 수도 있었다. 그 이유가 무엇이든 간에, 구급차 부대는 평상시 근무로 돌아갔고, 무도회도 갈 수 있었다.

패리시, 메이틀랜드, 리드는 월워스에서 열린 무도회에 메리를 끌고 갔다. 이제 메리는 V-1 소리가 어떤지 알았기 때문에(세인트프랜시스 지부로 가면서 들었다), 그리고 무도회가 열린 날 월워스를 중심으로 반경 30킬로미터 안쪽으로는 V-1 폭격이 없었기 때문에, 메리는 이 정도 위험은 감수하고 무도회에 가는 것도 괜찮겠다고 생각했다.

잘못된 생각이었다. 메리는 랭 대위와 똑같이 '우리 전에 어디선가 만난 적 있지 않나요?'라고 말하는 미군을 만났다. 하지만 그에게는 랭 대위의 매력이나 위트가 전혀 없었으며, 춤솜씨는 더더군다나 없었다. 메리는 거의 탤봇만큼이나 절룩이며 지부로 돌아왔다.

그 미군은 다음 주 내내 매일같이 전화를 걸었고, 목요일에는 메리가 페어차일드와 함께 그날의 두 번째 사고 현장을 다녀와(사망이 한 명, 부상이 다섯 명이었다) 차고에서 건물로 들어오는데 패리시가 둘을 맞으며 말했다. "켄트, 휴게실에 널 만나러 온 사람이 있어."

"미국인?" 메리가 물었다.

"모르겠어. 나는 메이틀랜드가 전해달라고 해서 전하는 것뿐이야."

"춤 못 추는 그 미군은 아니었으면 좋겠는데."

"내가 구해주러 갈까?" 페어차일드가 제안했다.

"응. 5분 뒤에 와서 병원에서 날 찾는다고 말해줘."

"그럴게. 네 모자 줘."

메리는 페어차일드에게 모자를 주고 복도를 따라 휴게실로 가서 문을 열었다. 메이틀랜드가 소파 팔걸이에 앉아 다리를 흔들면서 공군 군복을 입은 젊고 키 큰 남자에게 애교 넘치는 웃음을 짓고 있었다.

찾아온 이는 미군이 아니라 랭 대위였다. "이졸데." 그는 한 쪽 입꼬리가 올라간 웃음을 지어 보이며 말했다. "다시 만났군."

"여기는 어쩐 일이십니까?" 메리가 물었다. "운전사가 필요하신가요?"

"아니. 당신에게 고맙다는 말을 하러 왔어."

"고맙다니요?"

"맞아. 영국인들을 대표해서. 그리고 마침내 기억났다는 말도 해주려고."

"기억이 나요?"

"맞아. 전에 당신을 만났다고 내가 말했잖아. 거기가 어딘지 마침내 기억이 났어."

11

적에게 아무 말도 하지 말 것.
음식과 자전거를 숨길 것.
지도를 숨길 것.

— 공공 정보 팸플렛, 1940년

런던, 1940년 11월

사이렌 소리에 에일린은 황급히 천장을 바라보았다. 사이렌 소리는 이제 큰 소리로 높아졌다가 낮아지기를 반복하며 호드빈네 집 밖 복도를 가득 채웠다. "비니!" 에일린은 문에 대고 외쳤다. "가장 가까운 방공호가 어디니?"

에일린은 손잡이를 잡고 흔들었지만, 문은 잠겨 있었다. "비니, 여기 있으면 안 돼!" 에일린이 문에 대고 계속 외쳤다. "우린 방공호로 가야 해!"

사이렌 소리 말고는 아무 소리도 들리지 않았고, 지금 이곳에서는 그게 당연해 보였다. 사이렌 소리가 너무나 컸기 때문이다. "비니! 호드빈 부인!" 에일린은 두 손으로 문을 두드렸다. 에일린이 두 아이를 데리고 왔을 때 이용한 지하철역은 2킬로미터도 더 떨어진 곳에 있었다. 에일린은 절대로 그곳에 제때 도착할 수 없을 것이다. 근처에 분명 지상 방공호가 있겠지. "호드빈 부인! 일어나세요! 가장 가까운 방공호가 어딘가요! 호드빈 부…."

문이 활짝 열렸고, 비니가 에일린 옆을 쏜살같이 지나 계단을 내려가며 외쳤다. "이쪽이에요! 서둘러요!" 에일린은 비니 뒤를 따라 계단을 세 줄 내려가 집주인네 집의 닫힌 문을 지났다. 사이렌 소리가 요란히 울려댔다. 바깥 문이 쾅 닫히는 소리가 들렸지만, 에일린이 밖에 나왔을 때 비니는 사라지고 없었다. "비니!" 에일린이 외쳤다. "돌로레스!"

비니는 흔적도 보이지 않았고, 가장 가까운 방공호가 어디인지 알려줄 사람 역시 아무도 없었다. 에일린은 안으로 다시 달려 들어가 복도를 뛰어가며 지하실로 연결됐을 만한 계단을 찾아보았지만, 계단은 보이지 않았다.

'그리고 이 집들은 성냥갑처럼 무너져.' 에일린이 생각했다. 공포가 몸을 훑고 갔다. '여기서 빠져나가야 해.'

에일린은 다시 밖의 거리로 뛰어나와 방공호 위치에 대한 공지나 앤더슨 방공호가 있는지 찾아보았지만, 박살 난 집들과 머리 높이까지 쌓인 잔해 더미들만 보였다. 당장에라도 비행기들이 이곳에 올 것이다. 에일린은 하늘을 올려다보며 다가오는 폭격기들을 뜻하는 검은 점들이 보이는지 살폈지만, 아무것도 보이지 않았고 또한 아무 소리도 들리지 않았다.

쿵 하는 소리가 들리더니 뒤이어 흙들이 미끄러져 내리는 소리가 들렸고, 알프가 잔해에서 에일린 앞으로 뛰어내렸다. "에일린 누나를 본 거 같다는 생각이 들었어요." 알프가 말했다. "여기서 뭐 하는 거예요?"

에일린은 알프를 봐서 진짜로 기뻤다. "서둘러, 알프." 에일린이 알프의 팔을 잡으며 말했다. "가장 가까운 방공호가 어디니?"

"거기는 왜요?"

"사이렌 소리 못 들었어?"

"사이렌 소리요?" 알프가 말했다. "그런 거 못 들었는데요."

"멈췄어. 근처에 지상 방공호가 있니?"

"사이렌 소리를 들은 거 확실해요?" 알프가 말했다. "여기에 한참 동안 있었는데 아무 소리도 못 들었어요. 확실해요?"

'이 아이를 봐서 기뻤다는 생각은 취소야.' 에일린이 생각했다. "응. 확실히 들었어. 난 저기에 있었어." 에일린은 아이의 집을 가리켰다. "네 누나랑 이야기하고 있었는데…."

알프가 눈을 가늘게 떴다. "무슨 이야기요?"

"그건 상관없어. 알프, 우리는 지금 방공호에 가야 해. 공습이 오기 전에…."

"아동 복지회 때문에 온 거 아니죠?"

도대체 에일린이 뭐하러 아동 복지회를 대신해 이곳에 온단 말인가? "아니야, 알프…." 에일린이 알프의 팔을 잡았다.

"비행기들이 오기 전에는 가지 않아도 돼요." 알프가 말하며 에일린 속을 긁었다. "게다가 나랑 누나는 작은 공습은 무섭지 않아요. 지난주에도 집이 백 채나 폭파되었어요. 콰쾅!" 알프는 두 팔을 쳐들며 폭발 흉내를 냈다. "시체 조각이 사방에 있었어요. 누나가 에일린 누나에게 뭐라고 했는데요?" 알프가 의심이 담긴 목소리로 물었다.

'여기에 서 있다가는 죽고 말 거야.' 에일린은 터질 것 같은 심정으로 생각했다. "알프, 그건 나중에 이야기해도 돼."

"잠깐만요." 알프는 갑자기 뭔가 생각이 났다는 듯이 말했다. "그 사이렌 소리가 어떤 식이었어요?"

"어떤 식이냐니, 무슨 말이야? 공습경보였어. 알프, 우리는…."

"그 소리가 들렸을 때 에일린 누나는 어디에 있었어요?"

"너희 집 밖 복도에. 왜?" 에일린은 물었고 갑자기 의심이 솟았다.

"누나는 배스컴 아줌마 소리를 들은 게 분명해요."

"배스컴 아줌마?" '배스컴 부인이 여기 화이트채플에서 뭐 할 게 있다고?'

"우리 앵무새요."

'앵무새?'

"우리는 앵무새에게 공습경보랑 공습경보 해제 사이렌 소리를 가르쳤어요." 알프가 자랑스레 말했다. "그리고 고성능 폭탄 터지는 소리도요. 쾅! 콰쾅!"

"앵무새에게 공습경보 사이렌 소리를 흉내 내게 했다고?" 에일린이 격노해 말하며 생각했다. '당연히 그러고도 남지. 이 아이들은 호드빈 남매인걸.' 비니는 앵무새에게 사이렌 소리를 흉내 내게 한 뒤 에일린이 자기 뒤를 쫓아 계단을 내려오게 한 것이고, 이젠 아파트 뒤에 숨어 고개를 뒤로 꺾어가며 웃어대고 있을 게 분명했다.

"배스컴 아줌마는 그 소리들 흉내를 굉장히 잘 내요." 알프는 말하고 있었다. "특히 고성능 폭탄 소리를요. 배스컴 아줌마 때문에 로우 부인은 너무나 겁을 먹어서 계단에서 굴렀어요. 에일린 누나는 그 소리를 진짜 사이렌 소리라고 생각한 거라고요." 알프는 에일린을 가리키며 말하더니 배를 움켜잡고 소리 내 웃었다.

"정말 재밌는 장난이네! 에일린 누나가 자기 표정이 어땠는지 봐야 했는데. 비니 누나에게 어서 말해줘야지!" 알프는 뛰기 시작했지만, 에일린은 그 둘과 지난 9개월을 허투루 보낸 게 아니었다. 에일린은 지도 없이 이곳을 떠나지 않을 작정이었다. 에일린은 알프의 옷깃을 잡았다. 알프는 놓여나려고 버둥거렸지만, 에일린은 손을 놓지 않았다.

"그만 꿈틀거리고 가만히 있어." 에일린이 말했다. "나랑 이야기 좀 해. 너 구드 신부님이 주신 지도 아직도 가지고 있어?"

"몰라요." 알프가 말했다. "왜요?"

"내가 좀 빌려 쓰려고."

"뭣 때문에요?" 알프가 다시 눈을 가늘게 뜨고 말했다. "누나가 제5열인 건 아니죠?"

"당연히 아니지. 좀 찾아볼 게 있어서 그래. 지도를 빌려주면 너에게 책을 한 권 줄게."

알프가 코웃음을 쳤다. "책이라고요?"

"응." 에일린은 말하며 핸드백에서 책을 꺼내기 위해 알프를 잡은 손을 놓아도 될지 어떨지 고민했다. "사람들 목을 치는 내용이야."

알프는 즉시 흥미를 보였다. "누구 목인데요?"

"앤 불린. 토머스 모어 경. 제인 그레이 여왕." 에일린은 핸드백에서 책을 꺼냈다.

"그림도 들어 있어요?" 알프가 물었고, 에일린이 고개를 끄덕이자 물었다. "좀 봐도 돼요?"

"네 지도를 먼저 가져다주기 전에는 안 돼."

알프는 잠깐 생각을 하더니 마침내 말했다. "싫어요. 만약 메서슈미트가 오면 어째요? 지도가 없으면 어디에 표시하냐고요."

"나는 하루 이틀 정도만 지도를 쓰면 돼. 당시에는 사람들 목을 자르면 그 잘린 머리를 창대에 꽂아 런던 다리에 세워두었어."

알프의 얼굴이 밝아졌다. "책에 그런 그림들이 있어요?"

"응." 에일린이 거짓말을 했다.

"좋아요. 하지만 내게 돈을 줘야 해요. 5파운드예요."

"'5파운드?'" 에일린이 말했다. "너 그게 얼마나 큰 돈인지 알아? 나는 그렇게 큰돈을 줄 생각이…."

알프는 어깨를 으쓱해 보였다. "맘대로 해요."

'그렇게 나온다 이거지.' 에일린이 생각했다. "그 앵무새는 어디서 났지, 알프?" 에일린이 물었다. "훔친 거지, 그렇지?"

"아니에요!" 알프가 격분해 말했다. "절대 아니에요. 잔해에서 발견한 거예요. 잔해에는 온갖 물건들이 있어요."

"그건 약탈이야." 에일린이 말했다. "그리고 약탈은 범죄고."

"약탈이 아니에요!" 알프는 항의하며 방어하듯 주머니에 두 손을 넣었다. "그걸 원래 가졌던 사람들이 죽었는데 어떻게 그게 약탈이에요?"

좋은 지적이었다. 하지만 에일린은 지도가 필요했고, 그 앵무새 때문에 수명이 10년은 줄어들었을 게 분명했다. "법의 관점에서는 여전히 약탈이야."

"만약 우리가 찾아내지 않았으면 배스컴 아줌마는 죽었을 거예요. 우리가 구한 거라고요."

"그랬을 수도 있지. 하지만 나는 어쨌든 경찰서에 전화해서 너희 집에 훔친 앵무새가 있다고 말해야만 해."

알프는 얼굴이 백지장처럼 창백해졌다. "잠깐만요! 그러지 말아요!" 알프가 간청했다. "지도를 빌려줄게요."

"고마워." 에일린이 입을 열었지만, 알프는 갑자기 에일린의 손아귀에서 팔을 빼내더니 그녀의 손에 있던 책을 낚아채 잔해를 가로질러 달려갔다. "알프, 당장 돌아와!" 에일린이 외쳤지만, 알프는 이미 사라지고 없었다.

그리고 지도를 구할 기회도 함께 사라졌다. 에일린은 실패를 인정하고 채링크로스 로드로 가서 여행 서적부에 지도가 있기를 바라야 했다.

에일린은 돌아가는 길이 올 때만큼 힘들지 않기를 바라며 마일엔드 로드를 향해 걷기 시작했….

"에일린 누나!" 알프가 달려오며 외쳤고, 바로 뒤에서 비니도 달려왔다. "기다렸어야죠!" 알프는 비난하듯 말하더니 에일린에게 지도를 건넸다.

"다시 가져올 필요 없어요." 비니가 말했다. "가져도 돼요. 알프는 비행기 식별을 더 이상 안 해요. 이제 알프는 파편을 모아요."

"그리고 불발탄들도요." 알프가 말했다.

'어련하겠니.' 에일린이 생각했다.

"그러니 돌아올 필요 없어요." 비니가 말을 끝맺었다.

호드빈 남매가 자기 뒤를 밟아 리케트 부인 집까지 쫓아올 거라는 걱정은 괜한 것이었다. 반대로, 둘은 어서 에일린을 돌려보내고 싶어 안달이었다. 왜? 무슨 짓을 하려고? 에일린이 경찰에게 전화한다고 했을 때 알프는 창백해졌다. 불발탄들을 수집해 집으로 가져간 것일까? 하지만 아무리 호드빈 부인이라 해도 그런 것을 집에 들이게 했을 리가….

"돌아가야 하지 않아요?" 비니가 말했다. "늦었는데요."

비니 말이 맞았다. 그리고 이제 호드빈 남매가 무슨 악행을 저지르든 그건 이제 에일린의 책임이 아니었다. "그래야지." 에일린이 말했다. "지도 고마워, 알프. 잘 있어, 비니."

"돌로레스예요."

'거의 너희들이 그리울 뻔했어.' 에일린이 생각했다. '거의.'

"잘 있어, 돌로레스." 에일린이 말하고 핸드백에서 영화 잡지를 꺼내 비니에게 내밀었다. "받아."

비니는 마치 에일린이 마음을 바꿔 다시 빼앗아 가기라도 할 듯이 잡지를 낚아채 가슴에 꼭 안고는 달아나버렸다.

하지만 알프는 그대로 서 있었다.

"괜찮아." 에일린이 말했다. "비행기 식별을 하려면 지도가 필요한 걸 알아. 다시 가져올게."

"원하지 않으면 그러지 않아도 돼요. 비니 누나가 말했듯이, 나는 지도가 필요 없어요."

호드빈 남매는 에일린이 다시 찾아오는 걸 진심으로 원하지 않아 보였다. "우편으로 부쳐줄 수도 있어." 에일린이 제안했다.

"그게 훨씬 낫겠네요." 알프가 안도한 표정으로 말했지만, 가지 않고 계속 서 있었다. "경찰에게 말 안 할 거죠?"

"잔해를 뒤지지 않는다고 약속하면." 에일린은 알프가 진짜로 자기 말을 따르리라고는 생각하지 않았지만, 그래도 말을 했다. "그리고 더는 불발탄을 모으지 않으면."

"나는 작은 것들만 모아요."

"폭탄은 안 돼." 에일린이 단호히 말했다.

"파편은 계속 모아도 되죠?"

"그래." 에일린이 말했다. "하지만 공습을 구경하는 건 안 돼.

사이렌이 울리는 즉시 비니와 함께 방공호로 간다고 약속해."

놀랍게도, 알프는 고개를 끄덕였다. "버스 타는 곳까지 데려다 줄까요?"

"아니, 괜찮아. 집까지 어떻게 가는지 알아." '그곳은 이 지도 어딘가에 있어.' 에일린은 지금 당장 지도를 펼치고 군 비행장이 어딘지 찾아보고 싶은 마음이 굴뚝 같았으나, 예상보다 시간이 지난 상태였다. 버스를 탈 때까지 기다려야만 했다.

하지만 버스에는 사람들이 꽉 찼고, 에일린이 버스를 타고 10분 뒤 알프가 수집하지 못한 파편에 타이어가 터졌다. 그래서 그녀는 거리를 여러 개 걸어간 뒤 다른 버스를 타야 했고, 그 버스는 처음 것보다 더 심하게 붐볐다. 에일린은 버스를 탄 내내 손잡이를 잡고 서 있어야 했고, 너무나 많은 바리케이드와 우회로를 거쳤기 때문에 버스가 뱅크 역에 도착했을 때는 시간이 너무 많이 늦었다. 에일린은 타운젠드 브라더스 백화점으로 가면 폴리가 퇴근하고 없을까 봐 걱정이 되었다.

그래서 에일린은 백화점으로 가는 대신 리케트 부인의 집으로 곧장 가서 방으로 들어갔고, 침대에 걸터앉아 지도를 펼쳤다. 지도는 심하게 손상되었고 접은 곳은 너덜거렸으며, 지명 색인 부분은 찢겨 나가고 없었다. 지도를 보며 이름을 찾아내야만 했다. 알프는 지도의 아래쪽 절반 여기저기에 X 표시와 날짜를 적어두었고, 그 때문에 지명이 가려져 알아보기가 아주 힘들었다. 다행히도 표시는 연필로 해놓아 지울 수가 있었다. 에일린은 표시를 지우는 과정에서 원래 지명이 지워지지 않기를 바랐다. 또한 알프가 제럴드의 군 비행장 이름 위에서 메서슈미트를 발견하지 않았기를, 그리고 그 비행장이 찢어지고 접힌 부분에 위치하지 않기를 바랐다.

폴리와 마이크는 제럴드의 군 비행장이 옥스퍼드 근처라고 생각했다. 에일린은 몸을 굽히고 옥스퍼드와 런던 사이 지역에서부터 조그만 지명들을 읽으며 'ㅂ'을 찾아보았다. 브록스본, 비숍스 스토포드, 밴베리….

희미하게 문을 두드리는 소리가 들렸다. 에일린은 비니가 그랬듯이 문을 살짝 열고 고개를 내밀었다. 라버넘 양이었다. "우리는 저녁 식사를 하러 내려가요." 그녀가 말했다. "같이 가겠어요?"

"아니요. 폴리가 아직 안 와서요." 에일린이 말했다. "기다렸다가 같이 먹을게요."

"현명한 판단이군요." 도밍 씨가 복도를 지나며 투덜거렸다. "오늘 저녁은 삶은 내장입니다."

'삶은 내장.' 에일린이 인상을 쓰고 문을 닫으며 생각했다. '군 비행장 이름을 반드시 찾아야 해.' 에일린은 몸을 숙이고 다시 지도를 보았다. 그곳은 옥스퍼드와 런던 사이 철도 노선 어느 곳에도 없었고, 그렇다면 그건 더 동쪽에 있다는 뜻이었다. 발독, 레이튼 버자드, 버킹엄….

있었다! '보면 기억날 줄 알았다니까.' 에일린은 생각했다. 그리고 두 단어라는 기억도 맞았다. 이제 폴리가 오기만 하면 된다. 에일린은 복도로 나가 계단 아래쪽을 내려다보았다. 썩은 생선과 곰팡이 핀 목욕 스펀지를 섞은 듯한 끔찍한 냄새가 코를 찔렀고, 에일린은 손으로 코와 입을 막고 방으로 돌아왔다. 곧이어 폴리가 헐떡이며 문으로 들어왔다. "이 끔찍한 냄새는 뭐야? 히틀러가 겨자 가스를 쓰기 시작한 거야?"

"삶은 내장 냄새야." 에일린이 말했다. "괜찮아."

"어떻게 괜찮을 수가 있어?" 폴리가 코트 단추를 끄르며 말했다. "우리가 먹어야 하잖아."

"아니, 안 먹어." 에일린이 말했다. "우리는 집에 갈 거야. 나는 제럴드가 어디에 있는지 알아."

코트를 벗던 폴리의 손이 멈췄다. "지도를 구했구나."

"응. 알프 호드빈에게서 구했어."

"호드빈 남매가 끔찍하다고 했던 거 같은데. 그렇지 않네. 아주 착한 아이들이었군. 아, 알프, 귀엽고 사랑스러운 소년이여!"

"아무리 기쁘다 해도 그건 너무 과한 표현이고." 에일린이 말했다. "알프랑 비니는 앵무새에게 공습경보 사이렌 소리를 흉내 내게 가르쳤어. 하지만 그건 문제가 아니야. 군 비행장이 어딘지 알아냈어." 에일린은 지도를 잡더니 폴리 코앞에 내밀었다. "제럴드는 블레츨리 파크에 있어."

12

아무리 해도 이건 결코 성공할 것 같지가 않다.

— 크리스토퍼 하너, 남 포티튜드 작전을 보고, 1944년

켄트, 1944년 4월

“어니스트!” 세스가 복도에서 외쳤고, 어니스트는 그가 문들을 여는 소리를 들었다. “어니스트! 어디 있어?”

어니스트는 작업 중이던 종이를 얼른 타자기에서 빼내 종이 더미 아래에 넣고 새로운 종이를 타자기에 끼웠다. 어니스트가 “여기!” 하고 외치고 타자를 하기 시작했다. “화요일에 데링스턴의 환영 위원회는 ‘대양을 가로지르는 우정 콘서트’를 열었다. 존스-프리차드 부인….”

“여기 있었구나.” 세스가 서류를 들고 말했다. “사방을 찾아다녔어. 내 목소리 못 들었어?”

“응.” 어니스트가 말하며 타자를 했다. “…은 ‘아름다운 미국이여’를 불렀으며….”

"존스-프리차드 부인이 미 제1군과 무슨 관계인데?" 세스는 어니스트가 걱정했던 대로 책상을 돌아와 원고를 읽으며 물었다.

"…제7기갑사단의 조 마코브스키 일병, 댄 골드스타인, 웨인 튜리셀리는…." 어니스트는 소리 내 기사를 말하며 타자를 했다. "숟가락으로 '양키 두들'을 흥겹게 연주했다. 모두가 즐거운 시간을 보냈다." 그는 과장된 몸짓으로 타자했다. 그는 타자기에서 종이를 빼 세스에게 건넸다.

"훌륭해." 세스가 원고를 읽으며 말했다. "하지만 제7기갑사단은 지난주에야 데링스턴으로 이동했어. 과연 연습할 시간이 있었을까?"

"미국인들은 모두 태어날 때부터 숟가락으로 '양키 두들'을 연주할 줄 알아."

"맞는 말이지." 세스가 말하며 종이를 돌려주었다.

"뭔가 말하려고 나를 찾은 거 아니었어?" 어니스트가 물었다.

"응. 우리는 런던으로 가야 해."

"런던?"

"응. 그리고 신문 기사들을 끝내기 위해 여기 있어야 한다는 말은 하지 마. 넌 오늘 온종일 타자기 앞에 붙어 있었으니까."

"하지만 나는 기사들을 애슈퍼드와 크로이던에 가져다줘야 해." 어니스트가 항의했다.

"문제없어. 가는 길에 그곳에 들러도 된다고 브랙넬 여사가 말했어."

"정확히 런던의 어디에 가는 건데?" 갑작스레 치통이 생긴 흉내라도 내야 하는 게 아닐까 생각하며 어니스트가 물었다.

"서점들. 우리는 북프랑스 여행 안내서와 미쉐린 지도 51번을 모두 사서 동나게 해야 해. 파드칼레 지역."

서점들이라면 안전할 것이다. 그냥 조심하기만 하면 된다. 그리고 세스는 그들이 영국 해외 파견군 장교 행세를 할 거라고 말했지만, 크로이던의 〈클라리온 콜〉의 제퍼스 씨에게 기사들을 전한 뒤 어니스트는 만약을 위해 가짜 콧수염을 달았다. 어니스트는 세스에게 옥스퍼드 스트리트의 서점들을 확인하라고 하며 자신은 채링크로스 로드의 중고 서점들을 확인하겠노라고 했다. 그건 어니스트가 몇 통의 전화를 할 수 있다는 뜻이었고, 모든 과정은 아무 문제 없이 끝났다. 어니스트는 모든 게 끝났을 때 너무나 안심되었다. 그래서 브랙넬 여사가 어니스트에게, 셰퍼튼 영화 스튜디오가 도버에서 짓고 있는 가짜 기름 저장소에 쓸 낡은 하수 파이프를 실어 오라고 했을 때도 불평조차 하지 않았다.

그 임무 때문에 어니스트의 몸에는 지독한 냄새가 배었고, 이틀 동안 누구도 그의 곁에 얼씬도 하지 않으려 했으며, 그는 그 시간을 이용해 가짜 결혼 발표들과 철도 사고 기사들과 편집자에게 보내는 분노의 편지들을 썼다. 그 모든 글에는 미국인들 그리고 가상의 미 제1군이 언급되었다. 그리고 남는 시간에는 자기 글을 썼다. 그는 또한 자기 글을 신문사에 직접 가져다주려고 이리저리 시도해보았지만 모두 실패했고, 토요일에 세스는 그들이 다시 런던에 가야 한다고 말했다.

"여행 안내서가 더 필요한 거야?" 어니스트가 물었다.

"아니, 소문을 내는 게 목적이야. 그리고 이번에는 양키로 분장할 거야. 미국인 악센트로 말할 수 있겠어?"

'당연하지.' 그가 생각했다. "할 수 있을 거야." 그가 말했다. "내 말은, 헤이, 친구, 나만 믿어."

"오, 잘하는데." 세스가 말했고, 어니스트는 다시 타자하기 시작했다. "토요일, 애슈퍼드의 엠파이어 극장에서 양키 영화의 밤을 연다. 미국 병사들은 반값에 입장할 수 있다."

30분 뒤, 세스가 미군 소령 군복을 들고 다시 나타났다. "소문 내는 게 목적이라며?" 어니스트가 말했다. "술집에 입고 가기에는 너무 옷차림이 무겁지 않아?"

"우리는 술집에 가는 게 아니야. 우리는 런던에 갈 거야. 런던도 그냥 런던이 아니고, 사보이 호텔."

"또 왕비님을 만나는 거야?"

"아니. 훨씬 더 중요한 인물." 세스가 말했다. 그는 타자기 위에 군복을 올려놨다. "바지 줄을 칼같이 잡고 구두도 반짝반짝 광을 내."

"브랙넬 여사는 다른 사람을 찾아봐야 할 거야. 내게는 소령 직위에 어울릴 만한 구두가 없어."

"내가 구해올게." 몇 분 뒤, 세스는 브랙넬 여사의 신발을 가지고 돌아왔다.

"이건 사이즈가 두 개는 작잖아." 어니스트가 항의했다.

"지금 전쟁 중이라는 걸 모르는 거야?" 세스는 어니스트에게 구두약통과 걸레를 건넸다. "반짝반짝하게 광을 내. 까다로운 사람이거든."

"누군데?" 어니스트가 물으며 생각했다. '왕일 리는 없어. 왕은 처칠과 함께 도버에서 함대를 순시 중이니까.' 어니스트는 방금 그에 관한 보도 기사를 썼다. "아이젠하워 환영회인 거야?"

"아니." 세스가 말했다. "아이젠하워는 진짜 작전을 지휘 중이지. 우리는 가짜 작전을 지휘한다는 거, 잊었어? 그리고 오늘 밤의 주인공은 우리를 지휘하지." 세스가 수수께끼 같은 말을 했다.

세스는 누구를 의미한 걸까? 그들을 지휘하는 건 특수 대응 부대였지만, 그들은 사보이 호텔에 자주 가지 않았고, 정보부의 고급 간부들 역시 마찬가지였다. 이들은 남들 눈에 띄지 않아야 했다.

프리즘이 미군 대령 복장으로 들어왔다. "우리가 '흉악한 늙은이'와 저녁 식사를 할 거라는 말 들었어?"

"누구?"

"미 제1군 최고 사령관의 별명이야." 프리즘이 신발 뒤축을 맞부딪히며 경례를 했다. "조지 S. 패튼 장군."

"그 유명한 패튼 장군?"

"그래. 이제 서둘러." 세스가 말했다. "우린 떠나야 해. 환영회는 8시야."

"우리는 양키 행세를 하기로 되어 있잖아." 어니스트가 신발을 신어보며 말했다. "'서둘러.'라고 말하면 안 되지. '빨리, 친구, 안 그러면 버스 놓친다고.'라고 해야 해. 그리고 계급 체계도 우리와 다르고 발음도 다르고."

"걱정하지 마." 세스가 말하고 재킷 주머니에서 주시 후레시 껌 한 통을 꺼냈다. "이걸 씹기만 하면 돼. 그러면 모두 내가 양키인 줄 알 거야." 프리즘이 어니스트에게 껌 하나를 내밀었다. "껌 씹고 싶어, 친구?"

"아니. 나는 맞는 신발을 가지고 싶어."

하지만 그동안 진흙밭과 더 진흙투성이인 강어귀들에서 작업한 탓에, 기지에는 괜찮은 신발이 단 한 켤레도 없었다. 어니스트는 런던에 도착한 다음에야 브랙넬 여사의 신발을 신었지만,

그런데도 사보이 호텔의 로비에 들어설 즈음에는 걷기가 어려울 지경이었다. "패튼 장군 앞에서는 그렇게 다리를 절지 않는 게 좋을 거야." 몽크리프가 말했다. "허약해 빠졌다고 싸대기를 날릴걸."

하지만 패튼 장군은 아직 도착하기 전이었다. 그리고 많은 수의 영국 장교들과 파티복 차림을 한 중년의 민간인들이 여기저기에 조금씩 무리 지어 있었다. "저 사람들도 가짜야?" 세스가 물었다.

"모르겠어." 몽크리프가 말했다. "하지만 가짜가 아닐 수도 있으니 가까이 가지 마. 너희들이 장교 행세를 하다가 교수형 당해 죽는 걸 보고 싶진 않으니까. 너희는 오늘 밤에 두 가지 소문을 내야 해. 첫째, 상륙작전은 7월 중순 이후에나 있을 것이다. 둘째, 장소는 확실히 칼레이다. 하지만 그걸 대놓고 이야기하지는 마. 비밀 엄수 서약을 한 거로 되어 있는데 그렇게 툭 까놓고 비밀을 말하면 의심스러워 보이잖아. 그러니 은근하게 암시만 해. 그리고 대화 중에 그 주제가 나올 때만 그렇게 하고. 직접 그 주제를 먼저 꺼내지는 마."

"무심결에 나오는 건? 가령 술을 너무 많이 마셨을 때 그러는 것처럼." 세스가 손님들이 든 칵테일 잔들을 유심히 보며 말했다.

"그건 괜찮아." 몽크리프가 말했다. "채서블, 얘들에게 술을 가져다줘. 섞여 들어가. 그리고 기억해. 은근한 암시."

세스가 고개를 끄덕였다. "이건 황소와 경작지에서 보낸 밤과 똑같네. 다만 음식과 술이 더 좋은 게 다를 뿐이야."

"미국인이라면 '음식과 술이 더 죽인다'라고 말할걸." 어니스트가 고쳐줬지만, 그는 곧 그게 사실이 아닌 것을 알게 되었다.

채서블이 칵테일이라고 그들에게 가져다준 것은 옅게 우린 차였다.

"취한 입이 배를 가라앉힌다잖아." 채서블이 말했다. "몽크리프는 우리가 진짜로 아는 걸 누설하는 걸 원하지 않아."

"저것도 가짜 카나페야?" 하얀 장갑을 낀 종업원들이 작은 은쟁반을 들고 돌아다니는 것을 보며 세스가 물었다.

"아니. 하지만 돼지처럼 행동하지 마. 지금 우리는 장교야."

하지만 그것 역시 알고 보니 전혀 문제 될 일이 아니었다. 은쟁반 위의 우아하게 보인 전채 요리는 알고 보니 사각형으로 자른 스팸에 돌돌 만 정어리를 올리고 이쑤시개를 꽂아 고정한 것이었다.

"빌어먹을 전쟁 같으니." 어니스트가 슬쩍 끼어든 무리에서 얼굴 붉은 남자가 이쑤시개를 흔들며 말했다. "5년 동안 제대로 된 음식을 구경도 못 했다니까." 화제는 배급제로 인한 궁핍 및 설탕과 신선한 과일, 그리고 '정말로 맛있는 브리스켓'의 범죄적 부족으로 이어졌다. 이런 대화 내용만 계속 이어지니 상륙작전에 대해 힌트를 흘릴 기회라곤 정말 찾아보려야 찾아볼 수가 없었다. 그나마도 어니스트를 대화에 끼워줘야 말이라도 해볼 텐데, 이 무리의 사람들은 대화에 끼워주긴커녕 심지어 어니스트가 곁에 있는 것조차 눈치채지 못했다. 그는 칵테일 잔 바닥에 깔리게 남은 묽은 차를 응시하며 〈동 앵글리아 주간 광고 신문〉에 보낼 편지 내용을 머릿속으로 작성했다. '편집자님 귀하. 현재로도 이미 범죄적인 배급 상황은, 너무나 많은 미국 군대와 캐나다 군대가 우리 지역에 도착한 이후로 더욱더 악화되어….'

"오, 그리고 그 끔찍한 통밀빵도요." 여자 한 명이 말하고 있었다. "도대체 그 안에 뭘 넣었대요? 묻기조차 두려워요."

어니스트는 채서블에게서 묽은 차가 담긴 칵테일 잔을 하나 더 받아들고 세스가 나이 지긋한 신사와 이야기하는 곳으로 가보았다. 그 신사는 귀가 먹은 듯했다. 참으로 다행이었다. 세스는 자신이 미국인 악센트를 써야 한다는 사실을 까맣게 잊은 듯했기 때문이다.

"그리고 그 자식들이 말하더군요." 세스가 말했다. "8월까지는 작전이 없다는 데 걸겠다고요."

어니스트는 처음의 무리가 하는 말이 들릴 만한 곳으로 다시 돌아갔다. 아까의 그 여자가 여전히 말하고 있었다. "그리고 잼은 가게에서 그냥 사라졌어요. 심지어 포트넘 앤 메이슨조차…." 갑자기 여자가 말을 멈추고 문을 응시했다.

모두가, 귀먹은 신사와 흰 장갑을 낀 종업원들까지 모두가 그곳을 바라보았다. "미안합니다, 늦었군요." 패튼 장군이 우렁차게 말했다. 부관들과 함께 문가에 선 패튼 장군은 어니스트가 상상했던 것보다 훨씬 더 인상적으로 보였다. 장군은 놋쇠 단추가 달린 야전복 차림이었고, 별이 박힌 군모부터 반짝반짝 광이 나는 승마 부츠에 이르기까지 모든 것이 시선을 잡아끌었다. 승마 부츠에는 박차가 달렸고, 옷깃과 야전 재킷에도 별들이 박혀 있었다.

세스는 패튼 장군을 더 가까이서 보기 위해 귀먹은 신사를 버려두고 어니스트 쪽으로 왔다. "아주 은하수가 따로 없네." 세스가 어니스트에게 속삭였다.

"그렇게 영국식으로 말하면 안 되지. '은하수가 죽인다'고 말해야지." 어니스트가 속삭였다.

"그리고 저 무기 좀 봐!"

어니스트는 패튼 장군의 허리춤에 달린 상아 손잡이의 리볼버 한 쌍을 보며 고개를 끄덕였다. 그리고 패튼 장군의 발치에서 헐떡이는 하얀 불테리어 한 마리도.

"다포스 여사!" 패튼 장군이 외치며 무도회장으로 성큼성큼 걸어가 환영회 주최자에게 다가갔고, 그 뒤를 불테리어가 따랐다. 부관들도 뒤따라갔다. "더 일찍 오지 못해 죄송합니다." 패튼 장군은 다포스 여사의 손을 잡고 위아래로 흔들어댔다. "현장에서 바로 오는 겁니다. 옷을 갈아입을 시간이 없었지요. 우리는 케…."

"윌리를 밖으로 내놓을까요, 장군님?" 부관이 말을 자르며 끼어들었다.

"아니, 얘는 괜찮아." 패튼 장군이 짜증을 내며 말했다. "윌리는 파티를 좋아하지. 그렇지, 윌리?" 그는 다시 환영회 주최자를 돌아보았다. "말했듯이, 저는 좀 전까지…." 패튼 장군은 못마땅한 눈으로 부관을 노려보았다. "장소를 밝힐 수 없는 곳에 있다가 돌아왔기 때문에 옷을 갈아입을 시간이 없었습니다."

"충분히 이해해요." 다포스 여사가 말했다. "에스크위드 경 내외를 소개하지요. 장군님을 무척이나 만나고 싶어 했어요." 그녀는 패튼 장군을 데리고 실내 저편으로 갔다.

"패튼 장군이 실제로 상륙작전을 맡지 않아서 다행이야." 세스가 속삭였다. "그랬다가는 절대로 비밀을 지킬 수 없었을 거야. 패튼 장군은 너무 눈에 잘 띄는 게 마치…, 미국식 표현으로는 그걸 뭐라고 하지?"

"아픈 엄지손가락 같다고 해." 어니스트가 말했다. "아마도 그래서 이 임무에 뽑힌 게 아닌가 싶어."

"섞여 들어가." 둘 뒤에서 몽크리프가 다가오며 속삭였다.

어니스트는 고개를 끄덕이고 다른 무리에 다가갔다. 그들은 패튼 장군을 지켜보다가 이제 눈길을 떼고 열심히 이야기하기 시작했지만, 그들 역시 주제는 음식이었다. "지난밤에는 구운 닭 요리 꿈을 꿨다니까요." 말처럼 생긴 여자가 말했다.

"내 꿈에 나오는 건 늘 푸딩이에요." 그 옆에 있는 여자가 말했다. "상륙작전을 한 다음에는 나아질 거라더군요."

"오, 좀 빨리 했으면 좋겠어요. 이렇게 기다리고만 있으려니까 너무 초조해요." 말상 여자가 말했고, 어니스트는 좀 더 가까이 다가갔다.

"물론 빨리 하겠죠." 포동포동한 여자의 남편이 말했다. "어디에서 하는가가 문제죠." 그 남자, 그리고 그룹의 다른 사람들은 신랄한 눈으로 어니스트를 보았다. "어떠십니까? 당신은 분명 아시겠죠. 어디가 될까요. 노르망디일까요, 파데칼레일까요?"

"죄송하지만 저는 그걸 말하면 안 됩니다." 어니스트가 말했다. "설사, 안다 할지라도요."

"아, 그런 터무니 없는 말을. 당연히 당신은 알지요. 웸블리와 저는 내기를 걸었습니다." 그는 안경으로 콧수염 난 남자를 가리켰다. "웸블리는 노르망디, 저는 칼레에 걸었지요."

"두 분 모두 틀렸습니다." 대머리인 세 번째 남자가 다가오며 말했다. "노르웨이일 겁니다."

그건 스코틀랜드의 북 포티튜드가 일을 제대로 하고 있다는 뜻이었다.

"적어도 힌트라도 줄 수 없나요?" 말상 여자가 말했다. "뭐가 일어날지 모르면서 계획을 짜는 게 얼마나 어려운지 모르실 거예요."

"그게 노르망디인 건 모두가 압니다." 웸블리가 말했다. "우선, 파데칼레는 히틀러가 그곳일 거라고 짐작을 하고 있어서 안 됩니다."

"그렇게 짐작을 하는 건, 논리적으로 볼 때 공격을 할 수 있는 유일한 곳이기 때문입니다." 다른 남자가 얼굴을 붉히며 말했다. "해협 건너 가장 가까운 곳에 있고, 그곳에서 루르강까지 가장 가까운 육로가 있습니다. 또한 그곳에는 최적의 항구들이…."

"그러니까 노르망디로 들어가야 하는 겁니다." 웸블리가 큰 소리로 말했다. "히틀러는 칼레에 군대를 집결시킬 겁니다. 그자는 노르망디로 공격하리라고는 예상하지 못할 겁니다. 그리고 노르망디는…."

어니스트는 이 대화를 중단시켜야 했다. 지금 대화는 진실에 너무 가까웠다. "두 분 모두 아주 흥미로운 주장을 하시는군요." 어니스트가 말하고 웸블리 부인을 돌아보았다. "애거서 크리스티의 최근 추리 소설을 읽어 보셨나요?"

"흐흠." 웸블리가 말을 할 준비를 했다.

어니스트는 그를 무시했다. "읽어보셨나요?"

"아, 네." 그녀가 말했다. "말씀하시는 책이…."

어니스트는 그녀 쪽으로 몸을 숙이고 비밀스러운 어조로 말했다. "저는 어디로 상륙작전이 펼쳐질지에 대해 아무 말도 할 수 없습니다. 아시다시피 모두 극비 사항이거든요. 하지만 제가 그 작전의 책임자라면…." 그는 목소리를 낮췄다. "저는 가을까지 애거서 크리스티의 소설들을 서가에서 치워둘 겁니다."

"정말요?" 그녀가 흥분해 숨을 헐떡이며 말했다.

"또는 제목들에 칠을 해 가리든가요. 당신들 영국 사람들이 기차역에서 그렇게 했듯이 말이에요." 어니스트는 '기차'라는 단어를 강조해 말하며 속삭였다.

"자, 이제 저는 실례하겠습니다, 숙녀님들." 어니스트는 말하고 가볍게 고개 숙여 인사하고는 세스와 채서블이 있는 곳으로 절룩이며 돌아갔다. 그들은 어떻게 하면 진짜 술을 손에 넣을 수 있을지 고민 중이었다.

"탐정 소설이 상륙작전과 무슨 관계가 있는지 모르겠군요." 어니스트가 떠날 때 웸블리가 투덜거리는 소리가 들렸다.

"수수께끼예요, 여보." 그의 아내가 말했다. "애거서 크리스티의 책 제목 가운데 하나가 답이에요."

"오, 저는 수수께끼 푸는 걸 정말 좋아해요." 말상 여자가 말했다.

"그 사람은 기차역을 언급했어요." 웸블리 부인이 생각에 잠겨 말했다. "어디 보자. 《푸른 열차 수수께끼》, 그리고 《ABC 살인 사건》. ABC는 암호일 수도 있지 않을까요?"

세스는 그 무리를 살폈다. "저 사람들에게 뭐라고 한 거야?" 세스가 궁금해하며 물었다.

어니스트가 그들에게 말했다. "그웬돌린이 늘 읽던 추리 소설에서 아이디어를 얻었어. 몽크리프가 우리에게 은근히 하라고 말했잖아." 어니스트가 말하며 정어리가 꽂힌 이쑤시개를 집어 의심스러운 눈으로 살폈다. "하지만 아무래도 너무 은근히 한 모양이야." 그는 정어리를 쟁반에 다시 놓고 아까 그 무리에 다시 합류했다.

"제목에 있는 장소 이름일 수도 있어요." 웸블리 부인이 말하고 있었다. “《메소포타미아 살인》이거나….”

“비록 연합군이 기습의 효과를 높이 사기는 하지만….” 대머리 남자가 말했다. “아무리 그렇다 해도 저는 바그다드는 절대 아닐 거라고 봅니다.”

“오, 물론이죠.” 웸블리 부인이 당황해 말했다. “저도 참 바보 같네요. 아, 모르겠어요. 애거서 크리스티가 또 뭘 썼죠? 《사제관의 살인 사건》이 있지만 그건 아닐 거고, 남자 범인이 기차에서 범죄를 저지른 작품이 하나 있고, 두 명이 기차에서….”

“알아냈어요.” 말상 여자가 의기양양해하며 말했다. 그녀는 어니스트를 바라보았다. “아주 영리하시네요, 소령님. 특히 기차에 대한 힌트가요.”

“그래요?” 웸블리가 그녀에게 답을 재촉했다. “뭔가요?”

“곧바로 답을 알았어야 했는데.” 말상 여자가 웸블리 부인에게 말했다. “그건 애거서 크리스티의 가장 구성이 치밀한 작품 가운데 하나예요. 그리고 독자들은 마지막 순간이 되어서야 진상을 깨닫죠.” 그리고 웸블리 부인이 여전히 멍한 표정을 짓자 말상 여자가 계속 말했다. “그건 기차가 배경이에요.”

“아, 그러네요.” 웸블리 부인이 말했다. “모두가 범인인 그 작품요.”

“제목이 뭔지 말 안 해줄 건가요?” 웸블리가 말했다.

“말해도 될지 알 수 없어서요.” 웸블리 부인이 말했다. “소령님이 말씀하신 대로, 그건 극비잖아요.”

“하지만 우리가 말하는 건 그냥 추리 소설들에 관한 거잖아요.” 말상 여자가 말했다. “당신은 그냥 애거서 크리스티의 《칼….”

“앤더슨!” 한 번만 들어도 뚜렷이 구별할 수 있는 패튼 장군의 목소리가 으르렁거렸고, 모두가 그쪽으로 고개를 돌리자, 패튼 장군이 승마용 회초리를 영국 장교에게 흔들며 그곳을 나가고 있었다. "잘 있게! 칼레에서 보자고!"

13

울트라가 결정적이었다.

— 드와이트 D. 아이젠하워 장군

런던, 1940년 11월

'맙소사.' 마이크는 생각했다. '블레츨리 파크. 나는 코번트리로 가야 했던 거구나.' "제럴드가 보스콤 다운이나 브로드웰이라고 말하지 않은 게 확실해?" 그가 에일린에게 물었다.

"응. 분명히 블레츨리 파크였어." 에일린이 말했다. "왜? 거기가 군 비행장이 아니야?"

"아니야." 폴리가 단호하게 말했다.

"그럼 뭔데?"

"울트라 작전을 펼친 곳이야." 마이크가 말했다. 그리고 에일린의 멍한 표정을 보고는 덧붙여 말했다. "독일의 에니그마 암호 기계의 메시지를 해독하던 최고 기밀 기지."

"오, 하지만 그렇다면 제럴드는 분명히 그곳에 있어." 에일린이 열광하며 말했다. “영국 공군보다는 암호해독이 더 어울려. 걔는 수학을 잘하고….”

“블렌하임에도 파크가 있어.” 마이크가 말을 가로챘다. “블렌하임 파크라고 하지 않은 게 확실해?”

“응.” 폴리가 말했다. “제럴드는 블레츨리 파크에 있어.”

마이크가 버럭 화를 내며 말했다. “어떻게 그렇게 확신해?”

“왜냐하면, 제럴드가 에일린에게 비 때문에 에일린의 운전 허가장이 젖는 것에 대해 농담을 했으니까. 기억나? 그리고 에일린이 운전할 수 없을 거라고 한 것도?”

“그게 블레츨리 파크와 무슨 관계가 있는데?”

“운전 허가 양식은 붉은색으로 인쇄되어 있어.”

“뭐?”

“독일 해군이 U-보트에서 쓰던 바이그램 암호책들은 물에 녹는 빨간색 특수 잉크로 인쇄되었어. 그래서 잠수함이 가라앉아도 암호가 누출되지 않았어.”

“그래서?”

“그리고 블레츨리 파크는 독일 해군의 에니그마 암호를 깨기 위해 그 암호책을 사용했어.”

“믿을 수 없어!” 마이크가 말했다. “우리를 이곳에서 빼내줄 수 있는 단 한 명이 하필 그 지랄 같은 블레츨리 파크에 있다니.”

“이해가 안 가.” 에일린이 혼란스러운 표정으로 말했다. “제럴드가 블레츨리 파크에 있는 게 왜 문제인데?”

“왜냐하면, 그곳은 분기점이거든.” 폴리가 말했다.

“하지만 됭케르크도 분기점이었어.” 에일린이 어리둥절한 표정으로 말했다. “그리고 마이크는 그곳에 있었잖아.”

"블레츨리 파크는 그냥 분기점이 아니야." 폴리가 설명했다. "그곳은 가장 민감한 분기점이야. 제2차 세계대전에서 울트라는 가장 중요한 비밀이었어. 그 작전 덕분에 '비스마르크호'를 격침시키고 북아프리카에서 승리할 수 있었지. 그리고 노르망디에서도. 만약 자신들의 암호가 깨졌고 최고 기밀 통신을 우리가 해독했다는 사실을 독일이 어렴풋이라도 감지했다면, 우리는 제2차 세계대전에서 승리할 발판을 잃었을 거야. 만약 우리 때문에 독일이 감지하는 일이라도 벌어진다면…."

"하지만 우리가 어떻게 그럴 수 있는데? 역사학자들은 사건들을 바꿀 수 없어." 에일린이 순진하게 말했다. "안 그래?"

"맞아." 마이크가 말했다. "폴리 말은, 그곳은 경비가 삼엄해서 제럴드를 데리고 나오기가 어려울 거라는 뜻이야."

하지만 마이크는 잠시 폴리와 단둘이 있게 되자마자 물었다. "무슨 일이야? 내가 없는 동안 불일치를 발견했어?"

"모르겠어. 마저리라고, 타운젠드 브라더스 백화점에서 나랑 같이 일하는 점원이 있어. 에일린이 자신은 파젯스 백화점에서 일한다는 메시지를 그 애에게 남기기도 했지. 여하튼, 걔가 육군 간호 부대에 입대했어."

그건 전혀 불일치라 할 수 없었다. 그래서 마이크는 폴리를 앉히고 자세히 설명하게 했다. 폴리가 설명을 마치자 마이크가 말했다. "하지만 많은 여자가 입대했어."

"하지만 마저리는 자기가 입대한 게 잔해 더미에서 구조되었기 때문이라고 했고, 만약 내가 없었더라면 마저리는 그 잔해 더미에 갇히지 않았을 거야."

"그건 모르는 일이야." 마이크가 말했다. "너에게 아무 일이 일어나지 않았다 할지라도 그 남자와 도망치려 했을 거야."

"하지만 그게 다가 아니야." 폴리가 말했고, 세인트폴 대성당의 불발탄에 대해 마이크에게 이야기했다. "던워디 교수님은 그 폭탄을 꺼내는 데 사흘이 걸렸다고 했어. 그건 폭탄이 토요일에 제거되었어야 한다는 뜻이야. 일요일이 아니고."

"아니, 그렇지 않아." 단지 그것뿐이라는 사실에 안도하며 마이크가 말했다. "그건 불일치가 아니야."

"네가 그걸 어떻게 알아."

"난 알아. 널 찾아다니던 동안, 나는 세인트폴 대성당에 갔어. 던워디 교수님의 제자라면 모두가 세인트폴 대성당에 관한 이야기를 들었을 거고, 그래서 그곳에 갔을 거라 생각했지. 그리고 너는 그곳에 갔고. 단지 나랑 같은 날짜가 아니었을 뿐이야. 어쨌든, 그곳에서 일하는 나이 든 사람이…."

"험프리스 씨?" 폴리가 말했다.

"그래, 험프리스 씨. 그 사람이 내게 그곳 견학을 시켜줬어. 모래주머니랑 기타 등등을. 그리고 불발탄에 대해서도 말해줬어. 그러면서 그 폭탄이 12일 밤에 떨어졌댔어. 그리고 일요일 오후에 제거했으면 사흘이 걸린 거지. 그러니 불일치는 없어. 그리고 제2차 세계대전 중에는 입대한 남자들과 도망친 여자들이 많아. 그리고 편차의 증가는 사건들의 변경을 쉽게 하는 게 아니라 더 어렵게 해."

"하지만 만약 실제로는 그런 게 아니라면, 그리고 우리가 사건들에 영향을 끼칠 수 있다면…."

"그렇다면 제럴드는 블레츨리 파크에 있을 아무 이유가 없고, 우리가 제럴드를 그곳에서 더 빨리 빼낼수록 더 좋은 거지. 만약 제럴드가 아직 그곳에 있다면 말이야. 만약 준비 과정을 위한 강하 이후 곧바로 그곳으로 갔다면, 이미 돌아갔을 거야."

"난 그렇지 않을 거라 생각해." 폴리가 말했다. "수용성 잉크에 관한 농담을 볼 때, 제럴드는 독일 해군의 에니그마 암호 깨는 걸 관찰하러 그곳에 갔을 거야. 그리고 영국이 U-보트 110을 나포해 바이그램 암호책을 구한 건 1941년 5월이야."

'끝내주는군.' 마이크는 생각했다. 제럴드에게는 전쟁을 망칠 기간이 6개월이나 더 있었다. 이미 망치지 않았다면 말이다. 아마도 '제럴드의 행동 때문에' 그들의 강하가 열리지 않았을 것이다. 마이크가 무엇인가를 해서가 아니었다. 그건 제럴드의 잘못 때문이었다.

마이크는 그 말을 하지 않았다. 그는 둘에게 자신은 곧바로 블레츨리 파크로 가겠노라고 말했다. "우리가 같이 가야 하지 않을까?" 에일린이 물었다. "나는 제럴드가 어떻게 생겼는지 알아. 그리고 우리 둘이 가면 제럴드를 찾을 확률이 두 배가 되잖아. 거기서 우리가 각자 찾아볼 수…."

"아니. 나 혼자 갈게."

"만약 에일린이 거기 있는 게 의심을 받을까 봐 그러는 거면…." 폴리가 말했다. "블레츨리 파크에는 남자보다 여자가 더 많았어. 도청한 내용을 옮겨 적고 컴퓨터를 운영한 건 여자들이었어. 그리고 일부는 암호해독 작업까지 했어. 그러니 에일린이 눈에 뜨일까 봐 그러는 거면…."

'내가 걱정하는 건 그게 아니야.' 마이크가 생각했다. "두 명이 있으면 한 명보다 더 눈길을 끌기 쉬워." 마이크가 말했다. "만약 둘이 기웃거리며 질문을 하고 다니는 경우라면 특히나."

"마이크 말이 맞아." 폴리가 말했다. "그곳에서 일하는 사람들은 엄청난 감시를 받으니까." 별로 안심이 되는 말은 아니었다.

"만약 한 명만 가야 한다면, 내가 가는 게 맞아." 에일린이 말했다. "제럴드는 나를 알아. 설사 내가 먼저 찾지 못하더라도 제럴드가 나를 알아볼 수 있을 거야."

그건 맞는 말이었다. "제럴드는 나 역시 알아볼 거야." 과연 그럴지 속으론 자신이 없으면서도 마이크가 말했다. "혹시 광고를 보고 구조팀이 올 수도 있으니까 너와 폴리는 여기 있었으면 해. 그리고 너보다 내가 더 움직이기 편할 거야. 남자는 식당이나 술집에 혼자 가도 시선을 끌지 않으니까."

"네가 미국인이 아니라면 그렇지." 폴리가 말했다. "미국인들은 1941년 2월 전까지는 블레츨리 파크에 가지 않았어. 네가 다른 사람들에게 영국인으로 보일 거라 생각해?"

"나 영국인이야…. 미국인 어휘-억양 임플란트를 한 것뿐이지. 잊었어? 하지만 어떻게 해야 거기서 일을 할 수 있을까? 블레츨리 파크에서 일하려면 기밀 사항 취급 허가를 받아야 해. 나는 절대로 신원 조회를 통과하지 못할 거야."

"제럴드는 통과했어." 에일린이 말했다.

"정교히 위조된 성적표와 추천서가 있었으니까. 준비 강하는 아마 그것 때문이었을 거야. 블레츨리 파크의 신원 조회를 통과할 서류들을 만들기 위해서 말이야. 나는 통과 못 할 거야."

"네가 거기서 정말로 일을 할 필요는 없어." 폴리가 말했다. "그리고 그곳은 BP 또는 파크라고 불러. 블레츨리 파크가 아니라. 그리고 블레츨리도 아니고. 블레츨리는 마을 이름이야. 블레츨리 파크는 마을 외곽에 있는 빅토리아 시대 장원으로, 암호해독 작업을 한 곳이지. 그 영지에서 사는 암호해독가는 몇 명뿐이야. 나머지는 모두 블레츨리나 주위 마을에 살았어."

"그러면 내가 왜 위장을 해야 하는데? 그냥 기자로 가서 기사를 쓴다는 핑계를 대고 마을 사람들과 대화를 하면 안 돼?"

"왜냐하면, 그 사람들은 다른 사람들과 이야기하는 게 금지됐거든. 그 사람들은 모두 공직자 비밀 엄수법에 서명했어. 만약 누설하면 사형을 당해. 게다가, 만약 네가 블레츨리 파크에 대한 이야기를 쓸 계획이라는 걸 그쪽에서 듣게 되면 넌 곧바로 당국에 의해 어디론가 끌려갈 거야."

"다른 것에 관한 기사를 쓰고 있었다고 말하면 되잖아." 마이크가 말했지만, 폴리는 고개를 저었다.

"아니. 사람들은 네가 자신들과 비슷한 일을 하고 있다고 생각하면 너에게 더 말을 잘할 거야. 만약 네 직업이 뭔지 그 사람들이 물으면, 애당초에 묻지 않겠지만, 국방성에서 일한다고 해. 그건 정보부의 공식 위장이야."

"내 직업이 뭔지 안 물을 거라는 걸 네가 어떻게 알아?"

"그곳에서는 그 누구도 자신들이 하는 일을 다른 사람과 논의하면 안 되거든. 거기서 일을 해도 다른 건물에서 일하는 사람들 이름조차 몰라."

'만약 제럴드가 그 안에 살면 어떻게 찾아내지?' 마이크가 생각했다. "만약 제럴드가 그 영지에서 살면?" 마이크가 물었다.

"아닐 거야. 그곳에 사는 건 딜리 녹스나 앨런 튜링처럼 최고의 암호해독가들이 대부분이었어. 튜링은 울트라의 컴퓨터 천재였어." 폴리는 맘에 안 든다는 눈초리로 마이크를 바라보았다. "다른 옷은 없는 거지?"

"응. 이게 내가 가진 제일 좋은 거야. 더 좋아야 해?"

"너무 좋은 거라서 그래. 만약 암호파해가, 그곳에서는 암호해독가를 그렇게 부르는데, 여하튼 그 행세를 하려면 비슷하게 보여야 해. 걱정하지 마, 뭔가 입을 만한 걸 찾아볼게."

그 '뭔가'는 팔꿈치를 덧댄 중고 트위드 재킷, 지저분해 보이는 모직 조끼, 커다란 기름얼룩이 있는 넥타이였다. "그 사람들이 이런 걸 입는 게 확실해, 폴리?" 마이크가 미심쩍어하며 물었다.

"확실해. 조끼는 좀 너무 좋아 보이지만."

"너무 좋다고?"

"우리가 상대하는 건 물리학자와 수학자들이야. 너 체스 할 줄 알아?"

"아니. 왜?"

"제2차 세계대전 초기에는 잉글랜드에 암호분석가가 많지 않아서 암호해독을 잘할 거 같은 사람은 누구든 고용했어. 통계학자와 이집트학자와 체스 선수들. 만약 네가 체스를 할 줄 안다면 대화를 트기 좋을 거야."

"내가 가르쳐줄게." 에일린이 말했다.

"시간이 없어." 마이크가 말했다. "나는 내일 출발하고 싶어."

"안 돼. 일요일까지 기다려야 해." 폴리가 말했다. "그때 가면 덜 의심스러워 보일 거야. BP 근무자 상당수가 주말에 외출했다가 돌아오니까. 그리고 널 준비시켜야 해."

폴리는 블레츨리 파크와 울트라 그리고 주요인물들에 관해 자신이 아는 모든 것을 말해주며 마이크를 준비시켰다. 폴리의 설명은 무척이나 자세했고, 그래서 마이크는 자신이 그렇게 안심을 시켰음에도 불구하고 그가 사건을 바꿀까 봐 폴리가 여전히 걱정하는 게 아닌가 생각했다. 폴리는 심지어 여러 암호해독가의 용모까지 말해주었다.

'그 사람들을 피해 다닐 수 있게 하려는 거야.' 마이크가 생각했다. 만약을 위해 나쁜 생각은 아니었다. 그는 폴리가 말해주는 이름들을 암기했다. 멘지스, 웰치먼, 앵거스 윌슨, 앨런 튜링.

"튜링은 금발에 중간 키고 말을 더듬어. 암호분석가들의 중심팀을 이끄는 딜리 녹스는 키가 크고 말랐고 파이프 담배를 피워. 그리고 늘 정신이 딴 데 가 있어. 파이프에 샌드위치 조각들을 채워 넣은 적도 있대. 아, 그리고 평소에 젊은 여자들에 둘러싸여 있어. 딜리의 소녀들이라고 불러."

"딜리의 소녀들?"

"응. 그 사람들은 암호해독에 중요한 역할을 했어. 수백만 줄의 암호를 읽으며 패턴과 이례적인 부분이 없는지를 찾았어."

"넌 어떻게 그걸 다 알아?" 마이크가 물었다. 그리고 끔찍한 생각이 떠올랐다. "너, 설마 블레츨리 파크 임무를 맡았던 건 아니지?" 만약 그랬다면 폴리에게는 데드라인이….

"아니야." 폴리가 말했다. "맡을까 생각은 해봤지만, 조사해본 뒤 런던 대공습이 더 흥미롭겠다고 결정했어."

'하지만 역사학자들이 제2차 세계대전의 진행 방향을 바꿀 수 있다면, 더는 흥미롭지 않아질걸.' 마이크가 생각했다.

일요일에 폴리와 에일린은 마이크를 배웅하러 기차역에 갔고, 폴리는 마지막 주의를 당부했다. "파크는 마을에서 걸어갈 수 있는 거리에 있어." 폴리가 말했다. "방향이 어딘지는 나도 몰라. 하지만 길을 물으면 의심을 받을 거야."

"물어보지 않을게." 마이크가 폴리를 안심시켰다. "기차에서 내리면 그곳에서 근무할 법한 사람을 찾아서 그 사람을 따라갈게."

"그리고 지금 이 시점에서 그걸 울트라라고 불렀는지는 나도 잘 몰라. '울트라'는 울트라급 최고 기밀을 뜻해. 최상급 군사 기밀. 1940년에는 그냥 에니그마라고 했을…."

"뭐라고 불렀는지는 상관없어. 에니그마가 됐든 울트라가 됐든 그걸 입 밖에 낼 생각은 없으니까. 나는 제럴드를 찾아서 데리고 나오는 게 목적이야."

"승차하라는 방송이 나오네." 에일린이 말했다. "어쩌면 그곳에서 일하는 사람들과 같은 객실에 있을 수도 있어. 그러면 그 사람들에게 제럴드를 아는지, 어떻게 하면 제럴드에게 연락할 수 있는지 물을 수 있을 거야. 그러면 블레츨리 파크까지 갈 필요가 없어."

맙소사, 마이크는 기차에서 그곳에 일하는 사람들과 만날 수도 있다는 생각은 미처 하지 못했다. "튜링이 어떻게 생겼다고 했지?" 마이크가 폴리에게 물었다.

"금발. 말을 더듬어."

"그리고 딜리 녹스는 키가 크고 파이프 담배를 피워."

"그리고 너처럼 다리를 절어. 그리고 앨런 로스는 붉고 긴 턱수염을 길렀고, 날이 추우면 거기에 파란 워머를 해."

"턱수염에?" 마이크가 말했다. "그런데도 너는 내가 이상해 보일 거라고 걱정을 하는 거야? 그 사람들은 미친 것처럼 들리는걸."

"별난 거지." 폴리가 말했다. "아, 그리고 로스에게는 어린 아들이 있는데, 여행할 때면 아편이 든 수면제를 먹여…."

"수면제." 에일린이 탐난다는 듯이 말했고, 둘이 자신을 보자 설명을 했다. "미안, 호드빈 남매를 데리고 런던에 올 때 그게 있으면 얼마나 편했을까 생각했던 것뿐이야."

"응. 뭐, 로스의 아들이 말썽꾸러기인지 아닌지는 나도 몰라." 폴리가 말했다. "하지만 로스는 수면제를 줘서 아들을 재운 뒤 애를 짐 놓는 선반에 올려놨어. 그러니 만약 짐칸에서 자는 아이를 보거든 앨런 로스가 같은 객실에 있단 걸 알 수 있을 거야."

'그리고 나는 그 객실을 피할 수 있고.' "있잖아, 나는 플랫폼으로 나가보는 게 좋겠어." 마이크가 말했다.

"잠깐." 에일린이 마이크의 소매를 잡으며 말했다. "무슨 일이 있었어?"

"무슨 일이 있었냐니?" 마이크가 어리둥절해 하며 되풀이해 말했다.

"로스의 아들에게?" 폴리가 물었다.

"아니. 새클턴에게. 자기 선원들을 섬에 두고 도움을 청하러 갔을 때. 돌아왔어?"

"응. 배와 함께. 동료 모두를 집으로 데려갔어. 단 한 명도 잃지 않았어."

"다행이다." 에일린이 말하고 마이크를 보며 웃어 보였다.

"도착하자마자 우리에게 전화해." 폴리가 말했다.

"그럴게." 마이크가 약속하며 생각했다. '내가 그곳에 도착할 수 있다면 말이야.' 마이크가 분기점 한 곳에 갈 수 있었다고 해서, 다른 분기점 근처에 가는 걸 연속체가 허용할지는 모를 일이었다. 특히나 그곳이 단 한 사람의 행동으로도 모든 게 엉망이 될 수 있는 곳이면 더욱더 그랬다. 마이크가 탄 기차는 가는 도중에 폭격을 당할 수도 있었다. 또는 기차가 너무 붐벼 그가 타지 못할 수도 있었다. 그리고 지금 상황에서는 그럴 가능성이 커 보였다.

기차는 완전히 만원이었지만, 마이크는 간신히 끼어 탈 수 있었고, 옥스퍼드에서 기차를 갈아탔을 때는 자리에 앉을 수도 있었다. 그는 객실에 들어가기 전에 금발에 말을 더듬는 사람이나, 파이프 담배를 피우는 키가 큰 남자, 또는 약에 취한 아이들이 있지는 않은지 살폈다. 그는 군인 다섯 명과 나이 지긋한 여자 두 명이 있는 객실을 골랐고, 갈색 종이로 싼 꾸러미들만 있고 아이라곤 전혀 없는 선반에 가방을 올려놓고 빈자리에 앉았다.

그리고 거의 즉시 후회를 했다. 기차가 역을 떠나자마자, 군인들은 담배를 피우기 위해 객실을 나갔고, 에일린이 마이크에게 구해준 것보다도 더 초라하고 더 구멍이 많은 편물 조끼와 트위드를 입고 안경을 낀 대머리 남자가 들어오더니 마이크와 문 사이에 앉았다. 그는 다리를 쭉 뻗었고, 그래서 마이크는 그에게 비켜달라고 말해야만 객실을 나갈 수 있었지만 그와 어떤 말도 나누고 싶지 않았다.

그 남자는 튜링이라기에는 너무 대머리였고, 녹스라기에는 너무 작았으며, 붉은 턱수염도 없었지만 분명히 파크에서 일하는 사람 같았다. 기차가 역을 떠나자마자, 그는《수학 원리》를 꺼내더니 코를 처박다시피 하며 그 책에 몰두했고, 마이크와 두 여자는 안중에도 없었다. 두 여자는 온갖 신체 질환에 대해 즐겁게 논의하고 있었다.

"고통이 내 발부터 시작해서 등뼈를 타고 올라와." 갈색 모자를 쓴 여자가 말했다. "그랜홈 의사가 그러는데 좌골신경통이래."

"나는 양 무릎이 욱신욱신해." 새 장식이 달린 검은 모자를 쓴 여자가 말했다. "에버스 의사가 나한테 약초 넣은 물로 목욕하라는 처방을 해줬는데, 전혀 효과가 없어."

"레이턴 버자드에 있는 셰퍼드 의사에게 가 봐. 내 친구 올리브 베이츠가 그러는데, 무릎 치료를 잘한대. 아, 말 안 했네. 걔 아들이 지난주에 징집됐어. 가엾은 올리브. 아들이 위험한 곳에 배치될까 봐 굉장히 걱정해."

'블레츨리 파크 같은 곳.' 마이크는 창밖을 보는 척하며 생각했다. BP는 됭케르크보다 훨씬 더 위험한 분기점이었다. 그곳은 기밀이 관련되어 있으며, 연속체에서 기밀은 가장 깨지기 쉬운 부분이며 분기점들을 쉽게 변형했다. 왜냐하면 비밀을 지키기 위해서는 많은 사람의 합치된 노력이 필요하지만, 비밀을 노출하는 건 단 한 사람, 무심결의 한마디만으로도 가능했기 때문이다. 마치 슬쩍 건드리기만 해도 터질 수 있는 시한폭탄과도 같았다.

그 폭탄을 터트리고 싶다면, 잘못된 질문을 던지기만 해도 충분했다. 혹은 질문을 너무 많이 하거나. 혹은 정체를 들키거나. 그건 마이크가 말 한 마디 한 마디를 조심해야만 한다는 뜻이었다. 그의 미국인 어휘-억양 임플란트는 아직 작동했고, 그렇기에 발음이며 단어 선택을 신중히 해야 했다. 가령 '손전등'이나 '엘리베이터' 같은 단어는 쓰면 안 됐다. 비록 블레츨리는 엘리베이터, 아니 영국식으로 '승강기'가 있을 정도로 큰 마을은 결코 아닌 듯했지만 말이다….

기차가 덜컹거리더니 멈췄다. 새 장식 검은 모자 여자가 초조한 표정으로 창밖을 바라보았다. "아, 이런. 공습이 아니어야 할 텐데. 어두워지기 전에 블레츨리에 도착하기를 바랐는데."

'그리고 나는 어떻게든 블레츨리에 도착하기만을 바랐고.' 마이크가 생각했다. 그는 병영 열차가 지나가느라 지연이 된 것이기를 바랐지만, 그들이 탄 기차는 측선으로 비키지 않았고, 잠시 뒤 역무원이 들어오더니 기차 지연에 대해 사과하며 공습용 블라인드를 쳐달라고 말했다.

"공습인가요?" 갈색 모자가 물었다.

"네." 역무원이 말했다. "하지만 위험하지는 않을 거라고 확신합니다."

'나만 빼고.' 마이크가 생각하며 비행기 다가오는 소리가 들리는지 귀를 기울였지만, 아무 일도 일어나지 않았다. 하지만 기차는 다시 출발하지 않았고, 그렇게 그곳에 있는 동안, 마이크는 폴리가 마저리라는 점원에게 영향을 미쳤다고 했던 말이 생생하게 떠올랐다. 어느덧 마이크는 자기도 모르게, 프로펠러 엉킴을 푼 것 하며 휘발유 깡통을 배 밖으로 던진 것, 뱃전으로 개를 끌어 올린 것까지, 자신이 됭케르크에서 한 모든 일에 대해 깊은 생각에 빠져있었다. 그때 마이크는 물속에서 구명조끼를 잃어버렸다. 그게 어디론가 흘러가 다른 배의 프로펠러에 얽힌 건 아닐까? 그리고 그가 프로펠러에서 풀어낸 시체는? 그리고 이제 그는 단 하나의 실수, 단 한 마디만으로도 역사를 바꿀 수 있는 곳에….

기차가 갑자기 덜컹거리더니 다시 움직이기 시작했고, 여자들은 다시 자기들 질환 이야기로 돌아갔다. "가을 내내 뒤꿈치가 끔찍이 아팠어." 갈색 모자가 말했다. "내 친구 한 명이 프리차드 의사의 수기 요법에 대해 말해줬고, 그래서 뉴포트 패그넬에 있는 그분 병원으로 가는 길이야."

"뉴포트 패그넬?" 새 장식 검은 모자가 외쳤다. "와, 거기는 블레츨리에서 아주 가까워! 언제 한번 와. 같이 차를 마시자. 너도 거기서 내려?"

"응. 프리차드 의사가 자동차를 보내기로 했어."

좋았어. 그렇다면 마이크는 안경 쓴 남자에게 블레츨리 역이 어디인지 물을 필요가 없었다.

"만약 프리차드 의사의 치료가 만족스럽지 않으면…." 새 장식 검은 모자가 계속 말했다. "세인트존스 우드의 칠더스 의사에게 가봐."

세인트존스 우드. 시간 여행 초창기에 실험실은 그곳에 영구 강하 지점을 설치했다. 원격 강하를 어떻게 하는지 알아내기 전의 일이었다. 마이크는 폴리나 에일린이 그곳이 어디인지 알지 궁금했다. 그들의 강하가 작동하지 않았을 때, 실험실은 대체수단으로 그곳을 다시 열었을 수도 있었다. 그는 블레츨리에 안전하게 도착했다고 전화를 넣을 때, 아니 영국식으로 표현해서 전화를 걸 때, 에일린과 폴리에게 물어봐야 했다.

만약 그곳에 도착할 수 있다면 말이다. 그는 두 여인이 건막류, 류머티즘, 요통, 심계항진 등에 대해 끝없이 토론하는 소리를 들으며 앉아 있어야 했다. 그리고 마침내 새 장식 검은 모자가 말했다. "아, 잘됐다. 블레츨리에 도착하고 있어." 그리고 두 여인은 소지품들을 챙기기 시작했다. 다른 남자 한 명은 기차가 역에 들어서는데도 계속해서 책을 읽었고, 그래서 마이크는 그가 블레츨리 파크에서 일하는 암호파해가가 아닌 모양이라고 생각했다. 하지만 기차가 정지하는 순간, 그 남자는 책을 탁 덮고 다른 사람들에게는 눈길도 주지 않고 문을 나가 바쁘게 플랫폼을 걸어 역으로 갔다. 마이크는 그를 따라갈 심산으로 일어났지만, 여자들이 마이크에게 머리 위 선반에서 짐 내리는 것을 도와달라고 말했고, 마이크가 짐을 내렸을 즈음 그 남자는 사라지고 없었다.

하지만 그 남자가 아니더라도 역과 역 밖에는 사람들이 많았다. 그들은 자전거 자물쇠를 풀고 역을 나가고 있었다. 저 사람들을 따라가면 되겠지. 하지만 전화기부터 찾아야 했다. 마이크는 이곳에 안전하게 도착하면 바로 전화하겠다고 폴리와 약속했다. 그는 전화 연결에 시간이 너무 오래 걸리지 않기만 바랐다.

다행히 공중전화 부스에는 아무도 없었고, 교환수는 꽤 빨리 전화를 연결했지만, 리케트 부인이 전화를 받았다. 마이크가 폴리를 바꿔달라고 말하자 그녀는 심술 궂게 말했다. "있는지 모르겠네요." 그리고 마이크가 가서 있는지 확인해달라고 말하자 그녀는 힘들어 죽겠다는 듯이 한숨을 쉬고는 확인을 하러 갔고, 그 시간이 너무나 오래 걸려 마이크는 주화를 더 넣어야만 했다.

마침내 폴리가 와서 수화기를 들자 마이크가 말했다. "용건만 빨리 말하고 끊어야 해." 세인트존스 우드는 다음번에 이야기해도 되겠지. "여기 잘 도착했어."

"방을 찾았어? 아니면 제럴드나?"

"아직 아니야. 방금 기차에서 내렸어. 제럴드가 묵는 곳을 알아내면 곧바로 전화할게." 마이크는 전화를 끊고 서둘러 역으로 들어갔지만 그곳은 이미 텅 비어 있었고, 어둑어둑해지는 밖으로 나와도 아무도 보이지 않았다.

'사람들이 다들 어느 쪽으로 가는지를 먼저 확인한 다음에 전화했어야 하는데.' 마이크가 자책하며 생각했다. 하지만 이제는 너무 늦은 뒤였다. 게다가 이미 어두워지고 있었다. 블레츨리 파크가 어디인지 알려면 내일 아침까지 기다려야 했다. 지금은 마을 중심가로 가서 묵을 곳을 구해야 했다. 하지만 거리 양쪽으로 택시는 보이지 않았고, '중심가'라는 이정표도 보이지 않았다.

마이크는 가장 그럴듯해 보이는 거리를 따라가기 시작했지만,

그곳을 따라 선 벽돌 건물들은 곧 창고들로 바뀌었고, 모퉁이를 돌았을 때는 어느 방향으로도 중심가가 나올 것으로 보이지 않았다. '이건 말도 안 돼.' 마이크가 생각했다. '블레츨리가 커봐야 얼마나 크겠어?' 계속 걸으면 설사 그것이 마을 가장자리라 할지라도 결국에는 뭔가가 나올 것이다. 하지만 몇 분 뒤면 아주 깜깜해질 것이고, 불편한 발이 아프기 시작했다. 그는 다시 옆길을 바라보며 어느 쪽으로 가야 할지 고민했다.

그리고 황혼 속에서 두 명이 얼핏 보였다. 그들은 블록 하나 반 정도 떨어져 있었다. 다리가 불편한 마이크가 따라잡기에는 너무 멀었지만 어쨌든 그는 다리를 절면서 그들 뒤를 따라갔다.

둘은 모퉁이에 도착하더니 걸음을 멈추었다. 길을 건너려고 기다리는 것 같았다. 하지만 길 양쪽으로 차는 보이지 않았다. 마이크는 둘과의 거리를 좁히려 열심히 노력했다. 더 가까이 가서 보자 젊은 여성들이었고, 폴리가 블레츨리에서 일한다고 했던 수백 명의 여자 가운데 둘이 분명해 보였다. 좋았어. 마이크는 둘에게 우선 길을 묻고 그다음에는 "혹시 제럴드 핍스라는 사람을 아시나요?"라고 물을 생각이었다. 그리고 제럴드는 워낙 짜증 나는 인물이기에 여자들은 인상을 쓰며 "아유, 불행히도, 알아요."라고 대답을 할 수도 있었고, 그러면 그는 내일 기차를 타고 런던으로 돌아가 에일린과 폴리를 데리고 올 수 있다.

이제 반 블록만 더 가면 된다. 젊은 여자들은 여전히 그곳에 서서 이야기를 했고, 대화에 정신이 팔려 마이크가 다가오는 것을 전혀 알지 못했다. 그리고 그 둘이 '소녀'들이라고 불린 것도 무리는 아니었다. 기껏해야 열여섯 살 정도로 보였다. 그들은 활기차게 이야기하며 킥킥거렸고, 마이크가 좀 더 다가가 보니 그들은 길을 건너기 위해 기다리는 게 아닌 것이 확실했다. 단지 이야기를 하기 위해 걸음을 멈춘 것이었다.

'내가 따라잡을 때까지 계속 그렇게 이야기하고 있어줘요, 아가씨들.' 마이크가 간절히 빌었지만, 아직 30미터 정도 남았을 때 그 여자들은 길을 건너 두 번째 건물로 걸어가더니 문으로 난 계단을 올라가기 시작했다.

아, 이런. 둘은 안으로 들어가고 있었다. 마이크는 절룩이며 재빨리 모퉁이로 갔다. "여보세요!" 그가 외쳤고, 여자들은 문에서 몸을 돌려 마이크를 돌아보았다. "기다리세요!" 그는 거리를 건너기 시작했다. "길을 좀 물으려고…."

그는 심지어 자전거를 보지도 못했다. 가방을 놓치면서 두 손바닥과 무릎을 인도에 부딪혔을 때, 마이크는 처음에는 폭탄이 터져 그 충격파 때문에 자신이 쓰러진 줄 알았다. 그리고 자신이 따라가던 여자들 역시 쓰러졌을까 걱정이 되어 그들을 찾아보았다. 하지만 그들은 계단을 내려와 마이크에게 다가오며 소리쳤다. "괜찮으세요? 저 사람 때문에 다치셨어요?"

"누구요?" 마이크가 멍하니 말했다.

"저 사람이 당신을 자전거로 쳤어요." 첫 번째 여자가 말했고, 그때야 마이크는 자신이 자전거에 치였다는 사실을 깨달았다. 그가 돌아보자 자전거는 비틀거리며 거리를 가다가 연석에 부딪친 다음 옆으로 요란히 넘어졌고, 운전자는 인도로 쓰러졌다.

여자들도 자전거가 넘어지는 것을 보았으며, 자전거를 타던 이는 마이크보다 훨씬 더 심하게 넘어진 것처럼 보였지만, 그들은 그에게 전혀 관심을 두지 않았다. 여자들은 마이크를 일으켜 세우는 일에만 집중했다. "안 다치셨어요?" 첫 번째 여자가 마이크를 일으키기 위해 팔을 부축하며 걱정스레 물었다.

"자전거가 그냥 스치고 지난 것 같습니다." 마이크가 말했다.

그 여자는 허리에 손을 올리고 자전거 타던 이를 노려보았다. 그는 천천히 일어나고 있었다. "저 사람은 아예 길로 다니질 못하게 해야 해." 여자가 화를 내며 말했다.

"도와줘, 마비스." 첫 번째 여자가 말하자 마비스라 불린 여자가 다가와 마이크의 다른 팔을 잡았다. 마이크가 그럭저럭 일어났다. "안 다친 거 확실해요?" 그녀가 물었다.

"네." 몸을 살피며 마이크가 말했다. 무릎이 욱신거리기 시작했지만, 체중을 실을 수 있는 걸 보면 부러지거나 삐지는 않았다. 하지만 쓰러질 때 무릎과 두 손이 인도에 먼저 닿았었다. 그는 손가락들을 구부려 보았다. "괜찮은 거 같습니다. 어쨌든 부러진 곳은 없어요. 제가 좀 조심했어야 했는데."

"당신이 조심했어야 했다고요?" 마비스가 분통을 터뜨렸다. "조심은 저 사람이 했어야죠. 저 사람이 누군가를 쓰러뜨린 게 이번 주에만 세 번째예요. 그렇지, 엘스페스?"

엘스페스가 고개를 끄덕였다. "저 사람은 지난주에 파크로 가는 제인을 거의 죽일 뻔했어요. 제인이 정말 안됐어." 그녀는 자전거를 일으켜 세우는 그 남자를 노려보았다. 그는 자전거에 앉더니 페달을 밟고 거리를 떠났다. 전혀 다치지 않은 게 분명했다. "앞을 보고 다녀요!" 엘스페스가 소리쳤지만, 소용없었다. 그는 심지어 뒤돌아보지도 않았다.

"정말 괜찮아요?" 마비스가 묻고 있었다. "이런, 다리를 절잖아요."

"아니요. 이건 그래서 그러는 게 아니고…."

"저 사람이 결국 누군가를 다치게 할 줄 알았다니까요." 마비스가 화난 목소리로 말했다. "저 사람은 자기가 가는 곳을 주시하는 법이 없어요."

"저는 다치지 않았습니다." 마이크가 말했지만 두 여자 중 누구도 그의 말을 듣고 있지 않았다.

"저 사람은 정말 골칫거리예요." 마비스가 화를 내며 말했다. "저 사람이 자전거 타는 걸 금지시켜야 해요."

엘스페스가 고개를 저었다. "그러면 저 사람은 다시 차를 몰기 시작할 거고, 그러면 상황은 더 나빠질 거야." 그녀가 말했다. "튜링의 운전 실력은 더 끔찍하거든."

14

전시에 진실이란 너무나 중요하기에
거짓이라는 보디가드를 대동해야만 합니다.

— 윈스턴 처칠, 블레츨리 파크에 관한 연설에서

런던, 1940년 11월

폴리와 에일린은 마이크가 탄 기차가 블레츨리 파크를 향해 떠날 때까지 기다렸고, 마이크가 확실히 떠나고 나자 에일린은 알프에게 지도를 돌려주기 위해 화이트채플로 갔다. "우편으로 보내겠노라고 말했지만, 시어도어에게 보러 가겠다고 전에 약속했어. 그러니 직접 가져다주는 길에 시어도어도 보고 오려고. 그리고 알프와 이야기를 하고 싶어. 지난번에 만났을 때 알프와 비니가 뭔가를 꾸민다는 느낌을 받았거든."

"뭘?" 폴리가 물었다.

"모르겠어. 하지만 호드빈 남매가 했던 행동들로 볼 때, 뭔가 불법적인 거야. 나치 간첩에 어린아이들은 없었지?"

폴리는 에일린이 지하철 타는 것을 배웅하고 구조팀을 기다리기 위해 대영 박물관으로 갔다('자기야, 너무 미안해, 날 용서한다면 일요일 2시에 로제타 스톤 옆에서 만나.'). 그리고 초조히 기다렸다.

마이크는 그들이 사건에 영향을 미치지 않았다고 호언장담을 했지만, 폴리는 여전히 걱정되었다. 폴리의 행동은 마저리에게만 영향을 준 게 아니었다. 마저리를 발견했던 공습 대비대 감시원, 구조대와 구급차 운전사, 간호사와 의사들, 마저리와 같이 도망치기로 했다가 마음을 바꿨다고 생각하고 작전에 간 조종사, 그리고 심지어 마저리의 자리를 물려받은 세라 스타인버그, 그리고 세라를 대체하기 위해 타운젠드 브라더스 백화점이 고용한 여점원에게도 영향을 주었다. 영향은 사방으로 퍼지고 번졌다. 그리고 이제 마저리는 간호사가 될 것이다. 군인들의 목숨을 구할 것이다.

마이크가 하디를 구한 것처럼. 그리고 하디의 경우는 마이크가 없었어도 다른 배가 구했을 가능성이 있었지만, 마저리의 경우는 폴리 말고는 그런 행동을 하게 할 만한 다른 어떤 이유도 없었다. 마저리는 세인트조지 교회가 폭격당한 다음 날 폴리가 너무나 큰 충격을 받은 모습을 보고 조종사와 도망치기로 마음먹었다고 아주 담담하게 말했다. 폴리 때문에 마저리는 저민 스트리트로 가게 되었고, 그곳이 폭격을 당했다. 그래서 마저리는 간호사가 되기로 결심했으며, 그것 말고도 온갖 사건들의 진행이 변형되었을 수 있었다. 폴리는 이제 왜 마이크가 그날 아침 파젯스 백화점 밖에서 그가 하디를 구했다고 생각하며 그토록 걱정했는지 이해할 수 있었다.

그리고 이제 마이크는 블레츨리 파크로 가고 있었고, 병원 간호사 한 명이 할 수 있는 것보다 훨씬 더 큰 피해를 제2차 세계대전에 입힐 수 있었다. 이미 제럴드 핍스가 그렇게 하지 않았다면 말이다.

하지만 만약 제럴드가 그렇게 했다면, 사이렌이 꺼지지 말아야 할 시간에 꺼지는 것보다 더 심각한 불일치가 있어야 했다. 그리고 마이크가 옳았다. 역사에는 중요한 효과가 있어야 하는 행동들이 다른 것에 의해 상쇄되는 온갖 종류의 예가 있었다. 가령 베를렌 시 작전 명령이라든가. 또는 〈헤럴드〉의 십자말풀이에 '오마하'와 '오버로드'가 나온 것이라든가. 하지만 그것들은 결국 상륙작전에 아무 영향을 주지 못했다.

그런데도 그것은 또한 작은 행동 하나가 얼마나 거대한 결과를 불러올 수 있는가에 대한 예이기도 했다. 십자말풀이의 단어 몇 개로 인해 몇 년 동안 2백만 명이 조심스레 준비해온 작전이 거의 실패할 뻔했다. 만약 D-데이가 연기되었다면, 거의 확실하게 상륙작전 장소가 누설되었을 것이고, 롬멜의 탱크들이 노르망디에서 연합군들을 기다렸을 것이다. 그리고 그 모든 것이 십대 소년 한 명의 사소한 부주의에서 비롯되는 것이다. '못 하나가 부족해….'

마저리와 하디의 행동들, 그리고 제럴드의 행동들, 그리고 이제 마이크가 제2차 세계대전에서 가장 중요한 비밀이 간직된 곳을 어슬렁거리는 행동들이 합쳐지면 무슨 결과를 불러올까? 만약 마이크가 그곳에 도착한다면 말이지만. 마이크가 됭케르크에 갔다고 해서 블레츨리 파크에도 갈 수 있다는 뜻은 아니었다.

폴리는 구조팀을 30분 더 기다려본 뒤 마이크가 전화했는지 확인하기 위해 리케트 부인 집으로 돌아왔다. 전화는 오지 않았고, 에일린이 돌아왔을 때까지도 마이크는 여전히 소식이 없었다. "호드빈 남매가 무슨 일을 꾸미는지 알아냈어?" 폴리가 에일린에게 물었다.

"아니. 아무도 없었어." 에일린이 얼굴을 찡그리며 말했다. "문 아래로 지도를 밀어 넣어야 했어. 마이크가 전화했어?"

"아니, 아직. 병영 열차나 뭔가 다른 일로 기차가 지연되나봐."

폴리는 초조함을 감추는 데 성공한 게 분명했다. 에일린이 이렇게 물었기 때문이다. "오늘 폭격당하는 기차는 없지?"

"없어." '런던에서는.'

"블레츨리가 폭격을 당했어?"

"모르겠어. 하지만 블레츨리 파크에서 폭격으로 인한 사망자가 나온 적은 한 번도 없어. 가자, 저녁 시간이야. 오늘 메뉴는 리케트 부인의 일요일 밤 '데우지 않은 간단한 음식' 가운데 하나야."

저녁은 저민 혀와 쐐기풀 샐러드였다. "배급 수첩을 발급받은 게 다 한이 될 줄이야." 음식을 본 에일린이 말했다. "마이크가 제럴드를 찾아서 우리가 어서 집으로 돌아갈 수 있으면 좋겠어. 어쩌면 그래서 마이크가 전화를 안 하는 것인지도 몰라. 기차에서 만난 누군가가 제럴드의 소재를 알고, 그래서 곧장 그곳으로 갔을 수도 있잖아."

하지만 폴리가 연극 연습을 하기 위해 노팅힐게이트 역으로 가기 직전, 마침내 마이크가 전화했지만, 방금 역에 도착했다는 말이 전부였다. 심지어 마이크는 아직 역을 떠나지도 않은 상태였다. 그리고 그는 서두르고 있었다. 마이크는 묵을 곳을 정하면 다시 전화하겠노라고 말한 뒤 폴리가 조심하라는 경고를 하기도 전에 전화를 끊었다.

'하지만 만약 편차가 증가하는 게 정말로 문제라면, 마이크가 사건에 영향을 끼칠 수 있다면, 마이크는 블레츨리 파크에 도착도 못 했을 거야. 아무것도 걱정할 필요 없어.' 폴리가 생각했고, 《훌륭한 크라이턴》과 배역으로 맡은 메리 아가씨 문제에 집중하려 애썼다.

극단은 마지막 주 연습을 하는 중이었고, 고드프리 경은 기분이 상해 있었다. "아니, 아니, 아닙니다!" 그가 비브에게 외쳤다. "지금 어니스트가 등장하기도 전에 '여기 어니스트가 오네요!'라고 하면 어떡합니까! 다시. '아버지, 저희는 아버지를 다시는 못 볼 줄 알았어요.'부터 다시 하세요."

그들은 그 장면부터 다시 시작했다.

"아니, 아니, 아닙니다!" 고드프리 경이 도밍 씨에게 고함쳤다. "왜 기억을 못 하십니까? 이건 희극이지 비극이 아닙니다. 3막 마지막에 여러분들은 이 섬에서 구출된단 말입니다."

"왕자가 구출해주나요?" 브라이트포드 부인의 막내딸인 트로트가 물었다.

"아니. 배가 구해. 하지만 이 연극의 연습 진행 상황을 봐서는 전쟁이 끝날 때까지도 구출이 안 될 것 같구나."

"난 왕자가 구출해줘야 한다고 생각해요." 트로트가 말했다.

"그건 원작자에게 따지고." 고드프리 경이 으르렁댔다. "다시 합니다. '여기 어니스트가….'부터입니다."

"고드프리 경." 라일라가 말을 가로챘다. "경은 이게 희극이라고 계속 말씀하시지만, 메리 아가씨와 크라이턴이 마지막에 헤어지는데 어떻게 이게 희극일 수가 있나요?"

"네." 비브가 말했다. "왜 그 둘은 같이 있을 수 없나요?"

"왜냐하면 크라이턴은 집사이고 메리는 귀족이기 때문입니다. 당신과 메리…." 고드프리 경은 그게 마치 폴리의 잘못이라는 듯이 그녀를 노려보았다. "두 분은 너무 젊기에 신분이라든가 나이 또는 상황 등의 이유로 이룰 수 없는 사랑을 해본 적이 없겠지만, 제가 단언컨대, 연인들은 어떤 때는 도저히 극복할 수 없는 장애물을 만나기도 합니다."

"하지만 만약 둘이 헤어질 필요가 없다면…." 비브가 말했다. "마지막 장면이 훨씬 더 로맨틱할 거예요."

"제가 트로트에게 말했듯이…." 고드프리 경이 냉담하게 말했다. "그건 작가에게 따지십시오. 다시. 처음부터 다시 합니다. 이러다 제가 죽는 한이 있어도 이 연극을 반드시 제대로 가게 해놓고 말 겁니다. 그리고 아무래도 제가 그렇게 될 가능성이 아주 크군요. 독일 공군이 먼저 절 죽이지 않는다면 말입니다." 그는 천장을 쳐다보았다. "오늘 밤은 공습이 좀 심하군요."

그랬다. 하지만 공습은 시작할 시간에 시작하고 끝나야 할 시간에 끝났으며, 예정된 목표물을 폭격했다. 비록 마이크가 다시 전화하지는 않았지만, 이튿날 저녁 고드프리 경의 〈타임스〉에는 기밀 누설이나 체포된 간첩에 관한 이야기가 없었다.

화요일, 에일린에게 편지가 왔다. "마이크가 보낸 거야?" 폴리가 물었다. 아마도 마이크는 전화 대신 편지를 보내기로 한 모양이었다.

"아니, 구드 신부님이 보낸 거야." 에일린이 싱긋 웃으며 말했다. 에일린은 봉투를 열고 편지를 읽기 시작했다. "오, 이런. 나쁜 소식이라고 적혀 있기는 했지만…. 하지만 그럴 리가…."

"왜 그러는데?"

"캐롤라인 여사님의 아들이 죽었대. 하지만 데네웰 경…."

"편지를 읽어봐." 폴리가 말했다.

"'오릴리 양에게, 슬픈 소식을 전합니다. 캐롤라인 여사님의 아들이 11월 13일에 전사했습니다.'"

주임 사제가 읽은 사망 통지서가 잘못되었을 리 없었다. 데네웰 경은 제2차 세계대전에서 사망했다.

"'그분이 탄 비행기는 폭격 도중 격추되어….'" 에일린이 계속 편지를 읽었다. "'베를린에 추락했습니다.'"

'불일치가 일어났어.' 등골이 오싹해지며 폴리가 생각했다. '아버지 대신 아들이 죽었어.'

"'너무나도 슬픈 소식입니다.'" 에일린이 계속 읽었다. "'데네웰 경이 세상을 뜨신 지 얼마 되지 않았으니까요.'"

즉 이건 불일치가 아니라 그냥 전쟁이 빚은 끔찍한 우연일 뿐이었고, 폴리는 안도감을 느껴야 했지만, 연극 연습이 끝나고 난 뒤 밤에 에일린과 함께 구조팀에게 보낼 메시지를 더 만드는 동안, 폴리는 자신도 모르게 신문에서 불일치가 없는지 찾고 있었다. 그리고 이튿날 아침, 폴리는 에일린에게 창고를 정리하기 위해 일찍 출근해야 한다고 말하고 집을 나서 웨스트민스터 사원이 예정대로 폭격을 당했는지 확인하러 갔다.

그곳은 폭격을 당했고, 헨리 7세 예배당과 튜더 양식 창문들과 소형 회랑들의 피해 상황은 그녀가 준비 학습에서 읽은 것과 동일했다. '난 사건들을 바꾸지 않았어.' 폴리가 생각했다. '강하가 열리지 않는 건 편차가 증가했기 때문이야. 그래서 구조팀이 이곳에 없는 거야. 아니면 마이크 말대로 파젯스 백화점의 잔해 더미에 깔려 있거나.'

사망자 세 명이 청소부라는 사실이 그 잔해에 다른 시체가 더 묻혀 있지 않다는 뜻은 아니었다. 또는 폴리의 강하 지점 맞은편의 잔해에 있거나. 구조팀은 폴리가 홀본 역에 잡혀 있던 그날 저녁 그녀를 찾으러 왔을 수도 있었다. 그리고 폴리를 찾으러 그녀의 강하 지점을 떠났는데 바로 그때 낙하산 폭탄이 터졌을 수도 있었다. 그들이 그곳에 있는 것을 아는 이는 아무도 없었을 것이다. 마저리가 그랬듯이. 만약 감시원이 마저리의 목소리를 듣지 못했다면, 그 누구도 저민 스트리트의 잔해 더미에서 그녀를 찾을 생각을 하지 못했을 것이다.

또는 구조팀은 폴리의 강하 지점으로 오는 도중에 죽었을 수도 있었다. 폴리가 타운젠드 브라더스 백화점으로 가던 길에 본 그 불에 탄 버스에 탄 채. 또는 백베리나 오핑턴 병원으로 가던 중에.

또는 증가한 편차에 관해 콜린이 알게 되고 폴리를 구하러 왔다면? 콜린은 폴리를 구하러 오겠노라고 약속했었다. 만약 폴리를 따라 파젯스 백화점에 갔다면? 또는 옥스퍼드 스트리트로 가는 도중에 공습으로 죽었다면?

'말도 안 되는 생각이야.' 폴리가 생각했다. '콜린은 공습으로 죽을 정도로 멍청하지 않아. 게다가, 만약 콜린이 이곳에 온다면 나랑 나이 차이를 좁히지 못하잖아.'

하지만, 폴리는 곧바로 자신이 콜린을 봤다는 생각이 들기 시작했다. 퇴근하고 옥스퍼드 서커스 역의 에스컬레이터에서 본 것 같았고, 군인들 무리 속에서도 본 것 같았다. 지하철에서 노팅힐게이트 역의 디스트릭트 선 플랫폼으로 내려서는 모습을 본 것도 같았다.

그건 콜린이 아니었다. 폴리가 본 군인들은 프랑스어를 유창하게 했다. 에스컬레이터의 남자는 콜린처럼 옅은 갈색 머리에 회색 눈동자였지만, 그가 자신을 보는 걸 보고 지은 웃음은 콜린의 한

쪽 입가가 올라간 웃음이 아니었다. 그리고 그는 너무 나이가 들었다. 적어도 서른 살은 되었으며, 폴리는 그가 콜린이 아니라는 사실을 곧바로 알아차렸지만, 그 순간 실망으로 마음이 아팠다.

그리고 콜린처럼 보이는 열일곱 살 소년이 지하철에서 내렸을 때, 크라이턴과 구조 장면을 연습 중이던 폴리는 순간 대사를 하다 말고 그 소년을 뚫어져라 바라보았다. 그리고 고드프리 경이 말했다. "우리는《훌륭한 크라이턴》을 하고 있습니다, 메리 아가씨.《로미오와 줄리엣》이 아닙니다."

"네? 아…, 죄송해요. 제가 아는 사람을 봤다고 생각했어요."

"그리고 저는 이 연습이 부족하디 부족한 연극의 개막이 앞으로 이틀 밤밖에 남지 않았다고 생각합니다만." 고드프리 경이 투덜거렸고, 공습경보 해제 사이렌이 울릴 때까지 단원들을 연습시켰다.

집으로 돌아오는 길에 에일린이 물었다. "마이크를 봤다고 생각한 거야?"

"응." 폴리가 거짓말을 했다.

"마이크가 곧 전화할 게 분명해. 아마 아직 묵을 곳을 찾지 못했을 거야. 아니면 남들이 듣지 못하게 전화할 만한 곳을 찾지 못했거나."

'아니면 제럴드의 행방을 묻고 다니다가 주위의 시선을 끌고, 그래서 잡혀가 심문을 받고 있을 수도 있지.' 폴리가 생각했다. 하지만 그런 걱정을 할 시간이 없었다. 연극은 금요일에 시작했고, 타운젠드 브라더스 백화점은 손님으로 가득했다. 크리스마스 쇼핑을 하는 손님들이 벌써 들어오고 있었다.

마이크가 블레츨리 파크로 떠났을 때, 폴리는 곧바로 스넬그로브 양에게 타운젠드 브라더스 백화점이 바쁜 크리스마스 시즌을 위해 사람을 더 고용할 계획이 있는지 물었다. 그녀가 그렇다고 대답하자, 폴리는 에일린이 파젯스 백화점에서 직장을 잃은 이야기를 했다. 스넬그로브 양은 그 자리에서 에일린을 고용해 4층 매장 일을 돕게 했다. 하지만 에일린은 이튿날부터는 서적 매장에서 일해야 했다. 전에 폴리와 《ABC 철도 가이드》 그리고 비행기 감식가에 관해 이야기했던 에셀이 파편에 맞아 죽었기 때문이다. 어쨌거나, 비록 같은 층에서 일하지는 못하지만 에일린은 폭격을 당하지 않는 백화점에서 일하는 걸 고마워했으며, 애거서 크리스티의 많은 작품에 둘러싸인 것에 기뻐했고, 왜 마이크가 아직 전화하지 않는가에 대해선 그럴 만한 이유가 있을 거라며 별다른 걱정을 하지 않았다.

즐거운 사람은 에일린뿐이었다. 극단 사람들은 연극 때문에 신경이 곤두섰고, 모두 수면 부족으로 신경과민에다 성격도 날카로워져 있었다. 이제는 공습이 간간이 있을 뿐인데도 그랬다. 아니, 어쩌면 공습이 '간간이 있기 때문'일지도 몰랐다. 공습이 시작된 처음 몇 주, 공습 소리는 배경 소음이 되어 무시할 수 있었지만, 이제 공습은 날마다 있지 않았고, 그래서 사람들은 공습이 과연 계속 있을지 또는 언제 있을지, 어떤 새롭고 끔찍한 방식(해체될 때 터지는 시한폭탄이라든가 또는 손목시계가 가까이 가면 폭발하는 자석 지뢰 같은 것)이 있을지에 대해 끊임없이 토론했고, 또한 어떻게 하면 좋을지 이야기했다.

그즈음, 모두에게는 끔찍한 이야기가 하나씩은 있었다. 주임사제의 누이는 자기 장미 정원에서 잘린 팔을 발견했다. 릴라가 같이 춤을 추러 다니던 남자는 날아온 유리 조각에 맞아 눈이 멀었다. 그리고 모두 폭격으로 죽은 누군가를 알았다. 모두의 신경이 날카로운 것도 당연했다.

날씨도 도움이 되지 않았다. 마이크가 떠난 이후로 계속 비가 내렸다. 그리고 해가 짧아지는 것도 도움이 되지 않았다. "마치 우리 주위로 어둠이 조여오는 것 같아요." 노팅힐게이트 역으로 갈 때 라버넘 양이 몸을 떨며 말했다.

'맞아요.' 폴리가 생각했고, 지하철역으로 들어서자 비록 사람들로 바글거리고 젖은 모직 천 냄새가 진동해도 환한 조명이 있다는 이유만으로 기분이 좋아졌다.

금요일과 토요일 저녁, 극단은 노팅힐게이트 역의 아래층 홀에서《훌륭한 크라이턴》공연을 했다. 개막 첫날밤은 구조선이 도착하는 2막 마지막 부분을 빼면 완벽했다. 그 대목에서 심스 씨는 머리를 곧추세우고 확신이 안 간다는 듯이 '방금 저거 대포 소리인가요?'라고 묻기로 되어 있었다. 불행히도, 심스 씨는 귀청을 찢을 듯한 방공포 소리를 뚫고 그 대사를 외쳐야만 했다. 관객들은 야유했고, 나이 지긋한 남자 한 명이 외쳤다. "당신 뭐야, 귀먹은 거야?"

심스 씨는 굴욕감을 느꼈다.

"말도 안 되는 소리입니다!" 아랫단을 접어 올린 바지를 입고, 라버넘 양이 기어코 찾아낸 고무창 신발을 신은 고드프리 경이 막간에 심스 씨에게 말했다. "당신은 훌륭했습니다. 내일 공연 때는 아무 방해 없이 제대로 관객들에게 보여줄 수 있을 겁니다."

연극의 나머지 부분은 사고 없이 진행되었다. "당신과 고드프리 경은 정말로 멋졌어요." 라버넘 양이 폴리에게 열광하며 말했다.

"사람들 사기를 올리는 데 아주 좋았어요." 위번 부인이 말했다.

"공연을 두 번밖에 할 수 없다니 안타깝네요. 어쩌면 다른 역에서 공연할 수도 있을 거예요."

고드프리 경은 경악한 표정을 지었다.

"안 돼요." 폴리가 재빨리 말했다. "저작권료를 내지 않으면 두 번밖에 허용이 안 돼요." 거짓말이었다.

"아, 정말 안타깝네요." 위번 부인이 말했고, 고드프리 경이 속삭였다. "이번에도 제 목숨을 구해주셨습니다, 아가씨."

토요일 저녁 공연은 심지어 더 훌륭했다. 연극이 끝나고(막을 내리는 대신 트로트가 '막'이라고 적힌 플래카드를 드는 것으로 대신했다), 의자가 없어 필연적인 기립 박수에 배우들이 나와 인사를 한 뒤, 위번 부인은 모두를 플랫폼에 모았고 고드프리 경에게 J. M. 배리의 《극본 총집편》 한 권을 선물했다.

"'트로이가 무참히 무너진 것도 이처럼 간악한 선물들에 의해 그리되었노니.'" 고드프리 경이 폴리에게 속삭였다.

폴리는 고드프리 경의 말이 옳을까 봐 두려웠다. "끝내주는 소식이 있어요!" 위번 부인이 말했다. "런던 교통청장과 만났는데, 크리스마스 주간에 다른 지하철역들에서 공연해도 된다고 허락했어요."

"하지만 저작권료…." 폴리가 입을 열었다.

"《훌륭한 크라이턴》이 아니에요." 위번 부인이 말했다. "크리스마스 연극을 하는 거예요."

"《피터팬》!" 라버넘 양이 외쳤다. "정말 멋져요! 내가 가장 좋아하는 부분은 웬디가 피터에게 '얘, 왜 우는 거니?'라고 묻자 피터가…."

"아니, 《피터팬》이 아니에요." 위번 부인이 말했다. "찰스 디킨스의《크리스마스 캐럴》이에요!"

"지금 우리에게 딱 맞는군요." 주임 사제가 선언했다. "이러한 어둠의 시기에 간절히 필요한 희망과 자선의 메시지를 담고 있으니까요."

"그리고 고드프리 경은 멋진 스크루지가 될 거예요!" 라버넘 양이 외쳤다. 그리고 그들은 각자 앞다투어 의견들을 제시하기 시작했다.

"그래도 적어도 배리는 아니군요." 고드프리 경이 폴리에게 속삭였고, 공습경보 해제 이후 집에 오는 길에 에일린이 말했다. "여자들 배역이 중요하지 않은 거라서 다행이야. 마이크가 제럴드를 찾아서 우리가 떠나도, 극단에서는 네 배역을 대신 맡을 사람을 쉽게 구할 수 있을 거야."

'만약 마이크가 제럴드를 찾는다면 말이야.' 폴리가 생각했다. '마이크가 독일 간첩으로 몰려 런던탑에 갇혀 처형을 기다리는 게 아니라면.'

신문에 게재한 광고대로 구조팀을 만나러 런던 동물원으로 가야 했지만, 폴리는 마이크의 전화를 놓치지 않기 위해 에일린을 대신 보냈다. 에일린은 상관하지 않았다. "시어도어를 데려갈래." 에일린이 말했다. "거기에 가고 싶어 했어. 동물원은 폭격당하지 않았지?"

"폭격을 당했어." 그곳에는 14개의 고성능 폭탄이 떨어졌다. "하지만 오늘은 아니야."

"아, 잘됐다. 만약 마이크가 제럴드를 찾았다면서 우리더러 블레츨리로 오라고 연락이 오면, 코끼리 전시실로 와. 거기 있을게. 그리고 난 저녁 먹으러 오지 않을 거야. 다행이지. 난 시어도어네 집에서 먹을래."

마이크는 전화하지 않았고, 에일린은 3시에 돌아왔다. "무슨 일이야?" 폴리가 물었다. "동물원은 어쩌고?"

"끔찍했어. 구조팀은 거기에 없었고, 동물들도 없었어. 거의 모든 동물이 안전을 위해 시골로 옮겨졌어. 코끼리도. 시어도어는 특히 코끼리를 보고 싶어 했는데. 그리고 동물원에 가고 10분 만에 시어도어는 집에 가고 싶다는 거야. 그래서 데려다줬는데, 걔네 어머니는 막 나가는 참이었고, 그래서 나는 저녁 초대를 받지 못했어." 에일린은 거의 눈물을 터뜨릴 듯한 표정으로 말했다. "그리고 이제 나는 리케트 부인의 그 끔찍한 '데우지 않은 간단한 음식'을 먹어야 해."

"아니. 안 그래도 돼." 폴리가 말했다. "나도 그 음식은 도저히 못 먹겠거든. 연극이 끝나서 오늘 밤엔 연습도 없어. 마이크가 전화하면 그것만 받고 곧바로 홀본의 역내 식당에 가서 샌드위치를 먹자."

"만약 마이크가 전화를 안 하면?"

"7시까지 기다려보자. 그때면 마이크도 우리가 노팅힐게이트역으로 떠났을 거라 생각할 테니까. 7시에 가는 거야. 그리고 기다리는 동안, 너는 치즈 샌드위치와 으깬 생선살 샌드위치 가운데 어느 걸 먹을지 생각하면 돼."

"둘 다." 에일린이 행복해하며 말했고, 《칼레 기차 살인 사건》을 들고 계단으로 가서 전화를 기다렸다. 폴리는 출근할 때 입을 블라우스와 치마를 다렸고, 마이크가 전화하지 않는 걸 걱정했다. 그리고 구조팀과 콜린과 자신의 데드라인과 불일치들에 대해서도.

'둘 다일 수는 없어.' 폴리는 단호히 생각했다. '둘은 상호 배척 관계야. 만약 편차 증가가 내 강하를 열리지 못하게 하는 거라면, 나는 사건들을 바꿨을 수가 없고 구조팀은 이곳으로 올 수 없어. 그러니까 파젯스 백화점의 잔해나 내 강하 지점에 그들이 묻혀 있을 수 없어. 그리고 만약 구조팀이 그곳에 묻혀 있다면 그건 강하가 다시 작동한다는 뜻이고, 우리는 전쟁에서 지지 않은 거니까 나는 데드라인에 대해 걱정할 필요가 없어. 나는 이거 아니면 저거 하나만 걱정을 해야 해. 동시에 둘 다를 걱정할 필요가 없어.'

하지만 혹시라도 둘이 연결되어 있다면? 편차가 증가한 것은 그들이 사건들을 변형했기 때문이고, 이제 다른 역사학자들이 그 불일치들을 더 악화시키지 못하도록 네트가 작용하는 거라면?

아니, 그럴 리 없었다. 편차 증가는 마이크가 하디를 구하기 전, 그리고 폴리가 대공습 중인 런던으로 오기 전에 일어났다. 그리고 제럴드가 블레츨리 파크로 가기 전에. 그리고 폴리가 전에 한 일과도 아무런 관련이 없었다. 왜냐하면 그녀는 승전 기념일 이후 옥스퍼드로 돌아갈 수 있었기 때문이다. 그리고 에일린은….

"7시야." 에일린이 계단에서 돌아와 말했다.

폴리는 30분 더 기다리자고 고집을 부렸고, 결국 7시 반이 되어 홀본으로 출발해야 할 때가 되자 라버넘 양에게 자신들에게 전화가 오면 꼭 메모를 남겨달라고 약속을 받아냈다. 그 대가로 폴리는 크리스마스 과거의 유령 왕관에 어울리는 초를 찾아보겠노라고 라버넘 양에게 약속해야 했다.

"그리고 크리스마스 현재의 유령이 입을, 모피로 안감을 댄 녹색 망토도요." 라버넘 양이 말했다.

"모피를 안에 댄 녹색 망토가 있으면 그냥 내가 입고 말겠어."

폴리와 함께 노팅힐게이트 역으로 가면서 에일린이 말했다. "이렇게 끔찍한 날씨에 내 코트는 별로 따뜻하지가 않아. 그리고 검은색은 너무 우울해."

"모두가 검은색을 입고 있어." 폴리가 날카롭게 말했다. "지금은 전시야. 그리고 새 코트를 가진 사람은 아무도 없어. 모두가 어떻게든 버티고 있잖아."

"나는 그런 뜻이…." 에일린은 어리둥절한 눈으로 폴리를 보며 말했다. "나는 농담을 한 거야."

"알아. 미안해." 폴리가 말했다. "그냥…."

"마이크가 걱정되는 거잖아." 에일린이 말했다. "알아. 마이크는 네가 연극 때문에 바쁜 걸 알아. 전화해서 네 주의를 흩뜨리지 않으려 한 걸 거야."

'내 주의를 흩뜨려?' 폴리가 씁쓸하게 생각했다.

"내일은 꼭 전화할 거야." 에일린은 폴리와 팔짱을 꼈고, 지하철을 타고 홀본 역으로 가는 동안 연극이 얼마나 훌륭했는지, 자신이 얼마나 배가 고픈지, 그리고 애거서 크리스티가 얼마나 글을 잘 쓰는지에 대해 떠들어댔다.

"정말로 만날 수 있으면 좋겠어. 애거서 크리스티는 전쟁 동안 런던에서 살면서 병원에서 조제사로 일했어. 불행히도 지하철 방공호에는 안 올 거야. 산 채로 묻힐까 봐 비정상적으로 겁을 냈거든."

'전혀 비정상이 아닌걸.' 폴리가 마블 아치 역과 마저리를 떠올리며 생각했다.

애거서 크리스티를 만날 기회가 없다는 건 안타까웠다. 그녀의 도움을 받을 수도 있었기 때문이다. 하지만 폴리는 설사 애거서 크리스티라 할지라도 '열리지 않는 강하의 수수께끼'를 풀 수 있을지 의심이 들었다.

"출근할 때 지하철을 타지는 않을까 궁금해." 에일린이 말했다. "만약 그렇다면…. 아, 여기서 우리 내려야 해, 만약 그렇다면 우리는 집에 가는 애거서 크리스티를 볼 수 있었을 텐데."

둘은 지하철에서 내렸다.

"역내 식당 줄이 아주 길지는 않았으면 좋겠어." 에일린이 말하며 지하철에 타고 내리는 승객들 무리를 헤치고 플랫폼을 걸어 못된 장난꾸러기들 무리를 지나 FANY 군복을 입은 젊은 여자들 쪽으로 가기 시작했다.

폴리가 걸음을 멈췄다.

"가자. 나 배고파 죽겠어." 에일린이 폴리에게 오라고 손짓하며 말했다.

수병 한 명이 반대방향으로 지나갔다. 폴리는 몸을 돌리더니, 기차가 떠나는 플랫폼을 걸어 그 수병을 재빨리 뒤따라갔고, 아치길에 들어섰을 때 뒤를 돌아보았다.

에일린이 FANY들을 밀고 뒤를 따라오며 외쳤다. "폴리!"

폴리는 서둘러 아치길을 통과해 터널을 따라 홀까지 갔고, 그곳에서 에스컬레이터를 탔다.

"어디 가는 거야?" 에스컬레이터를 반 정도 올라간 폴리를 따라잡은 에일린이 숨차하며 물었다.

"누군가를 보았다고 생각했어." 폴리가 말했다.

"누구? 애거서 크리스티?"

"아니. 역사학자. 잭 소르킨."

"잭 소르킨은 태평양에 있지 않아?"

"나도 알아. 하지만 맹세하건대…." 폴리가 말했다.

둘은 에스컬레이터 꼭대기에 도달했다. 폴리는 군중을 둘러보며 얼굴을 찡그렸다. "아, 다시 보니까 아니네." 폴리가 홀 저쪽에 있는 수병을 가리키며 말했다. "실망이야."

"괜찮아." 에일린이 말했다. "그래도 역내 간이 식당에는 갈 수 있잖아." 에일린이 내려가는 에스컬레이터로 가기 시작했다.

"잠깐만. 방금 멋진 생각이 떠올랐어." 폴리가 말했다. "역내 간이 식당 말고 라이언스 코너 하우스에 가자."

"라이언스?" 에일린이 영문을 몰라 되풀이해 말했다. "왜?"

"거기는 오늘 밤 공습이 없어. 독일군은 브리스틀을 폭격해. 우리는 제대로 된 식사를 할 수 있고, 너는 '뭐뭐뭐에서의 살인 사건' 책에 관해 내게 이야기해줄 수 있어."

"'칼레 기차'야." 에일린이 말했다. "거기에 베이컨도 있을까? 아니면 달걀?"

그곳에는 둘 다 있었고, 차는 설거지한 물 같은 맛이 아니었다. 그리고 푸딩은 벽지풀 맛이 아니었다.

"내가 먹어본 가운데 가장 맛있는 식사였어." 에일린이 집으로 돌아오는 지하철에서 행복해하며 말했다. "네가 책을 봤다고 착각해서 다행이야."

"너 내게 《칼레 기차 살인 사건》에 대해 말해주기로 했어." 폴리가 말했다.

"아, 그래. 아주 재밌는 책이야. 등장인물 모두가 범죄를 저지를 동기가 있어. 그리고 독자는 '모두가 범인일 리가 없어. 누군가 한 명이야.'라고 생각을 하지만 알고 보면…. 하지만 읽는 즐거움을 망치기는 싫으니까 더는 말 안 할게. 빌려줄까? 내가 좀 더 가지고 있다고 해서 홀본 역의 사서가 뭐라고 하지는 않을 거야."

폴리는 듣고 있지 않았다. 그녀는 편차, 그리고 그들이 바꾼 사건들에 대해 생각하고 있었다. "에일린…." 폴리가 말했다. "리나나 바드리가 편차의 증가 이유에 대해 뭔가 말하지 않았어?"

"아니. 내가 기억하는 한 없어." 에일린이 말했고, 둘이 방으로 돌아왔을 때 에일린은 폴리에게 종이 한 장을 내밀었다. "이거. 너랑 마이크가 시킨 대로 기억나는 건 전부 다 썼어."

종이에는 글씨가 마구 휘갈겨져 있었다. "제럴드는 우산이 있었지만 쓰라고 하지 않음. 바드리는 콘솔에서 작업. 리나는 통화. 바스티유에 분통. 리나는 공정이 먼저라는 걸 안다고 함."

"'공정'이 뭐야?"

"공포정치. 누군지는 모르겠지만 리나는 바스티유 습격으로 강하할 사람과 일정 변경에 대해 전화로 이야기하고 있었어. 그리고 그 사람은 결국 화를 낸 모양이야. 리나가 '당신이 공포정치부터 먼저 가기로 되어 있었다는 건 저도 알아요.'라고 말했거든. 하지만 리나는 편차에 대해서는 말하지 않았어."

공포정치로 갈 예정인 사람이 누구인지는 모르지만, 실험실은 그 일정을 바스티유 습격으로 바꾼 것이다. 공포정치보다 일찍 일어난 사건으로.

"마이크가 됭케르크로 임무가 바뀌기 전에 원래 어디로 가기로 되어 있었어?" 폴리가 에일린에게 물었다. "진주만이었어?"

"몰라. 아마 그랬을 거야. 마이크의 일정은 완전히 바뀌었어."

"또 어디에 갈 예정이었어?"

"기억이 안 나. 솔즈베리였던 거 같아. 그리고 세계무역센터. 당시 나는 그리 집중…."

'…해서 듣지 않았겠지.' 폴리는 에일린을 마구 흔들어주고 싶은 생각이 들었다. '왜 안 그랬겠어. 제럴드 핍스가 하는 말을 집중해 듣지 않은 것과 똑같았겠지.'

"마이크가 전화했을 때 물어보면 되잖아." 에일린이 말하고 있었다. "왜 그걸 알고 싶은데?"

'왜냐하면, 진주만은 1941년 12월 7일에 일어났으니까. 그리고 바스티유 습격은 공포정치 전이고.'

마이크는 던워디 교수가 수십 개의 강하를 뒤죽박죽으로 뒤섞고 취소했다고 말했다. 만약 던워디 교수가 그렇게 한 것이 편차의 증가가 몇 달이 아니라 몇 년 단위였기 때문이라면? 만약 던워디 교수가 모든 강하를 연대순으로 배치하고 있었으며, 이미 데드라인이 있는 것들은 제시간에 강하가 열리지 않을까 봐 걱정이 되어 취소한 것이라면? 만약 편차 증가가 4년이라면? 아니면 제2차 세계대전이 있던 기간이라면? 폴리가 전승 기념일에 에일린을 본 건 그 때문인 걸까? 그들이 그때까지 돌아가지 못했기 때문에?

하지만 만약 그랬다면, 던워디 교수는 왜 에일린의 강하를 취소하지 않은 걸까?

'아마도 편차 증가는 그렇게 크지 않을 거야.' 폴리가 생각했다. 진주만은 됭케르크에서 겨우 1년 반 뒤였다. 폴리는 프랑스 혁명에서 바스티유 습격과 공포정치가 얼마나 떨어졌는지 알지 못했다. 바스티유 습격은 1789년 7월 14일이었지만, 공포정치가 언제 시작되었는지 폴리는 알지 못했다. 만약 둘의 차이가 3년 이내라면….

또는 그게 일정들을 마구 바꾼 이유가 아닐 수도 있었다. 뭔가 다른 이유일지도 몰랐다. '마이크가 전화하면 원래 일정이 어땠는지, 그리고 어떻게 바뀌었는지를 물어봐야 해.' 폴리가 생각했다. '만약 전화한다면. 그사이에 걱정하는 건 소용없어.'

하지만 걱정을 안 하는 것은 불가능했다. 그녀는 점심시간 동안 셀프리지스와 본과 홀링스워스 백화점들에 가서 여성용 코트들을 살폈다. 다행히도 모두 에일린이 사기에는 너무 비쌌다. 본과 홀링스워스 백화점들의 '폭격에 손상된 제품 할인' 코너에 있는 물건들마저 그랬다. 그리고 일단 의류 배급이 시작되면 코트를 살 정도로 점수를 모으는 것은 불가능했다. 하지만 그래도 폴리는 코트 색깔이 검정, 갈색, 남색뿐이라는 사실에 안도감이 들었다.

마이크는 월요일 저녁에 전화했고, 전화가 늦은 건 에일린이 예상했던 바로 그 이유 때문이었다. 남들이 엿듣지 않을 만한 곳에서 통화할 수 있는 전화기를 찾기 어려웠다고 했다. "더 가까운 전화 부스를 찾거나." 마이크가 말했다. "아니면 암호로 통화해야만 해."

"넌 잉글랜드에서 가장 능력 있는 암호파해가들에게 둘러싸여 있어." 폴리가 말했다. "그 방법은 별로 추천하고 싶지 않아."

"네 말이 맞아. 편지로 해야겠네. 리케트 부인이 네게 온 편지를 증기를 쪼여 열어봐?"

"평소 행동으로 볼 때, 나라면 그 여자를 믿지 않을 거야."

"뭐, 걱정하지 마. 다른 방법을 생각해낼게. 구조팀이 우리가 낸 광고들 가운데 뭔가에 답을 하지는 않았겠지?"

"응. 너 원래는 진주만 임무가 제일 먼저였지?"

"응. 그리고 다음에는 세계무역센터, 그리고 벌지 전투, 그러면 어휘-억양 임플란트한 것을 세 임무에 다 쓸 수 있었거든."

"그리고 실험실이 일정을 어떻게 바꿨어? 됭케르크와 진주만만 바꾼 거야?"

"아니. 모두 다 바꿨어. 진주만 다음에는 엘 알라메인, 그리고 벌지 전투…."

'내 생각이 맞았어. 연대순으로 바꿨어.' 폴리는 익숙한 공황이 스멀스멀 자신을 덮치는 걸 느꼈다. '하지만 엘 알라메인은 진주만에서 겨우 7개월 뒤이고, 벌지 전투는 그 뒤로 겨우 2년 반 뒤야. 여전히 내 것처럼 오랜 기간 떨어져 있지 않아.'

"그다음은 제2차 세계무역센터 공격…."

'그건 벌지 전투에서 거의 60년이 떨어진 거야.'

"그리고 솔즈베리의 전 지구적 전염병 시작기." 마이크가 말했다.

'20년 뒤.'

하지만 그건 아무것도 증명하지 못했다. 실험실이 마이크의 임무를 연대순으로 배치한 건 다른 임무들과는 상관없이 단지 진주만 때문일 수도 있었다.

'공포정치가 언제 시작되었는지는 알아내야 해.' 폴리가 생각했고, 알 만한 사람이 누구일지를 생각해보았다. 에일린은 제외였다. 폴리는 에일린이 질문을 해대는 걸 원치 않았다. 그리고 에일린이 서적 매장에서 일하기 때문에 폴리는 그곳에서 프랑스 혁명에 관한 책을 찾아볼 수도 없었다.

고드프리 경이라면 분명히 알 것이다. 고드프리 경은 시드니 카턴[10] 배역을 맡았었을 게 분명했다. 하지만 그 역시 질문을 할 것이고, 경은 지금도 너무 많은 것을 알고 있었다.

10 찰스 디킨스의《두 도시 이야기》등장인물

'홀본 역의 사서.' 폴리가 생각했다.

에일린과 노팅힐게이트 역에 갔을 때, 폴리는 도린에게 전할 메시지가 있는데 깜빡했다며 피커딜리 서커스 역으로 가서 말해주고 오겠노라고 에일린에게 말했다. 그리고 지하철을 타고 홀본역으로 갔다.

"공포정치요?" 연한 적갈색 머리의 사서가 곧바로 말했다. "그건 1793년 9월에 시작했어요." 바스티유 습격 이후 4년하고 2개월 뒤였다.

15

다른 이에게 떠넘기지 마십시오.

— 공습 대비 포스터, 1940년

옥스퍼드, 2060년 4월

던워디 교수는 이시와카 박사의 계산을 다시 살펴본 뒤 전화했다. "에드리치, 내 방으로 좀 와줘." 비서가 문간에 나타나자 던워디 교수는 말했다. "실험실에 전화해서 왜 편차 분석을 아직도 보내지 않는지 좀 알아봐줘."

"보내왔습니다, 교수님." 에드리치는 대답만 하고는 그대로 가만히 서 있었다.

'핀치가 역사학자가 되겠다고 했을 때 보내는 게 아니었는데.' 던워디 교수는 예전 비서를 그리워하며 생각했다. "그래? 어디 있지?"

"제 책상 위에 있습니다, 교수님."

"가져다줘." 던워디 교수가 말했고, 에드리치가 파일을 가지고 돌아오자 물었다. "조사실에서 전화했나?"

"네, 교수님."

"뭐라고 하던가?"

"교수님이 요청하신 자료를 준비했으며, 교수님의 전화를 기다리겠노라고 했습니다." 에드리치가 말했다. "전화를 연결할까요?"

'아니. 자네라면 전화가 연결되어도 다시 내게 알리지 않을 가능성이 아주 크니까.' 던워디 교수가 생각했다. "내가 직접 할게." 던워디 교수가 말하고 조사실에 전화했다.

"그날 밤에는 사망자가 2백 명이 있었습니다." 전화를 받은 기술자가 말했다. "물어보신 지역에서는 스물한 명이었습니다. 하지만 그 숫자에는 그날 부상을 당하고 나중에 그 부상으로 인해 죽은 사람들은 포함되지 않았습니다."

'그리고 그 부상자들이 한 일의 결과로 며칠 또는 몇 주 뒤에 죽은 사람들도 포함되지 않았을 거고.' 던워디 교수가 생각했다.

"부상으로 인해 죽은 사람들에 대해서도 조사해볼까요?" 기술자가 말했다.

"그건 나중에. 지금까지 알아낸 것만 알려줘. 그날 밤에 스물한 명이라고 했지?"

"네, 교수님." 그녀가 말했다. "소방관 여섯 명, 공습 대비대 감시원 한 명, 해군 여성 부대원 한 명, 랭커스터 소총 사격 훈련소 장교 한 명, 공군 여성 보조 부대원 한 명, 열일곱 살 소년 한 명, 그리고 여성 청소부 두 명입니다."

"해군 장교는 없고?"

"없습니다, 교수님. 하지만 말씀드렸듯이, 이건 그날 밤에 죽은 사람들만입니다."

"그 사람들이 죽은 정확한 장소도 알아냈어?"

"일부는요. 장교와 소방관 둘은 어퍼 그로스베너 스트리트에서 죽었습니다. 다른 소방관들은 미노리스에서 불을 끄다가 죽었고요. 공습 대비대 감시원은 칩사이드에서 죽었습니다. 지부가 폭격을 당했습니다."

"해군 여성 부대원은?"

"그 여자는 아베 마리아 레인에서 죽었습니다."

세인트폴 대성당에서 몇 거리 떨어지지 않은 곳이었다. "그 여자 사진은 있어?"

"아니요. 사망 공지에 없었습니다. 그 여자 사진을 구해볼까요?"

"응. 그리고 죽은 사람들 이름이 필요해. 그리고 가능하다면 사진들도. 되도록 빨리 해줘. 모두 알아내면 내게 직접 전화해줘."

던워디 교수는 그녀에게 번호를 알려주고 전화를 끊었고, 혹시 더 나쁜 소식이 담겨 있으면 어쩌나 걱정하며 편차 분석 보고서를 읽기 시작했다. 하지만 강하마다 편차 평균이 약간 증가하기는 했지만 이시와카 박사가 예측했던 값만큼 크지는 않았고, 몇몇 강하는 도착하는 모습이 목격되기 쉬운 곳이었으며, 편차 증가는 그 때문일 수도 있었다. 그리고 비정상적으로 그 값이 치솟은 경우는 보이지 않았다.

하지만 보고서에 이번 주 강하는 포함되어 있지 않았다. 던워디 교수는 에드리치에게 만약 조사실에서 전화가 오면 실험실로 연락하라고 말한 뒤 베일리얼 게이트를 지나 브로드로 갔다.

던워디 교수가 캐트 스트리트로 들어서는데 콜린 템플러가 그를 따라잡았다. "교수님을 찾아서 다행이에요." 콜린이 숨차하며 말했다. "교수님의 그 멍청한 비서는 교수님이 어디에 있는지 말을 안 해주더라고요."

던워디 교수는 에드리치를 멍청하다고 말한 것에 대해 콜린을 나무라야 했지만, 한편으로는 그런 콜린의 평가가 사실이라는 점을 마음 깊이 인정할 수밖에 없었다. "왜 학교에 안 가고 여기 있지?" 던워디 교수가 다그쳐 물었다.

"쉬는 날이에요." 콜린이 말했고, 던워디 교수의 표정을 보고 덧붙여 말했다. "아니, 진짜로요. 학교로 전화해서 물어보셔도 돼요. 쉬는 날이라 교수님을 만나러 온 거예요. 임무에 관해 좋은 생각이 떠올랐거든요." 콜린이 던워디 교수와 나란히 걸으며 말했다. "농업 여성들에 대해 아세요?"

"농업 여성?"

"네. 제2차 세계대전 때요. 당시 여자들 중…."

"농업 여성이 뭔지는 알아. 지금 네가 여장을 하고서 토지 여성회에 들어가겠다는 말이야?"

"아니요. 하지만 농업 여성이 있었던 건 농부들이 모두 전쟁터에 갔기 때문이고, 그래서 농부들은 소년들도 고용했어요. 저는 제가 열다섯 살이라고 말하려고요. 그래야 징집을 안 당하면서 전시의 농장 생활을 관찰할 수 있을 거예요. 아시다시피 당시는 식량도 부족하고 그랬으니까요."

"거기에 도착하는 순간 군대에 끌려가지 않는다는 보장이 어딨지? 또는 폴리 처칠을 보러 런던으로 도망치지 않는다는 보장은?"

"그건 절대로 안 해요." 콜린이 격분해 말했고, 던워디 교수는 콜린이 왜 갑자기 이런 반응을 보이는지 궁금했다. 폴리가 콜린을 비웃으며 맘을 상하게 한 건가? "그리고 입대하지 않겠노라고 약속드릴게요. 원하신다면 맹세라도 할게요. 아니면 혈서라도 쓰든가요."

"안 돼."

"하지만 저는 전쟁 내내 폭탄 하나, V-1 하나 떨어지지 않은 농장을 찾아냈어요. 햄프셔에 있어요. 그리고 소젖 짜는 법, 달걀 모으는 법을 조사했고…."

그들은 실험실에 도착했다. 던워디 교수는 문 앞에서 멈춰 섰다. "난 네가 시험을 통과하고 옥스퍼드에 입학해서 학부를 마치기 전에는 어디에도 보내지 않을 거야. 그리고 지금 시점에서는 그 어느 것도 가능할 것 같지 않구나."

"그건 불공평해요. 저는 이시와카 박사에 대한 에세이를 다시 써서 높은 점수를 받았어요. 비록 저는 아직도 그분 이론이 쓰레기라고 생각하지만요."

'네 의견이 맞기를 바라자꾸나.' 던워디 교수가 생각했다. "이제 가렴." 던워디 교수가 말했다. "나는 해야 할 일이 있어."

"그럼 일 마치실 때까지 기다릴게요."

"소용없어. 나는 마음을 바꾸지 않을 거니까. 그리고 내가 키브린 앵글을 찾으러 갔을 때처럼 내가 강하를 할 때 몰래 뛰어들 생각이라면, 나는 여기에 네트를 쓰러 온 게 아니라는 걸 알려주마. 나는 바드리와 이야기를 하러 온 거야."

"그러면 저를 실험실에 출입 금지시킬 이유가 없잖아요. 안 그런가요?" 콜린이 말하며 던워디 교수가 문을 닫기 전에 안으로 들어섰다. "교수님 볼일이 끝날 때까지 기다렸다가 제가 생각해낸 다른 프로젝트들도 말씀드릴게요. 제가 여기 있는 것도 모를 정도로 꼼짝도 안 하고 가만히 있을게요."

"걱정하지 마라. 나도 널 없는 것처럼 취급해줄 테니." 던워디 교수가 말하고 콘솔 앞에 앉은 바드리에게 가기 시작했다.

"세인트폴 대성당 강하 때문에 오신 거면…." 바드리가 말했다. "방금 좌표 계산을 끝냈으니 언제든 가시면 됩니다."

"잘됐군." 던워디 교수가 말했다. "이번 주 강하의 편차를 알고 싶어. 여전히 증가해?"

"네." 바드리가 화면에 자료를 불러왔다. "하지만 증가율은 지난주보다 줄었습니다."

'좋았어.' 던워디 교수가 생각했다. 어쩌면 편차 증가는 일시적 이상 현상이었을 수도 있었다.

"개개의 강하를 살펴보았습니다." 바드리가 말했다. "편차의 증가는 제2차 세계대전으로 가는 강하에 국한된 듯이 보입니다. 그렇다면 편차 증가는 전쟁으로 인해 분기점들이 더 많아진 탓일 수도 있습니다. 또는 민간인 감시인, 공습 대비대 순찰과 같은 전시 상황 탓일 수도 있고요."

하지만 지금까지 오랫동안 많은 역사학자가 제2차 세계대전에 다녀왔지만 평균 편차가 증가한 건 이번이 처음이었다. "내가 말해준 모든 역사학자의 강하를 취소하거나 재조정했어?"

"네, 교수님." 바드리가 말했고, 리나가 던워디 교수에게 목록을 건넸다.

"마이클 데이비스는?" 던워디 교수가 목록을 보며 물었다.

"마이클 데이비스는 됭케르크 구출 작전 관측을 먼저 하도록 일정을 바꿨습니다. 떠난 건…." 바드리가 콘솔 화면을 바라보았다. "나흘 전입니다. 앞으로 엿새에서 열흘 사이에 돌아옵니다."

"진주만 강하는 언제로 잡혔지?"

"5월 말입니다."

'잘됐군.' 던워디 교수가 생각했다. '결정을 하기까지 6주의 시간이 있어.' "마이클이 돌아오는 시간이 왜 확실히 정해지지 않은 거지? 예상 편차가 높았어?"

"아닙니다, 교수님. 하지만 마이클 데이비스의 강하는 도버 외곽이고, 그래서 구출 작전이 끝나고 그곳으로 돌아오는 데 하루 이틀 정도 걸릴 수도 있어서요."

"마이클 데이비스의 강하 지점을 찾느라 무척 애를 먹었습니다." 리나가 자진해 말했다. "단 하나 찾을 수 있었던 건 도버에서 8킬로미터 떨어진 곳이었습니다."

던워디 교수는 얼굴을 찡그렸다. 강하 지점을 찾기 어려운 건 이시와카 박사가 예견한 징후들 가운데 하나였다. "비정상적으로 어려웠어?"

"네." 리나가 말했다.

"아니요." 바드리가 말했다. "그 지역에 많은 사람이 있는 걸 고려하면요. 그리고 작전 지역 주위의 높은 기밀 수준까지 고려하면 비정상적이라고 보기 어렵습니다."

"강하 지점을 찾기 어려웠던 경우가 또 있었어?" 던워디 교수가 물었다.

"싱가포르로 가는 찰스 보우덴의 강하 지점을 찾는 데 약간의 어려움이 있었지만, 결국은 폴로 경기장을 통해 보낼 수 있었습니다. 그리고 폴리 처칠의 경우도 꽤 어려웠습니다만, 그건 교수님이 정하신 지역 제한과 등화관제 때문이었습니다."

"런던 대공습에서 돌아오는 대로 폴리를 내게 보내. 언제 돌아오지?"

"하숙집을 구하면 주소를 보고하기 위해 내일이나 모레 돌아올 겁니다."

"뭐? 아직 정착 확인 보고도 하지 않았단 말이야?"

"네, 교수님. 하지만 걱정하실 필요 없습니다." 바드리가 말했다. "방을 구하는 게 어려웠을 겁니다. 아니면 직장까지 구한 다음에 보고하려는 것일 수도 있고요. 그러면 백화점 이름까지 한꺼번에…."

"폴리는 그곳에 한 달이나 있었어." 던워디 교수가 말했다. "직장을 구하는 데 그렇게 오래 걸릴 리가 없어. 왜 폴리가 정착 확인 보고를 하지 않았다는 걸 내게 말하지 않았지?" 던워디 교수는 나무라는 듯이 콜린을 바라보았다. "너도 이 사실을 알고 있었어?"

"저는 지금 교수님이 무슨 말씀을 하시는 건지조차 모르겠는걸요." 콜린이 말했다. "폴리 누나가 그곳에 한 달간 있던 게 아니잖아요, 안 그래요, 바드리 씨?"

"응. 폴리는 그곳에 간 지 이틀밖에 안 됐어."

"뭐? 에드리치는 한 달 전에 폴리가 임무를 위해 떠났다고 했는데."

"맞습니다. 하지만 그건 런던 대공습이 아니었습니다." 리나가 말했다. "폴리 세바스찬의 강하 지점을 찾는 데 어려움이 있었고, 그래서 자기 프로젝트의 다른 부분들 가운데 하나로 먼저 보내달라고 제안을 했습니다."

"그리고 자네들은 그렇게 했다? 내 허락도 없이 비행선이 공격하는 런던으로 폴리를 보냈다고?"

"교수님은 이미 프로젝트를 승인하셨습니다. 그래서 저희는 생각하기를…. 하지만 저희는 폴리를 비행선 때로 보낼 수 없었습니다. 아직 제1차 세계대전 준비를 하지 않았거든요. 그래서 저희는 폴리를 세 번째 부분으로 보냈습니다."

"세 번째 부분?" 던워디 교수가 호통쳤다. "그리고 다시 '런던 대공습'으로 보냈단 말이야?"

"네, 교수님, 저희는…."

"내가 순서에 어긋나는 강하를 모두 취소하라고 자네에게 말을 했는데도 말이야?"

"순서에 어긋나다니요?" 바드리가 말했다. "저는…, 교수님은 그렇게 말씀하지 않으셨습니다. 교수님은 그냥 저희에게 목록만 주셨고 그 목록에는…."

"강하들을 연대순으로 재조정해놨지. 만약 그럴 수 없으면 취소했고."

"교수님은 연대순에 대해서는 아무 말씀도 없으셨어요." 리나가 방어하듯 말했다.

"전…, 전 몰랐습니다." 바드리가 말을 더듬었다. "만약 알았다면…."

"뭔가 잘못되었나요?" 콜린이 다가오며 물었다. "폴리 누나에게 무슨 일이 일어난 건가요?"

던워디 교수는 콜린을 무시했다. "몰랐다니 무슨 말이지?" 교수가 바드리에게 말했다. "내가 달리 무슨 이유로 강하를 조정했다고 생각한 거야? 그리고 만약 폴리 처칠이 임무를 갔다면, 왜 자네가 내게 준 목록에는 폴리 처칠의 이름이 없었지?"

"교수님은 과거에 가 있는 역사학자들의 명단을 달라고 하셨어요." 리나가 말했다. "그리고 그때 폴리 처칠은 이미 돌아와 있었습니다."

던워디 교수가 콜린을 돌아보며 말했다. "너는 폴리 처칠이 떠난 걸 알았지? 왜 내게 그 말을 하지 않았지?"

"저는 교수님이 아신다고 생각했어요." 콜린이 말했다. "뭐가 잘못된 건데요? 런던 대공습으로 가면 안 되는 거였어요?"

던워디 교수가 바드리를 다시 바라보며 말했다. "폴리의 강하 좌표를 설정하는 데 얼마나 걸리지?"

"폴리 누나에게 무슨 일이 일어난 건가요?" 콜린이 다시 말했다.

"아니. 내가 그곳에서 폴리를 데려올 거니까."

"폴리 처칠을 구할 구조팀을 보내실 겁니까, 교수님?" 바드리가 말했다.

"아니. 그렇게 하려면 너무 오래 걸려. 내가 직접 갈 거야. 얼마나 걸려?"

"하지만 교수님은 폴리 처칠이 어디에 있는지 모르십니다." 바드리가 반대했다. "하루 이틀 뒤면 정착 확인 보고를 하러 올 겁니다. 그때까지 기다리는 것이 더 낫지 않…."

"나는 폴리가 옥스퍼드 스트리트에서 직장을 구하는 걸 알아. 얼마나 걸려?"

"폴리의 강하를 전송 모드로 바꾸어야 합니다." 바드리가 말했다. "지금은 귀환 모드로 설정되어 있습니다. 하루나 이틀쯤 걸립니다."

"너무 길어." 던워디 교수가 말했다. "나는 폴리를 지금 당장 데려오고 싶어. 그리고 만약 폴리가 정착 확인 보고를 하러 들어오려 하는데 그걸 방해하는 것도 원하지 않고. 근처에 새로운 강하를 설정하려면 얼마나 걸리지?"

"새로운 강하요?" 바드리가 말했다. "모르겠습니다. 폴리의 것을 찾는 데 몇 주가 걸렸습니다. 등화관제 때문에….”

“세인트폴 대성당 강하는?” 던워디 교수가 바드리에게 물었다. “새 시간 좌표를 설정하는 데 얼마나 걸리지?”

“아마 1시간이면 될 겁니다. 하지만 세인트폴 대성당으로 가실 수는 없습니다. 존 바솔로뮤가 그곳에….”

“9월 초에는 없었어. 존은 그곳에 20일에 도착했어.”

“하지만 9월 초에 가시면 안 됩니다. 그건 너무 위험합니다.”

“세인트폴 대성당은 10월에야 폭격을 당해.” 던워디 교수가 말했다.

“세인트폴 대성당을 말하는 게 아닙니다. 저는 교수님의….”

“폴리가 간 날이 언제지?” 던워디 교수가 말을 가로막았다.

“9월 10일입니다.”

“폴리 누나에게 무슨 일이라도 생긴 건가요?” 콜린이 말했다. “뭔가 어려움에 처한 거예요?”

“강하 설정 시각은?” 던워디 교수가 바드리에게 물었다.

“오전 5시입니다. 9일 밤 공습은 4시 30분에 끝났고, 공습경보 해제는 6시 22분에 울렸습니다.”

“나를 오전 4시로 보내줘. 그러면 화재 감시원들은 여전히 지붕 위에 있을 거고 나는 온종일 폴리를 찾아볼 수 있을 거야.”

“폴리 누나가 ‘도착한 날’에 바로 데려오시려는 거예요?” 콜린이 물었다.

바드리가 말했다. “교수님, 공습 중인 때로 가실 수는 없습니다. 그리고 10일은 너무….”

“나는 폴리를 찾을 때까지 몇 시간만 그곳에 있을 거야. 그리고 대성당에서 조금만 가면 지하철역이 있어. 지하철을 타면 옥스퍼드 스트리트로 곧장 갈 수 있어. 그리고 그날 밤 공습은 시티가 아니라 이스트 엔드에 있었어."

"왜 폴리 누나를 데려와야 하는지 제게 '설명'해주세요." 콜린이 목소리를 높이며 말했다. "무슨 일이 있기에 그러세요?"

"아무 일도 없어." 던워디 교수가 말했다. "예방하는 차원에서 폴리를 데려오려는 것뿐이야."

"예방이라니요? 뭘요?"

'콜린을 실험실에 들여놓으면 안 되는 걸 알면서 왜 그랬을까.' 던워디 교수가 생각했다. "편차가 약간 증가했어." 던워디 교수가 말했다. "그리고 그 이유가 뭔지 알게 될 때까지, 나는 역사학자 한 명에게 여러 시간대로 강하하는 임무를 맡기지 않을 거야. 폴리가 자기 임무를 떠난 걸 난 몰랐어. 만약 가기 전에 알았다면 폴리를 가지 못하게 했을 거야. 그리고 이미 그곳에 가 있으니 데려오려는 거고."

"저도 교수님이랑 같이 갈게요."

"쓸데없는 소리 하지 말고."

"아니, 저는 가야만 해요." 콜린이 진지하게 말했다. "만약 폴리 누나에게 곤란한 일이 생기면 구하러 가겠노라고 약속을 했어요."

"폴리는 곤란한 일이 생긴 게 아니…."

"그러면 왜 데려오려는 건데요? 그리고 약간 증가라니, 무슨 의미죠? 얼마나 증가한 거예요?"

"그냥 며칠 정도야."

"아." 콜린이 말했고, 던워디 교수는 콜린의 얼굴에 안도의 기색이 도는 걸 보았다.

하지만 콜린은 영리한 아이였고, 곧 사태를 파악할 것이다. 콜린을 이곳에서 내보내야 할 필요가 있었다. “콜린, 도구실에 가서 내가 1940년 신분증이 필요하다고 말하거라.” 던워디 교수는 콜린이 떠나려 하지 않을까 봐 걱정이 되었지만, 콜린은 돕고 싶어 안달이었다.

“신분증에 이름은 뭐로 할까요?” 콜린이 물었다.

“따로 제작할 시간이 없어. 뭐가 되었든 지금 가지고 있는 걸 달라고 해.”

콜린은 고개를 끄덕였다. “배급 수첩도 필요하실 거고, 방공호 지정 카드랑….”

“아니, 나는 몇 시간만 가 있을 거야.” 던워디 교수가 말했다. “폴리가 있는 곳을 알아내 곧바로 그 아이를 데려올 거니까.”

“하지만 지하철이랑 기타 등등을 위한 돈은 필요하실 거예요. 그리고 옷은요? 제가 의상실에 가서….”

‘의상실에서 어떤 옷을 마련해줄지는 안 봐도 뻔하지.’ 던워디 교수가 생각했다. “아니, 지금 이 옷 그대로 갈 거야.” 던워디 교수가 말했다. 다행히도, 트위드 재킷과 모직 바지는 한 세기 반 동안 유행을 타지 않은 복장이었다.

“하지만 교수님은 방독면이 있어야 해요. 철 헬멧도요.” 콜린이 말했다. “대공습이잖아요….”

“런던 대공습의 위험성은 나도 잘 알아.” 던워디 교수가 말했다. “그곳에 몇 번이나 다녀왔어.”

“교수님?” 바드리가 끼어들었다. “제 생각에, 직접 가시는 것보다는 구조팀을 보내는 게 나을 듯합니다. 강하 지점을 설정하는 데 얼마 걸리지 않을 거고, 구조팀이 준비하는 데도 하루 이틀 정도면….”

"구조팀이 갈 필요가 없어."

"그렇다면 적어도 1940년에 간 적이 없는 사람이 가는…."

"절 보내시면 돼요." 콜린이 흥분해 말했다. "저는 런던 대공습에 관해 다 알아요. 폴리 누나의 준비를 도우면서…."

"넌 어디에도 가지 않아." 던워디 교수가 말했다. "내 신분증을 가지러 도구실에 가는 것만 빼면 말이야."

"하지만 저는 언제, 어디서 공습이 있었는지 다 알고…."

"다녀와." 던워디 교수가 말했다. "어서."

"하지만…. 네, 교수님." 콜린이 마지못해 말하고 서둘러 실험실을 나갔다.

"리나가 그 좌표들을 설정하는 데 얼마나 걸릴까?" 던워디 교수가 바드리에게 물었다.

"몇 분이면 됩니다. 하지만 저는 정말로 1940년에 가본 적이 없는 사람을 보내야 한다고 생각합니다. 교수님은 편차의 증가가 데드라인이 있는 사람들을 그 이전에 데려올 수 없게 만든다고 걱정을 하시는 거잖습니까. 그렇다면 교수님은 그곳에 가시면…."

"지금 이 시점에서 편차 증가는 이틀이야. 그러면 늦어봤자 12일에는 도착할 거고, 나는 그곳에 하루도 안 있을 거야. 위험할 일이 없어. 리나, 좌표는 구했어?" 던워디 교수가 리나 쪽에 대고 외쳤다.

"거의 다 됐습니다." 리나가 외쳐 대답했고, 던워디 교수는 손목시계를 끄르고 주머니를 비우기 시작했다.

실험실 문이 거칠게 열리더니 콜린이 손에 든 서류를 흔들며 들어와 급히 멈췄다. "에드워드 T. 프라이스라는 이름을 쓰실 거예요." 콜린이 말했다. "첼시 쥬블리 플레이스 11번지에 살고요.

5파운드 지폐 두 장을 가져왔어요."

"그리고 아까는 학교 교복을 입고 있었는데 지금은 런던 대공습에 소년들이 입었을 거라고 의상실에서 생각할 만한 옷으로 바꿔 입기도 했고." 던워디 교수가 말했다.

콜린이 얼굴을 붉혔다. "저도 교수님과 같이 가야 한다고 생각해요. 두 명이 찾으면 폴리 누나를 두 배 빨리 찾을 수 있고, 저는 10일에 폭탄이 어디에 떨어졌는지 다 알아요."

"나도 그래. 돈과 신분증을 내게 주거라."

"그리고 이건 배급 수첩이에요." 콜린이 말하며 물건들을 건넸다. "배가 고프실 테니까요. 그리고 회중전등도 가져왔어요. 어디로 가는지 길을 확인할 때 도움이 될 거예요."

던워디 교수는 회중전등을 다시 돌려주었다. "이걸 가지고 있으면 공습 대비대 감시원에게 체포당하기 딱 좋아. 등화관제 때 회중전등은 사용 금지되었어."

"하지만 그러면 더욱더 제가 같이 가야 하잖아요. 저는 어두운 곳에서도 아주 잘 보이고…."

"너는 가지 않아, 콜린."

"하지만 교수님이 버스에 치이면 어떻게 해요? 등화관제 때 그런 일이 많이 있었어요. 아니면 다른 곤란한 상황에 처하면요?"

"나는 어떤 곤란한 상황에도 처하지 않아."

"지난번에는 그러셨어요." 콜린이 말했다. "그리고 제가 구해드렸고요, 기억나세요? 이번에도 그런 일이 일어나면요?"

"안 그래."

"던워디 교수님?" 리나가 콘솔에서 말했다. "좌표는 준비됐습니다. 준비되시면 알려주세요."

"알았어." 던워디 교수가 말했고, 콜린이 네트의 커튼을 힐끗거리며 지금 서 있는 곳과 네트의 커튼까지의 거리를 재는 모습을 보았다. "고마워, 리나. 하지만 몇 분 더 시간이 필요해. 콜린, 다시 생각해보니 회중전등이 필요할 거라는 네 말이 맞는 거 같아. 폴리를 빨리 구하려면 연석에서 발을 헛디뎌 발목을 삐거나 하면 안 되니까."

"그렇다니까요." 콜린이 회중전등을 내밀며 말했다.

"아니, 이건 안 돼." 던워디 교수가 말했다. "이건 너무 현대식이야. 그리고 위쪽에서 빛이 보이지 않도록 등화관제용으로 특수 제작된 갓도 있어야 하고. 도구실로 가서 갓이 있는 거로 가져오고, 만약 없으면 유리 위로 검은 종이를 붙여 오너라. 서두르고."

"네, 교수님." 콜린이 말하고 실험실을 뛰어나갔다.

"좌표가 준비되었다고?" 콜린이 나가자마자 던워디 교수가 리나에게 물었다.

"네, 교수님." 리나가 말했다. "콜린이 돌아오는 대로 즉시…."

던워디 교수는 문으로 가서 문을 잠갔다. "지금 나를 보내."

"하지만 제 생각에…."

"사라진 역사학자를 찾는 데 열일곱 살짜리 아이를 달고 다니는 건 전혀 도움이 되지 않아." 던워디 교수가 말하고 네트로 걸어가더니 이미 내려오고 있는 커튼 아래로 몸을 숙이고 안으로 들어갔다. "바드리도 증언해줄 수 있겠지만, 과거로 가는 여행에 밀항한 전력이 있는 열일곱 살은 더욱 그렇고." 던워디 교수는 네트의 격자무늬 중앙에 자리 잡았다. "준비 완료." 던워디 교수가 리나에게 말했다.

"적어도 귀환 강하를 준비할 때까지는 기다리셔야 한다고 생각합니다." 바드리가 말했다. "만약 편차 증가가 사실일 경우 나중에 가시는 것이…."

"그건 나를 보낸 다음에 해도 돼. 자, 시작해, 리나."

"네, 교수님." 리나가 말했다. 리나는 타자를 시작했고, 던워디 교수는 빛무리가 일기 시작하는 걸 보았다.

"내가 돌아오기 전에는 다른 누구도 임무에 보내지 마. 그리고 만약 폴리가 귀환 확인 보고를 하기 위해 오면 다시 보내지 말고."

"네, 교수님."

"그리고 내가 없는 동안 콜린은 네트 근처에 얼씬도 하지 못하게 해."

빛무리가 이글거리면서 커졌고, 그 때문에 리나의 모습이 잘 보이지 않았다. "어떤 일이 있더라도 콜린이 나나 폴리를 좇아 오면 안 돼." 던워디 교수가 말했지만 너무 늦은 뒤였다. 네트는 이미 열려 있었다.

16

어서 오십시오, 환영합니다!

— *윌리엄 셰익스피어,《자에는 자로》*

블레츨리, 1940년 11월

튜링. 오, 이런 맙소사. 마이크는 튜링과 충돌을 했고, 그를 거의 죽일 뻔한 것이다. “아까 그 사람이 튜링이었어요?” 마이크가 물었고, 갑자기 다리가 후들거려 벽을 짚었다.

“어머, 다치셨군요!” 엘스페스가 말했다. “안으로 들어가서 앉으세요. 다리를 저시네요!”

“아니요, 그건….” 마이크가 입을 열었지만, 여자들은 이미 마이크를 부축해 계단을 올라 안으로 들어가고 있었다.

“저런 사람들은 자전거 타는 걸 금지시켜야 해요.” 마비스가 분개해 말했다. “발을 좀 보여주세요.”

“튜링이라고 한 거 맞아요?” 마이크가 말했다. “앨런 튜링?”

“네.” 엘스페스가 말했다. “그 사람을 아세요?”

"아뇨. 대학 때 튜링이라는 사람을 알았어요. 수학…."

"그 사람이에요. 사람들 말로는 수학의 천재라고 하더라고요."

"뭐, 난 그 사람이 천재든 아니든 상관없어." 마비스가 말했다. "나는 기회가 닿으면 한번 독하게 쏘아줄 거야."

"아니요! 그 사람에게 아무 말도 하지 마세요. 저는 괜찮습니다."

"하지만 그 사람 때문에 발이 부러졌을지도…."

"아니, 튜링 씨 때문이 아니에요. 파편에 맞은 거예요."

둘의 눈이 휘둥그레졌고, 엘스페스는 감명받은 게 분명한 표정으로 말했다. "됭케르크에 계셨어요?"

"네, 요점은, 튜링 씨 때문에 다친 게 아니라는 거예요. 잠시 어지러웠던 것뿐입니다. 튜링 씨에게 뭐라 하실 필요 없어요. 길을 보지 않은 제 잘못인걸요."

"당신 잘못이라고요?" 마비스가 분개하며 말했다. "튜링은 앞을 전혀 보지 않고 다녀요. 보행자가 있든 말든 상관 않고 자전거를 탄다고요."

엘스페스가 고개를 끄덕였다. "누군가가 그 사람에게 좀 더 조심하라는 말을 해야 해요! 당신을 다치게 했을 수도 있다고요!"

'그리고 내가 튜링을 다치게 했을 수도 있고.' 마이크가 생각했다. '아니면 죽였거나. 만약 튜링이 자전거를 타다 중심을 잃었을 때 연석 대신 가로등이나 벽돌 벽에 부딪히기라도 했다면….'

마비스가 말했다. "아무래도 대위님에게 보고를…."

"아니, 다른 사람에게 말씀하지 마세요. 저는 괜찮습니다. 다치지 않았습니다. 넘어진 걸 일으켜주시고, 도와주셔서 감사합니다." 마이크는 마비스가 대신 들고 와준 가방을 집었다.

"어, 가지 마세요." 엘스페스가 말했다. "됭케르크에 대해 듣고 싶어요." 그녀는 소파 팔걸이에 앉았다. "굉장했겠죠? 아무래도 위험했을 텐데요."

"여기가 두 배는 더 위험합니다." 마이크가 말했다.

엘스페스가 소리 내 웃었지만, 마비스는 그러지 않았다. 그녀는 호기심 어린 눈으로 마이크를 바라보았다. "왜 됭케르크에 갔나요? 당신은 미국인 아닌가요?"

'아, 이런, 갈수록 태산이로군.' 마이크는 말조심해야 한다는 사실을 깜박하고 있었다. 그는 하마터면 튜링을 죽일 뻔했다는 사실에 너무 놀라 방금 자신의 위장 신분을 날려버린 것이다. "네." 마이크가 시인했다.

"그럴 줄 알았어요." 마비스가 뿌듯해하며 말했고, 엘스페스가 덧붙였다. "어머, 잘됐네요. 우리는 미국인을 정말 좋아해요. 그런데 됭케르크에는 왜 갔는데요?"

'기자라고 말할 수는 없어.' "제 친구에게 보트가 있었습니다. 우리가 도움될 수 있을 거라 생각했죠."

"어머, 정말 멋져요!" 엘스페스가 말했다. "이번 전쟁에서 뭔가 중요한 일을 진짜로 한 사람을 만나다니, 그게 얼마나 멋진지 당신은 상상도 못 할 거예요."

"차 한잔 하시면서 그 이야기를 해주세요." 마비스가 말했다. "주전자를 올려놓고 올게요."

"아니, 그러지 마세요." 마이크는 일어섰다. "바쁘실 텐데 제가 방해를…."

"아니, 그렇지 않아요." 엘스페스가 말했다. "오늘 밤 저희는 비번이에요."

"하지만 이제 늦었고, 저는 머물 곳을 찾아야 합니다. 혹시 근처에 빈방이 있는지 아시나요?"

"블레츨리에요?" 엘스페스는 마치 마이크가 달에 아파트가 있는지 물었다는 듯이 말했다.

"근방 몇 킬로미터 안쪽으로는 꽉 찼을 거예요." 마비스가 말했다. "우리는 여기서 방 하나를 셋이서 쓰는걸요."

"지금 누군가가 새 룸메이트를 구한다고 말한 거 맞아?" 위층에서 여자 목소리가 들려왔다. "방 없다고 말해." 젊은 여자가 계단을 달려 내려왔다. 가슴이 아주 풍만하고 머리는 화려한 금발의 여자였다. "우리는 벌써 통조림 속 정어리처럼…, 어머, 안녕하세요." 그녀는 마이크에게 다가왔다. "여기서 살 건가요? 정말 잘됐다!"

"이분은 여기서 살지 않을 거야, 조앤." 마비스가 말했다. "설사 우리에게 빈방이 있다 할지라도 브레이스웨이트 부인은 여자들에게만 방을 세 놓잖아." 마비스가 마이크에게 설명했다. "복잡한 일을 피하기 위해서래요."

'상상이 가.' 조앤을 보며 마이크가 생각했다.

"숙소 배정 사무실에는 가보셨어요?" 엘스페스가 물었다.

'숙소 배정 사무실?' "아니요." 마이크가 말했다. "저는 방금 도착했습니다."

"음, 그럼 거기 갔을 때…." 엘스페스가 말했다. "이 근처에 사는 게 중요하다고 말하세요. 안 그러면 글래스고로 배정을 할 거예요."

"그리고 숙소를 먼저 보고 결정을 하겠노라고 해야 해요." 마비스가 덧붙였다. "어떤 곳은 끔찍하거든요. 화장실이 정원 끄트머리에 있다거나 벼룩이 있기도 해요!"

마이크는 아직도 여자들이 말한 숙소 배정 사무실에 대해 생각하고 있었다. 어째서 그 점을 미리 생각하지 못했을까. 당연히 블레츨리 파크의 집행부가 숙소 배정도 책임지고 있을 것이다. 이제까지 마이크는 방을 빌리고 집주인에게 파크에서 일한다고 힌트를 주면 그만일 거라 생각하고 있었다. 하지만 만약 이곳에서 일하는 이들이 모두 숙소 배정 사무실을 통해 살 곳을 구했다면….

"엠파이어 호텔에 빈 곳이 있을지도 몰라." 조앤이 마비스에게 말했다.

"거기는 꽉 찼어." 마비스가 말했고, 다시 마이크에게 말했다. "모든 곳이 꽉 찼어요. 심지어 벽장까지도요. 저희 친구 웬디는 숙소의 식료품 저장실에서 자요. 복숭아 병조림들 사이에서요."

"숙소 배정 사무실은 일요일에는 열지 않아." 조앤이 말했다. "오늘 밤은 이분을 위층에서 몰래 주무시게 하자."

"안 돼." 다른 둘이 한목소리로 말했다.

"벨 호텔은 어때?" 엘스페스가 물었다.

마비스가 고개를 저었다.

"음, 어쩌면 호텔 측이 로비에서 자게 해줄지도 모릅니다." 마이크가 말했고 문으로 갔다.

"조금 더 머무르시면 안 돼요?" 조앤이 물었다.

"아쉽지만 안 됩니다. 도와주신 거 감사드립니다. 혹시 여러분 가운데…." 하지만 마이크가 제럴드 핍스를 아느냐고 채 묻기도 전에 그들은 벨 호텔까지 가는 방향을 알려주기 시작했다. "그리고 만약 그곳에 방이 없으면 길 두 개 지나서 밀턴 호텔이…."

"가는 길에 튜링을 조심하시고요." 조앤이 끼어들었다.

"그리고 딜리도요." 엘스페스가 말했다. "앞 안 보고 가는 거라면 그 사람이 더해요. 근데 심지어 자동차예요! 건널목만 보면 오히려 속력을 높인다니까요."

"딜리요?" 마이크가 쉰 목소리로 물었다.

"딜리 녹스 대위님요." 마비스가 말했다. "우리는 딜리 대위님 밑에서 일해요. 그분은 건널목을 빨리 가로지를수록 횡단 시간이 단축되기 때문에 사람을 덜 친다는 수학 이론으로 무장하고 있지요."

'맙소사. 처음에는 앨런 튜링이더니 이제는 딜리의 소녀들이라니.' 블레츨리에 온 지 겨우 30분밖에 안 되었는데, 마이크는 느닷없이 울트라 작전의 한가운데에 있었다. "딜리 대위님이 차를 태워준다고 하면 이제 나는 거절하잖아." 엘스페스가 말하고 있었다. "딜리 대위님은 운전 중이란 사실도 잊고 두 손을 운전대에서 떼고는…, 어머, 괜찮으세요? 유령처럼 창백하신데."

"튜링 때문에 다친 거 맞네요." 마비스가 말했다. "이리 와 앉아 계세요. 의사에게 전화할게요. 엘스페스, 가서 주전자를…."

"아니요!" 마이크가 말했다. "아니요, 전 괜찮습니다. 진짜로요." 그리고 마이크는 그들이 항의하기 전에 그곳을 떠났다. 또는 딜리 녹스가 나타나기 전에.

"하지만 저희는 당신 이름조차 몰라요." 마비스가 뒤에서 외쳤다.

'최소한 그건 다행이야.' 마이크가 못 들은 척하며 생각했다. 그리고 제럴드에 관해 묻지 않은 것도 다행이었다. 그는 서둘러 벨 호텔로 갔다. 그다음은 무슨 일이 벌어지려나? 그의 방에 에니그마 기계라도 있으려나?

'방을 구할 수나 있다면 말이지.' 마이크가 생각했다. 하지만 숙소 배정을 해야 하는 상황이든 아니든 간에, 지나가는 여행객을 위해 방 하나둘 정도는 비워두었겠지.

헛된 희망이었다. 마이크가 물었을 때 호텔 프런트 데스크의 직원은 허탈한 웃음으로 대답을 대신했다.

"빈방이 있을 만한 다른 곳은 모르시나요?" 마이크가 물었다.

"블레츨리에서요?" 직원이 말했고, 막 프런트 데스크로 다가온 젊은 남자에게 고개를 돌렸다. "뭘 도와드릴까요, 웰치먼 씨?"

'고든 웰치먼? 독일 육군과 공군의 에니그마 암호를 깬 팀을 이끈 그 사람? 맙소사.' 마이크가 서둘러 물러서며 생각했다. 이대로 가면 내일 아침이 될 때까지 핵심 인물은 모두 만나게 될 판이었다. 그는 밀턴 호텔로 향하기 시작했고, 당장에라도 역으로 돌아가 뭐든 제일 먼저 오는 기차를 타고 아무 곳으로든 가야 하는 게 아닐까 생각했다.

아니, 현재까지 마이크의 운으로 보았을 때, 기차를 탔다가는 그 기차에는 앨런 로스가 있고 멘지스가 화물 선반에서 곤히 자고 있을 것이다. 그렇다고 여기서 잘 곳을 구할 가능성은 없어 보였다. 밀턴이나 엠파이어 호텔에도 빈방은 없었으며, 벨 호텔로 돌아가는 건 불가능했다. "앨비언 스트리트에 있는 하숙집들을 가보실 수도 있습니다." 엠파이어 호텔의 직원이 말했다. "하지만 아마도 빈 곳은 없을 겁니다."

그 직원의 말이 맞았다. 집마다 앞창에 '방 없음' 또는 '방 없습니다'라는 플래카드가 붙어 있었다. '독일이 울트라 작전에 대해 전혀 알 수 없었던 건 첩자들이 묵을 곳을 찾지 못했기 때문일 거야.' 마이크는 생각하며 거리를 건너갔고(먼저 양방향을 잘 살폈다) 반대편 길을 따라 걸으며 어둠 속에서 플래카드들을 살펴보았다.

'방 없음', '방 없습니다', '방 세놓음'….

'방 세놓음.' 잠시 시간이 흐르고서야 마이크는 그 말이 의미하는 바를 깨달았고, 계단을 올라 문을 두드렸다. 통통하고 볼이 불그레한 나이 든 여인이 옅은 웃음을 머금고 문을 열었다. "어떻게 오셨나요?"

"방이 있다는 표지가 보여서요. 아직 있나요?"

그녀는 웃음을 거두고 호전적인 태도로 팔짱을 꼈다. "숙소 배정 사무실에서 이리로 보내던가요?"

만약 마이크가 그렇다고 말하면, 뭔가 공식 문서 같은 것을 보여야 할 것이고, 만약 아니라고 답하면 그녀는 이미 모든 방이 찼다고 말할 것이다. "창에 붙여둔 광고를 보았습니다." 마이크가 광고를 가리키며 말했다. 웃음이 돌아왔고, 그녀는 안으로 들어오라고 손짓을 했다.

"저는 졸솜이라고 해요." 그녀가 말했다. "당신은 그 사람들하고는 달라 보이네요."

'폴리와 에일린은 자신들이 들인 노력이 허사라는 걸 알고 억울해하겠는걸.' 마이크가 생각하며, 자기 차림이 어디가 잘못된 걸까 궁금했다.

"저는 파크 사람들에게는 방을 빌려주지 않아요. 신뢰가 안 가거든요. 아무 시간에나 들락날락하고 사방에 종이를 흐트러뜨려 놓고, 청소라도 할라치면 아무것도 건드리지 말라고 소리나 질러대지요. 숫자에 적은 종이가 무슨 귀중한 물건이라도 되는 듯이 말이에요. 10, 4예요."

잠시, 마이크는 그녀가 종이에 적힌 숫자들을 말한다고 생각했지만, 이윽고 방세라는 걸 깨달았다. "주 단위로 받아요. 선불이고요." 졸솜 부인은 마이크를 위층으로 데려가며 말했다. "방만 이에요. 식사 제공은 안 해요. 아시겠지만, 배급 때문에요. 그리고 방을 비우려면 2주 전에 미리 알려주세요." 졸솜 부인은 마이크를 데리고 계단을 한 줄 더 올라가며 말했다. "그래야 방이 빈 채로 있지 않지요."

'웬디가 식료품 저장실에서 잔다는 말을 듣지 못한 게 분명하네.' 마이크는 졸솜 부인을 따라 복도를 걸으며 생각했다. 방은 벽장 크기였지만 어쨌든 방이었고, 블레츨리에 있었다. "쓰겠습니다." 마이크가 말했다.

"어떤 사람들은 한마디 말도 없이 떠났어요." 졸솜 부인이 분개하며 말했다. "또는 온다고 하고 안 오거나요. 미리 방을 비워두었는데 말이죠. '뭔가 오해가 있었던 게 분명합니다.' 숙소 담당 장교는 그렇게 말하더군요. '오해라니요! 이 편지는 뭔가요? 그리고 4주 동안 방을 비운 탓에 날린 방세는요?' 제가 따졌죠."

마이크는 일주일 치 방세를 건네고 나서야 마침내 부인의 말을 끊을 수 있었다. 그는 집에 전화기가 있는지 물었다. "아니요. 하지만 길 두 개 건너 술집에 가면 있어요." 졸솜 부인이 말했다. "자기는 편지를 보낸 적이 없다더군요. 그래서 제가 말했죠. '좋아요, 그러면 다시는 우리 집에서 방을 못 빌릴 줄 아세요.' 그랬더니 그 장교는 국가에 대한 의무는 어떻게 하냐고 하더군요. 그래서 저는 따졌죠. '그 사람들의 국가에 대한 의무는요? 군대에 가는 대신 여기서 빈둥대며 학생들처럼 구구단 표나 어지르는 게 의무를 다하는 건가요?' 하고요." 졸솜 부인은 의심스러운 눈으로 마이크를 보았다. "그런데 당신은 왜 군대에 안 간 거죠?"

사방 몇 킬로미터 안쪽으로 유일하게 방이 있는 데다가, 또한 화장실에 가다가 유명한 암호파해가와 마주칠 걱정이 없는 집을 놓칠 수는 없었다. "됭케르크에서 부상당했습니다." 그는 자기 발을 가리켰다. "급강하 폭격기 때문에요."

"오, 이런." 졸솜 부인이 가슴에 한 손을 얹으며 말했다. "우리 집에 영웅이 머물게 될 줄이야." 부인은 마이크에게 차와 반숙 달걀을 차려주겠다며 서둘러 떠났다. 조금 전에 튜링이나 딜리의 소녀들, 웰치먼을 우연히 만나지만 않았어도, 마이크는 이런 전쟁 영웅 취급에 민망해 어쩔 줄을 몰랐을 것이다.

'나는 아무 피해도 입히지 않았어.' 마이크가 생각했다. 튜링은 다치지 않았고, 딜리의 소녀들과는 대화만 했을 뿐이다. '그리고 내 정체를 들켰지.' 하지만 그들은 블레츨리에 미국인이 있는 것을 전혀 이상하게 생각하지 않았다. 그리고 만약 딜리의 소녀들과 튜링을 찾는 게 이렇게 쉽다면 제럴드 핍스를 찾는 건 금방일 것이다. '방도 구했고, 졸솜 부인이 저녁을 차려줄 테니 밖에 나갈 필요도 없겠지. 그러니 오늘 밤은 더 문제가 생기지 않을 거야.' 하지만 내일은 제럴드를 찾기 위해 밖으로 나가야 했고, 그건 마이크가 가는 곳마다 블레츨리 파크에서 일하는 사람들을 만날 가능성이 크다는 뜻이었다.

아니, 아닐 수도 있었다. 제럴드를 찾아다니는 대신, 방을 구하러 다니는 척할 수도 있었다. 이 지역의 거주 사정으로 볼 때, 그런 행동을 의심할 사람은 없었다. 그리고 방이 없다는 말을 들으면 지나가듯 '아, 그런데 혹시 하숙생 가운데 제럴드 핍스라고 있나요? 옅은 갈색 머리에 안경을 쓴 남자인데요.'라고 물을 수 있었다. 그러면 블레츨리 파크 근처로 가지 않아도 된다.

마이크의 계획은 아주 잘 먹혀 들어갔다. 제럴드를 찾을 수 없었다는 점만 빼고는. 그리고 만약 진짜로 방을 구하고 있었다면 방 역시 찾을 수 없었을 것이다. 마이크는 블레츨리에서 마지막 남은 빈방을 구한 듯했다. 나흘 동안 그 지역의 모든 호텔과 여관들을 찾아다니며 물어본 뒤, 마이크는 제럴드가 이 마을 어디에도 살지 않는다고 확신했다.

그건 근처 마을 어딘가에서 지낸다는 뜻이었지만, 딜리의 소녀들에 따르면, 블레츨리 파크 근무자들은 이 지역 사방에 흩어져 있었다. 그렇게 모든 곳을 일일이 돌아다니며 제럴드를 찾는 건 거의 불가능했다. 블레츨리 파크에서 찾아보는 게 훨씬 더 효과적이었다.

블레츨리 파크를 찾을 수 있다면 말이다. 파크에 대한 적대감으로 미루어 볼 때 졸솜 부인이 가르쳐 줄 것 같지는 않았고, 그렇다고 지나가는 사람에게 물어볼 수도 없었다. 지금까지 마이크의 운으로 볼 때, 그 지나가는 사람은 앵거스 윌슨이 될 수도 있었다. 아니면 윈스턴 처칠이나.

하지만 알고 보니 파크는 그리 찾기 어렵지 않았다. 마이크는 그냥 마을 밖으로 나가는 해군 장교들과 교수들과 예쁜 여자들을 따라 인도를 걷기만 하면 되었다. 물론, 튜링에 만만치 않게 앞을 보지 않고 자전거를 타는 수많은 사람을 조심해야 했지만.

폴리가 옳았다. 마이크는 블레츨리 파크에서 일하는 사람들을 보기 위해 그 안으로 들어갈 필요가 없었다. 석탄재로 포장한 진입로에서 모두를 지켜볼 수 있었다. 진입로는 경비원이 지키는 게이트로 이어졌고, 그 너머로는 기다란 회녹색 건물들과 빨간 벽돌로 지은, 박공이 있는 빅토리아식 저택 하나가 있었다. 마이크는 절룩이며 진입로를 몇 걸음 정도 간 다음 걸음을 멈추고 한쪽 무릎을 꿇고 신발 끈을 묶는 척했지만, 아무도 그에게 눈길 한 번 주지 않았다. 예쁜 여자들은 서로 잡담을 나누고 있었고, 교수들은 자신들만의 세계에 푹 빠져 있었다. 경비원도 마이크에게 주의를 기울이지 않았다. 경비원은 명단에서 이름을 확인한 뒤 사람들이 내민 신분증을 힐끗 보는 게 전부였다. 마이크는 자신이 가진 기자 출입증을 내밀면 안으로 들어갈 수 있으리라는 느낌이 들었다.

마이크는 신발 끈을 다 묶은 뒤 일어섰다. 남자들 몇이 모여 담배를 피웠고 누군가를 기다리고 있는 듯했다. '담배를 좀 사야 해.' 마이크는 생각했다. 아니, 파이프를. 그러면 파이프에 담배를 재고, 주머니를 두드리며 성냥을 찾고, 불을 붙이는 척하며 시간을 오래 끌 수 있었다. 하지만 지금은 파이프가 없었기에 마이크는 초조한 눈으로 손목시계를 힐끗거리고, 나오는 사람들을 살폈다. 옅은 갈색 머리에 안경을 쓰고 트위드로 무장한 남자들이 몇 명 보이기는 했지만, 제럴드는 보이지 않았다. 그리고 게이트 안쪽으로 두 명이 더 있는 게 얼핏 보였다.

'제럴드를 찾으러 안으로 숨어들어 가야 하는 상황이 되지 않았으면 좋겠는데.' 마이크가 생각했다. 하지만 만약 그래야 한다 해도 최소한 어렵지는 않을 것이다. 울타리는 쳐져 있었지만 철조망은 없었고, 게이트 차단봉은 내려져 있지조차 않았다. 제2차 세계대전에서 가장 철저히 보호되던 비밀이 들어 있는 장소는 고사하고, 군사 시설 같아 보이지조차 않았다. 이곳은 중간고사 기간의 베일리얼 칼리지처럼 보였다. 가슴에 파일 폴더를 끌어안고 건물들 사이를 걷는 젊은 여자들은 학생이고, 잔디밭에서 게임을 하는 남자들은 크리켓팀처럼 보였다.

엄격한 규율 속에 사는 독일인들이 이곳과 거주민들을 보았다면 무슨 생각을 했을지 마이크는 상상할 수 있었다. 아마도 바로 그 때문에 독일은 블레츨리에서 에니그마 암호를 깼다는 것을 결코 알아내지 못했을 것이다. 이렇게 킥킥거리는 젊은 여자들과 머리가 헝클어진 몽상가들이 위협이 될 수 있으리라고는 생각하지 못했겠지. 나치는 딜리의 소녀들과 말 더듬는 튜링을 경멸했을 것이다.

그래서 독일은 전쟁에 진 것이다. 독일은 이 사람들을 얕보면 안 되었다. 그리고 마이크 역시 이 사람들을 얕보지 말아야 했다. 그가 아는 한, 게이트 근처에서 담배를 피우는 지저분한 교수나 코에 파우더를 바르고 있는 금발 여자는 영국 정보부에서 일했고, '그 남자에 대해 몇 가지 질문'을 하기 위해 마이크의 집주인을 찾아올 수도 있었다. 마이크는 이 사람들의 주의를 더 끌기 전에 이곳에서 떠나는 것이 나았다.

마이크는 직원 차량이 게이트에 멈추고, 경비원이 몸을 숙이고 차창 안의 운전사와 이야기하는 틈을 타 마을로 돌아가는 사람들 틈에 아무렇지 않게 섞여 들어갔다. 마을에 간 그는 파이프, 담배, 신문을 사고 밀턴 호텔의 로비로 가서 윌슨이나 멘지스가 없는지 확인을 한 뒤 창가 의자에 앉아 교대 시간인 4시가 될 때까지 기다렸다가 제럴드가 있는지 찾았다.

하지만 제럴드는 보이지 않았다. 그래서 마이크는 암호분석가처럼 보이는 남자 둘을 따라 술집으로 가서 에일 맥주 한 잔을 주문했고, 저녁 내내 그걸 홀짝이며 안으로 들어오는 사람들을 살폈다.

마이크는 이후 며칠 동안 저녁마다 다른 술집들을 다니며 같은 일을 했다. 첫날 밤에는 신문을 읽는 척했지만, 신문을 읽고 또 읽고 하는 건 이상해 보였다. 그래서 그다음 날 저녁에는, 오핑턴 병원의 일광욕실에서 그랬듯이, 십자말풀이 면을 앞으로 오게 해 그걸 푸는 척했다. 그 덕분에 마이크는 (답을 생각하는 척하며) 실내를 유심히 살필 수 있었다. 하지만 마이크는 자신이 그렇게 조심할 필요가 있는지 솔직히 의심이 들었다. 그에게 주의를 기울이는 이는 아무도 없었다. 사람들은 서로 모여 머리를 맞대고 뭔가 끼적이며 열심히 이야기하거나 아니면 하스의 《원자 이론》 또는 브로이의 《물질과 빛》과 같은 책을 읽었다. 그리고 한 명은 애거서 크리스티의 책을 읽었다. 마이크는 에일린에게 말해줘야겠다고 생각했다.

마이크는 튜링과 다시는 부딪히지 않았다. 문자 그대로든 또는 비유적으로든. 웰치먼과도. 운전하는 딜리 녹스를 보았는데, 그의 운전 솜씨가 엉망이라고 했던 여자들 말은 과장이 아니었다. 그가 몰던 차 앞에 있던 해군 장교 둘은 인도로 펄쩍 뛰어들어야 했다. 마이크는 딜리의 소녀들을 두 번 얼핏 보았지만, 어찌어찌 그들 눈에 띄지 않고 도망칠 수 있었다.

(제럴드를 찾지 못한다는 것을 빼면) 마이크의 유일한 문제는 어떻게 에일린과 폴리에게 계속해서 연락할 것인가 하는 것이었다. 수요일 저녁, 마이크는 자신이 아직 주소를 알려주지 않았다는 사실을 깨달았다. 그래서 이틀 동안 남들이 엿들을 수 없는 장소의 전화기를 찾으려 애썼다. 그는 마침내 기차역으로 돌아가 (딜리의 소녀들과 마주치지 않도록 그들이 출근하는 것을 먼저 지켜본 뒤였다) 그곳에서 전화했지만, 아무도 전화를 받지 않았고, 기차역은 주말 내내 사람들로 꽉 차 있었다.

마이크는 월요일이 되어서야 폴리와 통화를 할 수 있었다. 마이크는 폴리에게 자신이 사는 곳과 제럴드를 찾기 위해 어떻게 하고 있는지 말해주었다. "잘하고 있네." 폴리가 말했고, 마이크에게 원래 강하 순서가 어땠는지를 물었다.

마이크가 폴리에게 말했다. "그건 왜?" 마이크는 궁금해 물었다.

"여기 있을 만한 다른 역사학자가 누구일지 생각해보려고." 폴리가 말했다. "간신히 한 명 찾았다 싶었는데 알고 보니 너면 어떡해."

"여기에 다른 역사학자들은 없어." 그리고 마이크는 혹시 광고를 보고 구조팀이 연락해오지 않았는지 물었고, 아무 연락 없었다는 답을 들었다. 마이크는 폴리에게 여기 와서 첫날밤부터 딜리의 소녀들, 웰치먼을 마주친 이야기, 튜링과 충돌한 이야기 등은 하지 않았다. 그런 일들로 역사가 영향을 받을 리 없었다. 튜링과 부딪히기는 했지만, 튜링은 자전거 운전 방식을 바꾸지 않았다. 토요일 밤, 마이크는 영국 해군 여군 한 명이 하마터면 전날 밤에 튜링에게 치일 뻔했다고 투덜거리는 소리를 들었다.

그 누구도 누가 자기 말을 엿들을까 봐 걱정하는 것 같지 않았다. 그들의 말을 듣고, 또한 그들이 너무나 맘 편하게 파크에 들고 나는 모습을 지켜보면서, 마이크는 정부가 울트라의 비밀을 어떻게 새어나가지 않게 단속할 수 있었는지 궁금해졌다. 날마다 새로운 사람들이 도착해, 안 그래도 붐비던 마을은 너욱 붐볐다. 역도 마찬가지였다. 마이크는 폴리와 에일린에게 다시 전화하려는 생각을 포기하고, 신문에서 찢어낸 십자말풀이 사각형들에 메모를 숨겨 보냈다. 세인트존스 우드에 있는 옛날 원격 강하지를 확인해보라는 내용이었다. 마이크는 폴리가 암호를 제대로 풀기를 바라며,

다시 제럴드 찾는 일에 전념했다.

그는 파크의 여러 게이트와 하숙집과 호텔들을 들러 본 다음에 술집으로 갔지만, 너무 붐벼 빈 테이블이 없었다. 월요일 저녁, 마이크는 사람들 틈을 비집고 카운터로 가서 에일 맥주 한 잔을 주문하고 1시간 넘게 바에 기대어 있으며 앉을 곳이 나기를 기다렸고, 십자말풀이를 하는 척하며 사람들 말을 엿듣고 제럴드를 찾아보았다.

저쪽 구석에 사람들 몇 명이 모여서 이야기를 하고 웃어댔지만, 그 사람들은 제럴드라고 하기에는 모두 너무 키가 컸다. 그들 옆 테이블에는 대머리 남자가 봉투 뒷면에 무언가 계산을 하고 있었고, 대머리 옆에서 마이크에게 등을 돌리고 있는 남자는 옅은 갈색 머리였다. 그는 예쁜 흑발 머리 여자와 이야기를 하고 있었는데, 그 여자의 짜증 난 표정으로 미루어 볼 때, 그 옅은 갈색 머리 남자가 썰렁한 농담을 하는 게 분명했다.

마이크는 그의 얼굴을 보기 위해 의자를 움직였다. 소용없었다. 마이크는 잠깐 십자말풀이를 보다가 다시 고개를 들고는 연필로 코를 톡톡 치며 그 남자가 뒤를 돌아보기를 기다렸다.

구석에 있던 사람들이 일어나 나가려다가 마이크와 옅은 갈색 머리 남자 사이의 테이블을 차지한 여자들에게 가서 이야기를 나누며 마이크의 시선을 막았다.

'좀 비켜라.' 마이크는 그들 너머를 보기 위해 몸을 기울이며 생각했다.

"맙소사." 마이크 뒤에서 어떤 남자가 말했다. "여기서 자네를 볼 줄은 상상도 못했는걸."

마이크는 깜짝 놀라 고개를 들었다. 마이크는 제럴드가 자기를 먼저 알아볼 수도 있다는 가능성에 대해선 까맣게 잊고 있었다. 하지만 이제 마이크의 테이블 앞에 서서 내려다보고 있는 이는 제럴드가 아니었다. 그는 오핑턴 병원의 일광욕실에서 함께 음모를 꾸몄던 텐싱이었다.

17

우리 다시 만나리.

— 제2차 세계대전 노래

덜위치, 1944년 여름

"우리가 만난 곳이 기억났다니, 무슨 말씀이십니까, 랭 대위님?" 메리는 구급차 지부의 휴게실에 선 스티븐 랭 대위를 보며 궁지에 몰린 느낌이 들었지만, 그런 티를 내지 않으려 애쓰며 말했다. "그 작업 멘트는 먹혀들지 않는다고 합의를 본 거로 기억합니다만."

"그건 작업 멘트가 아니야, 이졸데." 랭 대위가 말하더니 한쪽 입꼬리가 올라간 특유의 웃음을 지어 보였다. "우리가 어디서 만났는지 진짜로 기억이 났어."

'오, 이런.' 그렇다면 메리는 랭 대위를 다음 강하 임무에서 만난 것이다. 아니, 더 정확히는, 만날 것이었다. 그리고 이제 메리는 어떤 상황에서 그를 알게 되었는지, 얼마나 잘 아는 관계인지도 모르는 상태로 자기 역시 랭 대위를 기억하는 척해야 했다. 그리고 또한 랭 대위가 자기 이름이 무엇이었는지, 아니 무엇일지를 모르길 바라야 했다.

'페어차일드는 어딨는 거람?' 메리가 문 쪽을 바라보며 생각했다. '날 구해주러 온다고 약속했는데.'

"저에게 고맙단 말을 하러 왔단 건 또 무슨 말인가요?" 시간을 끌기 위해 메리가 말했다.

"정말로 고마운 일이 있어." 랭 대위가 정식으로 고개 숙여 인사했다. "저는 이곳에 저의 감사한 마음, 그리고 이 나라의 감사한 마음을 전하러 왔습니다."

"감사라니…, 뭣 때문에요?"

"내게 멋진 아이디어를 준 것에 대해. 무슨 아이디어인지는 내가 당신에게 빚진 저녁 식사를 하러 나가서 이야기해주지. 그리고 나랑 갈 수 없다는 말은 하지 말고. 이미 당신 동료 FANY들에게 오늘 밤 당신이 비번이라는 말을 들었으니까. 그리고 만약 비행 폭탄을 걱정하는 거라면, 오늘 밤에는 비행 폭탄이 더 이상 없을 거라고 장담할 수 있어."

"하지만…." 메리는 간절한 마음으로 문 쪽을 힐끗 보았다. '대체 페어차일드는 어디에 있는 거야?'

"하지만이란 말은 그만, 이졸데. 이건 운명이야. 우리는 내내 함께할 운명이야. 나는 우리가 이디서 만났는지 기억났을 뿐 아니라, 왜 당신이 기억하지 못하는지도 알아."

'정말로?' 메리가 어찌어찌해서 자기 정체를 밝히게 되고 그래서 이 사람이 그녀가 역사학자라는 것을 아는 걸까? '페어차일드에게 5분이나 기다리지 말고 그냥 곧바로 들어오라고 할걸.'

"막 기억났네요. 일지 기록하는 걸 깜박했습니다." 메리가 말하며 문 쪽으로 걸어가기 시작했다. "곧 돌아오겠습니다." 하지만 랭 대위는 메리의 손을 잡았다.

"잠깐. 내가 비행 폭탄에 관해 해주는 이야기를 듣기 전에는 안 돼. 나는 그것들을 막을 방법을 알아냈어. 비행 폭탄들이 목표에 도달하기 전에 쏘아 떨어뜨릴 방법을 찾아내라고 장군들이 내게 닦달질하더란 이야기 기억해?"

"방법을 알아내신 겁니까?"

"말했잖아. 떨어뜨려봤자 소용없다고. 그래봤자 터지는 건 마찬가지라고."

"그러면 폭탄이 터지지 않게 하는 방법을 알아낸 겁니까?" 메리가 말하며 생각했다. '그럴 리 없어. 영국 공군은 V-1을 비행 중에 무력화시키는 방법을 결코 알아내지 못했어.'

"아니. 나는 비행 폭탄의 방향을 돌려 해협을 다시 건너가게 하는 방법을 알아냈어. 또는 어쨌든 목표에서 멀어지게 하는 방법을."

"전에 말했던, 올가미 밧줄을 던져 묶는 방법은 아니겠죠?"

"아니야." 랭 대위가 소리 내 웃었다. "이 방법은 밧줄이나 대포가 필요 없어. 스핏파이어 한 대와 숙달된 조종사만 있으면 돼. 그게 이 방법의 장점이지. 그저 스핏파이어를 V-1 바로 아래까지 몰고 가서…."

'당신이 탄 비행기 날개 끝을 V-1의 날개에 대고….' 메리가 생각했다. '비행기를 살짝 돌리면 V-1의 날개가 약간 움직이고, 그래서 로켓은 경로를 벗어나는 거지.'

메리는 이번 임무를 준비하며 V-1 슬쩍 건드리기에 대해 읽은 적이 있었다. 하지만 그 방법은 시도하기에는 너무나도 위험했다. V-1이 더 무거운 금속을 썼기에 V-1에 닿는 순간 스핏파이어의 날개가 찌그러질 수도 있었고, 또는 아예 스핏파이어가 빙글빙글 돌며 추락할 수도 있었다. 또는, 만약 스핏파이어가 V-1에 너무 빠르게 다가가면, 둘 다 폭발할 수도 있었다.

메리는 자신이 스티븐 랭 대위를 V-1에서 구할 수 있게 네트가 허용한 게 바로 이런 이유에서라는 생각에 속이 메슥거렸다. 랭 대위는 V-1 로켓 방향을 바꾸다 죽을 것이기에 메리가 그의 생명을 구하든 말든 상관이 없었던 것이다.

"그리고 스핏파이어를 V-1 날개 아래로 몰고 가서…." 랭 대위는 말을 하며 한 손을 다른 손 아래로 가져가 시범을 보였다. "아주 살짝만 방향을 바꾸게 하는 거야." 그는 위쪽에 있는 손을 슬쩍 찔렀다. "그러면 그건 방향이 바뀌지." 위쪽 손이 기울어지며 방향을 바꾸었다. "로켓에는 섬세한 자이로스코프 장치가 되어 있어. 대부분은 로켓을 건드릴 필요조차 없지."

랭 대위는 이번에는 손을 닿지 않게 하고 다시 시범을 보이면서 어떻게 하면 그렇게 되는지 소년처럼 열을 내며 설명을 했고, 메리는 그런 랭 대위를 지켜보며 저번 오후 화이트홀에서 느꼈던 것과 같은 감정, 랭 대위가 어쩐지 낯익은 듯하다는 느낌이 다시 들었다.

"후류(後流)가 우리에게 유리하게 작용을 하지." 그가 말했다. "그러면 V-1은 나선을 그리며 해협으로 떨어지거나, 또는 우리가 진짜로 운이 좋다면 원래 발사한 프랑스로 돌아가게 돼. 그렇게 되면 우리로서는 손 안 대고 코 푸는 셈이지. 우리는 이번 주에 이미 서른 대를 떨어뜨렸어."

'그래서 로켓 숫자가 준 거였구나.' 메리가 생각했다. '정보국의 가짜 정보 작전 때문이 아니라 랭 대위와 동료 조종사들이 로켓과 '치고 도망가기 놀이'를 한 덕분에.'

"최근 지상에서는 사망자가 한 명도 나오지 않았어." 랭 대위는 즐겁게 말하고 있었다. "하지만 더 좋은 일이 있어. 내가 당신에게 말하려는…."

"트라이엄프!" 누군가가 복도에서 외쳤다.

'마침내 왔네.' 메리가 생각했다. "여기야!" 메리가 외쳤다.

"트라이엄프?" 랭 대위가 말했다. "난 당신 이름이 켄트라고 생각했는데?"

"오토바이 사고 뒤로는 절 저렇게들 부릅니다." 메리는 왜 페어차일드가 휴게실로 들어오지 않는지 궁금해하며 설명했다. "트라이엄프, 드 하빌랜드, 노턴." 메리가 말했다. "사실, 뭐든 그때그때 생각나는 오토바이 이름으로 절 부릅니다. 아, 그리고 '아라비아의 로렌스'라고도 부릅니다. 로렌스는 오토바이를 타다가 사고가 났기 때문이죠."

"무슨 말인지 잘 알겠어." 랭 대위가 씩 웃으며 말했다. "학교에서 내 별명은 '여드름'이었어. 그리고 트라이엄프라는 이름이 당신에게 잘 어울려.[11] 그 말을 하니까 생각나는데, 당신을 어디서 만났는지 말하려던 참이었어."

'페어차일드는 대체 어디에 있는 거야?' "저 정말로 일지를 기록하러 가야 합니다. 소령님이…." 메리가 말을 할 때 문이 열렸다.

하지만 문을 연 건 패리시였다. "아, 미안." 랭 대위를 본 패리시가 말했다. "방해할 생각은 아니었어. 혹시 네가 벨라 열쇠를 가

11 Triumph에는 승리, 위업이라는 뜻이 있다.

지고 있어, 드 하빌랜드?"

"아니." 메리가 말했다. "내가 가서 같이 찾아줄…."

"아니, 저렇게 잘생기고 젊은 남자랑 달콤한 시간을 보내는데, 그걸 방해하고 싶진 않아." 패리시가 랭 대위에게 애교 넘치는 웃음을 지어 보이며 말했다. "혹시 쌍둥이는 아니겠죠? 지르박 좋아하는 쌍둥이 동생이나 형 없어요?"

"미안합니다." 랭 대위가 싱긋 웃으며 말했다.

"진심이야. 내가 열쇠 찾는 걸 도와줄…." 메리가 입을 열었다.

"괜찮아. 아마 출동실에 있을 거야." 패리시가 말했다. "고마워." 그리고 패리시는 문을 닫고 그곳을 떠났다.

"패리시 중위는 아주 춤을 잘 춥니다." 메리가 말했다. "그리고 전시 연애를 아주 좋아합니다. 패리시 중위에게 데이트 신청을 하시는 것이…."

"알겠지만, 그래봤자 소용없어." 랭 대위가 말했다. "당신은 나를 떼어낼 수 없어. 우리 운명을 부정할 수도 없고 말이야. 그리고 당신이 우리 만남을 기억하지 못하는 이유는 우리가 다른 생에서 만났기 때문이야."

"다른… 생…이라고요?" 메리가 말을 더듬었다.

"그래." 랭 대위가 말하더니 사람 맘을 설레게 하는, 한쪽 입꼬리가 올라가는 웃음을 지었다. "아주 먼 옛날에. 나는 바빌론의 왕이었고, 당신은 기독교도 노예였지."

그건 윌리엄 어니스트 헨리의 시였다. '이 사람은 시간 여행에 관해 말하는 것이 아니라 시를 인용하고 있는 거야.' 메리가 생각했다. '다행이야.' 메리는 너무나 안심되어 소리 내 웃었다.

"나는 아주 진지하다고." 랭 대위가 말했다. "우리 영혼은 역사를 관통하며 함께할 운명이야. 내가 말했잖아. 우리는 트리스탄과 이졸데였다고." 그는 더 가까이 다가왔다. "우리는 펠리아스와 멜리장드였고, 엘로이즈와 아벨라르였어." 랭 대위는 메리 쪽으로 몸을 기울였다. "또한, 캐서린과 히드클리프였고…."

"캐서린과 히드클리프는 실존 인물이 아닙니다.[12] 그리고 바빌론에는 기독교도 노예들이 없었습니다." 메리가 랭 대위로부터 자연스럽게 몸을 멀리하며 말했다. "바빌론 시대는 예수 그리스도가 태어나기 이전이니까요."

"이것 보라고. 이것 봐." 랭 대위가 기뻐 메리를 가리키며 말했다. "방금 당신이 한 거, 바로 그거야! 그게 바로…."

"노턴!" 복도에서 외치는 목소리가 들렸다. "켄트!"

'드디어 페어차일드네.' 메리가 빈정거리며 생각했다. '이제는 날 구하러 올 필요가 없는데 말이지.' 메리는 앞으로 있을 임무 또는 그 어떤 임무에서도 랭 대위를 만난 게 아니었다. 그는 단지 메리를 꼬시는 것뿐이었다. 그리고 그걸 너무나도 잘했기에, 메리는 페어차일드에게 자기를 데리러 오라고 부탁했던 게 거의 후회가 될 지경이었다.

하지만 여기서 나가는 게 좋을 것이다. 랭 대위는 매력이 철철 넘쳤기에 메리는 그가 자신보다 백 살은 더 많으며 그가 언급한 연인들보다 심지어 더 불운한 연인들이 있다는 사실을 자꾸 잊었다. 만약 랭 대위가 1944년 인물이 아니라 2060년에서 왔다면….

"켄트!" 페어차일드가 다시 외쳤다. "메리!"

"무슨 일인지 가봐야겠습니다." 메리가 말하고 문을 향해 갔지만, 페어차일드가 이미 문을 활짝 연 뒤였다.

12 캐서린과 히드클리프는 에밀리 브론테의 소설《폭풍의 언덕》의 주인공이다.

"오, 다행이다. 여기 있었구나. 너를 찾는 전화가 왔어. 병원이야. 어서 가서…, 어머나!" 페어차일드가 외치더니, 놀랍게도 메리를 지나 랭 대위에게 달려들었다. "스티븐!" 페어차일드가 소리를 지르며 그의 목에 두 팔을 둘렀다. "여기서 뭐 하는 거야?"

"꼬맹아! 세상에!" 랭 대위가 말하며 페어차일드를 안았고, 이어서 그녀를 잡은 채 팔을 쭉 뻗어 그녀를 살펴보았다. "내가 여기서 뭐 하는 거냐고? 너는 여기서 뭐 하는 건데?"

"여기가 내가 있는 FANY 지부야." 페어차일드가 말했다. "그리고 난 꼬맹이가 아니야. 난 페어차일드 중위야." 그녀가 민첩하게 경례했다. "나는 구급차를 운전해."

"구급차?" 랭 대위가 말했다. "설마. 아직 그럴 수 있는 나이가 안 됐잖아."

"난 열아홉 살이야."

"농담하지 말고."

"진짜야. 지난주가 내 생일이었어. 그렇지, 켄트?" 페어차일드는 메리를 돌아보며 말했다. "켄트, 이쪽은 스티븐 랭, 내가 말했던 조종사야."

페어차일드가 여섯 살 때부터 사랑에 빠졌다는 그 사람, 그 사람은 아직 깨닫지 못했지만 사실은 그 사람도 자기에게 빠졌다고 페어차일드가 말했던 바로 그 인물. '이런, 맙소사.'

"우리 가족들은 서리에서 바로 옆집에 살아." 페어차일드가 기뻐하며 말했다. "우리는 아기였을 때부터 서로 알고 지냈어."

"네가 아기였을 때부터였지." 랭 대위가 상냥하게 웃으며 말했다. "내가 마지막으로 널 봤을 때 너는 양갈래 머리를 하고 있었는데."

"여기에는 무슨 일인지 아직 말 안 해줬어." 페어차일드가 말했다. "탱미어에 있는 줄 알았어. 어머니가…."

"거기에 있었어. 그다음엔 헨던에 있었고." 랭 대위는 메리를 보며 말했다. "하지만 막 비긴힐로 옮겼어."

"비긴힐? 그거 좋은 소식이다! 그러면 이제 여기서 몇 킬로미터밖에 안 떨어진 곳에 있는 거네?"

그리고 폭탄 골목 정중앙이기도 했다. 비긴힐은 이미 가장 폭격을 심하게 당한 군 비행장이었고, 정보부의 가짜 정보로 인해 로켓들이 목표에 못 미쳐 떨어지게 되면 그곳은 더욱더 위험할 것이다. V-1 슬쩍 건드리기 작전으로도 이미 충분히 위험한 상황이었는데 설상가상이었다.

"정말 잘됐어!" 페어차일드가 계속 말하고 있었다. "내가 여기에 있는 건 어떻게 알았어? 어머니가 편지로 알려준 거야?"

"아니." 랭 대위가 말했다. "사실, 나는 네가 여기에 있는 줄 몰랐어. 나는 켄트 중위를 만나러 온 거야."

"켄트 중위? 둘이 아는 사이인 줄 몰랐어."

"지난달, 런던에 회의가 있어서 차로 데려다줬어. 무릎을 다친 탤봇을 대신해서. 소령님이 그렇게 하라고 하셨어. 하지만 네가 랭 대위님을 아는 줄은 몰랐어." 메리가 말하며 생각했다. '제발 내 말을 믿어줘.'

"그리고 나는 당신이 내 꼬맹이 여동생을 아는 줄 몰랐고." 랭 대위가 말했다.

"난 네 동생이 아니야." 페어차일드가 말했다. "그리고 아기도 아니고. 말했잖아, 난 열아홉 살이야. 나는 다 자랐어."

"넌 내게는 언제나 예쁘고 귀여운 꼬맹이야." 랭 대위가 페어차일드의 머리를 헝클고는 메리를 향해 웃어 보였다. "여기 있는 사람들이 우리 꼬맹이를 잘 돌봐줬으면 해."

'어휴, 갈수록 태산이네.' "페어차일드는 다른 사람의 보살핌이 필요 없습니다." 메리가 말했다. "페어차일드는 우리 지부에서 운전 실력이 가장 좋은 운전사입니다."

"아, 아니, 안 그래. 당신이 최고야." 랭 대위가 말했다. "내가 여기 온 이유 가운데 하나도 바로 그 때문이야. 우리가 화이트홀에 갈 때 내가 토트넘 코트 로드로 가라고 했는데 당신이 다른 길로 차를 돌린 거 기억해? 당신이 그렇게 한 건 행운이었지. 그 뒤 5분도 안 되어서 V-1 하나가 토트넘 코트 로드 한복판을 강타했어."

랭 대위는 페어차일드를 돌아보았다. "메리는 내 목숨을 구했어." 그는 메리에게 웃어 보였다. "우리 만남은 운명이라고 내가 말했잖아."

"운명?" 페어차일드가 한 대 얻어맞은 듯한 표정으로 말했다.

"절대…."

"절대로 아닙니다." 랭 대위가 이미 악화된 상황을 더 악화시키기 전에 메리가 끼어들었다. "그리고 저는 방향을 잘못 바꾼 게 어떻게 훌륭한 운전이라고 할 수 있는지 이해할 수 없습니다. 그리고 우리가 만난 건 제가 비행 폭탄과 오토바이 소리를 구별할 수 없었기 때문입니다."

메리는 페어차일드를 돌아보았다. "내게 장거리 전화가 왔다고 했지? 난 가봐야겠어." 메리는 문을 향해 가기 시작했다. "다시 만나서 반가웠습니다, 랭 대위님."

"잠깐. 아직 가면 안 돼." 랭 대위가 말했다. "나랑 저녁 식사를 하러 갈 거라고 말하지 않았잖아. 꼬맹아, 메리에게 내가 바람둥이가 아니라고 좀 말해줘."

'당신은 바람둥이야.' 메리가 생각했다. '그리고 바보 멍청이고. 저 불쌍한 아이가 당신에게 반한 걸 모르겠어?'

"메리에게 내가 얼마나 멋진 사람인지 좀 말해줘." 랭 대위가 페어차일드에게 말했다. "내가 얼마나 듬직하고 성실한 사람인지 좀 말해줘."

"맞아." 페어차일드는 마치 심장을 찔린 듯한 표정으로 말했다. "누구든 스티븐을 차지하는 여자는 복 받은 거야."

"봐, 들었지? 내 꼬맹이 여동생이 보증하잖아."

"아, 하지만 둘은 밀린 이야기가 많을 겁니다." 메리가 필사적으로 말했다. "어린 시절 추억을 비롯해서요. 저는 방해만 될 겁니다. 저녁 식사는 페어차일드와 하십시오."

"난 안 돼." 페어차일드는 간신히 아무렇지도 않은 듯한 목소리를 쥐어짜내서 말했다. "소령님이 의료품 보급을 받아오라고 시키셔서 거기에 가야 해." 그리고 랭 대위는 적어도 아주 예의가 없는 인물은 아니었다. 이렇게 말했기 때문이다. "너 대신 다른 사람이 가면 안 돼?"

"안 돼. 우리는 다음에 먹자. 네가 가, 켄트."

'하지만 내가 그렇게 하면….' 휴게실을 나가는 페어차일드를 보며 메리는 생각했다. '페어차일드는 절대로 나를 용서하지 않을 거야.' 사실 메리가 어떻게 한다 해도 아마 페어차일드는 그녀를 용서하지 않겠지만, 그래도 메리는 지금보다 상황을 더 악화시키고 싶지 않았다. "저는 정말로 가서 본부에서 온 전화를 받아야 합니다." 메리가 말했다. "만약 제가 생각하는 그 전화라면, 저 역시 대위님과 저녁 식사를 하러 갈 수 없습니다."

"그러면 내일."

"저는 내일 근무입니다. 그리고 말씀드렸듯이, 저는 전시 연애에 관심이 없습니다. 저 아니어도 대위님과 데이트 하고 싶어 하는 여자들이 수십 명은 있을 겁니다."

"다른 생에서 내가 알던 사람은 없어. 모레는 어때?"

"안 됩니다. 저는 정말로 저 전화를 받아야 합니다." 메리가 문으로 가기 시작했다.

"아니, 잠깐만." 랭 대위가 말하며 메리의 두 손을 잡았다. "아직 고맙다는 말도 못했어."

"말씀드렸듯이, 저는 대위님 생명을 구하지 않았습니다. 토트넘 코트 로드는 아주 긴 도로이고…."

"아니, 그거 말고. V-1에 관한 거야."

"V-1요?"

"그래. 꼬맹이가 들어오기 전에 내가 당신에게 키스하려고 했을 때, 당신이 내게서 빠져나간 거 기억나?"

"키스하려고 했다고요…."

"그래, 물론이야. 바빌론 어쩌고 한 건 다 그것 때문이었어. 몰랐어?" 랭 대위가 씩 웃으며 말했다. "그리고 그게 먹혀들어간다고 생각을 하는 순간, 당신은 내 손아귀에서 벗어났지. 안타깝게도 말이야."

"V-1에 대해 할 말이 있다고 하셨습니다만."

"그렇게 말했지. 맞아, 있어. 나를 태우고 운전을 하던 날, 당신은 바로 아까 같은 행동을 했어. 두 번이나. 내 작업 멘트는 잘 먹혀 들어갔는데, 다음 순간 정신 차리고 보면 나는 완전히 경로를 벗어나 있더란 말이지. 당신에게 손댈 만큼 가까이 가보지도 못했는데 말이야.”

“그게 V-1과 무슨 관련이 있는지 아직도 모르겠습니다만….”

“모르겠어?” 랭 대위가 메리의 두 손을 꽉 잡고 말했다. “V-1을 경로에서 벗어나게 할 방법을 떠올린 건 그때였어. 당신이 내게 그 방법을 떠올리게 해준 거야. 만약 당신이 없었다면, 나는 지금쯤 V-1을 격추하려 애쓰다가 산산조각이 나서 죽었을 거야.”

18

우리는 눈꺼풀에 매달린 듯이 간신히 버티고 있습니다.

— 앨런 브룩 장군

런던, 1940년 11월

공포정치가 바스티유 습격이 있고 4년 뒤라는 사실을 알게 된 뒤, 폴리는 편차가 그렇게 클 리는 없다고 자신을 설득하려 애썼다. 기록상 분기점이 아닌 경우 가장 큰 편차는 3개월 8일이었다. 편차가 6개월인 경우가 있었을 때 던워디 교수는 과잉 반응을 보이며 모두의 강하를 취소했지만, 그 이상은 아니었다. 그리고 그런 던워디 교수가 폴리의 강하는 취소하지 않았고, 그게 바로 편차가 그렇게 클 수는 없다는 증거가 됐다.

하지만 공포가 계속해 폴리를 괴롭혔고, 그 때문에 폴리는 이곳을 빠져나가기 위해 더욱더 애를 썼다. 그녀는 신문들에 광고를 새로 냈고, 채링크로스 역으로 가서 던워디 교수가 젊은 시절에 여기에 올 때 강하 지점으로 썼을 만한 곳을 찾아 헤맸다. 폴리는 중구난방으로 뻗은 채링크로스 역을 샅샅이 뒤졌지만, 강하 지점으로 쓸 만한 곳은 없었다. 심지어 비상계단까지 연인들로 꽉 찼다. 던워디 교수의 강하 지점은 어딘가 다른 곳이 분명했다.

또한, 젊은 시절의 던워디 교수 역시 찾을 수 없었다. 하지만 폴리는 설사 젊은 시절의 던워디 교수를 본다 할지라도 알아볼 수 있을지 자신이 없었다. 던워디 교수가 처음 과거로 갔던 몇 번은 콜린과 거의 동갑일 때였다. 폴리는 콜린 나이 때의 던워디 교수를 상상해보았다. 호리호리하고, 열정이 넘치고, 에스컬레이터 계단을 한 번에 두 단씩 걸어가는 모습을. 하지만 위험을 알고서도 자신들을 이곳에 보내는 던워디 교수가 상상이 되지 않는 것과 마찬가지로, 그런 젊은 모습의 던워디 교수 역시 도저히 상상할 수 없었다. 그리고 구하러 올 수 있는데도 오지 않는 모습 역시도.

갑자기 폴리는 던워디 교수가 그들을 구하러 오지 않는 건 단지 시간 편차의 증가 때문이 아니라 그가 이전 임무 때문에 이미 이곳에 왔었기 때문에 젊은 시절의 던워디 교수가 옥스퍼드로 돌아가기 전에는 이곳에 올 수 없기 때문일 수도 있다는 생각을 했다. 그렇다면 그때는 언제일까?

화요일에도, 수요일에도, 마이크에게선 전화나 편지가 전혀 없었지만, 에일린은 그게 좋은 신호라고 확신했다. "그건 마이크가 제럴드를 찾았고, 제럴드의 강하 지점으로 가고 있다는 뜻이야." 에일린이 말했다. "너무 걱정하지 마. 모든 게 엉망일 때는 어떻게 해야 헤쳐나갈지 도무지 방법이 보이지 않지만, 도움의 손길은 바로 그런 때 도착하거든."

'늘 그런 건 아니야.' 폴리는 뒹케르크 해변에서 기다리다가 구조받지 못한 수천 명의 병사, 그리고 구조대가 도착하기 전에 잔해에 깔려 죽은 희생자들을 떠올렸다.

"내가 시어도어를 데리고 기차역에 갔을 때…." 에일린은 말하고 있었다. "시어도어는 내 목을 부둥켜안고 놓아주지 않으려 했고, 기차는 떠나려 했어. 그리고 내가 이제 시어도어를 보내는 건 글렀구나 하고 실망하려는 찰나에 구드 신부님이 나타나 나를 구해주셨어." 에일린은 기억을 떠올리며 환히 웃었다. "그러니 우리도 구조될 거야. 두고 보라고. 내일은 마이크가 연락할 게 분명해. 아니면 구조팀이 연락하거나."

마이크는 연락을 해왔다. '안전하게 도착, 편안한 숙소 찾음. 나중에 또 말할게.'라고 끼적인 메모를 통해서였다. 그리고 봉투에는 신문을 오린 조각이 들었다. 타운젠드 브라더스 백화점에서 남성복 판매를 한다는 내용이었다.

"왜 이런 메모를 보냈지? 우리도 아는 거잖아. 그리고 신문 오린 건 왜 넣었을까?" 에일린이 물었다. "우리가 보낸 재킷과 조끼가 잘못된 종류라는 뜻인가?"

"모르겠어." 폴리가 신문 조각을 뒤집어보았지만, 뒷면에는 내용이 채워진 십자말풀이뿐이었다.

그 전에 마이크와 전화했을 때, 그는 술집에서 제럴드를 찾는 동안 위장으로 십자말풀이를 하는 척한다고 말했다. 메모를 보낼 때 우연히 봉투에 딸려온 게 아닐까?

"오, 오릴리 양." 라버넘 양이 거실에서 나가오며 말했다. "오후 배달에 당신에게 온 우편물이 하나 더 있어요." 그녀가 에일린에게 편지를 건넸다.

"아마 이 안에 설명이 있을 거야." 폴리가 말했지만, 그 편지는 구드 신부에게서 온 것이었다.

에일린은 편지를 읽기 위해 방으로 올라갔다. 폴리는 문간방에 남아 신문지 조각을 바라보았다. 마이크는 암호로 메시지를 보내는 것에 대해 말을 했고, 폴리는 그에게 〈데일리 헤럴드〉 십자말풀이에 D-데이 암호 단어들이 들어 있던 이야기를 한 적이 있었다. 십자말풀이 답에 뭔가 메시지를 숨겨둔 건가?

폴리는 연필을 들고 욕실로 가서 문을 잠그고 욕조 가장자리에 앉아 내용을 해독했다. '너무 복잡하지 않아야 할 텐데.' 폴리는 생각했다.

복잡하지 않았다. 심지어 암호조차 아니었다. 마이크는 십자말풀이 빈칸에 14세로에서 시작해 자기 메시지를 적은 것뿐이었다. '아직 있는 곳을 찾지 못함. 예전 원격 강하지인 세인트존스 우드나 역사학자들이 전에 썼던 곳들 가운데 아직 열려 있는 비상 출구를 알아?'

실험실은 세인트존스 우드에 원격 강하 지점을 마련해두고 여러 해 동안 사용한 적이 있었다. 마이크는 그곳이 열릴 것이고, 따라서 비상 출구로 쓸 수 있으리라고 생각하는 게 분명했다. 하지만 만약 편차가 증가하는 게 문제라면 어째서 그곳이 열릴 거라고 마이크가 생각하는지, 폴리는 알 수 없었다. 하지만 실낱 같은 희망이라도 무시할 상황이 아니었다. 그래서 폴리는 퇴근 후 트래펄가 광장에 가서 구조팀을 기다리는 대신, 지하철을 타고 세인트존스 우드로 갔다. 옛날 원격 강하 지점이 어디인지는 몰랐지만, 눈에 잘 띄는 곳이기를 바랐다.

그렇지 않았다. 그리고 폴리는 자신이 예전 임무에 썼던 것을 빼고는 이전 역사학자들이 런던에서 썼던 다른 강하 지점도 알지 못했다. 그녀가 썼던 것은 햄스테드 히스에 있었으며, 전승 기념일 전날 밤 자정에 마지막으로 사용했다. 그리고 이 시점에서 그 강하 지점은 존재하지 않았지만, 실험실은 어쩌면 1940년에 쓰기 위해 그 좌표를 초기화했을 수도 있었다. 그래서 이튿날 아침 폴리는 〈타임스〉에 R. T.에게 일요일에 세인트폴 성당에서 만나자는 광고를 실었다.

예상치 못하게도, 에일린이 그에 대해 반대했다. "이미 우리는 국립 미술관 콘서트에서 만나자는 광고를 냈잖아." 에일린이 말했다.

"거기는 네가 가면 돼. 세인트폴 성당에는 내가 갈게." 폴리가 말했다.

"하지만 난 늘 세인트폴 대성당에 가보고 싶었어." 에일린이 항의했다. "던워디 교수님은 늘 그곳에 대해 말씀하셨어. 내가 그곳에 가고 콘서트에는 네가 가면 안 돼?"

'콘서트에 갔다 온 척하는 게 더 힘들거든.' 폴리가 생각했다. '게다가, 이게 얼마나 걸릴지 확신도 없고.'

"안 돼." 폴리가 말했다. "나는 세인트폴 대성당의 성당지기 한 명을 알아. 험프리스 씨라고. 낯선 사람이 왔었는지 그 사람이 알 거야."

"그럼 나랑 같이 가. 콘서트는 1시에 시작하잖아."

'웨스트민스터 사원이나 어디 다른 곳에 간다고 말해야 했는데.' 폴리가 생각했다. "하지만 나는 구조팀이 언제 그곳에 올지 몰라. 시간 정하는 걸 깜박했거든." 폴리가 말했다. "콘서트가 끝난 다음에 만나자. 그래서 같이 라이언스 코너 하우스에 가서 차를 마신 뒤, 내가 세인트폴 대성당을 안내해줄게." 그리고 폴리는 에일린이 잠에서 깨기 전에 집을 나서야겠다고 다짐했다.

일요일 아침, 폴리는 지하철을 타고 햄스테드 히스에 가서 언덕을 올랐다. 비가 내렸고, 엷은 안개가 꼈다. 그건 다행이었다. 주위에 사람이 많지 않을 것이기 때문이다. 하지만 우산을 안 가져온 게 아쉬웠다. 아침 어둠 속에서 우산을 찾을 수가 없었고, 에일린이 잠에서 깨 같이 가겠노라고 고집을 부릴까 두려워 불을 켤 수가 없었다.

폴리는 강하 지점을 알아볼 수 있기를 바라며 히스를 가로질러 숲으로 들어갔다. 마지막으로 이곳에 왔을 때는 5월이었다. 이제 나뭇잎들은 황갈색과 갈색으로 변해 있었고, 비에 흠뻑 젖어 무거웠다.

아니, 폴리가 찾던 너도밤나무는 황금빛 잎이 달린 가지들이 땅까지 축 늘어져 있었다. 비는 더 심하게 내렸다. '잘됐어.' 폴리가 커튼처럼 늘어진 잎들을 옆으로 제치며 생각했다. '누가 날 보면 비 피할 곳을 찾는 중이라고 말할 수 있으니까.'

폴리는 재빨리 나무 아래로 들어갔다. 나뭇잎들이 다시 늘어져 폴리의 모습을 가려주었다. 폴리는 어두침침하고 텐트 같은 주위 공간을 둘러보았다. 땅은 돌돌 말린 노란 잎들과 나뭇가지들로 덮여 있었다. 레모네이드 병, 그리고 아이스크림콘에 끼우는 찢어진 종이 고깔이 나뭇잎들에 반쯤 묻혀 있었지만, 둘 다 색이 많이 바랬다.

'구조팀은 이곳에 오지 않았어.' 아무도 밟은 흔적이 없는 나뭇잎들을 보며 폴리는 생각했다.

하지만 강하 지점은 폴리 일행이 옥스퍼드로 돌아갈 수 있게만 설정되었을 수도 있었다. 폴리는 너도밤나무의 얼룩덜룩한 하얀 몸통에 기대앉아 손목시계를 보며 시간을 확인했고, 강하가 열리는지를 지켜보았다.

추웠다. 폴리는 치마 아래로 무릎을 모으고 두 팔로 가슴을 감쌌다. 나뭇잎들이 비를 막아주었지만, 나뭇잎과 나무껍질로 덮인 땅은 얼음처럼 차갑고 축축했으며, 땅의 습기가 코트와 치마에 스며들었다.

그리고 그곳에 앉아 있는 동안, 그간 걱정하던 모든 일이 점점 더 심하게 폴리의 마음을 옥죄어들기 시작했다. 자신의 데드라인, 마이크, 세인트조지 교회와 그녀의 강하 지점을 가려주던 가게들이 파괴된 사건이 불일치인가에 대한 걱정이었다. 폴리는 던워디 교수의 금지 목록에 세인트조지 교회가 없었던 이유가, 폴리가 지하철 방공호에서 머물 계획이었기 때문일 거로 추측했었다. 하지만 그곳은 콜린이 마련해준 임플란트에도 담겨 있지 않았다.

그건 낙하산 지뢰가 폭발했을 때 콜린이 폴리의 강하 지점 근처에 있었을 수도 있다는 의미였다.

'아니, 그렇지 않아.' 폴리는 갑자기 밀려오는 욕지기와 싸우며 생각했다. '콜린이 그곳을 임플란트에 담지 않은 건 그곳이 파괴됐을 때 내가 안전하게 지하철 방공호에 있을 거라 생각했기 때문이야.'

그리고 콜린은 낙하산 지뢰에 대해 폴리에게 말했었다. 콜린은 파편과 등화관제의 위험에 관해 폴리에게 자세히 알려주었다. 콜린은 시시콜콜한 면까지 아주 잘 알았다. 게다가 경험으로 보았을 때, 콜린은 '안 돼'라는 답을 받아들일 인물이 아니었다. 만약 누군가가 폴리 일행을 이곳에서 빼낼 방법을 찾아낼 수 있다면, 그 누군가는 바로 콜린이었다.

'옥스퍼드가 파괴되어 콜린이 죽은 게 아니라면.' 폴리가 생각

했다. '또는 시간 편차뿐 아니라 위치 편차도 증가해서 블레츨리 파크나 싱가포르에 도착한 게 아니라면.'

폴리는 버틸 수 있는 마지막 순간까지 그곳에 앉아 있었고, 결국 자기 이름과 리케트 부인 주소와 전화번호를 아이스크림콘 종이 고깔에 적고, 노팅힐게이트 역이라고 찍힌 지하철 표를 주머니에서 꺼내 '폴리 처칠'이라고 적어 레모네이드 병 아래에 끼워 둔 뒤, 비록 구조팀이 있을 것 같지는 않았지만 그래도 세인트폴 대성당으로 향했다.

런던으로 돌아가는 길은 영겁의 시간이 걸리는 것만 같았다. 공습 때문에 연착이 세 번 있었고, 폴리는 자신이 에일린과 바꿔 콘서트를 가지 않아 다행이라고 생각했다. 폴리는 정오가 지나서야 세인트폴 대성당 역에 도착했고, 밖에는 비가 쏟아졌다. 대성당에 도착했을 때, 폴리는 흠뻑 젖어 있었다.

포치에는 누군가가 흘린 예배 순서지가 있었다. 폴리는 그걸 집어 들었다. 폴리는 자신이 이곳에 아침 내내 있었다는 증거로 에일린에게 보여주면 되겠다고 생각했다. 오늘 아침 설교는 '구하라, 그러면 너희에게 주실 것이오'가 주제인 게 분명했다.

'그게 진실이면 좋으련만.'

폴리는 몸에 달라붙은 젖은 치마에서 물기를 털어내고 안으로 들어갔다. 기하학적 계단 정면에는 여전히 나무 파티션이 쳐졌다. 화재 감시원들은 교회 서쪽 지붕으로 가는 것보다 계단을 보존하는 것이 더 중요하다고 결정한 게 분명했다.

폴리는 본당으로 걸어갔다. 오늘 실내는 어두침침했고, 황금색 대신 회색이었으며 너무나 어두워 반대편 끝조차 보이지 않았다. 그리고 추웠다. 접수대에서 안내서를 파는 나이 지긋한 자원봉사원은 코트를 입고 있었다.

안내서는 좋은 생각이었다. 폴리는 구조팀이 있는지 살피는 동안 그걸 읽는 척할 수 있었다. 폴리는 접수대로 갔다.

그곳에서는 중년 여자 한 명이 전에 험프리스 씨가 폴리에게 보여주었던 것 같은 그림엽서들 가운데 뭘 고를지 고민하고 있었고, 자원봉사원이 그런 그녀의 선택을 돕고 있었다. "이 웰링턴 기념비 엽서는 정말 멋져요." 자원봉사원이 말했다. "여기에 '거짓의 혀를 뽑는 진실'이 보이시죠."

"대제단은 없나요?" 중년 여자가 물었다.

"안타깝게도 없습니다. 그건 굉장히 빨리 떨어졌어요."

"그렇겠죠." 여자가 말하며 고개를 저었다. "아쉽네요." 그리고 그녀는 다시 그림엽서들을 살피기 시작했다. "티조 게이트는 있나요?"

'안전을 위해 옮겨뒀어요.' 폴리가 생각했고, 감각이 없는 손에 입김을 불며 여자가 빨리 맘을 정하길 바랐다. 이곳은 햄스테드 히스보다도 더 추웠고, 어디선가 얼음처럼 차가운 외풍이 들었다.

폴리는 위를 바라보았다. 회랑의 스테인드글라스 두 개가 깨져 있었는데, 꽤 최근에 깨진 듯했다. 깨진 부분엔 아무것도 덮여 있지 않았고, 창틀을 따라 빨간색과 파란색과 황금색의 깔쭉깔쭉한 유리들이 깨진 채로 붙어 있었다. 폭탄이 대성당 근처에서 터지면서 충격파로 깨진 듯했다.

"'세상의 빛'은요?" 여자가 묻고 있었다. "그 그림엽서는 있나요?"

"아니요. 하지만 멋진 석판화가 있습니다." 자원봉사자가 받침대에 있는 판화를 가리키며 말했다. "6펜스입니다."

폴리는 판화를 보았다. 그 색은 그림보다 살짝 푸른 기가 돌았고, 예수는 폴리만큼이나 추워 보였으며, 얼굴도 추위로 초췌해 보였다.

'예수가 든 등불이 진짜가 아니라서 너무 아쉬워.' 등이 내는 따뜻한 빛을 보며 폴리가 생각했다. 이 그림을 볼 때마다 뭔가 새로운 걸 본다던 험프리스 씨의 말은 옳았다. 폴리는 예수가 두드리려는 문이 중세풍이라는 사실을 미처 몰랐었다. 문과 마찬가지로, 예수가 든 등도 A. D. 33년에는 존재할 수 없는 물건이었다.

'예수도 우리처럼 시간 여행자일 거야.' 폴리가 생각했다. '그리고 이제 예수는 집으로 돌아가려는데 강하가 열리지 않는 걸 거야.'

중년 여자는 마침내 결정하고 값을 치렀다. 폴리는 안내서를 사기 위해 걸어갔다. "3펜스입니다." 자원봉사자가 말했고, 폴리는 지갑에서 주화를 꺼내다가, 추위로 손이 너무 곱아서 돈을 떨어뜨리고 말았다. 주화들이 대리석 바닥에 떨어져 불경하게 쩽그렁거렸다.

'뭐, 구조팀이 이곳에 있다면 시선을 끌기에는 좋은 방법이네.' 폴리가 생각했지만, 아무도 뒤돌아보지 않았다.

"죄송합니다." 폴리가 주화를 주워 안내서 값을 치르며 말했다.

자원봉사자가 안내서를 건넸다. "성당 지하실과 성가대석은 오늘 문을 닫았습니다."

'성가대석?' 폴리는 그 이유가 궁금했지만, 질문하려면 창에서 들어오는 외풍을 맞으며 그곳에 더 있어야 한다는 뜻이었다.

폴리는 자원봉사자에게 고맙다고 말하고 본당으로 걸어갔다. 아무도 폴리에게 다가오지 않았고, 누군가를 만나려고 기다리는 듯한 사람도 보이지 않았다. 몇 명은 본당 중앙에서 무릎 꿇고 기도 중이었다. 영국 해군 여성 부대원 둘이 벽돌벽으로 가려진 웰링턴 기념비 앞에 서서 어리둥절한 표정으로 그것을 쳐다보았고, 몇 걸음 떨어진 곳에서 군인 둘이 그 여군들을 바라보고 있었다.

그리고 다음 기둥 바로 지나 젊은 여자가 서 있었다. 그 여자는 1940년의 추운 11월에 간다고 했을 때 옥스퍼드의 의상실이 줄 만한, 앞코가 트인 신발을 신고서 마치 누군가를 찾는 듯이 주위를 둘러보고 있었다. 하지만 폴리가 의자들을 빙 돌아 본당을 가로질러 그 여자에게 가기 전에 화재 감시원 한 명이 그 여자에게 다가갔고, 두 남녀의 웃음으로 볼 때 둘은 서로 아는 사이가 분명했다.

'확실히 구조팀은 아니네.' 폴리가 생각했다. 폴리는 수랑에 누가 없는지 살피기 위해 몸을 돌렸다. 그리고 함박웃음을 짓는 험프리스 씨와 하마터면 부딪힐 뻔했다.

"우리 사고에 관해 들으셨으면 오실 거라 생각했습니다." 험프리스 씨가 말했다. "피해 상황을 보기 위해 많은 분이 오셨습니다."

"네. 창문이 그렇게 되다니 끔찍해요." 폴리가 말했다.

"그렇습니다." 험프리스 씨가 창문들을 돌아보며 동의했다. "창문들도 다른 보물들처럼 안전을 위해 웨일스로 보냈어야 했습니다. 하지만, 어쩌면 불행을 가장한 축복이라고 볼 수도 있습니다. 크리스토퍼 렌 경은 세인트폴 대성당을 설계할 때 창문에 투명한 유리를 끼우고 싶어 했고, 이제 경의 원래 꿈을 이룰 좋은 기회이니까요."

경의 꿈은 이루어질 것이다. 대공습이 끝났을 때 세인트폴 대성당 전체에서 깨지지 않은 창은 단 하나였고, 그것마저도 1944년에 근처에서 V-1이 폭발하며 깨졌다. 그 뒤로 새로 설치한 창은 모두 투명한 유리였다.

"하지만 제단의 경우는…." 험프리스 씨는 계속 말했다. "또 다른 문제이지요."

'제단?'

"다행히도, 폭탄의 피해는 제단과 성가대석에 국한되어 있습니다."

성가대석. 그래서 접수대의 자원봉사자가 그곳이 오늘 닫았다고 말한 거였다.

험프리스 씨는 돔 아래 공간을 가로질러 성가대석으로 걸어갔다. 그 입구는 목공 작업대로 막혀 있었다. 그는 작업대를 옆으로 치우고 폴리를 안내했다. "그리고 폭탄은 성당 지하실까지 뚫고 들어갔습니다. 불행히도 하필이면 그곳은 우리의 화재 감시원들이 자는 곳이었고…."

폴리는 듣고 있지 않았다. 그녀는 성가대석을 뚫어져라 바라보았다. 그리고 그 너머 파괴된 흔적을.

제단이 있던 곳은 이제 목재와 깨진 돌들이 엉킨 잔해 더미로 바뀌어 있었다. 폴리는 위를 올려다보았다. 천장에 거대하고 깔쭉깔쭉한 구멍이 보였다. 회색 방수천으로 구멍을 반쯤 가렸고, 그 가장자리에서는 그 아래의 위태로워 보이는 비계로 물이 뚝뚝 떨어졌다.

'하지만 세인트폴 대성당은 폭격당하지 않았어.' 폴리는 아가리를 벌린 듯한 구멍을, 그리고 잔해를 멍하니 바라보며 생각했다. '이곳은 전쟁 내내 살아남았어.'

"사고가 언제 일어났나요?" 폴리가 다그치듯 물었다.

"10월 10일 아침, 저희가 지붕을 마지막으로 살펴보던 때였습니다. 저는…." 험프리스 씨가 말했고, 폴리의 얼굴을 본 게 분명했다. "오, 이런, 죄송합니다. 말씀하신 거로 보아 알고 계신 줄 알았습니다. 미리 암시를 해드려야 했는데. 처음 보았을 때는 누구나 충격을 받죠."

던워디 교수는 한 번도 제단이 폭격받았다고 얘기한 적이 없었다. 그는 불발탄과 12월 29일의 소이탄들에 대해 말했지만, 10월 10일의 고성능 폭탄에 대해서는 아무 말도 하지 않았다. "제단은 완전히 파괴되었고, 창 두 개가 깨졌습니다." 험프리스 씨가 설명했다.

"그리고 본당의 창문들도요." 폴리가 말했다. 그 창문들을 깨뜨린 건 옆 거리에서 터진 폭탄의 충격파가 아니었다. 이 폭탄 때문이었다. 던워디 교수가 한 번도 언급한 적이 없는 폭탄 때문에.

"네. 폭탄은 천장을 뚫고 떨어지며 다른 곳들도 더 부쉈지요." 험프리스 씨가 천장의 구멍 가장자리를 가리켰다. "폭탄은 제단 뒤의 장식벽에 떨어졌습니다. 깨진 곳들과 성 마이클의 코가 떨어져 나간 것이 보이실 겁니다."

험프리스 씨는 부서진 곳들을 가리키며 설명을 계속했지만, 폴리는 가슴이 쿵쾅거리는 탓에 그의 말이 거의 귀에 들어오지 않았다. 던워디 교수가 이 폭탄에 대해 아무 말도 하지 않은 이유가 전엔 그런 일이 일어나지 않았기 때문이라면? 그리고 이제야 그런 일이 일어난 거라면?

폴리는 아무런 불일치도 없었다고, 편차가 증가한 게 문제라고 자신을 설득해왔었다. 그것만으로도 충분히 두려운 일이었다. 하지만 이건 더욱더 심각했다.

'이건 우리가 사건들을 변경했다는 증거야.' 폴리는 생각했다.

"피해가 얼마나 심각한가요?" 폴리는 물으면서도 대답을 듣는 게 두려웠다.

"매튜스 주임 사제님은 지붕 아래의 버팀대들에 금이 가지 않았기를 바라십니다." 험프리스 씨가 걱정스레 말했다. "하지만 공학자들이 검사를 마칠 때까지는 알 수 없는 노릇이지요. 폭발 때문에 지붕이 완전히 들려졌었고, 지붕이 다시 제자리로 떨어질 때 버팀 기둥들에 손상이 갔을 수도 있으니까요."

그 경우, 약해진 기둥들은 29일에 대성당 주위에 떨어질 폭탄들의 충격파로 무너지고, 세인트폴 대성당도 그렇게 될 수 있었다. 그리고 그럴 경우 시민들의 사기는? 세인트폴 대성당은 런던의 심장이었다. 불길과 연기 위로 대성당의 돔이 우뚝 서 있는 모습에 이 당시 사람들은 대공습의 길고 어두운 기간 동안 용기를 잃지 않고 버틸 힘을 냈다. 그런 대성당이 파괴된다면 그 사람들은 어떻게 되겠는가? 그리고 전쟁의 결과는?

"사실, 우리는 아주 운이 좋은 편입니다. 훨씬 더 심각할 수도 있었습니다. 폭탄은 가로 아치의 머리 부분을 쳤고 지붕들 사이 빈 공간에서 터졌습니다. 만약 그게 더 아래쪽의 후진이나 성가대석에 떨어졌거나 지붕을 뚫고 떨어진 다음에 폭발했다면, 피해는 훨씬 더 컸을 겁니다."

'하지만 이 정도 피해만으로도 전쟁의 결과를 바꾸기에 충분해. 마이크에게 편지를 써야겠어.' 폴리가 생각했다. '마이크는 블레츨리 파크에서 빠져나와야만 해.'

"오르간 케이스가 심하게 손상되었죠." 험프리스 씨가 말하고 있었다. "다행히도, 파이프들은 안전을 위해 성당 지하실에 보관을 해두…."

"저는 가봐야 해요." 폴리가 말했다. "이렇게 안내를 해주셔서 고맙습니다…."

"어, 하지만 아직 성가대석 피해 상황은 보여드리지 않았습니다. 다행히도, 이 기둥들 덕분에 성가대석의 의자들은…."

"험프리스 씨!" 누군가가 외쳤다. 앞코가 트인 신발을 신은 젊은 여자와 이야기를 하던 화재 감시원이었다. 그는 바리케이드를 밀고 둘에게 다가왔다. "방해해서 죄송합니다." 그 남자는 폴리에게 고개를 까닥해 보이고, 험프리스 씨에게 말했다. "하지만 근무 일정표가 있어야 하는데, 앨런 씨가 당신에게 있다고 해서요."

"바쁘시네요." 폴리는 그 남자가 방해한 틈을 타서 말했다. "제가 이렇게 계속 붙잡고 있으면 안 되지요. 안녕히 계세요." 폴리는 재빨리 그곳을 떠났다.

"랭비 씨에게 드렸습니다." 폴리가 몸을 옆으로 돌려 바리케이드를 간신히 지날 때 험프리스 씨가 남자에게 하는 말이 들렸다.

폴리는 서둘러 본당을 지나 대성당에서 나왔다. 비가 이미 그친 것도 깨닫지 못했고, 머릿속엔 오로지 어서 집에 가 마이크에게 편지를 써야 한다는 생각뿐이었다.

'에일린이 집에 없어야 할 텐데.' 폴리가 생각했고, 그제야 자신이 에일린을 이곳에서 만나기로 약속했다는 사실이 떠올랐다.

폴리는 손목시계를 보며 집에 가서 편지를 쓰고 올 시간이 있는지 확인했지만, 이미 2시가 지난 상태였다. 콘서트는 거의 끝났을 것이다. '그리고 내가 여기 없으면 에일린은 뭔가 잘못됐다는 걸 알게 될 거야.'

'어쩌면 이게 진짜로 불일치인지 아닌지 에일린이 알지도 몰라.' 폴리는 생각했다. '에일린은 던워디 교수님에게 세인트폴 대성당 이야기를 들었다고 했어. 제단이 폭격당한 이야기도 들었을 수 있어. 만약 폭격을 당했다면 말이야.'

'하지만 내가 몰랐을 뿐이지, 대성당은 폭격당했을 가능성이 커.' 폴리는 자신을 설득하려 애썼다. 10월 10일은 폴리가 마저리 일로 정신이 없을 때여서 신문을 읽지 못했고, 자신의 부고 기사가 있는지 살피러 신문 보관소에 가기 전이었다.

'또는 폭격은 신문에 실리지 않았을 수도 있어. 이 전쟁에서 세인트폴 대성당의 중요성을 생각해보면 말이야.' 폴리는 지하철역으로 향하며 생각했다. '세인트폴 대성당이 파괴된 걸 독일에 알리고 싶지 않았을 거야.'

폴리가 트래펄가 광장에 도착했을 때는 막 콘서트가 끝난 참이었다. 콘서트에 갔던 사람들이 문으로 빠져나오거나 포치에 서 있었다. 전승 기념일 전날 페이지가 서서 코트 단추를 잠그고 장갑을 끼고, 비가 오는지 확인하기 위해 두 손을 내밀어보고 우산을 펼치던 그곳이었다.

폴리는 에일린을 찾아보았다. 에일린은 포치 한쪽에 서 있었다. 얼굴은 어두웠고 수심이 가득했으며, 검은 코트로 몸을 단단히 여미고 있었다. 국립 미술관 역시 세인트폴 대성당만큼이나 추웠던 게 분명했다.

"에일린!" 폴리가 외치며 서쪽 광장을 서둘러 가로질렀고, 그 바람에 앞쪽의 비둘기들이 놀라 흩어지며 날아올라 기념탑 기부의 사자들에 앉았다.

에일린은 폴리를 보더니 아는 체하며 손을 들어 보였지만, 흔들지는 않았다. 웃지도 않았다. 폴리는 손목시계를 힐끗 보았다. 늦지 않았으며, 콘서트는 방금 끝난 게 분명했다. 그리고 에일린은 늘 밝고 긍정적이었다. 최근 몇 주간 폴리의 근심이 전염된 게 분명했다.

'세인트폴 대성당에 대해 아무 말도 않는 게 나을지도 모르겠네.' 폴리가 생각했다. '말했다가는 상황을 악화시키기만 할 거야.'

하지만 폴리는 알아야 했다. 그리고 달리 물어볼 사람도 없었다. 폴리는 계단을 뛰어 올라가 에일린에게 갔다. "물어볼 게 있어." 폴리가 다급하게 말했다. "세인트폴 대성당이…?"

하지만 에일린은 그녀의 말을 잘랐다. "구조팀은 콘서트에 오지 않았어." 에일린이 말했다. "너는 찾았어?"

"아니. 세인트폴 대성당에는 아무도 없었어."

"아무도?" 에일린이 말했고, 그 목소리에는 날이 서 있었다. 콘서트에 가라고 해서 화가 났나? 만약 그랬다 해도 어쩔 수 없었다. 지금은 그게 중요한 상황이 아니었다.

"역사학자가 전혀 없었어?" 에일린이 계속해 물었다.

"응. 그리고 나는 그곳에 9시부터 있었어. 에일린, 혹시 세인트폴 대성당이 대공습 기간에 고성능 폭탄에 맞았는지에 대해 알아?"

에일린은 놀란 표정을 지었다. "고성능 폭탄에?"

"응. 소이탄 말고, 고성능 폭탄. 던워디 교수님에게 뭔가 들은 거 없어?"

"있어." 에일린이 말했다. "하지만 넌…."

"교수님이 언제 어느 부분이 폭격됐는지도 말씀하셨어?"

"모든 날짜를 알지는 못해. 불발탄이…."

"불발탄은 나도 알아. 그리고 29일 폭격도."

"10월 10일에 제단이 폭격당했어."

'다행이야.' 폴리는 생각했다. 제단은 원래 폭격당할 운명이었다.

에일린은 얼굴을 찡그렸다. "만약 네가 오늘 아침에 세인트폴 대성당에 있었다면, 그곳이 부서진 걸 봤을 거잖아. 안 그래?"

아, 이런. 폴리는 폭격에 대해 걱정하느라 정신이 팔려 에일린은 그녀와 마이크의 걱정, 즉 자신들이 사건들을 바꾸었다고 걱정하는 것에 대해 아무것도 모른다는 사실을 까맣게 잊고 있었다.

"응. 그러니까 내 말은, 봤어." 폴리가 더듬거리며 말했다. "하지만 난 몰랐어…. 던워디 교수님은 불발탄이며 소이탄들에 대해서는 말해주셨지만, 제단에 대해서는 말씀하지 않으셨어. 그래서 제단을 보았을 때 난…."

"오늘 아침에 그 일이 일어났을 거라 생각한 거야?"

'오늘 아침?' 그건 또 무슨 의미이지? 하지만 적어도 에일린은 폴리가 이 모든 질문을 한 진짜 이유를 알아차리지 못한 듯했다.

"아니, 어젯밤." 폴리가 말했다. "그리고 너무나도 피해가 심했기 때문에 모든 게 당장에라도 무너질 것처럼 보였고, 비록 세인트폴 대성당이 살아남은 건 나도 알지만 그래도 혹시나 하며 생각하길…. 아니, 내 말은, 나는 아무 생각도 없었어. 그걸 보고 너무나도 큰 충격을 받았거든. 나는 세인트폴 대성당이 고성능 폭탄에 폭격당한 걸 몰랐어."

"두 개에 맞았어." 에일린이 말했다.

둘? 험프리스 씨는 하나라고 했었다.

"다른 하나는 수랑에 떨어졌어." 에일린이 말했다. "언제인지는 몰라."

"북쪽 수랑?" 폴리는 물으며 뜬금없이 폴크너 함장 기념비를 머릿속에 떠올렸다. 그게 파괴되면 험프리스 씨가 무척이나 낙담할 것이다.

"어느 수랑인지는 몰라. 바솔로뮤 씨가 말 안 해줬어."

바솔로뮤? 바솔로뮤는 누구지? 콘서트의 누군가가 제단이 폭격당했다고 에일린에게 말해준 건가? 만약 그렇다면 여전히 불일치가 있을 수 있었다.

"바솔로뮤 씨?" 폴리가 물었다.

"응, 존 바솔로뮤. 내가 1학년 때 바솔로뮤 씨가 그 일에 대해 강연을 했어."

아, 다행히도 옥스퍼드의 사람이었다. "베일리얼 칼리지 교수야?"

"아니, 역사학자. 런던 대공습 때 세인트폴 대성당에서 화재 감시원으로 있던 경험에 대해 강연을 했어."

"그 사람이 여기 있어?" 폴리가 에일린의 두 팔을 움켜잡았다. "왜 그동안 아무 말도 안 했어?"

"아니, 지금은 여기에 없어. 몇 년 전에 있었어."

"대공습, 1940년에." 폴리가 말했고, 에일린이 고개를 끄덕이자 계속 말했다. "옥스퍼드 시간으로 언제 여기에 있었는가는 중요하지 않아. 이건 시간 여행이야. 만약 바솔로뮤 씨가 1940년에 이곳에 있었다면, 아직도 여기에 있는 거잖아."

"아!" 에일린이 손으로 입을 가렸다. "그건 생각도 못 해봤어! 그래서 네가…?"

"어떻게 그걸 생각 못 해볼 수가 있어?" 폴리가 분통을 터뜨렸다. "여기에 있을 만한 이전 역사학자들을 생각해보라고 마이크가 우리에게 말했잖아." 폴리가 말했지만, 그 말을 끝내기도 전에 생각했다. '그 말을 한 건 마이크가 타운젠드 브라더스 백화점에 왔던 날이었어. 비치 헤드로 떠나기 전이었고, 에일린은 그곳에 없었어.' 그리고 그 뒤로 그들은 블레츨리 파크에 온통 정신을 팔고 있었다.

"마이크는 과거의 역사학자들에 대해 단 한 마디도 내게 말하지 않았어." 에일린이 방어하듯 말했다. "어떻게…?"

"그건 문제가 안 돼. 이제 그 사람이 이곳에 있는 걸 알았으니까…."

"하지만 바솔로뮤 씨는 여기 없어. 제단에 폭탄이 떨어졌을 때 부상을 당해서 옥스퍼드로 돌아갔어."

"폭격 후 언제 돌아갔는데?"

"이튿날."

그건 마이크가 폴리를 찾고 둘이 에일린을 찾기 2주 전에 돌아갔다는 뜻이었다.

"아, 왜 미처 깨닫지 못했을까." 에일린이 탄식했다.

"아무 차이가 없었을 거야." 에일린에게 화를 낸 걸 미안해하며 폴리가 말했다. "우리가 서로를 찾아내고 우리 강하 지점들에 뭔가 이상이 있다는 걸 깨달았을 때는 이미 너무 늦은 뒤였어. 바솔로뮤 씨는 이미 돌아갔을 때니까. 11일에 돌아간 게 확실해?"

"응. 1940년대에 대한 강연이라 아주 자세히 기억나지는 않아. 당시 내가 제2차 세계대전에서 관심 있던 건 오로지 전승 기념일뿐이었거든…."

'그래서 너는 주의를 기울이지 않은 거로구나. 제럴드에 대해 주의를 기울이지 않은 것처럼 말이야.' 폴리가 씁쓸하게 생각했다. 하지만 그건 불공평했다. 1학년 때 들은 강연이 3년 뒤에 목숨이 오락가락할 정도로 중요해질 줄 에일린이 어떻게 알았겠는가.

"하지만 바솔로뮤 씨가 세인트폴이 공격당한 다음 날 돌아갔다고 말한 건 확실하게 기억나." 에일린이 계속 말했다. "바솔로뮤 씨가 부상을 당해서 병원에 가야 할 필요가 있었기 때문이라고 나는 생각을 했거든."

'마이크처럼.' 폴리가 생각했다. 다만 마이크는 아무도 구하러 오지 않은 게 다를 뿐이었다. "그 사람이 자기 강하 지점이 어디인지는 말 안 했겠지?"

"응. 하지만 바솔로뮤 씨가 돌아갔다면 강하도 이제는 작동하지 않지 않아?"

'작동할 수도 있어.' 폴리가 생각했지만, 에일린에게 그 말을 할 수는 없었다. 그 말을 했다가는 에일린이 폴리에게 이전 임무들이 무엇이었는지 묻기 시작할 수도 있었다. 바솔로뮤 씨의 강하 지점이 세인트폴 대성당에 있지 않았을까?

아니, 그곳은 낮에는 늘 관광객들이 있었고 밤에는 화재 감시원들이 있었다. 갑자기 폴리는 자신이 그곳에 간 첫날에 존 바솔로뮤가 대성당에 있었던 건 아닐까 하는 생각이 들었다. 자신이 대성당을 떠날 때 근무하러 들어오던 화재 감시원일 가능성이 아주 컸다. 아니면 불발탄 근처에 있던 사람들 가운데 한 명이든가.

'존 바솔로뮤가 그곳에 있는 걸 알았다면, 내 강하가 열리지 않는 걸 발견하자마자 세인트폴 대성당으로 돌아가서 내가 곤경에 빠진 걸 알렸을 텐데.' 폴리가 생각했다. '그러면 그 사람은 던워디 교수님에게 그 소식을 전했을 거고….'

"작동할까?" 에일린이 묻고 있었다. "여전히 작동할까? 바솔로뮤 씨의 강하 지점 말이야. 나는 역사학자가 임무를 마치고 돌아가면 강하는 닫힌다고 생각했어."

"맞아." 폴리가 말했다. 이곳에 서 있는 시간이 길어질수록 상황은 폴리에게 곤란해지기만 했다. "다시 비가 내리기 시작하네. 제대로 비를 피할 수 있는 곳으로 가자."

하지만 에일린은 포치의 지붕 밑을 떠나려 하지 않았다. "넌 아직 세인트폴 대성당에 관해 내게 말해주지 않았어. 구조팀처럼 보이는 사람이 아침 내내 오지 않았다고?"

"응. 아예 사람들이 거의 없었어. 아침 예배에조차."

"아침 예배?"

폴리는 고개를 끄덕이며 자신이 예배 순서지를 챙기기 잘했다는 생각을 했다. "그곳에는 거의 아무도 없었어. 비가 더 거세지기 전에 가자."

하지만 에일린은 여전히 꿈쩍도 하지 않았다. "알겠지만, 나를 보호해줄 필요 없어. 이게 내 첫 임무인 건 나도 알아. 하지만 너와 마이크가 나를 아이처럼 다룰 필요는 없어. 우리가 얼마나 큰 곤란에 처했는지는 나도 알아…."

'아니, 넌 몰라.' 폴리가 생각했다. '너는 상상도 못 해.'

"그리고 나는 이곳이 얼마나 위험한지도 알아. 나에게 뭔가를 감출 필요 없어."

"너에게 아무것도 감추는 거 없어." 폴리가 말했다. "만약 이곳에 전에 왔던 역사학자들이 누구였는가에 관한 이야기를 너에게 말하지 않았다고 이러는 거면, 나는 말할 생각이었어. 하지만 네가 블레츨리 파크에 제럴드가 있다는 걸 기억해냈고, 그래서 나는 달리 더는 다른 사람들을 찾을 필요가 없다고 생각한 거야…."

"그러면 우리는 왜 신문에 광고들을 낸 건데?" 에일린이 덤비듯 물었다. "왜 오늘 나는 콘서트에 보내고 너는 세인트폴 대성당에 간 건데?"

"만약의 경우를 대비한 거야. 마이크가 제럴드를 찾지 못할 경우를 대비해서. 이제 가자…."

에일린은 폴리의 손을 뿌리쳤다. "마이크에게 무슨 일이 일어난 거야?"

"마이크에게?"

"응. 며칠 동안 아무 소식도 없었잖아."

"아니, 마이크에게는 아무 일도 없었어. 괜한 의심을 불러일으킬까 봐 필요 이상으로 연락하고 싶지 않은 걸 거야."

"그래놓고 너만 마이크하고 연락을 한 건 아니고? 오늘 혼자 가서 만나고 온 거 아니고?"

"마이크를 만나?" 폴리가 놀라 물었다. 그래서 에일린이 여기 온 뒤로 계속 화가 났던 건가? 마이크가 돌아왔으며, 둘이서 몰래 만났다고 생각해서?

"그래, 마이크를 만났냐고. 마이크가 신문을 오려 보낸 게 여기서 너랑만 만나자는 신호였어?"

"아니, 당연히 아니지." 폴리가 말했고, 에일린은 폴리의 목소리에 배인 당혹감을 알아차린 게 분명했다. 안심하는 눈치였기 때문이다. "그래서 내가 세인트폴 대성당에 가려고 했다고 생각한 거야? 마이크를 만나려고? 아니야. 나는 몇 주 전에 기차역에서 작별 인사를 한 뒤로 마이크를 본 적이 없어. 나는 구조팀이 우리 광고를 보고 나타났는지 보기 위해 세인트폴 대성당에 간 거야. 그게 다야. 그리고 나는 거의 얼어 죽을 거 같아. 지루하기 짝이 없는 설교 내내 앉아 있었어. 설교 제목은 '구하라, 그러면 너희에게 주실 것이오'였어."

에일린이 갑자기 긴장했다. "'구하라, 그러면 너희에게 주실 것이오'?"

"응. 백베리에 갔던 날에 들은, 네가 아는 신부님의 설교보다 훨씬 못했어. 그리고 두 배는 길었어. 나랑 같이 안 간 게 다행이야. 세인트폴 대성당은 다음에, 좀 더 따뜻해지고 나면 가자. 자, 가자. 너 옷 다 젖겠어." 폴리는 에일린의 팔을 잡고 젖은 광장을 가로지르려 했다. "따뜻한 차를 마시자. 그리고 코티지 파이는 먹지 말자. 리케트 부인은 진짜 오두막을 다져서 코티지 파이[13]를 만드는 것 같으니까."

에일린은 심지어 미소조차 짓지 않았다. "나는 차를 마시고 싶지 않아." 에일린은 추위를 막으려 자기 몸을 감싸 안으며 말했다. "난 집에 가고 싶어."

13 코티지(cottage)는 '오두막'이라는 뜻이다.

19

오, 우리와 일하러 온 건가요?
잘됐군요. 연필 있습니까?
우리는 암호를 해독합니다.

— 딜리 녹스

블레츨리, 1940년 12월

마이크는 깜짝 놀라 꼼짝도 못 한 채 텐싱을 응시했다. "이 사람이 내가 말하던 바로 그 친구야, 퍼거슨." 텐싱이 말했다. "내가 병원에 있을 때 망을 보던 그 친구."

"그 미국인?" 텐싱의 동료가 말했다.

맙소사, 만약 마이크가 처음 계획대로 영국인인 척 행세를 했더라면….

"응." 텐싱이 말했다. "만약 이 친구의 그 탁월한 기만 능력이 없었다면 나는 아직도 오핑턴의 그 끔찍한 병원에 누워 있었을걸."

"만나서 정말 반갑습니다, 데이비스 씨." 퍼거슨이 말하며 마이크와 악수를 했고, 이윽고 텐싱을 돌아보며 말했다. "재촉하기는 싫지만 우리는 정말로 가야 해."

'여기 머물며 내가 여기서 무엇을 하는지 물을 시간이 없어 다행이로군.' 마이크가 생각했다. '이 친구는 블레츨리 파크와 연관이 있을 게 분명하니까.' 갑자기 마이크는 카모디 간호사가 텐싱이 국방성에서 일한다고 말한 게 기억났다. 그때 텐싱이 정보부 직원이란 걸 눈치챘어야 하는데.

"아니, 시간은 충분해." 텐싱이 말했다. "계산하고 와. 그사이 나는 데이비스와 이야기를 좀 할게. 여기서 자네를 만나다니 정말 운이 좋은걸. 나는 막 런던으로 가려던 중이야. 자네가 하고많은 곳 중에 여기 블레츨리에 있다니, 믿기지 않아. 병원에서는 언제 퇴원했어?"

"9월. 자네가 앉을 의자를 가져올게." 마이크가 시간을 끌기 위해 말했다.

"괜찮아. 내가 가져올게." 텐싱이 말하며 손을 저어 마이크를 도로 앉히고는 빈 의자를 찾아 주위를 두리번거렸다. "잠시만 시간 좀 죽이고 있어."

'내가 왜 이곳에 왔는지 그럴듯한 이유를 생각해내지 못하면, 시간이 아니라 딱 내가 죽을 판이네.' 마이크가 생각했다. "특별임무가 있어서 왔어."라고 말할 수는 없었다. '친구를 만나러 왔다고 말해야 하나?'

텐싱이 의자를 가지고 돌아왔다. "마비스가 여기에 미국인이 있다는 말을 했어." 텐싱이 앉으며 말했다. "하지만 그게 자네라고는 상상도 하지 못했어. 자네가 자전거에 치였다는 말은 들었어. 분명히 경고하지만, 이곳에는 운전 실력이 엉망인 사람들이 좀 있어. 근데 여긴 도대체 왜 온 거야? 신문 기사를 쓰러 온 게 아니면 좋겠네. 안타깝게도 블레츨리는 아주 지루한 곳이거든."

"그렇더라고. 기사 때문에 온 게 아니야. 사실은 발 때문이야. 프리차드 의사를 만나러 왔어." 마이크는 기차에서 나이 든 여인들이 이 의사를 언급하며 뉴포트 패그넬에 병원이 있다고 했던 기억을 떠올리고 있었다. "그 사람은 레이턴 버저드에서 진료를 해. 힘줄을 다시 붙이는 전문가라고 하더라고. 그 사람에게 치료를 받으면 전장에 다시 갈 수 있을까 해서."

"어떤 심정인지 충분히 이해해." 텐싱이 말했다. "나도 병원에서 날마다 라디오로 나쁜 소식들을 듣고 있으면서도 아무것도 할 수 없으니 미칠 것만 같았지." 그는 마이크의 신문을 내려다보았다. "아직도 십자말풀이를 좋아하는군."

마이크는 어깨를 으쓱해 보였다. "시간 죽이기 좋으니까. 자네 말대로, 블레츨리는 그리 재밌는 곳이 아니잖아."

텐싱이 고개를 끄덕였다. "우리가 있던 일광욕실과 비슷한 면이 많지. 화분에 심긴 야자수랑, 헛기침하며 〈타임스〉를 부스럭거리는 월튼 대령만 있으면 딱이야." 그는 십자말풀이를 툭툭 쳤다. "내가 기억하기로는 자네가 이걸 꽤 잘했어."

"내가 기억하기로는 날 도와준 사람이 있었는데."

"그래도 대부분의 미국인은 영국 십자말풀이를 전혀 하지 못해…."

텐싱의 말투가 달라졌다. '뭔가 내가 말을 잘못한 건가?' 마이크는 생각했다. 뭐지? 그는 프리차드 의사가 뉴스포트 패그넬이 아니라 레이턴 버저드에 있다고 일부러 틀리게 말했다. 텐싱이 마이크의 이야기를 확인하려 들 때 의사를 찾기 어렵게 하기 위해서였다. 설마 텐싱도 우연히 프리차드 의사에게 진료를 받았다거나 하는 건 아니겠지?

아니, 텐싱은 발이 아니라 등을 다쳤었다. 하지만 뭔가 때문에 텐싱은 의심했다.

‘십자말풀이인가?’ 마이크는 D-데이 그리고 의심스러운 힌트에 대해 폴리가 해준 말을 떠올렸다. 마이크가 독일에 메시지를 보낸다고 텐싱이 의심하는 건가?

하지만 마이크는 십자말풀이를 만드는 게 아니라 풀고 있었다. 그리고 텐싱은 병원에서 마이크가 같은 일을 하는 걸 셀 수 없이 보았다.

퍼거슨이 테이블 사이로 걸어 둘에게 다가왔다. 다행히도, 이 대화는 곧 끝날 것이다. “계산했어.” 퍼거슨이 말했다.

“잠깐만.” 텐싱이 어깨너머로 말하더니 다시 마이크에게 말했다. “진심이야? 전쟁에 참여하고 싶다고 한 말.”

‘이미 참여한 상태인걸.’ 마이크가 생각했다. ‘그리고 빠져나갈 수가 없어.’ “응.”

“여기에 얼마나 오래 있을 거야? 의사를 만나러 왔다고 했잖아…. 그 의사 이름이 뭐라고 했지?”

“프리차드.” 마이크가 말했다. “나도 모르겠어. 그 의사가 말하는 거에 달렸어. 아마 내가 수술을 받아야 할 거라 생각하더라.”

“하지만 적어도 일주일은 이곳에 있을 거지?”

‘그래서 그동안 내가 프리차드 의사를 만나러 온 건지, 그리고 〈오마하 옵저버〉가 존재하는지 조사를 하려고?’ “응. 앞으로 한 달간 꾸준히 치료를 받아야 해.”

“잘됐군. 나는 런던에 사나흘 다녀와야 해. 하지만 돌아오면 자네와 하고 싶은 이야기가 있어. 어디에 있어?”

“아직 방을 구하지 못했어. 가는 곳마다 만원이더라고.”

"그럼 벨 호텔에 있는 거야?" 텐싱이 말했고, 다행히 답을 기다리지 않았다. "식사는 이 술집에서 하고?"

'오늘 밤 이후로는 아니지.' "의사 진료가 아주 길어지지 않으면 대개는."

"잘됐군. 내가 돌아오면 보자고." 텐싱이 일어났다. "자네가 이곳에 나타나다니 신기한 일이야. 우리가 이렇게 만날 운명이었다는 생각마저 든다니깐." 텐싱이 퍼거슨을 돌아보았다. "가자. 기차를 타야지." 그가 말하고, 동료와 술집을 떠났다.

방금 무슨 일이 일어난 거지? 텐싱이 의심한 걸까, 아니면 그저 병원에서 함께 있던 시절을 추억하고 싶었던 걸까? 그리고 만약 의심했다면 왜 마이크를 두고 떠난 걸까?

'폴리와 이야기를 해야겠어.' 마이크가 생각했지만 안전하게 통화할 수 있는 유일한 전화기는 기차역에 있었고, 텐싱과 퍼거슨은 그곳으로 가는 중이었다. 만약 둘이 기차를 놓친다면 마이크는 그들과 다시 만날 수도 있었다.

게다가, 폴리와 에일린은 집에 없을 것이다. 아마 방공호에 있겠지.

마이크는 술집이 문을 닫을 때까지 기다렸다가 기차역으로 걸어갔고, 공습경보가 일찍 해제되었기를 바라며 전화했지만, 해제되지 않은 모양이었다. 그들은 집에 없었다.

이튿날에도 둘은 집에 없었다. 이번 주에 런던에 공습이 있었나? 폴리에게 물어봤어야 했다. 만약 공습이 있었다면 이번 주에 둘과 연락하기 쉽지 않을 것이다.

마이크는 벨 호텔로 갔고, 웰치먼이 로비에 없는 걸 확인한 다음 신문을 사서 십자말풀이 부분을 찢어서 그 빈칸에 '응급, 수요일 밤에 전화'라고 적은 뒤 우편으로 보냈다. 그리고 그곳을 나와 파크로 걸어갔다. 제럴드를 찾을 수는 없었지만, 돌아오는 길에 해군 여성 부대원 둘이 대화하는 걸 엿들었다. "허트 에이트에 새로 온 남자에 대해 뭔가 알아?" 한 명이 말했다.

"응." 다른 부대원이 정나미 떨어진다는 듯한 목소리로 말했다. "이름이 필립스야. 스토크 해몬드에 숙소를 정했는데, 원하면 네가 가져. 아주 짜증 나는 말라깽이야."

'짜증 나는 말라깽이'라는 표현은 제럴드에게 딱 어울렸고, 필립스라는 이름도 그가 쓸 만한 자연스러운 가명이었다. 마이크는 버스를 타고 스토크 해몬드로 가서 그날 남은 시간 그리고 수요일 오전 내내 방을 구하러 다니는 척하며 묻고 다녔다. "혹시 필립스라는 사람이 이곳에 묵고 있지 않나요?"

수요일, 열 번째로 들른 집에서 집주인이 말했다. "아니요. 월요일에 그런 이름의 청년이 방을 구하러 오기는 했어요. 머슬리로 가보라고 했죠."

머슬리는 10킬로미터 떨어진 곳이었다. 마이크는 버스를 타고 그곳에 가서 예닐곱 집을 돌아다니며 물어봤지만 허사였다. 그러다 마침내 어떤 여자가, 필립스라는 이름의 남자가 들렀고, 그래서 리틀 하워드로 가보라고 말했다고 했다. 그래서 마이크는 블레츨리로 돌아왔고, 때는 거의 7시였다. 마이크는 폴리에게 전화를 걸기 위해 곧바로 기차역으로 갔다.

그리고 딜리의 소녀들과 우연히 만났다. "안녕하세요!" 엘스페스가 기뻐하며 말했다. "당신이 어떻게 지내는지 궁금했어요!"

"날마다 파크에서 당신을 찾아봤어요." 조앤이 말했다.

"이 사람이 우리가 말했던 그 미국인이야, 웬디." 마비스가 네 번째 여자에게 말했다. "튜링이 거의 죽일 뻔한 그 사람."

"잘생긴 남자네." 웬디가 마이크를 보고 눈을 깜빡이며 말했다(웬디는 식료품 저장실에서 잔다는 티가 전혀 나지 않았다). "당신을 꼭 만나고 싶었어요!"

"내가 먼저 봤어." 조앤이 말했다.

"튜링이 이 사람을 자전거로 치었을 때 일으켜 준 건 나였어." 엘스페스가 소유권을 주장하듯 마이크에게 팔짱을 끼며 말했다.

"얘들아, 얘들아, 이렇게 탐욕을 부릴 때가 아니야." 마비스가 마이크의 다른 쪽 팔에 팔짱을 끼며 말했다. "전시에는 모든 걸 똑같이 공유해야 해." 이 여자들에게서 어떻게 빠져나가지? 마이크는 심지어 말을 할 틈조차 찾을 수가 없었다. "숙소 담당자가 머물 곳을 찾아줬나요?" 마비스가 마이크에게 물었다.

"그랬을 리가 없겠죠." 웬디가 씁쓸하게 말했다. "저는 몇 주 동안이나 그 사람에게 말을 했지만, 몇 달째 빈방이 없다고 하더라고요."

"우리는 웬디가 있을 방을 구하러 나온 거예요." 엘스페스가 설명했다.

"웬디는 복숭아 병조림들 사이에서 자야 할 뿐 아니라, 이제는 숙소 배정 담당자가 웬디에게 룸메이트를 둘이나 붙여놨어요." 마비스가 말했다.

"알비온 스트리트에 빈방이 있다는 소문을 들었어요." 웬디가 마이크에게 말했다. "하지만 가봤더니 벌써 나갔더라고요." 웬디가 한숨을 쉬었다. "어째 안 믿길 정도로 좋은 소식이라고 생각은 했지만."

"그리고 이제 당신은 우리 모두에게 기운 내라고 음료를 한 잔

씩 사줘야 해요." 조앤이 말했다.

"그러고 싶습니다만, 안 되겠습니다. 만나야 할 사람이 있어서요…."

"그럴 줄 알았어요." 엘스페스가 슬픈 듯이 말했다.

"예쁜가요?" 조앤이 물었다.

"여자가 아닙니다. 오랜 친구입니다." 마이크가 말했다.

"음, 그러면 금요일에요." 마비스가 말했다.

"네, 금요일에요." 마이크가 말했다. "그리고 빈방 소식을 들으면 꼭 알려드릴게요." 마침내 마이크는 그 여자들에게서 벗어났지만, 시계는 거의 8시를 가리키고 있었다. '제발, 제발. 폴리가 아직 집에 있기를.' 마이크는 생각하며 절룩절룩 기차역으로 갔다.

에일린이 전화를 받았다. "제럴드를 찾았어?" 에일린이 간절히 바라는 목소리로 물었고, 전화 저편에서 뭔가 요란히 부서지는 소리가 들렸다.

"이게 무슨 소리야?" 마이크가 물었다.

"고성능 폭탄. 지금 공습 중이야."

'왜 아니겠어.' 맙소사, 어째 늘 이리도 운이 없을까?

"찾았어?" 에일린이 다시 물었다. "제럴드를 찾았어?"

"아직. 폴리 있어? 좀 바꿔줘."

커다란 호각 소리 같은 게 나고 다시 무너지는 소리가 들렸다. 폴리가 말했다. "무슨 일이야?" 폴리가 물었다.

"병원에서 같이 있던 사람을 만났어. 텐싱이라는 사람이야."

"그 사람은 네가 영국인이 아니라 미국인이라는 걸 알겠네. 그래서 정체를 들켰어?"

"아니. 사실 나는 사람들에게 영국인이라고 말하고 다니지 않기로 했었거든. 그러길 다행이었지. 어쨌든 내 생각에 그 친구는 블레츨리 파크에서 근무하는 게 확실해. 내 발 때문에 의사를 만나러 온 거라고 했더니 그 말을 믿더라. 어쨌든…." 마이크는 폴리 쪽에서 들리는 요란한 소리를 뚫고 대화를 하기 위해 고함을 쳤다. 방공포들이 발사를 시작한 모양이었다. "술집에서 텐싱이 나를 봤고 몇 분 정도 대화를 했는데, 나보고 아직도 십자말풀이에 관심이 있느냐고 물었어."

"뭐에 관심이 있느냐고 물었다고? 여기가 좀 시끄러워서 잘 안 들려."

"십자말풀이!" 마이크가 외쳤다. "난 병원에서 십자말풀이를 했거든. 그리고 술집에서 제럴드를 찾으면서도 그걸 하는 척했어. 텐싱은 내가 아직도 그걸 좋아하는지 물었고, 내가 그렇다고 하니까 나보고 블레츨리에 얼마나 오래 있을 건지를 물었어. 런던에 며칠 가 있어야 하지만 돌아오면 나와 다시 이야기하고 싶다고 했어."

"그 사람이 다른 말은 안 했어? 십자말풀이에 대해서."

"했어. 내가 그걸 잘했다고 기억한다며 대부분의 미국인은 영국식 십자말풀이를 할 수 없다는 말을 했어. 영국 정보부에서 벌써부터 십자말풀이에 간첩 메시지가 담겨 있는지 찾고 있을 가능성이 있을까? 내가 말했던 D-데이 암호 유출 때처럼 말이야."

"아니. 그 사람은 네게 블레츨리 파크의 직장을 제안하려는 거야. 블레츨리 파크에서는 수학자, 이집트 학자, 체스 선수 등 암호 해독을 잘할 만한 사람들은 누구든 고용했다고 내가 전에 말했잖아. 그리고 십자말풀이를 잘하는 사람들도 고용했어. 심지어 파크는 〈데일리 헤럴드〉가 십자말풀이 경연대회를 열게까지 했어. 그리고 승자들 모두에게 파크의 직장을 제안했어. 하지만 여전히 사람들이 부족했지. 그래서 늘 가능성 있는 사람들을 찾았어. 그 사람이 런던에서 언제 돌아온다고 했어?"

"확실하지 않아. 내일이나 모레."

"그러면 넌 오늘 밤에 그곳을 떠나야 해."

"잠깐만. 어쩌면 직장 제안을 받아들이는 게 나을지도 몰라. 제럴드가 블레츨리 파크에 있다면."

"아니, 그건 끔찍한 생각이야. 그랬다가 너는 절대 그곳을 떠나지 못해. 그곳에서 일하면 비밀을 알게 되기 때문에 직원들을 떠나게 할 수 없었어. 그래서 파크에서 일하던 사람들은 모두가 전쟁이 끝날 때까지 그곳에 있었어. 넌 오늘 밤 그곳을 떠나야 해."

"하지만 난 막 제럴드의 단서를 찾았는걸."

"에일린이 너 대신 나머지를 맡아 할 거야. 오늘 밤 기차가 있어? 아마 런던까지 오지는 못할 거야. 공습이 너무 심하거든. 하지만 적어도 블레츨리를 빠져나올 수는 있을 거야."

"하지만 그렇게 서둘러야 할 이유를 모르겠어. 이제 텐싱이 무슨 말을 할지 아니까 그냥 직장 제안을 거절하면 되잖아. 이미 나는 발 치료를 받고 있다고 말했어. 수술해야 해서 안 된다고 핑계를…."

"너무 궁색한 변명이야. 제안하는 직장은 의자에 앉아서 하는 일이야. 딜리 녹스가 다리를 절었다는 걸 잊지 마."

"뭐, 그럼 그냥 그런 일에 관심이 없다고 말하면 되잖아."

"뒹케르크에 가기 위해 배에 밀항할 정도였던 미국인 기자가,

전쟁에서 가장 흥미로운 첩보전에 참가하는 데에 관심이 없다고? 안 믿을걸."

폴리 말이 옳았다. 의사의 권고를 무시하고 현장으로 돌아가기 위해 그토록 의지를 불태우던 텐싱 같은 이라면 마이크가 '전장으로 돌아갈' 기회를 거절하는 이유를 전혀 이해하지 못할 것이다. 마이크가 전장으로 돌아가려고 프리차드 의사를 만난다고까지 했으니 더더욱 그랬다. 텐싱은 마이크가 왜 직장 제안을 거절하는지 궁금해하며 그 이유를 조사할 것이다. 그리고 프리차드 의사에 대해 거짓말했다는 사실을 알게 될 것이다.

"넌 당장…." 폴리가 말을 하는데 귀가 먹을 정도로 요란한 기적 소리가 들렸다. '또 폭탄이 터졌군.' 마이크가 생각했지만, 다음 순간 그게 기차 소리라는 걸 깨달았다.

마이크는 손목시계를 보았다. 8시 33분이었다. 옥스퍼드에서 오는 기차였다. "미안, 네가 하는 말을 듣지 못했어. 기차가 들어오고 있어."

"거기서 당장 빠져나오라고 했어." 폴리가 다급하게 말했다. "만약 텐싱이 네게 직장 제안을 할 생각이라면, 이미 네 신원 조회를 하고 있을 거고, 네가 기자가 아니라는 걸 알게 될 거야. 다시 텐싱을 만나는 건 위험해. 게다가…." 날카로운 소리가 들리더니 통화가 끊겼다.

"폴리?" 마이크가 말했다. "폴리?"

"죄송합니다." 교환수가 말했다. "연결이 끊겼습니다. 원하시면 다시 연결해보겠습니다."

하지만 연결이 끊긴 건 폭탄 때문이었고, 전화선이 복구되려면 며칠은 걸릴 것이다. 마이크는 그 점에 다행이라 느꼈다. 만약 폴리와 다시 이야기하게 되면 폴리는 마이크가 그곳을 떠나야 한다고 고집을 부릴 것이다. 그곳을 떠나야 한다는 말은 맞았지만, 오늘 밤에 그럴 필요는 없었다. 텐싱은 아무리 일러도 내일이 되어야 돌아올 것이고, 마이크가 사는 곳을 알지도 못했다. 그리고 마이크는 숙소 배정 사무실을 통해 방을 구하지 않았기 때문에 텐싱이 그가 사는 곳을 알아내기까지는 시간이 걸릴 것이고, 술집과 호텔들을 찾아다니는 동안이면 마이크는 이미 제럴드가 리틀하워드에 있는지 알아낸 다음일 것이다. "아니요, 다음에 다시 걸겠습니다." 마이크는 교환수에게 말하고 전화를 끊은 뒤 전화 부스에서 나왔다.

기차가 이제 도착한 게 분명했다. 승객들이 플랫폼을 따라 나오고 있었다. 나이 지긋한 육군 장교, 여성 비상 자원봉사대원 둘, 그리고….

맙소사, 퍼거슨이었다. 그리고 그 뒤를 따라 막 기차에서 내린 이는 텐싱이었다. 둘은 아직 마이크 쪽을 보지 않았다. 마이크는 본능적으로 다시 전화 부스로 숨어들어 갔지만, 몸을 숨기는 데는 전혀 도움이 되지 않았고, 기차역을 가로질러 문을 나서는 건 그럴 만한 시간도 없거니와 절룩이는 모습이 눈에 띄지 않을 리 없었다. 마이크는 다른 쪽 문을 통해 전화부스를 나와 아무도 없는 동쪽의 플랫폼으로 들어섰고, 그 끝까지 가서 발소리에 귀를 기울이며 어째야 할지를 생각했다.

폴리가 옳았다. 마이크는 당장 이곳을 떠나야 했다. 하지만 이 기차를 탈 수는 없었다. 지금까지 마이크의 운을 보았을 때, 텐싱이 기차에 모자나 뭔가를 두고 내렸다가 다시 타고, 이곳을 떠나려는 마이크와 마주칠 것이다. 다음 기차를 타야 했다. 11시 10분

기차였지만, 그래도 이곳에서 기다리는 게 나았다. 짐을 찾으러 졸솜 부인 집으로 돌아가다가는 텐싱과 정면으로 만날 수도 있었다. 아니면 딜리의 소녀들이나. 마이크는 사람들 눈에 띄지 않는 이곳에 앉아 기다려야 했다.

하지만 만약 마이크가 짐을 찾아가지 않고 텐싱이 어찌어찌 마이크가 묵었던 곳을 알아낸다면, 짐도 챙기지 않고 갑자기 사라지는 건 아주 의심스러워 보일 것이고, 졸솜 부인은 그런 사실을 떠들어댈 것이다. 만약 마이크가 간첩이라고 텐싱이 결론을 내리면, 그건 텐싱에게 잡혀 직장 제의를 받는 것보다 훨씬, 훨씬 더 위험했다. 그리고 설사 텐싱이 그를 의심했고 그래서 일찍 돌아온 것이라 할지라도, 졸솜 부인 집으로 가지는 않을 것이다. 우선 술집부터 가고, 다음으로 호텔들을 찾아볼 것이고, 하숙집들을 찾아다닐 즈음이면, 마이크는 이미 떠난 지 오래이리라.

마이크는 텐싱과 퍼거슨이 역에서 떠나기 충분하도록 플랫폼에서 15분을 더 기다린 다음, 딜리의 소녀들이 사는 집이나 벨 호텔을 지나지 않도록 길을 에두르고, 길을 건널 때면 양쪽을 조심스레 살피면서 졸솜 부인 집으로 서둘러 갔다.

졸솜 부인 집에 도착했을 때는 10시가 지난 뒤였다. '어쩌면 부인은 이미 잠이 들었을 거야. 그러면 메모를 남기고 떠나면 돼.' 마이크가 기대했지만, 자물쇠에 열쇠를 넣기도 전에 졸솜 부인이 문을 열었다. 부인은 앞치마를 하고 행주에 손을 닦고 있었다. "아, 데이비스 씨군요." 그녀가 말했다. "설거지하는데 문에서 소리가 나서 나왔어요. 오늘 저녁은 어땠나요?"

"그리 좋지 못했습니다." 마이크가 졸솜 부인을 따라 부엌으로 가며 말했다. "말씀드렸는지 모르겠지만, 저는 치료를 받으러 여기에 왔습니다. 제 발요. 저는 치료가 가능하리라 생각하며 레이턴 버저드에 있든 그랜홈 의사를 만났지만, 그분은 제 발을 치료할 수 없다고 하면서 뉴튼 패그넬에 있는 에버스 의사에게 저를 보냈고, 그분은 제게 수술이 필요하다면서 밴베리에 있는 프리차드 의사에게 보냈습니다." 마이크는 세 의사가 있는 마을 이름을 일부러 틀리게 말했다. 텐싱이 자신을 찾지 못했을 경우 졸솜 부인이 이름과 장소를 헛갈렸을 거라 생각하도록 하기 위해서였다. "문제는, 프리차드 의사는 당장 수술을 하고 싶어 하는 거죠. 그래서 부인에게 방을 비우겠다는 말을 2주 일찍 할…."

"오, 그건 걱정하지 마세요." 졸솜 부인이 잔과 잔 받침을 닦아 찬장에 넣으며 말했다. "2주 미리 알려달라고 한 건 파크의 하숙생들이 아무 말도 없이 떠나기 때문에 한 말이에요." 부인은 행주를 접어 카운터 가장자리에 널었다. "또는 아예 나타나지를 않고요. 저는 방을 몇 주씩 비우고 기다리기도 했어요. 그리고 제가 그 말을 했더니 숙소 배정 담당자가 뭐라고 한 줄 아세요? 자기는 전혀 모르는 일이라고 하더라고요. 심지어 편지를 보낸 것조차 부인했어요!"

편지. 그날 실험실에서 제럴드는 강하에서 돌아왔을 때 편지를 보냈다고 했다. 그 편지가 머물 장소를 예약하는 내용이었을까? 하지만 제럴드는 가을이 아니라 여름에 올 예정이었다.

'그건 모르는 거야.' 마이크가 생각했다. 7월은 준비용 강하를 한 거였고 임무가 그때일 필요는 없었다. 어쩌면 그래서 준비용 강하가 필요했는지도 몰랐다. 주거지 부족으로 몇 달 전에 미리 준비해야 했기 때문에. 그리고 만약 제럴드의 강하에 시간 편차가 증가했다면, 졸솜 부인은 방을 비워둔 채 기다렸을 것이다. 그래서 블레츨리에서 졸솜 부인만에게만 빈방이 생긴 것이었다.

'왜 미리 깨닫지 못했지.' 마이크가 생각했다.

"아침에 떠나실 건가요, 데이비스 씨?" 졸솜 부인이 묻고 있었다.

'아니요, 오늘 밤에요.' 마이크가 말하려 했지만, 밴베리로 가는 기차는 아침에나 있다는 사실이 기억났다. "네. 하지만 프리차드 의사를 먼저 만나야 해서 아마도 부인이 일어나기 전에 떠날 거예요. 들어오기로 하고 나타나지 않았다는 그 하숙생…."

초인종이 울렸다. '맙소사.' 마이크가 생각했다. '텐싱이야. 텐싱을 과소평가하면 안 되는 거였는데.'

졸솜 부인은 앞치마를 벗고 누군지 보러 문으로 갔다. 마이크는 부엌문으로 살금살금 걸어가 문을 살짝 열어보았다. 남자의 목소리, 그리고 졸솜 부인이 그 남자에게 대답하는 소리가 들렸지만, 둘이 무슨 이야기를 나누는지는 들리지 않았다.

현관문이 닫히는 소리가 났다. 마이크는 재빨리 부엌문에서 멀어졌다. 졸솜 부인이 들어왔다. "방을 찾는 사람이었어요."

그게 제럴드면 어쩌지? "돌아갔나요?" 마이크가 묻고는 현관으로 달려가 문을 열고 밖을 살폈지만 어두운 거리에는 아무도 보이지 않았다. "어떻게 생겼나요?" 마이크가 현관문으로 따라 나온 졸솜 부인에게 물었다.

"나이 지긋한 신사였어요." 졸솜 부인은 당황한 게 분명한 목소리로 말했다. "왜 그러나요?"

"어제 프리차드 의사의 병원에서 만난 환자인 줄 알았어요." 마이크가 말하며 속으로 자신을 질책했다. '수상하게 행동한 것에 대해 잘 변명해야 해.' "오늘 그 사람이 들어올 수 있게 오늘 밤에 나간다고 말할 생각이었거든요. 저는 호텔에 가면 돼요."

"저는 그렇게 할 생각이 없어요, 데이비스 씨." 졸솜 부인이 말했다. "더구나 이런 밤에 방을 찾아다니는 사람을 위해서는 더욱 더요. 원하시는 만큼 머무르세요." 부인은 계단을 오르기 시작했다. "안녕히 주무세요."

마이크는 계단으로 가서 난간을 잡으며 부인을 막았다. "빈방을 남겨두고 싶지 않아서 그럴 뿐입니다. 오기로 하고 안 왔다는 그 사람…."

"아, 그건 걱정하지 마세요, 데이비스 씨." 졸솜 부인이 그의 손을 도닥였다. "당신이 떠나야 하는 상황을 충분히 이해하니까요. 심각한 수술인가요?"

만약 그렇다고 하면 부인은 걱정에 차 온갖 질문을 해댈 것이고, 심각하지 않다고 한다면 왜 이렇게 서두르는지 말이 안 되었다. 어느 쪽으로 대답하든, 오기로 하고 나타나지 않았다는 그 하숙생에 관한 이야기로 화제가 돌아갈 가능성은 없었다. 하지만 마이크는 그의 이름을 알아야 했다. 11시 10분 기차가 출발하기 전에.

"수술만 하면 다 잘될 거예요." 마이크가 말했다. "숙소 배정 담당자가 그런 실수를 하다니 웃기네요. 대개 그 사람들은 아주 효율적이니까요. 담당자가 오해가 있었다고 했다고 하셨죠? 혹시 부인께서 날짜를 잘못 보셨거나 아니면…."

"절대 아니에요." 노기를 띠며 졸솜 부인이 말했다. "오해요? 숙소 배정 담당자는 자신이 편지를 보냈다는 사실조차 인정하려 들지 않았어요. 여기 편지에 버젓이 서명까지 하고서 말이에요." 부인은 쿵쾅거리며 거실로 가더니 편지를 가지고 왔다. "여기 이름이 확실히 적혀 있잖아요. A. R. 에딩턴 대위라고 말이에요."

졸솜 부인은 마이크의 얼굴에 편지를 들이밀었다. 편지에는 이렇게 적혀 있었다. "1940년 10월 10일에 도착하는 제럴드 펍스 교수를 위한 숙소 제공을 지시함."

20

제2차 세계대전 때는 삶이 하루 단위였습니다….
가장 좋아하는 누군가의 부고를 갑자기 듣게 되곤 했지요.

— *FANY 구급차 운전사*

덜위치, 1944년 여름

스티븐 랭 대위는 다음 2주 동안 메리에게 열아홉 번 전화했다. 메리는 동료들에게 자신이 출동을 나갔거나 물품을 가지러 나갔다고 그에게 말하라고 했다. "아니면 V-1 폭격에 죽었다고 말하든가." 랭 대위가 열여섯 번째로 전화했을 때 격노한 메리는 탤봇에게 말했다. "랭 대위에게 내가 죽었다고 말해줘."

"그런다고 전화를 그만하지는 않을 거야." 탤봇이 말했다. "네가 이러면 상황을 악화시킬 뿐이라는 걸 너도 알지? 남자에겐 얻기 어려운 여자야말로 가장 매력적인 여자라고."

"그래서 넌 내가 랭 대위와 데이트를 해야 한다고 생각하는 거야? 페어차일드는 내 동료야. 그리고 랭 대위는 페어차일드의 진정한 사랑이고. 걔는 여섯 살 때부터 랭 대위에게 빠져 있었어!"

"난 다만, 네가 도망칠수록 그 사람은 더욱더 널 쫓아다닐 거라는 말을 하는 것뿐이야."

"그래서 넌 내가 어떻게 하면 좋을 거 같아?"

"모르겠어."

메리 역시 어째야 할지 알 수 없었다. 랭 대위와 데이트를 나갈 수 없는 건 확실했다(랭 대위가 메리를 원한다는 사실만으로도 가엾은 페어차일드는 죽을 것처럼 마음 아파했다). 그리고 메리는 전화로 랭 대위에게 말할 엄두도 나지 않았다. 랭 대위는 거절을 아예 받아들이지 않았다.

"난 네가 그 남자랑 데이트를 나가야 한다고 생각해, 트라이엄프." 패리시가 말했다. "그리고 그때를 기회 삼아 그 남자에게 페어차일드와 데이트하라고 설득하는 거야."

청교도들이 미국으로 이주한 시절까지 거슬러 올라가봐도 그건 아주 끔찍한 생각이었다. 당시, 존 알덴은 마일스 스탠디시와 데이트하라고 프리실라 멀린스를 설득하려 했지만, 프리실라는 이렇게 말했다. "당신의 생각을 말해요, 존."[14] 메리는 랭 대위에게 "당신의 생각을 말해요, 이졸데."라는 말은 절대로 듣고 싶지 않았다.

메리는 존 알덴이 시간 여행자였는지 궁금했다. 그는 자신이 빠진 혼란 상태에서 어떻게 빠져나오는지 몰랐다. 그리고 지금 상황도 마찬가지로 혼란 상태였다. 지부에 있는 모두가 연관되었으며, 리드와 그렌빌은 메리에게 노발대발했다. "다른 여자의 애인을 훔치는 건 아주 나쁘다고 생각해." 그렌빌은 말했고, 메리가

14 존 알덴과 프리실라 멀린스는 메이플라워호를 타고 미대륙으로 갔고 1622년경에 결혼했다.

설명하려 들자 그녀는 덧붙였다. "뭐, 네가 뭔가를 했으니까 이렇게 된 거지."

"재 좀 봐." 리드가 페어차일드를 힐끗 보며 속삭였다. "너무나 상심이 커 보여."

페어차일드는 상심이 컸다. 하지만 메리에게 단 한 마디도 질책하지 않았다. 아니, 페어차일드는 메리에게 그 어떤 말도 하지 않았다. 함께 출동을 나갈 때면 '여기에 들것 하나가 필요해!'라든가 '이 사람은 내상을 입었어.'처럼 업무상의 말만 할 뿐 조용했고, 지부에서는 전화 소리가 들리는 곳을 피해 있었지만, 상심한 건 분명했다. 그리고 메리는 그 상심에 분명히 책임이 있었다. 그건 메리가 이곳에 존재하는 것이 사건들을 변경했다는 뜻이거나 (그건 불가능했다. 역사학자들은 그럴 수 없었다), 또는 메리가 페어차일드와 랭 대위 사이에 끼어든 것이 문제가 되지 않는다는, 즉 메리가 없었어도 둘은 엮일 수 없다는 뜻이었다. 왜냐하면 랭 대위는 죽었기 때문이다.

당연히 랭 대위는 죽었다. 그는 V-1 날개 건드리기를 할 뿐 아니라 폭탄 골목 한가운데에 살았다. 그리고 랭 대위처럼 멋진 젊은이들 수십만 명이 됭케르크와 엘알라메인과 노르망디에서 죽었다.

'하지만 그러면 페어차일드는 죽고 말 거야.' 메리가 생각했고, 진짜로 그렇게 될까 봐 두려웠다. 제2차 세계대전 때는 누군가를 잃고 위험한 임무에 자원하는 사람이 많았고, 페어차일드라고 그러지 말란 법이 없었다. 그리고 만약 페어차일드가 그렇게 하면 메리는 그게 자기 잘못이라고 느낄 것이고, 랭 대위와 페어차일드의 죽음을 평생 가슴에 안고 살게 될 것이다. 만약 메리가 이곳에 와서 탤봇을 배수구로 밀지 않았더라면 탤봇은 무릎을 접질리지 않았을 테고, 그러면 메리가 탤봇을 대신해 운전하지 않았을 것이고, 랭 대위가 기지로 오는 일은 결코 없었을 것이다.

아니, 그런 일이 없어도 그는 왔을 수 있었다. 어쩌면 랭 대위는 탤봇에게 저녁 식사를 하자고 청했을 것이고, 똑같은 일이 벌어지면서 탤봇이 악당이 됐을 수도 있었다. 아니면 탤봇은 메리와 결국은 가지 못했던 무도회에 가서 미군 병사를 만났는데 그 병사가 나일론 스타킹을 구해주겠노라고 약속했고, 그래서 그 병사에게 스타킹 받을 날을 다시 잡았기 때문에 탤봇은 그날 페어차일드에게 자기 대신 헨던으로 운전해달라고 부탁했을 수도 있었다. 그리고 페어차일드와 랭 대위는 런던으로 가는 길에 사랑에 빠지고, 둘은 전쟁 중에 결혼하고 이후 행복하게 잘 살았을 수도 있었다.

'페어차일드는 랭 대위를 태우고 골더스 그린을 관통해 가거나 아니면 토트넘 코트 로드를 지나다가 둘 다 폭사했을 수도 있어.' 메리가 생각했다. '그리고 어느 쪽이든 간에, 나는 결과를 바꿀 수 없어. 만약 내가 그렇게 할 수 있었다면 네트는 나를 이곳으로 보내지 않았을 거야.'

하지만 역사학자가 사건들에 영향을 미칠 수 없다는 것이 일부러 문제를 일으켜야 한다는 뜻은 아니었다. 그래서 메리는 랭 대위가 전화했을 때 받을 수 없는 상황이 되게 했다. 그녀는 비번일 때는 지부 밖에서 시간을 보냈고, 소령이 다른 지부들에서 계속 구하려 애쓰는 의료품들을 받으러 가겠노라고 자원했다. 그러면서 메리는 랭 대위가 그녀에게 흥미를 잃고 원래대로 페어차일드에게 관심을 돌리기를 바랐다.

하지만 랭 대위는 계속해서 메리에게 전화했다. 페어차일드는 점점 더 야위어 갔고, 그 무엇도, 심지어 (모든 사람의 예상을 깨고 소령이 결국 본부에서 배정받은) 새 구급차가 도착했을 때도 FANY들이 '가엾은 페어차일드'에 대해 이야기하는 걸 막을 수 없었다.

그리고 9월 1일, 설상가상으로 소령은 새로운 근무 당번표를 짜면서 기존 파트너였던 메리와 페어차일드를 갈라놓았고, 그로 인해 사람들은 메리와 페어차일드 가운데 누가 파트너를 바꾸어 달라고 요청했을까를 두고 끝없이 추측에 추측을 거듭했다.

9월에 V-2 공격이 시작되자 메리는 거의 고맙기까지 했다. V-2 공격으로 인해 다들 딴생각을 할 겨를이 없었고, 랭 대위가 속한 비행 편대 역시 바빠졌다. 랭 대위의 전화는 뜸해지기 시작했고, 영국 공군이 새롭고 훨씬 더 치명적인 공격을 어떻게 막아야 할지 씨름하면서 결국 더 이상 전화가 오지 않았다.

스핏파이어마저도 V-2를 잡을 가능성이 없었다. V-2는 음속보다 빠른, 시속 6천 킬로미터가 넘는 속력으로 날았고, 목표에 도달하는 데 겨우 4초밖에 걸리지 않았다. 그 결과, 미리 듣고 피신할 만한 사이렌이나 독특한 소리 같은 게 없었다. 유일하게 들리는 소리는 음속 폭음뿐이었으며, 만약 그 소리를 들었다면 그건 이미 폭발에서 살아남았다는 뜻이었다.

V-2 로켓은 갑작스레 나타나 떨어졌고, 그 무시무시한 위력은 상상을 초월했다. 그토록 차분하던 FANY들조차도 실내에 머물렀고, 출동을 나갈 때면 슬쩍슬쩍 하늘을 훔쳐보곤 했다. 수트클리프-히스는 모든 소지품을 지하실에 내려다 두었고, 패리시는 지르박 경연에 참여하자는 미군 병사에게 자신은 지부 내에 머물며 머리를 감아야 한다고 말했다.

어느 날 아침, 그들이 출동을 갔다가 돌아오는데, 아이들이 여행 가방을 들고 목에는 판지로 된 이름표를 걸고 버스에 타는 모습이 보였다. "무슨 일인 거지?" 메리가 물었다.

"북쪽으로 피난 가는 거야." 챔벌리가 설명했다. "폭격이 미치지 않는 곳으로."

리드가 부러운 듯이 말했다. "나도 같이 갈 수 있으면 좋겠다."

V-2로 인한 피해 역시 끔찍했다. V-2는 집들을 박살 내는 정도가 아니라 전 지역을 완파했다. 그래서 그곳에 원래 무엇이 있었는지 전혀 알아볼 수 없었다. 사고 현장들에서 시신 운구용 차량으로 실어나르는 사망자 수가 급격히 늘었고, 병원으로 가는 중에 죽는 사람들 수 역시 마찬가지였다. 어떤 사망자들은 9백 킬로그램짜리 폭탄에 의해 산산조각이 나며 시체조차 남지 않았다. 그리고 현장에서 FANY들이 목격하는 장면은 훨씬 더 끔찍하고 이루 말로 표현할 수 없을 정도로 무시무시해졌다.

하지만 한 달이 채 안 되어 그들은 V-2에 익숙해졌고, V-2에 대해 새로운, 하지만 완전히 엉터리인 신화를 고안해냈다. "로켓은 한 번 공격한 곳은 다시는 공격 안 해." 메이틀랜드가 선언했다. "자성 때문이야. 그러니 사고 현장에 있는 동안은 완벽히 안전해. 그곳에 가는 건 또 다른 문제지만."

하지만 새로운 주장이 나오며 그 부분을 보강했다. "V-1의 포격이 끝나고 1시간이 지나기 전에는 오지 않아." 수트클리프-히스가 말했다. 그리고 탤봇은 차량 대기대에서 근무하는 자기 애인 가운데 한 명이 말했다면서, V-2는 추우면 엔진이 작동하지 않고, 그래서 겨울에는 숫자가 줄어들 거라고 했다. 둘 다 틀린 주장이었다. 하지만 덕분에 FANY들은 언제든 자신들이 산산조각이 날 수 있다는 사실을 알면서도 날마다 푹 자고, 일을 하고, 사고 현장에 운전해 갈 수 있었다.

그리고 다시 2주일이 지났을 때, 그들은 예전처럼 옷에 대한 토론(메리의 파란 오건디 드레스는 치마 부분이 찢어졌다. 그래서 찢어진 부분만 수선할지 아니면 그쪽은 가로로 길게 전부 들어낼지를 두고 갑론을박을 했다)과 남자에 관한 토론으로 돌아갔다. 수트클리프-히스는 브루클린에서 온 제리 워제이욱이라는 이름의 미군 수병을 만났고, 패리시는 디키와 헤어졌다.

불행히도, '가엾은 페어차일드'에 대한 토론도 다시 시작되었다. "다른 사람이랑 약혼하면 어때?" 랭 대위가 다시 전화를 걸기 시작했을 때 리드가 메리에게 제안했다.

"아니면 결혼을 하거나." 메이틀랜드가 말했다. 너무나 터무니없는 제안들이었다. 그래서 탤봇이 들어와 소령이 메리에게 스트렛햄으로 가서 붕대를 받아오란다는 말을 했을 때, 메리는 안도감이 들었다.

"벨라 루고시를 타고 가야겠지?" 메리가 말했다.

"안 돼. 그건 정비소에 있어. 그리고 리드가 아직 돌아오지 않았어. 그 문어손을 태우고 탱미어에 갔거든. 너 오늘 운이 좋아. 새 구급차를 운전해. 캠벌리가 같이 갈 거야. 캠벌리에게는 차고로 바로 가라고 말할게."

하지만 조수석 문이 열렸을 때, 차에 탄 이는 페어차일드였다. "캠벌리는 몸이 안 좋대. 나보고 대신 가달라고 했어." 페어차일드가 메리에게 말했고, 메리가 차를 차고에서 빼 스트렛햄으로 떠나는 동안 조용히 앉아 있었다. 메리는 랭 대위에 대해 한 번 더 설명해 볼까 생각해보았지만, 상황이 더 나빠지기만 할까 봐 겁이 났다.

스트렛햄은 그들에게 붕대 또는 붕대로 쓸 수 있는 린트 천을 전혀 줄 수 없었다. "우리도 거의 다 떨어져가요. 그 무시무시한 V-2 때문에요." 스트렛햄 지부의 FANY가 그들에게 말했다. "크로이던에 연락을 해뒀으니 그곳으로 가세요."

크로이던? 크로이던은 다른 그 어떤 지부보다도 더 많은 로켓 공격을 받았으며, 메리가 암기한 영역 밖에 있었다. "노베리에서 받아갈 수는 없나요?" 메리가 물었다. "거기가 훨씬 더 가까워요."

스트렛햄 지부의 FANY는 고개를 저었다. "그쪽은 우리보다 더 심각해요. 크로이던에 전화했더니 준비해놓겠다고 했어요. 그러니 기다리지 않아도 될 거예요."

그건 다행이었다. 그리고 1944년에는 폭격당한 구급차 지부가 없었다. 하지만 그곳까지 가는 길과 돌아오는 길이 걱정되는 건 마찬가지였다. '그곳까지 아주 빠르게 운전해 가고, 독일군이 오늘 밤에는 영국 정보부에 관심을 안 두길 바랄 밖에.'

적어도 페어차일드가 말을 해 주의를 흐트러뜨릴 염려는 없었다. 페어차일드는 냉담하게 앉아 있었다. 그리고 메리는 대화를 할 여유가 없었다. 그녀는 칠흑 같은 어둠 속에서 길을 찾느라 온 정신을 집중해야만 했다. FANY들은 오늘 밤 사고들을 처리하느라 끔찍한 시간을 보낼 것이다. 달빛은 전혀 없었고, 10월의 짙은 안개는 전조등 빛을 집어삼킨 것만 같았다. 앞이 전혀 보이지 않았다.

크로이던의 지부를 찾아가는 데는 1시간이 넘게 걸렸으며, 근무 중인 FANY는 준비해뒀다는 보급품이 어디에 있는지 알지 못했다. "따로 챙겨뒀다는 건 알아요." 그녀는 모호하게 말했고, 사이렌이 세 번 울리는 동안 사방을 찾아다녔다. 결국 그녀는 다른 상자에서 붕대와 린트 천을 꺼냈고, 메리에게 요청서를 다시 쓰게 했다.

메리가 모든 일을 마쳤을 때, 페어차일드는 구급차의 운전석에 앉아 있었다. 메리는 가는 길을 아니까 자기가 운전을 하겠노라고 말할까 생각했지만, 페어차일드의 표정을 보고는 그러지 않는 게 낫겠다고 결정했다. 괜히 말다툼을 하느라 시간만 낭비할 것이고, 메리는 다시 사이렌이 울리기 전에 그곳을 벗어나고 싶었다.

메리는 조수석에 앉았고, 페어차일드는 크로이던의 깜깜한 번화가를 지나 덜위치로 가는 도로로 들어섰다. '좋았어.' 메리가 생각했다. '이제 10분 뒤면 내가 암기한 안전한 곳으로 돌아갈 수 있어.'

페어차일드는 구급차를 길옆으로 가져가 세웠다. "뭐하는 거야?" 메리가 물었다.

페어차일드는 엔진을 끄고 핸드브레이크를 당겼다. "내가 캠벌리에 대해 한 말은 거짓말이었어." 페어차일드가 말했다. "근무를 바꾸자고 내가 부탁했어. 너랑 같이 가려고. 너랑 이야기를 해야 했어, 메리." '메리라니. 트라이엄프도 드 하빌랜드도 아니고, 심지어 켄트도 아니야.' "네가 아직도 나랑 말을 섞고 싶다면 말이야." 페어차일드의 목소리가 떨렸다. "내가 너에게 너무 못되게 굴었잖아. 나랑 이야기할래?"

너무 어두워 페어차일드의 얼굴이 보이지 않았지만, 메리는 그녀의 목소리에 배인 초조함을 느낄 수 있었다. "물론이지." 메리가 말했다. "넌 못되게 굴지 않았어. 그리고 설사 그랬다 해도 난 너를 탓하지 않아. 하지만 지부에 돌아가서 이야기하면 안 될까?" '아니면 적어도 로켓이 어디에 떨어지는지 암기한 영역 안

에서라도?'

"아니." 페어차일드가 말했다. "지금 당장 해야 해. 어제 메이플랜드와 함께 울버스-크로프트 로드의 파괴된 집 잔해에서 열세 살짜리 소년을 꺼냈어. V-2였지. 아이 어머니는 죽었어. 직격이었기 때문에 아이 어머니는 아무것도 남지 않았어. 아이는 어머니가 자기를 앤더슨에 자게 해서 화가 났었다며 계속 흐느꼈어. 그러면서 어머니를 늙은 암소라 부른 걸 후회한다고, 사과했어야 했다고 말했지. 그 아이를 보니 너무 마음이 아팠어. 그리고 우리 둘 중 누구든 당장에라도 죽을 수 있으니 너무 늦기 전에 상황을 바로잡아야 한다고, 그게 얼마나 중요한 일인지를 깨닫기 시작했어."

"바로잡아야 할 건 없어." 메리가 말했다. "적어도 좀 더 따뜻한 곳에 가서 이야기하자. 노베리의 라이언스에 가자. 거기서 차를 한잔 하면서…."

"지금까지 내 행동에 대해 사과부터 하기 전에는 안 돼. 스티븐이 내가 아닌 너에게 반한 건 네 잘못이 아니야…."

"랭 대위는 나에게 반한 게 아니야. 그냥 내가 자기랑 데이트하길 거절하니까 흥미가 생긴 것뿐이야."

"하지만 내 생각은 달라. 넌 스티븐이랑 데이트를 해야 해. 스티븐이 너에게 반하는 게 탤봇처럼 마음에 상처를 줄 수 있는 사람에게 반하는 것보다 훨씬 낫다고 생각해."

"랭 대위는 나에게 반한 게 아니라니까." 메리가 강조해 말했다. "그리고 나 역시 랭 대위에게 반한 게 아니고."

"네 감정을 속일 필요 없어. 네가 스티븐을 바라보는 눈길을 난 봤어."

"사랑에 빠진 사람은 아무도 없어. 그리고 난 랭 대위와 데이트를 할 마음도 없고. 그 사람은 네…."

"아니. 스티븐은 나를 영원히 자기 여동생으로만 여길 거야. 난 스티븐이 군복을 입은 나를 보면 내가 다 컸다고 여길 거라 생각했어. 하지만 스티븐은 언제나 나를 양갈래 머리를 한 여섯 살짜리 꼬맹이로 볼 거 같아. 그건 네 잘못이 아니야, 메리. 그리고 난 이 일 때문에 우리 우정을 망치기 싫어. 너와의 우정은 내게 아주 중요하고, 만약 무슨 일이 생겨서…."

"쉿." 메리가 말하며, 비록 어두워 보이지 않겠지만 페어차일드의 말을 막으려고 손을 들어 올렸다.

"아니야, 나는 이 말을 꼭 해야만…."

"쉿." 메리가 강하게 말했다. "들어봐. V-1 소리를 들은 거 같아…."

21

그럼, 서두르세요. 너무 늦었으니까요.

— *윌리엄 셰익스피어,《로미오와 줄리엣》*

런던, 1940년 12월

수요일, 폴리가 햄스테드 히스에 다녀왔을 때 마이크가 블레츨리에서 전화해 텐싱을 보았다고 말했고, 폴리는 즉시 블레츨리를 떠나라고 했다. 그건 늦어도 금요일 아침까지는 마이크가 돌아온다는 뜻이었지만, 그는 돌아오지 않았다. 금요일 오후가 되었을 때까지도 마이크는 돌아오지 않았고, 전화도 없었으며, 편지도 없었다. 폴리는 걱정되어 거의 미칠 지경이었다. 마이크는 어디에 있단 말인가?

'블레츨리를 빠져나오기 전에 텐싱이 마이크를 발견한 거야.' 폴리가 생각했다. '그리고 자기 밑에서 일하라고 말을 한 거야. 마이크는 신원 조회를 절대로 통과하지 못할 거야.'

"극단이《크리스마스 캐럴》공연할 거라고 마이크에게 말 안

했지?" 에일린이 물었다. "아마도 우리가 연극 연습하는 동안 전화했을 거야. 마이크가 다시 전화할 수도 있으니 오늘 밤에 내가 집에 있을게."

하지만 마이크는 금요일 밤에도 전화하지 않았고, 주말에도 연락이 없었으며, 폴리는 에일린 역시 자기만큼이나 걱정한다는 것을 알았다. 에일린은 사소한 일에도 민감한 반응을 보이고 쉽게 신경질을 냈으며, 모든 희망이 없을 때조차 내놓던 낙관적인 이론이나 주장을 더는 말하지 않았다.

에일린은 거의 아무 말도 하지 않았고, 전혀 잠을 자지 않았다. 《크리스마스 캐럴》 연습 때문에 그들은 디스트릭트 선 플랫폼의 비상계단을 포기해야 했고, 도밍 씨의 코 고는 소리에 잠을 깰 때마다 폴리는 에일린이 늘 플랫폼 벽에 기대 무릎을 끌어안고 멍하니 허공을 보는 모습을 보았다.

폴리 역시 이후 며칠 밤 동안 제대로 잠을 이루지 못했다. 폴리는 몇 시간이고 마이크가 전화하지 않거나 편지를 보내지 않는 그럴듯한 이유를 떠올리려 애썼다. '제럴드를 찾은 거야.' 폴리는 생각했다. '단서를 찾았다고 했잖아.' 만약 마이크가 블레츨리를 떠날 때 제럴드를 찾았고, 그래서 둘이 옥스퍼드로 돌아간 거라면?

그럴 리 없었다. 만약 그랬다면 구조팀이 이곳에 벌써 왔을 것이다. 편차가 있는 게 아니라면. '또는 마이크가 만난 건 제럴드가 아니라 텐싱이고, 그래서 체포된 것일 수도 있어.'

'마이크는 자신이 어떤 위험에 처했는지 알아.' 폴리가 생각했다. '거기에 계속 머물러 있을 만큼 멍청하지 않아. 런던으로 돌아오는 게 어려울 뿐이야. 내일 아침이면 도착할 거야.'

마이크는 오지 않았다. '만약 월요일까지도 연락이 없으면, 블레츨리로 가서 마이크에게 무슨 일이 생겼는지를 알아봐야겠어.' 폴리가 생각했다.

하지만 만약 마이크에게 아무 일도 없고, 폴리와 에일린이 블레츨리에 가는 행동이, 그리고 그곳에서 마이크의 행방을 묻고 다니는 행동이 마이크 또는 울트라 작전을 위험에 빠뜨리게 된다면? 또는 마이크가 이미 울트라 작전을 위험에 빠뜨렸다면? 아직 폴리가 알기론 커다란 불일치는 없었다. 사우샘프턴과 버밍엄과 해머스미스의 공습 방공호는 모두 예정대로 폭격당했다. 하지만 화요일의 공습은 예정보다 10분 일찍 시작되었고, 금요일에는 오들리 스트리트의 불발탄 때문에 타운젠드 브라더스 백화점이 2시간 동안 소개(疏開)되었지만, 폴리의 임플란트에는 그런 불발탄 정보가 없었다.

'터지지 않아서 그런 거야.' 폴리가 생각했다. 그리고 불발탄을 제거하는 동안 방공호에서 기다리며, 폴리는 구조팀에게 보낼 메시지 작성에 억지로 집중했다. '분실, 노팅힐게이트 역 근처, 코커스패니얼, 폴리라 부르면 대답함. 카들 스트리트 14번지 오릴리에게 연락 바람.' 그리고 '사랑하는 T에게, 안타깝게도 예정대로 옥스퍼드에 갈 수 없었어. 일요일 10시에 피터팬 동상 앞에서 만나.'

"하지만 만약 마이크가 일요일에 오면…." 에일린이 항의했다. "우리가 켄싱턴 가든스에 가 있으면 우리를 못 찾잖아."

"우리가 아니라 나야. 나만 사랑하는 테렌스인지 팀인지 시어도어인지를 만나러 갈 거야. 이건 낭만적인 데이트 약속이잖아. 만약 마이크가 도착하면 너희 둘이 나를 데리러 오면 돼."

에일린은 뭔가 반대를 할 것처럼 보였지만, 고개를 돌리고 다시 애거서 크리스티를 읽기 시작했고, 일요일이 되었을 때 폴리와 함께 가겠다고 억지를 부리지 않았다.

캔싱턴 가든스는 낭만적인 만남에 그리 어울려 보이지 않았다. 라운드 연못 양쪽으로 방공포 두 대가 있었고, 반 무한궤도 장비를 한 장갑차들이 풀밭을 채웠으며, 공원 주위를 둘렀던 빅토리아 시대 난간들은 사라졌다. 아마도 고철 수집 운동에 보내진 듯했다.

피터팬 동상이 있는 지역 주위로는 가느다란 참호들이 너무나도 많이 파여 있었기에, 폴리는 동상이 안전을 위해 옮겨지지 않았을까 걱정했지만, 동상은 숲속 작은 공터에 여전히 있었다. 요정들과 숲의 생물들이 기어오르는 모습을 표현한 받침대 역시 그대로였다. 만약 고드프리 경이 이곳에 있었다면 J. M. 배리에 대해 뭔가 날카로운 한마디를 날렸을 것이다.

하지만 고드프리 경은 이곳에 없었고, 구조팀 역시 마찬가지였다. 폴리는 손목시계를 힐끗 보았다. 아직 10시가 되지 않았다. 폴리는 다가오는 사람들이 잘 보이는, 동상 건너편의 벤치에 앉아 기다렸다.

10시가 되고 또 지났지만 아무도 나타나지 않았다. 심지어 아이들이나 유모차를 미는 보모들조차 없었다. 그리고 15분이 지났을 때, 폴리는 에일린을 데리고 오지 않은 게 너무나 아쉬웠다. 이곳에 앉아 있으며 시간을 보내자니 온갖 생각이 다 났다. 마이크가 돌아오지 않으면 어쩐다? 강하가 절대로 열리지 않는다면, 그리고….

갑자기 왼쪽 덤불 너머로 뭔가 움직이는 게 얼핏 보였다. 새인가? 아니면 누군가가 거기 서서 폴리를 지켜보는 건가? 구조팀일 리는 없었다. 구조팀이라면 폴리를 알아보자마자 모습을 드러냈을 것이다. 날치기인가? 아니면 그보다 더 나쁜 상황인가?

폴리는 이곳이 얼마나 외떨어져 있는지를 갑자기 깨달았다. 하지만 지금은 늦은 아침이었고, 소리 지르면 들릴 거리에 군인들이 있었다. 하지만 만약 영국 정보부가 이 광고에 뭔가 수상한 점이 있다고 생각했다면? 폴리가 만나려는 사람이 누군지 지켜보고 있다면? 광고에 뭔가 수상한 내용이 있었나? 폴리 생각에는 그렇진 않았다.

폴리는 기다리는 연인이 늦는 사람처럼 행동해야만 했다. 그녀는 손목시계를 힐끗 보았고, 얼굴을 찡그리며 일어서 누군가를 찾는 것처럼 오솔길을 따라 잠깐 걸었고, 희망에 찬 듯하지만 동시에 살짝 짜증이 난 표정을 지어 보이며 다시 동상 쪽으로 다가왔다.

덤불에는 분명히 누군가가 있었다. "누구세요?" 폴리가 외쳤다. "거기 누구세요?"

숨죽인 정적. 마치 누군가가 숨을 참고 있는 듯했다.

"거기 있는 거 알아요." 폴리가 말했고, 덤불에서 에일린이 나왔다. "에일린? 여기서 뭐 하는 거야? 마이크가 돌아왔어?"

"아니. 네가 낸 광고에 누가 오는지 보고 싶어서 왔어. 리케트 부인에게 우리가 어디에 있을지 말했고, 리어리 부인을 통해서도 마이크에게 메모를 남겼어."

하지만 그건 에일린이 왜 덤불에 숨어있었는지를 설명하지는 못했고, 에일린도 그걸 깨달았는지 덧붙여 말했다. "하지만 난 동상을 찾을 수 없었고, 헤매다 덤불로 들어가게 된 거야." 그건 절대로 진실이 아니었다. 피터팬 동상으로 가는 길을 가리키는 이정표는 잉글랜드에서 유일하게 제거되지 않은 이정표였다. 또한 비록 아직 이유는 몰라도 에일린은 뭔가 죄지은 표정이었다.

"무슨 일이야?" 폴리가 물었다. "진짜로 왜 온 건데?"

"에일린!" 마이크가 외쳤다. "폴리!"

마이크는 손을 흔들며 절룩절룩 오솔길을 걸어 둘을 향해 다가왔다.

'마이크. 오, 다행이야. 죽지 않았어.'

"마이크!" 에일린이 외치며 그에게 달려갔다. "돌아왔구나! 다행이야. 너무나 걱정했었어!"

"텐싱이 널 발견한 건 아니지?" 폴리가 초조해하며 물었다.

"응."

"그럼 어디에 있었어?"

"옥스퍼드."

"옥스퍼드?" 에일린이 깜짝 놀라 헐떡이며 말했다. "세상에, 제럴드를 만났구나! 다행이야."

"아니, 아니, 지금의 옥스퍼드. 1940년. 미안해." 에일린의 실망하는 표정을 보고 마이크가 당황하며 말했다. "그런 희망을 품게 하려는 의도는 아니었어. 제럴드를 찾지 못했어. 나는…."

폴리가 말을 잘랐다. "처음부터 다 듣고 싶어." 폴리가 큰 소리로 말했고, 이윽고 속삭였다. "하지만 여기서는 말고. 다른 사람들이 들을 수 없는 곳에 가서. 가자. 적당한 장소를 알아."

폴리는 마이크의 팔짱을 끼고 오솔길로 이끌며 밝게 이야기했다. "우리는 네가 안 돌아오는 줄 알았어. 그렇지, 에일린?"

"응. 네가 어느 기차를 타고 올지 말을 했다면…." 에일린이 장단을 맞추며 말했다. "우리가 마중 나갔을 거야."

"나도 몰랐는걸." 마이크가 말했다. 그는 목소리를 낮춰 속삭였다. "무슨 일이야? 거기서 누군가 우리를 지켜보고 있던 거야?"

'에일린이 그랬지.' 폴리가 생각했다. "아니." 폴리가 말했다. "하지만 가벼운 입 때문에 배가 가라앉을 수도 있으니까. 가자."

폴리는 그들을 이끌고 참호들을 지나 중앙에 커다란 기념비가 있는 넓은 잔디밭으로 갔다. 이곳이라면 어느 쪽에서 사람이 오든 볼 수 있을 것이다. "좋아." 폴리가 기념비 계단에 앉으며 말했다. "이제 이야기를 해도 되겠네."

"가벼운 입 때문에 배가 가라앉는다니 그게 무슨 말이…?" 마이크는 말을 멈추고 기념비 주위의 조각상들을 응시했다. "맙소사. 저게 뭐지?"

"앨버트 기념비. 아마 잉글랜드 전체에서 가장 추한 기념비일 거야." 폴리가 코끼리와 물소 그리고 기념비 주위를 빙 둘러 모인 반라의 처녀들, 그리고 맨 위에서 책을 읽는 앨버트 왕자를 보고 즐겁게 웃었다. 폴리는 마이크가 런던탑에 갇히거나 죽지 않아서 안심되었고, 현기증이 날 정도로 기뻤다.

"끔찍하네. 저건 대공습에 파괴되지 않는 거야?" 마이크는 희망을 품고 물었다.

"응. 약간 손상될 뿐이야. 독일군이 폭격하기 쉽도록 누군가가 커다란 화살표로 저걸 가리켰는데도 말이야."

"그 방법이 먹혀들어가지 않아 안타깝네." 마이크가 여전히 경악해 바라보며 말했다. "맙소사, 저거 물소야?"

"저게 뭐든 무슨 상관이야." 에일린이 조바심 내며 말했다. "무슨 일이 있었는지, 그리고 옥스퍼드에는 왜 갔는지 차근차근 이야기해봐."

"알았어. 너희에게 전화로 텐싱에 관해 이야기한 뒤 나는 짐을 가지러 졸솜 부인 집으로 돌아갔는데, 부인은 내게 빌려준 방이 원래는 제럴드에게 빌려주기로 한 거였다고 말했어."

"그게 제럴드의 방이었어?" 폴리가 말했다.

"응. 제럴드는 두 달 전에 오기로 되어 있었는데 아예 나타나지 않았대. 그래서 나는 제럴드가 오는 중에 무슨 일이 있었는지 알아보기 위해서 옥스퍼드로 갔어."

"그리고?"

"제럴드는 아예 오지 않았어. 도착하는 날 밤 옥스퍼드의 마이터 호텔에서 묵기로 예약을 했지만, 그곳에도 나타나지 않았어."

"편차가 증가한 탓에 늦게 도착했을 수도 있어." 에일린이 말했다. "그래서 옥스퍼드에 들르지 않고 곧장 블레츨리로 가기로 했을지도 몰라."

마이크는 고개를 저었다. "제럴드는 마이터 호텔의 자신에게 소포를 보냈어. 하지만 그것도 찾으러 오지 않았어."

"그 소포 안에 뭐가 있는지 알아?" 폴리가 물었다.

"응. 그것 때문에 이렇게 오래 걸린 거야. 훔치느라 한참 걸렸거든." 마이크는 주머니에서 종이 다발을 꺼내 기념비 계단들에 늘어놓았다. "이건 제럴드의 신분 증명용 서류들이야. 추천서, 성적표, 기밀 사항 취급 허가증 등 신원 조회를 통과하는 데 필요한 건 전부 다 있어. 그리고 기차표와 돈도. 그리고 어머니가 아프다고 노섬브리아에서 누나가 보낸 편지도. 주소는 졸솜 부인 집으로 되어 있어." 마이크는 그것들을 보았다. "제럴드는 오지 않은 게 분명해."

'네트가 통과시키지 않은 거야.' 폴리가 생각했다. '그건 안전판이 아직 작용한다는 뜻이야.' 하지만 꼭 그런 뜻이 아닐 수도 있었다. 그냥 제럴드를 보낼 수 있는 옥스퍼드가 더는 존재하지 않는 걸 수도 있었다.

폴리는 에일린이 이 소식을 어떻게 받아들이는지 초조한 눈으로 살폈지만, 그녀는 전혀 당황한 것 같지 않았다.

'믿지 않기 때문이야.' 폴리는 생각했다. '곧 에일린은 던워디 교수님이 제럴드의 임무 일정을 재조정한 게 분명하다고, 제럴드에게 그 소포가 필요할 테니 소포를 훔쳐온 건 잘못이라고 말할 거야.'

하지만 그 말은 에일린이 아니라 마이크의 입에서 나왔다. "소포를 돌려놓을 생각이었지만, 안에 든 내용물을 보고는 호기심에 찬 호텔 직원이 열어보지 않게 하는 게 낫겠다고 생각했어."

"마이터 호텔에서 그게 없어진 걸 알아차리지 않을까?"

"아니. 나는 내 모직 조끼를 갈색 종이에 싸서 선반에 다시 몰래 올려두었어. 그러느라 시간이 정말 오래 걸렸어. 아무리 노력해도 제대로 끈으로 묶을 수가 없더라. 그리고 주머니에 노팅힐 게이트 역 표를 넣어뒀어. 그러니 만약 제럴드가 정말로 강하해 오면 어디에서 우리를 찾아야 할지 알 거야."

"만약 제럴드가 런던에 올 수 있다면 말이지." 계단에 있는 돈을 바라보며 폴리가 말했다.

"런던까지 올 기차표를 사기 충분한 돈도 주머니에 넣어두었어." 마이크가 말했다. "원래는 돈을 전부 다 두고 올 생각이었지만, 우리 상황도 어려우니 다른 방법을 찾을 때까지는 이걸 가지고 있는 게 낫겠다고 생각했어. 아마도 구조팀은 나타나지 않았겠지?"

"응." 에일린이 말했다. "다프네에게서는 아무 소식도 없었어?"

"모르겠어. 리어리 부인네에 아직 안 가봤거든. 너희를 찾으러 곧장 리케트 부인 집으로 갔었어. 집에 돌아가면 확인해볼게. 하지만 만약 제럴드의 강하가 열리지 않았다면, 우리 구조팀의 강하 역시 사용할 수 없을 거고, 따라서 구조팀이 왜 여기 없는지도 설명이 돼. 그러나 만약 그런 일이 일어났다면 옥스퍼드는 뭔가 잘못되었다는 사실을 알 테고, 우리를 이곳에서 꺼낼 방법을 찾기 시작할 거야. 우리는 금방 집에 돌아갈 거야. 우리는 구조팀이 이곳에 왔을 때 우리를 찾을 수 있도록만 하면 돼. 그러려면 우리는…."

"과연 금방 집에 돌아갈까?" 에일린이 도전하듯 물었다. "아니면 전쟁이 끝날 때까지 여기 있게 될까, 폴리?"

"전쟁이 끝날 때까지?" 마이크가 말했다. "무슨 말을 하는 거야? 우리가 얼마나 이곳에 있을지 어떻게 알…."

"폴리는 알아." 에일린이 말했다. "이미 이곳에 있었으니까." 에일린은 폴리를 돌아보았다. "그래서 너는 파젯스 백화점에서 나를 발견한 날 밤 백베리의 장원이 내 첫 임무인지를 물은 거잖아. 너처럼 나도 데드라인이 있을지 두려웠기 때문에."

"데드라인?" 마이크가 말했다. "너 이곳에 왔었어, 폴리?"

"응." 에일린이 계속 폴리를 바라보며 말했다. "마이크 네가 진주만에 먼저 갔는지 내게 물은 것도 그 때문이었어. 너도 데드라인이 있을까 봐 걱정되었던 거지. 그리고 편차의 증가는 폴리의 데드라인이 되기 전에 우리가 돌아갈 수 없다는 뜻이고."

'에일린과 에일린의 추리 소설들을 얕잡아보다니 내가 멍청했어.' 폴리가 생각했다.

지난 몇 주 동안 폴리는 에일린이 충격을 받을까 봐 걱정이 되어 진실을 숨겨왔지만, 에일린은 차분히 증거를 수집하여 하나로 꿰었다. '하지만 에일린은 데드라인이 언제인지는 알지 못해….'

"무슨 말인지 모르겠어." 마이크가 말했다. "블레츨리 파크에 간 적이 있냐고 물었을 때 너는 간 적 없다고 했잖아."

"블레츨리 파크가 아니야." 에일린이 말했다. "전승 기념일이야."

"'전승 기념일'?"

"응." 에일린이 싸늘한 표정으로 말했다. 에일린은 몸을 돌려 폴리를 똑바로 보았다. "그래서 우리가 옥스퍼드에서 만났을 때 넌 내게 그때로 갔다가 돌아온 거냐고 물은 거잖아. 그리고 우리가 전승 기념일에 간 역사학자가 누군지 묻자 네가 주제를 바꿨던 것도 그 때문이고. 너는 그곳에서 나를 본 거야, 그렇지?"

에일린이 아는 게 전승 기념일뿐인 한, 괜찮았다. 폴리는 전승 기념일에 대해서는 말할 수 있었다.

"에일린 말이 사실이야?" 마이크가 물었다. "전승 기념일에 이곳에 있었어, 폴리?"

"응."

"맙소사."

"그리고 너는 그곳에서 나를 보았고." 에일린이 말했다.

폴리는 마지못해 대답한다는 인상을 주려고 일부러 머뭇거렸다. "응."

"왜 우리에게 말 안 했어?" 마이크가 물었다.

"난… 우선, 옥스퍼드에서는, 난 에일린이 내게 화를 내는 걸 원하지 않았어. 난 던워디 교수님이 에일린을 전승 기념일에 보내지 않으려 한다는 걸 몰랐어. 나는 에일린이 내가 그 임무를 자신에게서 빼앗아갔다고 생각하는 걸 원치 않았어. 그리고 우리 강하들이 열리지 않는 걸 알았을 때, 우리는 이미 너무나 많은 문제에 직면해 있었고, 너희들은 너무나 충격을 받은 상태라서 걱정을 보태고 싶지 않았어."

"하지만 우리가 알았더라면…." 마이크가 말을 시작했다.

"알았더라면, 뭐? 알았더라도 뭔가 할 수 있는 게 없었어." 폴리는 더 질문을 하지 못하게 할 요량으로 화를 내며 말했다. "그리고 이미 너희들은 걱정거리가 잔뜩 있는 상황이었고."

"에일린을 봤다고 했잖아." 마이크가 말했다. "에일린이었던 거 확실해? 그때 만나서 이야기했어?"

"아니, 먼발치에서 봤어. 전승 기념일 전날 밤의 트래펄가 광장은 사람들로 붐볐어. 에일린은 사자상 가운데 하나 옆에 서 있었어. 공습 때 코가 깨진 사자상."

"전승 기념일에 트래펄가 광장에 있었구나." 마이크가 말했다. "언제 온 거야?"

폴리가 재빨리 생각했다. 전승 기념일 이틀 전에 왔다고 말하면 절대로 믿지 않으리라. "4월 8일." 폴리가 말했다. "마지막 몇 주 동안 전쟁의 기운이 잦아드는 걸 관찰하러 갔어. 국방성에서 타자수로 일하는 해군 부대원으로 행세했어."

"타자수." 에일린이 말했다.

"응."

"4월 8일." 마이크가 말했다. "그러면 4년이 남았으니까…."

"4년 5개월이야." 에일린이 말했다.

"그러네." 마이크가 말했다. "거의 4년 반이 남았어. 그리고 내가 편차 증가를 이야기했을 때는 몇 달이었지 몇 년이 아니었어. 우리는 네 데드라인 훨씬 전에 돌아갈 거야, 폴리."

"그게 언제인데?" 에일린이 물었다.

마이크는 놀란 눈으로 에일린을 바라보았다. "폴리가 방금 말했잖아. 4월 8일에 왔다잖아…."

"거짓말하는 거야. 데드라인은 그날이 아니야."

침묵이 돌았고, 이윽고 마이크가 말했다. "에일린 말이 사실이야, 폴리? 너 거짓말 하는 거야?"

"응." 에일린이 대신 대답했다. "내가 공포정치와 바스티유 습격 임무의 순서가 바뀐 역사학자가 있다고 폴리에게 말했을 때, 폴리는 얼굴이 완전히 창백해졌어. 그리고 그 두 시대는 겨우 4년 2개월밖에 떨어져 있지 않아."

'그리고 나는 고드프리 경이 늘 말하던 것과는 달리 훌륭한 배우는 절대로 아니고.' 폴리는 자신이 4월보다 일찍 왔다고 말하지 않은 것을 후회했다. "내가 걱정했던 건 진주만이지 결코…."

"잠깐." 마이크가 말했다. "진주만? 바스티유 습격? 너희 둘이 무슨 말을 하는지 전혀 못 알아듣겠어. 설명해줘."

폴리가 말했다. "편차 증가가 문제일 수도 있겠다고 너와 대화를 한 뒤, 나는 어쩌면 던워디 교수님이 모든 임무를 시간순으로 조정했겠다는 생각이 들었어."

"시간순? 맞아. 교수님은 내 모든 임무를 시간순으로 재배치했어. 그래서 내가 너희에게 전화했을 때 내 강하의 순서를 물은 거구나."

"응." 폴리는 에일린의 메모 그리고 편차 증가가 몇 달 이상일 수 있다는 자신의 결론에 관해 설명했다. "그리고 나는 겁이 났어. 대공습에서 가장 심한 폭격은 1월 1일 이후에 있는데, 우리는 그게 언제, 어디서 있는지조차 몰라. 그리고 1월부터는 하숙집이 안전한지조차 확신이 없어." 그건 진실이었기에 변명으로 삼기에 적당했다.

'내 말에 넘어갔으면 좋겠는데.' 폴리가 생각했다.

"단지 그 이유만이 아니야." 에일린이 차갑게 말했다. "폴리에게 설명해보라고 해. 만약 국방성에서 타자수였다면 어떻게 구급차 운전을 할 줄 아느냐고 말이야. 내가 옥스퍼드에서 폴리를 만나 운전을 배워야 한다고 하니까 자기가 가르쳐주겠노라고 했어. 다임러를 말이야. 왜냐하면 구급차들은 모두 다임러였거든."

"런던 대공습 준비 과정에서 배운 거야." 폴리가 말했다. "나는 민방위대를 공부했어…."

"그리고 홀본 지하철역 플랫폼에서 FANY들을 보고 왜 달아났는지도 설명해보라고 해. 폴리는 지난 임무를 하면서 그 사람들 가운데 일부를 만났기 때문이야. 해군 여성 부대원을 보고는 한 번도 달아난 적이 없어."

'나는 에일린이 마이크가 걱정되어 초조해한다고 생각했지만, 사실 그 내내 애거서 크리스티의 소설에 나오는 탐정 행세를 하고 있었던 거구나.' 폴리가 생각했다. '에일린을 과소평가했어. 그렇지만 에일린이 모든 걸 다 알아낼 수는 없어.'

"그리고 구조팀을 만나러 세인트폴 대성당으로 간다고 하고 실제로는 어디에 갔는지도 설명해보라고 해." 에일린은 폴리를 바라보았다. "내가 국립 미술관에 갔을 때, 비가 억수로 내려서 콘서트는 1시에야 시작되었어. 그래서 나는 콘서트 시작 전에 세인트폴 대성당에 가서 너를 만나는 게 좋겠다고 생각했어. 하지만 너는 그곳에 없었어."

"아니, 있었어. 우리는 아마도 아슬아슬하게 서로를 만나지 못한 걸 거야. 세인트폴 대성당은 엄청나게 크고 예배당이며 구획된 공간들이 아주 많이 있으니까….”

“나는 네가 들어오는 걸 봤어. 안내서를 사고 바닥에 주화를 흘리는 것도. 재는 흠뻑 젖어 있었어.” 에일린이 마이크에게 말했다. “아침 내내 비를 맞은 것처럼 말이야. 그리고 괜히 속삭임의 회랑에 갔던 척할 필요는 없어, 폴리. 그곳은 닫혀 있었어. 그리고 설교 주제는 ‘구하라 그러면 너희에게 주실 것이오’가 아니라 ‘잃은 양’이었어. 너는 실수로 더 앞쪽 예배 안내지를 집은 게 분명해. 어디 갔었던 거야?”

적어도 그 질문에는 답을 할 수 있었다. “햄스테드 히스에 갔었어. 전승 기념일에 썼던 강하 지점이 그곳에 있어.” 폴리는 마이크를 바라보았다. “네가 블레츨리에서 이전 강하 지점들에 대해 메시지를 보냈을 때, 나는 혹시 내가 썼던 곳이 비상용 출구로 열려 있을지도 모른다고 생각해서 확인해보고 싶었어. 그리고 에일린, 너에게는 그 말을 할 수 없었어. 전에 이곳에 왔었다는 걸 알리고 싶지 않았거든.”

“그거 진실이야?” 에일린이 말했다.

“응.” ‘그리고 제발, 제발, 그게 네가 아는 전부였으면 해.’

“맹세해?” 에일린이 말했다.

“응.”

“그러면 왜 세인트폴 대성당의 폭탄에 대해서는 모르면서 V-1과 V-2에 대해서는 전부 다 아는 건데?” 에일린이 다시 마이크를 돌아보았다. “폴리는 V-1 공격이 시작된 정확한 날을 알아. 모르겠어? 로켓 임무를 맡은 역사학자는 바로 폴리였어. 폴리가 베스날 그린에서 구급차를 몬 거야. 그렇지, 폴리? 그래서 내 새 신분증 때문에 우리가 베스날 그린에 가야 한다고 말하자 넌 그토록 불안해했던 거야. 베스날 그린의 누군가가 너를 알아볼까 두려웠기 때문이야. 너는 그곳의 구급차 지부에 있었어. 그렇지?"

"아니." 폴리가 말했다. "덜위치의 구급차 지부였어."

22

철수로는 전쟁에서 이길 수 없다.

— 윈스턴 처칠, 됭케르크에 대해 말하며

옥스퍼드, 2060년 4월

빛무리가 이글거렸다. "콜린이 날 따라오지 못하게 해." 던워디 교수가 다시 말했지만, 빛무리는 이제 너무 밝았다. 바드리는 그의 말을 결코 듣지 못할 것이다. 그런데도 그는 계속 말했다. "콜린은 오면 안 돼. 어떤 핑계를 대더라도 안 돼."

하지만 너무 늦었다. 던워디 교수는 이미 네트를 통과했다. 그리고 비록 아무것도 보이지 않았지만, 분명히 세인트폴 대성당이었다. 그의 말이 메아리치면서 아치 천장 아래의 높고 탁 트인 공간으로 사라졌다. 대성당 어디에 있어도 그는 그곳이 대성당이란 걸 늘 느낌으로 알 수 있었다. 언제나 한겨울 같은 대성당 특유의 한기만큼이나 명백한 느낌이었다. 그는 깜깜한 어둠을 응시하며 눈이 적응하길 기다렸다. 새벽 4시가 아닌 건 분명했다. 또는 새

벽 4시라면 위치 편차가 있어서 북쪽 수랑이 아닌 성당 지하실을 통해 온 것이겠지.

아니, 이곳이 성당 지하실일 리는 없었다. 그곳에는 화재 감시원 본부가 있었고, 빛이 있을 것이다. 어쩌면 계단통 가운데 하나에 도착했을 가능성도 있었다. 아니, 이건 밀폐된 공간에서 나는 소리가 아니었다. 하지만 모험을 할 수는 없었다. 그는 역사학도 초기 시절에 시간 여행을 하며 계단에 도착한 적이 있었고, 하마터면 추락해 죽을 뻔했다. 그는 한 발을 미끄러지듯 앞으로 내밀었고, 다른 발을 다시 내밀며 가장자리가 있는지 느껴보았다.

던워디 교수는 평평한 곳에 있었다. 돌바닥이었고, 즉 대성당의 본당 바닥이 분명했으며, 그건 지금이 새벽 4시보다 훨씬 더 이른 시각이라는 뜻이었다. 하지만 설사 한밤중이라 할지라도, 어디선가는 '빛'이 보여야 했다. 10일 이른 아침의 공습은 이곳에서 1킬로미터도 떨어지지 않은 곳에서 벌어졌고, 처음 이틀 밤 동안의 공습 때문에 부두 일부는 아직도 불에 타고 있었다. 그리고 탐조등들도 보여야 했다.

소음도 들려야 했다. 하지만 아무 소리도 들리지 않았다. 세인트폴 대성당을 끝없이 괴롭히던 소이탄의 덜거덕거리는 소리도, 폭탄이 터지는 둔중한 소리도, 머리 위로 비행기가 윙윙거리는 소리도 들리지 않았다. 그 어떤 소리도 없이, 이곳 특유의 정적만이 맴돌 뿐이었다. 만약 리나가 서두르다가 좌표를 잘못 입력했고, 그래서 이곳이 1940년이 아니라면? 또는 이시와카 박사의 의견이 옳았다면?

하지만 던워디 교수가 손을 뻗자 캔버스 천과 무게감이 느껴졌다. 모래주머니였다. 그는 그 주위를 도닥여보았다. 모래주머니들이 더 있었고, 그 주위를 돌아가서 벽을 더듬으며 나아가자 조각이 새겨진 나무 출입구가 나왔다. 북쪽 문이었다. 그건 그가 오기로 한 곳에 정확히 왔다는 뜻이었으며, 모래주머니들은 그가 오기로 한 때에 적당히 가깝게 도착했다는 증거였다.

문으로 가려면 두 단짜리 계단을 내려가야 했다. 던워디 교수는 조심스레 발로 바닥을 느끼며 내려가 문을 열려 했다. 문은 잠겨 있었다. 잠겨 있어? 존 바솔로뮤는 대성당 측이 늘 문을 열어두었다고 말했었다. 하지만 바솔로뮤는 아직 이곳에 오지 않았다. 바솔로뮤는 20일에 도착했고, 아마도 세인트폴 대성당은 소방 호스를 끌고 들어와야 할 필요성이 커지면서 그 뒤에 문을 열어두었을 것이다.

'문이 잠겼으리라는 빤한 예상을 못 하다니.' 던워디 교수는 짜증을 내며 생각했고, 다시 계단을 더듬으며 올라갔다. 이제 그는 본당을 다시 지나 서쪽 문으로 가야만 했다. 그리고 이런 식이라면 그곳까지 가는 데 1시간은 걸릴 것이다.

어쩌면 그냥 이곳에 앉아 주위가 보일 정도로 빛이 밝아지기를 기다려야 할지도 몰랐다. 하지만 너무 추웠다. 이미 이가 덜덜 떨렸다. 그리고 더 오래 기다리면 기다릴수록 화재 감시원을 만나고, 왜 자신이 이곳에 있는지 설명해야 할 가능성도 더 커졌다. 사이렌이 울려서 방공호를 찾아 들어왔다가 잠이 들었다고 설명할 수는 있지만, 만약 폴리를 데리고 이곳으로 다시 왔을 때 폴리와 함께 있는 모습을 누군가에게 들키기라도 하면 일이 복잡해질 수도 있었다. 단지 그 정도가 아니라, 사람들이 밤마다 대성당을 수색해야겠다고 결정을 내릴 수도 있었다. 아니면 서쪽 문을 잠근다거나.

던워디 교수는 남의 눈에 띄기 전에 당장 이곳을 나가야 했다. 그리고 운이 좋다면, 그리고 어둠과 공습이 없는 것으로 미루어 짐작하듯 진짜로 이른 시각이라면, 아직 지하철이 운행할 것이고, 운행을 멈추기 전에 노팅힐게이트 역에 갈 수 있을 것이다. 밤새 그 역을 수색하고, 아침이 되어 지하철이 운행을 재개하면 곧바로 하이 스트리트 켄싱턴을 비롯해 목록에 있는 다른 곳들을 수색하고, 저녁이 되기 전에 폴리를 찾아내고, 아침 식사 시간이 되기 전에 폴리와 함께 옥스퍼드로 돌아갈 수 있겠지. 그럴 수만 있다면, 만약 이시와카 박사의 이론이 옳아서 폴리에게 무슨 일이 벌어지면 어쩌나 하는 걱정도 더는 할 필요가 없었다.

던워디 교수는 조심스레 벽을 더듬으며 나아갔고 모래주머니들이 있는 곳을 빙 돌았다. 벽, 더 많은 모래주머니들, 기둥….

발이 뭔가 금속에 부딪혔고, 그 물건은 요란한 소리와 함께 메아리를 일으키며 쓰러졌다. 그는 자신이 쓰러뜨린 게 뭔지 몰라도 소리를 죽이기 위해 그 물건으로 몸을 던졌고, 얼음장처럼 차가운 물이 담긴 양동이에 손이 들어가면서 하마터면 양동이를 쓰러뜨릴 뻔했다. 그는 자신이 부딪힌 물건을 찾아 미친 듯이 주위를 더듬었다.

소화용 손 펌프였다. 금속 손잡이와 고무호스 덕분에 그걸 알 수 있었다. 그는 펌프를 두 손으로 움켜잡고 일어났고, 걱정스러운 눈으로 어둠 속을 응시하면서 누군가가 달려오는 발소리 또는 '지금 그거 무슨 소리야?'라는 외침이 들리지 않을까 귀를 기울였다.

아무도 오지 않았고, 그건 다행히도 화재 감시원 모두가 아직도 지붕에 있다는 뜻이었다. 만약 높은 창문들이 있는 본당에 도달할 수 있다면 조금은 빛이 있을 것이고, 자신이 가는 곳을 볼 수 있다는 뜻이기도 했다.

빛이 더는 없었다. 더듬거리며 따라가던 벽이 끝났고 정적의 느낌도 달라졌기에 그는 자신이 더 넓고 높은 공간에 온 걸 알았지만, 여전히 칠흑처럼 어두웠다. 바솔로뮤는, 화재 감시원들이 방향을 알 수 있도록 밤이면 제단에 작은 등을 밝혔다고 했지만, 성가대석과 제단이 있어야 하는 곳을 보아도 깜깜한 어둠만 보일 뿐 아무것도 없었다.

'옥스퍼드로 돌아가면 존 바솔로뮤에게 그 친구가 보고한 역사적 사실의 정확성에 관해 몇 가지 말해줘야겠어.' 던워디 교수는 생각하며 벽 모퉁이를 이룬 각지고 세로 홈이 있는 기둥들을 더듬어갔다. 감히 본당 중앙으로는 가지 못했다. 그곳에는 부딪혀 쓰러뜨리기에 십상인 접이식 나무 의자들이 잔뜩 있었다. 계속 북쪽 복도로 가는 것이 최선이었다.

그는 복도 벽을 더듬었다. 한 손은 차가운 돌을 만지고 한 손은 앞으로 뻗은 자세로 앞쪽에 무엇이 있는지 기억을 더듬었다. '레이튼 경의 조각상.' 그가 생각했고, 곧바로 그것에 걸려 비틀거렸지만, 모래주머니들 덕분에 간신히 넘어지지 않았다.

'이런 일을 하기에 나는 너무 나이 들었어.' 던워디 교수는 생각하며 일어나 조각상을 지나고, 벽감을 지나고, 직사각형 기둥 하나를 지나고, 다시 벽감을 지났다. 그리고 또 다른 양동이도 지났다. 이번 것은 모래로 가득했으며, 그는 그 양동이에 발부리가 걸려 하마터면 발가락이 부러질 뻔했지만, 다행히도 쓰러뜨리지는 않았다.

'콜린이 맞았어. 회중전등을 가져왔어야 했어.' 던워디 교수가 생각하며 더듬더듬 또 다른 기둥을 돌아갔다. 그리고 이어서 벽돌벽임에 분명한 것이 손에 와 닿았다.

'세인트폴 대성당에는 벽돌벽이 없는데.' 던워디 교수가 생각했다. '어디 다른 곳에 도착한 건가?' 이윽고 그는 자신이 만진 게 뭔지 깨달았다. 웰링턴 기념비였다. 그것은 너무 커 옮길 수가 없었기 때문에 앞에 벽돌벽을 세워 보호했다. 그는 그 벽을 따라 재빨리 다음 기둥으로 갔다. 이곳을 지나 올소울스 예배당 그리고 던스탠스 예배당만 지나면….

뒤쪽 어디선가 요란하게 문이 열리더니 그쪽을 향해 본당을 서둘러 가로지르는 걸음 소리가 들렸다. 그는 자신이 보이지 않기를 바라며 기둥 뒤로 몸을 숨겼다. "분명히 무슨 소리를 들었어." 남자 목소리가 말했다.

"소이탄일까?" 두 번째 목소리가 물었다.

'아니. 당신이 들은 건 내가 넘어지는 소리야.' 던워디 교수가 생각했다. 둘은 화재 감시원들이 분명했다.

회중전등이 잠깐 비쳤다. 던워디 교수는 기둥 뒤쪽에서 몸을 더욱 움츠렸다. "모르겠어." 첫 번째 남자가 말했다. "시폭일 수도 있어."

'시한폭탄.' 던워디 교수가 생각했다.

"맙소사, 골치 아프게 됐네." 두 번째 사람이 말했다. 정말로 딱 맞는 표현이었다. 그들은 성당을 샅샅이 수색할 것이다.

"본당에서 소리가 난 듯했어." 첫 번째 사람이 말했고, 던워디 교수는 왜 자신이 이곳에 있는지 그럴듯한 설명을 지어내려 애썼다. 하지만 회중전등 빛이 다시 밝아졌을 때, 빛은 남쪽 복도를 향했고, 그들이 그 반대쪽으로 멀어지며 발걸음 소리도 작아졌다.

던워디 교수는 계속 가만히 있으며 그 사람들이 하는 말에 귀를 기울여보았지만, 조각조각 조금씩만 들릴 뿐이었다. "남쪽 성가대석 지붕이었어? 끌 거야…."

결국, 소이탄이라고 결론 내린 게 분명했다. 그들은 본당 서쪽 끝까지 갔다. "오늘 밤은 이만…." 그리고 '코번트리' 비슷한 단어가 들렸다. 하지만 코번트리는 좀 이상했다. 그가 알기로 그곳은 11월 14일에 폭격을 당했기 때문이다.

"북쪽 복도?" 한 명이 말했고, 던워디 교수는 수랑을 뒤돌아보며 그쪽으로 도망쳐야 할까 생각했다.

"아니…. 회랑 먼저 확인하자." 잠깐 회중전등 빛이 비쳤고, 던워디 교수의 귀에 금속이 쩔그렁거리는 소리와 계단을 올라가는 발걸음 소리가 들렸다.

'렌의 기하학적 계단을 올라가고 있구나.' 교수가 생각했고, 그들의 발걸음 소리가 요란한 틈을 타 벽을 더듬으며 재빨리 복도를 걸어갔다. 기둥, 기둥, 쇠창살. 세인트던스탠스 예배당이었다. 현관과 문이 바로 앞쪽에 있을 것이다.

"뭔가 찾았어?" 그 위쪽 어디선가 목소리가 들렸다. 던워디 교수는 재빨리 몸을 숨겼고, 곧바로 회중전등 빛이 아래를 비추었다.

"찾았어!" 한 명이 외쳤다. 첫 번째 사람이 분명했다. 의기양양하게 말했기 때문이다. "뭔가 소리를 들었다고 말했잖아. 소이탄이야. 휴대용 손 펌프를 가져와."

던워디 교수는 두 번째 사람이 위쪽 회랑을 따라 요란하게 뛰는 소리를 들었다. 그는 길을 더듬으며 재빨리 예배당 문으로 갔고, 문을 열고 포치와 계단이 있는 곳으로 조용히 빠져나왔다.

밖은 비가 퍼붓고 있었다. '그렇게 깜깜했던 이유가 있었군.' 그가 포치 지붕 아래로 다시 물러나며 생각했다. 바깥은 실내만큼이나 깜깜했다. 기둥을 세운 포치와 계단이 있는 걸 몰랐다면 안뜰로 가는 길을 찾을 수 없었을 것이다.

던워디 교수는 눈을 가늘게 뜨고 안뜰을 살펴보았다. 반대편 건물들의 윤곽만이 간신히 보였다. 탐조등 빛이 보이지 않는 것이며 머리 위로 폭격기 소리가 들리지 않는 것도 다 비 때문이었다. 독일 공군은 비가 내리기 시작하자 공습을 취소했을 것이다. 그리고 또한 화재가 없는 것도 설명되었다. 비 때문에 불이 다 꺼진 것이다. 회랑 지붕을 뚫고 들어온 아까 그 소이탄만 빼고는.

그는 화재 감시원들이 있는지 종탑을 올려다보고는 계단을 뛰어 내려가기 시작했다. 지하철역에 가려면 패터노스터 로우와 뉴게이트를 찾아야 했다.

그리고 비록 이렇게 쏟아지는 빗속에서는 거의 불가능한 일이었지만, 길을 잘 살펴야 했다. 온몸을 때려대는 비는 얼음처럼 차가웠고, 비라기보다 진눈깨비에 가까웠다. 그는 사정없이 내려치는 비를 피해 고개를 숙이고 몸을 웅크린 채 앞으로 나아갔다.

'어쨌든, 미치지 않고서야 누구라도 이런 날씨에 밖에 나와 있을 리가 없지.' 그는 생각하며 트위드 재킷의 옷깃을 세워 목 주위로 단단히 여몄다. 하지만 틀린 생각이었다. 누군가 두 명이 던워디 교수 쪽으로 곧장 다가오고 있었다. 화재 감시원들인가? 아니면 지하철역에서 나와 집으로 돌아가는 민간인들인가? 아니면 거리에서 뭘 하는지 다그치며 지상 방공호로 쫓아 보낼 공습 대비대 감시원인가?

던워디 교수는 물을 철벅거리며 재빨리 거리를 건넜고, 왼쪽의 좁은 길로 들어섰다. 그 길은 폭이 2미터가 될까 말까 했고, 좁

전까지 그나마 있던 흐릿한 조명마저 이곳에서는 양쪽 건물들에 의해 완전히 차단되었다. 이곳은 대성당 내부만큼이나 깜깜했다. 그는 다시 더듬으며 길을 찾아야 했고, 패터노스터 로우까지 가는 데 영원의 시간이 흐른 것만 같았다.

만약 이곳이 정말로 패터노스터 로우라면 말이다. 그래 보이지 않았다. 이곳은 좀전의 그 골목만큼이나 좁았고, 출판사들과 서적 창고들 대신 금방이라도 무너질 듯한 집들이 줄지어 있었다. 그리고 비록 어둠 때문에 그래 보일 수도 있기는 하지만, 내리막도 원래보다 더 심해 보였다.

결국, 길은 어떤 안뜰에서 끝이 났다. 확실히 패터노스터 로우가 아니었다. 어둠 속에서 패터노스터 로우를 지나친 게 분명했다. 그는 골목길을 거슬러가서 아까 왔던 길을 올라갔다.

하지만 그 골목은 같은 곳이 아니었다. 이번 것은 목제 축사에서 끝났다. '길을 잃었어.' 그가 화를 내며 생각했다. '어둠 속에서 시티를 헤매다니, 어떻게 이렇게 멍청한 짓을 할 수가 있지.'

런던에서든 역사상으로든, 길을 잃었을 때 여기보다 최악인 곳은 없었다. 세인트폴 대성당 주위는 미궁 같은 골목과 좁은 길들이 이리저리 토끼굴처럼 복잡하게 얽혀 있었고, 그 대부분은 어디로도 연결되지 않았다. 그는 여기를 영원히 헤매며 길을 못 찾을 수도 있었다. 그리고 비는 좀 전보다 더 거세게 퍼부었다.

"이런 일을 하기에 나는 정말로 너무 늙었어." 그가 중얼거리고는 세인트폴 대성당을 힐끗 보기 위해 고개를 빼 들었지만, 건물들은 너무 높았고 방향을 잡는 데 도움될 만한 것도 전혀 없었다. 그는 대성당이 어느 방향에 있는지조차 더 이상 알지 못했다.

'아니, 나는 방향을 알아.' 그는 생각했다. '대성당이 어디에 있는지 나는 정확히 알아. 루드게이트힐 꼭대기에 있어. 나는 언덕을 계속 오르기만 하면 돼.' 하지만 말이 쉽지 실행은 어려웠다. 올라가는 길이 보이지 않았다. 모든 길은 내리막이었고, 세인트폴 대성당 그리고 지하철역에서 멀어졌다. 하지만 만약 언덕을 내려가면 결국 블랙프라이어스 역 또는 너무 동쪽으로 간다면 캐넌스트리트 역이 나올 것이다. 어느 지하철역이든 간에 폴리가 있는 역까지 지하철이 다닐 것이다. 그는 골목을 돌았고, 다시 돌았다.

두 번 더 모퉁이를 돌고 막다른 길을 하나 지나니 더 넓은 거리가 나왔다. 올드 베일리얼? 만약 그렇다면 블랙프라이어스 역은 이 길 끝에 있을 것이다. 마침내 빛이 밝아지기 시작했고, 적어도 거리에 가게들이 줄지어 서 있는 모습이 보였다. 그리고 가게들에는 차양이 쳐졌다. 그는 조금이나마 비를 피할 수 있다는 생각에 철벅거리며 거리를 건넜다.

거의 모든 가게 창문들이 판자로 막혀 있었다. 모퉁이에서 두 번째 가게만이 아직 창에 유리가 끼워져 있었는데, 좀 더 가까이 다가가 보니 그것도 판자로 막혀 있었다. 좀 전에 유리라고 생각했던 건 나무에 원을 그리며 못으로 박아놓은 은종이 글자들이 빛을 반사했기 때문이었다. 그 글자들은 '행복한 크리스마스'였다.

'크리스마스일 리가 없어.' 던워디 교수가 생각했다. 만약 크리스마스라면 본당에 크리스마스 트리가 있어야 했고, 바깥의 포치도 그래야 했다. 존 바솔로뮤는 폭탄 충격파에 크리스마스 트리가 계속 넘어졌다는 이야기를 했었다.

하지만 크리스마스 트리들이 성당에 있었지만 어두워서 못 봤을 수도 있었다.

'하지만 지금이 크리스마스라면….' 그는 생각했다. '그건 편차가 거의 4개월이라는 뜻이잖아. 그건 불가능해. 편차 증가는 겨우 이틀이었어.' 하지만 그는 그게 사실임을 알았다. 그래서 이렇게 추운 것이다. 그리고 이렇게 어둡고. 네트는 그를 '새벽 4시'로 보냈지만, 12월의 새벽 4시라면 칠흑처럼 어두울 것이다.

"도착하는 즉시 시간 위치를 확인해." 그게 그가 학생들에게 늘 타이르던 말 아니었던가? 화재가 없으니 9월 10일일 리가 없다는 걸 바로 깨달았어야만 했다. 12월이면 부두에는 거의 일주일째 화재가 없었다.

하지만 그는 단서를 무시했고, 이제 비를 맞으며 언덕을 끝까지 다시 올라야 했다. 폴리가 이곳에 없기 때문이다. 폴리의 임무는 10월 22일에 끝났다. 폴리는 적어도 한달 반 전에 안전하게 옥스퍼드로 돌아갔고, 그는 헛수고한 것이다.

편차가 치솟기 시작했다는 증거를 드디어 찾았다는 점을 빼고는 말이다. 그는 즉시 세인트폴 대성당으로 돌아가 옥스퍼드로 가서 바드리에게 모든 역사학자를 다시 데려오라고 말해야 했다. 그는 언덕을 오르기 시작하며 택시가 있는지 찾았지만, 거리는 완전히 비어 있었다.

아니, 잠깐, 한 대가 있었다. 어둠 속, 옆 골목 끝쪽이었다. 그는 골목으로 들어서며 택시를 향해 손을 흔들었다.

택시도 던워디 교수를 보았다. 택시는 시동을 걸고 그를 향해 다가오기 시작했고, 콜린이 그에게 돈을 가져가라고 고집을 피워 다행이었다. 그는 서류를 꺼내 뒤적이며 5파운드 지폐를 찾았고, 다시 고개를 들었다.

택시는 멀어지고 있었다. 그가 부르는 걸 못 본 것이다. "이봐요!" 그가 외치자, 그의 목소리가 좁은 거리에 메아리쳤고, 그는 택시를 향해 손을 흔들며 달려갔다.

그리고, 이제 택시는 던워디 교수의 존재를 알아차렸다. 택시는 다시 그를 향해 오기 시작했다. 그의 생각보다 멀리 있던 게 분명했다. 엔진 소리가 전혀 들리지 않았기 때문이다. 그는 서둘러 택시를 향해 갔지만, 반도 다가가기 전에, 그게 택시가 아니라는 사실을 알았다. 그가 자동차 엔진 덮개라고 생각한 건 알고 보니 거대한 검은 금속 깡통의 둥그런 가장자리였고, 가로등에서 가볍게 앞뒤로 흔들렸다. 거무스름한 천이 가로등 위로 드리워져 있었다. 낙하산이었다.

'낙하산 지뢰야.' 그가 생각하며 깡통이 가로등 앞뒤로 천천히 흔들리는 모습을 지켜보았다. 지뢰는 한 뼘 차이로 가로등과 부딪히지 않았다. 만약 바람의 방향이 살짝이라도 바뀌거나 낙하산이 찢기면….

그는 비틀거리며 뒤로 두 걸음 물러섰고, 이윽고 몸을 돌려 골목 어귀로 달려가며 낙하산 비단이 찢기는 소리가, 지뢰가 가로등 기둥에 긁히는 소리가, 귀청이 찢어질 듯한 폭발음이 들리길 기다렸다.

기다리던 소리는 들리지 않았다. 희미한 신음 소리가 났고, 그는 돌연 인도에 두 손을 짚은 채 땅바닥에 쓰러져 있었다. 그는 처음에는 발이 걸려 넘어졌다고 생각했지만, 일어나보니 온몸이 먼지와 유리로 덮여 있었다.

'문방구 유리창이 깨진 게 분명해.' 그가 생각했고, 이윽고 어리둥절해졌다. '지뢰가 폭발한 거야.'

그는 바지와 코트에서 유리와 흙을 털어냈다. 그리고 그러는 과정에서 손을 벤 모양이었다. 두 손바닥이 긁히고 피가 묻어 있었으며, 귀 뒤쪽에서 피가 뚝뚝 떨어졌다. 구급차 벨 소리가 들렸다.

'여기서 발각될 수는 없어.' 던워디 교수는 생각했다. '나는 옥스퍼드로 돌아가야 해. 모두를 구해야 해.' 그는 골목길을 걷기 시작했고, 몸을 기댈 벽이 있기를 바랐지만, 가장 끝에 있는 건물 하나를 뺀 나머지 건물들은 모두 무너진 듯했다. 그는 그 건물을 향해 최대한 빨리 걸어갔다. 구급차 종소리는 커졌다. 구급차가 곧 도착할 것이고, 사고 현장 담당 경관도 올 것이다. 그는 서둘러 이 골목을 빠져나가 길을 건너 모퉁이를 돌아….

하지만 모퉁이를 돌자마자, 그는 무릎이 꺾이며 쓰러졌다.

'콜린 말이 맞았어. 내가 어려움에 처할 거라고 했지.' 그가 생각했다. '콜린을 데려왔어야 했는데.' 그리고 몇 분 정도 그는 의식을 잃은 모양이었다. 눈을 떴을 때는 거의 날이 밝았고 비도 그쳤기 때문이다. 그는 무거운 몸을 일으켜 잠시 서서 어리둥절한 상태로 있었다. 내가 뭘 하려고 했더라…?

'옥스퍼드.' 던워디 교수가 생각했다. '옥스퍼드로 돌아가야 해.' 그리고 언덕을 내려가기 시작했다. 블랙프라이어스 역에서 지하철을 타고 패딩턴 역으로 가 기차를 타기 위해서였다.

23

비는 날마다 내리네요.

— 윌리엄 셰익스피어, 《십이야》

런던, 1940년 12월

마이크는 앨버트 기념비 계단에 앉은 채 폴리를 뚫어져라 바라보았다. "우리가 그날 옥스퍼드에서 말하던 역사학자가 바로 너였어?" 그가 화를 내며 말했다. "던워디 교수님이 그렇게 위험한 임무를 맡기다니 이해할 수가 없다고 우리가 말하던 역사학자가 바로 너였다는 거야?"

폴리는 고개를 끄덕였다.

"그렇다면 네 데드라인이 1945년 4월 2일이 아니라는 뜻이잖아. 맞아? V-1 공격이 언제 시작됐지?"

"D-데이 일주일 뒤."

"일주일…, 1944년에?"

"응. 6월 13일."

"맙소사." 전승 기념일도 상황이 안 좋지만, D-데이는 겨우 3년 반밖에 남지 않았고, 만약 던워디 교수가 모든 강하를 취소할 정도로 편차 증가가 크다면…. "데드라인이 있는데 던워디 교수님은 왜 네 강하를 취소하지 않은 거지?" 마이크가 물었다.

"모르겠어." 폴리가 말했다.

"하지만 네 강하를 취소하지 않았다는 건 다른 이유가 있어서 강하 순서를 바꿨다는 뜻일 수도 있어." 에일린이 말했다. "왜냐하면, 덜 위험한 것들을 처음에 배치했으니까. 공포정치가 바스티유 습격보다 더 위험하지 않아? 그리고 진주만이 됭케르크보다 훨씬 더…."

에일린은 말을 멈추고 당황하며 마이크의 발을 내려다보았다.

"더 위험했을 거야." 마이크가 말했다. "만약 내가 원래 예정대로 도버에 갔다면 말이야. 에일린 말이 맞아, 폴리. 임무 순서가 바뀐 건 여러 이유가 있을 수 있어. 그리고 네 임무가 취소되지 않은 건 네가 위험하지 않다고 옥스퍼드가 생각했다는 증거야."

"그리고 날 전승 기념일에 본 것도 그렇고. 우리가 옥스퍼드에 돌아간 뒤에 내가 그곳에 간 것일 수도 있어. 우리가 이곳에 갇힌 걸 던워디 교수님이 미안하게 생각해서. 교수님은 내가 늘 전승 기념일에 가고 싶어 한 걸 아시거든."

'네 소원은 이루어질 거야.' 마이크가 우울하게 생각했다.

마이크는 아무 말도 않는 폴리를 바라보았다. 그녀는 아직 말하지 않은 게 있다는 듯이 감정을 감추고, 경계하고 있었다. 마이크는 그녀가 한 말을 생각했다. "넌 나보고 블레츨리 파크에 간 적이 있냐고 물었어." 혹시 폴리는 여전히 자신들이 묻는 말에 대한 답만 하고 나머지를 숨기고 있는 건 아닐까?

"V-1 임무가 제2차 세계대전에서 네 유일한 임무야?" 마이크가 물었고, 에일린은 공포에 질린 표정으로 마이크와 폴리를 바라보았다.

"맞아?" 마이크가 폴리를 압박했다. "아니면 진주만에 갔었어? 아니면 런던 대공습이 끝날 때도?" 폴리가 그 두 곳의 공격에 대해서도 모두 안다는 사실을 떠올리며 마이크가 물었다.

"아니." 폴리가 말했고, 진실을 말하는 듯이 보였다. 하지만 전에도 마이크는 폴리가 진실을 말한다고 생각했었다.

"지금 임무와 V-1, V-2 공격 때 말고 제2차 세계대전에 이곳에 있었던 적 없어?"

"응."

'다행이야.' 마이크가 생각했다. 하지만 V-1 임무만으로도 충분히 나빴다. 데니스 애서튼은 1944년 3월에야 이곳에 오고, 그때는 데드라인에 아주 가까웠다.

올 수나 있다면 말이다. 그리고 데니스 애서튼을 만나려면 앞으로 3년을 더 버텨야 하고, 또한 런던 대공습에서도 살아남아야 했다. 몇 주 뒤부터는 언제 어디서 폭격이 있는지도 알지 못했다. 그리고 몇 년씩 떨어진 강하 순서를 던워디 교수가 바꿨을 정도로 편차 증가가 심각하다면, 그들이 폴리의 데드라인 전에 할 수 있는 일은….

하지만 그들은 편차 증가가 그렇게 큰 줄 몰랐다. 설사 그렇게 크다 해도 편차가 증가한 곳은 몇몇 강하뿐일 수도 있었다. 그리고 제럴드가 오지 않은 다른 이유가 있을 수도 있었다. 블레츨리 파크는 여전히 분기점이고, 그들이 아는 한, 런던 대공습이 있는 시기도 분기점이었다. 그리고 됭케르크의 군인들은 자신들이 패했다고 생각했지만, 결국 어떻게 되었는가를 생각해보라.

"걱정하지 마, 폴리." 마이크가 말했다. "우리는 너를 여기서 빼낼 거야. 방법을 생각해낼 시간이 3년이나 있어. 그리고 데니스 애서튼도 있고."

"그리고 정체불명의 역사학자도." 에일린이 말했다. "18일까지 이곳에 있는 역사학자."

마이크는 그들이 그 역사학자에 대해 잊었기를 바랐었다. "아쉽지만, 아니야." 마이크가 말했다.

"왜 아닌데?" 에일린이 말했다.

"그 역사학자가 제럴드였거든." 폴리가 말했다. "그렇지, 마이크?"

"응."

"확실해?" 에일린이 물었다.

"응." 마이크는 편지 날짜에 대해 그들에게 말했다. "그리고 12월 18일에 옥스퍼드로 가는 기차표가 있었어. 제럴드 핍스의 사직 편지는 16일 소인이 찍혀 있었고."

"아, 이런." 에일린이 말했다.

"하지만 우리에게는 아직 세인트존스 우드의 강하 지점이 있어." 마이크가 말했다. "그리고 이곳에 오는 길에, 네 강하 앞쪽에 임시 판자 울타리가 쳐진 걸 봤어, 폴리."

"그러면, 만약 그곳의 강하가 전에 열리지 않은 게 사람들이 볼 수 있어서였다면…." 에일린이 희망을 품고 말했다. "다시 열릴 수도 있겠네."

"내 말이 바로 그 말이야." 마이크가 말했다. 그는 일어났다. "독일 공군이 이 꿀불견을 확실하게 폭격할 수 있도록 우리가 비켜주는 게 어때?" 마이크가 앨버트 기념 조각상들을 돌아보며 제안했다. "같이 점심을 먹으면서 강하 지점을 찾을 계획을 세워보자. 에일린, 캐롤라인 여사에게서 무슨 소식 들었어?"

"응. 하지만 장원의 장교에게서는 연락이 없었어."

"사람들에게 다시 편지를 보내. 그리고 그곳 신부에게도 편지해서 소총 훈련소에 관해 뭔가 알아낼 수 있는지 확인해보고. 어쩌면 이전을 했을 수도 있어. 나는 다프네에게 편지를 써서 해안 경비가 철수되었는지 알아볼게. 침공이 취소되었다고 네가 말했었잖아, 그렇지, 폴리?"

"응. 하지만 그렇다고 경비를 철수한다는 뜻은 아니야."

"그건 모르는 거야." 에일린이 말했다. "또는 다프네가 구조팀이 그곳에 왔었다고 답장을 보내고, 우리 문제가 해결될 수도 있어."

"에일린 말이 맞아. 점심 먹으러 가는 길에 리어리 부인 집에 들러 우편물이 온 게 있는지 확인하자. 가자." 마이크가 말하며 폴리와 에일린을 일으켜 세웠고, 그들은 리어리 부인 집으로 걸어갔다.

리어리 부인 집에 도착했을 때, 에일린이 말했다. "네가 편지를 받아오는 동안, 나는 우리 집에 가서 우리에게 온 편지가 있는지 확인해보고 올게."

"오늘은 일요일이야." 폴리가 말했다. "일요일에는 우편물이 안 와."

"하지만 구조팀이 전화했을지도 몰라." 에일린이 말하더니 리케트 부인 집을 향해 서둘러 갔다.

마이크는 에일린이 모퉁이를 돌아 사라지는 걸 지켜보더니 폴리를 돌아보았다.

"전승 기념일에 에일린을 봤다고 했지? 에일린만 봤어?"

"무슨 말이야? 그날 밤 트래펄가 광장에는 수천 명이 나와 있었어…."

"나도 거기 있었어?" 만약 폴리가 마이크를 봤다면, 그건 그들이 이곳을 빠져나가지 못했다는, 폴리의 데드라인이 지난 뒤에도 마이크와 에일린이 이곳에 남아있다는 증거가 될 것이다.

"아니." 폴리가 말했다. "너는 못 봤어."

"뭔가 다른 거 본 거는 없어? 우리가 빠져나가지 못해서 에일린이 그곳에 있었다고 생각할 만한 증거라든가?"

"없었어. 우리 강하들이 열리지 않고, 던워디 교수님이 편차 증가를 걱정해서 우리 임무를 시간순으로 바꾼 것을 빼면…."

"하지만 네 임무는 순서를 바꾸지 않았어. 그리고 전승 기념일에 에일린은 봤지만 나를 보지 못했다는 건 에일린 말이 맞다는 뜻이야. 에일린은 나중에 임무를 받아 그곳에 간 거야. 그렇지 않으면 나도 에일린과 함께 있었을 테니까. 에일린 표정은 어때 보였어? 흥분된 얼굴이었어? 아니면 슬픈 얼굴?"

"슬픈 얼굴은 아니었어." 폴리가 기억을 더듬으며 말했다. "낙관적이었어." 마침내 폴리가 말했다.

마이크는 폴리가 여전히 뭔가 숨기는 건 없는지 폴리를 열심히 살폈다. "에일린을 본 게 확실해? 그냥 닮은 사람을 본 게 아니야?"

"아니야. 에일린을 본 게 확실해."

"그럼 내가 블레츨리 파크로 떠날 때 왜 넌 마저리 때문에 그렇게 걱정한 건데?"

"내가 사건을 바꿨으니까. 그리고 간호사라면 얼마나 많은 생명을 구할지 누가 알겠…."

"하지만 마저리가 뭘 하든 간에, 그 때문에 전쟁에 질 수는 없다는 걸 우리는 알아. 아마도 너는 이 모든 일이 일어나기 전에 전승 기념일에 갔겠지만, 에일린은 그렇지 않아. 에일린은 아직 가지 않았어. 에일린은 내가 하디를 구하고, 마저리가 잔해에서 구조된 뒤에 갔어."

"그 생각은 해보지 못했어." 폴리가 말했다.

"음, 그게 사실이야. 우린 사건들을 변경하지 않았고, 치명적인 피해도 입히지 않은 거야." 마이크가 말했다. "내가 블레츨리 파크로 가기 전에 네가 이 모든 걸 말해줬으면 좋았을 텐데. 튜링이랑 우연히 만나서 무척이나 걱정했거든."

"튜링? 앨런 튜링?" 폴리가 외쳤다. "어떻게 만났는데?"

"튜링이 타는 자전거에 하마터면 치일 뻔했어." 마이크가 말했다. "튜링은 마지막 순간에 방향을 바꿨고, 자전거는 연석에 부딪혔어. 튜링은 다치지 않았고, 자전거도 부서지지는 않았지만, 그 사람이 튜링인 걸 알고 나는 겁이 나 죽는 줄 알았어. 하지만 다행히 아무런 해도 없었어. 곧 돌아올게."

마이크는 집으로 달려 들어가 리어리 부인에게 자기가 없던 사이 뭔가 우편물이 온 게 없는지 물어본 뒤 다시 나왔다. "아무런 편지나 전화도 없었어." 마이크가 말했다. "에일린은 어디 있어? 아직 안 돌아왔어?"

"응. 라버넘 양에게 잡힌 게 분명해. 연극용 의상을 준비 중이거든. 가서 구해오는 게 좋겠어." 하지만 둘이 모퉁이를 돌았을 때, 에일린이 편지를 흔들어 보이며 달려오고 있었다.

"일요일에는 우편배달이 없다며?" 마이크가 폴리에게 말했다.

"다프네가 네게 편지를 보냈어." 에일린이 달려오며 흥분해 외쳤다. "어제 도착했는데, 수신인이 너라서 리케트 부인은 편지가 엉뚱한 주소로 왔다고 생각해서 돌려보낼 생각이었대. 그러기 전에 내가 찾으러 가서 다행이야."

에일린은 편지를 마이크에게 건넸다. 그는 편지를 열더니 얼굴을 찡그렸다.

"왜 그러는데?" 에일린이 물었다.

"편지는 일주일 전 날짜로 되어 있어. 다프네는 내게 편지 보내는 걸 잊었던 모양이야." 마이크는 편지를 읽기 시작했다. "그리고 내가 준 다른 주소와 헛갈려 했어. 그래서 리케트 부인 집으로 보낸 거야. 그리고…."

마이크는 갑자기 말을 멈추더니 조용히 편지를 읽었다. "이런, 맙소사!"

"왜?" 에일린과 폴리가 동시에 말했다.

"도저히 안 믿기네. 읽어줄 테니 들어 봐." 마이크가 흥분해 말했다. "'누가 당신을 찾으러 오면 꼭 알려달라고 했었죠. 어젯밤에 '왕관과 닻'에 남자 두 명이 찾아와 온갖 질문을 했어요. 당신 친구라며 당신과 꼭 연락해야 한다고 했고, 당신이 어디에 있는지 아느냐고 물었어요.'" 마이크는 에일린을 바라보았다. "맙소사, 네 말이 맞았어. 구조팀이 이곳에 있어. 이곳에 온 지 일주일이 넘었어."

"구조팀이 우리를 발견할 거라고 내가 말했잖아." 에일린이 의기양양하게 말했다. "그래서 다프네는 네가 어디에 있는지 알려줬대?"

안 그런 게 분명했다. 알려줬다면 지금쯤 구조팀은 이곳에 왔어야 했다. "아니." 마이크가 답했고, 그날 저녁 도버로 떠나겠다고 말했다.

"우리랑 함께 가야 해." 에일린이 말했다. "아니면 폴리만이라도. 폴리가 가장 급한 상황이잖아."

마이크는 고개를 저었다. "다프네에게서 정보를 얻어야 할 텐데, 내가 다른 여자와 나타나면 다프네가 좋아하지 않을 거야."

"폴리가 너랑 같이 그 술집에 갈 필요는 없어." 에일린이 말했다. "그냥 여관 같은 곳에 머물러 있으면서…."

"여관과 술집이 같은 곳이야." 마이크가 말했다. "그리고 설사 그렇지 않다고 해도, 살트램-온-시는 작은 마을이야. 다프네는 폴리가 도착하고 5분도 안 되어 그 존재를 알게 될 거야. 게다가, 지금 난 그곳에 어떻게 가야 좋을지도 모르겠어."

마이크는 버스 운행이 끊겼고 가솔린 배급 때문에 차를 빌리기 어렵다는 설명을 했다. "난 아마도 히치하이크를 해서 가야 할 거야. 그리고 가는 데 이삼일은 걸릴 거야. 게다가 접근 제한 구역이기도 하고. 나는 기자 출입증이 있지만, 너희들은 없잖아."

폴리가 동의했다. "기차는 크리스마스를 맞은 여행객들과 휴가로 집에 가는 군인들로 꽉 찼을 거야. 어쩌면 그곳에 가는 대신 다프네에게 편지를 쓰는 게 나을지도 몰라. 그게 더 빠를 거야."

"하지만 구조팀이 살트램-온-시에 있다면? 또는 구조팀이 어디에 있는지 다프네가 모른다면? 다프네와 이야기를 한 뒤에 구조팀이 어디 있는지 찾아다녀야 할지도 몰라. 구조팀을 찾으면 곧바로 너희에게 전화할게."

"하지만 만약 구조팀이 살트램-온-시에 있으면 우리가 어떻게 그곳에 가지?" 에일린이 걱정스러운 목소리로 물었다. "거기는 통제구역이라면서."

"그건 그때 가서 생각하자." 마이크가 말했다.

에일린은 여전히 초조해 보였다.

"걱정하지 마. 만약 구조팀이 정말로 와 있으면 구조팀은 옥스퍼드로 돌아가서 너희들에게 필요한 출입증과 신분증을 준비해 다시 올 수 있어. 아니면 런던과 가까운 곳에 다른 강하 지점을 설치하는 게 더 쉽다고 판단할 수도 있고. 그쪽 계획이 뭔지 알게 되는 대로 곧바로 전화할게."

"돈이 얼마나 필요할 거 같아?" 폴리가 핸드백을 뒤지며 물었다. "아냐, 대답할 필요 없어. 이걸 가져가." 폴리는 마이크에게 돈을 내밀었다.

"너희 둘은 어쩌고?" 그가 물었다.

"우리가 지하철을 탈 돈은 충분히 남겨놨어. 그리고 모레 급료를 받아."

폴리는 마이크에게 손으로 쓴 목록을 건넸다. "이게 다음 주 런던과 남동부 폭격 목록이야. 독일 공군은 12월에는 대부분 중부와 항구들에 집중해. 그러니 목록이 그리 길진 않아. 그리고 안타깝지만, 잉글랜드 남동부의 폭격에 관해 내가 아는 건 이 정도가 전부야. 그 정보는 이식하지 않았거든. 아, 그리고 도버에 도착하면 특별히 조심해야 해. 그곳은 거의 전쟁 내내 폭격을 받았어. 이 목록에는 20일까지밖에 정보가 없어. 만약 그보다 더 오래 있을 거면…."

마이크는 고개를 저으며 돈을 접어 주머니에 넣었다. "그 훨씬 전에 옥스퍼드로 돌아갈 거야."

"오, 만약 크리스마스 전에 돌아갈 수 있으면 정말 좋겠지?" 에일린이 기쁨에 넘쳐 말했다.

"그렇지." 마이크가 말했다. "하지만 먼저 내가 살트램-온-시에 가야 해. 그리고 그건 지하철 운행이 끊기기 전에 빅토리아 역에 가야 한다는 뜻이고. 오늘 밤에 폭격이 있어, 폴리?"

"응." 폴리가 말했다. "하지만 10시 45분부터야."

"폭격이 시작되기 전에 런던을 벗어나려면 서둘러야겠네."

"빅토리아 역까지 같이 가줄까?" 폴리가 물었다.

"아니. 너희는 구조팀이 나를 찾는 것을 포기하고 너희를 찾아올 경우를 대비해 이곳에 있어야 해. 너희 연극팀은 여전히《훌륭한 크라이턴》을 연습 중이야?"

"아니. 이제는《크리스마스 캐럴》을 연습해."

"그 연극에 네가 참여할 수 없다고 말해두는 게 좋을 거야." 마이크가 말했다.

마이크는 둘의 뺨에 가볍게 키스하고 말했다. "뭔가 알게 되면 곧바로 연락할게." 그리고 마이크는 떠났다. 만약 도버까지 가는 급행을 탈 수 있다면 자정까지는 도버에 도착하고, 새벽이 되면 살트램-온-시의 중심가에 도착할 수 있었고, 해변으로 일찍 가는 농부의 차를 얻어탈 수도 있었다.

하지만 폴리 생각이 맞았다. 기차는 사람들로 꽉 찼고, 마이크가 표를 사려고 할 때 판매원은 군 관계자들에게 우선적으로 판매를 한다고 답을 했다.

"복도에 서서 가도 괜찮습니다." 마이크가 말했다.

"복도에 서서 가는 게 우선적으로 판매하는 표예요." 판매원이 말했다. "화요일 2시 14분 표를 드릴 수 있습니다."

"화요일요?"

"죄송합니다. 그게 제가 할 수 있는 최선입니다. 크리스마스 시즌이어서요. 그리고 전시이기도 하고요."

'당연하겠죠.' "화요일보다 더 빠른 표를 구할 수는 없을까요?"

"없습니다. 내일 캔터베리로 가는 6시 05분 표가 있습니다. 그곳에서 도버로 가는 기차를 탈 수 있을 겁니다." 마이크는 기차를 타려 줄 선 사람들에게서 도버행 9시 38분 기차표를 사기로 마음먹고 열심히 애써보았지만 실패했고, 이런 선택을 했던 것을 거의 곧바로 후회했다.

기차는 아침에 지하철이 운행하기 전에 출발했기 때문에 마이크는 노팅힐게이트 역에 가서 밤을 보낼 수 없었고, 빅토리아 역에는 잘 만한 곳이 전혀 없었다. 그는 믿을 수 없을 정도로 불편한 나무 벤치에서 밤새 앉아 있어야 했다.

그리고 일단 기차를 타자 더 후회되었다. 그 기차는 완행일 뿐 아니라 이전 됭케르크에서 군인들을 태웠을 때의 '제인여왕호'보다도 더 빽빽하게 사람들이 들어찼으며, 런던을 떠나 10킬로미터도 되지 않았을 때 옆 철로로 들어가 병영 열차 세 대와 군용품을 실은 화물 열차에 길을 비켜주며 기다렸다.

거의 1시간 반이 흐른 뒤 기차가 다시 움직이기 시작했지만, 1킬로미터쯤 갔을 때 다시 멈췄고 이번에는 아무런 이유도 없었다. "공습이야." 창에 가까운 군인 한 명이 밖을 보며 말했다. "독일 놈들이 오늘은 기차 사냥을 하러 나온 게 아니면 좋겠군. 우리는 그냥 날 잡아드십시오 하고 이대로 서 있으니까." 그리고 다음 몇 분 동안 모두가 천장을 바라보며 하인켈 HE-111 폭격기가 내는 무시무시한 엔진 소리가 들리는지 귀를 기울였다.

“여기에 있는 것보다는 전선이 더 낫겠는걸.” 몇 분 뒤 다른 군인이 말했다. “폭격이 있는 걸 알면서도 꼼짝도 못 하고 그냥 죽는 걸 기다리느니 그게 나아.”

‘폴리처럼.’ 마이크가 생각했다. 자신의 강하가 열리지 않는다는 사실을 알게 되었을 때 폴리는 아주 끔찍했을 것이다. 그리고 자기에게는 해당 사항이 없는 온갖 방법에 대해 지난 몇 주간 마이크와 에일린이 하는 말을 들으면서도 자신의 비밀을 감춰야 했을 때는 더욱 그러했을 것이다. 하지만 그 무엇보다도 최악은 그에 관해 아무런 것도 ‘할 수 없다’는 점일 것이다. 마이크는 병원에 누워 구조팀에게 무슨 일이 일어난 건지, 그리고 하디를 구한 게 상황을 엉망으로 만든 게 아닌가 걱정했던 상황만으로도 충분히 괴로웠다. 비록 지금으로부터 1년 뒤이기는 하지만 자신이 진주만에 이미 다녀왔다면, 또는 V-1 공격이 시작했을 때처럼 3년 반 뒤의 시기를 이미 다녀왔다면 어떤 느낌일지, 마이크는 도무지 상상이 가지 않았다.

데드라인이 언제인지는 중요하지 않았다. 그게 언제든 그 끔찍한 느낌은 곧바로 그 사람의 온몸을 옥죄어들었다. 독일군이 됭케르크에 점점 다가오는데, 자신은 해변에 무력하게 앉아 저 멀리서 들리는 대포 소리에 귀를 기울이며 독일군이 오기 전에 어서 빨리 배가 나타나 구해주기를 기도하면서 기다리는 것 말고는 아무것도 할 수 없는 때의 느낌과 비슷했다.

그리고 마이크가 다프네의 편지를 받지 못했다면 그들 셋 역시 같은 상황에 빠져 있었을 것이다. 제때 편지가 도착해서 정말 다행이었다. 마이크는 그냥 가만히 앉아 구출되는 날만 기다리고 있을 자신이 없었다. 제로 전투기를 향해 기관총을 쏘거나 탄

약을 전달하는 것이 그냥 앉아 있다가 총에 맞아 죽는 것보다 훨씬 더 쉬웠고, 뒹케르크에서 물이 새는 배에 타고 있는 것이 독일군이 다가오는데 해변에 앉아 기다리는 것보다 훨씬 더 쉬웠다.

또는 일본군을 기다리는 것보다. 마이크는 제럴드가 오지 않았다는 사실을 알았을 때 룸메이트인 찰스 역시 오지 않았을 거라 생각했지만, 만약 찰스가 왔다면? 만약 찰스가 싱가포르에 있고, 그의 강하가 열리지 않으며, 일본군은 곧 도착하는 상황에서, 찰스는 구조팀을 놓칠까 봐 두려워 싱가포르를 떠나지 않았다면?

'찰스는 싱가포르에 있지 않을 거야.' 마이크가 생각했다. '내가 구조팀을 발견하는 순간, 나는 찰스를 구해야 한다고 말할 거니까. 필요하다면 찰스를 구하는 데 나도 같이 갈 거야.'

하지만 그런 마이크의 용기는, 저녁 파티용 정장을 입고 컨트리클럽에 앉아 일본군이 다가온다는 뉴스를 들어야 할 찰스의 용기에 비하면 아무것도 아닐 것이다.

병원에서 이브스 부인이 준 책을 읽었을 때, 마이크는 작은 보트를 타고 용감하게 남극 바다를 가로질러 구조대를 데려온 새클턴을 영웅이라고 생각했다. 하지만 이제 마이크는 척박한 섬에 남아 새클턴이 탄 보트가 사라지는 모습을 지켜보고, 발은 얼고 음식은 떨어지고 날씨는 점점 더 악화되어가는 상황에서 누가 구조하러 온다는 확신도 없는데 몇 주 몇 달 동안을 기다리던 사람들이 더 용감한 게 아니었을까 생각하게 되었다.

전에 마이크는 신문에서 비행장 이름을 찾다가, 폭격당해 잔해 더미가 된 집에서 구조된 나이 지긋한 여인에 관한 기사를 읽은 적이 있었다. 구조대원이 잔해 더미에 남편이 깔려있는지 묻자 그 여자는 분개하며 대답했다. "아니요. 그 겁쟁이는 전선에 있어요."

그 기사를 읽었을 때 마이크는 소리 내 웃었지만, 이젠 그게 과연 농담이었을까 의심이 들었다. 어쩌면 '잉글랜드'가 전선이고, 진정한 영웅은 밤마다 지하철역에 앉아서 산산조각이 나길 기다리는 런던 시민들일지도 몰랐다. 그리고 병원에서 줄에 고정되어 있던 포드햄. 그리고 이 기차에 탄, 공황 상태에 빠지지 않고 차분히 기다리는, 그리고 공황 상태를 이기기 위해 히틀러에게 전화해 항복하고 싶은 충동에 빠져들지 않는 모든 이들. 마이크는 옥스퍼드에 돌아가면 영웅적 행위에 관한 개념을 다시 생각해보아야 했다.

만약 마이크가 옥스퍼드로 돌아간다면 말이다. 그리고 이런 식이라면 살트램-온-시는 고사하고 캔터베리까지나마 갈 수 있을지 의문이었다.

마이크는 결국 살트램-온-시에 도착했다. 하지만 출발 지연과 측선 대기, 차고에까지 헛걸음하는 바람에 이틀이 더 걸렸다. 마이크는 반 무한궤도 장갑차, 사이드카, 낡디낡은 트럭을 얻어 타고 갔다.

그 트럭은 예쁜 농업 여성이 운전했다. 그녀는 첼시에서 자랐고, 살트램-온-시에서 서쪽으로 몇 킬로미터 떨어진 농장에서 돼지들에게 먹이를 주고 젖소들의 젖을 짜는 일을 했다.

"이 일을 하면 손이 망가져요." 마이크가 이 일을 좋아하는지 묻자 여자가 말했다. "그리고 동트기 전에 일어나고 거름 냄새를 맡는 건 싫지만, 만약 뭔가 할 일이 없다면 걱정이 되어 미쳐버릴 거예요. 제 남편은 북대서양에서 선단을 호송하고, 어떤 때는 몇 주씩 연락이 없곤 하거든요. 그리고 이 일을 하면 뭔가 기여하는 느낌이 들지요."

여자는 마이크를 보며 싱긋 웃었다. "거기서 일하는 여자는 저까지 모두 네 명인데 모두 아주 사이가 좋아요. 그것도 도움이 되지요. 그리고 포우니 씨는 몇몇 농부들과 달리 그리 거칠지도 않고요."

"잠깐요, 포우니 씨랑 일한다고요?"

"네. 왜요?"

"놀랄 노자네요." 마이크가 소리 내 웃으며 말했다. "포우니 씨에게 황소가 있나요?"

"네, 왜요? 황소에 대해 무슨 말을 들은 건가요? 그놈이 사람을 죽인 건 아니죠?"

"제가 알기로는 아니에요."

"뭐, 그랬다 해도 놀라운 일은 아니죠. 그놈은 잉글랜드에서 가장 성질 고약한 황소니까요. 그 황소를 어떻게 아시나요?"

마이크는 차를 얻어 타기 위해 포우니 씨가 황소를 사서 돌아오기를 기다리던 이야기를 해주었다. "그리고 마침내 이렇게 됐네요."

"에, 제가 당신이라면 너무 기뻐하지는 않을 거예요." 여자가 말했다. "이 화물차 타이어는 잉글랜드에서 가장 엉망이거든요."

여자의 말은 과장이 아니었다. 화물차는 도버와 포크스톤 사이에서 두 번 펑크가 났고, 여분의 타이어도 없었다. 그래서 두 번 모두 타이어를 빼 고무 조각을 대 수리하고(두 번째로 수리할 때는 거센 진눈깨비까지 휘날렸다) 자전거용 펌프로 바람을 넣어야 했다.

살트램-온-시가 보일 즈음에는 3시 30분이 넘었고 어두워지기 시작했다. 마이크는 강하 지점에 설치된 대포를 보았다. 그리고 이제 그 측면에는 콘크리트로 된 대전차 장애물과 날카로운 말뚝들이 빽빽이 줄지어 들어서 있었다.

절벽 꼭대기를 따라서는 칼날 철조망이 설치되었고, '위험, 지뢰 있음'이라는 경고판이 있었다. 그는 이 모든 광경을 보고 구조팀이 뭐라 생각을 했을지 궁금했다.

"건널목에서 세워줘도 괜찮을까요?" 농업 여성이 물었다(이름은 노라였다). "어두워지기 전에 집에 가고 싶어서요."

"그럼요. 괜찮아요." 마이크가 말했지만, 화물차에서 내리자마자 후회했다. 해협에서 불어오는 바람은 매서웠고, 진눈깨비는 눈으로 바뀌고 있었다.

'젠장, 이 고생을 했는데도 구조팀이 여기 없으면 안 되는데.' 마이크가 생각했고, 바람을 피해 고개를 숙이고 옷깃을 세워 목 주위로 단단히 여민 채 마을을 향해 발을 절며 내려갔다. '그리고 구조팀이 온 강하 지점도 이곳에 있어야 할 텐데.'

'적어도 다프네는 있을 거야.' 마이크가 여관으로 가며 생각했지만, 바 뒤에 다프네는 없었다. 그곳에 있는 건 그녀의 아버지였다.

"다프네를 만나러 왔습니다." 마이크가 말했다.

"자네, 그 미국인 기자 맞지?" 다프네의 아버지가 말했다. "중령이랑 뒹케르크에 갔던 그 기자지?" 그리고 마이크가 고개를 끄덕이자 계속해 말했다. "유감이야, 젊은이. 너무 늦었어."

"너무 늦어요?"

"그래, 젊은이." 그가 말했다. "다프네는 이미 결혼했어."

24

제발 말해주시길, 오늘 누가 나에 관해 묻지 않았는지?

— 윌리엄 셰익스피어, 《자에는 자로》

살트램-온-시, 1940년 12월

“다프네가 결혼했다고요?” 마이크는 놀란 나머지 술집 카운터에서 풀쩍 물러나며 말했다.

“그래.” 다프네의 아버지가 차분히 행주로 유리잔의 물기를 닦으며 말했다. “해안 경비대에서 근무하던 청년과.”

‘나 때문에 다프네가 상처받아 누구와도 결혼 안 할까 봐 걱정했는데, 정말 쓸데없는 걱정이었네.’ 마이크는 그동안 혼자 속끓인 게 괜히 억울해졌다.

“해안 경비대 좋아하네.” 전에 선창에서 이야기를 나누었던 파이프 담배 피우는 어부가 코웃음을 쳤다. “내가 보기에 그 녀석은 경비에 대해서는 별로 아는 게 없어. 다프네에게서 자기 몸 하나도 못 지켰잖아?” 그는 마이크의 옆구리를 쿡 찔렀다. “자네도 그런 거 같은걸, 청년?"

술집 사람들이 웃어댔고, 그 웃음을 틈타 마이크가 물었다. "어디 가면 다프네를 만날 수 있을지 알려주시겠습니까?"

다프네의 아버지가 얼굴을 찡그렸다. "좋은 생각이 아니야, 청년. 이제 다프네는 로브 부처의 아내이고, 그걸 자네가 어찌할 방법은 없어."

"그럴 마음은 없습니다." 마이크가 말했다.

다프네의 아버지가 언짢은 표정을 지었다.

"제 말은, 문제를 일으키고 싶은 마음이 없다는 겁니다. 저는 다프네와 이야기만 나누면 됩니다. 다프네는 제게 편지를 보내서 저에 관해 묻고 다니는 사람들이 있다고 했고, 저는 그 사람들을 어디 가면 만날 수 있는지 다프네에게 물어봐야 합니다. 아니면 당신이 도와주실 수도 있습니다. 다프네가 말하길 그 사람들이 들어와서…."

다프네의 아버지가 고개를 저었다. "난 그 사람들에 대해서는 아무것도 몰라. 그리고 다프네는 이제 남편이랑 맨체스터에 살아."

'맨체스터?' 그곳은 살트램에서 3백 킬로미터도 넘게 떨어진 곳이었다. 기차로 그곳에 가려면 적어도 이틀은 걸렸다. 기차를 탈 수 있다면 말이다. 기차는 크리스마스 휴가를 맞아 집으로 가는 병사들로 꽉 차 있었다.

"다프네의 전화번호를 혹시 아시나요?" 마이크가 물었다. "아니면 주소라도요."

"거기 가서 못된 짓을 할 생각은 아닌 거지?"

"아닙니다. 저는 편지를 쓰려는 것뿐입니다." 마이크는 거짓말을 했고, 그 주소가 제발 사서함 주소가 아니길 바랐다.

아니었다. 그 주소는 킹 스트리트였다. "하지만 어제 받은 편지에는 사는 곳이 별로 맘에 안 든다고 하더군." 다프네의 아버지가 말했다. "좀 더 괜찮은 곳을 찾고 있대."

'찾지 못했길 바라야겠군.' 마이크가 생각하며 주소를 적었다.

"만약 누군가 저를 찾아오면 이곳에 있다고 말해주십시오." 마이크는 말하며 리어리 부인의 주소와 전화번호를 알려주었다. 마이크는 술집 주인에게 딸의 결혼을 축하한 뒤 맨체스터를 향해 떠났다.

맨체스터까지 가는 데는 이틀이 걸리지 않았다. 꽉 찬 기차, 출발 지연, 놓친 연결편, 군인뿐 아니라 짐과 자두 푸딩을 들고 탄 민간인들(그리고 여정 일부에서는 아직 털을 뽑지 않은 거대한 크리스마스용 거위도 한 마리 있었다)로 꽉 찬 기차를 타고 거의 나흘을 가야 했다. 잉글랜드의 그 누구도 '불필요한 여행을 피하십시오'라고 역마다 붙여놓은 정부 명령에 따를 마음이 없는 듯했다.

마이크는 12월 22일 늦은 오후가 되어서야 맨체스터에 도착했다. 다프네와 그의 신랑은 이미 '좀 더 괜찮은 곳'을 찾은 뒤였다. 마이크는 절룩이며 킹 스트리트까지 갔지만 결국 다시 마을을 가로질러 위트워스로 가야 했다. 그리고 리케트 부인과 똑 닮은 그곳 집주인은 다프네가 안에 있는지 잘 모르겠노라고 말했다. "가서 있는지 볼게요." 집주인 여자가 말했고, 문앞에 마이크를 두고 안으로 사라졌다.

'제발 안에 있어야 할 텐데.' 마이크가 생각하며 아픈 발에 무게를 싣지 않기 위해 문설주에 몸을 기댔다.

다프네는 안에 있었다. 다프네는 살트램-온-시에서 처음 봤을 때처럼 계단을 내려오다가 중간에 걸음을 멈추었다. "이런, 마이크." 다프네가 눈을 휘둥그레 뜨고 말했다. "맨체스터에서 당신을 보리라고는 상상도 못 했어요. 여기서 뭐 하는 거예요?"

"당신을 만나러 왔어요. 당신에게…."

"하지만 아빠가 말해주지 않았어요? 아, 이런, 이런 끔찍한 일이! 당신에게 이런 식으로 알릴 생각은 아니었는데요! 당신은 멋진 사람이고, 이 먼 곳까지 와줬어요. 하지만 저는 지난주에 결혼했어요."

"알아요. 당신 아버지가 말해줬어요." 마이크는 마음이 아프지만 체념했다는 듯이 들리려고 애쓰며 말했다. "사실 당신이 보낸 편지 때문에 왔어요."

"제 편지요?" 다프네는 어리둥절해 하며 말했다. "하지만 저는 편지를…. 로브에 관해 편지로 이야기할까 생각했지만, 전 당신이 어디에 있는지 그리고 뭘 하는지 알지 못했고, 그래서 만약 당신이 전쟁 기사를 쓰려고 전선에 가 있다면 제 소식을 알리는 게 좋지 않을…."

"아니요. 저에 관해 물으러 왔다는 남자들에 관해 쓴 편지요." 마이크가 말하며 외투에서 편지를 꺼냈다. "우편물 배달에 착오가 있어서 이제야 받았어요."

"아." 살짝 실망한 목소리로 다프네가 말했다.

"이 편지에 대해 말하려고 살트램-온-시에 갔는데, 당신 아버지가 당신은 결혼해서 맨체스터로 이사했다고 알려줬어요. 결혼 축하드려요. 당신 남편은 아주 운이 좋은 분이네요."

"아, 하지만 운이 좋은 건 저예요." 다프네가 얼굴을 붉히며 말했다. "로브는 멋지고, 상냥하고, 용감해요. 지금은 부두 수리 일을 하지만 전투에 참여하겠다고 신청했어요. 그이는 잉글랜드를 위해 자기 몫을 다하기 위해 열심이에요. 전 그이에게 말했죠. '당신은 이미 자기 몫을 다하고 있어요. 당신 덕분에 잉글랜드가 굶주리지 않잖아요. 독일군을 쏘거나 U-보트를 침몰시키는 것처럼 멋져 보이지는 않을지 몰라도….'"

말을 중간에 끊지 않으면 마이크는 밤새도록 여기에 있어야 할 판이었다. "질문 몇 가지만 해도 될까요?"

"아, 물론이죠. 이런, 제가 참 예의가 없네요. 당신을 이렇게 문 앞에 세워두다니요. 응접실로 오세요. 차를 드시겠어요?"

참으로 솔깃한 제안이었다. 마이크는 아침 식사 이후로 아무것도 못 먹었다. 게다가 아픈 발도 좀 쉬게 하고 싶었다. 하지만 이미 열기를 더해가는 다프네의 수다를 부채질할 만한 상황은 그 무엇도 사양이었다. "아니요, 고맙지만, 곧 기차를 타야 해서요. 술집에 남자 둘이 와서 저에 관해 물었다고 했죠?"

다프네가 고개를 끄덕였다. "두 번요. 처음에는 술집의 모든 사람에게 마이크 데이비스라는 종군 기자를 아는지 물었고, 톰킨슨 씨가 제가 안다고 말하자 저에게 와서는 당신과 연락하려면 어떻게 하면 되느냐고 물었어요."

"그래서 말해줬나요?"

"아니요. 저는 누군가 당신에 관해 물으면 곧장 알려달라던 당신 말이 생각났어요. 그래서 당신 주소를 알려주는 대신 당신에게 편지를 보낸 거예요."

마이크는 속으로 신음을 했다. "왜 저를 만나고 싶어 하는지는 말하던가요?"

"아니요. 전쟁과 관련된 일이라면서 당신을 만나는 게 아주 중요하다고 했어요. 하지만 무슨 용무인지 자세히 말하지 않았어요."

"그 사람들이 자기 이름들을 말하던가요?"

"네. 왓슨 씨하고…." 다프네는 얼굴을 찡그리며 입술을 깨물었다. "기억이 안 나요. 호스 비슷한 이름이었는데…."

"홈즈 씨인가요?"

"네, 맞아요. 왓슨 씨랑 홈즈 씨였어요."

그 이름을 들으니 확실했다. 구조팀이었다.

"그 사람들은 당신이 됭케르크에 갔던 거랑 병원에 있던 걸 다 알고 있었어요." 다프네가 말했다. "당신이 아마 살트램-온-시로 갔을 거란 말을 간호사에게서 들었다고 했죠."

그 말인즉슨, 구조팀은 오핑턴 병원까지 마이크의 위치를 추적했지만 카모디 간호사와는 대화를 하지 못했다는 뜻이었다. 카모디 간호사는 마이크가 런던에 갔다는 걸 알았으니까. "어떻게 생겼나요?" 마이크가 물었다. "군복 차림이던가요?"

"아니요. 민간인 복장이었어요. 아주 호화롭고, 악센트도 아주 우아하고, 둘 다 아주 잘생겼어요." 다프네는 애교 떨듯 고개를 옆으로 살짝 기울였다. "하지만 솔직히 말해서, 당신만큼 잘 생기지는 않았어요. 제가 이렇게 말한다 해도, 제가 결혼한 여자란 건 아시죠?"

'네, 압니다.'

"그 사람들이 두 번 왔다고 했죠?" 마이크는 화제를 다시 돌리려 애쓰며 말했다. "같은 날인가요?"

"아니요. 그 사람들이 온 건… 언제였더라…? 12월 첫째 토요일이었던 것 같아요."

제럴드 핍스가 왔는지 알아보기 위해 마이크가 옥스퍼드에 갔던 날이었다.

"그리고 이튿날 저녁에 다시 왔는데 로브가 질투하면서 저보고 그 사람들에게 추파를 던지지 말라고 하더라고요. 그래서 제가 말했어요. '추파를 던지는 게 아니에요. 그리고 설사 그렇다 할지라도 당신은 나에게 이래라저래라 할 자격이 없어요, 로브 부처. 난 당신 아내가 아니라고요.' 그랬더니 글쎄 그이가 '당신이 제 아내였으면 좋겠어요.'라고 말했고, 곧바로 도버로 가서 특별 면허를 받아 온 거 있죠. 신부님이 우리를 곧장 결혼시킬 수 있도록요. 아빠는 우리보고 기다리라고 했지만, 로브는 내일 무슨 일이 일어날지 모른다고, 우리가 얼마나 같이 있을지 모른다면서 싫다고 했고, 자신이 이곳으로 파견 나올 걸 알게 된 로브는…."

"두 번째로 왔을 때…." 마침내 마이클이 말을 자르고 말했다. "뭐라고 하던가요?"

"당신에게서 뭔가 소식을 들으면 즉시 연락해 달라고 했어요. 그리고 자기네 주소를 적어줬어요. 그 주소도 당신에게 보낼 생각이었지만 결혼 준비에 너무 들떠서 잊었어요. 아, 정말 멋진 결혼식이었어요. 군복을 입은 로브는 너무나 멋져 보였고, 교회 장식은 감탕나무랑…."

"주소를 기억하나요?"

"아니요."

'당연히 못 하겠죠.'

"하지만 가지고 있어요. 전 그걸…." 다프네는 아차 하는 표정으로 얼굴을 찡그렸다. "어디에 뒀더라?"

'제발 술집 바 뒤에 넣어뒀다고 하지는 말아요. 그랬다가는 그걸 가지러 살트램-온-시까지 터벅터벅 걸어가야 한다고요.' 마이크가 생각했다.

“잘 됐는데…. 아, 기억났어요.” 다프네가 말했다. “늘 가지고 있으려고 휴대용 화장품 케이스에 넣어뒀어요. 위층에 있어요. 잠깐만요.” 다프네는 계단을 올라가다가 멈추더니 몸을 돌리고 난간 너머로 마이크를 바라보았다. “곤란한 상황에 빠진 건 아닌 거죠?”

‘더는 아니에요.’ 마이크가 생각했다.

“제 말은, 정부에서 당신을 쫓는다거나 하는 건 아닌 거죠?” 다프네가 걱정스러운 듯이 물었다.

“아니에요. 저는 그 사람들이 누군지 알 것 같아요. 됭케르크에서 돌아올 때 보트에 같이 탔던 사람들이에요. 기자예요.”

“이런, 됭케르크에 있던 분들인 걸 알았으면 좋았을 텐데. 중령님과 조나단에 관해 물어볼 수 있었는데. 그 둘에게 무슨 일이 생겼는지 알 수도 있잖아요.”

“만나면 물어볼게요.” 마이크가 거짓말을 했다. “가서 주소를 가져다줄래요?”

“아, 맞다.” 다프네가 말하고 계단을 바쁘게 올라갔고, 고개를 돌려 어깨너머로 애교 넘치는 웃음을, 남편이 푹 빠졌을 게 분명한 특유의 웃음을 지어 보였다. “곧 돌아올게요.”

다프네는 말한 대로 거의 즉시 줄이 쳐진 종이를 한 장 들고 돌아왔다. 마이크가 가지고 다니는 공책과 비슷한 것에서 찢어낸 듯한 종이였다. “여기 있어요.” 종이를 건네며 다프네가 말했다.

마이크는 주소를 내려다보았다. 켄트 에지본이라고 되어 있었다. 그곳이 강하 지점이 분명했다.

“호크허스크 근처예요.” 다프네가 말했다.

호크허스트. 그곳은 살트램-온-시까지 돌아갈 필요는 없었지만, 만만치 않게 멀었다. 마이크는 사람들로 꽉 찬 기차를 타고 길고 불편한 여행을 해야만 했다.

하지만 적어도 해변에 있는 곳은 아니었다. 그러니 경비병들과 초소들로 고생할 일은 없었다. 하지만 마이크는 그곳이 너무 작아 기차역이 없지는 않을까 걱정이 되었다. 하지만 그건 상관없었다. 그 무엇도 문제가 되지 않았다. 마이크의 마음속에서 지난 6개월 동안의 근심 걱정이 모두 녹아내렸다. 구조팀이 와 있었고, 그들은 집으로 갈 것이다.

"고마워요." 마이크가 말하고 충동적으로 다프네의 뺨에 키스했다. "당신은 멋져요."

"어머, 저기…." 다프네가 얼굴을 붉히며 말했다. "이제는 그러시면 안 돼요, 알잖아요. 저는 결혼했어요. 로브는…."

"아주 운이 좋은 남자죠." '그리고 저도요. 당신은 방금 제 생명을 구했어요. 우리 모두의 생명을요.' "잘 들으세요." 마이크가 말했다. "조심하세요. 사이렌이 울리면 괜히 만용을 부리지 말아요. 방공호로 가요. 당신에게 무슨 일이 일어나는 건 원하지 않아요."

"아, 이런. 제가 당신 마음을 아프게 한 거죠, 그렇죠?" 다프네는 마이크를 안타까워하며 웃어 보였다. "걱정하지 마세요. 당신도 누군가를 만날 거예요. 그리고 당신도 저와 로브처럼 행복할 거예요. 모든 게 다 잘되었다는 걸 알게 될 거예요. 로브가 말하길…."

사이렌이 울렸고, 마이크는 그 소리를 떠날 핑계로 삼았다. "제가 한 말 잘 기억하세요." 마이크가 다프네에게 말했다. "방공호로 가요." 그리고 마이크는 로브가 뭐라고 말했는지, 자기 웨딩드레스가 어땠는지, 마이크가 어떻게 멋진 여자를 찾을 것인지에 대해 다프네가 뭐라고 말하기 전에 절룩이며 그곳을 떠났다.

'내게는 이미 멋진 여자가 있어.' 마이크가 생각했다. '두 명이나.'

마이크는 역에 도착하는 대로 즉시 그 멋진 여자 둘에게 전화해 기쁜 소식을 전할 생각이었다. 마이크는 자신이 다프네를 찾지 못하거나 다프네가 구조팀 주소를 가지고 있지 않을 수도 있다는 생각에 지금까지는 전화하지 않았지만, 이제 폴리와 에일린은 직장을 관두고 떠날 준비를 해야 했다. 그리고 마이크는 폴리에게 맨체스터가 22일에 폭격을 당하는지, 그리고 얼마나 심하게 당하는지를 물어봐야 했다.

사이렌이 울리고 15분이 지났지만, 비행기 소리는 여전히 들리지 않았다. 맨체스터는 런던보다 경고 시간을 더 길게 주는 게 분명했다. 런던보다 북서쪽에 있었기 때문이다. 대포 소리 역시 들리지 않았다. 탐조등들만이 부두 쪽을 비췄다. 하지만 탐조등 불빛만으로도 길을 가기에 충분히 밝았다.

마이크는 발을 절며 기차역으로 갔다. 절룩이는 발 때문에 욕이 절로 나왔다. '며칠만 참으면 더는 절지 않을 거야.' 마이크가 생각했다. '내 발은 멀쩡해질 거고, 폴리는 데드라인에 이곳에 있을까 봐 더 이상 걱정하지 않아도 돼. 그리고 에일린은 또 공습이 있을까 두려워하지 않아도 되고.'

남자 한 명이 감탕나무 가지를 들고 마이크를 지나쳤다.

'우리도 집에서 크리스마스를 보낼 수 있어.' 마이크가 생각했다. 그는 기차역 문을 열고 들어가 폴리와 에일린에게 전화하기 위해 홀 건너편에 줄지어 있는 빨간 전화부스들 쪽으로 향했다.

런던으로 돌아가 둘을 데리고 에지본으로 다 함께 가는 게 나을까, 아니면 에지본에서 만나자고 할까? 나중 방법이 더 빠를 것이고, 에일린과 폴리가 안전하고 더 빨리 런던에서 나오는 방법이기도 했다. 하지만 만약 뭔가 잘못되어 서로 헤어지기라도 한다면….

어쩌면 마이크가 가서 둘을 데려오는 것이 나을지도 몰랐다. 그렇게 하면 그들 모두는 함께 있게 되고….

'지금 내가 무슨 생각을 하는 거야? 나는 에지본으로 가서 구조팀에게 폴리와 에일린이 있는 곳을 알려주기만 하면 돼. 그러면 구조팀은 그 둘을 구할 다른 팀을 보낼 거야. 원한다면 오늘 밤 당장에라도. 또는 내가 살트램-온-시를 떠난 날 밤으로.' 이건 시간여행이었다. 에일린과 폴리는 아마도 이미 옥스퍼드에 가 있을 것이다. 그 경우, 마이크는 켄트로 가서 구조팀에게 자신이 떠난 날 둘이 어디에 있었는지만 알려주면 되었다.

마이크는 출발시간표를 쳐다보았다. 6분 뒤에 레딩으로 떠나는 급행이 있었다. 그는 절룩이며 표 판매대로 갔다. "6시 05분 레딩행 한 장 주세요." 마이크가 말했다.

판매원은 고개를 저었다.

"그게 만석이면, 동쪽으로 가는 다음번 기차로 주세요."

"공습 중에는 출발하지 않습니다." 판매원이 말하며 높은 천장을 가리켰다. 갑자기 저 위에서 낮게 으르렁대는 비행기들 엔진음이 들리기 시작했다. "오늘 밤에는 아무 곳에도 갈 수 없습니다. 저라면 방공호를 찾아가겠습니다."

25

해피 대공습마스!

— 크리스마스 카드, 1940

런던, 1940년 12월

마이크가 살트램-온-시로 떠나고 사흘이 지나자 에일린이 초조하게 물었다. "지금이면 마이크에게서 무슨 연락이 왔어야 하지 않아?"

'그렇지.' 폴리가 생각했다. 그들은 리케트 부인 집에 있었다. 사이렌은 울리지 않았고, 《크리스마스 캐럴》 연습은 8시에 시작했으며, 그래서 에일린은 마이크가 전화할 수도 있으니 마지막 순간까지 기다렸다가 노팅힐게이트 역으로 가자고 고집을 부렸지만, 전화는 오지 않았다.

"다음 주는 되어야 전화가 올 것 같아." 폴리가 안심시키듯이 말했다.

"다음 주?"

"응. 아마 아직 그곳에 도착조차 못 했을 거야. 전시라서 기차가 지연되고 도버에서 출발하는 버스 편도 없잖아. 그리고 구조팀은 살트램-온-시에 없을 거야. 아마 포크스톤이나 램스게이트에 있을걸. 혹은 다프네와 이야기를 한 뒤에 마이크를 찾으러 떠났거나…."

"그런 경우라면 마이크가 구조팀을 찾으려면 며칠이 걸릴 수도 있겠구나." 에일린이 안심했다는 듯이 말했다.

"그렇지." 폴리가 말했다. 하지만 이건 시간 여행이고 따라서 마이크가 구조팀을 만나는 데 아무리 오래 걸려도 상관없다는 말은 하지 않았다. 만약 마이크가 구조팀을 만났다면 그는 폴리와 에일린이 어디에 있는지만 말하면 되었다. 그러면 마이크가 빅토리아 역으로 떠나자마자 다른 구조팀이 리케트 부인 집에 올 수 있었다. 그 말인즉, 마이크가 구조팀을 만나지 못했거나 마이크에게 무슨 일이 일어났다는 뜻이었고, 폴리는 에일린에게 그런 말을 할 마음이 없었다. 그 말을 했다가는 에일린을 겁먹게 할 뿐이었고, 폴리는 이미 두 명분, 아니 세 명분에 해당하는 겁을 먹고 있었다.

다프네가 보낸 편지, 그리고 에일린이 마이크에게 폴리가 전쟁이 끝나는 걸 목격했다고 한 말 덕분에 마이크는 자신들이 미래를 바꾸지 않았다고 확신했다. 심지어 앨런 튜링과 부딪힌 일에 대한 걱정도 털어버렸다.

하지만 마이크는 에일린이 알프와 비니 호드빈의 어머니에게 '시티 오브 베나레스호' 편지를 건네지 않은 사실을 몰랐다. 그리고 비니가 홍역에 걸렸을 때 에일린이 아스피린을 준 일도.

마이크는 튜링이 충돌로 부상당하지 않았다고 말했지만, 꼭 다쳐야만 문제가 되는 건 아니었다. 상대는 블레츨리 파크의 성공을 이끈 앨런 튜링이었고, 지금은 아직 독일 해군의 에니그마 암호를 깨지 못한 시기였다. 만약 마이크와 부딪힌 일 때문에 중요한 순간에 생각의 흐름이 깨졌다면, 그래서 암호를 깨지 못한다면? 또는 마이크가 블레츨리 파크에 있는 동안 뭔가 다른 일을 했고, 그 일이 하디를 구조한 일 그리고 폴리와 에일린이 한 일들과 결합되어 나중에 전쟁의 흐름을 바꾼다면? 또는 마이크가 지금 살트램-온-시에서 뭔가를 한다면?

'마이크에게 경고를 해야 했는데. '시티 오브 베나레스호' 이야기도 해야 했고. 그리고 불일치의 가능성에 대해서도.' 하지만 그것들이 불일치가 맞는지 폴리는 자신이 없었다. 게다가 폴리의 데드라인에 대해 들은 마이크는 굉장히 심란해했고, 그래서 그다음에 다프네의 편지를 받자 구조팀이 온 거라고 굳게 믿어버렸다.

'만약 구조팀이 왔다면 이런 일들로 마이크를 걱정시킬 이유가 없어. 하루의 괴로움은 이미 족해.'

'하지만 구조팀이 오지 않았다면?'

"걱정되는구나, 그렇지?" 에일린이 초조한 목소리로 물었다. "마이크가 전화를 안 해서."

"아니. 폴리가 단호히 말했다. "잊지 마. 마이크는 '왕관과 닻'의 전화는 남들이 쉽게 엿들을 수 있다고 했어. 도버로 다시 돌아가서 적당한 전화기를 찾을 때까지 시간이 걸릴 거야. 아니면 전화선이 끊겼을 수도 있고."

'매일 밤 도버가 받는 폭격 때문에.' 폴리가 속으로 덧붙였다. 그녀는 마이크가 어서 전화할 방법을 찾기를 바랐다. 그래야 그에게 앞으로 있을 폭격과 공습들에 대해 말해줄 수 있기 때문이었다. 마이크는 다음 며칠 동안은 무사할 것이다. 공습은 모두 중부 또는 서쪽에 있었다. 20일에는 리버풀, 21일에는 플리머스, 그리고 그다음 날 밤에는 맨체스터였다. 하지만 24일에 도버는 심한 폭격을 당했고, 켄트의 기차 두 대는 기총소사를 당했다.

둘은 마이크가 전화하길 바라며 다시 15분을 기다렸다. "20분 전이야." 폴리가 마침내 말했다. "진짜로 떠나야 해. 아니면 연습에 늦어."

"알았어." 에일린이 마지못해 말했다. "잠깐, 저거 전화 소리 아니야? 마이크야. 전화할 줄 알았어!" 에일린이 전화를 받으러 요란스레 계단을 뛰어 내려가며 말했다.

전화한 이는 리케트 부인의 여동생이었고, 부인은 한동안 전화 통화를 할 게 분명해 보였다. "저 여자는 지난 사흘 동안 두 번이나 전화했어. 마이크가 전화했지만 저 여자 때문에 연결이 안 됐을 거야." 노팅힐게이트 역으로 걸어갈 때 에일린이 말했다. 그녀가 걸음을 멈췄다. "너, 캐롤라인 여사를 알았던 거지? 덜위치에 있었을 때 말이야." 폴리가 놀라 에일린을 보자 그녀는 계속 말했다. "신부님에게서 캐롤라인 여사와 데네웰 경에 대한 편지를 받았을 때 네가 '너 데네웰 여사님 밑에서 일했던 거야?'라고 말했잖아."

'에일린은 또 누구 밑에서 일했을까?' 폴리는 궁금했다.

"응." 폴리가 말했다. "내 직속상관이었어."

에일린은 이미 알고 있었다는 듯이 고개를 끄덕였다. "물론 너에게 모든 일을 다 하게 시켰겠지."

"아니, 데네웰 소령님은 아주 훌륭한 분이었어. 열심히 일하고 늘 자기 부하들을 챙기고, 필요한 보급품을 마련해주려 열심이셨지. 그래서 내가 그렇게 놀랐던 거야. 네가 말하는 그분은 완전히….”

“남편과 아들을 둘 다 잃어서 그렇게 바뀐 걸 거야. 전쟁은 사람들을 바꿔놓지. 자신이 할 수 있으리라 생각도 못 한 것들을 할 수 있게 만들어.” 에일린이 생각에 잠겨 말했다. “배스컴 부인이 마지막으로 보낸 편지에, 부인은 우나가 보조 수송대에서 아주 훌륭한 운전사가 되었다고 했어. 전쟁 때문에 알프와 비니 호드빈도 바뀔까?”

“절대로 아닐걸.”

“내 생각도 그래.” 둘이 켄싱턴 처치 스트리트로 들어설 때 에일린이 말했다. “극단에 《크리스마스 캐럴》 공연 때 네가 이곳에 없을 거니 대역이 필요할 거라고 말했어?”

“아직.” 폴리가 말했고, 속으로 마이크는 그냥 늦는 것뿐이길, 자신들이 지하철역에 도착했을 때 그 앞에서 구조팀이 기다리고 있길 바랐다. 또는 리케트 부인이 와서 둘이 없을 때 그가 전화했었다고 말해주길 바랐다.

리케트 부인은 그런 말을 하지 않았고, 지하철역에는 아무도 없었다. 이튿날 아침 타운젠드 브라더스 백화점 앞도 마찬가지였다. “오늘 전화할 거야. 난 알아.” 에일린이 서적 매장으로 가며 확신에 차 말했다. “점심시간에 보자.”

하지만 점심 먹을 시간이 없었다. 상록수 가지와 셀로판으로 만든 화환, 종이종(알루미늄 포일로 만든 것들은 모두 비버브룩 경의 스핏파이어 운동에 보냈다)으로 크리스마스 장식을 해야 했고, ‘크리스마스는 언제나 온다네’라는 현수막을 걸어야 했다. 그리고 몰려드는 손님들과 씨름해야 했다.

"좋은 점도 하나 있긴 해." 일이 끝나고 에일린을 만난 폴리가 말했다. "우리가 물건을 아주 많이 팔아서 갈색 종이가 완전히 떨어졌다는 거."

하지만 이튿날 폴리가 타운젠드 브라더스 백화점에 출근했을 때, 판매대에서는 커다란 크리스마스 포장지 더미가 그녀를 기다렸다. "스넬글로브 양이 창고에서 찾아냈어." 도린이 말했다. "2년 전 크리스마스 때 쓰고 남은 거래. 다행이지?"

폴리는 낙담하여 감탕나무 잔가지들이 찍힌 포장지를 물끄러미 바라보았다. "국방성에 보내야 하지 않을까? 전쟁에 기여하는 게 우리 의무잖아. 총을 포장할 때 충전재로 쓴다거나 할 수 있을 거야." 폴리가 물었다.

스넬그로브 양이 폴리를 노려보았다. "이런 어려운 시기의 크리스마스를 손님들이 되도록 즐겁게 보내게 하는 게 우리의 의무입니다."

'내 크리스마스는 어쩌고요?' 폴리는 생각했다. 폴리는 물건을 포장하지 않고 가져가는 게 애국심을 발휘하는 것이라고 손님들을 설득해보았지만, 소용없었다. 이 시기에 백화점은 포장지를 구할 수 있는 유일한 곳이었고, 사람들은 그런 기회를 포기하지 않았다. 어떤 사람들은 단지 포장지를 구하기 위해 뭔가를 샀는데, 예를 들어 보기 흉한 라벤더-분홍색 스타킹이 전부 팔렸다. 폴리는 매듭을 묶고 포장 모퉁이를 깔끔하게 만드느라 거의 모든 시간을 썼고, 남은 시간은 《크리스마스 캐럴》 대사를 외우는 데 썼다.

폴리는 연극에 대해 잘못 생각했었다. 여자들 역할은 작았지만, 여자들이 아주 많이 나왔고, 폴리는 스크루지의 옛 애인인 벨

뿐 아니라 크래칫의 장녀, 스크루지에게 기부하라고 찾아온 사람(가짜 콧수염과 구레나룻을 붙였다), 칠면조를 사 오는 심부름을 하는 소년(모자를 쓰고 무릎까지 내려오는 반바지를 입었다), 크리스마스 미래의 유령 역을 맡았다.

'정말 딱 맞는 역이야.' 폴리가 생각했다. 폴리는 이 연극이 시간 여행에 관한 내용이라는 사실을 미처 몰랐었다. 《크리스마스 캐럴》은 스크루지가 일종의 역사학자로, 과거로 여행을 갔다가 미래로 돌아가는 내용이었다.

그리고 스크루지는 사건들을 변경했다. 그는 밥 크래칫의 급료를 인상해줬고, 가난한 사람들 다수의 삶을 좋게 바꾸었고, 타이니 팀의 목숨을 구했다. 하지만 《크리스마스 캐럴》에서 스크루지가 한 행동들이 나쁜 결과를 가져올 가능성은 없었다. 디킨스의 세계에서는 좋은 의도가 늘 좋은 결과를 가져왔다.

그리고 디킨스 소설의 등장인물 그 누구에게도 데드라인이 없었다.

'그리고 같은 시간에 두 번 있을 수도 있고.' 폴리는 주임 사제가 젊은 스크루지로, 그리고 고드프리 경이 늙은 스크루지로 분해, 같은 장면에 둘이 함께 나오는 걸 지켜보며 부러운 마음을 삼켰다.

무대에 서지 않을 때의 고드프리 경은 라버넘 양이 크리스마스 아침 장면에 쓸 칠면조를 구하지 못했다고 꾸짖었다.

"칠면조 자체가 없어요, 고드프리 경." 라버넘 양이 말했다. "아시다시피, 전시잖아요."

또는 고드프리 경은 비브(스크루지 조카의 아내 역)와 심스 씨(말리의 유령)에게 대사를 제대로 못 외운다고 호통을 쳤다.

"아마 당신도 비석 장면의 대사를 외우지 못했겠지요, 비올라." 폴리가 시작 신호를 놓치자 고드프리 경이 으르렁거렸다.

"저는 대사가 없어요." 폴리가 상기시켰다. "저는 스크루지의 무덤을 가리키기만 하면 되는걸요."

"푸하, 말 같지도 않은 소리!"[15] 고드프리 경이 말하고는 타이니 팀(트로트)에게 지팡이를 치우라고 호통쳤고, 스크루지가 자신의 죽음을 직면하는 장면을 시작하게 했다.

"제가 유령님이 가리킨 저 돌로 더 가까이 가기 전에…." 고드프리 경은 마분지로 만든 비석을 보고 겁을 먹어 움찔하며 말했다. "한 가지만 여쭙겠습니다. 이 환영들은 미래에 반드시 일어날 일들인가요, 아니면 일어날 수도 있는 일들인가요?"

'저는 몰라요.' 폴리가 생각했다.

전쟁은 여전히 역사대로 진행되는 듯이 보였다. 리버풀, 플리머스, 맨체스터는 폭격을 당했고, 빅토리아 역은 폭탄을 맞았으며, 영국은 북아프리카에서 이탈리아군에 반격했다. 이 모든 것은 예정대로였다.

하지만 앞으로도 계속 그럴까? 아니면 마저리가 엘 알라메인이나 영국 전함 '도셋셔호'에서 결정적인 실수를 할 누군가를 구하는 건 아닐까? 마저리는 훈련을 받는 노위치에서 '독일 폭격기와 함께하는 크리스마스만은 아니길 바라!'라 적힌 카드를 보내왔다.

"마음가짐!" 고드프리 경이 외쳤다. "메리 아가씨! 비올라! 부디 명심해주시지요. 이건 크리스마스 연극이고 당신은 크리스마스 미래의 유령이지 피할 수 없는 어두운 파멸의 유령이 아닙니

15 《크리스마스 캐럴》에서 스크루지가 자주 하는 말이다.

다. 피커딜리 서커스 역에서 공연할 생각을 하면 끔찍하다는 건 저도 알지만, 만약 공연에서 그런 모습을 보이면 아이들이 겁을 먹을 겁니다. 이건 비극이 아니라 희극입니다."

'저는 아직 그런 증거를 찾지 못했어요.' 폴리가 생각했다. 하지만 폴리는 연극 무대와 실생활에서 좀 더 크리스마스 시즌에 어울리는 표정을 지으려 애썼다. 다른 사람들은 폴리만큼 미래가 불확실해도, 민간인 사망자가 날로 증가하는 상황에서도 즐거운 표정으로 살았다. 이 시대 사람들은 등화관제 커튼에 장식을 달고 '행복한 크리스마스!'라고 즐겁게 인사하며 진심으로 크리스마스를 즐겼다.

그리고 다른 사람들에게 줄 선물들을 준비했다. "방금 다리미를 빌리러 라버넘 양 방에 갔어." 에일린이 알렸다. "그런데 라버넘 양이 책상 위에 있는 뭔가를 덮어 가리려 하더라. 아마도 우리에게 줄 크리스마스 선물을 만드는 거 같아."

"아니면 그분이 독일 스파이거나." 폴리가 말했다. "암호로 메시지를 쓰는 걸 네가 목격한 거야."

에일린은 그 말을 무시했다. "만약 우리가 크리스마스 때까지 여기 있고, 라버넘 양이 우리에게 선물을 줬는데 우리는 아무 선물도 준비하지 못하면 어떻게 하지? 우리도 라버넘 양과 히바드 양과 도밍 씨를 위해 뭔가를 준비해야 해. 아, 이런. 리케트 부인도 선물을 기대할까?"

"리케트 부인은 여기 없을 거야. 히바드 양과 하는 말을 들었는데, 크리스마스 때 서리에 있는 여동생 집에 갈 거랬어." 폴리는 전시 협조를 위해 '검소한 크리스마스'를 보내라는 정부 권고를 미루어 볼 때 누구도 크리스마스 선물을 기대하지 않을 거라고 말하려 했지만, 더 좋은 생각이 났다. 누구에게 어떤 선물을 줄까 계획을 짜게 하면 에일린이 그동안만이라도 마이크 걱정을 잊을 듯했다. 그래서 폴리는 말했다. "시어도어는?"

"아, 맞다. 시어도어랑 걔 어머니에게도 뭔가를 선물해야지." 에일린이 말하며 목록을 만들었다. "강하 지점으로 가려면 기찻삯이 필요하니 돈을 많이 쓸 수 없는 건 알아. 하지만 알프와 비니에게도 선물을 보내야만 해. 말이 나와서 말인데, 우리 선물 포장에 쓸 수 있게 네가 크리스마스 포장지를 좀 훔쳐올 수 있을까?"

"기꺼이. 그래서 포장지가 일찍 떨어질 수만 있다면야." 폴리가 말했다. "쇼핑을 일찍 하는 게 좋을 거야. 안 그러면 가게들에 물건이 다 팔리고 없을걸."

그랬다. 타운젠드 브라더스 백화점의 선반들은 점점 비어갔고, 폴리는 다 팔리고 없는 스타킹과 장갑을 대신해, 오래되고 먼지 앉은 물건들을 창고에서 가져오느라 근무 시간 절반을 써야 했다. 유행 지난 스타킹 대님과 침실용 가운과 빅토리아식 잠옷이었다. 그런데도 손님들은 앞다투어 그 물건들을 사 갔다.

타운젠드 브라더스 백화점과 옥스퍼드 스트리트는 산타 할아버지를 보여주려고 아이들을 데리고 나온 부모들과 쇼핑객들, 공습 난민 구제 기금, 지뢰 제거 기금, 피난 아동 기금에 기부하라고 권하는 나이 지긋한 여인들로 꽉 찼다. 폭격을 당한 존 루이스 백화점 앞에서는 화물차를 세워놓고 화물칸에서 승리 채권을 팔았다. 정부 건물들에 걸린 현수막에는 '조국에의 헌신으로, 홍겨운 크리스마스 대신 행복한 크리스마스를 보냅시다.'라고 쓰여 있었고, 방공호마다 크리스마스 트리가 들어섰다. 터널 아치들에는 겨우살이가 걸렸고, 역내 간이 식당에는 전나무 가지들이 감겨 있었다. 여성 자원 봉사대들은 사탕과 장난감과 동화극 공연 표를 나누어 주었다.

자원봉사자들 가운데 한 명이 고드프리 경에게《라푼젤》표 두 장을 주며 말했다. "연극을 좋아하시잖아요." 고드프리 경은 몹시 불쾌해하며 그 표를 즉시 폴리에게 주었다. 폴리는 그 표를 에일린에게 건네며 시어도어와 그 어머니에게 전해달라고 말했다.

"하지만 이 표는 29일 일요일인데 시어도어의 어머니는 일요일에 출근해." 에일린이 말했다. "그리고 나는 시어도어를 데리고 갈 수 없어. 우리는 이곳에 없을 테니까. 어쩌면 좋을까? 표를 다른 사람에게 줄까?"

'아니.' 폴리가 생각했다. '왜냐하면 만약 마이크가 29일까지 이곳에 돌아오지 않으면 네게는 정신을 팔 만한 뭔가가 필요하니까.'

"우선은 그냥 가지고 있어." 폴리가 에일린에게 말했다. "크리스마스 휴가라서 마이크가 움직이기 어려울 거야. 기차와 버스들은 휴가를 받은 군인들로 가득 찼어. 히바드 양에게 줄 선물을 구했어?"

"응. 포장지를 좀 가져왔어?"

"가져왔어. 하지만 전혀 도움이 안 되더라. 우리에게는 포장지가 끝없이 있는 거 같아. 그리고 스넬그로브 양은 우리보고 끈을 아껴 쓰래. 3센티미터 길이 끈으로 매듭을 지어본 적 있어?"

"포장지 줘." 에일린이 말했다. 에일린은 화장실에 몇 분 정도가 있더니 작고 깔끔하게 포장한 꾸러미를 가지고 돌아왔다. "네게는 크리스마스 선물을 일찍 줄래." 에일린이 말하며 꾸러미를 폴리에게 내밀었다.

"하지만 나는 아무런 선물도 준비하지…."

에일린은 손사래를 치며 폴리의 말을 막았다. "넌 이게 지금 필요해. 오늘 밤 마이크가 돌아오면 더 이상 필요 없겠지만. 열어봐."

폴리는 그 말대로 했다. 그 안에는 셀로판테이프 두 통이 들어 있었다.

"내가 찾아낼 수 있던 건 이게 전부였어." 에일린이 말했다. "이걸로 크리스마스를 넘기기에 충분하면 좋겠다." 에일린은 걱정스러운 얼굴로 폴리를 보았다. 폴리는 아직도 셀로판테이프를 뚫어져라 바라보고 있었다. "맘에 안 들어?"

"이건 지금까지 내가 받은 최고의 크리스마스 선물이야." 폴리가 말했고, 왈칵 눈물이 터져 자신도 깜짝 놀랐다.

"집에 가는 걸 빼면 말이야. 그리고 우리는 곧 집에 돌아갈 거야. 울지 마. 종이가 젖잖아. 시어도어 선물 포장에 이 종이를 다시 써야 한단 말이야."

"금방 쌀 수 있어." 폴리가 말했고, 에일린이 종이를 다리고 옷장 서랍에서 시어도어의 장난감 스핏파이어를 가져오는 동안 초조히 기다렸다.

테이프는 끝내줬다. 테이프는 종이 끝을 깔끔하게 잡아줬다. 그리고 이제 폴리는 에일린에게 무슨 선물을 해야 할 것인가? 그리고 언제? 크리스마스는 며칠밖에 남지 않았고, 타운젠드 브라더스 백화점은 동물원처럼 북적였으며, 폴리는 라버넘 양에게 의상과 도구 마련을 돕겠다고 약속한 상태였다(라버넘 양은 다른 역들에서 공연한다는 기대감에 거의 병적인 흥분상태에 빠져 있었다. "레스터 광장은 웨스트 엔드의 심장부예요. 그리고 관객 중에 누가 있을지 누가 알겠어요?"). 그리고 폴리는 아직 벨의 대사도 외우지 못했다. 그리고 내일 도버는 폭격을 당하고, 마이크는 아직 전화가 없었다. 편지도. 십자말풀이를 보내지도 않았다. '죽었기 때문이야.' 폴리가 생각했다.

'그건 모르는 거야.' 폴리는 다시 생각했다. '마이크가 블레츨리에 갔을 때도 연락이 없어서 무슨 일이 생긴 거라 생각했지만, 멀쩡하게 돌아왔잖아. 그리고 소식을 듣지 못할 이유가 어디 한두 가지인가. 구조팀의 강하가 노섬벌랜드나 요크셔에 있고 마이크가 그곳에 가는 데 어려움을 겪는 것일 수도 있어. 아니면 크리스마스 시즌이라 다프네가 친척에게 갔을 수도 있고, 그래서 마이크는 다프네가 돌아오길 기다리는 것일 수도 있어. 또는 해변이 폭격당해서 전화선이 끊겼을 수도 있고, 크리스마스라 우편물이 많아 편지가 도착하는 게 평소보다 오래 걸리는 것일 수도 있어.'

'내일이면 연락이 올 거야.' 폴리가 생각했다. 하지만 마이크는 연락하지 않았다.

26

크리스마스를 맞아 선행을 베풉시다.

— 잡지의 조언, 1940년 12월

런던, 1940년 12월

크리스마스 이브가 되었지만, 마이크는 여전히 연락이 없었다.

"오늘 밤에 올까?" 《크리스마스 캐럴》을 공연하러 에스컬레이터를 타고 피커딜리 역으로 내려갈 때 에일린이 폴리에게 물었다.

둘 뒤에 있던 남자가 소리 내 웃었다. "산타 할아버지를 기다리기에는 좀 나이가 들지 않았나요?"

"멍청하긴. 저 아가씨는 산타 할아버지 이야기를 하는 게 아니야." 그의 일행이 말했다. "히틀러를 말하는 거지." 그 남자가 에일린을 향해 고개를 끄덕여 보였다. "오늘 밤 놈이 온다는 데에 6대 1 배당으로 걸겠습니다. 그 쌍놈의 새끼라면 성격상 우리의 크리스마스를 망치고 싶을 게 빤합니다."

둘 다 크리스마스라고 좀 지나치게 들뜬 게 확실했다.

"숙녀분들 앞에서 말조심해, 이 멍청아." 첫 번째 남자가 덤비듯 말했고, 폴리는 둘이 에스컬레이터에서 치고받는 상황이 오지 않기를 바랐다.

하지만 다른 남자가 모자를 살짝 만져 인사하며 말했다. "죄송합니다, 아가씨. 히틀러를 쌍놈의 새끼라고 부르면 안 되는데 말이죠. 그놈은 인류 역사상 쌍놈의 새끼 중에서도 가장 못된 놈입니다. 그리고 놈이 뭔가를 할 거라는 데 5실링을 걸지요. 못된 크리스마스 깜짝 선물로 말이죠. 두고 보세요. 당장에라도 사이렌이 울릴 테니까."

사이렌은 울리지 않았지만, 그런 생각을 하는 게 그 사람 혼자만은 아닌 게 분명했다. 지난 2주에 비해 더 많은 사람이 역에 왔고, 모두가 휴대용 침낭과 피크닉 바구니를 가지고 있었다. 에스컬레이터에서 폴리 일행 바로 앞에 선 여자는 크리스마스 선물이 가득 담긴 해로드 백화점의 쇼핑백을 들었고, 유아 두 명은 각각 긴 갈색 양말을 한 짝씩 들고 있었다.

그리고 술에 취한 것도 그 두 남자만이 아니었다. 플랫폼에서는 너무 심하다 싶을 정도로 큰 웃음소리가 주기적으로 터졌고, 또한 음정이 엉망인 '만백성 기뻐하여라'의 합창이 들리곤 했다. 그리고 공연을 하는 동안, 스크루지로 분한 고드프리 경이 '푸하, 말 같지도 않은 소리!' 연설을 시작하자 관객 누군가가 외쳤다. "당신에게는 럼 한 모금이 필요해, 이 못된 양반아."

극단은 공연을 두 차례 했다. 첫 번째 공연은 메인 홀에서, 두 번째는 지하철 운행이 끝난 뒤 서쪽행 피커딜리 선 플랫폼의 철로 위에 세운 무대에서였다. 무대를 세웠음에도, 플랫폼은 관객들을 다 수용하기에는 너무 작았다. "벽난로 옆에 잘 간수해놓은 저

목발 보입니까?" 고드프리 경이 폴리에게 중얼거렸다. "저건 타이니 팀 것입니다. 타이니 팀은 자신이 사랑하는 관객들에 의해 철로로 밀려 기차에 깔려 죽었습니다."

"하지만 적어도 죽을 때 동화극을 하고 있지는 않았잖아요." 폴리 역시 속삭였다.

"또한, 다행히도 《피터팬》을 하고 있지도 않았고요." 고드프리 경이 말하고 무대로 나갔다.

스크루지가 '푸하, 말 같지도 않은 소리'라 외치고, 말리의 유령(심스 씨)을 만나고, 과거와 미래로 여행을 하고, 자신의 잘못을 깨닫고, 그 잘못을 고치고, 타이니 팀이 죽는 걸 막았고, 관중들은 열광했고, 폴리와 에일린은 혹시 마이크가 있는지 살폈다.

하지만 마이크는 오지 않았다. 마이크는 노팅힐게이트 역 밖에서 기다리지도 않았고, 리어리 부인 집으로 오지도 않았다. 그리고 하숙집에 돌아왔을 때 둘을 기다리는 건 크리스마스 만찬을 위해 하숙생들이 배급 점수를 모아 사둔 거위와 건포도 푸딩을 리케트 부인이 동생 집으로 가지고 갔으며 그 대신 순무 수프를 남겨두었다는 소식뿐이었다.

"상관없어요." 라버넘 양이 말했다. "캐나다에 사는 제 사촌이 크리스마스 선물을 보냈고, 안전하게 도착했죠." 라버넘 양은 비스킷이 담긴 깡통과 차통, 호두 한 봉지를 가져왔다. 에일린과 폴리는 비상용으로 두었던 쇠고기 통조림, 마멀레이드, 초콜릿을 내놓았고, 도밍 씨는 연유가 담긴 깡통과 복숭아 통조림을 가져왔다.

"시럽에 담겨 있네요." 라버넘 양이 말했고, 마치 암브로시아라도 되는 듯이 그걸 리케트 부인의 셰리잔에 담아 각자의 앞에 놓자고 고집했다.

나머지 음식들은 모두 식탁 중앙에 놓였다. “소풍 온 거 같네요.” 히바드 양이 말했다.

“리케트 부인이 여기 있었다면 나왔을 음식보다 훨씬 더 좋군요.” 라버넘 양이 말했다. “거위가 있든 없든 상관없이 말이에요.”

“이런 좋은 자리에서 그분 이름이 나올 필요는 없지요.” 도밍 씨가 말했고, 모두가 요란스레 킥킥거렸다.

저녁 식사 뒤, 그들은 라디오로 왕의 연설을 들었다. “지금 우리는 모두 전선에 있으며 함께 위험에 맞서고 있습니다.” 왕은 더듬거리며 말했다. “미래는 고단하겠지만, 우리의 두 발은 승리의 길에 단단히 뿌리내리고 있습니다.”

‘그러길 진심으로 바라마지 않아요.’ 폴리가 생각했다.

연설을 들은 뒤, 그들은 왕의 건강을 위해 축배를 들었다(복숭아 시럽은 다 마시고 없었기에 차로 대신했다). 그리고 선물을 교환했다. 라버넘 양은 폴리와 에일린 각각에게 직접 만든 라벤더 향주머니를 선물했고, 히바드 양은 둘에게 뜨개질로 짠 목도리를 주었다.

“원래는 군인들을 주려고 만들었지만, 다 만들고 보니 너무 색이 밝아서 가지고 있으면 위험할 거 같더라고요.” 그럴 거 같았다. 목도리는 밝은 주황색이었고, 적들 눈에 아주 잘 띌 것이다.

폴리는 에일린에게 낡디낡은 중고 페이퍼백(《사제관의 살인 사건》, 《3막의 비극》, 《애크로이드 살인 사건》이었다)을 선물했고, 에일린은 기쁨에 넘쳐 그 책들을 가슴에 껴안았다. 에일린과 폴리는 도밍 씨에게는 담배 한 쌈지를, 히바드 양에게는 왕과 왕비 사진이 있는 비누 한 상자를, 라버넘 양에게는 《폭풍우》 중고본을 선물했다. 이 모든 것은 타운젠드 브라더스 백화점의 크리스마스 포장지로 포장했다.

"책 속표지를 펼쳐보세요." 폴리가 라버넘 양에게 말했다. "고드프리 경이 사인을 해주셨어요."

"'나의 동료 배우이자 비범한 의상담당자에게….'" 라버넘 양이 큰 소리로 읽었다. "'최고의 크리스마스를 보내시길 기원합니다. 당신의 동료 배우, 고드프리 킹스맨 경으로부터.'" 그리고 그녀는 울음을 터뜨렸다. "최고의 크리스마스예요." 그녀가 말했다. "여러분 모두가 없었다면 이 전쟁을 어떻게 버텨냈을지 모르겠어요."

'저 역시 여러분이 없었다면 우리가 오늘을, 그리고 요 몇 달을 어떻게 버텨냈을지 모르겠어요.' 폴리가 생각했고, 타운젠드 브라더스 백화점이 크리스마스 다음 날에 문을 열어 다행이라고 생각했다.

하지만 크리스마스 이후의 상품 교환, 장식 제거, 신년 판매 준비로 바쁜 와중에도 폴리는 마이크의 걱정이 머리에서 떠나지 않았고, 폴리와 에일린은 직장이 끝나면 경주하듯 집으로 돌아와 마이크가 전화했는지 확인했다.

마이크는 전화하지 않았고, 27일에도, 28일에도 돌아오지 않았다. '만약 죽은 거면 어쩌지?' 폴리가 종이종을 떼어내며 생각했다. '만약 도버가 폭격당했을 때 죽은 거면? 아니면 살트램-온-시로 떠나던 날 죽은 거면? 던워디 교수님이 그랬던 것처럼. 그리고 콜린이 그랬듯이. 또는 구조팀이 폭격을 당한 플리머스나 리버풀에 있고, 구조팀을 만나러 그곳에 간 거면?'

〈데일리 미러〉에는 맨체스터의 망가진 기차역 사진이 실렸다. '떠나기 전에 맨체스터에 대해 말해줬어야 하는데.' 폴리가 생각

했다. '오늘 밤의 폭격에 대해 말해줬어야 하는데. 그리고 일요일 밤의 폭격에 대해서도.'

일요일 아침에 에일린이 말했다. "오늘 오후에 시어도어를 데리고 동화극을 보러 갈 예정이야. 하지만 아무래도 안 가는 게 나을 거 같아. 만약 마이크가 오면…."

"네가 어디에 있는지 마이크에게 말해줄게." 폴리가 말하며 생각했다. '동화극을 보러 가면 적어도 여기서 계속 시계를 보며 날 초조하게 만들진 않겠지.'

굳이 에일린이 거들어주지 않아도 폴리는 이미 초조해 미칠 지경이었다. 오늘 밤에는 시티와 세인트폴 대성당에 폭격이 있었다. 독일군들은 1만1천 개의 소이탄을 투하했고, 시내 철로 절반을 파괴했다. 만약 마이크가 오늘 밤 런던으로 오려 한다면….

"동화극이 언제 끝나?" 폴리가 에일린에게 물었다.

"모르겠어. 2시 30분에 시작하니까 아마도 4시쯤? 아니면 4시 반."

"그리고 시어도어를 스테프니에 데려다줘야 하고?"

에일린이 고개를 끄덕였다.

"만약 지하철이 늦어서 네가 아직 스테프니에 있을 때 사이렌이 울리면 그곳에 그냥 있어. 오늘 밤 공습은 지독할 거야."

"하지만 난 이스트 엔드가 가장 심하게 폭격을 당한 거로 알았는데…."

"오늘 밤은 아니야. 오늘 밤은 시티랑 몇몇 지하철역들이 목표야. 스테프니에 있으면 안전해."

에일린이 고개를 끄덕였다. "널 두고 가긴 싫은데."

"난 괜찮을 거야. 그리고 빨래를 해야 돼." '그리고 만약 마이크가 전화할 경우 오늘 밤에 관해 경고를 해주려면 이곳에 있어야 해.' "여기 있다가 만약 지루해지면…." 폴리가 말했다. "네게 선물한 애거서 크리스티 책 가운데 하나를 읽으면서 살인범이 누구인지 맞혀볼래."

"못 맞힐 거야." 에일린이 말했다. "애거서 크리스티는 너무 똑똑해. 나는 누가 살인을 저질렀는지 늘 안다고 생각하지만 언제나 내가 생각도 못 한 사람이 범인이야. 내 코앞에 단서가 있었는데도 말이야. 읽다 보면 내가 세운 범죄 이론이 다 틀렸고 완전히 다른 뭔가가 진행되고 있었다는 걸 깨닫게 돼."

머리털이 가늘고 곱슬곱슬한 홀본 역의 사서도, 애거서 크리스티 소설의 결말을 보고 나면 자신이 엉뚱한 것들을 보고 있었다는 사실을 깨닫는다며 거의 비슷한 말을 했다.

에일린은 코트를 입었다. "샤프츠베리 애비뉴의 피닉스 극장이야." 에일린이 말했고, 시어도어를 데리러 스테프니로 출발했다. 폴리는 블라우스와 스타킹을 빨아 널었다. 라버넘 양은 웨스트민스터 사원에 가서 '군복을 입은 우리 소중한 청년들'을 위한 예배에 참석하자고 했지만, 폴리는 그 제안을 물리치고 치마를 다렸다. 그리고 그 내내 전화벨이 울리지 않는지 귀를 기울였다.

11시 반이 지났을 때 마침내 전화벨이 울렸다.

마이크였다. "마이크! 아, 정말 다행이야!" 폴리가 말했다. "어디에 있어?"

"로체스터야. 통화할 시간이 몇 분밖에 없어. 곧 기차가 떠나거든. 나는 괜찮다는 걸 알리려 전화한 거야. 그리고 몇 시간 뒤면 그곳에 도착할 거야."

"혹시 구조…?" 폴리는 말을 멈추고 부엌과 응접실을 살펴보았다. 아무도 보이지 않았지만, 그래도 목소리를 낮춰 말했다. "혹시 찾던 걸 찾았어?"

"아니." 마이크가 말했다. "병원에서 알던 사람이더라. 내 옆 침대에 누워있던 환자였어. 포드햄이라는 남자야. 마침내 퇴원했고, 나를 찾아볼 생각이 들었나봐."

폴리는 마이크를 찾아온 사람들이 구조팀이 아니었다는 사실을 한참 전부터 알았지만, 그런데도 마이크의 말을 듣고 공황 상태에 빠져들었다. 이제는 시도해볼 방법도 거의 남아있지 않았고, 이틀 뒤면 언제 어디서 폭격이 일어나는지 더는 알지 못했다. 이제 어쩐다?

마이크가 말하고 있었다. "더 일찍 전화하지 못해서 미안해. 하지만 다프네를 찾느라 엄청나게 시간이 걸렸어. 다프네는 결혼해서 맨체스터로 이사했어."

"맨체스터? 오, 맙소사. 공습 때 그곳에 있던 건 아니지? 그렇지?"

"사실은, 그랬어. 그리고 그곳을 빠져나올 수가 없었어. 기차역이 폭격을 당했거든. 너에게 전화를 할 수도 없었어. 전화가 불통이었지. 스토크-온-트렌트까지 차를 얻어타고 와서 그곳에서 기차를 타야 했어."

"아, 내 잘못이야!" 폴리가 외쳤다. "네게 경고했어야 하는데. 하지만 네가 중부까지 갈 이유가 없다고 생각했어. 미안해. 잘 들어. 네게 할 말이 있어." 폴리는 목소리를 다시 더 낮추고 입과 송화기를 손으로 가리고 말했다. "오늘 밤 폭격은 지독해. 제2차 세계대전에서 가장 끔찍한 폭격 가운데 하나야. 시티 상당 부분이 불에 타고, 세인트폴 대성당은 거의 파괴되고 철로 몇 곳과 역들이 폭격을 당해. 워털루 역이랑….”

“방금 뭐라고 했지?” 마이크가 물었다.

“워털루 역이랑….”

“아니, 세인트폴 대성당 말이야. 그곳이 거의 파괴되었다고?”

“응.” 폴리가 속삭였다. “소이탄 28개에 맞았고, 그 주변 대부분이 불에 타, 패터노스터 로우랑….”

“세인트폴 대성당에 소이탄들이 떨어진 건 5월 10일인 줄 알았는데.”

“아니, 그건 하원 건물이고. 세인트….”

“하지만 너는 런던 대공습 기간 중 5월 9일이랑 10일이 가장 폭격이 심했다고 말했잖아.”

“맞아.” 폴리가 마이크가 왜 그리 그 날짜에 관심을 보이는지 궁금해하며 말했다. “그 두 날에 가장 사망자가 많았고, 피해도 컸어. 하지만 가장 심한 화재는 12월 29일이야.”

“그래서 12월 29일이 화재 감시원들이 유명하게 된 그 밤이야? 세인트폴 대성당을 구한 밤?”

“응.”

“세인트폴 대성당이 5월 10일에도 폭격당해?”

“아니. 갑자기 왜 그러는데…?”

“잘 들어.” 마이크가 다급하게 말했다. “나는 어디…, 젠장, 내가 타야 할 기차가 출발하고 있어. 나는 기차를 타러 가야 해. 하지만 네게 부탁할….”

“내가 어디 중간 지점으로 널 만나러 갈까?”

“아니, 너랑 에일린 둘 다 그냥 집에 있어. 그리고 내가 집에 가면 곧바로 떠날 수 있게 준비를 해. 우리가 탈출할 방법을 알아.

끊을게."

"에일린은 여기에 없어." 폴리가 말했지만, 마이크는 이미 전화를 끊은 뒤였다.

폴리는 수화기를 내려놓았다.

'적어도 오늘 밤에 대해서 마이크에게 경고는 해줬으니까.' 폴리가 생각했다. 하지만 과연 마이크가 그 말을 귀담아들었을지 의문이었다. 그래도 만약 마이크가 로체스터에 있고, 아무런 지연도 없다면 공습 시작 전에 이곳에 도착할 수 있을 것이다. 그리고 기차가 지연되면 몇 분 뒤에 다시 전화할 테니 그때 다시 경고를 해주면 되겠지.

폴리는 그곳에 서서 전화기를 내려다보며 에일린을 데리러 갈까 말까 고민했다. 마이크는 둘 다 이곳에 있으면서 자신이 돌아오면 곧바로 떠날 수 있게 준비해 두라고 말했다. 하지만 에일린은 아직 극장에 도착하지 않았을 것이고(아직 정오도 채 되지 않았다), 그렇다고 폴리가 에일린을 찾아 스테프니로 간다면 둘은 만나지 못할 게 분명했다.

폴리는 피닉스 극장으로 전화했지만 아무도 받지 않았다. 30분 뒤에도 마찬가지였다. 그리고 1시에도 전화를 받지 않았다. 마이크는 다시 전화하지 않았고, 그건 기차에 탔다는 뜻이었다.

마이크는 지금 이곳에 있는 역사학자가 생각난 게 분명했고, 또한 세인트폴 대성당과 관련이 있었다. 폴리 생각에, 바솔로뮤 말고 화재 감시원을 관찰하는 임무를 받은 다른 역사학자가 있지는 않을 듯했다. 따라서 그 사람은 그곳에서 다른 걸 관찰할 게 분명했다. 런던 시청 화재나 불에 탄, 렌이 설계한 교회들 가운데 하나이리라. 하지만 왜 마이크는 지금까지 그 사람을 떠올리지 못한 걸까? 그리고 마이크는 그 역사학자가 어디에 있을지 어떻게 그토록 확신할 수 있을까?

폴리는 1시 30분에 다시 극장에 전화했지만, 극장은 여전히 전화를 받지 않았다. 폴리는 에일린을 찾아 직접 극장에 가야 했지만, 그랬다가 마이크를 놓칠까 봐 두려웠고, 집에는 아무도 없었기에 메시지를 남길 수도 없었다. 히바드 양은 이모를 만나러 갔고, 도밍 씨는 루턴으로 축구 경기를 보러 갔고, 라버넘 양은 웨스트민스터 사원에서 아직 돌아오지 않았다. 그리고 마이크에게 메모를 남겼다가는 아무도 못 보고 지나치거나 재떨이로 직행할 가능성이 컸다.

폴리는 계속 극장에 전화를 해보기로 마음먹고, 라버넘 양이 집에 돌아오기를 바라며 15분을 더 기다렸다.

라버넘 양이 돌아왔다.

폴리는 라버넘 양이 예배에 대해 말할 기회를 주지 않았다. 폴리가 말했다. "오늘 오후에 집에 계실 건가요?" 그리고 라버넘 양이 그렇다고 말하자 코트와 모자를 가지러 위층으로 서둘러 올라갔다.

폴리가 코트를 입고 옷장에서 모자와 핸드백을 낚아챈 뒤 다시 나가려는데 마이크가 헐떡이며 문으로 들이닥쳤다. "오, 다행이야." 폴리가 말했다. "네가 이렇게 일찍 올 줄 몰랐어."

"에일린은 어디 있어?" 마이크가 다그쳐 물었다.

"시어도어랑 동화극을 보러 갔어."

"둘 다 여기 있으라고 내가 말했잖아."

"네가 전화했을 때 에일린은 이미 나간 뒤였어. 난 막 에일린을 데리러 가려던 참이야."

"어느 극장인지 알아? 전화해서 우리를 만나자고 할 수 있을까?"

"이미 해봤어. 안 받아."

"그러면 가서 데려와야 해. 가자."

"왜 그러는 건데, 마이크? 여기 있는 누군가가 생각났어?"

"응. 가면서 말해줄게. 어느 극장이야?"

"피닉스. 하지만 동화극이 시작한 뒤에 안으로 들여보내줄지 모르겠어."

"언제 시작하는데?"

"2시 30분."

"그러면 그 전에 도착해야 해. 가자." 마이크가 폴리를 재촉하며 계단을 내려갔다.

라버넘 양이 계단 발치에 서 있었다. "제가 뭘 해주면 되나요, 세바스찬 양?" 라버넘 양이 물었다.

"아니요, 이제는 됐어요. 다녀올게요." 폴리가 말하며 마이크 뒤를 따라 서둘러 나갔다. 마이크는 다리를 절었지만 이미 저만치 앞서가고 있었다.

"피닉스 극장으로 가는 가장 빠른 방법이 뭐야?" 폴리가 따라잡았을 때 마이크가 물었다.

"택시. 잡을 수 있다면." 폴리가 말했다. "아니면 지하철."

"택시 잡기 가장 좋은 곳이 어디야?"

"베이스워터 로드. 자, 이제 에일린을 찾으면 어디로 가야 하는 건지 말해줘."

"세인트폴 대성당." 마이크가 걸음을 늦추지 않고 말했다. "존 바솔로뮤를 찾으러."

"존 바솔로뮤!" 폴리가 걸음을 멈추고 말했다. "하지만 바솔로뮤 씨는 이미 돌아갔잖아. 10월에."

마이크가 걸음을 멈추고 폴리를 마주 보았다. "누가 그래?"

"에일린. 에일린이 바솔로뮤 씨는 10월 10일 폭격에서 부상을 당한 직후 돌아갔다고 했어."

"에일린이 바솔로뮤 씨에 관해 알고 있었어?" 마이크가 폴리의 두 팔을 잡으며 말했다. "그런데 왜 아무 말도 안 했던 거래?"

"너와 내가 예전에 이곳에 왔을 만한 역사학자들이 누구일까 토론할 때 에일린은 그곳에 없었어. 그리고 나는 네가 블레츨리 파크로 떠난 뒤에야 바솔로뮤 씨가 이곳에 있었던 걸 알았고. 그리고 바솔로뮤 씨는 이미 떠났기 때문에…."

마이크는 고개를 저었다. "바솔로뮤 씨는 떠나지 않았어. 에일린이 날짜를 잘못 기억한 거야. 그리고 바솔로뮤 씨는 다치지 않았어. 다른 화재 감시원이 다쳤고, 바솔로뮤 씨는 그 사람의 생명을 구했어. 그리고 그 일은 10월이 아니라 오늘 밤에 일어나." 둘은 베이스워터 로드에 도착했다. "젠장." 마이크가 텅 빈 길 양쪽을 바라보며 말했다. "택시들은 다 어디로 사라진 거야?"

"지하철을 타야 할 거 같아." 폴리가 말했다.

둘은 서둘러 노팅힐게이트 역으로 갔고, 센트럴 선을 타러 내려갔다. 열차가 막 도착하는 중이었고, 다행히 둘이 들어선 객차에 사람들이 없었던 덕분에 둘은 대화를 할 수가 있었다. "바솔로뮤 씨가 12월 29일에 이곳에 있던 거 확실해?" 폴리가 물었다.

"응. 강연을 들었어. 바솔로뮤 씨는 소이탄이랑 썰물 때문에 불을 끌 물이 없었다는 이야기랑, 렌이 설계한 교회들이 불타던 이야기, 화재 감시원들이 세인트폴 대성당을 구한 이야기들을 해주었어. 바솔로뮤 씨는 화재 감시원들과 지붕 위에 있었어. 젠장. 우리가 고생하던 내내 이곳에 있었어! 내가 그걸 알기만 했어도….” 마이크가 말을 멈췄다. “뭐, 이제 와 후회하는 건 소용없지. 이제는 시간 안에 만나기를 바랄 밖에….”

“시간 안에? 하지만 바솔로뮤 씨는 세인트폴 대성당에 있잖아….”

“오늘 밤에는 그곳에 있지만, 그게 다야. 에일린의 말이 일부는 맞아. 바솔로뮤 씨는 공습이 끝나고 곧장 옥스퍼드로 돌아가. 그건 내일 아침에 떠난다는 뜻이야. 우리에게는 몇 시간밖에 없어. 오늘 밤 공습이 몇 시에 시작해?”

“6시 17분. 하지만 세인트폴 대성당 공격도 그때 시작한다는 뜻은 아니야. 그곳은 아마 조금 더 있다가 폭격당할 거야.”

“사이렌은 언제 울렸어?”

“몰라. 하지만 이번 달은 모두 비행기들이 도착하기 적어도 20분 전에 울렸어.”

“그러면 적어도 5시 45분까지는 시간이 있구나.” 마이크가 손목시계를 보았다. “지금은 2시 15분 전이야. 그러면 4시간이 있고, 그 정도 시간이면 바솔로뮤 씨를 찾기 충분해.”

지하철은 홀본 역으로 들어서고 있었다. “여기서 지하철을 갈아타야 해.” 폴리가 말하며 마이크를 데리고 노던 선 플랫폼으로 재빨리 갔다. 그곳은 지하철을 기다리는 사람들로 붐볐다.

폴리는 지하철을 탄 다음에야 이야기할 수가 있었다. “하지만 이해가 안 가. 바솔로뮤 씨가 이곳에 있는 걸 네가 알았으면….”

“난 몰랐어. 바솔로뮤 씨는 세인트폴 대성당이 거의 불에 탔던 밤이 대공습 기간에 가장 끔찍했던 밤이라고 말했고, 넌 대공습이 가장 심했던 날이 5월 10일이라고 했거든. 그리고 바솔로뮤 씨는 강연에서 자기 임무가 석 달이었다고 했어. 그래서 나는 바솔로뮤 씨가 2월은 되어야 여기에 올 거라 생각했어."

'그리고 마이크가 집에 돌아왔을 때 내가 바솔로뮤 씨에 대해 말을 했다면, 우리는 몇 주 전에 바솔로뮤 씨를 만났겠지.' 폴리는 죄책감이 들었다. "'어쩜 이렇게 뭐 하나 되는 일이 없을까.'"

"걱정하지 마." 마이크가 말했다. 기차가 레스터 광장 역으로 들어섰다. "지금 몇 시야?" 기차에서 내리며 마이크가 물었다.

"2시 5분 전." 폴리가 말했다. "우린 결코 할 수 없을 거야."

"아니, 할 수 있어." 마이크가 말했다. "오늘은 운수 좋은 날이잖아." 그리고 놀랍게도, 둘이 피닉스 극장에 도착했을 때 로비에는 아직 아이들과 부모들이 있었고, 매표소 앞에도 사람들이 줄을 서 있었다. 폴리는 계단을 뛰어올라 안내원에게 갔고, 마이크도 절룩이며 그 뒤를 따랐다.

"표를 보여주십시오." 안내원이 말했다.

"우리는 여기에 공연을 보러 온 게 아닙니다." 마이크가 말했다. "관객 한 명과 이야기만 하면 됩니다."

"죄송합니다. 관객과 이야기를 나누시려면 휴식 시간까지 기다리셔야 합니다."

"우리는 기다릴 수가 없어요."

"아주 중요한 일이에요." 폴리가 간청했다. "응급 상황이에요."

"그분에게 메시지를 전달해드리겠습니다." 안내원이 태도를 누그러뜨리며 말했다. "그분 자리가 어디인가요?"

"모르겠어요." 폴리가 말했다. "이름은 에일린 오릴리이고, 붉은 머리예요. 어린 남자아이랑 같이 있어요."

"보세요." 마이크가 말했다. "우리는 당신네 허접스러운 동화극을 공짜로 보려고 이러는 게 아닙니다."

안내원의 얼굴이 굳어졌다.

"우리는 다만…."

"지금 공연 표를 아직도 살 수 있나요?" 마이크가 상황을 더 악화시키기 전에 폴리가 끼어들었다.

"그럴 겁니다." 안내원이 차갑게 말했다.

"고맙습니다." 폴리가 말했다. "가자." 폴리가 마이크에게 명령했고, 계단을 뛰어 내려가 매표소로 갔다.

"우리는 이럴 시간이 없어." 마이크가 말했다.

"만약 우리가 여기에서 쫓겨나면 연극이 끝나고 난 뒤에야 에일린을 만날 수 있어." 폴리가 매표소 창을 향해 몸을 숙였다. "지금 공연 표 남은 거 있나요?"

"남은 건 오케스트라석에 두 자리뿐입니다. 8실링 6펜스입니다. F줄 19번과…."

"사겠습니다." 마이크가 말했다. 마이크는 반 크라운 주화 두 개를 거칠게 내려놓고 표들을 움켜쥐었다.

둘은 서둘러 다시 계단을 올라가 여전히 화난 표정을 한 안내원에게 표를 건네고 자리로 안내해달라고 했다. 그는 둘의 좌석을 가리켰고(줄 한가운데였다), 표를 찢어 반을 돌려주고 떠났다. 복도 쪽 좌석에 앉아 있던 사람이 둘이 지나갈 수 있도록 일어섰다.

"우선 찾아야 할 사람이 있습니다." 마이크가 말했다. "에일린 보여, 폴리? 에일린이 무슨 색깔 모자를 썼어?"

"검은색." 폴리가 말하며 관객들을 훑어보았지만, 어른 관객들은 모두가 검은 모자를 쓰고 있었고, 실내는 좌석 위에서 뛰어오르고 재잘거리고 웃고 꿈틀거리고 뒷좌석의 사람과 이야기하기 위해 좌석 위에 서 있는 아이들로 가득했다. 그리고 어머니들과 보모들과 여자 가정교사들은 모두가 고개를 돌리고 아이들을 자리에 앉히려 애쓰고 있었다. "사람이 이렇게 많아서는 에일린을 절대로 못 찾을 거야."

"알아. 잠깐, 저기 있어." 마이크가 발코니를 가리키며 말했다. "저기, 맨 앞줄. 에일린!" 마이크가 손을 흔들어 보였지만, 에일린은 시어도어와 이야기 중이었다. 시어도어는 극장 전체에서 유일하게 가만히 앉아 있는 아이였고, 발을 앞으로 쭉 뻗고 손은 팔걸이에 얌전하게 올리고 있었다. "에일린!"

"우리 말을 들을 수가 없어." 폴리가 말했다.

폴리는 화장실에 가려는 척하며 의자들을 지나 가장자리 복도로 갔고, 계단을 뛰어 올라가서 계단참에 서 있는 안내원에게 표와 공연 안내서를 흔들어 보이고는 재빨리 발코니로 갔고, 마이크는 다리를 절룩임에도 불구하고 폴리와 보조를 맞춰 같이 발코니로 갔다.

에일린은 줄 끝에서 네 번째 좌석이었고, 여자 가정교사 한 명과 어린 여자아이 세 명 너머에 있었다. 어린 여자아이 둘은 발코니 가장자리에 매달려 공연 프로그램을 잘게 찢어 아래에 있는 사람들 머리 위로 뿌려대고 있었으며, 여자 가정교사가 그런 아이들을 타일렀지만 소용없었다. "얘들아, 그러지 마! 그러다 떨어져! 너희 둘 다 아주 못됐구나."

에일린은 여전히 폴리와 마이크를 보지 않았다. "에일린!" 폴리가 시선을 가로막는 여자아이들과 여자 가정교사 너머에서 외쳤다.

"폴린! 아니, 안 돼. 의자에서 그렇게 서면 안 돼! 천이 찢어지잖아. 바이올렛!" 공연 안내서를 찢어 떨어뜨리던 아이 한 명이 발코니에서 떨어질 뻔하자 가정교사가 외쳤다.

에일린은 바이올렛의 원피스를 잡아 안전하게 뒤로 잡아당겼다.

"오, 감사합니다." 여자 가정교사가 말했다.

"천만에요…." 에일린이 말하다가 마침내 폴리와 마이크가 서 있는 모습을 보았다. "마이크! 폴리! 여기서 뭐 하는 거야? 무사해서 다행이야, 마이크. 우리는 무척 걱정했었어! 너 혹시…." 에일린이 갑자기 창백해졌다. "구조팀을 찾았구나." 그녀가 헐떡이며 말했다.

"아니야." 마이크가 말했다. "하지만 탈출할 방법을 찾았어."

폴리는 가정교사가 자기들 말을 들었을까 봐 초조한 눈으로 그쪽을 보았지만, 가정교사는 여전히 어린 소녀들에게 의자에 앉으라고 설득하고 있었다. "오, 헨리에타, 좀 얌전히 굴어." 그녀가 무기력하게 말했다.

"서둘러야 해." 마이크가 말하고 있었다.

"하지만…." 에일린이 말했다. "시어도어에게 약속했는걸…."

"어쩔 수 없어. 우리에게는 몇 시간밖에 없어."

에일린이 일어나 코트를 입고 시어도어의 코트에 손을 뻗었다. "동화극을 볼 수 없겠다, 시어도어." 에일린이 시어도어에게 코트를 내밀며 말했다. "지금 집에 가야만 해." 에일린은 시어도어의 팔에 코트 소매를 끼웠다.

"싫어!" 시어도어가 격렬하게 외쳤고, 그 소리는 사이렌처럼 극장 전체에 울려 퍼졌다. "난 집에 가기 싫어!"

27

전쟁에서는 시간이 가장 중요하다.

— 월터 토마스 레이튼 경, 군수성, 1940년

런던, 1940년 12월 29일

“난 집에 가기 싫어!” 시어도어가 새된 소리로 울었다. “나는 동화극을 보고 싶어!”

“그럴 수가 없어.” 에일린이 시어도어가 마구 휘저어대는 두 팔에 코트 소매를 끼우려 애쓰며 말했다. “우리는 가야만 해.”

“왜요?” 시어도어가 울부짖었다.

“자, 내가 안고 갈게.” 마이크가 말하며 시어도어를 안기 위해 여자 가정교사와 어린 여자아이 세 명을 헤치고 다가왔다.

“아, 그러지….” 에일린이 말했지만, 시어도어가 이미 마이크를 발로 찬 뒤였다.

마이크는 신음을 뱉으며 시어도어를 놓았다.

“미안. 미리 경고했어야 했는데.” 에일린은 엄격한 얼굴로 시어도어를 돌아보았다. "발길질하지 마. 이제 코트 입어. 그래야 착한 아이…."

"싫어! 난 안 갈래!" 시어도어가 새된 소리를 질렀고, 실내의 모든 아이와 어른들이 못마땅하다는 눈길로 시어도어를 바라보았다.

"무슨 일이십니까?" 발코니 안내원이 말했고, 그 뒤로는 표가 없다고 폴리와 마이크를 들여보내지 않으려던 안내원이 따라왔다. "이런 소동을 벌이시면 안 됩니다. 이제 곧 공연이 시작됩니다."

"이 두 사람이 아가씨를 괴롭히는 겁니까?" 둘을 들여보내지 않으려 했던 안내원이 에일린에게 물었다.

"아니요. 조용, 시어도어." 에일린이 말했다. "사람들이…."

"아까 이 사람들은 표도 사지 않고 극장으로 들어오려고 했습니다." 둘을 들여보내지 않으려 했던 안내원이 발코니 안내원에게 말했다.

"표를 샀습니다만." 마이크가 말했다.

"표 샀어요." 폴리가 재빨리 말하며 안내원에게 자기 표를 건넸다. "네 표도 보여드려, 마이크. 우리는 친구랑 잠깐 이야기만 하면 돼요. 집에 중요한 일이 생겨서…."

"난 집에 가기 싫어!" 시어도어가 울부짖으며 요란스레 울음을 터뜨렸다.

여자 가정교사가 폴리의 소매를 잡아끌었다. "집에 무슨 일이 일어났다고 하셨나요? 공습이 있었나요? 혹시 저 아이 가족 누군가가…."

"아니요." 폴리가 말을 했지만, 그 즉시 후회했다. 시어도어를 데리고 나갈 완벽한 핑계였기 때문이다. 하지만 안내원은 이미 반격을 시작한 뒤였다. "그렇다면 급한 일이 아니겠군요." 그가 말하며 발코니 안내원에게서 표들을 낚아채더니 유심히 살폈다. "이 표는 오케스트라석 8번 줄입니다. 이 표로 이곳에 있으면 안 됩니다."

"그건 저도 압니다." 마이크가 화난 목소리로 말했다. "우리는 여기 이 사람과 이야기를 좀 하려고…."

조명이 깜박이며 꺼졌다가 다시 켜졌다.

"곧 막이 오릅니다." 발코니 안내원이 말했다. "죄송합니다만 두 분 자리로 돌아가셔야겠습니다. 대화는 휴식 시간에 하시고요."

"하지만…."

"난 동화극을 보고 싶어!" 시어도어가 울부짖었다.

"보게 될 거야, 얘야." 안내원은 마이크와 폴리를 노려보며 말했다. "자, 두 분 모두 자기 자리에 앉으십시오. 안 그러면 제가 극장 밖으로 모시고 나가는 수밖에 없습니다."

"가서 앉아." 에일린이 말을 하며 어린 여자아이 두 명을 가로질러 몸을 기울이고는 마이크의 손을 잡았다. "괜찮을 거야."

"하지만 우리는 시간이 없어…."

"알아. 괜찮을 거야. 약속해."

'어떻게?' 폴리는 궁금했다. 둘은 안내원에 의해 오케스트라석까지 굴욕적인 안내를 받았다.

"괜찮을 거라니, 무슨 의미로 한 말일까?" 마이크가 폴리에게 물었다.

"모르겠어. 아마도 시어도어에게 극장을 나가자고 설득할 수 있다는 뜻…."

"그 아이를 설득해? 말도 안 돼." 마이크는 시어도어 발에 맞은 정강이를 문질렀다. "만약 설득하지 못하면?"

"그러면 휴식 시간까지 기다리는 수밖에 없겠지." 폴리가 말하며 경비원이 군인처럼 팔짱을 하고 지키고 선 중앙 복도를 돌아보았다. "어쩌면 너라도 세인트폴 대성당에 가는 게 낫겠다. 나도 될 수 있는 한 빨리 에일린을 데리고 갈게."

마이크는 고개를 저었다. "우리 모두 함께 가거나 아니면 모두 안 갈 거야." 둘은 자리에 앉았다. "휴식 시간까지 막이 몇 개나 있어?"

폴리는 공연 안내서를 펼쳤다. 동화극 제목은《라푼젤, 전시 크리스마스 동화극》이었고, 단 2막으로 구성되었지만 1막에는 적어도 열두 개의 노래가 적혀 있었다. 또한 춤곡, 마술 공연, 저글링 공연, 개 묘기도 포함되었다.

'아, 이런, 여기에 평생 있겠네.' 폴리가 생각했다. 고드프리 경이 동화극을 그토록 싫어했던 것도 이해가 됐다. 이건 연극이라기보다 잡다한 연예쇼에 더 가까웠다.

"빨리 시작했으면 좋겠어요." 폴리 옆의 어린 남자아이가 말했다.

"나도 그렇단다." 폴리가 그 아이에게 말했다.

방화용 석면 커튼이 올라가면서 빨간 벨벳 커튼이 드러났고, 관객들은 요란하게 박수를 쳤다. '다행이야.' 폴리가 생각했지만, 더는 아무런 일도 벌어지지 않았다.

"어쩌면 시어도어가 화장실에 가야 할 수도 있어." 마이크가 발코니 쪽을 바라보며 말했다. 그곳에서는 에일린이 시어도어와 진지하게 이야기하고 있었다. "그럼 우리가 저 애 위에 코트를 뒤집어씌우고 밖으로 데려가든가 할 수 있을 거야."

"쉿." 남자아이가 폴리를 가로질러 몸을 기울이고 엄격하게 말했다. "시작하고 있어요."

'마침내.' 폴리가 생각했다.

오케스트라가 팡파르를 연주했고, 타이츠와 몸에 딱 붙는 상의 차림의 예쁜 여자가 커다란 흰 카드를 들고 무대에 나와 말했다. "공습이 있으면, 이런 공지가 붙을 겁니다." 여자는 카드를 뒤집었고, '공습 중'이라는 글이 보였다. 여자는 다시 카드를 뒷면으로 돌려 무대 옆쪽 이젤에 올려놓았다. "고맙습니다."

더 격한 박수가 이어졌고, 커튼이 양옆으로 걷히며 마분지 나무숲과 높다란 마분지 탑이 드러났다. 탑 꼭대기 근처에는 작은 창이 있고, 그 안에 금발 여자 한 명이 앉아 기다란 머리를 빗고 있었다. "아, 슬퍼라." 그 여자가 말했다. "나는 이 탑에 갇혀 여기에 앉아 있어! 누가 와서 날 구해주려나?" 여자는 창밖으로 몸을 내밀었다. "오, 이런! 날 여기에 가둔 사악한 마녀가 오고 있어!"

오케스트라가 으스스한 음악을 연주했고, 나치 장교가 무릎을 곧게 펴고 발을 높이 들어 행진하며 무대로 나오더니 탑 아래에서 멈췄다. "'지크 하일'[16], 라푼젤. 네 머리카락을 내려라!" 그는 독일 악센트로 외쳤다. "이건 명령이야!"

라푼젤은 나치 장교를 향해 거대한 노란 머리카락 뭉치를 던졌고, 장교가 그 머리 뭉치에 맞고 쓰러지자 라푼젤은 가볍게 두 손을 털었다. 관객들이 박장대소하며 환호성을 질렀고, 귀가 먹을 듯한 소리 속에서도 시어도어의 날카로운 목소리가 들렸다. "난 동화극 싫어. 난 집에 가고 싶어!"

"저게 우리 신호야." 폴리가 속삭였다. 폴리는 마이크의 손을

16 '승리 만세'라는 뜻의 독일어

잡고 서둘러 복도를 지나 계단을 내려와 로비로 왔다.

에일린은 이미 로비에 와있었고, 참을성 없는 시어도어가 에일린의 손을 끌어당기고 있었다. "괜찮을 거라고 했잖아." 에일린이 말했다.

"난 집에 가고 싶어!" 시어도어가 외쳤다.

"우리도 그렇단다." 폴리가 말하며 시어도어의 다른 손을 잡았고, 그들은 안내원이 눈을 부라리며 열어준 문을 통해 서둘러 극장을 나섰다.

"무슨 일인데?" 밖으로 나오자마자 에일린이 물었다. "구조팀을 만나지 못했다며. 다른 역사학자를 찾아낸 거야?"

"응." 마이크가 말했다. "존 바솔로뮤."

"바솔로뮤 씨?" 에일린이 말하고 폴리에게로 시선을 돌렸다. "바솔로뮤 씨는 벌써 돌아갔다고 마이크에게 말하지 않은 거야?"

"돌아가지 않았어." 마이크가 말했다. "네가 잘못 들은 거야. 바솔로뮤 씨는 세인트폴 대성당 폭격 때 이곳에 있었고, 폭격은 오늘이야."

시어도어는 그들의 말을 열심히 듣고 있었다.

"시어도어를 집에 돌려보낸 뒤에 이야기해야 하지 않을까?" 폴리가 말했다.

"응. 택시를 잡아야겠어." 마이크가 말하며 택시를 찾아 거리를 살폈다. "이 아이 집 주소를 알지, 에일린? 운전사에게 미리 요금을 주면서 이 아이를 집까지…."

"시어도어를 혼자 보낼 수는 없어." 에일린이 말했다. "아이 어머니가 지금 집에 없어. 출근했거든. 그래서 내가 동화극을 보러 같이 온 거야."

"음, 그래도 친척이나 이웃이 있을 거잖아…."

"오웬스 부인이 있기는 하지만, 그분도 집에 없어. 그리고 집에 누가 있을지 없을지도 모르는데 아이 혼자만 보낼 수는 없어." 에일린이 말했다. "이 아이는 여섯 살밖에 안 됐단 말이야."

"넌 지금 상황이 어떤지를 몰라." 마이크가 말했다. "오늘이 아니면 바솔로뮤 씨를 찾을 수 없어. 내일 떠난단 말이야."

"하지만 우리가 바솔로뮤 씨와 같이 가는 건 아니지?" 에일린이 말했다. "우리가 어디에 있는지만 옥스퍼드에 알리면 되잖아. 그러니 나는 시어도어를 집에 데려다주고, 너희 둘만 가서 내일 아침 리케트 부인 집으로 날 위한 구조팀을 보내면 안 될까? 새클턴이 그랬듯이 말이야. 그리고 그렇게 하면 폴리를 확실히 돌려보낼 수 있잖아. 데드라인이 있는 건 폴리니까."

"폴리는 바솔로뮤 씨가 어떻게 생겼는지 모르지만 넌 알아." 마이크가 말했다. "그리고 오늘 밤 폭격은…." 마이크는 시어도어를 힐끗 보고는 목소리를 낮추었다. "이 전쟁에서 가장 지독한 폭격 가운데 하나고, 바솔로뮤 씨는 그 한가운데에 있을 거야. 그건 우리가 폭격이 시작되기 전에 여기를 빠져나가야 한다는 뜻이지. 우리는 바솔로뮤 씨를 찾고, 바솔로뮤 씨에게 강하 지점을 안내받은 다음, 우리를 오늘 오후에 데리러 오라는 메시지를 가지고 강하해 달라고 부탁해야 해."

"알아." 에일린이 말했다. "하지만 시어도어는 내 책임이야. 나는 이 아이를 두고 갈 수 없어."

"어쩌면 이 아이를 맡아줄 사람을 찾을 수 있을지도 몰라." 폴리가 제안했다. "백베리에서 군인들에게 부탁해서 이 아이를 집으로 보냈다고 하지 않았어?"

"응. 하지만 그때는 아이 어머니가 기차역으로 마중 나올 걸 알았어. 그리고 생판 모르는 낯선 사람에게 이 아이를 맡길 수는 없어."

"낯선 사람이 아니야." 폴리가 말했다. "우리는 리케트 부인 집으로 돌아가서 라버넘 양이 있는지 확인을…."

"라버넘 양이 집에 있는 거 확실해?" 마이크가 물었다.

"아니."

마이크는 얼굴을 찡그리고 잠시 생각에 잠기더니 이윽고 말했다. "우리가 데리고 가는 게 더 빠를 거 같아. 만약 우리가 데리고 가면 이 아이를 맡아줄 이웃을 찾을 수 있을 거 같아?"

"응. 확실히."

"그럼 가자. 어디로 가야 가장 빨리 택시를 잡을 수 있지?"

"지하철이 더 빠를 거야." 에일린이 말했다. "여기서 스테프니까지는 우회로가 너무나 많아."

'스테프니로 가는 지하철이 운행하기를 빌자고.' 폴리가 생각했다. '그리고 시어도어가 지하철을 타고 싶지 않다고 외치지 않기를.' 하지만 시어도어는 즐거이 지하철에 올랐고, 창에 붙은 등화관제용 종이 모퉁이를 살짝 벗겨내더니, 앞으로 몇 정거장은 여전히 지하이고 밖에 아무것도 보이지 않음에도 불구하고 유리창에 코를 박고 기뻐하며 밖을 바라보았다.

셋은 이야기를 할 수 있도록 마주 보고 앉았다. "만약 공습이 시작된 후에야 바솔로뮤 씨를 찾게 되면 어떻게 해?" 에일린이 물었다.

"그러면 바솔로뮤 씨에게 강하 지점이 어디인지 알려달라고 해야지." 마이크가 말했다. "그리고 우리는 그곳에 가서 공습이 끝났을 때 바솔로뮤 씨가 오기를 기다리는 거야. 29일 이후의 아침에 강하가 열렸으면 아마도 런던 외곽에 있을 거야."

"그 강하 지점은 열리는 거 확실해?" 에일린이 물었다.

"그건 벌써 열렸어." 마이크가 말했다. "6년 전에."

"아 참, 그렇지. 미안. 그리고 바솔로뮤 씨가 10월에 돌아갔다고 생각한 것도 미안해. 강연을 좀 더 귀담아들었어야 했는데."

"그리고 나는 바솔로뮤 씨를 떠올렸을 때 바로 너희에게 말을 해야 했어." 마이크가 말했다.

'그리고 나는 이전에 이곳에 왔던 역사학자들이 누군지 생각해 보라는 말을 마이크에게서 들었을 때 그 말을 에일린에게도 전달했어야 했고.' 폴리가 생각했다. '하지만 나는 에일린이 내 마지막 강하나 임무에 관해 묻는 걸 원하지 않았어. 그래서 지금 이곳에 6년 전에 왔던 역사학자를 찾기 위해 막판에 이렇게 허둥지둥거리는 거고.'

'만약 우리가 성공한다면, 바솔로뮤 씨는 던워디 교수님께 메시지를 전달할 거고, 던워디 교수님은 6년을 기다렸다가 우리를 보내게 되는 거네. '6년 동안' 우리에게 거짓말을 하고 뒹케르크와 전염병과 런던 대공습으로 보내는 거지. 마이크가 발을 절게 되고, 에일린이 공습을 얼마나 두려워하는지 잘 알면서도.'

비록 던워디 교수가 폴리에게 여분의 돈을 가져가게 했고, 또한 살 곳을 아주 좁게 한정 짓기는 했지만, 폴리는 과연 그게 가능한 일인지 도저히 믿을 수가 없었다. 던워디 교수는 그런 식으로 거짓말을 할 사람이 아니었다.

'교수님이 거짓말을 하지 않았을지 내가 어떻게 알아?' 폴리가 생각했다. '나는 에일린과 마이크에게 몇 주 동안 거짓말을 했어.'

폴리처럼, 던워디 교수도 선의에서 거짓말을 한 거라면? 던워디 교수도 그들을 보호하려 애쓴 거라면? 그들을 구하기 위해서 거짓말을 하는 수밖에 없었다면?

'뭐로부터 구하는데?' 폴리가 생각했다. 그리고 설사 거짓말을 하는 수밖에 없다고 던워디 교수가 확신했다 할지라도, 콜린에게 들키지 않을 방법은 없었다. 그리고 콜린은 결코 그걸 받아들이지 않았을 것이다. 콜린은 폴리에게 경고했을 것이다.

어쩌면 경고했는지도 몰랐다. 콜린은 '곤란한 상황에 처하게 되면 내가 꼭 구하러 갈게.'라고 말했다. 하지만 그 말을 할 때 콜린은 폴리가 진짜 위험에 빠질까 봐 걱정하는 얼굴이 아니라 유치하면서도 진지한 표정이었다.

'만약 정말 내가 위험에 빠질 거라 생각했다면, 콜린은 나를 말렸을 거야. 또는 그 어떤 희생을 무릅쓰고라도 나를 데리러 왔을 거야. 그리고 편차 증가 같은 사소한 일 따위는 콜린에게 아무런 장애도 아니었을 거야.'

'그 말은, 우리가 바솔로뮤 씨를 찾지 못했고, 메시지를 보내지 못했다는 뜻이야. 우리는 그곳에 제시간에 도착하지 못했어. 마이크가 틀렸고, 바솔로뮤 씨는 10월에 돌아갔거나 5월이 되어야 이곳에 올 거야. 또는 우리는 시어도어를 맡겨둘 만한 사람을 찾지 못하거나. 또는 세인트폴 대성당으로 가는 지하철이 지연되거나. 지하철이 갑자기 정지하고, 우리는 터널에 몇 시간 동안 갇히고 세인트폴 대성당에 가지 못할 거야.'

'아니면, 지연은 이미 시작되었을 거야.' 폴리는 안내원과 입씨름을 하던 그 시간을, 시어도어를 어떻게 집으로 돌려보낼까 논의하며 보낸 그 아까운 시간을 떠올렸다. '우리는 이미 늦은 거야.'

하지만 그들은 바솔로뮤 씨를 찾아야만 했다. 그것만이 폴리의 데드라인 전에 돌아갈 유일한 기회였다.

그리고 단지 폴리만의 기회가 아니라 그들 모두의 기회였다. 마이크와 에일린은 D-데이를 준비하는 수십만 명의 군인들 속에서 데니스 애서튼을 결코 찾지 못할 것이다. 그 둘은 타운젠드 브라더스 백화점에서조차 폴리를 찾지 못했었다.

에일린이 전승 기념일에 있었던 건 그들이 이곳을 빠져나가지 못했기 때문이다. 그들은 폴리의 데드라인이 되었을 때도 이곳에 있었던 것이다. 그리고 마이크는….

'반드시 바솔로뮤 씨를 찾아야 해.' 폴리는 생각했고, 만약 시어도어를 맡겨둘 사람이 없으면 어떻게 해야 할지를 생각했다.

하지만 오웬스 부인이 집에 있었다. "시어도어가 동화극이 끝나기 전에 나오려 하면 어쩌나 생각했어요." 문에서 그들을 맞이하며 오웬스 부인이 말했다. "그런데 일찍 나와서 다행이에요. 아무래도 오늘 밤에 공습이 있을 거라는 예감이 온종일 들었거든요."

"만약 공습이 있으면…." 에일린이 말했다. "시어도어를 방공호로 데려가주세요. 계단 아래 벽장은 안전하지 않아요."

"그럴게요." 오웬스 부인이 약속했다. "그리고 당신들도 집으로 가야 해요."

"그럴게요." 에일린이 말했다.

"시어도어, 에일린 누나에게 잘 가라고 인사해야지. 그리고 너를 데려다줘서 고맙다고도 하고."

"싫어요." 시어도어가 말하더니 에일린을 껴안았다. "난 누나가 가는 거 싫어요."

'이래서 지연이 되는구나.' 폴리가 생각했다. '시어도어를 에일

린의 다리에서 떼어놓으려면 2시간은 걸릴 거야.'

하지만 에일린은 시어도어가 이럴 줄 짐작하고 있었다. "나는 가야만 해." 에일린이 말했다. "하지만 네게 줄 크리스마스 선물을 가져왔어." 에일린은 핸드백에서 타운젠드 브라더스의 크리스마스 포장지로 싼 상자를 꺼내 시어도어에게 건넸다.

시어도어는 곧바로 앉아 상자를 열었고, 그들은 재빨리 그곳을 떠나 지하철역으로 갔다. 다행히도 4시 30분에 텅 빈 지하철에 탈 수 있었다. "공습이 시작되기 전에 세인트폴 대성당까지 갈 시간은 충분해." 마이크가 말했다.

"하지만 그곳에 가지 못할 경우를 대비해서…." 폴리가 말했다. "그리고 우리가 헤어지게 될 경우를 대비해서, 우리는 바솔로뮤 씨가 어떻게 생겼는지 알아야 해."

"키가 커." 에일린이 말했다. "다갈색 머리에 30대 초반, 아니 여기에 있을 때는 6년 전이었다는 걸 계속 깜박하네. 20대 후반일 거야."

"화재 감시원 본부는 성당 지하실이야." 폴리가 말했다. "그리고 그곳으로 가는 계단은…."

"알아." 마이크가 말했다. "세인트폴 대성당에 가본 적 있어."

"바솔로뮤 씨를 찾아서?" 폴리가 물었다.

"아니. 말했잖아. 나는 바솔로뮤 씨가 봄에 오는 줄 알았어. 난 널 찾으러 간 거야. 기억나? 험프리스 씨가 그곳 전부를 견학시켜 줬어. 그 사람은 배 두 척을 묶어 전투에서 승리한 폴크너 함장이며 계단들이며 전부…."

"하지만 에일린에게는 견학을 시켜주지 않았어." 폴리가 말했다. "아님, 네가 나를 찾아왔던 날에 그분이 네게도 견학을 시켜줬어, 에일린?"

"시켜줬어. 하지만 그때 나는 딴생각을 하고 있었어. 지하실로 가는 계단이 어디에 있다고?"

"여기." 폴리는 좌석의 가죽 등받이에 손가락으로 세인트폴 대성당 약도를 그리고 지하실로 가는 계단을 가리켰다.

"지붕으로 가는 계단은 어디에 있어?" 에일린이 물었다.

"몰라. 그리고 지붕은 하나가 아니라 여러 개야. 층과 지붕들이 겹겹으로 있어. 그래서 소이탄을 제거하는 게 어려웠어. 하지만 성당 지하실에는 바솔로뮤 씨에게 메시지를 전달해줄 만한 사람이 있을 거야." 폴리가 말했고, 공습에 대해 에일린에게 더 자세히 이야기를 해주었다. "세인트폴 대성당은 불에 타지 않았어…."

"화재 감시원들 덕분이지." 마이크가 말했다.

"맞아. 하지만 그 주위의 전 지역은 불에 타. 그리고 플리트 스트리트와 시청, 그리고 중앙 전화 교환국에도 화재가 나. 전화 교환국의 모든 직원은 대피해야 했어. 그리고 지상 방공호들 가운데 하나 이상에도 불이 나. 어느 건지는 나도 몰라."

"그러니 우리는 그곳들 모두에서 피해 있어야 해." 마이크가 말했다. "지하철역도 폭격을 받는다고 했지? 어느 곳이야?"

"워털루 역일걸." 기억을 더듬으며 폴리가 말했다. "그리고 캐넌 스트리트 역, 채링크로스 기차역도 지뢰 때문에 소개해야 했어."

"세인트폴 대성당 역은 폭격당하지 않았어?"

"모르겠어."

"독일군들이 고성능 폭탄을 잔뜩 떨어뜨리지 않았어?" 에일린이 초조한 목소리로 물었다.

"아니." 마이크가 말했다. "대부분은 소이탄이었어. 하지만 썰물 때였고, 주 상수도관이 폭격당했어. 그리고 아주 바람이 거셌고."

폴리가 고개를 끄덕였다. "드레스덴에서처럼 거의 불바다였어."

"그러니 더더욱 그 전에 집으로 돌아가 있자고." 마이크가 말했다. "세인트폴 대성당 역까지 몇 정거장이나 남았어?"

"모뉴멘트 역까지 한 정거장 더 가고, 그곳에서 센트럴 선으로 갈아타고 다시 한 정거장 가면 세인트폴 대성당 역이야."

하지만 그들이 센트럴 선 플랫폼에 도착했을 때 입구에는 입간판이 서 있었다. '차후 공지가 있을 때까지 센트럴 선은 운행하지 않습니다. 모든 승객께서는 다른 노선을 이용해주십시오.'

"세인트폴 대성당 역으로 가는 다른 노선은 뭐야?" 마이크가 지하철 노선표로 다가가며 물었다.

"없어. 그냥 다른 역으로 가야 해." 폴리가 재빨리 생각하며 말했다. 캐넌 스트리트 역이 가장 가까웠지만, 그곳은 폭격을 당했다. 그게 몇 시인지는 알지 못했다. "블랙프라이어스 역으로 가야 해." 폴리가 말했다. "이쪽이야."

폴리는 그들을 데리고 플랫폼으로 갔다. "블랙프라이어스 역에서는 불이 나지 않은 거지?" 에일린이 물었다.

"응." 폴리는 실은 모르면서도 그렇다고 대답했다. 그러나 이제 겨우 5시가 지났을 뿐이었다. 지금은 화재가 나지 않았을 것이다.

"블랙프라이어스 역에서 세인트폴 대성당까지는 얼마나 멀어?" 마이크가 물었다.

"걸어서 10분이야."

"그리고 여기서 블랙프라이어스 역까지는, 얼마나? 10분?"

폴리가 고개를 끄덕였다.

"좋아, 아직 시간은 충분해." 마이크가 말했고, 플랫폼을 향해 걸어갔다.

하지만 그들은 간발의 차이로 지하철을 놓쳤고, 다음 지하철까지 15분을 기다려야 했으며, 블랙프라이어스 역에 내렸을 때는 담요를 펼치고 피크닉 바구니들을 풀고 있는 수십 수백 명의 대피객들 틈을 비집고 나아가야 했다.

'아, 이런, 사이렌이 벌써 울린 거야.' 북적이는 사람들을 보며 폴리가 생각했다. '그리고 역무원은 우리를 내보내지 않을 거야.'

넝마를 걸친 아이들이 옆을 달려갔고, 폴리는 마지막 아이를 붙잡고 물었다. "사이렌이 울렸니?"

"아직요." 아이가 말하며 몸을 비틀어 폴리에게서 벗어나더니 다른 아이들을 뒤쫓아갔다.

"서둘러." 폴리가 몰려드는 사람들 사이를 헤치고 나가며 말했다. 오늘 밤에 폭격이 있으리라는 예감이 든 사람은 오웬스 부인만이 아닌 게 분명했다.

폴리는 마이크와 에일린을 이끌고 재빨리 출입구로 갔다. 폴리는 당장에라도 사이렌이 울릴까 두려웠다. 그리고 설사 밖으로 나갈 수 있다 할지라도 너무 어두워서 아무것도 보이지 않을 것이다. 세인트폴 대성당 주위의 좁고 복잡하고 막다른 골목투성이인 거리는 밤은 고사하고 대낮에도 제대로 길을 찾기 어려웠다.

하지만 계단을 올라 거리로 나오자, 탐조등 불빛이 비치는 하늘을 배경으로 세인트폴 대성당 돔의 윤곽이 뚜렷하게 보였다. 그들은 그곳을 향해 언덕을 올랐다.

'우리는 진짜로 해낼 거야.' 폴리가 생각했다. 그건 폴리의 의심이 옳다는 뜻이었다. 던워디 교수와 바솔로뮤 씨, 그리고 콜린까지 모두가 이들에게 일어난 일들에 대해 지난 몇 년간 비밀을 지켜왔으며, 비밀을 지키기 위해 그들을 기꺼이 희생시킬 의향이었다는 뜻이었다.

'울트라 작전처럼.' 폴리가 생각했다. 수백 수천 명이 오랫동안 그 비밀을 지켜냈다. 비밀의 엄수가 전쟁에서 이기는 데 절대적으로 중요했기 때문이다. 만약 그들이 이곳에 갇힌다는 사실이, 그리고 옥스퍼드로 돌아간다는 사실이 무슨 이유에선가 시간 여행을 위해 반드시 비밀로 지켜져야 했다면? 혹은 역사를 위해 반드시 비밀로 지켜져야 했다면? 그래서 그들이 아무 얘기도 듣지 못했던 것이고, 희생되어야 했던 거라면….

"지금 몇 시야?" 마이크가 물었다.

폴리가 눈을 가늘게 뜨고 자기 손목시계를 보았다. "6시."

"잘됐네, 아직 시간은 충분…." 마이크가 말을 하는데 사이렌이 날카롭게 울리기 시작했다.

'이럴 줄 알았어.' 폴리가 생각하고는 걸음을 빨리했고, 마이크와 에일린이 그 뒤를 따랐다.

"아직 사이렌일 뿐이잖아." 마이크가 헐떡이며 말했다. "아직 비행기들이 오려면 20분이 남았어. 그렇지?"

'모르겠어.' 폴리가 생각하며 언덕 꼭대기를 향해 전속력으로 달렸다. '제발 20분이 있기를. 그러면 충분해.'

그들에게 20분의 시간은 허락된 듯했다. 그들이 루드게이트 힐 꼭대기에 거의 도착해서야 탐조등들이 본격적으로 켜지기 시작했고, 그들이 대성당을 둘러싼 강철 울타리에 도착했을 때까지도 방공포는 발포를 시작하지 않았다. 그런데 런던의 다른 모든 강철 울타리가 철거되어 고철 모집운동에 기부된 속에서도 왜 이곳의 강철 울타리만은 그대로 살아남은 걸까? 이 울타리도 철거되었더라면 그들은 손쉽게 북쪽 수랑으로 통하는 문으로 들어갈 수 있었을 텐데 말이다. 어쩔 수 없이 셋은 울타리를 빙 둘러 서쪽 현관으로 가야 했다.

폴리가 울타리를 따라 걷기 시작했다. "젠장." 마이크가 뒤에서 말했다.

"왜 그래?" 폴리가 말했고, 곧이어 마이크가 왜 그렇게 말했는지를 깨달았다. 비행기의 윙윙거리는 소리가 들렸다. "아직 시간이 있어. 가자." 그리고 폴리는 모퉁이를 돌아 서쪽 현관으로 갔고, 넓은 계단을 올랐다. 계단 위에는 크리스마스 트리가 있고, 그 뒤로 서대문이 보였다.

"거기, 당신들!" 그들 뒤에서 남자 목소리가 외쳤다. "당신들 지금 어디로 가는 겁니까?" 가림막을 댄 회중전등이 내는 좁은 빛이 폴리를 비췄고, 이윽고 마이크와 에일린을 비췄다. 공습 대비대 헬멧을 쓴 남자가 계단 발치의 어둠 속에서 나타났다. "당신들 지금 밖에 나와 뭐하는 겁니까? 방공호로 가세요. 사이렌 소리 못 들은 겁니까?"

"들었습니다." 마이크가 말했다. "저희는…."

"제가 방공호로 데려다주겠습니다." 감시원이 폴리를 향해 계단을 오르기 시작했다. "이리 오십시오."

'또 이럴 수는 없어.' 폴리가 생각했다. '이제 거의 다 왔는데 여기서 이럴 수는 없어.'

폴리는 계단을 힐끗 올려다보며 감시원에게 잡히기 전에 남은 계단을 올라 포치를 지나 문 안으로 들어갈 수 있을지 가늠해 보았다. 안 될 거 같았다. "저희는 방공호를 찾는 게 아니에요." 폴리가 말했다. "저희는 친구를 찾고 있어요. 세인트폴 대성당에서 화재 감시원으로 있는 친구예요."

"그 친구와 꼭 이야기해야 합니다." 마이크가 말했다. "긴급한 상황입니다."

"저것도 그렇습니다." 감시원이 엄지손가락으로 하늘을 찔러 보이며 말했다. "저 비행기들 소리 들리십니까?"

그 소리를 못 듣는 건 불가능했다. 비행기들은 거의 머리 위에 있었고, 폭격에 대비해 화재 감시원들은 이미 지붕으로 향하고 있을 것이다.

"저 비행기들은 곧 이곳에 도착할 겁니다." 감시원이 말했다. "그리고 화재 감시원들은 정신없이 바빠질 겁니다. 잡담이나 나누고 있을 시간이 없어요." 감시원은 폴리에게 손을 내밀었다. "자, 세 분 모두 오세요. 근처에 방공호가 있습니다. 모셔다드리겠습니다."

"당신은 이해하지 못하세요." 에일린이 말했다. "우리는 친구에게 메시지만 전하면 돼요."

"1분이면 됩니다." 마이크가 계단을 뒷걸음질 쳐 옆쪽으로 움직이며 말했다. 감시원의 시선을 자기 쪽으로 돌리기 위해서였다.

'마이크가 일부러 자기에게로 감시원의 주의를 끌고 있어.' 폴리가 생각했고, 조용히 뒷걸음질해 넓은 돌계단을 한 칸, 또 한 칸 올라갔다. 점점 커지며 발소리를 가려주는 비행기 엔진의 으르렁거리는 소리에 내심 고마웠다. "저는 그 친구를 어디 가면 찾을 수 있는지 정확히 압니다." 요란한 소음을 뚫고 마이크가 감시원에게 외쳤다. "눈 깜짝할 사이에 들어갔다 나올게요."

폴리는 다시 계단을 한 칸 올라갔다.

폴리 뒤에서 대공포가 발포를 시작했고, 감시원은 그 소리에 고개를 돌리다가 폴리를 보았다. "거기 당신, 지금 뭐하는 겁니까?" 감시원이 서둘러 계단을 올라왔다. "지금 셋 다 뭐하자는 겁니까?"

그들 위로 낯선 '쉬익' 하는 소리가 들렸다. 폴리는 고개를 들었고, '저게 폭탄이면 이런 행동을 하면 안 되는데.'라고 생각했다. 이어서 부엌에 있는 모든 냄비와 프라이팬들이 한꺼번에 바닥에 떨어진 것처럼 요란한 소리가 났다.

폴리와 감시원 사이 계단에 뭔가가 떨어졌고, 불꽃을 격렬하게 뿜어댔다. 폴리는 청백색 빛에 눈이 멀지 않도록 손으로 눈을 가리고 그것에서 물러섰다. 감시원도 펄쩍 뛰어 물러섰다. 그것은 빙빙 돌면서, 녹아내린 별들을 사방으로 뿜어댔다.

'저것 때문에 크리스마스 트리에 불이 붙을 거야.' 폴리가 생각했고, 휴대용 손 펌프를 가지러 몸을 돌려 성당으로 뛰어가려다가 이게 기회라는 사실을 깨달았다. 폴리는 계단을 쏜살같이 올라가 포치를 가로질러 문으로 갔다. 그녀는 문 손잡이를 잡았다.

"어이! 거기 당신!" 감시원이 외쳤다. "이리 당장 돌아와요!"

폴리는 육중한 문을 잡아당겼다. 문은 꿈쩍도 하지 않았다. 그녀는 다시 문을 잡아당겼고, 이번에는 문이 아주 살짝 열렸다.

폴리는 마이크와 에일린을 힐끗 돌아보았지만, 소이탄이 흔들리며 이리저리 격렬한 불꽃을 뿜어냈기 때문에 둘이 그 옆을 지나오는 건 위험해 보였고, 감시원은 이미 폴리를 거의 따라잡은 상태였다.

"가!" 마이크가 손을 흔들며 말했다. "우리는 나중에 따라갈게!"

폴리는 몸을 돌려 대성당의 어둠 속으로 달아났다.

28

오늘 밤, 독일 제국의 폭격기들이 런던을 폭격했으며,
가장 피해가 심한 곳은 그 중심부로…,
세인트폴 대성당은 지금 제가 말을 하는 중에도
잿더미가 되어가고 있습니다.

— 에드워드 R. 머로우, 라디오 방송, 1940년 12월 29일

세인트폴 대성당, 1940년 12월 29일

폴리 뒤로 문이 철컹하며 닫혔다.

대성당 안은 칠흑처럼 어두웠다. 돔 아래에는 화재 감시원들이 방향을 알 수 있도록 조명이 있어야 했지만, 아무런 조명도 보이지 않았다. 폴리는 아무것도 볼 수 없었다. 또한 폴리는 등 뒤에서 문이 닫히는 소리가 메아리치는 것을 빼고는 아무런 소리도 들을 수 없었다. 비행기 소리도, 푸드덕거리는 소이탄 소리도, 아무 소리도, 심지어 사이렌 소리도 들리지 않았다.

하지만 감시원은 계단에서 폴리 바로 아래에 있었다. 당장에라도 그가 문을 열고 들어올 수 있었다. 폴리는 숨어야 했다.

폴리는 잠시 멈추어 눈이 적응하기를 기다리며 이곳이 대성당의 어느 쪽과 통하는지 기억을 더듬었다. 렌의 기하학적 계단은 아니었다. 그곳은 막혀 있었다. 그리고 '세상의 빛'은 뒤에 숨기에 너무 작았다. 험프리스 씨에게 이곳을 안내받을 때 좀 더 집중해 듣지 않았던 게 후회될 따름이었다.

폴리는 여전히 아무것도, 윤곽조차도 볼 수 없었다. 그녀는 마치 아이들이 장님 놀이를 할 때처럼 두 팔을 앞으로 내밀어 벽을 찾으려 애썼다. 돌, 이윽고 빈 공간, 그리고 촘촘히 세워진 쇠막대기들. 예배당 철창문이었다. 폴리는 예배당으로 어서 들어가고 싶은 마음에 서둘러 쇠막대들을 더듬었고, 철창문이 열리는 것을 느꼈다.

폴리는 더듬거리며 곧바로 예배당으로 들어갔다. 예배당에는 제단이 있었고, 그 뒤로는 조각된 높다란 장식벽이 있었다. 폴리는 그 뒤에 숨을 수 있었다.

폴리는 나무로 된 뭔가에 무릎을 세게 부딪쳤다. '장궤틀이구나.' 폴리가 몸을 숙여 허리 높이의 장궤틀 정면을 만져보며 생각했다. 장궤틀은 예배당 양쪽으로 있었고, 그건 제단이….

어디선가 문이 열렸다. 폴리는 얼른 장궤틀 뒤로 가서 몸을 웅크리고 숨을 죽인 채 귀를 기울였다.

목소리가 들렸지만 너무나 나직한 데다 일그러져 들려 알아들을 수 없었고, 다른 목소리가 대답했다. 이윽고 걸음 소리가 들렸다. 아까 그 감시원일까? 아니면 화재 감시원이 순찰하는 걸까?

화재 감시원이 분명했다. 걸음 소리가 더 들렸지만, 이번에는 훨씬 빨랐고 멀어지는 소리였다. 이윽고 문이 닫히는 소리가 들렸다. 폴리가 들어왔던 그 육중한 문이라기에는 소리가 너무 조용했다.

폴리는 마이크나 에일린 또는 둘 모두가 감시원을 피해 안으로 들어오기를 바라며 잠시 기다렸다. 그 둘은 존 바솔로뮤가 어떻게 생겼는지 알았고, 마이크는 화재 감시원으로 자원한 사람인 척할 수 있었다. 화재 감시원에 여자는 없었고, 설사 폴리가 지붕에 올라가는 방법을 안다 할지라도 폴리가 지붕 위에서 존 바솔로뮤를 찾아다니는 동안 화재 감시원들이 가만히 보고만 있을 리가 없었다.

하지만 폴리는 성당 지하실에는 어떻게 가는지 알았다. 그곳 책임자를 통해 바솔로뮤 씨에게 메시지를 전할 수 있을 것이다.

폴리는 장궤틀 뒤에서 조심스레 기어 나와 복도나 그 너머 본당을 비추는 회중전등 빛이 없는 걸 확인한 뒤 더듬거리며 철창문 쪽으로 갔다.

그때 갑자기 빛이 얼굴을 비췄다. 폴리는 눈이 부셔 아무것도 볼 수 없었다. 폴리는 급히 장궤틀로 숨으려다가 다시 무릎을 세게 부딪쳤고, 이윽고 자신이 본 빛의 정체를 깨달았다. 화염이었다. 마치 누군가가 조약돌 한 줌을 던진 듯이 머리 위로 덜그럭거리는 소리가 들렸고, 그 소리에 폴리는 위를 쳐다보았다. 지붕 위에 소이탄들이 있었다. 그리고 돔 쪽에서 목소리가 들렸고, 문을 거세게 닫는 소리와 계단을 뛰어 올라가는 걸음 소리가 더 들렸다.

여전히 앞이 안 보이는 채, 폴리는 철창문을 더듬어 찾은 뒤 아무 소리도 내지 않으려 애쓰며 문을 열었다. 그리고 본당으로 들어와 1분쯤 서 있으며 눈이 회복되길 기다렸다. 눈이 회복되자 아치며 본당 저편에 벽돌로 막아둔 웰링턴 기념비와 성가대석들의 어두침침한 윤곽이 간신히 보였고, 폴리는 두 눈이 마침내 어둠에 적응한 게 분명하다고 생각했다. 하지만 뒤를 힐끗 돌아보자, 창문들이 노랗게 빛나고 있었다.

'불이 났어.' 폴리는 불빛이 고마웠지만, 또한 그 때문에 죄책감이 들었다. 그 빛 덕분에 폴리는 육중한 기둥의 기부 옆 물이 가득 든 양철통, 또는 기둥에 기대어 둔 휴대용 손 펌프들에 부딪히지 않을 수 있었다.

'오늘 밤에는 이 모든 것들이 필요할 거야.' 폴리는 서둘러 남쪽 복도를 따라가 '세상의 빛'을 지났다. 너무 어두운 탓에 그림은 등 말고는 아무것도 보이지 않았다. 등은 침침한 황금색으로 이글거렸지만, 창문들에서 들어오는 빛은 계속 더 밝아지면서 점점 더 주황색으로 바뀌었으며, 이제는 북쪽 수랑에서도 빛이 들어오고 있었다.

본당 복도에 있으니 비행기들의 엔진 소리가 들렸고, 엔진 소리 사이로 간간이 방공포의 쿵쿵거리는 소리가 났다. 폴리가 줄지어 있는 목제 의자들을 지날 때 다시 소이탄들이 덜그럭거리며 지붕에 떨어지는 소리가 들렸다. 그 소리가 너무나 요란해서 폴리는 위를 쳐다보며 소이탄이 자기 앞의 대리석 바닥에 떨어질 거라 생각했지만, 더 이상 화재 감시원들이 뛰어다니는 소리가 들리지 않았다. 화재 감시원들은 이미 모두 지붕으로 올라간 게 분명했다.

폴리가 방금 들어왔던 대성당 끝부분에서 문이 육중하게 닫히는 소리가 들렸는데, 이번에는 분명히 바깥으로 통하는 문이었다. 폴리는 숨을 곳을 찾아 황급히 주위를 둘러보았고, 이윽고 가장 가까운 기둥 뒤로 숨어 기둥에 몸을 바짝 붙인 채 귀를 기울였다. 누군지는 모르겠지만 폴리 쪽으로 달려오고 있었다. 그는 본당 중앙까지 곧장 달려왔고, 대리석 바닥에 발소리가 울렸다.

폴리는 기둥에서 몸을 살짝 떼고 그를 보았다. 만약 화재 감시원이라면 바솔로뮤 씨에게 데려가달라고 부탁할 수 있었다. 빛이 부족해 그리 잘 보이진 않았지만, 그가 코트를 입었다는 것은 알 수 있었다. 그가 달리자 코트 자락이 다리에서 펄럭였다. '마이크야.' 폴리가 생각했다.

아니, 마이크가 아니었다. 그는 다리를 절지 않았다. 방공호를 찾는 사람인가? 사람들은 이 성당 지하실을 방공호로 썼지 않았나? 하지만 지금 이 사람이 누구든 간에, 그는 자신이 가는 곳을 정확히 알았다. 그는 저녁 예배를 위해 배열해둔 접이식 목제 의자들의 열 사이를 달려 돔으로 향했다.

화재 감시원이 분명했다. 폴리는 기둥 뒤에서 달려 나왔지만, 그는 이미 넓은 실내를 가로질러 돔 아래에 있었다. "잠깐만요!" 폴리가 외쳤다. "선생님!" 폴리는 그의 뒤를 쫓았지만, 그는 이미 어둠 속으로 사라지고 없었다.

문이 쾅하고 닫히는 소리가 들렸다. 어디지? 그가 남쪽 성가대석 복도나 수랑으로 간 건가? 폴리는 양쪽으로 뻗은 수랑의 두 팔 중 가까운 쪽으로 먼저 달려갔다가 반대쪽으로도 가보며 문을 찾아보았다. 속삭임의 회랑으로 올라가는 계단이 이곳 어딘가에 있었지만, 폴리는 그 계단이 지붕까지 통하는지는 알지 못했다.

폴리는 지하실로 통하는 계단을 하나 찾았지만, 계단은 보통 문이 아니라 철창문으로 막혀 있었고, 폴리가 들은 소리는 분명히 보통 문소리였다. 문은 성가대석 어딘가에 있는 게 분명했다. 폴리는 그쪽으로 가기 시작했다.

그리고 검은 로브를 입은 젊은 남자와 부딪혔다. 폴리는 놀라 펄쩍 뛰어올랐고, 그 남자도 그랬지만, 그는 금세 평정을 되찾았다.

"방공호를 찾고 계셨습니까, 아가씨? 이쪽입니다." 그는 폴리의 팔을 잡고 지하실 계단으로 다시 향했다.

"아니요, 저는 사람을 찾고 있어요." 폴리가 말했다. "화재 감시원이에요."

"화재 감시원들은 지금 모두 근무 중입니다." 그는 마치 폴리가 약속을 잡으려 했다는 듯이 대답했다. "내일 다시 오시면…."

폴리는 고개를 저었다. "그 사람하고 지금 이야기를 해야만 해요. 그 사람 이름은 존 바솔로뮤예요…."

"죄송하지만, 저는 화재 감시원들 이름은 거의 모릅니다." 그가 철창문의 빗장을 열며 말했다. "저는 오늘 밤만 부족한 일손을 도우러 나온 거라서요."

"험프리스 씨가 여기 계신가요?"

"그분이 지금 근무 중이신지 모르겠습니다. 말씀드렸듯이 저는 오늘 밤만…."

"그러면 저와 이야기할 수 있는 책임자가 있나요?"

"아니요. 안타깝지만 매튜스 주임 사제님과 앨런 씨 모두 지붕 위에 올라가 계십니다. 오늘 밤 공습은 아주 심합니다. 방공호는 이 계단 아래에 있습니다." 그가 말하며 앞서가라고 손짓했다.

"저는 방공…." 폴리가 말을 시작했지만, 곧 마음을 바꿨다. 이 남자가 자신을 본당 밖으로 데리고 나가 공습 대비대 감시원에게 넘기는 상황은 피해야 했다.

그들은 돌계단을 내려가기 시작했다. "발조심 하세요." 그가 말했다. "이 계단은 조명이 밝지 않습니다. 등화관제 때문에요."

'조명이 밝지 않다'는 아주 좋게 표현한 것이었다. 첫 번째 계단참 아래로는 아예 조명이 없었고, 폴리는 차가운 돌벽을 손으로 더듬거리며 계단을 내려가야 했다.

"저는 성가대원입니다. 자원봉사자 한 명이 아파서 매튜스 주임 사제님이 저에게 도와달라고 하셨습니다. 거의 다 왔습니다." 남자가 어둠 속에서 발을 딛는 데 편하도록 말을 덧붙인 뒤, 폴리를 위해 검은 커튼을 걷어 젖혔다.

폴리는 지하실로 들어섰다. 아치형 천장과 바닥의 무덤들에도 불구하고 그곳은 지하실 같아 보이지 않았다. 그곳은 공습 대비대 지부 같아 보였다. 나무 탁자에는 파라핀 램프가 있었고, 탁자 옆으로는 주전자가 올려진 가스풍로가 놓였다. 탁자 뒤쪽으로는 간이 침상들이 줄지었고, 그 뒤로 고리들에는 위아래가 붙은 작업복들과 헬멧들이 걸렸다. 하지만 화재 감시원은 아무도 보이지 않았다.

"밤에 잠시 쉬며 차 한잔하러 돌아오나요?" 폴리가 물었다.

"오늘 밤에는 그럴 거 같지 않습니다." 그는 말하며 낮은 천장을 올려다보았다. 천장을 통해 비행기들의 윙윙거리는 소리가 희미하게 들렸다. "방공호는 이쪽입니다."

그는 폴리를 이끌고 웰링턴의 무덤이 분명한, 검은색과 황금색이 섞인 거대한 석관을 지나 서쪽 끝으로 갔다. "이렇게 폭탄이 떨어져대니 화재 감시원들은 밤새 지붕 위에 있을 것 같네요."

"그러면 당신이 올라가서 존 바솔로뮤 씨에게 제가 꼭 해야 할 말이 있다고 전해주실 수 있나요?"

"올라가요? 지붕에 말씀이십니까?" 그는 고개를 저었다. "저는 지붕에 어떻게 올라가는지 전혀 모릅니다. 그래서 매튜스 주임 사제님이 저에게 이곳을 맡기신 겁니다. 방공호는 바로 이곳입니다." 그가 덧붙여 말하며 교회 끝쪽에 모래주머니를 쌓아놓은 아치로 데려갔다. 그곳에는 대여섯 명 정도 되는 여자들과 어린 남자아이 한 명이 한쪽 벽에 모여 접이식 의자들에 앉아 있었다.

"여기 또 한 분 오셨습니다." 성가대원이 그들에게 말했다. 그는 폴리에게 설명했다. "이 여성분들은 월팅 스트리트의 방공호에서 피신해 오셨습니다."

"그곳에는 불이 났어요." 그곳을 떠나와야 했던 게 못내 아쉽다는 듯한 목소리로 소년이 말했다.

"여기 계시면 안전합니다." 성가대원이 모두에게 말했고, 화재 감시원 본부로 서둘러 돌아갔다. 하지만 위층으로 올라가지는 않았으며, 올라갈 것 같지도 않았다. 그는 주전자에 차를 끓이고 있었다.

폴리는 지하실 이쪽 끝에도 계단이 있는지 살폈지만 보이지 않았다. 이제 어쩐다? 화재 감시원이 이곳에 내려올 때까지 마냥 기다렸다가 존 바솔로뮤에게 메시지를 전달해 달라고 설득을 해야 하나?

하지만 위에서 들리는 소리로 판단할 때, 화재 감시원이 내려올 가능성은 없어 보였다. 머리 위에선 점점 더 많은 소이탄이 불꽃을 뿜는 소리가 들렸고, 비행기들의 으르렁거림은 여기에서조차도 점점 크게 들렸다. "세인트폴 대성당이 불에 타버릴까요?" 소년이 자기 어머니에게 물었다.

"그럴 리 없어." 아이 어머니가 말했다. "이곳은 돌로 지어졌는걸."

하지만 그건 사실이 아니었다. 세인트폴 대성당에는 목제로 된 내부 지붕, 목제 기둥, 목제 들보, 목제 성가대석, 목제 스크린, 목제 의자들이 있었다. 그리고 지붕들 사이 공간은 손이 닿기 어려워, 마치 소이탄들이 뚫고 들어가 자리를 잡기 좋도록 설계한 것처럼 보일 지경이었다. 그리고 바로 그런 일이 생길까 봐 화재 감시원들이 미친 듯이 바쁘게 일을 하고 있었고, 앞으로도 밤새 그렇게 일을 해야 할 것이다. 성가대원 말이 옳았다. 화재 감시원들은 아침이 되기 전에 내려올 수 없을 것이다.

폴리는 그렇게 오랫동안 기다릴 수 없었다. 하지만 지붕에 가기 위해서는 성가대원을 지나가야만 했다. 그리고 여기 방공호로 피신 온 사람들에게서 떠나야 했다. 어려울 것이다. 소년이 지하실을 잠깐 서성이자 아이 어머니가 아이를 앉히며 말했다. "이곳 책임자가 우리는 이쪽에만 있어야 한다고 하셨어."

"무덤들을 보고 싶었던 것뿐이에요." 소년이 말했고, 그 말에 폴리는 좋은 수가 떠올랐다.

"'세상의 빛' 그림을 그린 화가 무덤이 이곳에 있나요?" 폴리는 딱히 누구라고 정하지 않고 모두에게 물었고, 북쪽 벽에 있는 기념 명판을 읽으러 가서 천천히 명판들을 따라 걸으며 기회가 오길 기다렸다.

성가대원은 손목시계를 보았고, 가스풍로에서 주전자를 내렸고, 격실 한 곳으로 사라졌다. 폴리는 다음번 소이탄들이 떨어질 때까지 기다렸고, 사람들이 소이탄 떨어지는 소리에 자신들도 모르게 천장을 바라볼 때 옆 격실로 재빨리 들어가 벽에 붙어 지하실을 따라가며 1층 또는 더 위층으로 올라갈 다른 방법이 있는지 찾았다.

격실 중 두 곳은 모래주머니 더미들이 뭔가를 가리고 있었다. 파이프 오르간인가? 수의를 입은 존 돈? 그리고 그 옆으로는 자물

쇠가 잠긴 철창문이 있었다. 하지만 다음 격실에는 삽과 밧줄 더미들, 물이 담긴 커다란 통이 하나 있었다. 그리고 계단이 보였다.

폴리가 내려왔던 계단과 쌍둥이처럼 똑 닮은 계단이었고, 그건 1층까지밖에 올라갈 수 없다는 뜻이었다. 그래도 지하실은 빠져나갈 수 있을 것이다. 성가대원에게서도. 폴리는 그다지 어둡지 않은 계단을 재빨리 달려 올라가 북쪽 수랑으로 나왔다.

그리고 성가대원의 두 팔에 잡혔다. "그쪽이 아닙니다, 아가씨." 성가대원이 두 손으로 폴리를 잡으며 말했다. "이쪽으로 내려오십시오."

성가대원은 폴리를 데리고 계단을 내려갔다.

"저는 단지…."

"어서요." 그가 말했다. 그는 화난 듯이 보이지 않았다. 다만 아주 서두를 뿐이었다.

성가대원은 최대한 빨리 폴리를 데리고 지하실을 가로질러 다른 사람들이 앉아 있는 방공호로 갔다. "다들 주목하세요." 그가 말했다. "소지품들을 챙기세요. 이 건물에서 나가야만 합니다."

여자들은 소지품들을 챙기기 시작했다. "오늘 밤에 두 번째로 이동하는 거예요." 여자들 가운데 한 명이 지긋지긋하다는 투로 말했다.

"세인트폴 대성당에 불이 났어요?" 소년이 물었다.

성가대원은 대답하지 않았다. "이쪽입니다." 그가 말했고, 북서쪽 모퉁이의 후미지고 좁은 문으로 사람들을 인도했다. "다른 방공호로 안내해 드리겠습니다."

"하지만 당신은 이해하지 못하세요." 폴리가 말했다. "저는 바솔로뮤 씨와 이야기를 해야만 해요."

“바솔로뮤 씨와는 밖에서 이야기하실 수 있습니다.” 사람들을 문밖으로 내보내며 그가 말했다. “화재 감시원들도 건물을 비우고 밖으로 대피하는 중입니다.”

화재 감시원들이? 왜 그 사람들이 대피하지? 화재 감시원들은 소이탄을 끄는 게 임무였다. ‘상관없어.’ 폴리는 생각했다. ‘어쨌건 바솔로뮤 씨와 이야기를 할 수 있다는 뜻이니까.’

“화재 감시원들이 이쪽으로 나오나요?” 폴리가 물었다.

“아니요. 본당을 통과해 나올 겁니다. 그게 더 빠르거든요.” 성가대원이 말하며 폴리를 밀어 문밖으로 나가게 했고, 함께 짧은 계단을 올라 지상으로 나와 바깥으로 통하는 문으로 나왔다. 그들은 폭격기의 윙윙거리는 소리, 화재 경종 울리는 소리, 귀청을 찢을 듯한 방공포 발사 소리, 바람 소리가 이루는 불협화음이 들리는 대성당 부속 묘지로 나왔다. 바람은 거세게 불며 부속 묘지 바로 뒤 빅토리아식 집에 붙은 불길을 부채질해 화염을 더욱 거세게 만들고 있었다.

그 화염은 대성당 묘지를 으스스한 붉은 색으로 물들였다. 지하실 방공호에 대피했던 사람들은 비석들 사이에 모여 성가대원이 방공호로 안내해주길 기다렸다.

폴리는 그 사람들을 재빨리 지나 모퉁이를 돌아서 성당의 서쪽 면으로 갔다. 화재 감시원들은 이미 도착해 안뜰에 서 있었다. 하지만 수가 너무 많았다. 그야말로 바글바글했다. 그 사람들은 화재 감시원이 아니라 민간인이었다. 그리고 그 사람들 뒤로 소방관들이 패터노스터 로우의 불이 난 몇몇 건물에 물을 뿌리고 있었다. 여기 모여있는 사람들은 불이 난 저 건물들에 있다가 대피할 곳을 찾아온 게 분명했다.

하지만 그 사람들은 세인트폴 대성당으로 들어가려 하지 않았다. 그들은 계단에서 멀찌감치 떨어져 안뜰 한가운데에 서 있었고, 등 뒤의 화재나 머리 위에서 귀청을 찢을 정도로 시끄럽게 윙윙거리는 비행기 소리도 잊은 듯이 보였다. 그들은 고개를 들고 최면에 걸린 것처럼 돔을 바라보고 있었다.

폴리는 사람들의 시선이 향한 곳을 바라보았다. 돔 중간쯤에 청백색 화염이 있었는데, 마치 작은 얼룩처럼 보였다. "소이탄이에요!" 폴리 뒤에 있던 남자가 비행기들의 으르렁거림을 뚫고 외쳤다. "너무 멀어서 화재 감시원들 손이 안 닿겠어요."

"돔에 불이 붙으면…." 폴리 옆에 있던 여자가 말했다. "건물 전체가 횃불처럼 불에 탈 거예요."

'아니, 그렇지 않을 거예요.' 폴리가 생각했다. '세인트폴 대성당은 전소되지 않았어요. 화재 감시원들이 스물여덟 개의 소이탄을 끄고 성당을 구했어요.'

화재 감시원. 폴리는 포치 쪽을 보았지만, 포치에도 계단에도 누구 하나 없었고, 옆문들에서 나오는 사람도 전혀 없었다. 성가대원은 본당을 통해 나오는 것이 더 빠르다고 말했었다. 그건 화재 감시원들이 이미 이곳에, 이 사람들 속 어딘가에 있다는 뜻이었다. 폴리는 사람들 속을 돌아다니며 작업복에 헬멧을 쓴 남자들을 찾아보았다.

"바솔로뮤 씨!" 폴리는 제발 자기 이름을 듣고 이쪽으로 고개를 돌리는 사람이 나타나기만을 바라며 열심히 외쳤다. "존 바솔로뮤 씨!" 하지만 대포와 비행기와 소방차들의 종소리 때문에 너무 시끄러웠다. 폴리는 자기 목소리도 들을 수가 없었다. 그리고 헬멧을 쓴 사람은 하나도 보이지 않았다.

"오, 보세요!" 폴리가 지나가기 위해 밀었던 여자가 외쳤다. "불에 타요!" 폴리는 충격을 받아 고개를 돌려 쳐다보았다. 조그맣던 불꽃은 이제 커다랗고 노란 불길로 변했고, 바람에 펄럭였다. 심지어 폴리가 지켜보고 있는 중에도 그 불은 점점 더 커지고 밝아지는 듯했다.

"불이 붙었어요." 누군가가 말했다.

"어떻게 해볼 수 없을까요?" 어떤 여자가 구슬프게 말했다.

사람들 한가운데에서 어떤 남자가 권위가 담긴 목소리로 말했다. "기도를 해야 할 때인 듯합니다." 그리고 사람들이 조용해졌다. "기도합시다."

매튜스 주임 사제가 분명했다. 성가대원은 매튜스 주임 사제가 지붕 위에 있다고 했었다. 그렇다면 화재 감시원들은 지금 주임 사제와 함께 저곳에 서 있을 것이다.

폴리는 주임 사제의 목소리가 들린 곳으로 향했지만, 불붙은 돔에 홀린 듯 서 있는 사람들은 폴리에게 길을 비켜주려 하지 않았다. 폴리는 매튜스 주임 사제와 화재 감시원들이 서 있는 곳을 보기 위해 사람들을 밀며 대성당으로 달려가 계단을 올라갔다. 에일린의 설명처럼 생긴 사람이 있다면 그 사람이 바솔로뮤 씨일 테니 손을 흔들어서….

폴리는 계단 끝의 가로등 옆으로 가 군중을 훑어보며 성직자 옷깃을 한 이가 있는지 찾아보았다. 매튜스 주임 사제나 화재 감시원은 여전히 보이지 않았다. 폴리는 패터노스터 로우의 화재에서 나오는 주황색 불빛에 비친, 위를 바라보는 얼굴들을 좀 더 잘 볼 수 있도록 약간 오른쪽으로 이동했다. 폴리는 사람들을 살피며 화재 감시원들일 리 없는 사람들은 제외해 나갔다. 여자, 여자,

너무 어리고, 너무 나이 들었….

'오, 맙소사.' 폴리는 무릎에 힘이 풀리며 가로등 기둥을 움켜쥐었다.

그건 던워디 교수였다.

29

어쩜 이렇게 뭐 하나 되는 일이 없을까.

— 윌리엄 셰익스피어, 《햄릿》

세인트폴 대성당, 1940년 12월 29일

에일린은 감시원이 소이탄을 피하며 폴리를 뒤쫓아 계단을 올라가기 시작하는 모습을 지켜보았다. "거기 아가씨! 멈춰요!" 감시원이 폴리에게 외쳤지만, 폴리는 이미 안으로 들어갔고, 등 뒤로 문이 닫힌 뒤였다.

한순간, 에일린은 감시원이 폴리를 쫓아 안으로 들어갈 거라 생각했지만, 소이탄이 갑자기 회전하며 격렬한 불꽃과 녹은 마그네슘 방울들을 뿜어대기 시작했고, 감시원은 걸음을 멈추고 코트며 팔을 마구 털어냈다. 마이크가 돕기 위해 감시원에게 달려가 불꽃들을 때려 껐다.

소이탄은 회전하면서 마이크와 감시원에게로, 그리고 계단 가장자리로 점점 다가갔다.

"조심해요!" 에일린이 외쳤다. 소이탄은 여전히 회전하며 계단 가장자리에서 떨어졌고, 계속 길쭉한 불꽃을 분수처럼 뿜으며 계단 두 개를 내려갔다. 에일린은 본능적으로 소이탄에서 물러서다가 계단에서 떨어졌고, 비틀거리며 균형을 잡기 위해 두 팔을 마구 휘저었다.

또다시 날카롭게 '쉬이익' 하는 소리가 들렸다. "맙소사!" 마이크가 에일린에게 달려가며 외쳤다. "더 떨어지고 있어. 여기서 빠져나가야 해!" 마이크가 에일린의 손을 잡았다. 둘은 소이탄을 에둘러 계단을 달려 올라갔지만, 너무 늦은 뒤였다. 또 다른 소이탄이 문과 그들 사이의 포치에 덜거덕거리며 떨어지더니 지지직거리기 시작했다. 둘은 소이탄에서 뒷걸음질 쳤다.

그리고 곧바로 감시원과 맞닥뜨렸다. "이쪽으로!" 감시원이 외쳤다. "어서요!"

그는 둘의 팔을 잡고 계단을 내려가 대성당 옆쪽으로 돌았다. 감시원이 그들을 재촉하며 언덕을 내려가는 동안에도 소이탄들이 더 떨어지며 부속 묘지의 나무들과 관목들 사이에서, 그리고 길을 따라 번쩍였다.

"우리를 데리고 어디로 가는 겁니까?" 마이크가 외쳤다.

"방공호요!" 비행기들의 으르렁거리는 소음 속에서 감시원이 외쳤다. "건물들에 가까이 붙으세요!"

거리 몇 개 떨어진 곳에서 덜커덕거리는 소리가 다시 들렸고, 아까보다 더 육중하게 쿵 하는 소리가 났다. '고성능 폭탄이야.' 에일린이 생각했다. '하지만 마이크는 모두가 소이탄이라고 말했어.'

그들은 모퉁이를 돌았다. 여자 한 명과 아이 두 명이 문가에 있었다. "이리 오세요." 감시원이 말했고, 그 사람들도 데려가기 위해 마이크의 팔을 놓았다. "이곳을 벗어나야 합니다."

감시원 말이 맞았다. 화재는 이제 온 사방으로 번지고 있었고, 불길 때문에 소이탄의 화려한 백색 빛이 주황색으로 보이는 지경이었다. 그들은 줄지어 선 목조 창고들에서 멀리 떨어지지 않으려 애쓰며 고개를 숙인 채로 더 빨리 뛰었고, 나이 지긋한 남자 둘이 그들 뒤에서 합류했다.

마이크는 달려가며 에일린에게 가까이 몸을 기울였다. "만약 우리가 헤어지면…." 마이크가 말했다. "저 사람과 같이 블랙프라이어스 역에 가서 나를 기다려."

"왜? 넌 뭘 하려고?"

"나는 세인트폴 대성당에 들어갈 거야."

"하지만…." 에일린이 두려운 눈으로 언덕을 올려다보며 말했다. 언덕 꼭대기는 불길이 모든 것을 집어삼키는 중이었다.

"오늘 밤이 아니면 바솔로뮤 씨를 찾을 수 없어." 마이크가 말했다. "그리고 폴리는 바솔로뮤 씨가 어떻게 생겼는지조차 몰라."

"하지만 넌 우리가 함께 있어야 한다고 했잖아."

"맞아. 하지만 혹시 헤어지게 되면 서로를 찾아다닐 시간이 없어. 강하 지점에 갈 때까지 여유가 몇 시간밖에 없어…."

감시원이 고개를 돌려 말하는 탓에 마이크는 말을 멈췄다. "거의 다 왔습니다." 감시원이 옆길을 가리켰다. "여기 모퉁이만 돌면 지상 방공호입니다."

지상 방공호. 폴리는 지상 방공호 가운데 하나가 폭격을 당했다고 말했었다. "블랙프라이어스 역으로 데려가는 거 아니었나요?" 방공포 소리 너머로 에일린이 외쳤다.

"이곳이 더 가깝습니다!" 감시원이 외쳤다.

그들은 모퉁이를 돌아 멈췄다. 블록 끝에 있는 건물은 불이 났고, 위층은 화염에 휩싸여 연기를 뿜었다. 그 건물 앞쪽으로는 소방차 한 대가 좁은 길을 막고 있었다. 그 주위로 소방관들이 소방 호스를 풀어 불길을 향해 물을 뿌렸다. 에일린은 자신도 모르게 뒤로 물러섰고, 다른 소방관과 부딪혔다. "이 거리는 출입 금지입니다!" 소방관이 에일린에게 외쳤고, 이윽고 감시원에게 외쳤다. "이 사람들이 이곳에서 뭐하는 겁니까?"

"필그림 스트리트의 방공호로 데려가는 중이었습니다." 감시원이 변명하듯 말했다.

"이 지역 전체가 출입 제한 구역입니다." 소방관이 말했다. "블랙프라이어스 역으로 데려가셔야 할 겁니다."

"잠깐만요." 다른 소방관이 소방차에서 그들 쪽으로 오며 말했다. 그는 어린 아기를 안고 있었다. 그는 그 아기를 에일린의 두 팔에 안겼다. "자요. 데리고 가세요." 그 소방관은 아기가 마치 소포라도 되는 듯이 말했다.

아기는 즉시 울기 시작했다. "하지만 저는 그럴 수가…." 에일린이 항의하면서 도와달라고 하려고 마이크를 돌아보았다.

마이크는 어디에도 보이지 않았다. 혼란한 틈을 타 폴리를 도우러 간 게 분명했다. 에일린을 여기에 남겨두고. 아기까지 있는데.

소방관은 이미 소방차로 돌아가고 있었다. "잠깐만요. 아기 어머니는 어디에 있나요?" 귀청을 찢을 듯한 아기 울음소리 너머로 에일린이 외쳤다. "아기가 어디에 있는지 어머니가 어떻게 알겠어요?"

소방관은 에일린을 돌아보았고, 다시 불타는 건물을 돌아보더니 슬프게 고개를 저었다.

"자, 갑시다." 감시원이 말했고, 에일린과 다른 사람들을 데리고 사방에 뒤엉켜 있는 듯한 소방 호스를 밟으며 다시 모퉁이를 돌아 언덕을 내려갔다.

아기가 너무나도 큰 소리로 울어댔기에 에일린은 방공포 소리조차 들을 수 없었다. "쉿. 괜찮아." 에일린이 아기에게 속삭였다. "우리는 방공호에 갈 거야."

아기는 두 배는 큰 소리로 울어댔다. '네가 어떤 느낌인지 잘 알아.' 에일린이 생각했다.

부부와 십대 소녀 모두가 서둘러 앞서 나갔고, 감시원은 초조한 듯이 뒤돌아보며 외쳤다. "그 아기를 좀 조용히 시킬 수 없을까요?" 그는 마치 에일린이 등화관제 규칙을 깼다는 듯이 말했다.

그래도 그들은 적어도 블랙프라이어스 역으로 가는 중이었다. 그리고 화염과 탐조등 사이에서 폴리는 앞쪽 거리와 그 아래쪽의 지하철역을 볼 수 있었다. "쉿, 다 왔단다, 아가야. 방공호에 왔어." 에일린이 아기에게 말하며 서둘러 입구를 통과해 계단을 내려가 지하철역으로 들어갔다.

아기는 갑자기 울음을 멈추고는 눈을 비비며 부산한 역을 둘러보았다. 아기는 한 살 정도 되었으며, 검댕투성이였다. '뎄나봐, 그래서 비명을 지르는 거야.' 에일린이 생각하며 포동포동한 팔과 다리를 살폈다.

다친 곳은 없어 보였다. 뺨이 아주 빨갰지만, 그건 아마도 울어서 그런 것이고, 아기는 다시 울 준비를 하는 듯했다. "네 이름이 뭐니?" 에일린이 아기의 주의를 끌기 위해 물었다. "흠? 이름이 뭐야? 그리고 난 널 어쩌면 좋을까?"

에일린은 아기를 믿고 맡길 만한, 정부 기관의 사람을 찾아야만 했다. 에일린은 매표소로 갔다. "저 혹시…." 에일린이 말했고, 아기는 다시 비명을 지르기 시작했다. "이 아기가 어머니를 잃어버렸어요." 아기 비명 속에서 에일린이 외쳤다. "그리고 소방관이 저보고 이 아기를 관계 기관에 데려다주라고 했어요."

"관계 기관요?" 표 판매원이 멍한 표정으로 외쳤다.

나쁜 징조였다. "여기에 양호실이 있나요?"

"구급실이 있어요." 그는 의심이 서린 목소리로 말했다.

"어디에요?"

"동쪽으로 가는 플랫폼에요."

하지만 플랫폼 끝까지 가봤지만 구급실은 없었고, 아기는 그 내내 큰 소리로 울어댔다. "전혀 본 기억이 없는데요." 에일린이 대피해 온 사람에게 묻자 그가 말했다. "여기에 구급실이 있어, 모드?" 그는 웨이브를 넣으려고 핀으로 머리를 말아 올리고 있는 자기 아내에게 물었다.

"아니." 모드가 이로 실핀을 열며 말했다. "디스트릭트 선 홀에 간이 식당이 있어요."

"고맙습니다." 에일린이 말했고, 터널을 따라가기 시작했다. 놀랍게도, 터널에는 아무도 없었다.

'그리 놀랄 일이 아닐지도 몰라.' 에일린은 생각하며 웅덩이를 지났고, 또 하나를 지났다. 천장에서 물이 떨어지고 있었는데, 물이 아닌 게 분명한 냄새가 났다. 에일린은 터널 끝에 있는 계단을 향해 재빨리 뛰어갔다.

반쯤 갔을 때, 갑자기 아이들이 나타나 그녀를 에워쌌다. 6살에서 12살 정도 되는 아이들이 섞여 있었고, 믿을 수 없을 정도로 지저분했다. '소매치기 무리로구나.' 에일린이 생각했고, 핸드백과 아기를 단단히 쥐었다.

"2펜스만 줄래요?" 아이 한 명이 손을 내밀며 물었다.

"미안." 에일린이 말했다.

"아기가 왜 울죠?" 가장 나이 많은 아이가 도전하듯 물었다.

"아파요?"

"아기 이름이 뭐죠?"

"영아 산통인가요?" 다른 아이들이 에일린 주위를 빙글빙글 돌며 한목소리로 물었다.

"너희들이 겁을 줘서 우는 거야." 에일린이 말했다. "그러니 어서 가렴."

"표 파는 사람에게 자기 아기가 아니라고 말하는 걸 들었어." 여자아이가 말했다. "그래서 아기가 우는 걸 거야."

"이 여자가 아기를 꼬집었을 거야." 가장 나이 많은 남자아이가 말했다.

여자아이가 에일린을 돌아 에일린의 등 뒤로 갔다.

"그래서 아기 이름을 말 안 해주는 거야." 가장 어린 아이가 일부러 아까의 여자아이가 없는 쪽을 보며 말했다. 등 뒤로 간 여자아이는 에일린의 핸드백에 조금씩 조금씩 다가가고 있었다. "왜냐하면, 이 아줌마는 아기 이름을 모르거든. 만약 이게 아줌마 아기라면 아기 이름이 뭔가요?"

"마이클." 에일린이 말하고 재빨리 걸어 그곳을 떠났다.

아이들이 달려와 에일린을 따라잡았다. "아줌마 이름은 뭔데요?"

"에일린." 에일린은 걸음을 늦추지 않았고, 모퉁이를 돌아 사람들로 북적이는 계단으로 갔다.

앉거나 기댄 사람들 때문에 계단을 올라가는 것은 거의 불가능했지만, 상관없었다. 아이들은 순식간에 사라졌고, 그래서 에일린은 계단 꼭대기에 역무원이 있는 게 분명하다고 생각하고는 북적이는 사람들 사이로 역무원을 열심히 찾아보았지만, 직원 같아 보이는 사람은 없고 코트와 잠옷을 입은 사람들만 보였다. 공습과 화재를 피해 온 사람들뿐이었다. 에일린은 좀 더 편한 자세로 아기를 고쳐 안고는 계단을 올라 디스트릭트 선의 홀에 들어섰다.

그곳에는 간이 식당도, 구급실도 없었다. "아, 어째." 에일린이 말하고 곧바로 후회했다. 말썽꾸러기 아이들과 흥미로운 만남을 가지는 동안 잠시 진정이 되었던 아기는 다시 울기 시작했다.

"쉿." 에일린은 말했고, 벽감 쪽에 여자 둘이 서 있는 것을 보고 그쪽으로 걸어가 말했다. "이 아기를 적절한 기관에 맡겨야 하는데요." 앞뒤 설명도 없이 에일린이 다짜고짜 말했다. "화재로 어머니를 잃은 아기예요. 하지만 어디로 데려다줘야 할지…."

"여성 의용대 지부에 데려가세요." 여자 한 명이 즉시 말했다. "그곳에서 사고 희생자들을 담당해요."

"어디에 있나요?" 에일린은 주위를 둘러보며 말했다.

"임뱅크먼트 역에요."

"임뱅크먼트 역에요? 어, 하지만…."

"서쪽으로 가는 플랫폼이에요." 여자가 말하고 일행과 함께 재빨리 다른 곳으로 갔다.

'내가 자기들에게 아기를 떠넘길까 봐 그러나.' 에일린이 생각했다.

이제 어쩐다? 아기를 데리고 임뱅크먼트 역까지 갈 순 없었다. 마이크는 에일린에게 이곳에서 자기를 기다리라고 말했다. 만약 마이크가 바솔로뮤 씨를 찾으면….

하지만 아기를 데리고 옥스퍼드로 갈 수는 없었다. 그리고 임뱅크먼트 역은 두 정거장 떨어져 있을 뿐이었다.

하지만 폴리는 지하철 노선 일부가 폭격당했다고 했다. 혹시라도 임뱅크먼트 역에 갔다가 돌아오지 못하게 되면? 그런 위험을 감수할 수는 없었다. 아기를 맡아줄 사람을 이곳에서 찾아야 했다. 에일린은 플랫폼을 두리번거리며 모성애가 강할 만한 사람을 찾아보았다.

한 명 보였다. 그녀는 개수통에서 아기를 씻기고 있었다. "쉿, 착하지, 울지 말렴." 에일린이 말하고 사람들의 신발들, 그리고 스타킹을 신고 쭉 뻗은 발들 사이를 조심스레 디디며 그 여자에게 갔다.

"혹시 도움을 받을 수 있을까요?" 에일린이 수건을 짜고 있는 여자에게 말했다. "이 아기 어머니를 찾고 있어요."

"전 아니에요." 여자가 말하고 자기 아기 얼굴을 씻기 시작했다.

그 아기는 그걸 싫어했다. 아기는 울기 시작했고, 그러자 에일린이 안은 아기도 울기 시작했다. "알아요." 에일린이 아기들 울음소리 너머로 외쳤다. "아기가 한 명 있으니 이 아기도 보살펴줄 수 있지 않을까 생각했어요."

"제 애만 여섯 명이에요." 여자가 비누를 잡아 아기 머리에 열심히 문지르며 말했다. 아기는 더욱더 크게 울어댔다. "더 맡을 수는 없어요. 다른 사람을 찾아보세요."

하지만 에일린이 물어보는 사람마다 자신은 도울 수 없다고 했다. '그냥 아무도 안 볼 때 이 사람들 속에 두고 슬쩍 여기를 떠나야 할지도 모르겠어. 자기 아기가 아니라는 사실조차 모를 거야.'

설령 자기 아기가 아니라는 사실을 알지라도 돌보는 사람이 아무도 없다는 것을 알면 돌봐줄 게 분명했다.

하지만 만약 아무도 돌보지 않으면, 아기가 플랫폼 가장자리로 아장아장 걸어가 철로로 떨어지면 어쩌지?

'결국 아기를 데리고 임뱅크먼트 역으로 가야겠네.' 에일린이 생각하며 플랫폼을 향해 떠났다.

플랫폼은 다른 곳들보다 더욱더 사람들로 붐볐다. 에일린은 피크닉 바구니들을 돌아가고 파체시 보드게임을 넘어가며 조심조심 앞으로 나아갔다. "이봐! 발 조심해!" 누군가 외쳤지만 에일린에게 하는 말은 아니었다. 그는 아까 에일린에게 다가와 말을 걸던 말썽꾸러기들 가운데 두 명에게 소리치고 있었다.

말썽꾸러기들은 파체시 게임판에 아슬아슬하게 발이 걸리지 않으며 에일린에게 달려왔다. 에일린은 본능적으로 핸드백을 꽉 움켜쥐었다. "아까 이름이 에일린이라고 했죠?" 남자아이가 말했다. "이름이 에일린 뭐예요?"

"왜?" 에일린이 진지하게 물었다. "누군가가 나를 찾니? 다리를 절룩이는 키 큰 남자야?"

남자아이는 고개를 저었다.

"아기 어머니가 찾아?" 에일린은 물으면서도 그럴 리 없다고 생각했다. 그때 소방관의 몸짓은 분명 아기 어머니가 죽었다고 암시하고 있었다.

"이 언니가 아기를 꼬집었다고 내가 말했잖아." 여자아이가 남자아이에게 말했다.

"에일린 뭔데요?" 남자아이는 끈질기게 다시 물었다.

"오릴리." 에일린이 말했다. "내 이름이 뭔지 물은 사람이 누군데?" 하지만 아이들은 대답도 없이 이미 피난민들을 풀쩍 뛰어넘고 막 도착한 지하철에서 내리는 사람들 사이를 쏜살같이 달려 플랫폼 저쪽으로 사라지고 있었다.

"승강장 틈을 조심하세요." 승무원이 지하철 문 안쪽에 서서 외쳤다.

지하철 승무원. 에일린은 아기를 데리고 임뱅크먼트 역까지 갈 필요가 없었다. 아기를 승무원에게 주면 그가 여성 의용대 지부에 데려다줄 것이다. 에일린이 저 승무원에게 갈 수만 있다면.

하지만 플랫폼은 사람들로 꽉 찼고 지하철 문은 벌써 닫히고 있었다. "잠깐만요!" 에일린이 외쳤지만, 너무 늦은 뒤였다. '다음 지하철을 기다려야 해.' 에일린은 생각하며 지하철 문이 열리자마자 승무원에게 아기를 맡길 수 있도록 플랫폼 가장자리로 다가갔다.

좀 전까지 훌쩍거리기만 하던 아기는 에일린이 걸음을 멈추자마자 다시 요란하게 울어대기 시작했다. "쉿." 에일린이 말했다. "곧 신나는 기차 여행을 하게 될 거야. 좋겠지?"

아기는 더 큰 소리로 울어댔다.

"멋진 기차를 탈 거야. 그리고 맛있는 우유와 비스킷을 먹을 거고."

"지하철이 오면 말이죠." 옆에 있던 노인이 말했다. "지하철이 끊겼다고 하던데요."

"끊겨요?" 에일린은 철로를 따라 터널 속을 바라보며 어둠 속에서 지하철 불빛을 찾아보았다. 보이지 않았다.

'왜 난 늘 이런 일을 당해야 하는 걸까.' 에일린이 생각했다. '기차를 타고 싶어 하지 않는 아이들을 데리고 절대 오지 않는 기차

를 기다리며 플랫폼에 서 있다니.'

"그 아기는 자야 해요." 노인이 못마땅하다는 듯이 말했다.

"맞는 말씀이에요." 에일린은 이 노인은 어떨까 하며 살펴보았지만, 그는 지쳐 보였다. 그리고 성격도 나빠 보였다. "히틀러에게 말해볼게요." 에일린이 말했고, 지하철을 기다리던 사람들이 기운을 차리고 철로 쪽을 바라보는 것을 깨달았다. 터널에서는 아직 아무 빛도 보이지 않았지만, 희미한 소리가 들려왔고, 바람이 불어와 코트 자락이 흔들렸다.

"저거 보이세요?" 에일린은 노인에게 묻기 위해 돌아섰다. 아기가 갑자기 귀청을 찢을 듯이 비명을 지르며 에일린 팔에서 빠져나오기 위해 버둥거렸다.

"그러면 안 돼…." 에일린이 아기를 끌어안으며 말했다.

"엄마!" 아기가 외치며 작은 두 팔을 뻗었고, 에일린은 플랫폼을 바라보았다.

여자 한 명이 에일린과 아기 쪽으로 달려오고 있었다. 그녀도 아기처럼 두 팔을 뻗고 있었으며, 벽에 기대앉은 피난민들에 발이 걸려 비틀거렸다. 얼굴과 두 팔은 검댕투성이였고 뺨에는 심하게 베인 상처가 나 있었지만, 얼굴은 기쁨으로 밝게 빛났다.

"오, 내 아가!" 여자가 흐느끼며 다가왔고, 노인을 밀치다가 하마터면 노인을 넘어뜨릴 뻔했다.

여자는 에일린의 품에서 아기를 낚아채 꼭 껴안았다. "널 다시는 못 볼 줄 알았는데, 여기 있었구나! 괜찮니?" 여자는 아기를 안은 팔을 펴고 아기를 살폈다. "다친 건 아니지?"

"아기는 괜찮아요." 에일린이 말했다. "좀 놀란 것뿐이에요."

"폭탄이 터지는 충격에 널 놓쳤는데, 그리고는 널 찾을 수가 없었어. 그리고 화재가…. 난 네가….”

“저는 지하철을 타야 합니다.” 노인이 말했고, 에일린은 지하철이 도착한 것을 보고 놀랐다.

노인은 열리고 있는 문으로 가려고 에일린을 밀어냈다.

“승강장 틈을 조심하세요.” 에일린이 아기를 맡기려 했던 승무원이 말했고, 내리기 시작한 승객들이 어머니와 아기에게 부딪혔지만, 둘 다 그런 건 안중에도 없었다.

아기는 좋아서 까르르거렸고, 어머니는 아기를 얼렀다. “엄마는 널 사방으로 찾아다녔어.”

승객 한 명이 서둘러 내리다가 에일린에게 세게 부딪히고는 “미안합니다.”라고 중얼거리며 재빨리 지나갔다. 그 승객이 너무나 빨리 움직였기에 에일린은 그가 플랫폼을 반은 갔을 때야 누군지를 깨달았다. 바로 존 바솔로뮤였다.

그는 화재 감시원 유니폼을 입고 있지 않았다. 그는 코트를 입고 모직 목도리를 걸치고 있었지만, 어쨌든 바솔로뮤가 맞았다. 더 젊어 보였고, 여기 블랙프라이어스 역이 아니라 세인트폴 대성당에 있어야 했지만, 그래도 에일린은 확신했다. 어디 다른 곳에 있다가 공습이 시작되자마자 돌아가고 있는 게 분명했다. 그래서 저렇게 사람들을 밀며 서둘러 가고 있는 것이다. 세인트폴 대성당으로 돌아가기 위해서.

“바솔로뮤 씨!” 에일린이 그를 따라 플랫폼을 달려가며 외쳤다.

그는 고개를 돌리지 않았다. 그는 그냥 사람들을 헤치고 서둘러 계속 나아가 터널 속으로 들어갔다.

‘아, 이런, 바솔로뮤 씨는 이곳에서 다른 이름을 쓰고 있어.’ 에일린이 생각했다. 화재 감시원들을 뭐라고 부르더라? “선생님!”

에일린은 그를 따라 터널을 지나 계단으로 달려가며 외쳤다. “화재 감시원! 기다리세요!”

그는 계단을 절반 정도 올라간 상태였다. “바솔로뮤 선생님!” 에일린이 외쳤고, 파체시 게임판을 질끈 밟았다. 게임판이 엎어지고, 주사위와 나무말들이 사방으로 날아갔다.

“아, 뭐예요!” 게임을 하던 소년들이 말했다.

“미안해!” 에일린은 멈추지 않고 외쳤고, 찻주전자며 신발들을 피해가며 계단을 달려 올라갔다.

“좀 조심하세요!” 에일린이 에스컬레이터로 가기 위해 터널을 따라 달릴 때 누군가가 외쳤다. “여기는 경주로가 아니라고요.”

존 바솔로뮤는 거의 텅 빈 에스컬레이터를 타고 꼭대기에 도착해 이미 내리고 있었다. “바솔로뮤 씨!” 에일린이 절박하게 외치며 움직이는 에스컬레이터 계단을 두 단씩 뛰어 올라갔다.

위로 올라가니, 역은 아이들을 데리고 침구를 들고 가는 사람들로 바글거렸고, 믿기지 않게도 책을 높이 쌓은 무더기를 들고 가는 사람도 하나 있었다. 잠시, 에일린은 바솔로뮤를 볼 수 없었지만, 이윽고 그의 다갈색 머리를 찾아냈다. 그는 회전식 개찰구로 가고 있었다.

에일린은 바솔로뮤를 쫓아 인파를 힘겹게 거슬러 올라가며 외쳤다. “바솔로뮤 씨! 기다리세요!” 하지만 이런 소란 속에서 바솔로뮤가 그녀의 목소리를 들을 수 있을 리 없었다.

에일린은 가운과 잠옷 차림의 여자들 한 무리를 밀며 지나쳐 바솔로뮤를 향해 달렸다. “바솔로뮤 씨….” 에일린이 외쳤고, 그때 말썽꾸러기 두 명이 그녀 앞을 막아섰다.

“에일린 언니가 맞다고 내가 말했잖아.” 비니가 말했다.

"알프, 비니!" 에일린은 말하며 존 바솔로뮤를 절박한 눈으로 바라보았다. 그는 회전식 개찰구를 지나 출구로 향하고 있었다. "나는 지금 이러고 있을 시간이…." 에일린은 아이들을 지나려 했다.

하지만 둘은 에일린 앞을 막고 꼼짝도 하지 않았고, 비니가 그녀의 팔을 잡았다. "언니를 찾아 사방을 다녔어요." 비니가 말했다.

"맞아요." 알프가 도전하듯 팔짱을 꼈다. "내 지도 어딨어요?"

30

따뜻한 밤이 될 겁니다.

— *소방관, 1940년 12월 29일*

루드게이트힐, 1940년 12월 29일

마이크는 공습 대비대 감시원이 자신을 뒤쫓아 오지 않기를 바라며 모퉁이를 돈 뒤 맨 처음 보이는 출입구로 들어가 몸을 바짝 붙였다. 아까 소방관이 감시원에게 소리칠 때 마이크는 건물들에 가까이 있다가 함께 있던 사람들에게서 뒷걸음질을 쳤고, 모퉁이까지 오자마자 방금 그들이 왔던 길을 도로 달려가 가장 가까운 옆길로 들어섰다. 그 길은 좁았고, 또한 조금 전까지 화재의 밝은 빛 속에 있다가 들어온 터라 칠흑처럼 깜깜하기까지 했다. 마이크가 출입구로 몸을 숨긴 것도 그 때문이었다. 눈이 어둠에 적응할 시간을 번 다음, 혹시 누가 뒤쫓아 오는 건 아닌지 확인하기 위해서였다.

뒤쫓아 오는 사람은 없었다. 거리를 끝까지 살펴보아도 아무도 없었다. 마이크는 에일린 역시 알아서 그 감시원에게서 빠져나왔길 반쯤 기대했었다. 에일린을 두고 나오긴 싫었지만, 지금이 아니면 다시 기회가 없을까 봐 두려웠기에 마이크는 혼자 먼저 나왔다. 일단 방공호에 들어가면 나오기까지 시간이 엄청 걸릴 것이었다. 마이크는 세인트폴 대성당에 가야만 했다. 폴리는 존 바솔로뮤가 어떻게 생겼는지 알지 못했고, 게다가 바솔로뮤는 분명 지붕 위에 있을 텐데, 성당 사람들은 결코 여자가 지붕에 오르게 두지 않을 것이다. 소이탄을 실은 비행기들이 또 이쪽으로 오고 있었고, 으르렁거리는 비행기 소리가 순간순간 더 커졌다.

세인트폴 대성당으로 가는 가장 빠른 방법은 감시원과 함께 왔던 길이지만, 마이크는 그 길로 돌아가는 위험을 무릅쓸 수가 없었다. 그 감시원은 아주 끈덕졌다. 마이크가 사라진 사실을 알게 되면 그를 찾으러 다닐 게 분명했다. '다음 길을 통해 가는 게 나을 거야.' 마이크가 생각했다. 마이크는 출입구에서 나와 양쪽을 재빨리 살핀 뒤 달리며 생각했다. '적어도 내 걸음 소리를 누가 들을까 봐 걱정할 필요는 없겠어.' 비행기들의 으르렁거리는 소리가 모든 소리를 집어삼켰다.

백 미터도 가기 전에, 그는 이쪽 길로 오기로 한 결정을 후회했다. 그 길은 갑자기 방향이 심하게 꺾어졌으며, 그 길에서 뻗은 작은 길은 마이크가 가고자 했던 다음 거리가 아니었다. 그 작은 길은 골목 정도 너비밖에 되지 않았고, 다시 그 길에서 여러 다른 길로 통하긴 했지만 모두 훨씬 더 어두운 뒷골목들이었다.

아무것도 볼 수 없었기에 과연 옳은 선택일지는 의심스러웠지만, 여하튼 마이크는 이 미궁에서 빠져나갈 수 있을 것처럼 보이는 골목을 하나 골랐다.

그 골목은 어디로도 연결되지 않았다. 그 골목은 벽돌 담에서 끝났다. 마이크는 투덜거리며 다시 돌아왔다. 존 바솔로뮤가 세인트폴 대성당에 있다는 사실을 왜 2주 전, 또는 두 달 전에 깨닫지 못했을까? 그랬다면 그냥 느긋하게 세인트폴 대성당으로 걸어가 바솔로뮤를 만날 수 있었을 텐데. 마이크는 존 바솔로뮤가 그곳에 있는 걸 알고 있었다. 그냥 혼자 5월일 거라 단정 짓지 말고, 세인트폴 대성당이 거의 잿더미가 될 뻔한 게 언제였냐고 폴리에게 물어봤어야 했다. 또한 존 바솔로뮤의 임무가 뭐였냐고 에일린에게 물어봤어야 했다. 하지만 그때 셋은 모두가 군 비행장에, 그리고 그다음에는 블레츨리 파크에 온 신경을 집중했었다. 그리고 이제, 세인트폴 대성당에 걸어 들어가 폴리가 말한 험프리스 씨에게 존 바솔로뮤를 만나러 왔다고 정중하게 요청하는 대신, 막판이 되어 어둠 속에서 공습 중인 거리를 헤매야만 했다.

마이크는 자신이 어디선가 모퉁이를 돌지 않았다는 사실을 깨달았다. 그는 언덕을 내려가는 길에 들어서 있었고, 그래서 반대 방향으로 돌아갔지만, 어느 틈엔가 길은 다시 굽어 언덕 아래를 향했다. 비행기들의 으르렁거림은 점점 커졌고, 그 소리가 어찌나 큰지 사방으로 떨어지는 소이탄 소리가 잘 안 들릴 정도였다. 소이탄들은 거리 몇 개 너머로 떨어졌지만, 그것들이 내는 번쩍이는 하얀 빛은 부근 전체를 환히 밝혔다.

'잘됐군.' 마이크가 생각했다. '적어도 내가 어디에 있는지 볼 수는 있잖아.' 하지만 눈에 익은 건 전혀 보이지 않았다. 마이크는 방향을 잡기 위해 고개를 들고 세인트폴 대성당의 돔을 찾아보았지만, 좁은 거리 양쪽의 건물들이 너무 높아 찾을 수가 없었다.

마이크는 모퉁이로 달려가보았지만, 그곳에서도 돔은 보이지 않았다. 보이는 것이라고는 불이 타오르며 내는 주황빛을 반사하며 뭉게뭉게 피어오르는 짙은 연기 그리고 그 위의 짙은 구름뿐이었다. 그리고 화염. 사방이 불길이었다. 원래 오늘은 불을 끌 물이 부족한 게 문제가 될 예정이었지만, 이렇게 사방이 불길이어서는 제아무리 물이 많아도 소용이 없을 듯했다.

또다시 소이탄들이 덜그럭거리며 떨어졌고, 마이크는 몸을 피하려고 출입구로 급히 뛰어들었다. 문에는 '해드슨 앤 폴드리 서점은 패터노스터 로우 22번지로 이전했습니다'라는 공지가 붙었고, 다음 거리를 가리키는 화살표가 있었다. 패터노스터 로우는 세인트폴 대성당으로 곧장 통했다.

하지만 그곳 입구와 거리 전체는 화염이 가로막고 있었다. 마이크는 길을 거슬러 그 옆길로 들어섰지만, 그 길은 통하지 않았다. 그래서 다음 길을 시도해보았다.

그리고 패터노스터 로우로 통할 게 분명한 그 길 역시 화염이 가로막고 있었다. 비록 세인트폴 대성당은 여전히 보이지 않아도, 그곳에서 아주 가까이 있는 게 분명했다. 오늘 밤, 돔은 연기와 화염 위로 등대처럼 떠 있어야 했다. 그런데 대체 어디에 있단 말인가? 보이는 건 연기뿐이었다. 그리고 더 많은 화염뿐. 거리 저편은 전체가 불길에 싸여 있었고, 붉은 화염이 창고와 서적 보관소들의 창문에서 혀를 날름거렸지만, 마이크는 다시 돌아갈 만한 시간이 없었다. 그는 세인트폴 대성당에 가야만 했다.

그는 강렬한 열기를 피하려고 고개를 숙이고 길을 따라가기 시작했다.

도끼를 든 남자가 마이크의 소매를 잡았다. "대체 어디로 가려는 겁니까?" 화염의 으르렁거림 너머로 그 남자가 외쳤다.

"세인트폴 대성당요!"

"그쪽 길로는 갈 수 없습니다." 남자가 외쳤다. "이 문을 부수는 걸 도와줘요!"

마이크는 고개를 저었다. "저는 소방관이 아닙니다." 마이크가 외쳤다.

"저도 아니에요!" 남자가 도끼로 문을 치며 외쳤다. "저는 기자입니다. 저는 원래 불을 끄는 게 아니라 이 화재를 취재해야 하지만, 이곳에는 저 말고 다른 사람이 없어요!"

'이러고 있을 시간이 없는데.' 마이크가 생각했다.

"소방관들을 불러올게요." 기자에게서 멀어지며 마이크가 말했다.

"소용없어요! 저게 소방서예요." 기자가 외치며 도끼로 거리 저쪽, 화염에 휩싸인 건물을 가리키더니 다시 도끼로 문을 찍기 시작했지만 별 효과가 없었다. "소이탄 하나가 지붕에 떨어지는 걸 방금 봤어요!"

만약 소이탄이 지붕을 뚫고 아래로 떨어지면, 이 건물 그리고 이 거리의 이쪽 끝 전체는 불이 붙을 것이고, 마이크는 절대로 이곳을 통과하지 못할 것이다. 마이크는 기자에게서 도끼를 받아 문을 찍기 시작했다. 육중한 나무문이 쪼개지기 시작했고, 기자는 모퉁이 가로등에 쌓아둔 모래주머니를 가지러 뛰어갔다.

"공습이 있을 걸 알면서도 왜 모든 건물을 잠가놓았는지 모르겠군요." 모래주머니를 가지고 돌아오며 기자가 말했다. "그리고 물 양동이랑 휴대용 손 펌프를 문밖에 두지 않은 이유는 또 뭐랍니까?"

마이크는 문을 열었다. 기자는 가지고 있던 모래주머니를 마이크의 두 팔에 안기고는 휴대용 손 펌프와 양동이를 집더니 흔들거리는 계단을 재빨리 올라갔다. 마이크도 그 뒤를 따라 서둘러 계단을 올라갔지만, 모래주머니를 안고 위에 올라가 보니 기자는 이미 소이탄을 끈 뒤였다.

마이크는 만약의 경우를 대비해 모래로 소이탄을 덮었다. 기자가 말했다. "이로써 오늘 기사에 내보낼 화재가 하나 줄어들었군요." 하지만 둘이 아래층에 내려오자 이웃 창고에서 난 불이 건물 옆면에 혀를 날름거렸으며, 머리 위로는 또 다른 비행기들이 윙윙거리고 있었다.

"저 소리 들려요?" 마이크는 기자가 필요 없는 말을 한다고 생각했지만, 곧 그가 말하는 게 비행기 소리가 아니라 종소리라는 걸 깨달았다. 소방대였다.

소방차 한 대가 거리로 와 멈추더니 소방관들이 한꺼번에 내려 소화전에 호스를 연결하기 시작했다. 호스에서 물이 뿜어나오는가 싶더니 잦아들며 결국은 물방울만 똑똑 떨어졌다. "수도관에 물이 없습니다." 소방관 한 명이 외쳤다.

"펌프에 연결해." 책임자가 말했고, 소방관들은 호스를 휴대용 펌프에 연결해 불길에 물을 뿌리기 시작했다.

'잘됐어.' 마이크가 생각했다. '전문가들이니까 잘할 수 있을 거야.' 기자도 같은 생각을 하는 듯했다. 기자는 문턱에 두었던 카메라를 집어 들더니 호스로 소방서를 겨냥하는 소방관들을 찍기 시작했다.

마이크는 패터노스터 로우를 통해 대성당으로 곧장 갈 수 있을지 아니면 에둘러 가야 할지를 가늠하며 기자에게서 슬금슬금 멀어졌다. 화염은 더 이상 커지지 않는 듯했지만, 바람이 불기 시작하며 불길을 자극했다.

"이걸 받아요." 소방관이 마이크의 두 손에 소방 호스를 들이밀며 말했다. "이걸 률렌과 디스 소방관에게 가져다줘요."

"저는 소방관이 아닙니다." 마이크가 다시 여기서 지체할 순 없다고 굳게 마음먹으며 말했다. 그는 호스를 다시 소방관에게 밀며 기자에게 해야 했던 말을 했다. "저는 대성당에 가야만 합니다. 저는 세인트폴 대성당 화재 감시원입니다."

그 소방관은 묵직한 노즐과 호스를 마이크의 손에 다시 맡겼다. "그러면 당신은 이곳에 있어야 합니다."

"하지만…."

"만약 여기서 불길을 잡지 못한다면, 대성당에서 아무리 애를 써도 대성당은 절대 구해낼 수 없어요. 이걸 률렌과 딕스에게 가져다줘요." 그가 연기에 가려 보일락 말락 한 소방관 두 명을 가리키며 명령했다. 그들은 15미터 정도 떨어진 창고에 물을 뿌리고 있었다.

'그리고 세인트폴 대성당에도 15미터 더 가까이 갈 수 있겠군.' 마이크가 생각했다.

"주님을 찬양하고 탄약을 전달할지어다." 마이크가 중얼거리고는 어깨에 호스를 멨고, 다른 호스 두 개를 넘어 불타는 잔해 더미를 에두르며 물에 젖은 거리를 절룩절룩 걸어갔다. 마이크는 률렌과 딕스에게 소방 호스를 넘기고 곧바로 이곳을 떠날 계획이었다. 그리고 첫 번째 소방관이 연기 때문에 자신을 보지 못하길 바랐다. 또는 적어도 자신이 출발하고 어느 정도 시간이 지난 뒤에 볼 수 있기를 바랐다.

그들이 끄려고 애쓰는 불길을 넘어갈 수만 있다면 말이다. 그곳은 서점이었다. 문 위에 단철로 된 간판이 보였다. 'T. R. 허버드, 좋은 책들'. 그리고 가게 안은 불바다였다. 창마다 삐져나온 불길이 지붕과 좁은 거리의 중앙을 향해 혀를 날름거렸다.

약하디약한 물줄기를 불에 뿌려대던(물은 불에 닿자마자 증기가 되었다) 뮬렌과 딕스는 마치 불길이 갑자기 자기들에게 달려들까 두렵다는 듯이 길 건너의 창고 근처까지 물러섰고(하지만 그곳 역시 불길에 싸여 있었다), 불길을 피해 헬멧 쓴 머리를 숙이고 있었다.

소방 호스가 뭔가에 걸려 거세게 꿈틀거리며 마이크를 밀쳐댔고, 그 때문에 마이크는 비틀거리다 하마터면 넘어질 뻔했다. 마이크는 호스가 무엇에 걸렸는지 확인하기 위해 절룩이며 호스 쪽으로 갔다. 갓돌이었다. 주위 건물 꼭대기 어디에선가 떨어진 게 분명했다. 마이크는 돌을 발로 차 옆으로 치우고 호스를 다시 뮬렌과 딕스에게 끌고 가기 시작했다. 그 둘은 이제 창고 쪽으로 더 많이 물러났고, 창고는 마치 그들 위로 굽어보는 것처럼 보였다.

건물은 진짜로 그 둘을 굽어보고 있었다. "벽이 무너져요!" 마이크가 외쳤지만 이글거리는 화염과 바람 때문에 마이크조차 자기 목소리를 들을 수 없었다. "거기서 어서 피해요!"

마이크는 소방 호스를 놓고 두 팔을 마구 흔들어댔지만, 그들은 마이크도 보지 못했다. 그들은 고개를 숙인 상태였고, 벽 꼭대기가 그들 위로 마치 파도처럼 무너져 내리기 시작했다.

"조심해요!" 마이크가 외치며 그 사람들에게 뛰어들다시피 몸을 날려 그들을 길 중간으로 밀쳐냈다.

벽이 무너져 내리며 벽돌들이 사방으로 날리고 불꽃이 튀었다.

뮬렌과 딕스는 비틀거리며 일어서 소방복을 털었다. 그들이 들고 있던 소방 호스는 마치 거대한 뱀처럼 몸을 비비 꼬고 버둥거리며 얼음처럼 차가운 물을 마이크와 소방관들에게 뿜어댔다.

마이크는 소방 호스에 달려들었지만, 수압이 너무 세서 혼자 힘으로 잡기에는 버거웠다. "도와줘요!" 마이크가 뮬렌과 딕스에게 외쳤지만, 그들은 한때 창고 벽이었던 벽돌 더미 옆에 그냥 서 있기만 했다.

그들은 마이크에게 뭐라고 외치고 있었다. 그 소리는 '당신이 우리 생명을 구했어요!'라는 말처럼 들렸다.

'아, 이런.' 마이크는 몸부림치는 소방 호스와 씨름하며 생각했다. '하디 경우랑 똑같잖아.'

'하지만 상관없어.' 마이크는 생각했다. '우리는 전쟁에서 이겼어. 폴리가 그곳에 있었어.'

하지만 소방관들이 외치던 말은 고맙단 소리가 아니었다. 그 외침은 서점에 관한 내용이었다.

"뭐라고요?" 그가 말하며 서점을 보려 돌아섰을 때, 간판을 비롯한 모든 것들이 마이크 위로 무너져 내렸다.

31

"그래, 무도회에 가도 돼, 신데렐라…."
요정 대모가 말했다.
"하지만 반드시 12시 전에 거기서 나와야 한단다.
안 그러면 네 마차는 다시 호박이 되고,
네 드레스는 다시 넝마가 될 거란다."

—*《신데렐라》*

블랙프라이어스 지하철역, 1940년 12월 29일

에일린은 알프와 비니를 밀치고 지나가려 했지만, 둘은 그녀와 회전식 개찰구 사이에서 한 발짝도 움직이려 하지 않았고, 존 바솔로뮤는 이미 회전식 개찰구를 통과하고 있었다.

"언니를 찾아 역 전체를 뒤졌어요." 비니가 말했다.

둘은 모두 꾀죄죄했고, 비니는 에일린이 지도를 빌리러 갔을 때 입었던, 너무 작은 원피스를 여전히 입고 있었다. "우리를 만나서 기쁘지 않아요?"

'응, 안 기뻐.' 에일린은 생각하며 출구를 향해 가는 존 바솔로뮤를 절박한 눈으로 바라보았다.

"여기서 뭐 하는 거예요?" 비니가 물었다.

"지도를 돌려보낸다고 하고 어떻게 안 보낼 수가 있어요?" 알프가 말했다.

'이러고 있을 시간이 없어.' 에일린은 가슴이 터질 것만 같았다. 존 바솔로뮤는 출구에 거의 도착해 있었다. "지금은 너희랑 이야기할 수가 없어." 에일린은 말하며 아이들을 옆으로 밀고 바솔로뮤를 쫓아 달려갔다.

팔 하나가 뻗어 나오며 에일린을 가로막았다. "어디 가시는 겁니까, 아가씨?" 역무원이 다그치듯 물었다.

"방금 여기를 나간 남자, 저는 그 남자를 만나야 해요."

"죄송합니다, 공습경보가 해제될 때까지는 아무도 나갈 수가 없습니다."

"하지만 좀 전의 그 남자는 내보냈잖아요." 역무원의 팔을 잡아당기며 에일린이 말했다.

"그분은 세인트폴 대성당 화재 감시원입니다."

"알아요. 그 사람을 꼭 만나야 해요." 에일린이 말하고 머리를 숙여 역무원을 지나가려 했다.

역무원은 에일린의 허리를 잡으며 막았다. "안 됩니다. 나가실 수 없습니다, 아가씨." 역무원이 말했고, 좀 더 상냥하게 말했다. "밖은 너무 위험합니다."

"위험하다고요?" 에일린은 분통이 터져 거의 울음이 터질 지경이었다. "위험하다고요? 당신은 이해하지 못하세요. 만약 제가 좀 전의 그 사람을 통해 메시지를 전하지 못하면…."

"지금 화재 감시원은 너무 바빠 메시지를 전할 수가 없습니다. 그러니 안전한 아래층으로 얌전히 돌아가십시오. 무슨 말을 해야 하는지는 몰라도 내일 하시면 됩니다."

역무원은 에일린을 돌려 회전식 개찰구 쪽으로 밀었다. 알프와 비니가 있는 곳으로.

“우리는 언니가 우리를 봐서 기뻐할 줄 알았어요.” 비니가 나무라듯 말했다. “팀은 에일린이라는 이름의 아가씨를 만났다고 우리에게 말했어요. 그래서 나는 ‘에일린 누구?’라고 물었고, 팀은 그건 모른다고 했어요. 그래서 그러면 가서 물어보고 와서….”

에일린은 비니의 어깨를 움켜쥐었다. “잘 들어. 나는 역무원을 지나가야만 해. 도와줄 수 있겠니?”

“물론이죠.” 알프가 그깟 일쯤 하고 코웃음 치며 말했다.

“여기서 기다려요.” 비니가 명령했고, 둘은 역무원이 서 있는 곳으로 잽싸게 달려갔다.

에일린은 그 둘이 뭘 하는지 볼 수 없었지만, 잠시 뒤 역무원이 외쳤다. “어이, 거기 둘! 당장 이리로 돌아와.” 그리고 역무원은 둘을 쫓아갔다.

에일린은 아이들이 어디로 갔는지 살피지 않았다. 그녀는 재빨리 개찰구를 통과해 계단을 올랐다.

그리고 아수라장으로 들어섰다. 사방이 연기였고, 언덕 바로 위 건물은 지붕에서 주황색 화염을 뿜어댔다. 소방관 대여섯 명이 그쪽으로 소방 호스를 겨냥했고, 더 많은 사람이 거리 한가운데에 있는 소방펌프와 구급차 주위에서 긴급히 움직이며 소화전에 호스를 연결하고, 들것을 구급차에 싣고 있었다.

하지만 바솔로뮤는 보이지 않았다. 지하철역을 빠져나오느라 허비한 몇 분 사이 바솔로뮤는 이미 사라지고 없었다. 하지만 적어도 에일린은 바솔로뮤가 어디로 가는지는 알았다. 그러나 성당 역시 보이지 않았고, 오로지 연기만 보일 뿐이었다. 연기는 회색과 분홍색과 장밋빛으로 구름처럼 뭉게뭉게 피어났다.

'성당이 안 보여도 어디에 있는지 알잖아.' 에일린은 생각했다. '성당은 언덕 꼭대기에 있어.' 에일린은 소방차를 지나 언덕을 오르기 시작했다. 발길을 재촉했지만 빨리 가는 건 불가능했다. 인도는 소방 호스와 물과 진흙으로 혼잡했다. 에일린은 철벅철벅 그곳을 걸어 화재 현장과 사람들이 두 번째 들것을 싣고 있는 구급차를 지났다.

"이번 환자는 심각해요." 소방관 한 명이 딱히 누구에게랄 것 없이 모두에게 외쳤다. "이 사람은 피를 많이 흘렸어요."

누군가가 에일린의 팔을 잡았다.

'아, 이런, 역무원이구나.' 에일린이 생각했지만, 팔을 잡은 건 에일린을 데리고 블랙프라이어스 역으로 왔던 공습 대비대 감시원이었다.

"운전할 수 있습니까?" 그가 물었다.

"운전요?" 에일린이 멍하니 되물었다. "그게 무슨?"

"저 구급차를 병원까지 운전해 갈 사람이 필요합니다. 운전사는 의식을 잃었어요. 머리를 맞았습니다. 그리고 육군 중위 한 명이 출혈이 심각합니다. 운전할 줄 아십니까?"

"네." 어디선가 알프와 함께 나타난 비니가 말했다.

"신부님이 에일린 누나에게 가르쳐줬어요." 알프가 거들었다.

"나에게도 가르쳐줬어요." 비니가 말했다. "내가 운전할게요."

"넌 안 돼." 에일린이 비니에게 말하고 다시 감시원에게 말했다. "이 아이들은 구급차…."

"응급 치료할 줄 아니?" 감시원이 비니에게 물었다.

"당연하죠."

비니는 구급차 뒤쪽에 올라탔다.

"이 아이에게 뭘 해야 하는지 알려줘요!" 감시원이 들것을 든 사람들에게 외쳤다. 그는 에일린을 돌아보았다. "당신 말고 달리 운전해줄 사람이 없습니다."

"저도 상황이 급해요." 에일린이 말했다. "저는 세인트폴 대성당에 가야만 해요. 생사가 달린 문제예요."

"이쪽도 마찬가지입니다. 운전사를 구했어요!" 감시원이 사람들에게 외치고 구급차 문을 열고 에일린을 밀었다. "시동은 이미 걸어놨습니다. 세인트바트 병원으로 가세요. 그곳이 가장 가깝습니다."

"전 길을 몰라요."

"내가 알아요." 알프가 구급차에 타며 말했다. "나는 런던 이 지역을 전부 잘 알아요. 누나가 내 지도를 돌려주지 않았지만요."

"서둘러요." 뒤에서 비니가 말했다. "이 아저씨 정말로 피를 많이 흘려요."

그리고 비니는 응급 치료에 대해서는 아는 게 아무것도 없었다. 에일린은 몸을 비틀어 비니가 있는 뒤쪽을 돌아보았다. 비니는 들것들 두 개 사이에 쪼그리고 앉아 중위의 피에 흠뻑 젖은 다리에 접힌 거즈 패드를 대고 있었다. "있는 힘껏 눌러. 꽉." 에일린이 말하며 생각했다. '캐롤라인 여사가 나보고 응급 치료 수업을 들으라고 고집을 부려 다행이야.'

"얼마나 심각한 겁니까?" 중위가 힘없이 물었다.

에일린은 그가 의식이 있는 줄 몰랐다.

"심각한 거 아니에요." 에일린이 말했다.

"심각하지 않다고요?" 비니가 외쳤다. "이 피를 보라고요."

"걱정하지 마세요." 에일린은 비니를 노려보며 말했다. "지금 병원으로 가는 중이에요."

에일린은 상처에 거즈 패드를 더 꽉 붙여줄 석고붕대가 없는지 재빨리 뒤쪽을 둘러보았지만, 구급상자는 보이지 않았고, 다른 들것에 누운 운전사는 구급상자가 어디에 있는지 말해줄 수 있는 상태가 아니었다. 운전사는 의식이 없었고, 불길이 내는 주황색 불빛 속에서도 안색이 잿빛이었다.

그 둘 다 즉시 병원에 가야만 했다. 에일린이 병원을 찾을 수만 있다면 말이다. 그리고 에일린이 이곳을 나갈 수 있다면. 또 다른 소방차가 종을 울리며 도착해 에일린의 길을 막았다. 에일린은 구급차를 후진해 방향을 돌렸다. 구급차는 신부의 오스틴보다 세 배는 컸고, 그래서 에일린은 두 번이나 후진한 뒤에야 소방차를 통과해 갈 수 있었다. "어느 쪽이야?" 에일린이 알프에게 물었다.

"저쪽요." 알프가 가리켰고, 에일린은 구급차를 몰고 불타는 거리를 통과했다.

모든 길마다 화재가 적어도 한 곳은 난 듯했으며, 그렇지 않은 몇 안 되는 길에서도 소이탄이 번쩍이며 하얀 불꽃을 뿜어댔다. "다음 모퉁이에서 도세요." 알프가 말했다.

"어느 쪽으로?"

"오른쪽요." 알프가 말했다. "아니, 왼쪽요."

"세인트바트 병원까지 가는 길을 아는 거 확실해?"

"당연하죠. 우리는 그때 거기에…." 알프가 갑자기 말을 멈췄다.

"그때 뭐?" 에일린이 알프를 힐끗 보며 말했다.

알프는 대답하지 않았다. "지도만 있었으면 확실히 알았을 거예요." 알프가 투덜거렸다. "왜 지도를 안 보낸 거예요?"

"가지고 갔었어. 하지만 너희가 집에 없었지. 그래서 너희 집 문 아래에 밀어 넣었어."

"아." 알프가 말했다. "그랬던 거군요. 우리가…."

"언니는 블랙프라이어스 역에서 무엇을 하고 있었는지 말 안 했어요." 뒤에서 비니가 끼어들었다.

"나는 세인트폴 대성당으로 가려고 하던 중이었어. 너희는 그곳에서 뭐하던 거니?" 에일린은 물으면서도 충분히 짐작이 갔다.

"공습이 있으면 방공호로 가라던 언니 말대로 하던 중이었어요." 비니가 잘난체하며 말했다.

알프가 고개를 끄덕였다. "뱅크 역이 가장 좋지만 가끔은 리버풀 스트리트 역으로도 가요. 오늘 밤처럼 블랙프라이어스 역으로 갈 때도 있고요. 그곳에는 간이 식당이 있잖아요."

"더 빨리 운전할 수 없어요?" 비니가 뒤에서 외쳤다.

'없어.' 에일린은 운전대를 꽉 움켜쥐며 생각했다. 연기가 너무 자욱했고, 장애물도 너무 많았다. 알프가 가라고 말해준 거리 중 반 이상이 소방 도구로 가득했다.

또는 화염으로. 구급차 엔진 덮개 위로 이글거리는 깜부기불들이 후드득 떨어졌고, 올드 베일리를 따라 반쯤 갔을 때는 양쪽의 시커메진 건물들에 갑자기 불이 붙더니 횃불처럼 타올랐다. 에일린은 얼른 차를 후진한 다음에 옆길로 빠졌지만, 그 길은 너무 좁아 과연 구급차가 통과할 수 있을지 자신이 없었다. 그리고 양쪽에 빽빽이 들어선 목조건물들이 좀 전의 그 길에서처럼 불이 붙으면 빠져나갈 수도 없었다.

"이거 재밌네요, 안 그래요?" 알프가 말했다. "우리는 불에 타 죽게 되나요?"

"아니." 에일린이 단호하게 말했다. '너는 교수형을 당할 거야.'

"이제 어디로 가?" 에일린이 물었다.

"저쪽으로요." 알프가 동쪽을 가리켰다.

"병원은 북쪽 아니야?"

"맞아요. 하지만 그쪽으로는 갈 수가 없어요. 그쪽은 불이 났어요."

"비니!" 에일린이 뒷좌석을 향해 외쳤다. "운전사가 정신을 차렸어?"

"아니요." 비니가 말했다. "그리고 중위 아저씨는 잠들었어요."

'아, 이런.'

"아직 숨을 쉬니?" 에일린이 물었다.

"네." 비니가 말했지만, 자신이 없는 목소리였다. "이 붕대를 얼마나 계속 누르고 있어야 해요?"

"병원에 도착할 때까지." 에일린이 말했다. "잠시라도 떼면 안 돼, 비니."

"알아요."

"저쪽으로 가요." 알프는 언덕 아래 강으로 난 길을 가리켰다.

"이 길이 가장 빠른 길인 게 확실하니, 알프?" 에일린은 길 한가운데 떨어진 소이탄을 에둘러 가며 말했다.

"네. 우리는 불길을 피해 가는 거예요."

말은 쉬웠다. 몇 분마다 새로운 비행기들이 머리 위를 날았으며, 이어서 십여 채가 넘는 건물 지붕에서 백색과 노란색 불꽃이 뿜어 나왔다. '이 모든 불을 피해가려면 도버까지 돌아가야 할 거야.' 에일린이 생각했다.

"이제 저기로 가요." 알프가 말했다.

"붕대로 피가 배어 나와요." 비니가 말했다.

"계속 누르고 있어. 손 떼지 마."

"내 손 사이로 피가 흘러요. 두 손이 피로 흥건해요!" 비니가 말했다.

"내가 봐도 되나요?" 알프가 흥분해 말했다.

"안 돼." 에일린이 말하며 한 손으로 알프를 다시 앞 좌석으로 끌어 앉혔다. "넌 길을 알려줘야 해. 비니, 꽉 눌러!"

"그러고 있어요."

"그래, 잘하네. 곧 도착할 거야." 에일린은 말을 하면서도 자기 말을 믿지 않았다. 런던이 잿더미가 될 때까지 알프의 지시대로 거리를 끝없이 돌고 돌 것만 같았다.

"사방이 피예요." 비니가 말했고, 평소의 비니와는 너무나도 다르게 그 목소리에는 절박함이 절절히 배어 있었다.

에일린은 인도 옆에 차를 세우고 환자를 살피기 위해 차에서 내렸다.

비니 말이 맞았다. 사방이 피였다. 비니는 힘껏 상처를 누르고 있었지만, 지혈을 할 수 있을 정도로 힘이 세지 않았다. "자, 내가 할게." 에일린이 말했고, 비니는 즉시 거즈에서 손을 떼고 비켰다. 피가 용솟음쳤다.

"우와!" 알프가 탄성을 내뱉었다. "이것 좀 봐요!"

에일린은 있는 힘껏 수건을 눌렀다. 출혈이 늦춰지기는 했지만 멈추지는 않았다. 에일린은 두 무릎을 꿇고 몸을 앞으로 숙여 체중을 실어 힘껏 눌렀다.

"멈추고 있어요." 비니가 말했다.

하지만 계속 이렇게 있을 수는 없었다. 에일린이 수건에서 손을 떼는 순간 상처에서는 다시 피가 뿜어 나올 것이고, 그렇다고 여기에 계속 있을 수도 없었다. 중위를 살리려면 병원에 가야만 했고, 그것도 얼른 가야 했다. "비니, 운전할 수 있겠니?" 에일린이 물었다.

"당연하죠." 비니가 말했고, 뒷자리에서 버둥거려 운전석으로 갔다.

"1단 넣는 법 기억해?"

대답 대신, 비니는 클러치를 밟고 기어를 넣더니 눈이 튀어나올 정도로 빠르게 차를 몰았다.

'우린 모두 비니 때문에 죽게 될 거야.' 에일린이 생각했지만 차를 늦추라고 말하지는 않았다. 빨리 가는 것만이 유일한 희망이었다. 중위 그리고 이미 죽은 것처럼 보이는 구급차 운전사 모두에게. 운전사에게 몸을 숙여 보았지만, 에일린은 그녀가 숨 쉬는 소리를 들을 수 없었다.

"직진해." 알프가 말했다. "이제 저쪽. 이제 좌회전." 알프가 비니에게 바보라고 외치지 않는 거로 보아, 비니는 알프가 지시한 대로 가는 듯했다.

에일린은 알프가 제대로 길을 알기를, 그냥 내키는 대로 지시하는 게 아니기를 바랐다. 하지만 알프는 단 한 번만 머뭇거리며 말했다. "다음일 거야. 아니면 그다음이거나. 아니, 돌아가. 첫 번째였어." 비니는 차를 후진시켰고, 알프가 말한 길로 다시 들어갔다.

에일린은 병원에 가까워졌는지 물을 시간이 없었다. 중위의 상처를 힘껏 누르고 있는 것만으로도 충분히 바빴다. 중위는 이제 정신이 들어 에일린을 밀쳐내려 했고, 그래서 에일린은 계속해 패드를 누르기만 하는 것도 버거웠다.

"이제 저 길로 곧장 가." 알프가 말했다. "끝까지 가면 돼."

잠깐 정적이 이어졌고, 이윽고 비니가 비난하듯 말했다. "잘못 가르쳐줬잖아. 나가는 길이 없어. 그냥 건물뿐이야."

"알아." 알프가 말했다. "도착했어."

에일린은 앞으로 몸을 내밀어 앞창 너머를 바라보았다. 알프 말이 맞았다. 세인트바트 병원의 석조건물들이 앞에 있었다.

"어느 문으로 들어가야 해?" 비니가 알프에게 물었다.

"몰라." 알프가 물었다." 에일린 누나, 어디로 가요?"

"비니, 이리로 다시 와서 여기를 맡아." 에일린이 말했다. 비니는 좌석에서 몸을 비틀어 뒤로 나와 에일린의 자리로 갔고, 에일린은 비니를 지나 운전석에 앉았지만, 어둠 때문에 어느 문으로 가서 구급차를 대야 할지 알 수가 없었다. 문은 열 개가 넘었고, 아무런 표시도, 조명도 없었다.

"내가 가서 보고 올게요." 알프가 말하더니 에일린이 말릴 틈도 없이 구급차에서 내려 사라졌다.

'서둘러.' 에일린은 운전대를 꽉 움켜잡았고, 알프가 돌아오는 대로 구급차를 이동할 준비를 했다.

"알프가 왜 안 오는 거죠?" 비니가 두려움이 배인 목소리로 말했다. "다시 피가 흘러나와요."

알프는 보이지 않았다. 에일린이 경적을 울려보았지만, 아무도 오지 않았다.

"이 운전사 언니가 숨을 안 쉬는 거 같아요." 비니가 말했다.

'이 사람들은 세인트바트 병원 바로 앞에서 죽게 될 거야.' 에일린은 가슴이 터질 것만 같았다.

에일린은 사이드브레이크를 걸고 말했다. "가서 찾아보고 올게." 에일린은 구급차 밖으로 서둘러 나와 길을 가로질러 가장 가까운 문으로 갔다.

문은 잠겨 있었다. 에일린은 영원처럼 느껴지는 시간 동안 문을 두드렸고, 이윽고 그다음, 또 그다음 문으로 갔다. 마지막 문은 열려 있었고, 그 안으로 좁고 조명이 어둑한 복도가 이어졌다. 복도 한쪽의 카운터에는 '조제실'이라는 표시가 있었다.

에일린은 누군가 있기를 바라며 카운터로 뛰어갔다.

누군가 있었다. 소맷부리와 깃이 하얀 회색 원피스를 입고 목에는 조가비 목걸이를 한 통통하고 상냥하게 생긴 여자였다. 그 여자는 티파티를 주관하다가 나온 것처럼 이곳과 전혀 어울려 보이지 않았다.

'이 여자는 전혀 도움이 안 될 거야.' 에일린은 생각했지만, 다른 사람은 보이지 않았다.

"밖에 환자가 두 명 있는데, 어디로 가야 할지를 못 찾겠어요. 문들은 다 잠겨 있고, 구급차 운전사는 의식을 잃었고, 다른 한 명은 출혈이 심해요." 에일린이 말하며 생각했다. '두서없이 마구 지껄이고 있네. 내 말을 이해하지 못할 거야.' 하지만 놀랍게도 여자는 에일린의 말을 알아들었다.

"구급차는 어디에 있나요?" 여자는 전화기를 낚아채며 말했다. "이 문밖인가요?"

"네, 아니, 아니요. 그건…, 문들을 열어보려 했지만 모두 잠겨 있었어요. 저는…."

"구급차를 이 문 쪽으로 몰고 오세요." 여자가 명령했고, 전화기에 대고 말했다. "조제실 쪽에 응급 환자가 있어요. 환자를 내릴 사람들을 즉시 보내주고 수혈도 필요하다고 말해주세요."

"고맙습니다." 에일린은 안도의 한숨을 쉬고 구급차로 다시 달려가 안으로 서둘러 들어간 뒤 비니에게 말했다. "도와줄 사람을 찾았어." 그리고 구급차 시동을 걸었다. 에일린이 구급차를 몰고 조제실 문 앞으로 갔을 때는 이미 병원 사람들이 도착해 있었다. 그들은 구급차 뒷문을 열고 운전사와 중위를 바퀴 침대로 능숙하게 옮긴 뒤 하얀 시트를 덮어주었다.

"저 아저씨는 피를 흘려요." 비니가 구급차에서 내려 그들 뒤를 따라가며 말했다. "상처를 꽉 눌러야 해요."

병원 직원은 고개를 끄덕였다. "저분을 따라가서 보고서를 작성하세요." 그는 에일린에게 들것들 옆에 서 있는 간호사를 가리켰다.

"저는 다치지…." 에일린이 입을 열었다.

간호사는 에일린과 비니를 데리고 문으로 갔다. "어디를 다쳤나요?" 간호사는 둘을 데리고 안으로 들어가자마자 물었다.

"언니는 안 다쳤어요." 비니가 말했다. "다친 건 아까 그 사람들이에요." 비니는 안으로 들어오는 들것들을 가리켰다.

"따라오세요." 간호사가 말하고 둘을 데리고 직원들이 무시무시한 속력으로 밀고 가는 들것을 따라 복도를 걸어갔다.

간호사 역시 그 직원들에 버금갈 정도로 빠르게 걸었다. "저는 구급차 운전사가 아니에요." 에일린이 간호사와 보조를 맞추려 애쓰며 말했다. "부상당한 저 여자가 구급차 운전사예요. 사고 현장에서 제가 운전을 할 줄 안다면서 저를…."

간호사는 에일린의 말을 듣고 있지 않았다. 그녀는 고개를 들고 점점 더 커지는 비행기의 윙윙거리는 소리에 귀를 기울였다.

'오, 안 돼.' 에일린이 생각했다. '세인트바트 병원이 29일에 폭격을 당했나?'

그들은 다시 복도 모퉁이를 돌고 또 돌았고, 그 끝쪽에서 환자를 태운 들것들은 양쪽으로 열리는 문을 통해 사라졌다. "여기서 기다리세요." 간호사가 말하고 역시 문 안으로 들어갔다.

"보고서를 작성해야 하지 않아요?" 비니가 물었다.

"보고서?"

"네. 우리가 구급차를 몰았잖아요. 우리 이름을 말할 필요는 없겠죠?"

"어디에 갔었어요?" 알프가 갑자기 나타나며 물었다.

"어디에 갔었냐고?" 비니가 분통을 터뜨리며 말했다. "사라진 건 너잖아."

"천만에. 나는 네가 말한 대로 어디로 들어가야 할지를 찾고 있었단…."

"조용." 에일린이 말했다. "여기는 병원이야."

알프가 주위를 둘러보았다. "왜 여기에 서 있는 거예요? 세인트폴 대성당에 가야 한다면서요?"

"맞아. 하지만 간호사가…."

"그러면 간호사가 돌아오기 전에 여길 떠나는 게 좋을 거예요. 구급차는 이쪽이에요." 알프가 말했다.

"구급차를 타고 세인트폴 대성당에 갈 수는 없어." 에일린이 말했다. "구급차는 병원이 써야 해."

"하지만 운전할 사람이 없으면 있으나 마나잖아요. 우리가 가져가는 게 나을 거예요." 알프가 언제나처럼 현실적으로 말했다.

"그리고 구급차를 타지 않으면 거기까지 어떻게 가요?" 비니가 말했다. "대성당까지는 멀어요. 지하철은 운행하지 않고요."

"지하철이 멈췄어? 지금 몇 시인데?" 에일린은 말하며 자기 손목시계를 힐끗 보았다.

거의 11시였다. 마이크는 한참 전에 블랙프라이어스 역으로 돌아와 에일린을 찾고 있을 것이다. 그리고 에일린이 어디에 갔는지 모를 것이다. 에일린은 어서 돌아가야 했다.

하지만 어떻게? 비행기들 소리는 계속 커졌고, 블랙프라이어스 역으로 가는 길들은 거의 모두가 이미 화재로 막혀 있었다. 그리고 지금 이렇게 있는 동안에도 불길은 번져만 갔다. 얼마 안 있어 블랙프라이어스 역이나 세인트폴 대성당 근처에도 갈 수 없을 것이다. 시티 전체가 불길에 싸이고, 마이크나 폴리에게 갈 방법이 없어지리라. 그리고 지금쯤이면 그 둘이 찾아냈을 바솔로뮤에게도. 그들은 다른 사람들을 남겨놓고 가지 않겠노라고 약속했지만, 강하가 짧은 시간 동안만 열린다면? 에일린을 두고 갈 수밖에 없는 상황이라면?

"구급차가 어디에 있다고 했지?" 에일린이 물었다.

"이쪽요." 알프가 복도를 달리며 말했다.

"기다려!" 에일린이 말했다. "구급차가 아직 그곳에 있는지 네가 어떻게 알아? 누군가가 이미 가져갔을 수도 있어."

알프가 주머니에 손을 넣더니 구급차 열쇠를 꺼냈다. "누나를 찾으러 갔을 때 열쇠를 빼서 가져왔어요. 다른 사람이 못 가져가게요."

"알프!"

"공습 때는 도둑이 많단 말이에요." 알프가 순진무구한 표정으로 말했다.

"간호사가 돌아와 우리 이름을 묻기 전에 여기를 나가야 해요." 비니가 말했다.

"이쪽이에요." 알프가 말했다. "어서요." 그리고 알프는 에일린과 비니를 데리고 미로처럼 복잡한 복도를 지나 조제실로 통하는 복도에 들어섰다.

비니가 멈칫했다. "이쪽으로 가면 안 돼. 아까 그 여자가 그곳에 있으면 어떻게 해?"

"그 여자가 있으면 어떻게 하냐고?" 알프가 말했다. "아무것도 안 해. 그냥 걸어서 지나갈 거야. 이쪽이 가장 가까워."

"알았어." 비니가 마지못해 동의하고는 목소리를 낮춰 속삭였다. "하지만 살금살금 걸어야 해."

"그러면 의심을 살 거야." 에일린이 속삭였다. "그냥 평소대로 걸어. 우리를 알아차리지조차 못할 거야."

비니는 확신이 안 가는 표정이었다. "속임수에 넘어가지 않을 것 같은 아줌마였어요."

알프도 고개를 끄덕였다. "뱅크 역의 그 매표 담당 직원처럼요."

"그건 네가 양심의 가책을 느껴서 그런 거고." 에일린이 말했다. "그런 사람 아니야." 에일린은 확신을 품고 당당하게 복도를 걸어갔다.

조제실로 가는 문은 반쯤 열려 있었다. 안에선 아까 에일린을 도와줬던 그 여자가 쟁반 위로 고개를 숙인 채 금속 막대기로 하얀 알약들을 세고 있었다. '제발 고개를 들지 마요.' 에일린은 속으로 빌며 그 옆을 지나쳤다.

여자는 고개를 들지 않았다. 에일린은 문을 열고 아이들과 함께 잽싸게 밖으로 빠져나갔다. 일단 밖으로 나가면 주위가 어둡다는 점을 이용해 조용히 빠져나갈 생각이었지만, 막상 나와보자 길은 복도만큼이나 환했다. 구름 낀 하늘은 분홍빛 섞인 주황색이었고, 병원 건물들은 그 앞에 세워진 구급차에 묘하게 뒤틀린 핏빛 그림자를 드리우고 있었다.

에일린은 알프와 비니를 뒤쪽에 태웠다. "우리가 병원을 빠져나갈 때까지 아무도 볼 수 없도록 몸을 숙이고 있어." 에일린이 말했고, 시동을 걸 수 있기를 바라며 열쇠를 점화장치에 넣었다. 아까 사고 현장에서 구급차를 넘겨받았을 때는 이미 시동이 걸려 있는 상태였다.

에일린은 시동이 걸리길 빌며 초크 레버를 당기고 클러치를 놓았다.

시동이 걸렸지만 이윽고 곧바로 꺼졌다. "빨리 해요." 알프가 뒷좌석에서 말했다. "서둘러야 한다고요."

에일린은 백베리에서 구드 신부가 가르쳐 준 대로 초크 레버를 천천히 당기며 클러치를 일정한 속도로 놓았다. 이번에는 엔진이 꺼지지 않았고, 에일린은 백미러를 힐끗 보고 문에서 후진하기 시작했다.

누군가가 조수석 창문을 주먹으로 두드렸다.

에일린은 깜짝 놀라 허둥거리다가 시동을 꺼뜨렸다.

하얀 의사복을 입은 남자가 서서 창을 두드리고 있었다. "우린 망했어요." 알프가 말했다.

"출발해요!" 비니가 좌석에서 몸을 기울이며 말했다. "어서요!"

"그럴 수가 없어!" 에일린이 다시 시동을 걸려고 필사적으로 애를 쓰며 말했다.

엔진은 시동이 걸리지 않았다. 60대로 보이는 남자가 문을 열고 안을 들여다보았다. "구급차 운전사를 태우고 온 게 당신인가요?"

에일린은 고개를 끄덕였다.

"잘됐군요." 남자가 구급차에 타며 말했다. 그는 검은 가죽 가방을 들고 있었다. "말로완 부인이 당신이 이곳에 있을 거라고 했어요. 당신이 아직 떠나지 않아서 다행이군요. 나는 의사예요. 크로스라고 합니다. 무어게이트로 데려다주세요."

알프와 비니는 고개를 숙이고 몸을 감췄다. "무어게이트요?" 에일린이 말했다.

그는 고개를 끄덕였다. "그곳 지하철역에 젊은 여자가 있어요. 부상이 심해서 움직일 수가 없어요." 크로스 의사는 구급차 문을 닫았다. "우리가 가서 치료해야 합니다."

"하지만 저는 그럴 수 없어요. 저는 구급차 운전사가 아니…."

"말로완 부인은 당신이 부상당한 운전사와 중위를 이곳으로 데려왔다고 하던데요."

"누나는 아저씨를 그곳에 데려다줄 수가 없어요." 알프가 뒤에서 고개를 들이밀며 말했다.

"맙소사. 꼬마가 몰래 탔군요." 크로스 의사가 말했고, 알프 옆에 비니가 나타나자 말했다. "몰래 탄 게 두 명이군요."

"우리는 조수예요." 비니가 말했다. "언니는 아저씨를 무어게이트에 데려다줄 수가 없어요. 언니는 세인트폴 대성당에 가야 해요."

"환자를 데리러?"

"네." 알프가 말했다.

"화재 감시원 한 명이 부상을 당했어요." 에일린이 말했다.

"그곳에는 다른 구급차가 가야 할 겁니다."

크로스 의사는 몸을 기울이더니 경적을 울렸다. 문가에 병원 직원이 나타났다. "도킨스가 돌아오는 대로…." 의사가 그에게 말했다. "세인트폴 대성당으로 보내세요!"

의사가 에일린을 돌아보았다. "됐습니다. 출발하세요."

"시동이 걸릴지 모르겠어요." 알프가 말했다.

"아까는 안 걸렸어요." 비니가 말했다.

'그리고 만약 내가 시동을 걸지 못하면, 저 의사는 무어게이트에 갈 다른 방법을 찾겠지.' 에일린이 생각하며 처음 운전 교습 때 그랬듯이 거칠게 초크 레버를 당겼다.

곧바로 구급차 시동이 걸렸다. 에일린은 기어를 넣고 엔진이 꺼지길 바라며 클러치를 불규칙하게 놓았지만, 아무 소용없었다. 모터는 얌전하게 가르랑거렸다.

"저 거리에서 좌회전하세요." 의사가 방향을 말했다. "그리고 스미스필드에서 좌회전하시면 됩니다."

에일린은 안뜰을 후진하기 시작했다. 구급차 한 대가 들어오고 있었다. 저 차가 5분만 더 일찍 왔으면 얼마나 좋았을까.

에일린은 구급차를 늦추며 의사에게 다른 구급차를 타게 할 핑곗거리를 열심히 떠올렸다.

헬멧에 작업복을 입은 남자 둘이 구급차 뒤에서 내리고 있었다. 그들은 남자 한 명이 누운 들것을 꺼냈다. 병원 직원들이 그들 주위로 몰려들었다.

"서둘러요." 의사가 에일린에게 말했다. "시간이 없어요."

32

모순처럼 들릴 수도 있지만,
그날 밤의 가장 중요한 사건은 일어나지 못한 사건이었다.

— *W. R. 매튜스, 세인트폴 대성당 주임 사제,*
1940년 12월 29일 밤에 대한 글에서

세인트폴 대성당, 1940년 12월 29일

"던워디 교수님이야." 폴리가 놀라 헐떡이며 말했다. 폴리는 다리가 후들거렸고, 세인트폴 대성당 계단 끝에 있는 조명등 기둥을 잡았다. 에일린은 던워디 교수가 올 거라 했었고, 교수는 진짜로 온 것이다. 그리고 폴리가 존 바솔로뮤에게 메시지를 전달하지 못한 것도 바로 이 때문이었다. 그럴 필요가 없었다. 그들이 바솔로뮤를 찾아내기 전에 던워디 교수가 그들을 찾아냈기 때문이다. 결국 시간 편차가 급격히 증가한 건 잠시뿐이었으며, 옥스퍼드의 모든 사람을 죽이는 끔찍한 사태는 일어나지 않았다. 제2차 세계대전의 결과도 바뀌지 않은 것이다.

그리고 던워디 교수와 콜린은 그들에게 거짓말을 한 것이 아니었다.

콜린. '만약 던워디 교수님이 이곳에 왔다면 콜린도 왔을 거야.' 폴리가 생각했다. 폴리는 두근거리는 가슴으로 던워디 교수 양쪽의 사람들을 힐끗 보았지만, 콜린은 보이지 않았다. 던워디 교수 양쪽으로는 나이 지긋한 여자 둘이 홀린 듯이 돔을 쳐다보고 있을 뿐이었다.

"던워디 교수님!" 비행기의 으르렁거림과 방공포의 소리를 뚫고 폴리가 외쳤다.

그는 고개를 돌리더니 어디에서 목소리가 들려오는지 살피려 주위를 두리번거렸다.

"이쪽이에요, 던워디 교수님!" 폴리가 외쳤고, 그는 폴리를 정면으로 바라보았다.

하지만, 그는 안경, 백발, 근심 어린 표정 등이 던워디 교수와 똑같이 생겼지만 던워디 교수가 아니었다. 그는 폴리를 보고도 전혀 아는 체를 하지 않았고, 폴리를 만나 다행이라는 표정도 아니었다. 그는 놀란 표정을 지었다가 이윽고 공포에 질린 표정을 지었고, 폴리는 자신도 모르게 고개를 돌려 패터노스터 로우의 화재가 세인트폴 대성당까지 번졌는지를 살폈다.

대성당에는 불이 붙지 않았다. 하지만 패터노스터 로우의 건물들 절반이 불길에 휩싸여있었다. 폴리는 다시 남자 쪽을 돌아보았지만, 그는 이미 몸을 돌려 세인트폴 대성당에서 멀어져 군중 쪽으로 가고 있었다.

"던워디 교수님!" 폴리는 그 남자가 던워디 교수가 아니라는 사실이 도무지 믿기지 않아 다시 외쳤고, 앞뜰을 가로질러 그에게 달려갔다. "던워디 교수님!"

하지만 그 남자에게 가까워지면서, 폴리는 자신이 착각했다는 사실을 더욱더 확실히 깨달았다. 던워디 교수는 저렇게 어깨를 축 늘어뜨리고 다니거나 노인처럼 걷지 않았다. 외모가 닮아 보이는 건 붉게 이글거리는 불의 장난이 분명했다. 그리고 콜린을 보았다고 생각했을 때처럼, 폴리의 간절한 희망이 빚은 착각이 분명했다.

하지만 그래도 확인은 해야 했다. "던워디 교수님!" 폴리는 사람들을 헤치고 나아가며 다시 외쳤다.

"봐요!" 한 남자가 외쳤고, 몇 명이 손을 들어 돔을 가리켰다. "떨어져 내려요!"

폴리는 힐끗 위를 보았다. 소이탄이 노란 별처럼 불꽃을 튀기며 너울거리더니 돔을 미끄러져 내려왔고, 데구루루 굴러 복잡한 지붕들 사이 미로 속으로 사라졌다. 사람들이 탄식을 내뱉었다.

폴리는 던워디 교수 쪽을 바라보았지만, 소이탄을 힐끗 보는 사이에 그는 사라지고 없었다. 폴리는 사람들을 헤치며 앞으로 나아갔다. 사람들은 이미 흩어져 대성당에서 멀어지고 있었다. 화재 현장에서 자신들이 얼마나 가까운지, 그리고 얼마나 위험한지를 갑자기 깨달은 듯했다.

"던워디 교수님! 멈추세요! 저예요, 폴리 세바스찬이에요!" 폴리가 외쳤다. 방공포와 비행기 소리 그리고 심지어 바람 소리마저 잠시 사라졌고, 정적 속에서 폴리의 목소리가 또렷이 울렸지만, 아무도 고개를 돌리거나 걸음을 늦추지 않았다.

'던워디 교수님이 아니야.' 폴리가 생각했다. '그리고 이런 일에 귀중한 시간을 낭비하지 말고 어서 존 바솔로뮤를 찾아야 해. 바솔로뮤 씨는 당장에라도 대성당으로 돌아갈 거야.'

폴리는 고개를 돌려 세인트폴 대성당을 보았지만, 아직 계단을 올라가는 이는 아무도 없었고, 일단의 사람들은 여전히 돔을 바라보고 있었다.

"저 사람들이 소이탄을 끈 건가요?" 소년이 외쳤고, 폴리가 올려다보니 돔 기부에서 헬멧을 쓴 사람 둘이 소이탄 위로 몸을 숙이고 삽으로 모래를 붓는 모습이 시커멓게 보였다. 더 많은 사람이 삽과 담요를 가지고 그 둘 주위로 몰려들었다.

화재 감시원들은 대성당에서 대피하지 않았다. 당연하지. 화재 감시원들은 소이탄이 떨어졌을 때 그걸 끄기 위해 그곳에 있어야 했다. 존 바솔로뮤는 지금까지 계속 저 지붕 위에 있었을 것이다.

폴리는 저곳으로 가야만 했다. 그녀는 아까의 그 성가대원이 있는지 주위를 살폈다. 성가대원은 계단 발치에서 여자들과 남자아이를 주위에 모아놓고 그들에게 방공호로 가는 길을 가르쳐주고 있었다. 그리고 본당으로 가는 길을 막고 있었다.

폴리는 흩어지는 사람들을 이용해 성가대원의 눈을 피하며 안뜰을 가로질렀고, 재빨리 교회 부속 묘지로 넘어가 대성당 지하실로 가는 문을 통과했다. 그리고 계단을 내려가 철창문을 통과했고, 모래주머니들과 웰링턴의 무덤과 화재 감시원의 간이침대들을 서둘러 지나갔다. 돌 바닥을 달리는 그녀의 발소리가 공허하게 울려 퍼졌다.

계단 발치에 도착한 폴리는 걸음을 멈추고 헐떡이며, 위험을 무릅쓰고 뒤를 돌아보았지만 성가대원은 보이지 않았다. 폴리는 아까 성가대원과 함께 내려왔던 계단을 달려 올라가 대성당 안으로 들어갔다.

본당은 대낮처럼 밝았다. 돔과 아치들의 황금색은 창을 통해 들어오는 주황빛을 받아 더욱 찬란하게 빛났고, 수랑과 기둥과 본당 중앙의 의자들은 낮보다도 더 밝아져 있었다.

'잘됐어. 지붕으로 가는 문을 찾기가 훨씬 쉽겠어.' 폴리가 생각했다.

누군가가 북쪽 복도를 달려가는 소리가 들렸다. '그 성가대원이야.' 폴리가 생각하며 몸을 숙이고 남쪽 복도로 달려가 기둥 뒤에 숨었다. 성가대원은 폴리가 안으로 들어오는 걸 보고 지붕으로 올라가기 전에 잡으러 들어온 것이다. 그는 지붕으로 통하는 문으로 곧장 갈 것이고, 폴리는 그가 어디로 가는지만 지켜보면 되었다.

그리고 잡히지 않아야 하고. 하지만 이렇게 밝은 상황에서 그건 어려울 것이다. 폴리는 기둥에 몸을 딱 붙이고 귀를 기울이며 기다렸다. 그의 발소리가 울렸다가 멈췄다가 다시 울렸다.

'아, 이런.' 그는 격실과 기둥들을 하나도 빼지 않고 모두 살피고 있었다. 폴리는 이곳에 있을 수 없었다. 숨을 곳이 없었다. 폴리는 기둥에 몸을 기대고 신발을 벗어 코트 주머니에 넣고 발소리가 멈추길 기다렸다. 그건 성가대원이 격실 가운데 하나를 살펴본다는 뜻이니까.

그리고 발소리가 멈추었을 때, 폴리는 조용히 남쪽 복도를 달려 전에 숨었던 예배당으로 갔다. 그녀는 소리를 내지 않기 위해 천천히 빗장을 열고, 철창문을 열고 미끄러지듯 안으로 들어갔다. 철창문을 열어놓을까 고민했지만, 그랬다가는 자신이 이곳에 들어왔다는 명백한 증거가 될 것이기에 닫기로 했다. 철창문은 철컹대기는 했지만 요란한 소리를 내지는 않았고, 그 소리 때문에 성가대원의 발소리가 느려지지도 않았다.

그는 본당 저쪽 끝에 있었다. '문으로 가요.' 폴리가 그에게 마음속으로 명령했지만, 그는 본당을 가로질러 이쪽으로 오고 있었다. 그는 폴리 쪽으로 빠르게 오다가 멈추었고, 다시 오기 시작했다.

폴리는 예배당 더 깊숙이로 들어가며 숨을 곳을 찾아보았다. 장궤틀은 안 된다. 그 그늘에 숨기에는 빛이 너무 밝았다.

'제단보 아래?' 폴리가 생각하며 스타킹 신은 발로 예배당의 복도를 달려 뒷줄의 걸상들 쪽으로 갔고, 걸상들과 그 뒤의 벽 사이 좁고 그늘진 공간으로 들어갔다.

폴리는 그곳에서 눈에 띄지 않게 몸을 웅크리고 생각했다. '이건 말도 안 돼. 이곳에 온 지 벌써 2시간도 더 됐는데 지붕엔 조금도 더 가까이 가질 못했잖아.' 그리고 이곳은 숨기에 형편없는 곳이었다. 게다가 여기에서는 성가대원의 발소리를 들을 수 없었다. 들리는 것이라고는 다시 다가오고 있는 비행기들 소리뿐이었다.

폴리가 이곳에 숨지 말아야겠다고 생각할 무렵, 철창문에서 성가대원의 소리가 났다. 그는 걸쇠를 흔들어보았고, 잠긴 것을 확인한 뒤 다른 곳으로 갔다.

'저 사람은 현관으로 갈 거야.' 폴리가 생각했다. '그리고 문을 확인하겠지.' 하지만 그 대신, 다른 철창문이 덜거덕거리는 소리가 들렸고, 이윽고 철컹하는 소리와 함께 계단을 올라가는 소리가 들렸다. 렌의 기하학적 계단이었다.

'하지만 그곳은 판자로 막혔는데.' 폴리가 생각했고, 곧이어 험프리스 씨가 그곳이 비록 파괴되기는 쉽지만 그래도 다시 열지 어쩔지 토론 중이라고 말했던 기억이 났다. 그 계단이 지붕으로 통했기 때문이다.

'본당으로 들어왔을 때 곧장 저 계단을 올라갔어야 하는데.' 폴리가 자신을 나무라며 생각했다. 만약 폴리가 험프리스 씨의 말을 빨리 떠올렸다면, 지금쯤이면 존 바솔로뮤를 찾았을 것이다.

성가대원은 계단을 몇 개 더 올라갔다가 내려왔다. 빗장을 잠그는 소리가 들렸고, 돔 쪽 복도로 가는 소리가 났다.

폴리는 예배당에서 뛰쳐나와 계단으로 달려가지 않기 위해 엄청난 인내심을 발휘해야 했다. 그녀는 성가대원의 발소리가 완전히 사라질 때까지 기다린 뒤, 열까지 세고 숨었던 곳에서 나와 살금살금 철창문으로 갔다. 남쪽 복도와 그 뒤쪽 실내는 연기로 가득했다. 폴리는 연기 때문에 눈이 따끔거렸고, 기침하고 싶었다. 폴리는 숨을 참으며 억지로 기침을 삼켰고, 돔 쪽의 본당을 올려다보았다. 그리고 화염이 눈에 들어왔다.

'오, 맙소사, 결국 지붕에 불이 붙었어.' 폴리가 생각했지만, 곧이어 그 화염이 사실은 돔 아래에서 소용돌이치는 공기를 따라 움직이는, 불붙은 종이와 나뭇조각들이라는 걸 깨달았다.

패터노스터 로우에서 난 화재에서 날아온 것들이 깨진 스테인드글라스 유리창을 통해 이리로 들어온 게 분명했다. 공기는 불붙은 종이와 나뭇조각들로 가득했다. 불붙은 예배 순서지 한 장이 허공에서 춤을 추다가 본당의 돌바닥에 내려앉았지만, 여전히 불이 붙어 있었고 폴리가 전에 안내서를 샀던 책상 옆에 서 있는 크리스마스 트리에 위험할 정도로 가까이 있었다. 그리고 심지어 여기, 남쪽 복도에서도 공기는 재와 이글거리는 불꽃들로 가득했다. 불꽃 하나가 폴리의 코트에 떨어졌고, 그녀는 불꽃을 두드려 털어내며 나선형 계단을 향해 달려갔다. 그녀는 철창문을 열고 곡선 계단을 올라가기 시작했다.

그리고 화염이 타닥거리는 소리가 들렸다. '크리스마스 트리야.' 폴리가 생각하고 다시 쏜살같이 계단을 내려와 본당으로 돌아왔지만, 소리를 낸 건 크리스마스 트리가 아니었다. 그것은 방문객 접수대였다. 카운터에서 화염과 연기가 솟구쳤다.

'아마도 그냥 안내서들뿐일 거야.' 폴리가 생각했다. 하지만 그녀가 지켜보는 동안, 목제 진열대에 불이 붙었고, 험프리스 씨가 웰링턴 기념비와 속삭임의 회랑 사진을 보여주었던 그림엽서들도 마치 불을 그은 성냥처럼 타올랐다.

'화재 감시원들은 어디에 있지?' 폴리가 생각했다. '이건 그 사람들 일이잖아. 나는 바솔로뮤 씨를 찾아야 하는데.'

하지만 화재 감시원들이 이 불을 알아차렸을 때면 불은 이미 사방으로 퍼져 있을 것이다. 불붙은 그림엽서 조각들이 활활 타오르며 본당을 날아다녔고, 목제 의자와 목제 회중석들이 있는 곳들로 퍼져나갔다.

그리고 만약 이게 마이크가 하디를 구한 결과 또는 폴리가 마저리에게 영향을 미쳐 공군 조종사를 만나러 가게 한 결과 일어난 불일치라면? '만약, 우리 때문에 세인트폴 대성당이 불에 타면 어쩌지?' 폴리가 생각했다.

6펜스짜리 '세상의 빛' 복제본에 불이 붙어 가장자리가 말렸고 그림 속 닫힌 문이 검은색으로 타들어 가다가 재가 되었다. 폴리는 복도를 달려 가장 가까운 기둥으로 가 물 양동이 하나를 낚아채 책상과 불타는 그림에 물을 쏟아부었고, 양동이에 물을 다시 채우기 위해 양철 물통으로 달려갔다.

하지만 처음 부은 물에 불은 꺼졌다. 폴리는 카운터와 그림엽서 진열대에 두 번째 양동이의 물을 충분히 부었고, 불이 완전히 꺼지지 않았을 경우를 대비해 진열대에서 그림엽서들을 꺼낸 다음 '세상의 빛' 복제본과 함께 책상에서 몇 걸음 떨어진 돌 바닥에 던졌다.

폴리는 양동이를 내려놓고 다시 계단통으로 돌아가 비비 꼬인 계단을 빙글빙글 올라 위쪽의 회랑으로 갔다.

그곳은 아래보다 더 많은 연기와 재와 깜부기불들이 있었다. '위로 올라갈수록 상황은 더 심각할 거야.' 폴리는 생각하며 깜부기불을 피하려고 고개를 숙이고 회랑을 따라 달려갔고, 문들을 열어보며 더 위로 올라갈 수 있는 계단을 찾았다. 도서실, 성가대 가운이 가득한 벽장.

'계단은 수랑에 있을 거야.' 폴리가 생각하며 돔 쪽으로 서둘러 갔다.

예상대로 계단은 수랑에 있었다. 회랑 모퉁이를 바로 돌아서였다. 계단은 어둡고 숨이 막힐 정도로 뜨거운, 낮은 목제 기둥이 지붕을 이룬 복도로 이어졌다. 폴리는 고개를 숙이고 그 기둥들을 지나야 했고, 또한 바닥에 거대하게 솟아오른 부분들을 넘어가거나 에둘러 가야 했다. 그 솟아오른 곳들은 아치형 천장의 꼭대기 부분인 듯했다.

어찌 되었든 폴리는 제대로 가고 있는 게 분명했다. 호스 똬리와 모래통과 물통들이 벽을 따라 몇 미터마다 있었고, 한번은 복도 중간에 있기도 했다. 폴리는 그곳을 넘어가려다가 물통에 발이 빠졌고, 그때야 자신이 여전히 신발은 주머니에 넣은 채 스타킹만 신고 있다는 것을 깨달았다. 폴리는 다음 물통 옆에 앉아 신발을 꺼내 신고 더 높이 올라갈 수 있는 계단을 찾아다녔다.

마침내 계단을 찾았다. 그 계단은 더 낮고 더 좁고 연기도 더 많은 미로로 이어졌다. 지붕 바로 아래까지 온 게 분명했다. 천장을 통해 비행기와 대공포 소리가 들렸다.

그리고 통로 저쪽 먼 곳과 위에서 목소리들도 들렸다. "천천히, 천천히 해." 누군가 말하는 소리가 들렸고, 첫 번째 목소리가 들린 곳보다 조금 아래쪽에서 두 번째 목소리가 들렸다. "모퉁이를 조심해."

'계단을 내려오고 있어.' 폴리가 생각했다. 그들은 기껏해야 몇 걸음 정도 떨어져 있었고, 그건 이 통로가 계단으로 이어진다는 뜻이었다. 폴리는 어두워 보일 듯 말 듯 한 천장 기둥들에 머리를 부딪치지 않으려 조심하면서 통로를 달려갔고, 계단으로 통하는 출입구를 찾으려고 온 정신을 집중했다.

"아니, 아니, 넌…." 첫 번째 목소리가 말했다.

"이쪽으로 돌아와."

그리고 다른 목소리가 말했다. "잠깐, 아직 난 제대로 잡지 못했어."

뭔가를 옮기고 있는 게 분명했다. 그들은 폴리와 거의 비슷한 높이에 있었다. 서두르지 않으면 그들을 놓칠 것이다. 폴리는 목소리가 들리는 곳으로 서둘러 갔다.

그리고 벽이 앞을 가로막았다. 계단은 벽 반대쪽에 있었다. 폴리는 겨우 한 뼘 떨어진 곳에서 둘이 하는 대화를 들을 수 있었다. 하지만 벽에는 문도, 연결된 부분도 없었다. 폴리가 있는 곳은 막다른 골목이었다. 그사이에도, 반대쪽의 남자들은 이미 뭔가를 들고 폴리보다 아래쪽으로 내려갔으며, "천천히!" 그리고 "조심해!"라고 계속해 외치며 그녀에게서 점점 멀어졌다. 이제 폴리는 자신이 온 미로를 다시 돌아가야 할 판이었다. 폴리는 자신이 어디로 왔는지 기억할 수 있기를, 이곳을 빠져나갈 수 있기를 바랐다.

폴리는 자신이 왔던 길을 되찾아가느라 너무 집중한 나머지 하마터면 문을 지나칠 뻔했다. 문은 비스듬한 버팀대 너머에 있었는데, 너무나 좁아서 간신히 통과할 수 있었다. 문은 낮은 돌계단으로 연결되었다. 폴리는 과연 그 계단을 통과할 수 있을지 어떨지 확신이 안 갔다. 계단 끝에는 뚜껑문이 있었는데, 폴리는 두 손으로 힘껏 밀고서야 그 문을 열 수 있었다. 문이 뒤로 넘어가며 열렸고, 그 너머로 트인 공간에서 귀가 먹듯 요란한 비행기 소리와 열기가 훅 밀려왔으며, 바람이 불어와 폴리의 모자가 날아갔다. 폴리는 모자를 잡으려 했지만, 모자는 상승 기류를 타고 순식간에 날아가 버렸다.

하지만 상관없었다. 폴리는 문을 통과했고, 마침내, 마침내 지붕 위로 올라왔다.

'지붕들 가운데 하나지.' 폴리가 고쳐 생각하며 바람에 날리는 머리카락을 눈에서 쓸어내고 길고 평평한 지붕과 돌벽, 그리고 위쪽의 가파른 경사를 살폈다.

지붕까지 올라오는 데 정말로 한참이 걸렸다. 하지만 막상 나와보니 이 지붕은 본당을 덮은 아래쪽의 복도 지붕들 가운데 하나일 뿐이었다. 경사가 급한 중앙 지붕과 돔은 여전히 폴리 위로 한 층 더 높은 곳에 있었고, 폴리는 그곳까지 갈 방법이 없었다.

'다시 내려가서 저기로 가는 다른 길을 찾아야 할 거야.' 폴리가 실망하며 생각했다.

하지만 소이탄이 이곳에 떨어질 경우를 대비해, 화재 감시원들은 이곳에 재빨리 올 방법이 있어야 했다. 따라서 그런 게 가능한 뭔가가 이곳에 있을 것이다. 밧줄이나 사다리나 아니면 뭔가가….

사다리가 있었다. 사다리는 벽에 기대어 있었는데, 그 위 수랑 지붕들이 드리운 그림자 때문에 잘 안 보였던 것이었다. 폴리는 사다리를 오르기 시작했다.

폴리가 복도 지붕에 올라왔을 때도 바람은 거셌지만, 주위 벽들이 그런 바람을 막아주었다. 그리고 추위도. 하지만 폴리가 더 높이 올라가자 매서운 돌풍이 폴리를 때려댔고, 코트 자락을 펄럭이며 머리카락을 얼굴 위로 마구 흩날렸다. 폴리는 몸을 앞으로 숙여 납으로 된 물받이통과 난간을 잡았다. 폴리는 지붕 가장자리로 올라가며 본의 아니게 사다리 옆부분을 찼고, 사다리가 떨어지며 둔탁한 소리를 냈다.

폴리는 두 손으로 난간을 움켜쥐고, 바람 때문에 눈을 가늘게 뜬 채 난간을 잡아당기며 지붕 위로 올라갔다. 그럴 리가 없어야 하는데도 이제 바람은 더욱더 차가웠다. 바람은 불꽃과 재와 깜부기불로 가득했다. 폴리는 계속해 눈을 가늘게 뜨고 몸을 지탱하기 위해 돌 돌출부를 잡고는 지붕 가장자리 너머를 바라보았다.

그리고 놀라 숨을 헐떡였다. 그녀 아래로 시선이 닿는 끝까지, 건물과 지붕들 모두가 불길에 싸여 있었다.

'오, 맙소사, 마이크와 에일린이 저기 어딘가에 있을 텐데.' 폴리가 생각했다.

오른쪽으로 교회 첨탑이 횃불처럼 타고 있었다. 렌의 교회 가운데 하나인가? 그 너머로는 막 떨어진 소이탄들이 별처럼 불꽃을 뿜었다. 하얀 탐조등 빛이 자욱하게 피어오르는 진홍색과 주황색과 황금색 연기를 뚫고 나와 찬란하게 빛났고, 템스강의 굽이는 분홍색으로 반짝였으며, 불타는 창문들은 줄줄이 걸어놓은 종이 초롱처럼 이글거렸다. 아름답다고 느끼면 안 되었지만, 그래도 아름다웠다. 그리고 좀 더 가까운 곳에서는 세인트폴 대성당을 둥그렇게 둘러싸고 불길이 타오르며 대성당을 향해 냉혹하게 다가오고 있었다.

"이 성당은 아마도 살아남지 못할 거야." 폴리가 화염을 내려다보며 중얼거렸다. '물 양동이와 모래주머니와 휴대용 손 펌프와 화재 감시원 몇 명으로는 이 불을 막을 수 없어.'

"어디 있지?" 폴리 뒤에서 어떤 남자가 외쳤고, 폴리는 몸을 돌려 그를 돌아보았다.

그곳에는 화재 감시원 한 명이 서 있었다. 하지만 너무 어두워 이목구비가 보이지 않았다. "소이탄이 어디에 떨어졌어?" 그가 바람을 뚫고 폴리에게 외쳤다. "저기야?" 그 남자는 폴리가 방금 올라온 지붕 쪽을 올려다보았다.

"당신이 존 바솔로뮤인가요?" 폴리가 그 남자에게 외쳤다.

"뭐라고요?" 그 남자는 몸을 세우더니 놀란 표정으로 폴리를 바라보았다. "당신은 여자잖아요. 여기서 대체 뭐하는 겁니까?"

"저는 사람을 찾고 있어요…."

"여기에는 어떻게 올라왔죠? 민간인은 지붕에 올라오면 안 된다고요!"

"피터스!" 그가 외치며 폴리의 팔을 잡더니 그녀를 밀며 어디론가 데려갔다. 둘은 가파른 돔 기부를 걷다 기다시피 하며 열 명 넘는 사람들이 삼베 부대로 지붕을 마구 치고 있는 곳으로 갔다. 물에 젖은 부대가 불꽃에 닿자 불꽃들이 지글거리며 꺼졌다. 화재 감시원은 가장 가까운 남자를 향해 폴리를 밀었다. "피터스! 아래쪽 지붕에서 이 사람을 발견했어."

"여기에는 어떻게 올라왔습니까?" 피터스는 다그쳐 물으며 누군가 책임을 물을 사람을 찾아 두리번거렸다. "누가 당신에게 여기로 올라와도 된다고 합디까?"

"아무도 안 그랬어요." 폴리가 말했다. "여기에 존 바솔로뮤 씨가 있나요?" 폴리는 다른 사람들을 향해 외쳤지만 바람 소리에 목소리가 흩어졌고, 서쪽에서 새로운 비행기들이 윙윙거리며 다가오고 있었다.

모든 남자가 긴장하며 위를 올려다보았다. "당신은 여기 있으면 안 됩니다!" 피터스가 폴리에게 으르렁거리듯 외쳤다. "여긴 위험해요."

"바솔로뮤 씨와 이야기를 하기 전에는 떠나지 않을 거예요."

피터스는 폴리의 말을 무시했다. "니클비, 이분을 데리고 내려가서 올라오지 못하게 지키고 있어."

니클비가 폴리의 팔을 잡아당겼다.

폴리는 그에게서 팔을 비틀어 뺐다. "제발요." 그녀가 피터스에게 말했다. "아주 중요하고 응급한 용무예요."

"응급." 피터스가 되풀이해 말하며 불타는 시티를 바라보았다. 화재는 시티를 야금야금 먹어들어가고 있었다. "바솔로뮤는 여기 없어요. 바솔로뮤는 갔어요."

"가다니요?" 폴리가 따라 말했다. "아직 갔을 리 없어요. 바솔로뮤는…, 언제 떠났나요?"

"15분 전에요. 바솔로뮤는 부상당한 화재 감시원을 데리고 병원으로 갔습니다."

'내가 들은 소리는 바솔로뮤 씨가 그 부상자를 데리고 내려가는 소리였어.' 폴리가 쓰러질 것 같은 심정으로 생각했다. '바솔로뮤 씨는 벽 바로 너머에 있었어.'

"그러면 험프리스 씨와 이야기하게 해주세요." 폴리가 말했다.

폴리는 적어도 험프리스 씨를 통해 존 바솔로뮤가 돌아왔을 때 메시지라도 전할 수 있었다. 만약 돌아온다면 말이다. 에일린은 존 바솔로뮤가 부상을 당하자마자 떠났다고 말했었다. 에일린이 잘못 안 것이었다. 바솔로뮤는 부상당하지 않았다. 하지만 바솔로뮤가 그때 떠났다는 부분은 맞을 수도 있었다. 바솔로뮤는 병원으로 갔고, 화재 때문에 세인트폴 대성당으로 돌아오지 못했을 수도 있었다.

"험프리스 씨도 같이 갔습니다."

"어느 병원으로요?"

"전 모릅니다."

"세인트바트 병원일 겁니다, 아마도요." 니클비가 말했다.

"거기가 어딘가요?" 폴리가 물었다.

"저쪽 너머입니다." 첫 번째 화재 감시원이 북쪽 지붕 가장자리 너머로 연기와 화염이 바다처럼 펼쳐진 곳을 가리키며 말했다. "하지만 그곳으로 가면 안 됩니다. 당신은 방공호로 가야 합니다."

그들 바로 아래에 있는 방공포가 발사를 시작했다. "니클비, 이 분을 성당 지하실로 데리고 가." 그가 방공포 소리를 뚫고 외쳤다. "그리고 곧바로 다시 올라와!" 그는 연기 자욱한 하늘을 올려다보며 귀를 기울였다. 비행기들은 이제 머리 위에서 아주 가까이 들렸다. "곧 또 한바탕 쏟아질 거야."

폴리는 니클비가 이끄는 대로 돔 기부에 있는 출입구를 지난 뒤 그의 손아귀에서 팔을 비틀어 빼고 나선형 돌계단을 달려 속삭임의 회랑으로 내려오며 생각했다. '오, 맙소사, 이 계단들은 꼭대기까지 연결되어 있었어! 이 계단으로 올라오기만 했어도!' 그리고 그 아래에 있는 화재 감시원의 전화 지부로 갔다.

폴리는 전화를 받다가 깜짝 놀란 화재 감시원을 쏜살같이 지나, 계단을 내려가 본당으로 갔다. 그리고 그곳을 지나, 이글거리며 소용돌이치는 깜부기불들과 예배 순서지들을 지나, 방문객 접수대를 지나, 새까맣게 탄 6펜스짜리 '세상의 빛' 복제화를 지나, 문을 나서 계단을 내려가 불길 속으로 들어갔다.

33

전혀 가망이 없습니다.
그 무엇도 통과할 수 없습니다.

— 병원으로 가려는 간호사에게 버스 운전사가,
1940년 12월 29일

시티, 1940년 12월 29일

에일린과 아이들은 이후 몇 시간 동안 크로스 의사와 함께 세인트바트 병원까지 다섯 번을 왕복했고, 도망칠 기회가 없었다. 그들이 세인트바트 병원으로 돌아왔을 때, 의사는 구급차에서 내리지조차 않았다. 대신 그는 에일린더러 차를 병원 입구에 대도록 한 다음 거기서 바로 직원들이 환자들을 내리게 했고, 자신은 차창을 통해 병원 당직에게 지시 사항을 내리고 다음 출동지가 어디인지 들었다.

"크리플게이트, 세인트길레스." 크로스 의사가 알프에게 말했다. "거기가 어디인지 아니?" 그리고 그들은 다시 출발했다.

세 번째 출동에서 에일린은 말했다. "휘발유가 거의 떨어졌어요." 에일린은 세인트바트 병원에 돌아갔을 때 크로스 의사가 휘발유를 채우고 오라고 하길 바라며 말했다. 그 틈을 타 도망칠 수 있을 거라 생각했다. 하지만 의사는 사고 지역 담당 경관에게 휘발유 통을 가져다 달라고 했고, 그는 몇 걸음 떨어지지 않은 곳에서 불길이 혀를 날름거리는데도 아랑곳하지 않고 차의 탱크에 휘발유를 부었다.

'이번에 세인트바트 병원에 돌아가면 곧바로 도망쳐야 해.' 에일린이 생각했다.

하지만 그들은 세인트바트 병원으로 돌아가지 않았다. 마지막 순간에 사고 지역 담당 경관이 창 안으로 몸을 들이밀고 말했다. "우드 스트리트에 부상당한 공습 대비대 감시원이 있습니다. 돌아가는 길에 그 환자를 태우고 올 수 있는지 세인트바트 병원에서 물어보라는군요."

"그렇게 하겠다고 전해주세요." 크로스 의사가 말했다.

"하지만 뒤에 태운 환자는 어떻게 하고요?"

"당분간은 괜찮을 거예요." 의사가 말했고, 그들은 우드 스트리트를 향해 떠났다. 가는 길마다 붉은 연기로 가득하고 주황색 화염들이 줄지어 불타올랐으며, 그들은 무너져 쌓인 벽돌과 불꽃을 뿜는 소이탄들을 우회해 나아갔다.

"고성능 폭탄이네요." 에일린이 거대한 구덩이 가장자리를 에둘러 갈 때 의사가 말했다.

알프가 고개를 끄덕였다. "220킬로그램짜리예요."

'마이크는 고성능 폭탄은 떨어지지 않았다고 했는데.' 에일린이 생각했다. '그리고 자정이 되면 공습이 끝난다고 말했어.'

하지만 무어게이트에서 돌아오는 길에 공습경보 해제 사이렌이 울렸음에도, 에일린은 여전히 비행기가 으르렁거리는 소리를 들을 수 있었고, 비니도 그런 모양이었다. "폭격기들이 여전히 오고 있는데 어떻게 공습경보 해제 사이렌을 울렸대요?" 비니가 물었다.

"이건 폭격기 소리가 아니야, 이 바보야." 알프가 말했다. "이건 화재 소리야, 그렇죠?" 알프가 의사에게 물었다.

"그래." 의사는 건성으로 말하며 손으로 자동차 앞유리를 닦았다. 하지만 앞이 안 보이는 건 앞유리가 더러워서가 아니었다. 연기 때문이었다. 연기는 화재가 난 곳들이 계속 늘어나면서 점점 더 짙어지는 듯했다.

몇 분 뒤 비가 내리기 시작하자 에일린이 생각했다. '다행이야, 불을 끄는 데 도움이 되겠지.' 하지만 비는 등화관제 커튼처럼 거리에 짙은 연기구름을 피워 올릴 뿐이었다.

그 속에서는 알프조차 길을 찾지 못했다. 알프는 두 번 길을 잃었고, 어디로 가야 하는지 알 때조차 그 길은 잔해 또는 소방차 그리고 길게 뻗어 꿈틀거리는 소방 호스로 막혀 있곤 했다.

그들은 무너진 석조건물과 거리에 화염을 내뿜고 있는 부서진 가스관을 에둘러 갔다. 깨진 유리를 모두 피해 가는 건 불가능했다. 독일 공군이 고성능 폭탄을 떨어뜨리지 않았다는 폴리의 말을 부인이라도 하듯, 유리 조각은 온 사방에 널려 있었다.

에일린은 타이어에 구멍이 나서 화염 한가운데에서 오도 가도 못하게 되지 않기를 바라며 유리 조각들 위를 조심스레 운전해 갔다. 에일린은 알프의 지시대로 구급차를 후진해 방향을 돌려 좌회전한 뒤 다시 우회전했다. 어서 사고 현장으로 가서 부상당한 감시원을 태워 세인트바트 병원으로 돌아가고 싶었다. 화염과 연기에 휩싸인 어둠은 끝없이 이어지는 악몽 같았다.

종종 돌풍이 불어 연기를 흩어냈고, 에일린은 그 틈을 타 연기 위로 떠 있는 세인트폴 대성당의 돔을 힐끗 볼 수 있었다. 아무리 가도 대성당은 가까워지지 않고 계속 저 멀리에 있었다. 설사 에일린이 크로스 의사와 뒤의 환자에게서 어찌어찌 빠져나온다 할지라도, 그녀는 세인트폴 대성당에 갈 수 없었다. 그들이 크리드 레인으로 가려 했을 때, 검댕으로 시꺼메진 감시원이 구급차를 세우고 말했다. "이 길로 갈 수 없습니다. 비숍스게이트를 돌아 클러큰웰로 가야 합니다."

"비숍스게이트요?" 알프가 말했다. "거기는 너무 멀어요. 뉴게이트로 갈 수는 없나요?"

감시원은 고개를 저었다. "루드게이트힐 전체에 불이 났어."

"세인트폴 대성당마저도요?" 불안한 듯이 크로스 의사가 물었다.

"아직은 아닙니다. 하지만 그리 오래 버티지는 못할 겁니다."

"소방대는요? 소방대가 불을 끌 수 없어요?"

감시원이 고개를 저었다. "대성당에 갈 수가 없습니다. 설사 갈 수 있다 할지라도, 물이 없습니다. 가망이 없습니다." 그리고 감시원은 그들에게 비숍스게이트로 가는 길을 알려주었다.

"거기까지 안 가고도 크리드 레인으로 가는 길이 있을 거예요." 감시원이 떠난 뒤 알프가 말했다. "그레셤으로 가요. 두 번째에서 좌회전이에요."

하지만 그레셤 스트리트는 통째로 화염에 휩싸여 있었고, 바비칸 역시 마찬가지였다. 그들은 결국 비숍스게이트까지 가야만 했고, 크리드 레인에 도착했을 무렵 화상을 입은 희생자는 죽은 뒤였다.

"20대의 젊은 여자였습니다." 사고 현장 담당 경관이 고개를 저으며 말했다. "갑자기 거리가 화염에 휩싸였습니다."

그는 거리에 누운, 회색 담요로 덮어둔 시체를 가리켰다. "내가 길을 가르쳐주지 않았으면 저기 누운 시체는 에일린 누나였을 수도 있어요." 알프가 에일린에게 말했다.

"저 여자는 방공호에 있어야 했습니다." 사고 현장 담당 경관이 말했다. "여기에 나와 있으면 안 되었습니다."

"알프랑 내가 가서 저 시체를 봐도 되나요?" 비니가 물었다.

"안 돼." 에일린이 말했다. 그들 역시 거리에 나와 있으면 안 되었다. "근처에 방공호가 있나요?" 에일린이 사고 현장 담당 경관에게 물었다. "이 아이들은…."

"누나는 우리를 이곳에 두고 가면 안 돼요." 알프가 말했다. "우리는 누나 조수들이라고요."

"하지만 너희 어머니가 걱정하실 거야…."

알프가 말했다. "우리는…."

비니가 말을 잘랐다. "엄마는 집에 없어요. 출근하셨어요."

"그리고 우리를 방공호로 보내고 나면 세인트바트 병원까지 어떻게 돌아가려고요?" 알프가 물었다.

알프 말이 맞았다. 알프 없이 병원까지 구급차를 몰고 가는 건 불가능했다. 연기 자욱한 안개 속에서 완전히 길을 잃을 것이고, 크로스 의사에겐 기대도 할 수 없었다. "안타깝지만 저는 심지어 낮에도 방향 감각이 없습니다." 의사는 첫 번째 출동할 때 말했다. "그래서 운전을 안 배운 거죠."

"방공호에 두고 가는 건 괜찮아요." 비니가 말했다. "하지만 여기에 우릴 두고 가는 건 안 돼요."

비니 말이 맞았다. 여기 두고 떠났을 때 그 둘이 무슨 짓을 할지, 또는 어디로 갈지는 아무도 몰랐다. "구급차에 타." 에일린이 말했고, 크로스 의사와 사고 현장 담당 경관에게 갔다.

의사는 야전 전화기로 통화 중이었다. 에일린이 다가오자 사고 현장 담당 경관이 말했다. "다치셨습니까, 아가씨?"

"의사 선생님…." 경관이 크로스 의사를 돌아보며 말했다. "이 아가씨가…."

"저는 다치지 않았어요. 저는 이분의 운전사예요."

크로스 의사는 수화기를 입에서 떼고 말했다. "방금 무어 레인 소방서에서 연락을 받았습니다. 올웰 레인에 화상을 입고 다리가 부러진 소방관이 있답니다. 가이스 병원에서 구급차를 보내야 했지만, 그쪽에서는 보낼 수가 없다네요. 병원에 불이 났고, 병원 측에서는 입원한 환자들을 대피시키느라 여력이 없답니다." 의사는 전화기를 경관에게 넘기고 에일린을 돌아보았다. "우리가 가서 그 소방관을 이송해야 합니다."

크로스 의사는 구급차를 향해 가기 시작했다.

"잠깐만요." 에일린이 말했다. 만약 화재 감시원과 통화를 해서 존 바솔로뮤에게 메시지를 전할 수 있다면, 자신들이 그를 만나려 애를 쓰고 있으니 자신들이 도착할 때까지 기다려달라고 말할 수 있을지도 몰랐다.

"그 전화기로 세인트폴 대성당에 연결할 수 있나요?" 에일린은 사고 현장 담당 경관에게 물었다. "제 남편이 화재 감시원이에요. 저는 남편과 저녁 식사를 하려고 만나러 가는 도중에 구급차 운전사로 징발되었어요. 그이는 저와 아이들이 어디에 있는지 모르면 무척이나 걱정할 거예요. 만약 전화로 그이에게 연락해서 제가 잘 있다는 걸 알려주면….”

사고 현장 경관은 의심스러운 표정을 지었다. “이 전화는 공식 업무에만 써야 합니다.”

“이건 공식 업무입니다.” 크로스 의사가 말했다. “우리는 그 사람들이 뭔가 걱정하는 걸 원하지 않습니다. 화재 감시원은 오로지 대성당을 구하는 데 전념해야지요.”

사고 현장 담당 경관이 고개를 끄덕이더니 전화기 발전기를 돌린 뒤 수화기를 귀에 대고 말했다. “세인트폴 대성당의 화재 감시원과 연결해주세요.” 그리고 그는 수화기를 에일린에게 건넸다. “연결되는 데 시간이 좀 걸릴 겁니다.”

에일린은 고개를 끄덕였고, 일련의 전기 잡음에 귀를 기울이며 무슨 말을 해야 할지 생각했다. 사고 현장 담당 경관이 듣는 앞에서 강하나 시간 여행에 대해 말할 수는 없었다. 그리고 바솔로뮤 씨는 아직 에일린을 만나기 전이었다. 전화를 건 사람이 누구라고 말을 해야 하나?

‘던워디 부인이라고 말하는 거야.’ 에일린이 말했다. ‘그리고 집으로 함께 가기 위해 세인트폴 대성당으로 가려고 애쓰는 중이라고 말하면서….’

날카롭게 타닥하는 소리가 나더니 남자의 목소리가 말했다. “세인트폴 화재 감시원입니다.”

“네, 여보세요, 저 지금 존….”

전기 잡음이 연속해 들리더니 이윽고 조용해졌다.

“여보세요? 여보세요?”

사고 현장 담당 경관이 에일린에게서 수화기를 건네받았다. “여보세요?” 그는 스위치 장치를 앞뒤로 밀어보았다. “제 말 들려요?

여보세요?" 그는 잠시 귀를 기울였다. 에일린은 수화기에서 나는 여자의 목소리를 들을 수 있었다.

"길드홀 전화 교환국에서 막 연결이 끊겼습니다." 사고 현장 담당 경관이 말했다. "다시 연결하려는 중입니다."

'하지만 안 될 거야.' 에일린이 생각했다. '길드홀 전화 교환국은 불이 난 거야. 전화 교환수들을 대피시키고 있는 거야.'

"다른 곳을 통해서라도 연결할 방법을 찾아보겠습니다." 그가 말했다.

하지만 그것 역시 안 될 것이다. "교환수는 도시 전체의 전화가 불통이라는군요. 만약 연결되면 뭐라고 전해드릴까요?"

에일린은 재빨리 생각해보았다. "에일린이 그러는데 당장은 갈 수 없다고 말해주세요. 하지만 우리 셋이 최대한 빨리 가고 있으니 우리가 도착할 때까지 세인트폴 대성당에서 기다려달라고도요. 우리 없이는 절대로 옥스퍼드의 던워디 교수에게 가지 말라고 해주세요." 에일린이 남길 말을 알려주자 사고 현장 담당 경관은 어리둥절한 표정을 지었고, 에일린은 덧붙여 말했다. "신년을 맞아 옥스퍼드에 있는 친구들에게 갈 계획이었거든요."

그는 고개를 끄덕였고, 이윽고 에일린이 구급차를 운전해 떠나려는데 서둘러 달려왔다. "당신 남편 이름이 뭔지를 말해주지 않았습니다.

"남편요?" 알프가 못 믿겠다는 목소리로 말했다. "누나에게 남편이 있다는…."

"바솔로뮤요. 존 바솔로뮤." 에일린이 재빨리 말했고, 알프가 뭔가 더 해가 될 말을 하기 전에 출발했다.

"바솔로뮤…." 크로스 의사가 생각에 잠겨 말했다. "세인트바솔로뮤 병원에 도움을 주러 온 천사와 그 아이들 성이 바솔로뮤라니 정말 신기하군요."[17]

비니가 입을 열었다. "우리는…."

"천사가 아니에요." 에일린이 깔끔하게 말을 막았다.

"아니, 천사 맞습니다." 크로스 의사가 말했다. "당신 가족이 없었으면 정말 곤란했을 겁니다. 우리 운전사 절반은 화재로 도시 저편에 갇혀 이곳에 올 수 없었습니다. 만약 당신과 당신 아이들이 아니었다면…."

"우리는 절대로…."

"여기서 어느 쪽으로 가야 해?" 에일린이 질문하며 말을 잘랐다.

"왼쪽요." 알프가 말했다. "하지만…."

"말로완 부인이 당신이 떠나는 걸 봤다고 저에게 말한 건 엄청난 행운이었습니다." 크로스 의사가 말했고, 에일린은 그가 그 이름을 전에도 말했다는 사실을 깨달았다. 세인트바트 병원에서 첫 번째 출동을 했을 때였다. 하지만 그건 동명이인일 게 분명했다.

"말로완 부인이라고요?" 에일린은 확실히 하기 위해 물었다.

크로스 의사가 고개를 끄덕였다. "우리 조제사요. 사실 엄밀히 말하자면 우리라고 할 수는 없지만요. 우리 정규직 조제사는 올 수가 없었고, 말로완 부인이 친절하게도…."

"그분 이름이 애거서는 아니겠죠?"

"그 이름 맞아요, 그럴 거예요."

"애거서 크리스티 말로완요?"

"그럴 거예요. 홀랜드 파크에 살아요."

비니가 아까 말했었다. "속임수에 넘어가지 않을 것 같은 아줌

17 세인트바트(St. Bart)는 세인트바솔로뮤(St. Barthoolmew)의 약칭이다.

마였어요." 그리고 비니의 그 의견은 정확했다.

'마침내 애거서 크리스티를 만났네.' 에일린이 침울해하며 생각했다. '그리고 그렇게 만났을 때 그분은 내가 세인트폴 대성당으로 가지 못하게 막았어.'

"말로완 부인을 아시나요?" 크로스 의사가 묻고 있었다.

"네. 아니요. 이름만 들었어요."

"아, 그렇군요. 소설을 쓰신다고 하더군요. 재밌나요?"

"백 년 뒤에도 사람들은 그분 소설을 읽을 거예요." 에일린이 말했고, 구급차 방향을 바꿔 올웰 레인으로 들어섰다.

그리고 눈앞에 아수라장이 펼쳐졌다. 좁은 길 양쪽으로 거의 모든 건물이 불에 타고 있었다. 밝고 노란 화염이 창문들에서 분출하고 지붕에서 격렬하게 타오르고 좁은 거리 위로 이글거렸으며, 지금 당장에라도 그 거리를 집어삼킬 것만 같았다. 소방관 세 명이 호스를 들고 불타는 건물들을 향해 물을 뿌렸지만, 그 정도로 꺼질 불이 아니었다. 게다가 호스에서는 아주 가는 물줄기만 나올 뿐이었다.

하지만 소방관들은 화염이 자신들의 머리 위를 넘나드는 상황에서도 아랑곳하지 않고 건물들에 물을 계속 뿌렸다. 그리고 크로스 의사에게도 물을 뿌렸다. 그는 소방관들에게 두 번이나 소리를 친 다음에야 부상당한 소방관이 어디에 있는지를 알아낼 수 있었는데, 알고 보니 부상자가 세 명 더 있었다. 소방관 두 명은 연기를 마셔 의식이 없었고, 어린 소년은 두 손에 심한 화상을 입었다. 그들은 구급차 뒤에 네 명의 환자를 욱여넣었고, 세인트바트 병원까지 가는 동안 비니는 의사의 무릎에 앉아야 했다.

병원으로 돌아가는 길은 훨씬 더 오래 걸렸다. 어느 길로 꺾어져도 모든 길이 무너진 벽돌이나 용솟음치는 화염 혹은 그 둘 다로 막혀 있었다. 세인트바트 병원은 아예 희미하게조차도 보이지 않았다. 무럭무럭 피어나는 거대한 연기가 하늘을 온통 뒤덮었다. 마침내 세인트바트 병원 앞까지 왔을 때, 지평선에는 이쪽 끝에서 저쪽 끝까지 연기가 거대한 붉은 벽처럼 펼쳐졌다.

입구에는 환자들을 안으로 데려갈 사람이 아무도 없었다. 비니는 크로스 의사의 무릎에서 잠이 들었다. 에일린은 크로스 의사에게서 내려오라고 비니를 가볍게 흔들었다. 의사를 안으로 보내 사람을 불러오기 위해서였다.

"나 깨어 있어요." 비니가 짜증 내며 중얼거리고는 졸고 있는 알프 옆으로 가 다시 몸을 웅크렸다.

"출발해요!" 알프가 말하며 일어나 앉더니 졸린 듯이 눈을 비볐다. "의사 선생님은 갔어요. 왜 세인트폴 대성당으로 가지 않는 건가요?"

"뒤에 환자 네 명이 타고 있으니까." 그리고 크로스 의사가 바퀴 달린 환자 이송용 침대를 밀며 문에서 나왔다.

"아무도 안 보이네요." 의사가 말했다. "우리가 안으로 데려가야 합니다."

그들은 알프와 비니의 도움을 받아 어찌어찌 환자 네 명 모두를 바퀴 침대들에 싣고 병원으로 들어갔고, 끝없이 이어지는 미로 같은 복도를 지나 병원 직원에게 환자들을 넘길 수 있는 곳으로 갔다.

입구에 아무도 없었던 건 당연했다. 모든 병실과 검사실은 환자들과 분주히 오가는 간호사들과 온몸에 검댕이 묻은 구조대원들과 명령을 외치는 의사들과 지쳐 보이는 직원들로 가득했다. 공습 대비대 감시원에게 붕대를 감아주던 직원 한 명이 크로스 의사의 명령을 듣고 와서 에일린에게서 바퀴 침대를 넘겨받았다. “뭐 하시는 거예요?” 그 직원이 물었다. “당신은 부상당했어요. 앉으세요. 의사를 불러올게요.”

왜 모두가 저 말을 하는 걸까? “저는 크로스 의사 선생님의 운전사예요.”

“뭐 하시는 겁니까?” 크로스 의사가 직원에게 성마른 목소리로 말했다. “바퀴 침대를 잡아요.” 그리고 에일린에게 말했다. “여기서 기다리세요.”

에일린은 고개를 끄덕였고, 의사와 직원은 바퀴 침대를 밀고 양쪽으로 열리는 문을 통해 사라졌다. 그리고 돌연 에일린은 이곳을 떠나 세인트폴 대성당으로 갈 수 있는 자유의 몸이 되었다. 밖으로 나가는 중에 다른 의사에게 잡히지만 않는다면 말이다.

‘과연 내가 대성당에 갈 수 있다면 말이야.’ 에일린은 거대한 벽처럼 솟구치던 붉은 화마, 그리고 루드게이트힐 전체에 불이 났다는 감시원의 말을 떠올렸다. 그녀는 자기 옆에 지쳐 서 있는 알프와 비니를 보았다. ‘이 아이들을 데리고 그런 불길 속으로 다시 들어갈 수는 없어.’ 에일린은 생각했다. 하지만 둘의 도움 없이 세인트폴 대성당을 찾아갈 자신이 없었다.

‘그래도 혼자 가야만 해. 오늘 밤 이 아이들은 나 때문에 이미 너무 위험한 일들을 겪었어.’ 그건 에일린이 이 아이들에게서 빠져나가야 한다는 뜻이었지만, 경험상 그건 불가능했다. 아이들을 앉으라고 설득할 수만 있다면, 어쩌면 아이들은 다시 잠이 들지도 몰랐다.

하지만 에일린이 앉으라고 말하자 비니가 말했다. “앉아요?

의사 선생님이 금방이라도 돌아올지 모르는데요."

"앉아." 알프가 비니의 손을 잡으며 말했다.

"잠깐만." 에일린이 말했다. "수간호사에게 우리가 대기실에 있겠다고 말하고 올게. 그래야 의사 선생님이 우리가 어디로 갔는지 찾지 못하지." 이 정도의 간교한 책략 정도는 제시해야 아이들이 기꺼이 따를 것이다.

"거기 가만히 있어." 에일린이 명령하고 재빨리 복도를 걸어갔다.

사실, 에일린은 세인트폴 대성당은 고사하고 구급차조차 제대로 찾아갈 자신이 없었다. 아까 바퀴 침대를 밀고 들어올 때는 어느 길로 가고 있는지 신경 쓸 경황이 없었다. 그래도 서둘러야 했다. 그러지 않으면 알프와 비니는 에일린의 속셈을 알아차리고 앞질러가 병원 밖에서 그녀를 기다릴 것이다.

에일린은 물어볼 사람이 없는지 찾아보았지만 소용없었다. 그러다 옆 복도로 들어가는 누군가를 보았다. 간호사는 아니었다. 그 여자는 모자를 쓰지 않았으며 남색 코트를 입고 있었다. '공습 대비대 감시원이야.' 에일린이 생각했다. 그 여자는 방금 환자를 데리고 들어왔을 가능성이 아주 컸다.

"여기요!" 에일린이 외쳤다. "응급실이 어느 쪽인지 알려주시겠어요?"

젊은 여자가 고개를 돌렸다. 머리는 바람에 날려 엉망이었고, 뺨과 이마에는 검댕이 묻어 있었다. '공습 대비대 감시원이 아니야.' 에일린이 생각했다. '환자야.'

"에일린! 오, 하느님, 감사합니다!" 젊은 여자가 소리치더니 에일린에게 달려오기 시작했다.

"폴리?"

폴리가 팔을 벌려 에일린을 껴안았다. "내가 너무 늦은 건 아닐까 무척 걱정했어. 여기까지 오는 데 너무 오래 걸렸어." 폴리는 거의 흐느끼며 말했다. "사방에 불이 났고, 나는 불길을 뚫고 갈 수가 없었어…. 그래서 결코 이 병원을 찾지 못할 줄 알았어…. 하지만 네가 여기에 있다니, 정말 다행이야!"

둘은 동시에 말했다. "날 어떻게 찾았어?" 에일린이 물었다. "난 네가 세인트폴 대성당에 있는 줄 알았어. 널 찾으러 막 떠나려던 참이었어. 마이크는 어디에 있어?"

폴리가 에일린에게서 떨어졌다. "여기에 너랑 같이 있는 거 아니야?"

"아니. 난…, 마이크랑 헤어졌어. 난 마이크가 세인트폴 대성당에 간 줄 알았어. 너랑 같이 있는 거 아니었어?"

"응. 마이크를 마지막으로 본 게 언제야?" 폴리는 말을 멈추더니 놀란 눈으로 에일린을 응시했다. "무슨 일이 있었던 거야? 다쳤어?"

"아니. 내가 여기 세인트바트 병원에 있어서 그래? 나는 구급차 운전에 징집되었고…."

"하지만 피를 흘리고 있는데."

"아니, 아니야." 에일린이 말하고 자기 몸을 내려다보았다. 코트 앞면 전체가 마른 피로 뒤덮여 있었다. 두 손 역시 피로 가득했다. 손등과 팔목을 따라 흐른 피는 소매 속까지 흘러들었다. 사람들이 에일린에게 다치지 않았는지 물었던 것도 당연한 일이었다.

"내 피가 아니야." 에일린이 말했다. "출혈이 있는 중위를 이송했거든. 압박 지혈을 해야 했어."

"그래서 내가 운전을 해야 했어요." 비니가 에일린 옆으로 튀어나오며 말했다.

"내가 길을 다 가르쳐줬잖아, 이 멍청아." 알프가 말했다. "내가 없었으면 넌 불에 타 죽었을 거야."

"안 그랬을 거야." 비니가 말했다.

"그랬을 거야." 알프가 몸을 돌려 에일린의 피 묻은 소매를 당겼다. "여기서 뭐 하는 거예요? 구급차는 이쪽이에요." 알프가 복도를 가리켰다. "그리고 이 누나는 누구예요?"

"내 친구인 폴리야. 마이크가 세인트폴 대성당으로 가지 않은 거 확실해?" 에일린이 폴리에게 물었다. "나에게는 그곳에 간다고 했어."

"마이크가 누구죠?" 비니가 물었다.

"쉿." 에일린이 말했다. "혹시 서로 못 보고 지나친 건 아닐까?"

"응…. 모르겠어. 내가 지붕으로 올라간 사이에 왔을 수도 있어…."

"아니면 나를 찾으러 블랙프라이어스 역으로 돌아갔을 수도 있고." 에일린이 말했다. "나보고 거기서 자기를 기다리라고 했거든. 우리랑 가자. 우리에게는 차가 있어. 세인트폴 대성당에 먼저 갈 거야. 마이크가 바솔로뮤 씨랑 이야기해서 강…."

"바솔로뮤 씨가 누군가요?" 알프가 물었다.

"쉿." 에일린이 말했다. "마이크는 자기가 어디로 갈 건지 바솔로뮤 씨에게 말했을 거야. 그리고 그러지 않았다면 우리가 바솔로뮤 씨에게 말해서 세인트폴 대성당과 필그림 스트리트 사이를 찾아보라고 말하면 돼. 거기에서 우리가 헤어졌으니까. 그리고 우리는 블랙프라이어스 역으로 가서…."

"아니." 폴리가 말했다. "바솔로뮤 씨는 이곳에 있어!"

"이곳에?"

"응. 이 병원에."

"오, 어, 그럼 일이 간단하잖아. 바솔로뮤 씨는 세인트폴 대성당으로 돌아가 마이크를 만날 수 있고, 우리는 블랙프라이어…."

"일이 그렇게 쉽지가 않아." 폴리가 말했다. "나는 바솔로뮤 씨를 찾으러 여기에 왔지만, 정확히 어디에 있는지는 몰라. 직원들에게 물어봐도 아무도 답을 해주려 하지 않아. 여기 병원 어딘가에 있다는 건 알지만…."

에일린이 멍하니 폴리를 바라보았다. "아직 찾지 못한 거야?"

"응. 아슬아슬하게 놓쳤어. 대성당에서 화재 감시원을 만났는데, 그 사람 말로는 병원에 갔대. 부상당한 사람을 데리고 이곳으로 왔댔어. 그래서 나도 온 건데, 오는 데 정말로 오래 걸렸고…."

"바솔로뮤 씨가 여기에 왔다고? 언제?"

"확실히는 모르겠어." 폴리가 말했다. "11시 조금 전일 거야."

에일린이 환자를 수송하는 내내 존 바솔로뮤는 세인트바트 병원에 있었다. 만약 에일린이 그걸 알았더라면. "다쳤다는 화재 감시원 이름이 뭐야?" 에일린이 물었다.

폴리는 괴로운 표정을 지었다. "몰라. 물어봤어야 하는데, 서두르면 따라잡을 수 있을 거라는 생각에 그만…."

"괜찮아. 나는 바솔로뮤 씨가 어떻게 생겼는지 알고, 뭘 입었는지도 알아. 아까 저녁 일찍 바솔로뮤 씨를 봤어. 평상복에 코트를 입고 목도리를 했어. 우리는 병실을 하나하나 살펴보면서…."

"바솔로뮤 씨를 봤어?" 폴리가 말했다. "어디서?"

"블랙프라이어스 역에서. 바솔로뮤 씨는…."

"왜 미리 말하지 않았어?" 폴리가 열을 내며 말했다. "만약 네가 존 바솔로뮤에게 우리에 대해 말했으면…, 강하가 어딘지 바솔로뮤 씨가 네게 알려줬어?"

"강하요?" 비니가 경계하는 목소리로 물었다.

알프가 끼어들었다. "교수형에 처할 때 떨어지는 그런 거요?"

"말을 할 기회가 전혀 없었어." 에일린이 말했다. "내가 지하철 플랫폼에 있는데 바솔로뮤 씨가 달려 지나갔고, 그래서 따라잡으려 했지만…."

"알프가 중간에 언니를 잡아 방해했죠." 비니가 말했다.

"난 안 그랬어." 알프가 분개하며 대답했다. "에일린 누나를 막은 건 역무원이었어."

"둘 다 쉿." 에일린이 말했다. "바솔로뮤 씨를 쫓아가려 했는데 폭탄에 다친 사람 둘을 병원으로 운전해주라고 징발을 당해서…."

"우리는 밤새도록 사람들을 구했어요." 알프가 말했다.

"이번에 옮겨온 사람만 빼고요. 그 사람은 죽었어요." 비니가 덧붙여 말했다. "우리가 너무 늦게 도착했거든요."

"너무 늦었다고…." 폴리가 중얼거렸다.

"걱정하지 마." 에일린이 폴리에게 말했다. "우리는 바솔로뮤 씨를 찾아낼 거야. 바솔로뮤 씨가 데려온 환자가 어떤 부상을 입었는지 알아? 화상? 뼈가 부러졌어? 내상?"

만약 내상이라면 수술을 받고 있겠지만, 폴리는 알지 못했다. "내가 아는 건 사람들이 지붕에서 그 사람을 들것에 싣고 내려왔다는 것뿐이야."

"사람들? 바솔로뮤 씨 말고 다른 화재 감시원도 있었어?"

"응. 다른 한 명은 험프리스 씨였어. 나이 들고, 대머리야."

"좋아." 에일린이 말했다. "너는 험프리스 씨가 어떻게 생겼는지 알고, 나는 바솔로뮤 씨가 어떻게 생겼는지 알아."

"내가 둘을 찾아볼게요." 알프가 말했고, 달려가기 시작했다. 에일린은 알프의 목덜미를 잡았고, 비니의 장식띠도 잡았다.

"왜 그러는데요?" 알프가 분개해 따졌다. "내가 에일린 누나보다 더 빨리 찾을 수 있어요. 나는 찾는 걸 잘한단 말이에요."

"네가 그렇다는 건 나도 알아." 에일린이 말했다. "하지만 우리가 계획을 세우기 전에는 너희 둘 다 어디에도 가면 안 돼. 바솔로뮤 씨는 키가 크고 머리색이 진한 갈색이야. 험프리스 씨는 키가 어느 정도 돼, 폴리?"

"나보다 작아." 폴리가 말했다. "바솔로뮤 씨가 옷을 갈아입을 시간이 없었다면 둘 다 위아래가 붙은 파란 작업복에 양철 헬멧 차림일 거야. 만약 옷을 갈아입었다면…."

"평상복에 코트 차림일 거고." 에일린이 말했다. "너랑 비니는 대기실을 확인해봐. 나는 크로스 의사 선생님에게 가서…."

"만약 의사 선생님이 누나를 또 다른 곳으로 운전하게 시키면 어쩌고요?" 비니가 물었다.

비니 말이 맞았다. "그러면 수간호사에게 물어볼게. 폴리, 너는 입원 수속 간호사에게 환자에 대해 설명하고 그런 환자가 있는지 알아봐. 그런 뒤에 여기서 다시 만나. 알프, 비니, 만약 험프리스 씨를 찾으면 바솔로뮤 씨가 어디에 있는지 물어보고, 우리가…."

"바솔로뮤 씨를 찾고 있다고 말할게요." 알프가 말을 대신 마쳤다.

폴리는 에일린을 재빨리 바라보았다.

"아니." 에일린이 말했다. "그 사람은 우리가 누군지 몰라. 옥스퍼드에서 온 사람이 꼭 만나봐야 한댔다고 전해줘."

"누나는 옥스퍼드에서 오지 않았잖아요." 알프가 말했다. "누나는 백베리에서 왔잖아요."

"그 아저씨는 어떻게 누나가 누군지를 모를 수가 있지요?" 비니가 물었다.

"나중에 설명해줄게. 만약 그 아저씨가 너랑 같이 오려 하지 않으면, 그냥 그곳에 있으라고 말하고 우리를 데리러 와줘."

"만약 우리가 병원 밖으로 쫓겨나게 되면요?" 알프가 물었다.

호드빈 남매가 그렇게 될 가능성은 차고도 남았다. "구급차를 대는 응급실 문으로 가서 우리를 기다려." 에일린이 말했다.

"만약 그 아저씨가 의식이 없어서 우리가 말을 전할 수 없으면요?" 알프가 물었다.

"우리는 다친 사람을 찾는 게 아니야, 이 바보야." 비니가 말했다. "우리는 다친 사람을 이리로 데려온 사람을 찾는 거야. 그렇죠, 에일린 언니?"

"맞아." 에일린이 말했고, 알프는 고개를 끄덕이고는 아무도 없는 복도를 쏜살같이 달려갔다.

비니는 알프 뒤를 따라가다가 멈췄다. "수간호사를 찾겠다며 우리보고 대기실에서 기다리게 해놓고 우리를 두고 떠나려고 했던 것처럼 이번에도 그러려는 거 아니죠?"

호드빈 남매를 속이려 들었다니, 에일린이야말로 바보였다. "아니야."

"맹세해요?"

"맹세해." 에일린이 말했다.

비니는 복도를 달려갔다. "재들이 바로 그 유명한 호드빈 남매라는 거지." 그 둘을 바라보며 폴리가 말했다.

"맞아. 그리고 만약 바솔로뮤 씨를 찾을 수 있는 사람이 있다면, 그건 바로 재네들이야."

에일린은 폴리를 데리고 크로스 의사가 기다리라고 했던 곳으로 간 뒤 말했다. "안에 있는 사람이 접수 데스크가 어딘지 네게 알려줄 수 있을 거야. 그리고 구급차를 대는 입구도." 그리고 에일린은 서둘러 위층으로 올라갔다.

에일린은 병원의 분주함과 혼란함을 틈타 아무도 눈치채지 못하게 병실로 들어갈 수 있기를 바랐지만, 수간호사가 그녀를 막았다. "여기에는 아무도 들어갈 수 없습니다. 당신은 다쳤네요. 보조!" 수간호사가 외쳤다. 그녀는 에일린의 팔을 잡고 의자로 데려가려 했다. "어디서 피가 나죠?"

"이건 제 피가 아니에요." 에일린은 코트를 벗지 않은 걸 후회하며 말했다. "저는 크로스 의사 선생님의 운전사예요. 그분이 여기 오늘 밤에 입원한 환자에 대해 알아오라고 보내신 거예요. 세인트폴 대성당의 화재 감시원이에요."

"남자 병동은 3층과 4층에 있습니다."

"고맙습니다." 에일린이 말하고 계단을 달려 올라갔고, 계단참에서 멈춰 코트를 벗어 난간에 걸쳐 놓은 뒤 손수건에 침을 뱉어 손목과 손에 말라붙은 피를 심한 곳만 대충 닦은 뒤 계속 올라갔다.

3층에는 수간호사가 없었지만, 첫 번째 병실에 들어가려 할 때 그곳에서 간호사가 나왔다. 에일린은 좀 전의 이야기를 되풀이했다. "어디를 다친 환자인가요?" 간호사가 물었다.

"크로스 선생님은 말씀 안 해주셨어요." 에일린이 말했다. "다른 화재 감시원 둘이 데리고 왔어요. 바솔로뮤 씨와 험프리스 씨요." 에일린이 둘의 생김새를 설명했다.

간호사는 고개를 저었다. "그 두 분은 병실에 있지 않을 거예요. 병실에는 환자 말고는 있을 수 없어요." 하지만 에일린은 혹시라도 바솔로뮤 씨가 어디에 있는지 알지도 모른다는 희망에 각 병실 밖의 간호사들에게 길게 사정 설명을 한 뒤에 4층으로 올라갔다. 그러느라 오랜 시간이 흘렀고, 에일린은 자신이 여전히 구급차에 있으면서 툭하면 막힌 길들과 씨름하고 끝없이 우회해야 하는 상황에 있는 것만 같은 느낌이 들었다.

바솔로뮤 씨나 험프리스 씨의 흔적은 보이지 않았다. 알프나비니도 마찬가지였다. '벌써 병원 밖으로 내쫓겼나 보네.' 에일린이 생각했지만, 수속실로 내려갈 때 둘이 모퉁이를 도는 모습을 얼핏 본 듯했다.

폴리 역시 아무 소득이 없었다. "입원 수속 간호사가 응급실에 뭔가 아는 사람이 없는지 알아보러 갔어." 폴리가 말했다. "하지만 돌아오지를 않네. 갔다가 붙잡혀서 환자들을 보살피고 있지 싶어."

'내가 구급차를 운전하게 되었을 때처럼 말이지.' 에일린이 생각했다. "환자 명단에 그 화재 감시원이 없어?"

"응."

"이곳으로 옮겨진 게 확실해?"

"응." 폴리가 말했지만, 이어서 자신 없는 표정을 지었다. "나랑 이야기한 화재 감시원은 그 사람들이 이곳으로 왔다고 했어. 하지만 만약 길이 막혔으면 가이스 병원으로 갔을 수도 있어."

"아니, 그곳은 불이 났어. 그 병원에 있는 사람들은 다 나가야 했어."

"그럼 그곳 환자들은 어디로 갔는데?"

"모르겠어." 에일린이 말했다. 그리고 만약 그 화재 감시원들이 다른 병원으로 갔다면, 그들은 바솔로뮤 씨를 만나지 못할 것이다. 에일린이 타운젠드 브라더스 백화점으로 갔던 날 폴리가 백베리로 가는 바람에 서로 만나지 못했던 것처럼 말이다. "그 사람들이 아직 이곳에 도착하지 않았을 수도 있어." 에일린이 말했다. "길이 여기저기 막혔기 때문에 걸어서 온 네가 더 일찍 도착했을 수도 있어. 나는 가서 구급차를 대는 입구를 확인해볼게."

'찾을 수 있다면 말이지.' 에일린이 속으로 덧붙였고, 그곳을 찾아 떠났지만, 복도를 반도 가기 전에 폴리에게 불려 돌아왔다.

응급실에 갔던 간호사가 돌아온 것이다. "당신이 찾는 환자를 발견했어요." 간호사가 말했다. "랭비 씨예요."

"그분은 어디에 있나요?" 폴리가 물었다.

"수술을 받고 방금 위층으로 옮겼어요."

에일린과 폴리는 위층으로 가려 했지만, 간호사가 재빨리 그 앞을 막았다. "회복실에는 아무도 들어갈 수 없습니다. 원하시면 대기실에서 기다리셔도 됩니다."

"그 환자를 데리고 온 남자 둘이 있어요." 폴리가 말했다. "화재 감시원들이에요. 그 둘이 어디에 있는지 아시나요?"

그리고 간호사가 망설이는 듯하자 에일린이 덧붙였다. "크로스 의사 선생님이 찾아오라고 저를 보내셨어요. 저는 그분 운전사예요."

"아." 간호사가 말했다. "그러시군요. 알아보고 올게요."

"한 명은 나이가 지긋하고 다른 한 명은 키가 크고 진한 갈색 머리예요." 에일린이 간호사 뒤에서 외쳤고, 무슨 옷을 입었을지 자기 추측을 말했다.

"자, 이제 그 간호사가 알아보러 갔다가 크로스 의사와 만나지 않기를 빌자." 에일린이 폴리에게 말했다.

비니가 불쑥 나타났다. "병실을 다 다녀봤는데, 없어요. 다른 데도 가볼까요?"

"아니, 간호사가 돌아올 때까지 여기서 기다려." 에일린이 말했다. 만약 간호사가 아무 정보도 알아오지 못하면 그들은 비니를 수술실로 보내야 했다. "알프는 어딨니?"

"몰라요." 비니가 말했다. "나랑 알프는 갈라졌어요. 알프를 찾아와요?"

"아니." 에일린은 비니가 제 맘대로 가지 못하도록 비니를 꽉 잡았다.

간호사가 돌아왔다. "랭비 씨를 싣고 온 구급차 운전사와 이야기를 했어요. 그 여자 말에 따르면 랭비 씨와 함께 온 화재 감시원은 한 명뿐이래요. 바솔로뮤 씨라네요. 그리고 그분은 랭비 씨가 병원에 안전하게 도착하자마자 떠났답니다."

"떠나요?" 폴리는 마치 발로 배를 걷어차인 듯한 표정으로 말했다.

"어디로 떠나요?" 비니가 말했고, 간호사는 갑자기 비니의 존재를 깨달은 듯했다.

"아이들은 이곳에 있으면…." 간호사가 입을 열었다.

"어디로 떠났나요?" 에일린이 끼어들었다. "크로스 의사 선생님이 중요한 일로 그분이랑 즉시 만나야 해요. 언제 떠났나요?"

"1시간이 넘었어요." 간호사가 말했다. "이 아이를 데리고 대기실로 가셔야 합니다."

"이 아이는 크로스 의사 선생님 조카예요." 에일린이 말했다. "저는 가서 크로스 선생님을 만나야 해요."

에일린은 비니의 팔을 놓고 폴리의 팔을 잡고 복도 쪽으로 밀고 갔다. "걱정하지 마. 우리는 아직 바솔로뮤 씨를 찾을 수 있어. 우리는 세인트폴 대성당으로 차를 타고 갈 거야." 에일린이 말했다. "비니…." 하지만 비니는 사라지고 없었다.

보조 의료 요원이 화난 표정으로 그들 쪽으로 오고 있었다. 비니가 사라진 이유가 짐작이 갔다. 에일린은 그가 사라지자마자 비니가 다시 나타날 거라 생각했지만, 비니는 그러지 않았다.

'잘됐어.' 에일린은 폴리를 이끌고 미로 같은 복도를 다니며 이게 올바른 방향이라 알려줄, 뭐든 눈에 익은 것이 없는지 열심히 찾았고, 그러면서 생각했다. 알프와 비니를 데리고 갈 수는 없는 노릇이었고, 그러니 이렇게 헤어져 다행이었다. 더 이상 여기 남아있으라고 애들과 입씨름하느라 시간을 낭비할 필요가 없었다.

하지만 얼마 안 있어 알프가 불쑥 나타나 말했다. "구급차를 찾는 거면 엉뚱한 곳으로 가고 있어요."

"누나는 어딨니?" 에일린이 물었다.

알프는 어깨를 으쓱해 보였다. "몰라요. 우리는 갈라졌어요. 누나 코트는 어디에 있어요?"

"벗었어. 우리에게 길을 알려줘."

"따라와요." 알프가 말하고 에일린과 폴리를 이끌고 재빨리 그리고 능숙하게 조제실로 갔다.

애거서 크리스티는 그곳에 없었다. 에일린은 지난번에 일어난 일을 고려할 때 차라리 다행이다 싶었다. 하지만 동시에 이제 그 여자가 애거서 크리스티인 걸 알았으니 다시 한 번 보고 싶다는 생각도 들었다. '봐서 어쩔 건데? 내가 그 여자 소설들을 아주 좋아한다고 말하려고? 런던은 불구덩이가 되었고, 나는 세인트폴 대성당에 가야 해.' 에일린은 응급실 문을 밀고 밖으로 나갔다.

구급차는 그곳에 없었다.

당연했다. 사상자가 수백 명이었고, 가이스 병원의 구급차들은 출동할 수 없었다. '알프처럼 열쇠를 빼서 가지고 있어야 했는데.' 크게 실망한 에일린은 구급차가 있었던 텅 빈 자리를 바라보며 생각했다.

폴리는 하늘을 응시하고 있었다. 벽처럼 드리운 연기는 여전했지만, 붉었던 색은 분홍기가 도는 진회색으로 옅어졌으며, 그 장막 위로 드리워진 하늘은 더 창백한 회색기가 돌기 시작했다. "거의 아침이 됐어." 폴리가 말했다. "시간 안에 절대로 만나지 못할 거야."

"아니, 그렇지 않아." 에일린이 단호히 말했다. "저건 화재의 불빛이 구름에 반사된 거야."

폴리가 고개를 저었다. "'그건 종달새야.'"[18]

"그렇지 않아. 저건 단지…." 에일린은 시간을 확인하기 위해 손목을 들어 시계를 보았지만, 너무 어두워 시곗바늘이 보이지 않았다. "아직 시간이 있으니 바솔로뮤 씨가 떠나기 전에 대성당까지 가면 돼." 에일린이 말했지만 어떻게 하면 그럴 수 있을지 자신도 알지 못했다. 지하철은 6시 30분이 되어야 운행을 시작했고, 설사 블랙프라이어스 역에 갈 수 있다 할지라도 그다음엔 루드게이트힐을 올라야만 했다.

18 윌리엄 셰익스피어, 《로미오와 줄리엣》

폴리는 여전히 멍하니 하늘만 응시하고 있었다. "우리는 바솔로뮤 씨를 찾지 못할 거야." 그녀는 마치 혼잣말을 하듯 중얼거렸다. "우리는 너무 늦을 거야."

"알프." 에일린이 말했다. "우리가 택시를 잡을 수 있을까?"

"택시요?" 알프가 말했다. "왜 택시를 타려고요?"

'묻는 말에나 좀 대답하렴.' "지금 당장 세인트폴 대성당에 가야 해. 응급 상황이야."

"왜 구급차를 안 타고요?" 알프가 말했고, 그때 비니가 구급차를 몰고 병원 모퉁이를 돌아 나타났다.

비니가 창문 밖으로 몸을 내밀었다. "다른 사람이 가져가지 못하게 숨겨놓는 게 나을 거라 생각했어요."

알프는 조수석 문을 열고 안으로 들어가 창문을 내렸다. "뭐해요?" 알프가 말했다. "안 갈 거예요?"

34

아침이면 저것은 저 자리에 없을 겁니다.

— 소방관, 불길에 에워싸인 세인트폴 대성당을 보며,
1940년 12월 29일

세인트바솔로뮤 병원, 1940년 12월 30일

마이크는 머리가 쪼개질 듯한 두통을 느끼며 깨어났고, 이마에 손을 대려 하자 팔을 따라 불이 붙은 듯한 고통이 느껴졌다.

마이크는 눈을 떴다. 팔에는 붕대가 감겨 있었고, 몸은 어둑한 병실의 하얀 쇠침대에 누워 있었다. 마이크는 고개를 돌려 옆 침대에 누워 잠자는 환자를 보았다. 그 환자는 포드햄이었다. 그는 여전히 팔이 줄에 매달려 있었다. "이런, 맙소사." 마이크는 일어나려 하며 말했다. "내가 어떻게 여기에 온 거지?"

"쉿." 머리쓰개를 한 예쁜 간호사(카모디 간호사가 아니었다)가 말하며 마이크를 밀어 다시 누이고 담요를 덮어주었다. "누워 계세요. 다치셨어요. 여기는 병원이에요. 쉬세요."

"제가 어떻게 오핑턴 병원에 온 거죠?" 마이크가 물었다.

"오핑턴이라고요?" 간호사가 말했다. "환자분은 머리를 부딪히셨어요. 여기는 세인트바트 병원이고요."

세인트바트 병원. 다행이었다. 마이크는 여전히 런던에 있었다. 분명 그는…, 하지만 포드햄이 여기서 뭘 하는 거지? 마이크는 옆의 환자를 살폈고, 자세히 보니 그는 포드햄이 아니었다. 그 환자는 십대 소년이었다.

"지금 몇 시인가요?" 마이크가 물으며 창밖을 살폈지만, 모래주머니들이 쌓여있는 탓에 밖이 전혀 보이지 않았다.

"그건 맘 쓰지 마세요. 아침 식사 하시겠어요?"

'아침 식사?' 이런 맙소사, 마이크는 밤새 정신을 잃었던 것이다.

"쉬셔야 해요." 간호사가 말하고 있었다. "뇌진탕이에요."

"뇌진탕요?" 마이크는 머리를 만져보았다. 왼쪽에 아픈 혹이 나 있었다.

"네. 불이 붙은 벽이 환자분 위로 무너졌어요." 간호사가 말하며 체온계를 꺼냈다. "아주 운이 좋으셨어요. 팔에 화상을 입었지만, 더 심하게 다칠 수도 있었거든요."

'맙소사.' 마이크는 생각했다. '존 바솔로뮤를 찾으러 다녀야 했는데, 밤새 정신을 잃고 있었다니.'

"벽이 무너졌을 때 플리트 스트리트에서 소방관 여덟 명이 목숨을 잃었어요." 간호사가 말했다.

마이크는 일어나 앉으려 했다. "저는 나가봐야…."

간호사는 마이크를 밀어 다시 뉘였다. "아무 데도 가시면 안 돼요." 간호사는 카모디 간호사와 똑같은 어투로 말했다.

무시무시한 생각이 마이크의 머리를 스치고 지났다. 오핑턴 병원에서처럼 여기에서도 몇 주 동안 입원해 있었던 거라면? "오늘

이 어떻게 되죠?”

“요일요?” 간호사가 걱정하는 표정으로 말했다. “의사 선생님을 모셔 올게요.” 간호사는 체온계를 주머니에 넣고 서둘러 나갔다.

이런, 맙소사. 몇 주가 지난 게 분명했다. 마이크는 강하를 놓쳤다.

‘아니, 에일린과 폴리가 나 없이 갔을 리가 없어.’ 마이크는 생각했다. ‘존 바솔로뮤를 기다리게 했을 거야.’ 아니면 마이크를 구하기 위해 구조팀을 보냈거나.

하지만 그들은 마이크가 어디에 있는지 알지 못했다. 설사 병원을 찾을 생각을 한다 할지라도, 간호사는 마이크가 소방관이라고 생각할 게 분명했으며….

“오늘이 무슨 요일이냐고 물으셨죠.” 옆 침대의 아이가 말했다. “월요일이에요.”

“아니, 날짜요.” 마이크가 말했다.

아이는 간호사가 지었던 것과 같은 표정을 지었다. “12월 30일요.”

안도감이 밀려들었다. “몇 시인가요?”

“모르겠어요.” 소년이 말했다. “하지만 이른 시각이에요. 아직 아침 식사를 주지 않았거든요.”

만약 세인트바트 병원이 오핑턴 병원과 비슷하다면, 아침 식사는 동틀 무렵에 제공되고, 그건 아직 시간이 있다는 뜻이었다. 하지만 많지는 않았다. 간호사는 금방이라도 의사를 데리고 돌아올 것이다.

마이크는 어지러운지 확인하며 조심스레 일어나 앉았다. 머리가 쪼개질 것 같았지만, 일어날 수 없을 정도로 심각하지는 않았고, 고통이 잦아들 때까지 기다릴 시간이 없었다. 마이크는 침대 옆으로 다리를 내렸다.

"뭐하는 거예요?" 아이가 놀라 물었다. "어디 가는 거죠?"

"세인트폴 대성당으로요."

"세인트폴 대성당이라고요?" 아이가 말했다. "그 근처에도 못 갈 걸요. 소방대가 시도를 했어요. 하지만 크리드 레인보다 더 가까이는 갈 수 없었어요."

"당신은 소방관인가요?" 마이크가 물었다. 아이는 아무리 봐도 열다섯 살이 안 되어 보였다.

"네. 레드크로스 스트리트 소방대요." 소년이 자랑스레 말했다. "아무튼 세인트폴 대성당에는 절대로 가실 수 없어요. 제가 여기로 이송될 때도 비숍스게이트까지 에둘러 와야 했거든요."

"그래도 가야만 합니다." 마이크가 일어났고, 머리가 핑 돌았다. "간호사가 제 옷을 어디에 뒀는지 알아요?"

"하지만 그냥 옷을 입고 여기서 나갈 수는 없어요." 아이가 강경하게 말했다. "의사가 퇴원하라고 허락을 안 했잖아요."

"제가 허락합니다." 마이크가 말하고 협탁 서랍을 거칠게 열었다.

옷은 그곳에 없었다. "간호사가 제 옷을 어디에 뒀는지 아느냐니까요?"

아이는 고개를 저었다. "제가 여기에 왔을 때 당신은 이미 이곳에 와 있었어요." 아이가 말했다. "그리고 간호사가 하는 말을 들었잖아요. 뇌진탕이라니까요. 간호사가 돌아올 때까지 기다렸다가 간호사에게…."

간호사에게 뭘 어쩌라고? 걱정하지 말라는 소리나 들으라고?

수간호사에게 물어보겠다고 말하고 몇 시간 동안 사라지는 걸 보고만 있으라고? 병원에서 마이크를 퇴원시키려면 며칠은 걸릴 것이다.

"아니면 적어도 의사가 와서 검진할 때까지만이라도 기다리세요." 아이가 말하며 침대들 사이 협탁에 있는 종을 훔쳐보았다.

마이크는 종을 낚아채 자기 베개 아래에 넣었다. "간호사가 당신 옷을 어디에 두었는지는 알아요?"

"저기 옷장에 있어요." 아이가 금속 캐비닛을 가리키며 말했다. "하지만 아무리 생각해도 지금 나간다는 건…."

"저는 말짱합니다." 마이크가 말하고 절룩이며 캐비닛으로 갔다. 맨 위 선반에 깔끔하게 개켜진 마이크의 옷이 있었고, 옷 밑에 신발이 있었다. 마이크는 한 눈으로 병실 문을 주시하며 바지를 입었다. 지금 당장에라도 간호사가 의사를 데리고 돌아올 것이다. 붕대 감은 팔을 소매에 끼울 때 통증 때문에 자신도 모르게 움찔했지만, 마이크는 참으려 애썼다. "여기서 가장 가까운 지하철역이 어딘가요?"

"캐넌 스트리트 역요." 아이가 말했다. "하지만 지하철이 다닐지 모르겠네요. 워털루와 런던 브리지 역 모두 지난밤에 폭격을 당했거든요."

"블랙프라이어스 역은요?" 마이크가 셔츠 단추를 채우고 끝자락을 바지 안으로 넣으며 물었다. "그곳도 폭격당했나요?"

"모르겠어요. 시티의 그 지역 전체가 아주 심하게 파괴되었어요."

'파괴.' 마이크는 맨발로 신을 신고 양말과 넥타이는 바지 주머니에 넣었다. "제 코트를 어디에 두었는지 알아요?"

"아니요. 아무리 봐도 당신은 아직 머리가 맑지…."

코트를 찾을 시간이 없었다. 간호사는 이미 마이크의 예상보다 오래 나가 있었다. 마이크는 재킷을 입으며 고통에 투덜거렸고, 절룩이며 재빨리 문으로 가서 문 한쪽을 살짝 열었다. 복도 저쪽 끝에서 간호사 두 명이 이야기하고 있었지만, 수간호사 책상에는 아무도 없었고, 세 번째 간호사는 다른 쪽 복도 저편에 있었다. 그 복도에는 옆으로 빠지는 또 다른 복도가 보였다.

'나는 환자처럼 보이지 않아.' 마이크가 생각하며 혹시 붕대가 보이지 않는지 소매를 힐끗 보고는 머리를 단정히 가다듬었다.

'절룩이면 안 돼.' 마이크가 다짐했고 왼쪽 문을 밀어 열었다.

간호사들이 잠깐 마이크 쪽을 보더니 다시 대화로 돌아갔다. 마이크는 다친 발에 무게가 실릴 때는 움찔거리지 않으려 애쓰며 빠르게, 하지만 너무 빠르지는 않게 복도를 걸어갔다.

"밤새 정말 눈코 뜰 새가 없었어." 간호사 한 명이 말하는 소리가 들렸다. "가이스 병원에서 이송된 환자들이랑 소방관들이 잔뜩 왔거든. 그리고 겨우 상황이 진정되었다 싶었을 때 아주 못된 아이들 둘이 병실들을 뛰어다니면서…."

마이크는 옆으로 빠지는 또 다른 복도까지 오자 모퉁이를 돌며 그곳이 텅 비었기를, 그리고 병원 밖으로 연결되길 빌었다. 마이크의 소원은 다행히 이루어졌지만, 밖에는 비가 오고 있었다. 이슬비가 어찌나 얼음처럼 찬지 마이크는 안으로 들어가 레인코트를 찾아올까 고민을 했다. 특히나 그가 나와 있는 곳은 병원 뒤쪽의 정원처럼 보였기 때문에 더욱 고민이 되었다. 그곳에서 거리로 나갈 수 있을지조차 의심스러웠다.

"아니요, 의사 선생님." 마이크는 뒤에서 누군가 말하는 소리를 들었다.

마이크는 정원을 가로질러 덤불을 헤치고 나왔다. 그러자 병원의 정면이 나왔다. 마이크는 병원 앞까지 오면 세인트폴 대성당을 볼 수 있기를, 그래서 어느 쪽으로 가면 될지 방향을 가늠할 수 있기를 바랐지만, 낮게 깔린 연기와 분홍빛 도는 회색 구름들이 사방 건물에 걸려 있는 탓에 템스강을 비롯해 알아볼 만한 이정표는 하나도 보이지 않았다. 화재 역시 아무 도움이 되지 않았다. 어디를 보아도 온통 화염이 이글거렸다.

길을 물어볼 만한 보행자 역시 한 명도 보이지 않았다. 보이는 사람이라고는 병원 문 앞에 서 있는 빨간 코트 차림의 직원뿐이었다. 그는 하얀 장갑 낀 두 손을 뒤로 쥐고 있었다. 마이크는 그건 좋은 신호라고 생각했다. 적어도 의사와 간호사들이 그를 에워싸고 혹시 탈출한 환자를 못 봤느냐고 묻고 있지는 않았다. 하지만 만약 마이크가 "세인트폴 대성당은 어느 쪽입니까?"라고 물으면 직원 스스로 그런 결론을 내릴 수도 있었다. 그렇다고 혼자서 이리저리 헤매며 방향을 알아낼 시간은 없었다….

"태워드릴까요?" 뒤에서 목소리가 들렸고, 놀랍게도 택시가 보도 옆에 서더니 창밖으로 택시 운전사가 고개를 내밀었다. "어디로 가십니까?"

마이크는 에일린을 데리러 블랙프라이어스 역으로 먼저 가자고 해야 할지 잠시 망설였다. 하지만 에일린은 그곳에 없을 수도 있었다. 비록 그곳에서 자신을 기다리라고 에일린에게 말해두긴 했지만, 만약 공습경보 해제 사이렌이 울렸으면 에일린은 세인트폴 대성당으로 향했을 수도 있었다. "공습경보가 해제되었나요?" 마이크가 물었다.

"몇 시간 전에요." 택시 운전사가 말했다. "다행이지요. 만약 독일군이 밤새 폭격을 했으면 이 병원도 멀쩡하지 못했을 겁니다. 자, 어디로 모실까요?"

세인트폴 대성당으로 가야겠다고 마이크는 결심했다. 만약 에일린이 그곳에 없다면 바솔로뮤 씨에게서 강하 지점이 어딘지 알아낸 뒤 블랙프라이어스 역으로 가서 에일린을 데려오면 된다.

하지만 목적지는 택시에 타고 난 뒤에 말하는 게 나을 듯했다. 타기 전에 말했다가 운전사가 '미안합니다, 손님. 거기는 너무 엉망이라 갈 수가 없습니다.'라고 말하고 떠나버리면 실로 곤란할 것이었다. 그리고 목적지를 말할 때도 거기에 갈 수 있냐고 묻지 말고 그냥 가자고 해야 할 듯했다.

마이크는 뒤에 탔고, 문을 닫고 택시가 출발할 때까지 기다렸다가 몸을 앞으로 숙이고 말했다. "세인트폴 대성당으로 가주세요."

"미국인이시군요." 택시 운전사가 말했다.

"네."

이제 운전사는 미국이 참전할 것인지 아닌지를 물을 것이고, 마이크는 너무나도 피곤해서 1940년 12월에는 뭐라고 답을 해야 맞는지 판단이 되지 않았다. 하지만 택시 운전사는 이렇게만 말했다. "그렇다면야, 어디든 원하는 곳으로 모셔야지요."

'그렇게 할 수 있다면 말이겠지요.' 마이크가 생각했다.

"세인트폴 대성당이라고 하셨죠? 좀 걸릴 겁니다. 오늘 아침은 거리 대부분이 막혔거든요. 하지만 제가 아는 길이 있죠. 그 길로 해서 모셔다드리지요. 대성당 정문 바로 앞까지 모셔다드리겠습니다."

"고맙습니다." 마이크가 말했다. 그는 깊이 숨을 들이마셨다. '아무리 늦어도 이제 겨우 6시 반 정도일 거야.' 마이크가 생각했다.

'화재 감시원들은 7시까지 근무를 하고, 비록 폴리는 바솔로뮤 씨가 어떻게 생겼는지 모르지만 그래도 밤새 그를 찾아다녔어. 그리고 폴리가 만나 얘길 했을 테니 바솔로뮤 씨는 에일린과 날 기다려줄 거야.'

마이크는 몸을 뒤로 기대고 심하게 욱신거리는 팔을 안았다. 머리도 욱신거렸다. '상관없어. 옥스퍼드에 가면 둘 다 고칠 수 있으니까.'

"직접 보고 싶으신 모양이죠?" 택시 운전사가 마이크에게 말했다. "대성당이 그곳에 아직 있는지 두 눈으로 확인하고 싶은 거죠? 뭐라고 할 수는 없죠. 지난밤에는 저도 대성당이 파괴될 거라 생각했으니까요. 런던 전체가 그럴 거 같았지요."

운전사는 연기 자욱한 거리를 계속해 돌았다. "가이스 병원으로 가는 손님을 태웠습니다. 부상자들을 돌보러 가는 의사였어요. 그리고 엠뱅크먼트 역을 지날 때 하늘은 마치 불이 붙은 것 같았는데, 너무나 밝아서 그 빛에 신문을 읽어도 될 정도였죠. 아주 기묘한 붉은색이었어요.

저는 가이스 병원이 없어졌을 거라고 그 의사에게 말했고, 만약 거기까지 갔는데 병원이 사라졌다면 그건 화재 탓일 거라고 해줬어요. 결국 저는 그 의사를 태우고 다시 런던 브리지를 건너 세인트바트 병원으로 가야 했죠. 거기로 데리고 간 게 다행이었어요. 그렇게 많은 부상자는 처음 봤습니다."

운전사는 거리를 살피기 위해 건널목에서 멈췄다. "뉴게이트는 막혔지만 알더게이트는 열렸을 수도 있습니다."

그렇지 않았다. 알더게이트에는 나무 바리케이드가 쳐졌다.

"칩사이드는 열렸습니까?" 바리케이드 옆에 선 경관에게 택시 운전사가 물었다.

"아니요. 이 지역은 런던탑까지 쭉 막혔습니다. 어디로 가시려고요?"

택시 운전사는 대답하지 않았다. "패링던은요?"

경관은 고개를 저었다. "아직 불을 다 잡지 못했어요. 시티 전체가 통행 불가입니다."

택시 운전사는 고개를 끄덕이고는 차를 돌렸다. "걱정하지 마십시오." 그가 마이크에게 말했다. "길 하나가 막혔다고 다른 길도 막혔다는 뜻은 아니니까. 안 그렇습니까? 목적지까지 모셔다 드리겠습니다."

마이크는 택시 운전사 말이 맞기를 바랐다. 그들이 가려는 모든 길마다 통행 금지선이 쳐졌거나 아니면 무너진 건물의 벽돌 조각들로 막혀 있었다. 길 하나에는 중간에 커다란 구덩이가 파였고, 다음 길에는 휴대용 손 펌프 두 개와 구급차 한 대가 버려져 있었다. 마이크는 아무래도 걸어가야만 할 듯했고, 그건 양말을 신어야 한다는 뜻이었다. 마이크는 주머니에서 양말을 꺼내, 신을 벗고 양말을 신기 시작했다.

"대성당을 보고 싶다고 하셨죠?" 택시 운전사가 등 뒤로 마이크에게 외쳤다. "자, 저기 있네요."

마이크는 고개를 들었고, 세인트폴 대성당이 보였다. 그들이 지나가는 텅 빈 거리 위로 돔이 있었다. 그리고 돔 위의 둥그런 장식과 그 위의 황금색 십자가가 어두운 회색 하늘을 배경으로 뚜렷이 보였다.

"생채기 하나 안 났군요." 택시 운전사가 감탄하며 말했다. "히틀러가 그토록 용을 썼는데도 말이죠. 아름답지요?"

아름답다는 말은 맞았지만 적어도 3킬로미터는 떨어진 거리였다. 그들의 위치는 아마도 세인트바트 병원에 더 가까울 것이다. '더 멀어지기 전에 택시에서 내리는 게 낫겠어.' 마이크가 생각했지만 택시 운전사가 미로처럼 복잡한 길로 돌아가자 대성당은 사라졌고, 운전사가 방향을 바꾸고 모퉁이를 돌고 다시 돌아가고 후진을 하는 일이 어찌나 잦은지, 마이크는 대성당이 어느 방향에 있는지도 알 수가 없어졌다.

'운전사도 모를 거야.' 마이크가 생각하며 신발 끈을 묶고 재킷 단추를 채웠다. '이 사람은 그냥 차를 모는 거야. 그러는 동안 나는 점점 시간이 없어지고.'

"멈춰주세요." 마이크가 차 문에 손을 뻗으며 큰 소리로 말했다. "여기서부터는 걸어가겠습니다."

택시 운전사가 고개를 저었다. "비가 오고 있습니다. 그리고 코트도 안 입으셨잖습니까. 아니요, 저는 세인트폴 대성당 정문 앞까지 모셔다드리겠노라고 말했고, 그렇게 할 겁니다."

"아니, 진짜로요, 저는…."

하지만 택시 운전사는 좁은 골목으로 이미 들어선 다음이었다. 그는 양쪽의 시커먼 건물들을 보며 고개를 끄덕였다. "이제 근처입니다."

어쨌든 화재가 있던 곳 근처이기는 했다. 거리 전체가 완전히 파괴되었으며, 비가 오는데도 여전히 불이 타는 곳이 있었다. 마이크는 핀포인트 폭탄이 터진 뒤 런던의 모습을 찍은 비디오를 본 적이 있었는데, 이곳은 마치 그 비디오 속의 풍경 같았다. 그을린 목재들 너머로, 그다음 거리, 그리고 그다음 거리의 잔해가 보였지만, 세인트폴 대성당은 흔적도 보이지 않았다.

'우리는 바비칸에 있는 게 분명해.' 마이크가 생각했다. '아니면 무어게이트이거나.'

"자, 다 왔습니다." 택시 운전사는 여전히 연기가 피어오르는 창고 옆 인도에 차를 대며 말했다.

그리고 인도 바로 저편에 세인트폴 대성당의 안뜰이 있었고, 그 너머로 대성당의 기둥들이 들어선 서쪽 정면이 보였다. 마이크는 지갑을 꺼내려 재킷을 뒤적였다.

"모셔다드릴 거라고 말했잖습니까." 택시 운전사가 큰 소리로 으쓱댔다.

간호사가 지갑을 꺼내 치운 게 분명했다. 바지 주머니를 뒤지자 1실링과 2펜스 주화 하나가 나왔다. 아, 이런, 이제 겨우 몇백 미터를 남겨두고 이런 일이 일어나다니.

"지난밤 공습에서 지갑을 잃어버린 모양입니다." 마이크가 말을 더듬으며 다시 주머니를 뒤졌다. 신분증도 없었다. 배급 수첩 역시 없었다. 간호사들이 아마 안전하게 보관하기 위해 치워둔 게 분명했다. "제게 있는 건 이게 전부…."

"안 주셔도 됩니다, 손님." 택시 운전사가 됐다고 손을 저으며 말했다. "손님 동료들이 그런 일을 해주셨는데, 돈을 받으면 안 되지요."

"제 동료들요…?"

"손님은 양키잖습니까." 택시 운전사가 신문을 들어 보였다. 1면 헤드라인이 보였다. '루스벨트가 영국을 지지하기로 선언하다.'

"이제 우린 승리할 일만 남은 겁니다." 운전사가 말했다.

'고맙습니다, 루스벨트 대통령.' 마이크가 생각했다. '아슬아슬하게 때맞춰 나타나셨군요.'

"그리고 어쨌든 대성당이 멀쩡한 걸 직접 제 눈으로 확인한 것만으로도 여기 올 만한 가치가 있었습니다." 택시 운전사가 말했다. "보니까 절로 눈물이 나네요. 안 그렇습니까, 손님?" 택시 운전사는 대성당을 가리켰다. "대성당이 멀쩡한 걸 두 눈으로 확인하고 싶었던 게 우리만은 아닌 모양입니다."

그는 안뜰에 서서 세인트폴 대성당을 쳐다보는 사람들을 가리켰다. 아직 거리가 꽤 있어서 그 사람들 속에 폴리나 바솔로뮤가 있는지는 알아볼 수 없었다.

마이크는 택시에서 내렸다. "고맙습니다. 전부 다요."

"저도 고맙습니다, 손님." 택시 운전사가 말하더니 택시를 몰고 떠났다.

마이크는 다리를 절며 거리를 지나 세인트폴 대성당을 향해서 갔고, 폴리와 바솔로뮤를 찾아보았지만, 안뜰의 사람 중에 그들은 보이지 않았다. 마이크는 그 둘이 자신을 찾으러 어디론가 간 게 아니길 바랐다.

'아닐 거야. 어디로 가야 나를 찾을 수 있는지 전혀 모르잖아.' 마이크가 생각했다. '그리고 내가 여기로 오려 한다는 걸 알기도 하고. 그러니 여기서 나를 기다리고 있을 거야.' 마이크는 포치와 넓은 계단을 보았다. 그곳에는 더 많은 사람이 서거나 앉아 있었다. '폴리와 바솔로뮤 씨가 에일린을 찾아 블랙프라이어스 역으로 간 게 아니라면.'

아니, 폴리는 마이크가 에일린에게 이곳에서 기다리라고 말한 것을 알지 못했다….

누군가가 마이크의 소매를 잡았다. 마이크가 상대가 폴리이기를 바라며 돌아보았지만, 소매를 잡은 이는 마르고 당황한 표정의 남자였다. "여기는 제가 일하는 곳입니다." 그 남자가 다급하게 말하며 마이크 뒤의 폐허에서 여전히 서 있는 문을 가리켰다. 그 문은 문틀에 걸렸고, 문틀은 시커먼 기둥 두 개에 매달려 있었다. 창고의 나머지 부분은 완전히 파괴되었다. "이제 저는 어떻게 하죠?" 그가 물었다.

"모르겠습니다. 유감입니다." 마이크가 소매를 빼내려 애쓰며 말했다.

"문 열 시간이 지났습니다." 마이크에게 자기 손목시계를 들어 보이며 남자가 말했다. 시계는 9시를 가리켰다.

9시. 병원을 나와 여기까지 오는 데 2시간 반이 걸렸다. 화재감시원은 오래전에 일을 마치고 성당 지하실로 내려갔을 것이다.

'폴리와 바솔로뮤 씨도 그곳에 있을 거야.' 마이크가 생각했고, 남자의 손아귀를 뿌리치고 소방 호스들을 넘어 가장자리에 재가 묻은 물웅덩이들을 에둘러 안뜰을 가로지르기 시작했다.

남자는 마이크를 따라오며 중얼거렸다. "무너졌어요…. 이제 저는 어쩌면 좋나요?"

마이크는 계단 발치에 도착했다. 스무 명 정도 되는 사람들이 계단에 주저앉아 있었다. 그들은 '제인여왕호'에 탔던 군인들처럼 검댕투성이에 지친 표정이었고, 멍한 표정이었다. 그리고 마이크 생각이 맞았다. 폴리는 이곳에서 그를 기다리고 있었다. 폴리는 계단을 반쯤 올라간 곳에서 넝마를 걸친 아이 둘 옆에 앉아 있었다. 에일린도 있었다. 에일린의 옆 계단에는 검게 탄 자국이 일그러진 별 모양으로 나 있었다. 소이탄이었다.

에일린이 마이크를 발견했다. 에일린은 무슨 일이 있었는지, 왜 존 바솔로뮤가 그곳에 없는지 말해주기 위해 일어나 계단을 내려오기 시작했지만, 마이크는 이미 그 답을 알았다. 폴리의 얼굴에 서린 표정을 한 번 보는 것만으로도 마이크는 모든 것을 알 수 있었다.

"내가 너무 늦게 왔구나." 마이크가 말했다.

에일린이 고개를 끄덕였다. "주임 사제가 바솔로뮤 씨는 1시간 전에 떠났대. 바솔…."

"문이 잠겼어요." 남자가 마이크의 소매를 잡으며 말했다. "이제 어쩌죠?"

"모르겠어요." 마이크가 말했다. 그리고 폴리와 에일린 옆의 젖은 계단에 앉았다. "모르겠어요."

35

하느님께서 그대들에게 기쁜 소식을 가져오셨으니,
그 무슨 일에도 낙담하지 말기를.

— 올할로우스 바킹 처치의 잔해 밖에 걸린 크리스마스 메시지.
누군가가 '그 무슨 일에도'에 숯으로 밑줄을 쳐두었다.

세인트폴 대성당, 1940년 12월 30일

폴리는 세인트폴 대성당의 넓은 계단에 앉았고, 자기와 에일린 아래쪽에 서 있는 마이크를 바라보았다. 폴리는 너무나 지친 상태였고, 마이크 역시 폴리만큼이나 지쳐 보였다. 마이크는 셔츠 차림이었고, 팔에는 붕대를 감고 있었다. 폴리는 마이크의 코트가 어떻게 된 건지 궁금했다.

"바솔로뮤 씨가 갔다고?" 마이크가 멍하니 되풀이해 말하며 폴리에게서 에일린에게로 시선을 옮겼다. "어쩌면 아직 따라잡을 수 있을지도 몰라. 이렇게 엉망인 상황에서 아직 멀리 가지는 못했을 거야. 만약 어느 쪽으로 갔는지 알아낼 수 있다면…."

폴리는 고개를 저었다. "바솔로뮤 씨는 지하철을 타고 갔어."

"블랙프라이어스 역에서? 어쩌면 아직 지하철역에 도착하지 못했을 수도 있어. 우리가 서두르면?"

"세인트폴 대성당에서."

"세인트폴 대성당? 강하 지점이 여기 대성당에 있다는 뜻이야?"

"아니. 바솔로뮤 씨는 세인트폴 대성당 지하철역에서 떠났어."

"하지만 지난밤에는 지하철이…."

"오늘 아침에 다시 운행을 재개했어." 에일린이 말했다.

"분명히 아직은 따라잡을 수 있을 거예요." 알프가 말했고, 비니가 고개를 끄덕였다.

"우리는 잽싸요." 둘은 바솔로뮤를 쫓아가려는 듯이 일어섰다.

마이크는 둘을 바라보고 다시 폴리를 보았다. "네 생각에도…?"

폴리는 고개를 저었다. "바솔로뮤 씨는 우리가 이곳에 도착하기 1시간 전에 떠났어."

"바솔로뮤 씨가 어디로 간다고 혹시 말하지 않았는지 화재 감시원들에게 물어봤어?" 마이크가 물었다. "내 말은, 진짜 목적지 말고. 그래도 어디에 강…."

"응." 폴리는 마이크가 '강하 지점'이라는 말을 꺼내기 전에 마이크의 말을 잘랐고, 주의 깊게 대화를 듣던 알프와 비니를 눈짓해 가리켰다. "웨일스에 있는 삼촌이 오라고 했대."

"그밖에 무슨 말을 했는지도 물어봤어? 진짜로 어디로 가는지에 대해 뭔가 힌트라도 남겼을…"

바솔로뮤가 가려는 곳은 옥스퍼드였다. "마이크…."

"어느 기차를 탈 거라고 말했는지 물어봤어? 적어도 어느 방향으로 갔는지는 알 수 있잖아."

'아니, 그렇지 않아.' 세인트폴 대성당 역에서 두 역만 더 가면 지하철의 어느 노선으로든 바꿔 탈 수 있었다. "마이크, 소용없어.

바솔로뮤 씨는 갔어.” 폴리가 말했지만 마이크는 이미 계단을 성큼성큼 올라 세인트폴 대성당으로 들어가고 있었다.

폴리는 비틀거리며 일어나 마이크를 따라 안으로 들어갔다. 마이크는 이미 수랑까지 반은 가 있었고, 텅 빈 본당에 그의 걸음 소리가 울려 퍼졌다. 폴리가 외쳤다. “화재 감시원 절반은 이미 집에 갔고, 나머지 절반은 자고 있어, 마이크!” 폴리가 마이크를 쫓아 달려갔다.

다시 어젯밤이 반복되는 것만 같았다. 아무리 쫓고 또 쫓아도 도저히 따라잡을 수 없던 기억이 떠올랐다. 그리고 폴리는 갑자기 너무 피곤해져 더 쫓을 수가 없었다. 그녀는 걸음을 멈추었고, 방향을 돌려 축축하고 연기 자욱한 본당을 다시 걸어왔다. 사방에는 시커멓게 탄 종잇조각들이 널렸다. 지난밤 공중에서 불타며 춤을 추던 예배 순서지들이었다. 이제 그것들은 검은 낙엽처럼 바닥에 흩어져 있었다.

폴리가 불타는 그림엽서에 물을 뿌렸던 곳 바닥에는 아직도 물이 고였고, 그 옆에는 반쯤 탄 ‘세상의 빛’이 있었다. 폴리는 몸을 굽히고 그것을 주워들었다. 그림의 왼쪽, 문이 있어야 할 곳은 시커멓게 변해 말려 있었다. 폴리가 만지자 그 반쪽은 가루가 되어 떨어졌고, 그래서 예수는 손을 들어 아무것도 없는 곳을 두드리는 모양이 되었다.

폴리는 그 그림을 한참 동안 바라보다가 책상 위에 조심스레 내려놓고, 밖으로 나와 에일린과 아이들 옆 넓은 계단에 앉았다. 곧 마이크도 밖으로 나와 그들 사이에 주저앉았다. “바솔로뮤 씨는 그 누구에게도, 아무 말도 하지 않았어.” 마이크가 말했다. “그냥 떠났어. 정말로 미안해, 폴리.”

"네 잘못이 아니야." 폴리가 말했다. "넌 최선을…."

"실례합니다." 어떤 남자가 말했다. 좀 전에 폴리는 택시에서 내린 마이크가 그 남자와 이야기를 나누는 걸 보았다. 그 남자는 계단 발치에 서서 간청하듯 마이크를 쳐다보았다. "제가 집으로 가야 할까요? 아니면 여기서 기다려야 할까요?"

"저 남자가 일하던 곳이 어젯밤에 파괴되었대." 마이크가 일행에게 설명했다.

"이제 저는 어떻게 할까요?" 남자가 말했다.

'모르겠어요.' 폴리가 생각했다.

"여기에 계세요." 마이크가 단호히 말했다. "조만간 사장님이 올 겁니다."

'하지만 너무 늦은 뒤에야 나타나면?' 폴리가 생각했다.

"고맙습니다." 남자가 말했다. "정말 도움이 많이 되었습니다."

그들은 남자가 계단을 내려가 물웅덩이가 잔뜩 있는 안뜰을 가로질러 가는 모습을 지켜보았다. "도움이라니." 마이크가 씁쓸하게 말했다. "바솔로뮤 씨를 찾지 못한 건 내 탓이야. 만약 바솔로뮤 씨가 여기 온 게 공습 끝 무렵이었다고 혼자 지레짐작하는 대신 너희에게 바솔로뮤 씨에 대해 그리고 세인트폴 대성당이 거의 불에 탄 일에 대해 묻기만 했어도 되는데. 또는 그 빌어먹을 벽이 무너지지만 않았어도…."

"무슨 벽?" 에일린이 물었다.

마이크는 자신이 어떻게 정신을 잃고 세인트바트 병원에서 깨어났는지를 설명했다.

"너 거기 있었어?" 에일린이 믿을 수 없다는 듯이 말했다. "세인트바트 병원에?"

'어젯밤, 우리 모두 세인트바트 병원에 있었어.' 폴리가 생각했다.

부상당했던 화재 감시원은 의식을 잃은 마이크 바로 옆 침대에 누워 있었으리라. 마이크는 바솔로뮤에게서 겨우 몇 뼘 떨어져 있었고, 폴리는 벽 하나를 사이에 두고 세인트폴 대성당의 서까래를 올라갔다. 그들은 그토록 아슬아슬하게 바솔로뮤와 가까이 있었다.

하지만 모든 상황이 그들에게서 등을 돌렸다. 시어도어가 동화극을 보겠다고 떼를 쓴 것 하며, 봉쇄된 거리까지 그 모든 일이, 바솔로뮤가 오늘 아침에 떠나기 전에 그들이 이곳으로 오는 것을 막았다. 마치 그들이 존 바솔로뮤를 만나지 못하도록 시공간 연속체가 정교한 계획을 짠 것 같았다. 지난가을에 폴리와 에일린이 서로를 만나지 못했을 때처럼. '어쩜 이렇게 뭐 하나 되는 일이 없을까.' 폴리가 생각했다.

"네 잘못이 아니야. 내 잘못이야." 에일린이 말하고 있었다. "만약 내가 바솔로뮤 씨의 강연을 집중해 들었다면, 나는 그분이 아직 여기에 있었던 것을 알았을 거고, 우리는 몇 주 전에 바솔로뮤 씨를 찾을 수 있었을 거야. 그리고 이제는 너무 늦었어…."

"웨일스에 가서 찾으면 안 되나요?" 알프가 물었다.

"웨일스의 어디에 있는지 모르니까." 비니가 말했다. "그리고 저 아저씨 이야기 들었잖아." 비니가 마이크를 가리켰다. "그 사람은 진짜로는 웨일스에 간 게 아니야. 그곳에 가겠다고 말을 한 것뿐이지." 그리고 폴리는 마이크가 더 이상 말하기 전에 마이크의 입을 막아 다행이라고 생각했다. 호드빈 남매는 셋이서 나누는 이야기를 하나도 놓치지 않고 귀담아들은 게 분명했다. 그리고 비록 에일린에게는 아무 말도 하지 않았지만, 폴리는 이 둘이 홀본 역에서 그날 밤에 피크닉 바구니를 훔쳤던 그 꼬마 범죄자들일 거라고 거의 확신했다.

“만약 웨일스에 있지 않으면 어디로 갔는데요?” 알프가 에일린에게 묻고 있었다.

“우리는 몰라.” 폴리가 말했다. “우리에게 말 안 해줬거든.”

“내가 찾을 수 있어요.”

“어떻게?” 비니가 말했다. “넌 그 사람이 어떻게 생겼는지조차 모르잖아, 이 바보야.”

“나는 바보가 아니야. 그 말 취소해.” 알프가 말하며 비니에게 달려들었다. 비니는 계단을 내려가 앞뜰을 가로질렀다. 알프가 열심히 그 뒤를 좇았다.

에일린은 여전히 자신을 탓하고 있었다. “사고 현장 담당자가 구급차를 몰고 세인트바트 병원으로 가달랬을 때 그냥 안 된다고 거절했어야 하는데.”

‘그리고 나는 부상당한 화재 감시원의 이름을 알아내거나 그 부상자와 병원으로 간 사람이 누구인지부터 알아낸 다음에 병원으로 갔어야 했어.’ 폴리가 생각했다. 그렇게만 했다면 험프리스 씨가 몇 분 전에 했던 말이 무슨 뜻인지 알았을 것이다. 그랬더라면 폴리는 험프리스 씨가 바솔로뮤를 도와 부상자를 구급차에 태운 다음 다시 지붕으로 올라갔다는 사실을 알았을 것이다. 험프리스 씨에게 부탁해 바솔로뮤에게 메시지를 전해달라고, 자신들이 그곳에 도착할 때까지 떠나지 말라고 전해달라 할 수 있었을 것이다.

“누구의 잘못도 아니야.” 폴리가 말했다.

어떻게 했어도, 그들은 바솔로뮤를 찾을 수 없었을 것이다. 이미 일어난 일이고, 바솔로뮤는 폴리 일행에게서 메시지를 받지 못한 채 옥스퍼드로 돌아갔기 때문이다. 시작부터 가망 없는 일이었다. 모두가 가망 없는 일이었다. 마이크가 구조팀과 접촉하려던 시도나 제럴드를 찾으려 했던 것 모두가.

그들 뒤의 문이 열리더니 험프리스 씨가 찻주전자와 잔이 올려진 쟁반을 가지고 나왔다. "당신이 아직 여기에 있다고 친구인 데이비스 씨가 말씀하시더군요." 험프리스 씨가 폴리에게 말하며 그녀와 다른 이들에게 잔과 잔 받침을 건넸다. "따뜻한 차가 있으면 좋지 않을까 싶었습니다. 오늘 아침은 몹시 추우니까요."

험프리스 씨는 사람들에게 차를 따랐고, 이윽고 계단을 내려가 마이크에게 뭘 하면 좋을지 묻던 사람에게 갔다. 이어 여전히 연기가 모락모락 나는 잔해에서 놀던 알프와 비니에게 다가갔다.

험프리스 씨는 아이들에게 비스킷을 준 뒤 돌아왔다. "친구분을 만나지 못해 유감입니다, 세바스찬 양." 그가 말했다. "혹시 바솔로뮤 씨에게 연락할 만한 주소가 있는지 매튜스 주임 사제님에게 여쭤보겠습니다. 집에 돌아가기 위해 도움이 필요하십니까?"

'네.' 폴리가 생각했다. '하지만 당신은 우리를 도와줄 수 없어요.'

폴리는 고개를 저었다.

"혹시 버스 탈 돈이 필요하시다거나…."

"아니요." 폴리가 말했다. "자동차를 가져왔어요."

"잘됐군요. 차를 드세요." 험프리스 씨가 명령했다. "기분이 나아질 겁니다."

'제 기분을 나아지게 할 수 있는 건 없어요.' 폴리가 생각했지만, 차를 마셨다. 차는 뜨겁고 달았다. 험프리스 씨는 차에 자신이 배급받은 설탕을 한 달 치는 넣었을 게 분명했다.

폴리는 차를 다 마시고 갑자기 자신이 부끄러워졌다. 자신만 힘든 밤을 보낸 게 아니었다. 그리고 자신만이 무시무시한 미래를 앞둔 것도 아니었다. 게다가 전망이 완전히 어두운 것만도 아니었다. 그들이 바솔로뮤를 발견하지 못했다는 사실은 던워디 교수가 그들을 배신하지 않았다는 뜻이었다. 콜린이 폴리에게 거짓말을 하지 않았다는 뜻이었다.

그리고 폴리와 마이크와 에일린의 행동이 사건들에 영향을 준 것 같지도 않았다. 지난밤은 예정대로 흘러갔다. 세인트폴 대성당은 여전히 서 있었고, 시티의 나머지 부분은 그렇지 않았다. 역사는 여전히 제 궤도에 있었다.

지난 2개월 동안, 폴리는 자신들이 전쟁의 진행 방향을 바꾸었다는 증거를 보게 될까 봐 무척이나 두려워했었지만, 이제는 역사학자가 사건들을 바꿀 수 '있다'는 증거를 간절히 바라고 있었다. 길드홀과 챕터 하우스, 그리고 그 모든 아름다운 크리스토퍼 렌의 교회들이 파괴되는 사건들을 제발 바꾸고 싶었다. 또한, 앞으로 닥칠 모든 끔찍한 일들, 드레스덴과 아우슈비츠와 히로시마의 사건들이 일어나지 않게 할 수 있기를 바랐다. 그리고 예루살렘과 전 지구적 전염병, 세인트폴 대성당을 완전히 없애버린 핀포인트 폭탄도. 모든 끔찍한 일들을 막을 수 있기를 바랐다.

하지만 어떻게 그럴 수 있단 말인가? 그들 셋은 밤새도록 애썼지만 사람 한 명을 찾아 간단한 메시지 하나 전하는 일조차도 실패하고 말았다. 그리고 설사 그런 일들을 막을 수 있다 할지라도 그것이 나은 방향으로 역사를 끌고 갈 거라는 것을 어떻게 안단 말인가? 그건 정말로 알 수 없는 일이었다. 시공간 연속체는 너무

나도 복잡한 혼돈계이기에 하나의 재난을 일어나지 않게 했을 때 그 결과가 더 나쁜 방향으로 흘러가지 않는다는 보장이 없었다. 그리고 비록 제2차 세계대전이 끔찍하기는 했지만, 적어도 연합군이 승리하기는 했다. 연합군은 히틀러를 막았고, 그것이 좋은 일이라는 점에는 논란의 여지가 없었다.

하지만 그 대가는 끔찍했다. 수백만 명이 죽었고, 도시들은 잿더미가 되었고, 생명이 희생되었다. '나의 생명도 포함해서.' 폴리가 생각했다. '그리고 에일린과 마이크의 생명도.'

폴리는 계단에 웅크리고 앉아 있는 둘을 바라보았다. 에일린은 반쯤 얼어붙어 금방이라도 울음을 터뜨릴 듯한 표정이었고, 마이크는 팔에 붕대를 감았고, 발은 반은 못쓰게 되어버렸다. 둘은 지쳐 보였고, 폴리는 둘을 향한 애정이 샘솟는 걸 느꼈다. 그들은 폴리의 데드라인 때문에 문자 그대로 자신의 몸을 돌보지 않고 이 일을 했다. 폴리를 안전하게 집으로 보낼 수만 있었다면 둘은 자신들의 목숨마저 걸었을 것이다. 그것은 폴리가 적어도 자기 정신은 추슬러야 한다는 뜻이었다.

험프리스 씨는 그렇게 했고, 런던 역시 그렇게 했다. 어젯밤, 그들은 도시의 절반이 잿더미가 되는 것을 목도했지만, 오늘 런던 시민들은 그들처럼 주저앉아 자기연민에 빠져있지 않았다. 대신, 그들은 아직 꺼지지 않은 불을 끄고, 사람들을 잔해에서 구했다. 그들은 상수도관과 철도와 전화선을 수리했고, 출근을 했고, 일하던 곳이 사라진 경우에는 깨진 유리를 쓸었다. 주저앉지 않았다.

만약 그 사람들이 할 수 있다면, 폴리도 할 수 있었다. '다시 한 번 더 돌파구로.'[19] 폴리가 생각했고, 일어나 코트에서 검댕을 털

19 셰익스피어, 《헨리 5세》

어냈다.

“우리는 가야 해.” 폴리가 말했다. 그녀는 잔과 잔 받침을 모아 안으로 가져가 반쯤 탄 ‘세상의 빛’ 복제화 옆 책상에 올려두었고, 나오다가 뒤를 돌아 다시 한 번 그 그림을 보았다. 아무것도 없는 어둠을 밝히기 위해 예수가 든 등불을, 가장자리가 불에 타 쪼개질 때 생긴 검댕이 묻은 예수의 가운을 보았다.

폴리는 예수 역시 에일린과 마이크처럼 지친 얼굴을 하고 있으리라고 생각했었지만, 그렇지 않았다. 예수의 얼굴은 험프리스 씨처럼 친절함과 관심으로 가득했다.

폴리는 핸드백에서 6펜스 주화를 꺼내 책상 위에 놓고 그림을 4분의 1로 접어 주머니에 넣고 밖으로 나왔다.

“우리는 가야 해.” 폴리가 마이크와 에일린에게 말했다. “직장에 늦을 거야. 그리고 구급차를 세인트바트 병원에 돌려줘야 해.”

“내 코트도 찾아와야 해.” 마이크가 말했다. “에일린 것도.”

“나는 아이들부터 집에 데려다줘야 해.” 에일린이 말했다. “알프! 비니!” 에일린이 아이들을 불렀다.

아이들은 여전히 잔해에서 놀고 있었다. 둘은 막대기로 연기가 피어오르는 기둥을 쑤석이다가 기둥이 무너지며 이글거리는 깜부기불로 변하자 깜짝 놀라 뒤로 물러섰다.

“가자. 집에 데려다줄게.”

“가다니요?” 비니가 말했다. 아이들은 서로의 얼굴을 바라보다가 이윽고 에일린을 쳐다보았다. “데려다줄 필요 없어요.” 알프가 말했다. “우리끼리 갈 수 있어요.”

“아니. 아마도 화이트채플로 가는 지하철은 운행하지 않을 거야. 그리고 네 어머니도 무척 걱정하실 거고.” 에일린이 말했다.

"너희들이 어젯밤에 어디에 있었는지, 그리고 얼마나 도움이 되었는지 너희 어머니께 말씀드릴게." 에일린이 계단을 내려와 아이들에게 다가가기 시작했다.

알프와 비니는 다시 한 번 시선을 교환하더니 들고 있던 막대기들을 떨어뜨리고는 냅다 도망쳤다.

"알프! 비니! 기다려!" 에일린이 외치며 그 뒤를 쫓았고, 폴리와 마이크가 뒤를 따라갔지만, 아이들은 패터노스터 로우를 지나 연기가 피어오르는 잔해들 속으로 사라진 뒤였다.

"저런 미로 속에선 아이들을 찾지 못할 거야." 마이크가 말했고, 에일린은 고개를 끄덕이며 마지못해 그 의견에 동의했다.

"아이들이 괜찮을까?" 폴리가 물었다.

"응. 저 아이들은 자기 몸 챙기는 데는 선수급이거든." 에일린이 아이들을 바라보며 말했고, 이윽고 얼굴을 찡그렸다. "하지만 왜 갑자기 저러는지 모르겠네…."

"집에 데려가면 학교에 가야 할까 봐 그러는 걸 거야." 마이크가 말했고, 다 함께 구급차까지 왔을 때, 마이크는 연료계를 들여다보고 말했다. "어쨌든 그 아이들을 집까지 데려다줄 수 없었겠네. 화이트채플까지 갔다가 돌아올 정도의 휘발유가 없어. 세인트바트 병원까지라도 가면 운이 좋을 거야."

"만약 세인트바트 병원을 찾을 수 있다면 말이야." 에일린이 말했다. 그녀는 구급차로 향했다. "알프가 길을 다 알려줬잖아. 기억나?"

폴리는 막힌 거리와 바리케이드들을 떠올리며 고개를 끄덕였다.

"내가 길을 알려줄 수 있을 거 같은데." 마이크가 말했다.

그리고 실제로 셋은 마이크 덕에 병원까지 돌아갈 수 있었다.

에일린의 코트는 여전히 난간에 그대로 걸려 있었지만, 마이크의 코트는 찾을 수 없었고, 그는 직원에게 물어보자는 제안에 반대했다. "나는 허락 없이 마음대로 퇴원했어." 마이크가 에일린과 폴리에게 말했다. "그리고 병원은 나를 다시 입원시키려 할 거야."

"팔의 화상은 별거 아니라고 했잖아." 폴리가 말했다.

"맞아. 별거 아냐. 하지만 그렇다고 나를 당장 퇴원시킨다는 뜻은 아니지. 그리고 오핑턴 병원에서 몇 주나 그랬던 것처럼 여기에서도 두 손 묶인 채 잡혀 있을 수는 없어. 코트는 없어도 돼."

"하지만 겨울인걸." 에일린이 말했다. "그러다가 얼어…."

"내가 찾아올게." 폴리가 자청하며 말했다. "에일린, 너는 가서 구급차를 돌려줘. 마이크, 현관에서 우리를 기다려."

마이크는 고개를 끄덕이고는 다리를 절룩이며 문으로 향했다.

"내가 구급차를 훔쳤다고 병원에서 나를 체포하지는 않겠지?" 에일린이 물었다.

"네 코트가 피범벅이 된 걸 고려해본다면, 그러지 않을 거야. 그리고 설사 그런 일이 일어난다면 내가 널 빼내줄게." 폴리가 말했고, 마이크의 코트 행방을 묻기 위해 병실로 향했다.

폴리가 만난 간호사는 마이크를 병원으로 실어왔을 때 코트를 잘라내야 했을 가능성이 크다고 말했다. "응급실에 가서 확인해보세요."

코트는 그곳에도 없었고, 수간호사에게도 없었다. 폴리는 마이크에게 말하기 위해 현관으로 갔다. 마이크와 에일린 둘 다 그곳에 있었다. "체포당하지 않았네?" 폴리가 에일린에게 물었다.

"응. 아주 상냥하게 대하더라. 마이크의 코트는 찾지 못했어?"

“응. 미안. 위번 부인에게 하나 더 구해달라고 부탁할게. 자, 받아.” 폴리는 히바드 양에게서 선물 받은 주황색 목도리를 목에서 풀었다. “네 코트를 구할 때까지 이걸 하고 있어.” 폴리는 마치 아이에게 하듯 마이크의 목에 목도리를 둘러주었다. 그들은 지하철역으로 출발했다.

지하철역은 열려 있었지만, 해머스미스와 주빌리 선 둘 다 운행하지 않았고, 디스트릭트 선은 캐논 스트리트 역과 템플 역 사이는 운행하지 않았다.

“그렇다면 아직 바솔로뮤 씨를 따라잡을 가능성이 있어.” 마이크가 말했다. “만약 바솔로뮤 씨가 타야 할 지하철이 파괴되었거나 운행하지 않는다면 아직 옥스퍼드에 돌아가지 못했을 거야. 아직 런던에 있을지도 몰라.”

“마이크….” 폴리가 항의했다. “바솔로뮤 씨는 2시간 전에 떠났어….”

“너희 둘은 출근해. 만약 바솔로뮤 씨를 따라잡으면 너희를 데리러 타운젠드 브라더스 백화점으로 갈게.” 마이크가 말했고, 둘이 말리기도 전에 떠났다.

“네 생각에 마이크가 어쩌면….” 에일린이 폴리에게 물었다.

“아니.” 둘이 타운젠드 브라더스 백화점에 도착하는 데에만 1시간 반이 걸렸지만, 폴리는 에일린의 희망에 여지를 주지 않았다.

“다행히 둘 다 출근했군요.” 스넬그로브 양이 말했다. “도린과 세라가 못 오는 상황인 데다, 새해맞이 판매는 모레 시작하니까요. 맙소사, 다쳤군요!” 스넬그로브 양이 에일린에게 말했고, 폴리에게는 전화로 구급차를 부르라고 명령했다.

“제 피가 아니에요.” 에일린이 자기 코트를 내려다보며 말했다.

"핏자국을 빼는 방법을 혹시 아시나요?"

"벤젠을 써요." 스넬그로브 양이 곧바로 말했다. "하지만 피가 안쪽까지 배어든 듯하네요."

스넬그로브 양은 에일린을 가정용품 매장에 보내 세척액 한 병을 가져오게 했고, 폴리에게는 새해맞이 할인 판매 플래카드를 쓰게 하고 자신은 세라를 대신하러 갔다.

폴리는 그날 내내 '새해맞이 특별 할인'이라는 플래카드를 쓰고, 또한 왜 마이크가 돌아오지 않는지, 화상 입은 팔 상태는 어떤지, 내일 이후로 자신들은 어째야 하는지 걱정하며 시간을 보냈다.

1월 1일부로, 그들은 언제 어디가 폭격당하는지 더는 알지 못했고, 타운젠드 브라더스 백화점과 노팅힐게이트 역을 빼면 어디가 안전한지도 몰랐다. 폴리는 리케트 부인 집과 마이크의 하숙집 모두 안전할 거라고 가정했다. 바드리는 허가된 주소들이 대공습 내내 안전한지 아니면 폴리의 임무 기간에만 안전한지에 대해 말해준 적이 없었다. 하지만 대공습 기간 내내 폭격을 받지 않은 지하철역으로만 공습을 피하러 가야 한다고 고집을 피우던 던워디 교수가 하숙집에 다른 규칙을 적용했을 것 같지는 않았다.

하지만 그럴 것 같지 않았다는 것으로는 충분하지 않았다. 밤에는 노팅힐게이트 역에서 지내는 게 최선이었다. 그리고 사이렌이 울리면 공습이 시작되기 전에 그곳에 도착하길 바라야 했다.

짧은 겨울 해를 고려하면 그건 불가능했다. 일상적으로 사이렌은 5시가 되기 전에 울렸다. 마이크는 일 때문에 런던 곳곳을 돌아다녀야 했고, 또한 낮의 공습도 걱정해야만 했다. 그리고 불발탄과 나뭇가지에 걸린 낙하산 지뢰도. 백화점 폐점 시간이 되었는데 마이크가 나타나지 않는 것도 걱정되었다.

마이크는 어디 있는 걸까? 화상을 입은 팔 때문에 패혈증에 걸리면 어쩌지? 아니면 폐렴에 걸리면? 하지만 적어도 폐렴은 막을 방법이 있었다. 일이 끝나자 폴리는 위번 부인에게 코트를 부탁하려고 에일린과 함께 곧장 노팅힐게이트 역으로 갔다.

위번 부인은 그곳에 없었다. "위번 부인과 주임 사제님은 폭격을 당한 가족들을 위한 기금 마련 행사를 도우러 갔어요." 히바드 양이 폴리에게 말했다.

"그곳이 어딘지 아세요?" 폴리가 물었다. 오늘 밤에는 공습이 없었고, 그러니 위번 부인이 있는 곳에 안전하게 갈 수 있다. 하지만 히바드 양은 기금 마련 행사장 위치를 알지 못했다.

'라버넘 양에게 물어봐야겠어.' 폴리가 생각했다. "언제 돌아온다고 말씀하시던가요?"

"라버넘 양은 지독한 감기에 걸렸어요." 히바드 양이 말했다. "그래서 제가 집에서 쉬라고 했어요. 역은 외풍이 세고 춥잖아요."

그건 사실이었다. 그리고 비상용 계단은 더욱더 추웠다. 마침내 마이크가 돌아왔을 때, 폴리와 에일린은 자기들 코트를 벗었고, 셋은 함께 코트를 뒤집어쓴 채 마이크가 다녔던 곳 이야기를 들었다. 마이크는 사실상 런던의 모든 역을 다 가본 듯했지만, 소용없었다. "대성당에 도착하자마자 세인트폴 대성당 지하철역으로 갔어야 하는데." 마이크가 말했다. "만약 내가 그렇게 했다면…."

"그래도 넌 바솔로뮤 씨를 만나지 못했을 거야." 폴리가 말했다.

"네 데드라인 전에 널 여기서 빼낼 방법을 알아낼 거야, 폴리." 마이크가 단호히 말했다.

"구조팀은?" 에일린이 말했다. "아직 구조팀을 찾을 가능성이 남았잖아." 그리고 폴리는 전날 밤의 그 모든 야단법석 때문에, 런던으로 돌아오기 전 무슨 일이 있었는지 아직 에일린에게 알리지 못했다는 사실이 기억났다.

"찾기는 찾았어." 마이크가 말했다. "하지만 그건 구조팀이 아니었어. 그냥 내가 병원에서 알게 된 사람이었어."

에일린의 안색이 어두워졌다. "하지만 구조팀은 올 거야. 나는 구드 신부님께 다시 편지를 보낼게. 그리고 장원에도. 그리고 폴리의 강하 지점을 다시 확인해보자. 이제는 작동할지도 몰라."

"네 말이 맞아." 마이크가 말했다. "모두 다 해보자. 그리고 나는 너희 둘 다 이곳에서 빼낼 방법을 알아낼 거야. 하지만 그전까지는 일단 여기서 살아남는 데 집중해야 해. 내일 폭격은 어디야?"

"내일도 폭격은 없어." 폴리가 말했다. "하지만 나쁜 소식이 더 있어." 폴리는 자신이 1월 1일부터는 공습에 대해 아무것도 알지 못한다고 고백했다.

"하지만 노팅힐게이트 역은 안전하지?" 마이크가 말했다. "그리고 타운젠드 브라더스 백화점도. 그러니 낮 동안은 둘이 안전하잖아."

"아니." 에일린이 말했다. "내 상사가 오늘 말해줬는데, 크리스마스 임시 채용직은 새해맞이 할인 판매가 끝나는 대로 곧바로 내보낸댔어."

"그리고 우리에게는 다른 문제가 있어." 폴리가 말했다. "언젠가, 언제일지는 모르지만, 에일린과 나는 징집될 거야."

"징집?" 마이크가 말했다. "군대에?"

"꼭 그렇지는 않고. 하지만 징집되어 뭔가를 하게는 될 거야. 보조 수송대나 농업 여성이나 군수 물자 공장에서 일한다든지 말이야. 국민 동원법이 통과될 거거든. 스무 살에서 서른 살 사이의 모든 영국 민간인은 신청해야만 해."

"타운젠드 브라더스 백화점이나 다른 곳에서 징집 연기 신청을 낼 수는 없어?" 마이크가 물었다.

"안 돼." 폴리가 말했다. "그리고 만약 법안이 통과되기 전에 자원하지 않으면 런던 밖으로 배정될 수도 있어."

"그렇다면 우리는 빨리 이곳을 빠져나갈 방법을 찾아야 한다는 뜻이로군." 마이크가 얼굴을 찡그리며 말했다.

"이제는 언제 공습이 있을지에 대해 아는 게 전혀 없는 거야, 폴리?" 에일린이 초조한 목소리로 물었다.

"조금은 알아." 폴리가 말했다. "그리고 독일 공군이 밤에 다른 도시들을 폭격하는 날짜들도 약간 알고."

"그리고 날씨가 나쁘면 독일 공군은 공격할 수 없어." 마이크가 말했다. "그러니 다음 두 달 정도는 도움이 될 거야. 그리고 대공습은 5월이면 끝나고. 그렇지?"

"응. 5월 11일." 폴리가 말했다. '하지만 지금부터 그날까지 거의 2만 명의 민간인이 죽어.'

"그러면 우리는 앞으로 넉 달 반 동안 살아남기만 하면 되네." 마이크가 말했다. "그러면 데니스 애서튼이 여기에 올 때까지 안전해."

'안전.' 폴리가 생각했다.

"그리고 그건 최악의 시나리오고. 우리는 그 전에 집에 돌아갈 방법을 찾아낼 수 있어." 마이크가 말을 멈추었다. "왜 그래, 폴리? 왜 그런 표정이야?"

"아무것도 아니야. 이 끔찍한 냄새는 뭐지?"

"내 코트에서 나는 거야." 에일린이 고백했다. "피를 빼기 위해 벤젠을 좀 너무 많이 썼나봐."

"조금이라고?" 마이크가 말하고 소리 내 웃었지만, 벤젠 냄새가 너무나 지독해 결국 그들은 계단을 포기하고 역으로 자러 갔다. 그곳 역시 춥기는 마찬가지였다.

"우리는 마이크가 입을 코트를 반드시 구해야 해." 이튿날 에일린이 출근하는 길에 말했다. "어쩌면 우리가 살 만한 가격으로 할인하는 게 있을지도 몰라."

하지만 새해맞이 할인 행사 준비를 하는 동안에는 바빠서 코트를 살펴볼 시간이 없었고, 이윽고 행사가 시작되자 끔찍한 날씨에도 불구하고 손님들이 몰려와서 역시 짬이 없었다. 이후 며칠 동안은 뼈가 시릴 정도의 안개가 꼈고 거의 계속해서 진눈깨비가 내렸다.

"하지만 이건 좋은 거잖아, 안 그래?" 둘이 퇴근해 옥스퍼드 서커스 역으로 서둘러 갈 때 에일린이 말했다. "공습이 없을 거라는 뜻이니까."

그건 또한 마이크에게 어서 코트를 구해주어야 한다는 뜻이자, 또한 에일린의 코트가 젖으면 벤젠 냄새가 더욱더 지독해진다는 뜻이었다. "스넬그로브 양이 냄새는 없어질 거랬는데." 에일린이 말했다. "하지만 안 없어지는 거 같네. 안 그래?"

"응." 폴리가 말했다. 방공호에서 금연인 건 다행이었다. 성냥을 켜다 에일린의 코트에 불똥이 튀면 둘 다 화염에 휩싸일 것이다.

"우리가 자원해야 한다는 네 말에 대해 좀 생각해봤어." 둘이 지하철을 타러 갈 때 에일린이 말했다. "어쩌면 나는 세인트바트 병원의 구급차 운전사로 자원할 수 있을 거야. 내가 구급차를 돌려줄 때 크로스 의사에게 들었는데, 내가 부상자들을 병원으로 태워오지 않았더라면 그 사람들은 죽었을 거래."

"무슨 부상자들?"

에일린은 의식을 잃은 구급차 운전사와 육군 중위에 대해 폴리에게 설명했다. '휴, 마이크가 여기 없어서 이 대화를 듣지 못해 다행이야.' 폴리가 생각했다. 그들이 전쟁의 진행 방향을 바꾸었을 가능성에 대해 마이크가 다시 걱정하는 건 이 상황에서 정말로 피해야 했다.

'우리가 역사를 바꿨을 리 없어.' 폴리가 생각했다. '우리는 전쟁에서 이겼어. 12월 29일도 어제 예정대로 흘러갔고.' 하지만 마이크와 에일린이 잠이 든 뒤, 폴리는 버려진 신문을 찾아 확인하기 위해 자던 곳을 몰래 빠져나왔다.

길드홀은 역사 기록에 있던 대로 불에 탔으며, 세인트브라이드 교회와 세인트메리르보 교회도 그랬다. 하지만 런던탑 옆의 올할로우스-바이-더-타워 역시 불에 탔다. 폴리는 그곳이 일부만 파괴되었다고 생각했었다. 그리고 〈이브닝 스탠더드〉에 따르면 독일군이 투하한 소이탄 수는 1만1천 개가 아닌 1만5천 개였다.

'하지만 그건 기사의 오류이기 쉬워.' 폴리가 생각하며 에일린의 냄새 지독한 코트 아래로 돌아갔다. '우리는 전쟁에서 이겼어. 에일린과 나는 둘 다 전승 기념일에 그곳에 있었어.'

하지만 이튿날에도 폴리는 불일치들에 관한 생각을 머리에서 지울 수가 없었다. 그래서 점심시간에 〈헤럴드〉와 〈데일리 메일〉을 사서 확인했고, 그다음에는 서적 매장으로 올라가 에일린에게 세인트바트 병원의 구급차를 몰 수도 있다는 가능성에 대해 마이크에게는 한마디도 하지 말라고 했다. "크로스라는 의사가 한 말도 하지 말고. 마이크는 구급차 운전이 너무 위험하다고 생각할 거야."

"그건 맞아." 어떻게 하면 마이크의 코트를 구할 수 있을지 고민 중이던 에일린이 건성으로 대답했다.

"오늘 밤에는 눈이 내릴 거야." 에일린이 말했고, 1시간 뒤 폴리에게 와서 지원국에 가기 위해 1시간 일찍 퇴근해도 된다는 허락을 상사에게 받았다고 말했다. 에일린은 마이크의 코트 사이즈를 물으며 말했다. "네 모자도 구해볼게, 폴리. 리케트 부인에게 나는 저녁 식사를 하지 않을 거라고 말해줘. 그리고 너도 나를 기다리지 마. 노팅힐게이트 역에서 만나자. 오늘 밤에 연극 연습 있어?"

"잘 모르겠어." 폴리가 말했다. "극단은 다음에 무슨 연극을 할지 여전히 토론 중이야."

그리고 폴리가 역에 도착해보니, 극단은 다음 연극 자체를 할지 말지를 토론하고 있었다. 공습이 간헐적이 된 데다가 겨울 날씨로 인해 사람들이 방공호에 오는 대신 집에 그냥 있는 경우가 늘었기 때문이다.

극단원 일부도 집에 머물렀다. 라버님 양은 아직 감기가 다 낫지 않아 집에 있었고, 고드프리 경이나 심스 씨도 그곳에 없었다. "배우가 없으면 연극을 할 수 없지요." 도밍 씨가 투덜거렸다. "관객이 없어도 그렇고요."

"하지만 우리가 연극을 하면 더 많은 사람이 노팅힐게이트 역으로 오게 될 겁니다." 주임 사제가 말했다. "우리는 사람들이 안전할 수 있도록 우리 몫을 다해야 합니다."

"어쩌면 연극 대신 여러 차례에 걸쳐 극본 낭독회를 할 수도 있지요." 히바드 양이 제안했다. "그렇게 하면 우리 모두가 여기 있을 필요는 없어요."

단원들이 가능한 방법들을 토의하는 동안 폴리는 그곳을 몰래 빠져나왔고, 에일린이 왔는지 보러 비상계단으로 갔다. 그리고 반쯤 갔을 때 마이크를 만났다. 마이크는 방금 도착한 듯했다. 머리와 주황색 목도리는 젖어 있었고, 몸이 반쯤 얼어붙어 보였다. 폴리는 에일린이 마이크의 코트를 구하러 가서 다행이라고 생각했다.

폴리는 에일린이 어디에 갔는지 마이크에게 말했다. "에일린이 여기에서 만나자고 했는데, 아직 왔는지는 모르겠어. 확인하러 비상계단에 가던 참이야."

"내가 확인할게." 마이크가 말했다. "너는 역내 간이 식당을 확인해봐. 에스컬레이터에서 다시 보자."

간이 식당에 줄을 선 사람들 속에서도 에일린은 보이지 않았다. 폴리는 디스트릭스 선으로 가서 남쪽행 아치길에 서서 기다렸다. 그곳에서는 에일린과 마이크를 쉽게 볼 수 있었고, 만약 극단 사람이 에스컬레이터를 타고 오면 곧바로 터널 안으로 숨을 수 있었다. 폴리는 《어린 성직자》와 《진지함의 중요성》 가운데 어느 것을 낭독하는 게 더 나은지 토론하는 데 끌려가고 싶지 않았다.

하지만 내려오는 사람은 심스 씨뿐이었다. 심스 씨는 넬슨을 안고 있었다. 넬슨은 에스컬레이터 계단을 두려워했다.

역에는 평소와 달리 사람들이 많지 않았고, 대부분은 침구나 피크닉 바구니가 아닌 우산을 들고 있었다. 도밍 씨 말대로, 대부분의 사람은 날이 나빠 폭격이 없을 거라 생각하고 대피하지 않은 듯했다. 폴리는 그 사람들 생각이 옳기를 바랐다.

그리고 에일린이 어서 오기를 바랐다. '언제 어디로 폭탄이 떨어질지 모르는 건 정말 싫어.' 폴리가 생각했다.

마이크가 돌아왔다. "에일린은 아직 안 왔어?"

"안 왔어. 역으로 오는 길에 비행기 소리 들었어?"

"아니." 마이크가 에스컬레이터를 올려다보았다. "에일린이 가는 곳이 어디인지는 들었어? 아, 저기 오네."

마이크는 에스컬레이터 꼭대기를 가리켰다. 그곳에서는 남자 둘이 방금 계단에 올라섰고, 그 뒤로 에일린의 빨간 머리만이 보였다. 마이크가 에일린에게 손을 흔들었다. "성공한 거 같아."

폴리는 에일린의 팔에 걸쳐진 회색 트위드 코트 그리고 다른 손에 잡은 여성용 남색 모자를 얼핏 보았다. 마이크가 다시 손을 흔들었다.

에일린이 둘을 보았다. 에일린이 남색 모자를 흔들었다.

폴리는 손으로 입을 막았다.

"에일린이 자기 새 코트도 구한 거 같은걸." 마이크가 말했다.

'맞아.' 폴리가 심장이 쿵 하고 내려앉는 걸 느끼며 생각했다. 그녀는 에일린이 두 남자를 지나 서둘러 에스컬레이터 계단을 내려오는 걸 보고 있었다. 에일린은 밝은 초록색 코트를 입고 있었다. 못 알아볼 수 없는 옷이었다.

전승 기념일에 트래펄가 광장에서 에일린이 입고 있던 바로 그 코트였다.

〈2권 계속〉

옮긴이 **최용준**

대전에서 태어나 서울대학교 천문학과를 졸업했으며, 미국 미시간 대학에서 이온 추진 엔진에 대한 연구로 항공우주공학 박사 학위를 받았다. 플라스마를 연구한다. 옮긴 책으로 제임스 S.A. 코리의 《익스팬스: 깨어난 괴물》, 코니 윌리스의 《블랙아웃》, 《개는 말할 것도 없고》, 《둠즈데이북》, 《화재감시원》(공역), 아이작 아시모프의 《아자젤》, 세라 워터스의 《핑거스미스》, 댄 시먼스의 《히페리온》, 마이크 레스닉의 《키리냐가》, 루이스 캐럴의 《이상한 나라의 앨리스》, 어슐러 K. 르 귄 걸작선집 등이 있다. 헨리 페트로스키의 《이 세상을 다시 만들자》로 제17회 과학 기술 도서상 번역 부문을 수상했다. 시공사의 〈그리폰 북스〉, 열린책들의 〈경계 소설선〉, 샘터사의 〈외국 소설선〉을 기획했다.

올클리어 I

초판 1쇄 인쇄 2019년 1월 25일
초판 1쇄 발행 2019년 2월 1일

지은이 코니 윌리스
옮긴이 최용준
펴낸이 박은주
기획 김창규, 최세진
디자인 김선예, 장혜지
마케팅 박동준

발행처 아작
등록 2015년 9월 9일(제2018-000142호)
주소 03924 서울시 마포구 월드컵북로54길 25
상암DMC푸르지오시티 504호
대표전화 02.324.3945 **팩스** 02.324.3947
이메일 decomma@gmail.com
홈페이지 www.arzak.co.kr

ISBN 979-11-89015-44-2 04840
979-11-89015-43-5 04840 (세트)

책 값은 표지 뒤쪽에 있습니다.

아작은 디자인콤마의 문학 브랜드입니다.